全新譯校 經典新版世界名著 5

Война и Мир

戰爭與和平

〈下〉

〔俄〕L·托爾斯泰 著

蕭亮 譯

目錄
Contents

chapter

chapter 9

一 戰事再起

西歐的軍隊自一八一一年年末開始，加緊了武裝和集結，等到一八一二年，這支由幾百萬人組成的軍隊向俄國邊境前進。自一八一一年起，俄國的軍隊也向邊境集結。

六月十二日的一天，西歐的軍隊越過了俄國邊界，戰爭開始了。幾百萬人互相犯下了罄竹難書的罪行——盜竊、詐欺、暴力、背叛、僞造發行假幣、殺人、縱火、搶劫，幾百年內全世界所有法庭的年鑑都記載不完，可這些罪行對於他們來說根本算不了什麼。

導致這一系列事件發生的原因是什麼？歷史學家們懷著天真的自信說，原因是奧爾登堡公爵受到了傷害、拿破崙的野心、大陸政策被破壞、外交家們的失誤、耶利斯坦的強硬……等等。

很明顯，那時的人們就是這樣認爲的。當然，拿破崙認爲戰爭是由英國的陰謀而引起的；英國國會議員們則認爲，引起戰爭的主要原因是拿破崙的野心；商人們卻認爲，戰爭的原因是貽害歐洲的大陸政策；而奧爾登堡公爵認爲，戰爭的原因是其他人對他施暴；老軍人們和將軍們認爲，戰爭的主要原因是爲了給他們一些用武之地；當時的正統派認爲，戰爭的原因是需要恢復好的原則；當時的外交家們則認爲這一切的發生，是因爲一八〇九年俄、奧聯盟沒能巧妙地瞞過拿破崙，也因爲第一七八號備忘錄的措辭有欠妥當。

當時的人有這些不同的觀點和數不勝數的看法，但是對於我們這些後代來說，在瞭解了這一事件的宏大規模和它簡單卻可怕的意義之後，就會認為這些原因是不夠充分的。對於我們來說，因為耶利斯坦的強硬、拿破崙有野心、奧爾登堡公爵受委屈和英國的政策奸詐，幾百萬基督徒就互相殘殺，互相迫害，這是讓人無法理解的。更沒法理解的是，前面說到的各種原因與屠殺和武力暴行這些事實本身有什麼關係：為何公爵受了屈辱，數以萬計的人就從歐洲的另一端來殺斯摩稜斯克和莫斯科的人，讓他們傾家蕩產，同時也被這些地方的人殺害呢？

我們這些後代人並不是歷史學家，不癡迷於探索的過程，因而才會用正常的思維來觀察那些事，在我們看來，種種原因發生的戰爭不計其數。我們認為，正像拿破崙會拒絕把他的軍隊撤回維斯瓦河並且交回奧爾登堡公國一樣，一個法國士兵願不願意再服一次兵役，也是一個原因；因為如果他不願意服兵役，第二個、第三個……直到第一千個軍士和士兵都不肯服役，那麼拿破崙的軍隊中就會減少很多人，這樣戰爭也就不會發生了。

如果拿破崙沒有因為要求他撤回維斯瓦河而發脾氣，也沒有命令他的軍隊進攻，那就不會發生戰爭。假如沒有英國的陰謀，沒有奧爾登堡親王，亞歷山大不覺得受委屈，俄國沒有專制政權，也沒有法國革命和後來的專制和帝制及導致法國革命的一切，也就不可能發生這場戰爭。這些原因中少了一個，就什麼都不會發生。或者說，所有這些原因彙聚到一起使戰爭發生了。正因如此，不存在唯一的原因而導致事件的發生，事件發生的原因，是它的必然性。

數百萬人喪失了人的情感和理智，非要從東部到西部去屠殺他們的同類，就好像幾世紀以前，成群的人從西部到東部屠殺他們的同類一樣。亞歷山大和拿破崙的一句話，決定著事件的發生與否，可是他們的行動也是不由自主的。之所以一定會這樣，是因為要使亞歷山大和拿破崙的意志能夠實現，必須要有無數情況的巧合，如果缺少其中一個，事件就無法發生。

爲了解釋歷史中這些不合理的事情，就不可避免地導致宿命論。我們越是努力去按理性的分析來解釋這些現象，就越覺得這些現象難以理解。

每個人的生活都會有兩面：一是個人生活，這種生活的樂趣越抽象，它就越自由；二是天然的群體生活，在這種生活裡，一個人必須遵循一定的法則。

人自覺地爲自己活著，但是在不自覺中成爲一種工具，而被用來實現人類和歷史的種種目的。一件已經做了的事情是沒有辦法挽回的，而當這一行爲與成千上萬的其他人的行爲在時間上一致時，它就具有歷史意義了。一個人聯繫的人越多，在社會上的地位就越高，他的權力就越大，也就明確了他每個行動的必然性和準確性。

「上帝把握著帝王的心。」

如今，一八一二年，要不要讓自己的人民流血的這一抉擇，比從前任何時刻都更取決於拿破崙，儘管如此，他卻比任何時候都更受到必然法則的影響。西部的人們到東部去相互殘殺。對於奧爾登堡公爵事件和違反大陸政策的指責，拿破崙想以武力來爭取和平，軍隊向普魯士推進，法國皇帝的好戰與他的人民趣味相投，大規模備戰的癖好，備戰費用要求得到補償，他在德雷斯頓得到的讓人陶醉的榮譽，還有其他數不清的導致事件發生、與這些事件巧合的原因。

說拿破崙去莫斯科是因爲他想去，他毀滅是因爲亞歷山大想讓他毀滅，這件事也是一樣，既正確又不正確；就像說一座重達一百萬普特的山被挖空了倒下來，是因爲一個工人用十字鎬在最後鑿了它一下一樣，這說法既對也不對。在歷史事件裡，所謂大人物不過是給事件命名的標籤，他們本身與事件沒什麼關係，從歷史來看不那麼自由，聯繫的是歷史的進程，是上天注定的。

二

五月二十九日，拿破崙離開了德雷斯頓，他在那裡已經住了三個星期，他同身邊的公爵、親王、國王一一道別，這些人在他周圍形成了一個宮廷。臨走前，拿破崙安慰那些曾經得到他恩寵的皇帝、國王、親王，申斥那些他不太滿意的國王和親王。他把自己從別國弄來的鑽石、珍珠送給了奧國皇后，並且深情地擁抱了她。

據研究他的歷史學家講，奧國皇后似乎經受不起與他的這場離別。瑪利亞·路易莎把自己當成了他的夫人，可他的夫人卻在巴黎。雖然拿破崙在給亞歷山大的親筆信裡稱他爲仁兄大人，並且誠懇地向他承諾說：他不希望戰爭，他將永遠尊敬他、愛戴他，但他還是到軍隊裡去了，而且每到一站都發佈新的命令，催促著軍隊由西向東推進。他乘坐著一輛擁有六匹馬的豪華馬車，在衛隊侍從的簇擁下，沿著通托倫、波森、但澤、柯尼斯堡的大路前進。

軍隊正在由西向東推進，他的豪華馬車已經換下了疲憊不堪的馬也在朝同一方向奔馳。六月十日，他終於趕上了軍隊，在維爾科維斯基森林中的一個波蘭伯爵爲他準備好的莊園裡休息了一晚。第二天，拿破崙趕到了部隊前面，乘坐輕便馬車到涅曼河去，觀察地勢來決定渡河的方案。拿破崙讓所有人都意想不到，一反正常的戰略，也違反了外交法則，第二天就命令軍隊橫渡涅曼河。十二日清早，他走出位於涅曼河陡峭左岸的帳篷，看著他的軍隊像洪流一樣從維爾科維斯基森林裡湧出，奔向涅曼河上架起的三道浮橋上。

士兵們聽說皇帝在這裡，全用眼睛尋找他，當他們見到他那穿著長禮服、頭戴窄簷帽，在小山上帳篷前站立的身影時，就拋起他們的帽子，高喊皇帝萬歲！接著，一批又一批的人絡繹不絕地從他們藏身的森林中湧出來，沿著三座浮橋湧向對岸。

「我們馬上就要出發了。只要他一出馬一切都會迎刃而解。真的！他就在那裡……皇帝萬歲！看，這就是亞細亞草原……不過這個國家真讓人討厭。再見，包歇，我一定把莫斯科最漂亮的宮殿留給你。再見，祝你成功！如果我能做印度總督，我一定讓你做喀什米爾的大臣……我親眼看見他給一個老兵戴上十字勳章……」這是身分和性格相差甚遠的青年和老年人在交談。在這些人的臉上，都流露出同一種表情，就是對期盼已久的遠征終於開始的喜悅，以及對那個站在小山上的人的忠誠和敬佩。

六月十三日，人們給拿破崙拉來一匹純種阿拉伯小馬。他騎上馬，向涅曼河的一座橋馳去。他不得不忍受著連續不斷的響亮呼喊，這些聲音干擾著他，讓他不能集中精力思考佔據在他心頭的軍事問題。

他騎馬跨過一座浮橋，來到河對岸，正要往科夫諾方面奔去卻突然轉向左方，近衛獵騎兵在前面爲他開出一條路來。就在他臨近維利亞河時，停在了駐紮於河邊的波蘭槍騎兵團附近。「萬歲！」波蘭人也狂熱地喊起來，打亂了隊形，相互擁擠著看他。拿破崙下了馬，在岸邊坐下凝視這條河。他沉默不語地做了個手勢，隨即有人遞上望遠鏡，他把望遠鏡架在侍從的背上，開始觀察對岸，又仔細研究一張地圖。他似乎說了什麼卻並沒抬頭，緊接著他的兩個副官就向波蘭槍騎兵的方向狂奔而去。

命令是尋找淺灘來過河。波蘭槍騎兵上校，那個英武的老年人，激動得漲紅了臉，結結巴巴地問副官，可否允許他帶領他的槍騎兵游過河去。他明顯是怕被拒絕，懇求恩准他當著皇帝的面游過河去。副官簡單地回答說，皇帝可能會對此滿意。副官話音剛落，那個短鬍鬚的老軍官馬上洋溢著幸福的表情，兩眼放光的他，舉起佩刀，高喊一聲「萬歲！」然後命令槍騎兵跟著他，隨即跑向河中。他狠狠地踢一下胯下那匹還在遲疑的馬，撲通一聲就投入水裡，直奔水流湍急的深處游去。幾百名槍騎兵跟著他跑了下去。河中心水流又冷又急，槍騎兵們一個個跌下馬來，到處亂抓。一些人溺水而亡，許多馬也被淹死了，其他人竭力游著，有的抓住馬鬃，有的騎在鞍子上。他們用盡全身力氣向對岸游去，雖然半俄里外就有一個淺灘，他們卻以能在那個人的眼前在河裡掙扎甚至被淹死而感到自豪，而那個人，連看都沒看他們一眼。

副官回來之後，找了一個合適的機會，大著膽子請皇帝注意波蘭人的忠心，因此這個穿灰色晚禮服的小個子站起來，叫來了貝帝埃，和他在岸上走來走去，給他指示，時而不滿地看一眼那些分散了他注意力的溺水掙扎的槍騎兵。他命令士兵把馬牽來，返回住處去了。

最後有四十多個人被淹死。多數人都掙扎著游回到他們跳河的岸上。只有上校和另外幾個人游過了河，勉強爬上了對岸。他剛一爬上岸，就興奮地看向拿破崙站過的地方高喊「萬歲」，這讓他們感覺自己很幸福。

當晚，拿破崙就發了兩道命令：第一個命令是把已經準備好的俄國僞鈔盡可能快地運到俄國去，第二個命令是槍斃一個撒克遜人，在他身上搜出的一封信裡，有關法軍的各項命令。後來，他還發出了第三道命令：把那個完全沒必要跳到河裡去的波蘭上校編入拿破崙自任團長的榮譽團。

三

俄國沙皇已經在維爾納住了一個多月，僅僅爲了演習和檢閱軍隊。對於人人預料中的戰爭卻不做任何準備。對於要選擇哪一個作戰方案，始終拿不定主意，沙皇來到大本營一個月之後，卻更加猶豫不決了。三支軍隊各有各的總司令，互相都不服氣，但是沒有能指揮全軍的統帥，甚至沙皇自己也未接受這一頭銜。沙皇在維爾納逗留得越久，對戰爭進行的準備就越少。人們都只好厭倦地等待。君主身邊的那些人全然忘記了迫近的戰爭，卻把力量都用在怎樣令他愉快上。

六月裡，波蘭的朝臣們、達官貴人和沙皇自己，都舉辦了不止一次的舞會和招待會，一個波蘭侍從武官想起要代表他的侍從武官們，為沙皇舉行一次舞會和宴會。大家開心地接受了這個建議。沙皇也表示同意。武官們用募捐的方式籌錢。最討沙皇喜歡的人做了女主人。維爾納省地主貝尼格森伯爵為招待會提供了場地，於是定於六月十三日，在貝尼格森伯爵的別墅札克列特舉行宴會，那是包括舞會、焰火晚會和賽船會的大型招待會。

就在那一天，拿破崙發出橫渡涅曼河的命令，他的先頭部隊火速越過俄國邊界，趕走哥薩克，而亞歷山大卻在貝尼格森的郊外別墅中，在舞會上度過了那個夜晚。那是一個令人愉快的晚會。隨元首來維爾納的小姐、太太們當中，有別祖霍夫伯爵夫人，她也參加了這次舞會，她的美是俄羅斯式的雍容與高貴，令那些小巧玲瓏的波蘭女人黯然失色。沙皇卻只與光彩奪目的她跳了一次舞。參加這次晚會的還有伯里斯。他自稱單身，卻在莫斯科有一個妻子。伯里斯此時已變成一個有頭有臉的富翁了，能夠同那些身居高位的同輩們平起平坐。

舞會直到午夜十二點還在繼續。海倫沒有合適的舞伴，伯里斯主動邀請她去跳莫蘇坎舞。伯里斯冷漠地看著海倫裸露、耀眼的肩頭，談論著往日相識的熟人。

實際上，他的眼睛一直沒有離開大廳裡的沙皇。沙皇並沒跳舞，僅僅站在門口，對舞者說幾句只有他才會說的貼心話。

在莫蘇坎舞開始的時候，伯里斯看到沙皇的親信之一，侍從武官巴拉舍夫走了進來，那時沙皇正同波蘭女士聊天而他卻站在旁邊——這是失禮的。沙皇說完話之後，疑惑地看了巴拉舍夫一眼，知道巴拉舍夫這樣做一定有重要的原因，因此他對那個女士微微地點頭示意，便轉向巴拉舍夫。

巴拉舍夫剛一開口，沙皇的臉上就現出驚訝的神態。緊接著他挽著巴拉舍夫的手，穿過大廳。當君主同巴拉舍夫走出去的時候，伯里斯注意到阿拉克切耶夫顯得激動不安。阿拉克切耶夫仍注視著沙皇，他那紅鼻子一下一下地吸著氣，從人群裡站出來，等著沙皇對他說話。可是沙皇和巴拉舍夫都沒有注意到阿拉克切耶夫，他們穿過出口，走向燈火燦爛的花園，於是阿拉克切耶夫手握佩劍，惡狠狠地向四處望了望，跟在他們後面又走了二十來步。

伯里斯繼續跳著莫蘇坎舞，內心卻在不住地思索：巴拉舍夫究竟帶來了什麼消息？輪到由他挑選舞伴了，他小聲地對海倫說，他想挑選波托茨卡婭伯爵夫人，說著就從鑲花地板上滑步跑到通往花園的門口，恰好看見巴拉舍夫陪沙皇向涼臺走來，他隨即站在原地不動了。他們向門口走來。伯里斯似乎已來不及退避，一時著了慌，只好恭敬地低著頭緊靠在門柱邊站立著。

沙皇感覺自己受了極大的侮辱，激動地說道：「竟然不宣而戰地進入俄國！只要我的國土上還有一個全副武裝的敵人，我就絕不講和！」

伯里斯看得出，沙皇很滿意於自己表達思想的方式，但是並不高興被伯里斯聽了去。

「不要讓其他人知道！」沙皇皺了一下眉說道。伯里斯知道這是說給他聽的，於是閉上眼睛稍低下頭。

沙皇回到舞會上，又逗留了半小時。

伯里斯第一個得知法軍渡過涅曼河，這樣他多了能在某些重要人物面前炫耀的資本，因而能在這些要人的心目中抬高自己的地位。

法軍渡過涅曼河的消息比人們猜想中晚到了一個月，而且還是在舞會上得知的。剛收到這個消息時，沙皇在無比屈辱和憤慨的情況下，說出了那句後來成爲名言的話。當夜兩點就派人找來秘書希什科夫，吩咐他寫一道給軍隊的命令，給陸軍元帥薩爾特柯夫公爵一道上諭，並且要求在命令中必須寫上「只要還有一個武裝的法國人仍留在俄國境內，他就不會講和」這句話。

下面的一封信是第二天他寫給拿破崙的。

仁兄大人：

昨日驚悉，雖然我一直恪守我應盡的義務，您的鐵騎卻已經越過俄國邊境。直到剛剛，我才接到從莫斯科送來的照會得知，這次進犯的起因是從庫拉金公爵申請護照，陛下就已經把我當作敵人對待了。可是令我想不到的是，我國大使的行為能成為今天您發動進攻的藉口。實際上正像公爵自己聲明的那樣，我並未授權他提出那樣的申請，相反的是我一聽到這件事，就對庫拉金公爵表示了不滿，並要求他擔任以前的職務。陛下不該因為這種誤解而讓兩國人民流血，假如同意軍隊撤離俄國的土地，那我們之間仍然可以協作，從前的事一筆勾銷。不然，我將被迫奮起反抗。陛下，你的決定將能夠避免一場戰爭。

亞歷山大（簽名）

四

六月十四日凌晨兩點，沙皇召見了巴拉舍夫，把要給拿破崙的信讀給他聽，接著命令他親自把信送給法國皇帝。在召見巴拉舍夫的時候，沙皇又把「只要還有一個武裝敵人留在俄國土地上，我就不會講和」這句話對他重複了一遍，並且命令他一定要把這句話轉告給拿破崙。

沙皇之所以沒有把這句話寫進給拿破崙的信中，是因爲憑藉他那圓滑的處世之道，那句話在最後和解努力的時候並不合適，不過他還是命令巴拉舍夫把它轉告給拿破崙。

十四日凌晨，巴拉舍夫出發了，拂曉時抵達了位於涅曼河俄國一側的雷孔特村，這裡駐紮著法軍的前哨，駐守在那兒的法國騎兵攔住了他。一個法國驃騎軍下士，喝令巴拉舍夫站住。巴拉舍夫卻並沒有立刻停下，依舊沿著大路向前走。下士皺起眉頭，罵了一句，用馬攔住巴拉舍夫，手裡握著佩刀，粗魯地對俄國將軍喊道：「聾了嗎？沒聽見我說的話嗎？」巴拉舍夫通報了他的身分。那個下士才派出另一個士兵去報告軍官。下士和他的同事們討論團裡的事情，瞧都不瞧那個俄國將軍。

一向置身於最高階層，三小時前還在與沙皇對話，一直以來備受尊崇的巴拉舍夫，在俄國的土地上，卻受到了如此充滿敵意又無禮粗暴的對待。

巴拉舍夫向四周看了看，等著軍官從村子裡來。俄國的號手和哥薩克同那些法國驃騎兵不時默默地相互打量。隨後一個睡眼惺忪的法國驃騎兵上校，騎著一匹黑馬，在兩個驃騎兵的伴隨下從村子裡出來了。

法國上校很有禮貌地強忍著不打呵欠。他帶著巴拉舍夫，從散兵線後面走過，告訴他，他謁見皇帝的願望有可能馬上實現，因爲據他所知，皇帝的住處，離這兒很近。

他們騎著馬穿過雷孔特村，走到了村子的另一頭。上校說，師長就在距這裡約兩公里的地方駐紮，他會接待巴拉舍夫的，並且送他前往目的地。

太陽已經升起，歡快的陽光揮灑在鮮嫩的綠茵上。

他們途經了一家小酒店，剛要上山，就看見一群騎馬的人向他們走來。走在前面的那個人騎一匹灰馬，來人個子很高，頭戴一頂有羽毛的帽子，按法國人騎馬的姿勢向前伸著兩條長腿。這個人向巴拉舍夫疾馳而來，他的寶石和金飾帶在燦爛的陽光下發出熠熠的光芒，長羽飾迎風飄動。在他離巴拉舍夫只有兩匹馬距離的時候，法國上校尤爾涅恭敬地低聲說：「那不勒斯王！」實際上他是被人稱作「那不勒斯王」的繆拉，沒有人知道這個稱號從何而來，連他自己也認爲他真的是，因此就擺出一副威嚴神氣的架勢來。

一見到那個俄國將軍，他就顯現出君王的高貴姿態，向後昂起他那長髮垂肩的頭，看著那個法國上校。上校畢恭畢敬地向他報告了巴拉舍夫的情況，但是卻沒有說清巴拉舍夫的姓。「貝拉——馬切夫！」國王說道。國王說話的語速快了起來，並且聲音很大，不知不覺地換上了他那特有的、和善親暱的調子。他把手放在巴拉舍夫的馬鬃毛上，說道：「喂，將軍，看樣子要開戰了。」

「陛下，」巴拉舍夫答道，「俄國沙皇並不希望打仗，這您知道……」巴拉舍夫說道，他只要一有機會就用「陛下」兩個字，而對於被稱爲「陛下」的這個人，這個稱號挺少見的，但用得多了也難免有些矯揉造作。

繆拉聽「貝拉——馬切夫先生」說話時，臉上露出滿足的神氣。他覺得做爲一個同盟者和國王，有必要和亞歷山大的使臣談一談政務。因此他下了馬，用手挽起巴拉舍夫的胳膊，在距離侍從幾步遠的地方，與他來來回回踱著步子，像煞有介事地談論著。他提到，被要求從普魯士撤軍一事讓拿破崙沙皇很不滿，尤其是現在，人人都知道這件事了，這是對法國尊嚴的嚴重損害。巴拉舍夫回答說，這些要求並沒影響到法國的威嚴，因爲……但繆拉打斷了他的話。

「那麼您不認爲戰爭的發動者是亞歷山大沙皇了？」他臉上帶著愚蠢卻溫和的微笑。

巴拉舍夫告訴他爲什麼拿破崙才是發動戰爭的人。

「噢，我親愛的將軍！」繆拉又打斷他，「我誠懇地希望兩國君主能早點兒把問題解決，讓這場我不希望看到的戰爭盡快結束！」他說道。

隨後，他詢問起大公，回憶起在那不勒斯度過的美好時光。不久繆拉突然找回他那王者的威嚴，身子挺得筆直，揮舞著右手說道：「我不再耽擱您了，將軍。祝您成功，完成您的使命。」然後他抖動著繡花的羽翎和紅斗篷，又回到那些候著他的隨從那裡去了。

巴拉舍夫繼續前行，他以爲自己很快就能見到拿破崙了。可是他未能如願，在下一個村子裡，他又被達烏步兵軍團的一個哨兵攔了下來，哨兵找來了軍團長的副官，領著他到村裡去見達烏元帥。

五

達烏是拿破崙的阿拉克切耶夫，但是他不像阿拉克切耶夫那樣懦弱，卻同樣殘忍、冷酷。在一個國家裡，需要這樣的人。他們一直存在，並且總是出現在政府首腦身邊，無論這讓人覺得多麼不合情理。

巴拉舍夫在農舍棚裡見到了達烏元帥，他正坐在一只桶上寫字。他能夠找到更好的辦公地點，可是達烏元帥就是這樣一種人：他們故意讓自己生活在陰暗的環境，從而有理由擺出同樣陰沉的面孔。他們總是勤奮工作。這種人最大的需要和滿足，就是讓那些幸福生活的人看見他們正在辛苦頑強地工作。

當巴拉舍夫被帶進來時，達烏明顯地感受到了這種樂趣。俄國將軍進來後，達烏專注於他的工作中，僅通過眼鏡看了一眼巴拉舍夫，他沒有站起來，甚至連動都沒動，只是不懷好意地冷笑了一下。

當達烏從巴拉舍夫臉上看出他的行爲已經造成了不快，就抬起頭，冷冷地問他來做什麼。

巴拉舍夫認爲，他之所以受到這樣的接待，是因爲達烏不知道他是亞歷山大沙皇的侍從武官將軍，並且還是被派來見拿破崙的使臣，於是向他通報了他的官銜和使命。但是聽了他的話以後達烏卻更威嚴粗暴了。

「您的公文在哪兒？」他問道，「把它交給我。我會派人送到皇帝面前的。」

巴拉舍夫說，他奉命要親自交給皇帝。

「您的沙皇只能在您的軍隊裡執行命令，可是在這裡，」達烏說，「我要您怎麼做您就得怎麼做。」

為了讓俄國將軍更明顯地感到他一定要服從於暴力，達烏派副官叫來值班軍官。

巴拉舍夫拿出裝著沙皇親筆信的文件袋，放在桌子上。達烏拿起信件，讀了讀。

「您完全有權利不尊敬我，」巴拉舍夫說，「可是請允許沙皇陛下的高級侍從武官也就是我……」

達烏沉默地看了他一眼，巴拉舍夫臉上流露出的尷尬和激動之情讓他感到滿意：「您會受到合適的接待的。」說著他把文件放進衣袋裡，走出了棚子。

過了一小會兒，元帥的副官德·卡斯特列進來，把巴拉舍夫領到給他準備好的住處去。

當天，元帥和巴拉舍夫就一同在那個棚子裡，用架在桶上的門板當餐桌進餐。

第二天清早達烏要外出，他把巴拉舍夫請來，不由分說地請他留在那裡，告訴他如果行李車奉命行動，他必須跟著他們一起走，而且除了德·卡斯特列先生以外，不得與其他任何人談話。

巴拉舍夫經過四天這樣乏味、孤單的生活，充分察覺到在他人權勢壓力下的渺小和無奈。跟隨元帥的行李車行軍幾次之後，巴拉舍夫被帶到法軍佔領下的維爾納，走進了四天前他剛剛走出的那個城門。

第二天，御前侍從達·托勒伯爵來見巴拉舍夫，帶來了好消息，拿破崙願意接見他。

第四天巴拉舍夫被帶去見駕。

拿破崙在維爾納那座宅邸裡接見了巴拉舍夫。

六

巴拉舍夫雖然習慣了宮廷的排場，但是拿破崙行宮的奢華程度還是令他驚訝不已。他在達・托勒伯爵的帶領下進入一個大接待室，許多將軍、侍從和波蘭貴族都在那裡等候著，其中有許多是巴拉舍夫在俄國沙皇宮廷中見過的。杜羅克說，拿破崙沙皇將在散步之前接見他。

不一會兒，值班的侍從走進大接待室，向巴拉舍夫畢恭畢敬地鞠了一躬，請他跟自己走。巴拉舍夫走進一間小接待室，室內有一道門直通書房，俄國沙皇就是從那裡派他出使的。

巴拉舍夫等待了一、兩分鐘，就聽見門裡傳來匆忙的腳步聲，兩扇門迅速打開，大家都不出聲了。等一切安靜之後，從書房裡傳來了拿破崙的腳步聲。

他蹣跚著走了出來，頭微微後仰。他那短小發胖的身材、厚寬的肩膀和習慣性的挺胸腆肚，都顯示出一個精心保養的、已步入而立之年的人的堂堂威儀。

他向巴拉舍夫點頭示意，剛走到他跟前，就立刻說起話來。

「將軍，您好！」他說道，「我已經收到您帶來的亞歷山大沙皇的信，很高興見到您。」他用大眼睛掃了一眼巴拉舍夫的臉，就立馬又把目光移向前方。

很明顯，他對巴拉舍夫本人毫無興趣。他只會在意自己腦袋裡想的事。世間的所有東西只取決於他的意志，只聽憑他的意志支配。

「我向來就不喜歡戰爭，可是我卻被迫要進行戰爭。就算現在，您所能給我的任何解釋我都準備接受。」接著他簡明扼要地陳述他對俄國政府不滿的理由。

從法國皇帝說話時那種友好而沉穩的語氣來看，巴拉舍夫堅信，他願意爲了和平談判。

「陛下，我國沙皇。」當拿破崙把話說完，巴拉舍夫開始他早已備好的一篇演說，但是拿破崙停留在他身上的目光讓他感到發窘。

拿破崙帶著難以捉摸的微笑看著巴拉舍夫的佩刀和制服。

巴拉舍夫定了定神，繼續開始講。他說，亞歷山大沙皇認爲庫拉金索取護照的行爲不是引起戰爭的直接原因，庫拉金是照自己的意願行事，並沒有得到陛下的允許；亞歷山大沙皇討厭戰爭，與英國也沒有一點兒來往。

「還說沒有呢！」拿破崙打斷了他，似乎又怕衝動，輕輕地點了一下頭，示意巴拉舍夫可以說下去。

說完所有奉命要說的話，巴拉舍夫又說道，亞歷山大沙皇渴望和平，但是要進行談判的話，還要有個條件……說到這裡，巴拉舍夫遲疑了一下：他想起亞歷山大沙皇未寫進信中，但是命令他轉達給拿破崙的那句話：「直到把敵人消滅乾淨」，可是另一種複雜的感情支配著他。儘管他想說，可是他說不出來這句話。猶豫了一會兒，他繼續說道：「條件是法國軍隊退過涅曼河去。」

拿破崙看出巴拉舍夫說最後一句話時的尷尬表情，他的臉抽動了一下。他還站在原地，卻開始用比之前更高、更急促的語氣說話。在他說下面一段話的時候，巴拉舍夫多次低下頭，眼睛不由自主地看著拿破崙顫抖的左腿，他的聲音越高，腿顫抖得就越明顯。

「我希望和平並不亞於亞歷山大沙皇，我不是連續一年半的時間都在努力地謀求和平嗎？我等待解釋已經等了一年半了。爲了談判，還能要我做什麼呢？」他眉頭緊皺，做出來一個有力的疑問手勢。

「讓您的軍隊撤出涅曼河去，陛下。」巴拉舍夫答道。

「撤出涅曼河？」拿破崙重複道，「這麼說，您要我撤出涅曼河——只是涅曼河而已嗎？」拿破崙逼視著巴拉舍夫。

巴拉舍夫謙卑地低下頭去。

四個月前要求撤出波美拉尼亞，現在要求撤過涅曼河了。拿破崙飛快地轉過身，在室內踱來踱去。「您說，我們談判的條件是撤出涅曼河去，可是，兩個月前，就像今天這樣，要求我撤過奧得河和維斯瓦河，你們就會同意進行談判。」

他從房間的一頭默默地走到另一頭，然後停在巴拉舍夫面前。巴拉舍夫看出他臉上的表情很嚴肅，他的左腿比先前顫抖得更厲害。

「該向巴頓親王提出退過維斯瓦河和奧得河這樣的建議，而不是向我！」拿破崙沒有想到自己會說出這樣的話。「就算你們把聖彼德堡和莫斯科送給我，我也不會接受這些條件。你說，是我策動了這場戰爭，可是是誰先到軍隊裡去的呢？是亞歷山大沙皇，而不是我！當我花費了上百萬的金錢以後，你們提議同我談判！當你們同英國聯盟卻發現形勢對你們不利時，你們對我提議談判！你們為什麼要和英國聯盟？」

他一開說便不可收拾了，這段演說的開場白明顯是有意炫耀，雖然形勢對他有利，可他還是願意談判。

可是現在他所說的每一句話的目的明顯是在抬高自己，侮辱亞歷山大。

「聽說你們已經同土耳其講和啦？」

巴拉舍夫點了一下頭表示肯定。

「已經締結和約……」他剛開始說，拿破崙就阻止他繼續說下去，自己滔滔不絕地說下去：「沒錯，我知道你們在沒有得到瓦拉幾亞和摩爾達維亞的情況下，就同土耳其人簽了和約，我本來可以給他那些省份，就像我給了他芬蘭那樣。是的，我承諾過，也會把瓦拉幾亞和摩爾達維亞給亞歷山大沙皇，但是現在他得不到這些富饒的省份了。他本來可以把那兩省併入他帝國的版圖，這樣一來，在他這一朝，就可以把俄國從波的尼亞灣擴張到多瑙河。」

拿破崙越來越激動，不停地走來走去，把他在提爾西特對亞歷山大本人說過的話對巴拉舍夫又重複一遍，「他本來只憑我的友誼就能得到這所有的一切……」他又重複了好幾遍才停下來，從口袋裡拿出一個金鼻煙壺，用鼻子貪婪地嗅了一下。

「亞歷山大的朝代本該多麼強盛啊！」

他遺憾地瞥了一眼巴拉舍夫，巴拉舍夫剛要開口，很快又被打斷。「他靠我的友誼都得不到的東西，他還能希望得到它嗎？」拿破崙聳了聳肩膀。「但是，他寧願自己身處危險的境地之中。這些人都是幹什麼的？」他繼續說道，「他把阿姆菲爾德、施泰因、貝尼格森、溫岑格羅德這樣貨色的人物收攬到自己周圍。如果他們是可用之才，他們該得到重用，」拿破崙放慢了語速，「不管是對於戰爭，還是對於和平，他們都做不了什麼。只有一個軍人就是巴格拉季翁。他笨得沒法說，可是他有眼光，有經驗，意志堅定……您那位風華正茂的君主在這群目無尊長、沒大沒小的人裡扮演什麼角色呢？他們損害了他的名譽，並推脫了所有責任。君主只有御駕親征時才應待在軍隊裡。」拿破崙說這句話顯然是對君主的挑釁。拿破崙明白亞歷山大沙皇迫不及待想要成為軍事統帥。「已經七天了，維爾納都被佔領了。你們的領土被分割，波蘭再也不屬於你們了。你們的軍隊怨聲載道。」

「陛下，和您說的正相反，」巴拉舍夫極力想讓自己記住拿破崙對他說的每一句話，吃力地緊跟他那妙語連珠的言辭，「我們的士兵精神抖擻……」

「我什麼都知道！」拿破崙打斷他說。「我清楚你們有多少個營，你們的軍隊連二十萬人都到不了，我卻有六十萬的兵力，我說的都是事實，」拿破崙說道，「我對您說的是實話，我在維斯瓦河這邊有五十三萬人。土耳其人心有餘而力不足，他們沒有用武之地，跟你們講和，就證明了這一點。瑞典人——他們天生就需要我這樣的君王來統治。他們的國王是廢物，他們把他換掉，一個叫伯爾納道特的繼承了王位，他也馬上發瘋了，因為只有發了瘋的瑞典人才會與俄國合作。」拿破崙不屑地冷笑了一聲，又把他的鼻煙壺湊到鼻子前。

巴拉舍夫每次都想插幾句話，可是拿破崙的聲音把他嚇到了。

拿破崙正處於極度狂躁之中，他沒辦法停止講話。身為一國使臣的巴拉舍夫感到很為難，害怕會失去尊嚴的他，覺得一定要站起來反駁，但是做為一個人，他在拿破崙毫無原因的狂怒面前退縮了。他明白這些話於事無補，等拿破崙清醒過來時，會為說過這些話而感到羞愧。

巴拉舍夫低垂著眼睛站在那裡，瞧著拿破崙那兩條粗腿，竭盡全力逃避他投向自己的目光。

「你們與我有一丁點兒關係嗎？」拿破崙說道，「我也有盟友——那就是波蘭人：他們雖然只有八萬人，但他們打起仗來就像獅子一般勇猛！」

拿破崙很明顯說了句謊話，可是巴拉舍夫絲毫沒有發現，讓他更加急不可耐了，他突然轉過身來，湊近巴拉舍夫的臉，用他那雙雪白的手做了一個迅速而有力的手勢，快速喊叫起來：「我要讓你們知道，你們唆使普魯士來抵抗我，我就讓它永遠消失！」他面色極為蒼白，兩隻手互相拍打著。

「沒錯，我要把你們趕到德維納河去，或者趕過德聶伯河去，也會讓阻擋你們的防線再次復甦，讓你們瞭解那道屏障遭到破壞是歐洲的無知和罪過。是的，那就是你們最後得到的結果。這就是你們拋棄我而得到的下場！」

他說完，在屋子裡不停地走來走去，肥胖的肩頭激動地扭動著。他把鼻煙壺放進口袋，又拿了出來，反覆想要拿到自己的鼻樑上，然後停在巴拉舍夫面前。沉默了一會兒，直盯著巴拉舍夫的眼睛，壓低了聲音說道：「可是您的君主本來應該有一個盛世！」

巴拉舍夫覺得必須對這件事提出自己的意見，他說，對於俄國來說，事情並沒有他想的這麼複雜。拿破崙沉默不語，依然輕蔑地看著他，明顯對這種說法並不贊同。巴拉舍夫說，在俄國，假如發生戰爭，大家不會過於緊張。拿破崙點了點頭，好像是說：「我知道，這是您應盡的義務。您早就被我打動了。」

巴拉舍夫說完之後，拿破崙又拿出他的鼻煙壺嗅了一下，為了叫某個人，在地板上使勁跺了兩下腳。門開了，一個侍從，恭敬地彎著身子，把一套服裝遞給他，另一個侍從遞給他一塊小手帕。

拿破崙對巴拉舍夫說：「請替我轉告沙皇，告訴他，我仍舊對他心懷忠誠，我對他瞭若指掌，很欽佩他高尚的品德。我要走了，您會在沙皇那兒看到我的回信。」拿破崙步履匆匆地走向門口。人們尾隨他而下。

七

事情結束後，巴拉舍夫確定拿破崙不僅不願意再見到他，並且還要盡量避免再同他這個受盡恥辱的使臣，尤其是親眼見到他失態的人碰面。可是，令巴拉舍夫震驚的是，通過杜羅克，他接到了要和皇帝共用午餐的消息。

出席午宴的有科蘭庫爾和貝帝埃。拿破崙很歡樂地接待了巴拉舍夫。他非但沒有為早上有失體統的行為感到自責，還竭盡全力為巴拉舍夫加油、鼓掌。很明顯，在他的意志中，他永遠不可能做錯任何事，這不需要按照任何社會準則，而是因爲那是他做的。

用餐完畢，拿破崙騎馬去散步，心情很愉快，所有人歡送他。在他經過的街道上，所有的窗子裡都掛出旗子、橫幅和鑲著皇帝姓名的東西，波蘭女人們也頻頻對他暗送秋波。

午餐的時候，拿破崙讓巴拉舍夫坐在他身邊，對待他不但溫柔和藹，而且好像把他看做他的朝臣。閒聊當中，聊到莫斯科，他向巴拉舍夫瞭解有關俄國首都的情況，就像是一個求知欲極強的旅行家那樣瞭解一個他很感興趣的新地方。

「莫斯科有多少所房子？莫斯科有多少居民？『聖城』真的就是莫斯科的嗎？莫斯科有多少教堂？」他津津樂道地詢問著。

當聽到莫斯科有二百多所教堂的回答後，他驚訝地問道：「爲什麼會有這麼多教堂？」

「俄國人是很崇拜耶穌的。」巴拉舍夫回答道。

「可是過多的教堂和修道院是一個民族落後的象徵。」拿破崙說道，回頭看著科蘭庫爾，彷彿要他發表一下意見。

法國皇帝的意見被巴拉舍夫有禮貌地反駁了。「不同的地域自然有他們不同的風俗習慣。」他說道。

「可是在歐洲很少看到這樣的情況。」拿破崙說道。

「很遺憾地告訴你，陛下，」巴拉舍夫回答道，「除了俄國，西班牙也有許多教堂和修道院。」

巴拉舍夫這句回答，是要寓意法國人在西班牙的失敗，不過現在，在拿破崙的餐桌上，卻沒有受到任何評價。從那些元帥毫無反應、無動於衷的面部表情來看，他們很困惑巴拉舍夫的語調在暗示什麼。

「就算其中有一點兒幽默，我們也沒有搞清楚，或者是根本沒有幽默可言。」他的回答是那麼不受賞識，拿破崙對此置之不理，卻很無知地問巴拉舍夫，從這裡直接去莫斯科要經過哪些城市。

午宴期間始終不敢懈怠的巴拉舍夫回答說，就像諺語所說的「條條大路通羅馬」一樣，條條大路通莫斯科，有許多條路可以到達，「但在各種路線中有一條經過波爾塔瓦的路」。巴拉舍夫這樣的回覆很巧妙，可是他還沒來得及說出波爾塔瓦這座城市，科蘭庫爾就把話題轉移到從聖彼德堡到莫斯科的道路的坎坷和關於聖彼德堡的回憶了。

午宴過後，他們轉到拿破崙的書房去喝咖啡，四天以前，這裡還是亞歷山大沙皇的書房。拿破崙威嚴地坐在椅子上，擺弄著他的塞弗爾咖啡杯，並示意讓巴拉舍夫坐到他旁邊的椅子上，彷彿大家飯後的心情都很愉悅。

拿破崙正沉浸在這種狀態之中，他認爲身邊充滿了景仰他的朝臣，他相信，經過這頓飯後，巴拉舍夫也是他的崇拜者和朋友了。

拿破崙帶著興奮卻暗含譏諷的笑容對他說：「所有人都奉勸我說，這是亞歷山大沙皇住過的房間。你覺得不可思議，對嗎，將軍？」他這句話不會傷害到他的朋友兼崇拜者，因爲這話證明了他，拿破崙遠遠勝於亞歷山大。

巴拉舍夫低下了頭，沉默不語。

「沒錯。四天以前，施泰因和溫岑格羅德因在這個房間裡開過會，」拿破崙滔滔不絕地講道，「我百思不得其解的是，亞歷山大沙皇把我所有的敵人全弄到他的身邊。對此，我不能理解。他沒思考過，我也會如法炮製嗎？」他詢問地轉向巴拉舍夫。

「讓他清楚，我一定能做到的！」拿破崙一面站起來，一面激動地說，「我一定把他在符騰堡、巴登、魏瑪的所有親屬趕盡殺絕……是的，我一定讓他家破人亡。」

巴拉舍夫低下頭來，想要告辭，他聽他說話只是因爲他不得不聽。但他這種神情沒有被拿破崙察覺。

「亞歷山大沙皇爲何要親自上陣呢？這太可笑了，戰場是我的天地，而不是指揮軍隊的他。當沙皇才是他的事情！他可真是太愚蠢了，怎麼會做這樣的事？」

拿破崙又掏出他的鼻煙壺，在室內來回地走著，忽然，他走近巴拉舍夫，微笑著，似乎要做一件不僅重要而且會使巴拉舍夫感到愉快的事。他充滿自信而又自然地把手舉到那位四十歲的俄國將軍的臉上，拎住他的耳朵，輕輕地拉了一下，嘴角還掛著笑容。

「被皇帝揪耳朵」在法國宮廷被認爲是至高無上的寵幸和光榮。

「喂！亞歷山大沙皇的崇拜者和朝臣，爲什麼保持沉默？」他說道。

「馬匹準備好了嗎？」他又說道，略微點了點頭，回應巴拉舍夫的鞠躬。

「把我的馬給他，他要走很長的一段路呢……」

巴拉舍夫帶來的信是拿破崙給亞歷山大的最後一封信。裡面記錄著給俄國沙皇所有的談話細節，緊接著戰爭就拉開了帷幕。

八

安德烈公爵去聖彼德堡之前與皮埃爾見了一面，他對家裡人說有事要做，可是，事實上，他是去找阿納托利·庫拉金，他認爲有些事一定要告訴他。

來到聖彼德堡得知，阿納托利早已經離開了。

阿納托利很快從陸軍大臣那裡接到任務，到摩爾達維亞部隊去了。

這時，安德烈公爵遇到了一向對他有好感的老將軍庫圖佐夫，庫圖佐夫建議他跟著他一起到摩爾達維亞的部隊去，他在那支軍隊裡擔任總司令。安德烈公爵接到任命之後就前往土耳其。

安德烈公爵覺得，給阿納托利寫信，跟他提出決鬥是不合適的。他覺得在沒有任何理由的情況下同他決鬥，會破壞娜塔莎伯爵小姐的名譽，因此，他很想與阿納托利會面，找一個新的決鬥理由。但是他沒有在土耳其軍隊裡見到阿納托利，因爲安德烈公爵剛剛到，他就又回到俄國去了。

在一個新國家，在新的環境裡，安德烈公爵覺得生活更美好了。對於未婚妻的背叛，他越是想對所有人掩飾這件事對他造成的影響，他就越覺得難受。他從前那麼在意的獨立和自由仙子變成了揮之不去的煩惱。在奧斯特利茨戰場上仰望著天空，他浮想聯翩，他曾喜歡同皮埃爾談論，後來在博古恰羅沃以及在瑞士和羅馬有過幸福美好的生活，現在這些昭示著光明前途的想法他都不敢再去回憶。

他此時此刻最關心的是面前的實際問題，他越是熱心注意這些問題，回憶就會漸漸遠去。過去懸在他頭頂的那個無限高遠的蒼穹，彷彿一下子塌下來了，壓迫著他，限制著他。

他覺得，在軍隊裡服役是最簡單的，也是他最熟悉的生活。做爲庫圖佐夫司令部的值班軍官，他工作態度認真，工作的勁頭和熱情出乎庫圖佐夫的預料。

在土耳其軍隊中沒有見到阿納托利，安德烈公爵認爲沒有必要再跟著去俄國；不過他明白，無論什麼時候遇見阿納托利，他都一定會同他決鬥。怒氣未消，奇恥未雪，他總是這樣想著，這令他心情激奮。在土耳其，把自己安排得忙忙碌碌的安德烈公爵，爲自己打點著一切，也稍帶點野心和虛榮心，來維持這種不同尋常的平靜。

一八一二年，和拿破崙開戰的消息傳到了布加勒斯特，安德烈公爵向庫圖佐夫請求把他調到西路軍去。庫圖佐夫很乾脆地放他走了，派給他一個在托利．巴克雷的職務。

五月，在西路軍出發之前，安德烈公爵順路去了童山。在過去的三年裡，他的生活中發生了太多事情，他明白了許多道理，感受了許多，思考了許多，回到童山的時候，卻發現那裡沒有任何變化，連一絲一毫都維持著原貌，這讓他覺得很意外和不解。這座宅邸還是那麼整潔、那麼莊嚴、那麼肅穆，一成不變的牆壁，不變的傢俱，不變的有點膽怯的面孔，不變的聲音和氣味，只不過有些老氣。

瑪麗亞公爵小姐還是那個相貌平平、膽小、上了歲數的姑娘，永遠生活在精神的痛苦和恐懼之中，百無聊賴地度過她一生中最好的年華。布里安小姐還是那樣一個充滿喜悅的、喜歡賣弄風情的姑娘，自信滿足，對生活充滿希望。安德烈公爵覺得她變得更加自信了。

德薩爾，安德烈公爵從瑞士帶回來的那個教師，雖然穿著一件俄國式的晚禮服，和僕人們講著蹩腳的俄語，但是不過是一個懂點知識、有點小聰明、拘謹古板、有德行的老師。

只有小尼古拉有點變化，長大了。滿頭黑色卷髮，富有朝氣，高興起來的時候，同已經故去的嬌小的公爵夫人一模一樣，不由自主地翹起他那動人的小嘴唇。

儘管表面上一切都和原來一樣，可自從安德烈公爵離開他們，這些人之間發生了許多事。這一家人形成兩個互相敵視、針鋒相對的陣營。老公爵、布里安小姐和建築師在一個陣營之中；德薩爾、瑪麗亞公爵小姐、小尼古拉和所有的保姆、乳娘則站在另一邊。

他在童山這段時間裡，全家一塊兒吃飯，因爲他的原因才破了例，氣氛很尷尬。第一天吃飯時他就感受到了這點，他默不作聲，老公爵看出他很拘束，也默不作聲，用過飯後馬上回自己房間去了。

晚上，當安德烈公爵去看他時，想使他開心一點，給他講小卡緬斯基伯爵的故事，這時老公爵突然對他談起瑪麗亞公爵小姐來，指責她對布里安小姐的憎惡。老公爵說，布里安小姐才是他真正的朋友。

老公爵說，他之所以會生病，就是因爲瑪麗亞公爵小姐：她故意折磨他，惹他生氣；她的蠢話和溺愛，讓小尼古拉公爵墮落。

老公爵清楚地知道，他對自己女兒的折磨，讓她很痛苦，但是他也明白，他沒法不折磨她。

「爲什麼安德烈公爵明白這個，卻避而不談他妹妹的事呢？」老公爵想道，「他認爲我老了，糊塗了，居然疏遠自己的女兒，反而親近這個法國女人嗎？他搞不清楚其中的緣由，讓我給他說說我的意見。」於是他開始解釋，女兒的任性讓他無法忍受。

「您問我，」安德烈公爵說道，眼睛閃躲著，「我原本不願意談這件事，不過您如果想知道，我就把我的想法坦白地告訴給您。您跟瑪麗亞中間不論發生什麼，我都不會責備她，我知道她是多麼尊重您、愛您。既然您問我，」安德烈公爵情緒有些激動，「我只能說，如果有任何誤解，全在於那個破女人，她不配做我妹妹的朋友。」

老公爵一開始目不轉睛地看著兒子，一個不經意的微笑露出了他那殘缺的牙齒。「什麼朋友，我親愛的？啊？」

「我不願意當審判官，」安德烈公爵帶著怒氣說道，「但這是您要求的，所以我才說了，而且會一直這麼說，瑪麗亞公爵小姐並沒有錯，錯在……全是那個法國女人的錯！」

「啊，你竟然宣判了……宣判了！」老公爵小聲說道，安德烈公爵聽出他的聲音有些尷尬，但是他突然跳起來大叫道：「走，全都走！我再也不想見到你！……」

安德烈公爵想馬上離開這裡，可是瑪麗亞公爵小姐求他再留一天。這一天老公爵沒有和任何人見面，連屋子都沒有出，除了吉洪和布里安小姐之外，沒有命令誰都不准進去，他問了好多次他兒子走了沒有。

第二天，出發之前，安德烈公爵去看他的兒子。他讓那個活潑可愛的孩子坐在他的膝蓋上。安德烈公爵給他講藍鬍子的故事，但是還沒講完就已經沉迷於自己的思考中。他在自己心中尋找因爲被惹怒而懊悔，生平頭一次同他父親吵架後離開他的遺憾心情，令他感到可怕的是，這兩種心情他全都沒有。最重要的是，他想像其他父親一樣愛撫這個孩子，喚起心中從前對兒子的疼愛與溫柔，但是他不明白爲什麼他體會不到這種感覺。

「接著講故事呀。」兒子說。安德烈公爵不再理睬他，把他從膝蓋上放下來，頭也不回地走出去了。

安德烈公爵只要不處於忙碌之中，特別是當他再回到曾經令他幸福的熟悉時光中，那種憂鬱的心情就會洶湧而來，因此他迫切地需要投身於工作。

「你能不走嗎，安德烈？」他妹妹問道。

「感謝上天，我還有能力逃離，我很抱歉，我不得不離開。」

「你憑什麼這樣說！」瑪麗亞公爵小姐說道，「現在，你就要捲入這場讓人恐懼的戰爭，而他又已垂垂老矣，你怎麼可以走！布里安小姐說，他還問起你……」當說到這件事時，她的嘴唇顫抖著，眼淚止不住地飛瀉而下。

安德烈公爵不耐煩地回過頭去，在室內來回踱著步。

「啊，我的上帝啊！」他說道，「你能理解嗎？無論一個人或是一件東西多麼微不足道，卻能毀掉他人的幸福！」他的震怒令瑪麗亞公爵小姐害怕起來。

她很清楚，他所說的「微不足道的人」不但是指使她不幸的布里安小姐，也指那個讓他不幸的人。「安德烈！我只求你這一次，我懇求你！」她一面說，一面搖晃著他的胳膊。「我理解你，不要以爲所有的痛苦是人造成的，人本身是上帝創造的。」她習慣性的充滿自信的目光，注視著掛在比安德烈公爵的頭稍高的聖像。

「假如我是女人我也會，但是寬容是女人的通病。我是一個男人，就算寬恕也不能忘懷，不再憎恨，」他說道，儘管只有這時他才想到阿納托利，可是他還沒有發洩出來的怒氣突然在他心中冒出來，「假如瑪麗亞公爵小姐以前，現在，乃至將來都在勸我寬恕，不就代表著，我做了對不起我自己的事。」於是他不再理睬她，開始在頭腦中描繪他遇見阿納托利時那讓人痛快的報仇雪恨的一刻。

瑪麗亞公爵小姐懇求他無論如何都要再停留一天，她說，如果安德烈不和她說清楚就離開，她會覺得她不幸；但是安德烈公爵回答說，他不久還會從軍隊中回來，他一定會和父親保持聯繫。

「再見，安德烈！無論如何希望你清楚，不幸是上帝賜予的，人永遠是無辜的。」這是他妹妹辭別時最後說的幾句話。

「無藥可救了！」安德烈公爵乘車駛出童山住宅的林蔭路時暗自說著。「這個幼稚可憐的人，只能受這個倔強頑固的老頭折磨了。老伯爵明知是自己不對，卻固執己見。我的孩子正在成長，享受著人生的樂趣，他要經歷每個人所經歷的一切，會說謊或者被人欺騙。我要到軍隊去了。到底是爲了誰，我也不清楚是爲了什麼。我想去見見那個卑鄙的人，以便給他一個嘲笑我或者殺掉我的機會。」

一切仍如往常，不過從前它們都是互相聯繫的，而現在，都破碎流失已經不在了，只剩下一堆空殼，沒有任何聯繫，一切都彷彿就在眼前。

九

六月下旬，安德烈公爵抵達總司令部。沙皇所在的第一軍在德里薩布下了營地；第二軍在撤退，想盡辦法要與第一軍會合，有人說法軍把他們攔截了。

人人都爲俄國軍隊糟糕的處境擔憂；但出人意料的是，俄國各省也沒有免於被侵犯的危險，誰也沒料到戰火會蔓延到波蘭西部。

安德烈公爵在德里薩岸上尋找到了巴克雷・德・托利。因為隨軍宮廷和大批將軍都駐紮在距河十俄里遠的村子最好的房子裡。巴克雷・德・托利在距沙皇四俄里的地方投宿。他冷淡地接待了安德烈，趾高氣揚地對他說，他會將他的事秉呈給陛下，以便決定對他的任命，讓他先留在軍部中。安德烈本來指望在軍隊裡找到阿納托利，可是他早已出征，去聖彼德堡了，不過這個消息讓安德烈感到興奮。這場大規模戰爭的指揮中心讓他興奮，他很慶幸有一段時間可以不去想復仇的事。

在開始的四天裡，安德烈公爵騎著馬巡視了整個陣地，憑藉他自己對軍隊的認識和與專家們的交流，他竭盡全力想對這個營地有一個清楚的印象。這個陣地是否有利，安德烈公爵還是疑惑重重。根據他的軍事經驗同奧斯特利茨戰役給他留下的印象，他堅信：在戰爭中，最周密的計畫也毫無用處，一切取決於怎樣應對敵人的出其不意，一切依賴於如何領導和誰是這場戰爭的領導者。為了搞清楚這個問題，安德烈公爵不顧一切地利用他的人脈和職權，盡可能摸清軍隊內部，以及參加管理的人物以及派別的性質，並對整個軍隊的構成有了清晰的概念。

當沙皇還在維爾納時，部隊就被組織成了三個軍。第一軍，由巴克雷・德・托利統率；第二軍，由巴格拉季翁統率；第三軍，由托爾馬索夫統率。沙皇在第一軍，但他不是總司令，據說不可以說沙皇指揮軍隊，只說隨軍。沙皇行營參謀長——主管軍需的將軍彼得・米哈伊洛維奇・博爾孔斯基公爵伴隨沙皇左右，還跟隨一些侍從、武官、將軍、外交官，還有許多外國人，但這不是軍隊的參謀部。

除此之外，沙皇的隨從裡還有一些沒有職務的人：貝尼格森伯爵——大將、阿拉克切耶夫——前陸軍大臣、魯緬采夫伯爵——高級文官、皇太子康斯坦丁・帕夫洛維奇大公，以及其他許多人。儘管這些人在軍隊裡沒有擔任職務，但是因為受沙皇寵愛，地位極高，常常會影響命令的發出。

不過這只是表面文章；沙皇與所有這些人的分量，每個人都心知肚明。沙皇不擔任總司令的職務，但卻統率全軍，他有一群對他唯命是從的屬下。阿拉克切耶夫是法令的忠實執行者和監督者，是君主的守護。貝尼格森是維爾納省的一個地主，表面上是在盡地主之誼，實際上卻是一個優秀的將軍，善於謀略，隨時可以取代巴克雷。大公在那裡，因為他樂於待在沙皇身邊……總之，沙皇的身邊圍著一群能出謀劃策、能征戰沙場的重要人物。

在這個活躍的、極有權勢的、高傲的、地位尊崇的圈子裡，安德烈公爵越發明白了各個派別的各種思想。

第一派包括普弗爾和他的軍事理論追隨者。他們推崇軍事科學，認為這一科學有其自身固定不變的法則，像迂迴戰、運動戰等。普弗爾及其追隨者要求按照偽軍事理論所規定的精確法則把自己限制起來。屬於這一派裡面的有沃爾左根、德國親王、溫岑格羅德和其他人，主要是德國人。

第二派與第一派正相反。這一派人，早在維爾納時就要求兵攻波蘭，直接見形勢打仗，不受約束。這一派人除了勇敢行動之外，也是民族主義的代表，他們鋒芒畢露，全是俄國人：巴格拉季翁、葉爾莫洛夫和另外一些人。這一派人，以索瓦羅弗的話為信條，說作戰不應當在地圖上，而是換位思索，應當強力攻擊敵軍，殺得片甲不留，不許他們踏進俄國的大門，要鼓舞軍隊的士氣。

深得陛下寵愛的是第三派，這是一些愛做和事佬的宮廷侍臣。他們當中的大多數人不是軍人出身，阿拉克切耶夫就是其中之一。他們說，打仗特別是像拿破崙這樣的軍事天才，需要擁有最豐富的軍事科學知識和考慮周密的計畫，在這方面，普弗爾是最出色的。他們根據普弗爾的計畫，堅持要求保留德里薩陣地，可是要改變其他部隊的行動路線。儘管這樣做沒多大意義，但是這派人覺得，這樣行動更合理。

第四派代表人物是大公皇太子，他在奧斯特利茨所體會到、從希望到失望的心境讓他終身不忘。他們很畏懼拿破崙，看到他的強大與自己的弱點，並很坦白地說出這一點，他們說：「這一切除了侮辱、痛苦和毀滅，不會有其他的後果！我們早就拋棄了維捷布斯克、放棄了維爾納，還會放棄德里薩。在我們還沒有被趕出去之前，盡量結盟才是最聰明之舉。」這個觀點在軍界領導者中很普遍，在聖彼德堡也得到了擁護，內閣大臣魯緬采夫出於其他國務方面的考慮，也贊同求和的行為。

第五派是巴克雷．德．托利和他的信徒，他們說與其把他看作是一個人，不如說看作是陸軍總司令和大臣，並且強調說：「無論怎樣，他總是一個能力過人、值得信賴的、再善良不過的人了。給他實權吧，因為沒有統一的指揮，就沒有辦法順利開戰，他會讓人看到，他可以做什麼。如果說我們的軍隊實力殷實，井然有序，萬無一失地就撤到了德里薩，這完全要歸功於巴克雷。讓貝尼格森替代巴克雷，那沒什麼好說的，毫無懸念會失敗。」

第六派是貝尼格森派，他們的意見恰恰相反，他們說無論如何，沒有比貝尼格森更有經驗、更有能力的人了。「無論現在怎樣做，最後必須要貝尼格森出馬。」他們說，「錯誤犯得越多越好，至少能更快地讓人們弄明白，這樣下去我們一定完蛋。我們需要的不是什麼巴克雷，而是像貝尼格森這樣的有才能、智勇雙全的人，只有貝尼格森一人可以讓所有人心服口服。」

第七派是君主身邊那些侍從武官和將軍。這些人無處不在，也是隨時隨地跟在年輕的沙皇旁邊，在亞歷山大時代這種人多如牛毛。他們對君主忠心耿耿，不是把他當作沙皇，而是做為一個人，無私地、真摯地崇拜他，為他奉獻。這些人雖然很是崇拜沙皇，拒絕接受統率軍隊的謙虛精神，但是又責備他不應該那樣做，他們堅持希望要他們崇拜的君主能夠拋開他內心對自己的不信任，希望他親自統率軍隊，成立一個真正的總司令大本營，向經驗豐富的實踐家和理論家諮詢，御駕親征。

第八派是包含人數最多的一派，這些人既不願結盟，也不想打仗，還不想在德里薩或任何其他地方進行防守，不崇拜沙皇，不喜歡巴克雷，也不喜歡貝尼格森。這派人的感情觀念不盡相同，玩陰謀詭計，互相衝突，愛慕虛榮，一味地追求私利；而人數最多的第八派人在動盪不定的局勢下面臨嚴重威脅，人心惶惶的環境帶來相當大的混亂不安。一旦有什麼風吹草動，這群大黃蜂，在前一個問題上還沒解決好時，又跑到另一個新問題上，他們那虛假的聲音淹沒了那些真誠辯論的聲音。

安德烈公爵到達軍隊的時候，從所有派別中間，又自發形成另一派，第九派，它的特點是果敢地說出自己的主張。這是些頭腦清醒、有相當政治經驗的元老，他們瞧不起那些相互矛盾的意見中的任何一方，用他們睿智的眼睛洞悉大本營裡所發生的一切，想方設法擺脫這種遲疑不定、惶惶不定、混亂軟弱的局面。

就在安德烈公爵在德里薩無所事事的時候，這一派的主要代表國務秘書希什科夫給沙陛下書一封聯名信，阿拉克切耶夫和巴拉舍夫也在信上簽名。信裡這樣寫道，他依據沙皇允許他自由發表言論的權利，希望沙皇能夠離開軍隊，理由是君主在首都更能鼓舞人民的鬥志。

君主親自鼓舞民眾，號召他們保家衛國，是俄國得以獲勝最主要的條件。以要陛下退出軍隊爲藉口朝他提出這個理由，沙皇也欣然同意了。

十

這封信交給沙皇之前，某天午餐時間，巴克雷通知安德烈公爵，說沙皇要召見他，向他詢問土耳其的情況，安德烈公爵需在當晚六點到貝尼格森的住所。

這一天，皇宮傳來消息，拿破崙要採取新行動，這可能會使俄國軍隊有所損失。這天一大早，米紹上校陪同沙皇巡視德里薩的防禦工事，他向沙皇證實，這個是由普弗爾建造的，被公認是可以毀滅拿破崙的優秀建築，其實是沒有任何用處的，它加速了俄國軍隊的滅亡。

安德烈公爵來到貝尼格森的居住區，他在河岸上一所不寬敞的地主宅院住下。貝尼格森和沙皇全不在那裡，但是沙皇的侍從武官切爾內紹夫代替沙皇接待了安德烈公爵，並告訴他說，沙皇在保羅西侯爵和貝尼格森將軍的陪伴下，第二次到德里薩陣地的防禦工事巡視，工事如今是很難解決的問題。

切爾內紹夫坐在第一間房的窗子邊，手捧一本法國小說。在房間的角落裡安放著貝尼格森副官的折疊床。這個副官也在那裡，看上去無精打采的樣子，坐在鋪蓋卷上打盹。

廳裡有兩個門，一個通往前面的客廳，另一個在右邊，通往書房。

在客廳裡，按照沙皇的意思臨時召集了幾個人，不是軍事會議。沙皇只是想就如今的處境聽聽他們的意見。

奉命來參加這個非正式會議的有侍從武官沃爾左根、瑞典籍將軍阿姆菲爾德、米紹、丹奧、溫岑格羅德、與軍人沒什麼關係的施泰因伯爵，最後，還有普弗爾。安德烈公爵聽說，問題是針對他的。安德烈公爵在朝客廳走去的時候，停留了片刻，同切爾內紹夫說了些什麼。

普弗爾穿一件剪裁糟糕、很不合身的俄國將軍制服，乍一看，安德烈公爵覺得似曾相識，儘管之前與他並不相識。安德烈公爵在他身上看到了許多德國理論家將軍們身上也擁有的東西，只是比他們更加突出。這樣一個集所有德國人的特點於一身的德國理論家，安德烈還是第一次見到。

普弗爾中等身材，偏瘦，但是骨骼寬大，身強力壯。他臉上佈滿皺紋，眼睛凹陷。

他走進房間，不安地向四周張望。他按著佩刀與切爾內紹夫交談，用德語問他沙皇正在何處。顯而易見，他急切地想要找到沙皇。普弗爾匆忙地對切爾內紹夫點了點頭，就算對他的答覆。聽說沙皇在巡視他按照自己的理念設計的防禦工事，就自我嘲弄地笑笑，嘀咕了一句什麼。安德烈公爵聽不清他說什麼，想要走開，可是切爾內紹夫熱情勃勃地把他介紹給了普弗爾，說安德烈公爵剛從土耳其回來，那裡的戰事並沒有想像的那麼糟糕。普弗爾望了他一眼，然後配合地笑了笑說道：「那一定是一場精心策劃的戰爭了。」

普弗爾本來就容易憤怒和善於冷嘲熱諷，這段時間因爲他們沒經過他同意就巡視和批評他的陣地，使他格外惱火。通過與普弗爾這次短暫的相見，再加上自己對奧斯特利茨的回憶，安德烈公爵對他印象很深。

普弗爾固執無比，很死板卻又極端自信、不懂謙虛，這個世界上只有德國人才會這樣，因爲只有德國人才會憑藉一種看不見的思想——科學，也就是虛構的完美無瑕的理論，就能那樣自信。

普弗爾有自己想像出來的真理——他從腓特烈大帝的戰爭中推論出來的迂迴運動論，他覺得從現代戰爭史裡看到的一切都是沒有實用價值的、複雜的、野蠻的東西，敵對雙方都犯了很多錯誤，因此這些戰爭都不能稱之爲戰爭，因爲它們都不適合這些理論，這些真理不能用在他們身上。

普弗爾和安德烈公爵與切爾內紹夫聊了幾句和當前戰爭有關的話，他的表情表明他早就知道一切都會失敗，他甚至對此沒有覺得難過。

普弗爾獨自跨進另一個房間，不一會兒從那裡傳出他那喋喋不休的聲音。

十一

安德烈公爵看著普弗爾離開時，貝尼格森伯爵就迫不及待地衝了進來，他向安德烈公爵點頭致意，一直走進書房，同時對他的副官做了些暗示。沙皇很快要駕臨，貝尼格森趕緊先來做一些迎接君主的準備。

安德烈公爵和切爾內紹夫匆匆走到門前臺階上，筋疲力盡的沙皇正在下馬。保羅西侯爵正與他小聲說著什麼，沙皇帶著不滿的神情聽著他無比興奮、激動的談話。沙皇明顯想終止那場談話，但是那個高度興奮、滿面緋紅的義大利人卻忽略了所有禮節，繼續在他面前侃侃而談。

「至於那個建議構築德里薩陣地的人，」保羅西說，這時沙皇匆匆走上了臺階，看見了安德烈公爵，仔細地打量他，「至於那個人，陛下，」保羅西不顧一切地說道，「那個建議構築德里薩陣地的人，只能把他遣送到兩個地方去：絞刑架或者瘋人院。」

沙皇並不在意他的話，他認出安德烈公爵，慈愛地對他說道：「很高興看見你！跟他們去聚會的地方吧，我一會兒就到。」

沙皇走進了書房。施泰因男爵和米哈伊洛維奇公爵跟隨著侍奉在他後面。得到沙皇允許的安德烈公爵，同保羅西一起昂首挺胸地進入舉行會議的客廳。

米哈伊洛維奇公爵承擔著沙皇參謀的工作。他走出書房，拿著一張地圖走進客廳，他把地圖在一張桌子上攤開，陳述了沙皇提出的一些問題。事情還在繼續發展，晚上收到了法軍包抄德里薩陣地的消息。

第一個發表意見的是阿姆菲爾德將軍，他提出了出人意料的建議：為了擺脫現在的處境，在離開莫斯科和聖彼德堡的大路上構築新的戰地、營地，軍隊在這裡會合，守株待兔。阿姆菲爾德早就擬好了這個計畫，現在提出來，主要是利用這個機會誇耀一下。有些人反駁，有些人支持和鼓勵。年輕的丹奧上校是反對意見的人中最激烈的一個，他在反對過程中，從衣袋裡掏出一個寫得密密麻麻的筆記本，請求沙皇允許他將裡面的內容念唸給大家聽。丹奧在這份筆記中，提出了另一個和阿姆菲爾德及普弗爾的計畫完全相反的作戰計畫。丹奧在保羅西反駁的時候，建議不斷往前，不要撤退，用他的話來講，只有這樣才能讓我們重拾信心，面對我們目前所處的困難。

在整個爭論過程中，普弗爾和他的翻譯沃爾佐根一句話都沒有說。

當主持討論的米哈伊洛維奇公爵請他對此做出評價時，他只是說：「為什麼要問我呢？阿姆菲爾德將軍建議了一個讓敵軍清楚我們的絕妙陣地。或者是進攻，這位義大利先生的進攻方案，很好嘛！或者是撤退，聽起來也不賴！何必問我？」他說道。

米哈伊洛維奇公爵很不高興地皺著眉頭說，他是以沙皇的名義來徵求他的意見的，這時普弗爾不假思索地站了起來，突然精神振奮地說道：「所有都結束了，人人都以為自己比我聰明，現在你們反過來問我了！沒有什麼要補救的！只要完全按照我闡述的原則去執行，哪有什麼困難？胡說八道，幼稚！」他激動地來到地圖前，飛快地講起來，他手指著地圖，強調再多的意外狀況也不會改變德里薩陣地的合理性，所發生的這些全都被預料到了，敵人要來迂迴包抄，他們無處可逃。

保羅西用法語向他提問。沃爾佐根一字一句地翻譯他的話，勉強能跟得上普弗爾，後者自豪地向大家證明，一切的一切，不僅包括已經發生的，就連即將可能發生的一切，在他的計畫中都預料到了，現在已經沒有任何困難，錯就錯在沒有嚴格、準確地執行他的計畫。他反覆地嘲笑著，論證著，最終，他輕蔑地停止了論證。

沃爾佐根取代了他滔滔不絕的講話，仍舊不斷用法語轉述他的思想，不停地向普弗爾說道：「沒錯吧，大人？」

保羅西和米紹一同用法語反駁沃爾佐根。阿姆菲爾德用德語對普弗爾說話。米哈伊洛維奇公爵在聽丹奧用俄語向他解釋。安德烈公爵默不作聲地觀察著、聆聽著。

在場的所有人當中，安德烈公爵最同情那個固執且正在發怒的普弗爾。在座的人當中，明顯只有他顧全大局，對任何人都不抱有敵意，只是單純想把他多年辛苦研究形成的作戰理念付諸行動。他是可笑的，他的諷刺是令人討厭的，但無論如何，他對自己理想的無限忠誠，令人肅然起敬。

另外，大家的談話有一個共同特點，那就是對拿破崙這個軍事天才的恐懼，儘管他們想要掩飾這種情感，但還是會在每個人的發言中明顯地感覺到。他們以為拿破崙樣樣都行，對他既防備又畏懼。只有普弗爾認為拿破崙也同這些人一樣，是野蠻人。但是，除了崇拜之外，普弗爾令安德烈公爵覺得可憐。從朝臣們對他說話的口氣來看，從保羅西敢於如此對沙皇講話來看，最重要的是，從普弗爾天要塌下來般的神情來看，他下臺的時刻已經不遠了。儘管他有足夠的自信心和德國人固執、驕傲的性格，但這個人是可憐的。儘管他用輕蔑和憤慨的表象來掩飾住了這種沮喪，但是顯然他也沒有希望了。

討論持續了相當長一段時間，而且越來越激烈，甚至開始進行人身攻擊和對罵。安德烈公爵聽著這混雜各種語言的談論和這些計畫、推測、叫喊和反駁，卻只對他們說的話感到驚訝。他在參與軍事要務的過程中早就萌發了一個想法——根本沒有什麼所謂的軍事科學，也沒有人們所說的軍事天才。

阿姆菲爾德說，我們的軍隊被分割了；而保羅西卻說，法國軍隊被我們死死扣在火力交叉點上動彈不得；米紹說，德里薩陣地不能打，因為它後面有一條河；普弗爾卻說，這場戰爭就是要看它；

丹奧提出一個計畫；阿木菲爾德提出另一個計畫。爲什麼人們全都要推崇軍事天才呢？難道一個人可以及時解決碰到的所有困難，能讓人對他言聽計從，就是天才嗎？這不過是因爲一個軍人被授予榮譽和權力。然而很多無恥的人趨炎附勢、阿諛奉承，誇大權勢人物的品質，於是他們就被稱作天才了。其實，正好相反，我認爲應該得到承認的最好的將軍，都是些心不在焉或愚蠢的人。巴格拉季翁是軍事天才，連拿破崙也願意承認這一點。一個優秀統帥不但不需要天才和集合所有優異的品質，正好相反，他應該是心胸狹隘的，堅信自己，只有那樣他才能成爲一個自信、有能力、優秀的統帥。自古以來人們就擁有了天才，因爲他們是權力、地位的代表。戰爭中的勝負不取決於他們，而是取決於在隊伍中喊「衝啊」或喊「我們被打敗了」的人。只有在這些部隊裡，一個人才會發揮出自己的作用。

安德烈公爵在聽著那些談話時，心裡一直這樣想著，直到保羅西叫他的時候他才反應過來，這時其他人都已經走了。

第二天，在閱兵的時候，沙皇問安德烈公爵喜歡什麼樣的工作，安德烈公爵沒有請求留在沙皇身旁，而請求到軍隊中去，因而在宮廷裡的地位將永遠與他失之交臂。

十二

在打仗之前，尼古拉收到他父母一封信，他們在信裡簡潔地告訴他娜塔莎生病和與安德烈公爵不再有任何關係的事，他們懇請他退役回家。

收到信後，尼古拉並沒有答應退役，而是給他父母寫了一封信，說他對娜塔莎生病和解除婚約的事感到很遺憾，他盡可能以他們的希望爲主。他給索尼婭按特殊處理寫了一封信。

「我親愛的朋友！」他寫道，「除了榮譽，再沒有什麼牽絆可以阻止我回到家鄉。可是，現在，戰役馬上開始，我要顧全大局，不得不把親人拋在腦後，否則我覺得那是不可饒恕的。不過我保證戰爭以後我們再也不會分開。請相信我，戰事一過，只要我還活著，你也還愛我，我絕對拋開一切，與你相守一生，再也不分開。」

確實，只是打仗的原因使尼古拉不能像他承諾的那樣回去和索尼婭結婚。奧特拉德諾耶秋天的打獵，耶誕節和冬天，和索尼婭的愛情，讓他充滿了思鄉之情，現在他正沉醉其中，但是因爲戰爭在即，他不得不留在團裡。

尼古拉休假回來時，受到同事們的熱烈歡迎，他被派去選購馬匹，買回一些自己很喜歡，也博得長官們讚賞的出色良駒。在他出差選購期間，他被提升爲騎兵大尉，團隊在進入戰時狀態擴編，他又被派回他原來的騎兵連。

戰爭開始了，團隊被調到波蘭，發了雙餉，派來了新兵和新的軍官，又派發了新的馬匹；更主要的是，大家內心都感到難以抑制的興奮。尼古拉繁忙於軍中事務，並且從中獲取快樂和滿足，儘管他清楚他一定會離開。

因爲各種原因，軍隊被調離了維爾納。每後退一步，都將伴隨著總司令部裡的一場交鋒。對保羅格勒團的驃騎兵來講，在夏季最美的時候，帶著充足的物資撤退，應是一件愉快而簡單的事。只有在司令部裡，才有惶惶不安、沮喪和鉤心鬥角。他們爲撤退感到難過、惋惜，那只不過是因爲他們不得不離開早已習慣了的營房，離開那些美女罷了。

開始，他們興高采烈地在維爾納周圍駐紮營地，和波蘭的地主們交朋友，隨時準備接受其他高級指揮官們和沙皇的查閱。命令隨後傳來，要向斯文齊亞內撤退。

驃騎兵們對斯文齊亞內印象很深，是因爲這是個「醉營」，也因爲駐軍在斯文齊亞內受到的許多投訴，說他們濫用職權，除了糧食，還從地主們那裡掠奪走了馬匹、車輛和地毯。尼古拉記得斯文齊亞內，是因爲他在他們進入小城的第一天，就將騎兵司務長調離職位，因爲他沒法解決那些背著他偷偷搬走了五桶陳啤酒而喝得酩酊大醉、不省人事的連隊的驃騎兵。他們撤離斯文齊亞內，一直退到德里薩，接著又從德里薩撤退，幾乎就要進入俄國了。

七月十三日，保羅格勒騎兵團第一次打了一場大規模戰役。

七月十二日，戰鬥的前一晚，電閃雷鳴，暴風雨夾雜著冰雹。兩個保羅格勒騎兵在一片黑麥地上露天紮營，已經抽穗的黑麥被馬匹踐踏得不成樣子。雨下得很猛烈，同行的是一個受尼古拉保護的青年軍官伊林，正端膝微坐在一個匆匆搭成的帳篷中。他們的團長——一個長著絡腮鬍子的軍官，騎馬去參謀部回來時遇上了雨，進入尼古拉的棚子準備躲雨。

「伯爵，我從參謀部回來。你聽說拉耶夫斯基升官的事了嗎？」那個軍官向他們敘述了他從參謀部聽來的，關於薩爾塔諾夫戰役的詳細情況。

尼古拉抽著菸斗，縮著脖子，有些心不在焉，時不時地瞄一眼緊貼在他身邊的伊林。這個軍官是一個剛加入團隊不久的小傢伙，他現在的處境，正如七年前尼古拉與傑尼索夫的關係一樣。伊林盡力在各方面模仿尼古拉，他對尼古拉很感興趣。

大鬍子軍官茲德爾仁斯基能說會道，把薩爾塔諾夫水壩比作「俄國的忒摩比利山口」，說拉耶夫斯基將軍將會流芳百世。他敘述拉耶夫斯基是如何領著兩個兒子在恐怖的炮火下走上水壩，帶著他們衝鋒陷陣。尼古拉聽著這個故事，用沉默來回應茲德爾仁斯基的激情，反而顯得很難爲情，不過也無意加以反駁。自從奧斯特利茨和一八〇七年的戰役以來，尼古拉很明白，人們在講述戰績的時候通常會加油添醋，他也做過類似的事。此外，充足的經驗告訴他，戰爭中發生的根本不像我們所想像的那樣。因此，他對茲德爾仁斯基的故事沒有多大興趣，甚至不喜歡這個人，這個滿臉絡腮鬍子的人不顧慮他人的感受，說話時身子緊緊貼在聽話人的臉上，令人很不舒服。

尼古拉默默地凝視著他，「首先，水壩被攻擊的時候，一定擁擠不堪，一片混亂，拉耶夫斯基要是把他的兩個兒子帶到那裡，對別人不會有太大影響，」他暗自想道，「別人不會注意到拉耶夫斯基是如何或是同誰一起走上水壩的。在生命攸關的時刻，拉耶夫斯基的矯情對他們能起到什麼作用？其次，他們有沒有攻下薩爾塔諾夫水壩，並不像忒摩比利山口那樣事關重要。他又爲何把他自己的兩個兒子帶上戰場呢？」尼古拉一面聽茲德爾仁斯基的講述，一面思考著自己的話，但是沒有說出來，因爲他在這類問題上已經有過經驗了。他清楚，這個故事能取得榮耀，他們必須裝出很崇拜的樣子。

「我受不了啦，」伊林說道，他看出尼古拉不喜歡茲德爾仁斯基的話。「我的襯衫和襪子……我坐的地方總是淌水！我得找個藏身的地方。啊！雨似乎小一點兒了。」伊林出去了。

五分鐘後踩著泥漿衝回棚子的伊林。

「走啊！尼古拉，快走呀！我找到了！離這裡兩百步遠的地方有一個小旅店，我們的兄弟們全聚在那兒了。去那裡整理整理，瑪麗亞·亨里霍夫娜也在那兒。」

亨里霍夫娜是團軍醫的妻子，是個美麗、時尚的德國女人。驃騎兵團去哪兒他都帶著她，醫生吃醋就經常成了驃騎兵軍官們的飯後笑話。

尼古拉穿上衣服，叫拉夫魯什卡帶上東西跟著走，就隨著伊林走進小旅館。

「尼古拉，你去哪兒了？」

「在這裡。這閃電好亮啊！」他們愉悅地交流著。

十三

在這個沒有主人的小旅店門口停著醫生的篷車，房子裡大概有五個軍官。亨里霍夫娜，一個淺色頭髮、中等身材的德國女人，戴著睡帽，穿著短上衣，坐在前面角落裡一張寬凳子上。醫生躺在她後面睡覺。伊林和尼古拉走進房間時受到了熱烈歡迎。

「哇，你們這裡像是在過節啊！」尼古拉笑著說道。

「好傢伙！簡直是落湯雞！別把我們的客廳弄濕了。」

「別弄髒了亨里霍夫娜的衣服呀！」又有一些人說著。

尼古拉和伊林趕緊找了一個角落，讓她換身衣服。他們走進隔壁牆後面想換掉濕衣服，可是那兒有三個軍官在空箱子上玩牌。他們說什麼也不想離開。於是他們用亨里霍夫娜借給他們的裙子當做帷幕，尼古拉和伊林在帷幕後面換掉了濕衣服。

房間裡生起火來。大家把木板搭在兩個馬鞍子上，弄來一個小茶炊，半瓶甜酒和一個小食品箱，請亨里霍夫娜做女主人，大家都圍繞著她聚在一起。

有人遞給她一條乾淨手絹，讓她把手擦乾淨，另一個在她那雙小腳下鋪上了一件短外套，不讓她感到寒冷，她丈夫臉上的蒼蠅又被一個人趕走了，免得他醒過來。

「就讓他那樣吧，」亨里霍夫娜怯生生地笑著，「他玩了一晚，這樣睡得更香。」「不行，」一個軍官回答說，「應當照顧好醫生。說不定哪一天，要給我截去一條胳臂或者一條腿時，他能讓我好點。」

只有三只杯子裡的水顏色比較重，都不知道茶是淡是濃，茶炊裡只有六杯水，大家輪流從亨里霍夫娜略有些髒且粗短的胖手上接過杯子，然而大家仍然很愉快。那些在隔壁牆後玩牌的人過了一會兒也散了局，來到茶炊旁邊，也向亨里霍夫娜獻殷勤。

亨里霍夫娜很開心被這群紳士而漂亮的青年人圍繞著，儘管努力地不想表現出來，但是在她背後睡覺的老公在夢中每動彈一下，她就有點不安。

只有一把茶匙，因此，大家想讓亨里霍夫娜輪流爲每個人把糖攪勻。尼古拉接過他那一杯，加進一點兒甜酒，請亨里霍夫娜給攪拌一下。

「您不要糖嗎？」她臉上掛著笑，似乎滿含深意。

「我不要糖，我只要您的小手給我拌一拌。如果能用您的手，我會更加高興。」尼古拉說道。

「好燙啊！」她回答道，興奮得滿臉紅光。

他們喝完茶，尼古拉拿出一副牌來，想要和亨里霍夫娜玩「國王」的遊戲。他們抽籤來決定誰同亨里霍夫娜一組。大家全都同意尼古拉的提議：誰做了「國王」，就有權利吻亨里霍夫娜的手；誰做了「壞蛋」，誰就在醫生醒來的時候，給他準備吃的。

「如果亨里霍夫娜是『國王』呢？」伊林問道。

「她就是我們的女皇，她說話我們都要服從！」

遊戲剛開始，醫生忽然從亨里霍夫娜身後抬起頭。他醒了很久，聽著人們聊天，覺得他們說的、做的事太過無聊。他的臉色很難看，心情也不太好。他連招呼也沒打，就讓擋著他的人都閃開。

他一走開，軍官們就哄堂大笑，亨里霍夫娜害羞得都快哭出來了。醫生從院子裡回來，對他的妻子說，外面已經天晴了，他們應該到篷車裡去睡，以防小偷。

「我會派一個信號兵……派兩個爲你們守夜！」尼古拉說道，「這樣可以嗎，大夫！」

「我親自去守衛！」伊林說。

「不，先生們，你們已經休息好了，可是我一共兩夜沒合眼了。」醫生臉色陰沉地坐在妻子身邊，等待大家玩完牌。軍官們望著醫生板著臉，斜眼看著他的妻子，更開心了。

當醫生帶著妻子出去後，軍官們也躺在小旅店裡，但是他們睡不著。一會兒談論著醫生的膽小和他妻子的有趣，一會兒有人跑到臺階上，討論那兩夫妻的動靜。尼古拉好幾次想睡覺，但總有人的話提起他的興趣，於是又聊起來，不時傳出快活的、孩子般的大笑。

十四

快三點了，大家還沒睡著，司務長進來了，通知大家向奧斯特羅夫納小鎮轉移的命令。

軍官們仍舊談著笑著，趕緊收拾東西，沒等到喝茶的尼古拉回到他的連隊。

天亮了，雨也停了。大家感覺又濕又冷。尼古拉和伊林在黎明的熹微中，向著醫生那被雨水洗刷得很乾淨的車子瞥了一眼，醫生的腳從車帷下伸了出來，透過車窗，能看得見他妻子的睡帽，聽得到她酣睡的聲音。

「她很迷人。」尼古拉對他身後面的伊林說道。

「她真的很迷人！」伊林帶著十六歲的少年所特有的莊重神氣說道。

過了三十分鐘，騎兵連已經列好隊等候。聽到「上馬」的命令，士兵們在胸前畫了個十字，準備上馬。騎著馬走到前面的尼古拉，接著聽到「齊步走」的命令。所有騎兵們四人一排，佩刀叮噹作響，順著兩邊種著白樺樹的大路，跟在炮兵和步兵後面一路前進。

在東方出現了一片紅暈，天色越來越亮。鄉村道路兩側小草葉莖上閃著昨晚的露水；空中垂懸著的白樺樹枝條也是濕淋淋的，水面在微風的吹拂下泛起粼粼波紋。

尼古拉在伊林的伴隨下，騎著馬在兩行白樺樹的一邊走著。開戰期間，尼古拉騎了一匹哥薩克馬。最近他得到一匹高大、剽悍、鬃毛雪白、全身赭紅的頓河駿馬，有了牠，沒有誰能跑在他前面。以前尼古拉打仗的時候會害怕，現在，他早沒有一絲一毫的恐懼感了。他膽子變大，並不是因爲他習慣了戰場，而是因爲他已經懂得在危險面前調整自己的心態。

現在他騎著馬同伊林一起在白樺樹間走著，時不時撕下一片樹葉，有時用腳踢一下馬的肚皮，有時直接把菸斗遞給一個跟在他後面的騎兵，他一臉輕鬆悠閒。他可憐絮絮叨叨、激動不安的伊林，因爲他也有過，他瞭解騎兵少尉在可能到來的死亡和恐怖面前的痛苦心情，也知道自己幫不上什麼忙，只有時間才是最好的良藥。

太陽從烏雲中露出臉來，風小了，似乎它害怕破壞這暴風雨後夏日早晨的美景，周圍一片寧謐。太陽已經升起，懸在空中，忽而又躲在它一條狹長的雲裡。不一會兒，它破開烏雲，又在它的上端出現了，光芒萬丈，彷彿是對這亮光的友好回應。

前面傳來炮聲，尼古拉來不及判斷炮火的距離，奧斯特曼・丹奧斯泰伯爵的副官就從維捷布斯克飛奔而來，命令隊伍向前。騎兵連超過了也正在加速前進的炮兵和步兵，向山下走去，經過一個荒無人煙的村子，又翻過了一座山。

「立定！看齊！」營長發出命令。「向左轉，齊步走！」命令從前方傳來。驃騎兵同部隊一起走向陣地的左翼。右邊是做爲後備軍的步兵縱隊。在山上的更高處，從斜射的晨光中可以看見大炮。山谷中我們的散兵線已經同敵人相遇，雙方正在激烈地交火。

聽到這些分別已久的聲響，尼古拉似乎聽到了最動聽的音樂，心情激動。嗒——嗒——嗒——嗒！射擊聲，此起彼伏，接連不斷。

驃騎兵在原地停留了大約一小時。大炮的響聲陣陣傳來。奧斯特曼伯爵停下腳步和團隊司令談了些什麼，然後向山上的炮位走去。奧斯特曼走了之後，司令向槍騎兵發出命令：「列成縱隊！準備衝鋒！」槍騎兵出動了，他們長矛上的旗幟在風中飄動，向對面在山下的法國騎兵衝去。

槍騎兵一下山，驃騎兵就按照指令上山掩護炮隊。當他們踏上槍騎兵空出的陣地時，槍彈呼嘯著飛來，但是沒有一個人中彈。

尼古拉更加心潮澎湃。他挺直身子從山上觀察在他面前展開的隊伍，聚精會神地觀察著槍騎兵的一舉一動。

瀰漫的煙霧遮住了視線，五分鐘後，我們的槍騎兵退了回來，但不是退到他們原來的駐地，而是向左方，在槍騎兵中間和他們的身後，能看見許多法國龍騎兵。

十五

尼古拉那獵人般敏銳的目光，一下子捕捉到了這些緊隨我們槍騎兵的法國龍騎兵。潰不成軍的大批槍騎兵和追趕他們的法國龍騎兵越來越近了。甚至能看見在山下這些人舉起他們的佩刀戰鬥撕扯。尼古拉像是觀看圍獵一樣看著眼前的一切。他本能地感覺到，如果龍騎兵這時被驃騎兵襲擊，它一定抵擋不住，可是，一定要馬上進攻，否則就來不及了。他回過頭來看了看，一個大尉站在他身邊，雙眼緊盯著下面的騎兵。

「安德烈·謝瓦斯季揚內奇！」尼古拉說道，「我們有可能打敗他的……」

「這是很冒險的！」大尉答道，「真的……」

尼古拉沒等他說完，立刻策馬向騎兵衝去，與他有同感的戰士就都隨他前去。尼古拉自己也不知道為什麼這樣做。他看見龍騎兵離得近了，看見他們亂成一團，他們潰不成軍了；他清楚他們抵擋不住敵人，他知道這是只要一分鐘就可以決定的事，錯過了這一瞬間，就不會再有機會了。

槍林彈雨在他周圍呼嘯著，他馬不停蹄地奔馳著，情勢危急，千鈞一髮。他刺一下馬，發出了號令，他們邁開步伐向山下的龍騎兵衝去。一到山底下，馬就由急行變成了奔馳，速度越來越快，離我們的槍騎兵和在後面飛奔的法國龍騎兵越來越近。龍騎兵近在眼前了。一看到我們的驃騎兵，領頭的人停了下來，後邊的人跟著停下來了。

尼古拉做好了最壞的打算，放開他的馬，朝潰亂的法國龍騎兵隊伍衝去。一個槍騎兵停止追趕，另一個步行的趴在地上，躲閃著他。幾乎每一個法國龍騎兵都向後逃。尼古拉選準一個騎灰馬的人，向他衝去。從制服上判斷這個法國人應該是個軍官，他趴在馬上，用佩刀催著馬快跑。尼古拉的馬撞上了那個軍官馬的臀部，差點兒把牠撞翻，尼古拉奮力舉起佩刀，向那個法國人砍去。

舉刀砍去的一瞬間，尼古拉一下子沒了衝動。軍官從馬上摔下來。尼古拉停下來，尋找他的敵人，看他戰勝了誰。法國龍騎兵軍官一隻腳懸在鞍鐙上，另一隻在地上跳著。他嚇得閉著眼，眉頭緊鎖、帶著恐懼的神情由下向上打量尼古拉。他的臉並不凶狠，倒像是一個性情溫和人的臉。

尼古拉還沒想好怎麼處置他，那個軍官就大叫道：「我投降！」同時焦急地想把腳從鞍鐙裡擺脫出來，但是沒辦法，他那雙驚恐的藍眼睛死死地盯著尼古拉。一些驃騎兵跑過來解開他的腳絆，讓他坐好。驃騎兵們都忙著收容那些龍騎兵。驃騎兵們帶著他們的俘虜匆忙向後方馳去。尼古拉衝向他們，俘虜這個軍官並且砍了他一刀，這讓他感到心情很複雜。

奧斯特曼．丹奧斯泰伯爵迎接回來的驃騎兵，派人把尼古拉找來，向他表示感謝，並且說，要把他的英勇行爲報告沙皇，爲他頒發聖喬治十字勳章。當奧斯特曼伯爵派人找他的時候，尼古拉想起他指揮作戰沒有獲得上級的命令，還以爲指揮官找他是爲了他違反紀律而要處罰他。因此，那些誇獎的話和答應給他的獎賞自然讓他驚喜萬分；可是那種說不清道不明的感覺仍然在困擾著他。「到底是什麼在折磨著我呢？」他退下時暗自思忖道。「伊林？不是，他安然無恙。我做了什麼可恥的事嗎？」是一種後悔似的情感折磨著他，「是的，是那個法國軍官。」

尼古拉看見那些俘虜正被一個個帶走，於是追上去想看一眼那個下巴上帶小坑的法國人。他穿著有些奇怪的國外制服，神色不定地觀察著周圍的動靜，臂上的刀傷似乎沒什麼大礙。他勉強笑著看了一眼尼古拉，對他擺手致意。尼古拉還是那樣，有點悔愧，心裡很不舒服。那一整天和第二天，他的同事們和朋友們都看出，尼古拉總是若有所思，沉默不語，表情凝重，一直在思考著什麼。

「這樣看來，我當時還是害怕了！」他想道，「所謂英雄壯舉不過如此！那個下巴上有個小坑的人做錯了什麼？他是多麼恐懼啊！他差點以爲自己要死了。我的手顫抖了，可是我卻被授予了聖喬治十字勳章。這一切真是讓人想不透。」

當尼古拉正在被這些問題困擾，最終也沒能得出結論的時候，他升職了。自從奧斯特羅夫納戰役之後，他指揮一個騎兵營，當需要有人要去執行什麼任務的時候，一定是他。

十六

伯爵夫人知道娜塔莎生病的事時，她身體仍然很虛弱，但是依然帶著彼佳和全家人前往莫斯科。於是一家人從阿赫羅西莫娃家搬到自己的住宅，在那裡住下來。娜塔莎病情很嚴重，以至除了病因，關於她的所作所爲和她對於解除婚約的想法，都變成了其次，這對她、對她的父母都是一件好事。

她不睡、不吃，明顯地消瘦了，還總是咳嗽，醫生說她的病很嚴重，不管她有多大過錯都不能責怪她，要以給她治病爲先。

醫生們單獨來看娜塔莎，或者一起爲她診治，講著拉丁語、德語和法語，說著各種各樣的病情，互相爭論責備，開了他們所知道的治療各種病的所有的藥方；不過他們中沒有人想到一個淺顯的道理，他們不可能知道娜塔莎所患的那種病。因爲每個人都是獨一無二的，也總有屬於他自己的、特殊的、複雜的、少見的、醫學史上無法考證的病——是由許多器官數不清的病症綜合而形成的一種病。

醫生們想不明白這一點，因爲他們一輩子從事的就是治病，他們靠著它養家餬口，他們在這件事情上耗費了人生的光陰。

一個孩子摔疼了，他馬上撲到保姆或母親的懷裡，要人給揉一揉或吹一下那痛處，揉過、吹過之後，他就好多了。那個孩子相信家中最聰明、最有力量的人絕對能夠幫助他減輕痛楚。愛就能減少痛苦，母親給他按摩浮腫處時所表示的疼愛就治療了他。

醫生們對娜塔莎是有幫助的，因爲他們按摩了她的痛處，讓人們相信，只要車伕到阿爾巴特藥店裡，把買來的藥丸和藥粉裝在一個很好看的盒子裡面，只要她準時地、按照劑量服用藥物，她很快就能痊癒。

如果不是依照醫生的吩咐，按時給娜塔莎服藥、溫飲料、雞肉餅，那麼伯爵、索尼婭、伯爵夫人看著日漸消瘦、虛弱的娜塔莎還能做什麼呢？這些要求越複雜、越嚴格，她身邊的人就會越安慰。伯爵不計較他爲娜塔莎花費了多少錢，只要可以治好她，他不惜破費，甚至帶她到國外去會診，他怎麼受得了心愛的女兒受病痛折磨？伯爵夫人有時候因爲娜塔莎不按照醫生說的做而和她發脾氣，除了這些，她能做什麼呢？

「假如你不按時服藥，不聽醫生的話，你的病是不會好的。」她因爲生氣忘記了自己的煩惱。

索尼婭一連三夜衣不解帶地嚴格執行醫生的一切要求，而現在她更是整夜不眠，好讓她按時服下藥丸，她高興地意識到這一切的重要性。

就是娜塔莎本人，雖然口口聲聲說她已無藥可醫，一切都是白費力氣，但是她很開心看到人們爲她費盡心思。

醫生每天來查看她的病情，看她的舌頭、摸她的脈，不理會她的愁眉苦臉，想辦法逗她開心。可是當他走進另一個房間後，他就擺出嚴肅的神態，說情況很嚴重……伯爵夫人盡力避開醫生和自己的對視，把一塊金幣塞給醫生，之後每次都有些安慰地回到女兒的病房裡去。

娜塔沙生病的症狀是咳嗽、食量小、睡得少，總是無精打采的。醫生們說，不服用藥物、沒有醫療的幫助是行不通的，因此羅斯托夫全家一八一二年夏天沒有搬回鄉下去。

儘管娜塔莎已經吃了那麼多藥水、藥粉和藥丸，捨棄了鄉村生活，留在城裡治病，但真正能夠戰勝病魔需要的是時間。她的悲哀與日俱減了，心頭的痛苦跟悲傷漸漸成爲過去。娜塔莎的身體開始復原了。

十七

娜塔莎變得不大多話了，她拒絕參加所有的娛樂，即使歡笑也總是含著眼淚，也不唱歌。她一笑，或試著獨自唱歌，眼淚便忍不住湧上來。她覺得唱歌和笑對她來說是一種侮辱。她沒有必要壓抑自己的感情，因爲她根本沒有想要賣弄風情的念頭。

男人在她眼中，都同小丑沒什麼區別。她已經不再有往日那充滿希望的無憂無慮的少女情懷。她回憶最多的，也最讓她痛苦的，是那段秋季的時光。她願意付出全部代價回到過去，哪怕只有一天！可是時間過去了不能重來。那種敞開胸懷和自由自在享受各種歡樂的心境永遠不會再擁有了。她覺得她人挺壞的。她心裡很清楚，於是問自己，「以後怎麼辦呢？」以後什麼都沒有了。

生活沒有樂趣，日子在一天天流過。娜塔莎避開家裡所有的人，只有和弟弟彼佳在一塊兒時才有好心情。她只願意同他在一起，與他相對時，才會面帶微笑。

來他們家的客人裡，她只喜歡皮埃爾一個人。沒有人能比別祖霍夫伯爵待她更體貼、更溫柔、更嚴肅了。娜塔莎同他交往感到心情愉快。但是，她並不因此而感激他，她覺得皮埃爾對她沒有什麼特別的，因爲他對所有的人都那麼善良。

在聖彼得齋戒日結束前，羅斯托夫家在奧特拉德諾耶鄉下的一個鄰居——阿格拉芬娜·伊萬諾芙娜·別洛娃來朝拜莫斯科的聖徒們。娜塔莎被建議去齋戒祈禱。醫生囑咐她清早不可外出，娜塔莎堅持要戒齋祈禱，而且要像別洛娃那樣，一連七天，每天去禮拜堂，彌撒、晚禱、晨禱，每次都要去。

伯爵夫人欣賞娜塔莎的虔誠，在醫治不見起色之後，她期望禱告能對女兒有用，雖然有些擔心，但還是瞞著醫生，滿足了娜塔莎的願望，並把她託付給別洛娃。別洛娃常常在清晨三點來叫醒娜塔莎，不過這時她已經起床了。她害怕會錯過晨禱。急匆匆地洗漱，謙遜地穿上她最破舊的衣服，披上一條舊斗篷，娜塔莎在新鮮空氣裡興奮地走著。

按照別洛娃的囑咐，娜塔莎去另一所教堂做祈禱，因爲那裡的牧師生活作風嚴肅、品格高尚。教堂裡人很少，別洛娃和娜塔莎站在她們常待的地方，在那個特別的早晨，望著被蠟燭和陽光照亮的聖母的臉龐，聽著禱文並用力跟著唸、理解其中的含義時，一種在偉大未知的事物面前的謙卑感油然而生。在她理解禱文的時候，她將個人感情同它交織在一起；當她難以理解禱文時，她就更愉快地想知道一切，想理解全部是不可能的，只需虔誠地相信上帝就是她應該做的，此時此刻，她認爲上帝正在拯救她的靈魂。她深深地鞠躬，畫十字。

清晨時分，在她回家的路上，只能碰到掃街的清道夫和上工去的石匠。娜塔莎體驗到一種前所未有的感情，感到可以洗刷掉自己的罪過，開始自己新的人生。

整整七天她都重複著這樣的內容，那種感情也與日俱增。領聖體，或者像別洛娃喜歡說的那樣領聖餐，娜塔莎覺得這幸福是那樣強烈，她甚至覺得她活不到那個快樂至極的禮拜日了。

周日那幸福的時刻終於來到了，娜塔莎穿著白紗衣，領過聖餐後回家的時候，她覺得自己是那樣輕鬆，生活令她愉悅。

那一天醫生來看她，看過之後，囑咐兩星期前所開的藥粉照常要吃。

「早、晚都要服藥，請一定要小心。」他一邊開玩笑一邊說著，並且飛快地接過金幣，放在手心裡，「她不用多久就可以出去了，藥很有效，她的病情大有好轉。」

伯爵夫人滿心歡喜地回到客廳，吐了一點點唾沫的她看了看自己的手指甲。

十八

七月上旬，莫斯科的大街小巷都談論著一個恐怖的話題：沙皇的告民眾書，他要從軍隊來到莫斯科。因爲七月十日以前沒有收到告民眾書和宣言，所以這兩份文件和俄國局勢的傳聞就被人們誇大其詞了。有的說，沙皇撇下軍隊，是因爲軍隊情況很糟糕，還有的說，斯摩稜斯克已經失守，拿破崙有一百萬軍隊，除非發生奇蹟才可以拯救俄國。

七月十日，消息到達，可是還沒印出來，皮埃爾去羅斯托夫家拜訪時，答應星期日再來拜訪，順便帶一份告民眾書和宣言來。

這個星期日，羅斯托夫家的人們像平常那樣去拉祖莫夫斯基家的小教堂做彌撒。天氣很炎熱。十點時，羅斯托夫家的人們在禮拜堂前下了馬車。在喧鬧的街道中、在悶熱的空氣中、在花園裡髒亂的樹葉上、在馬路上隆隆的響聲中和灼人的太陽光芒中，處處可以感到夏日的困乏和對現狀的不滿意，在城市酷熱的夏日，這種感覺更加強烈。

莫斯科的名門貴族，所有羅斯托夫家的親戚都到拉祖莫夫斯基教堂來了。娜塔莎同母親走過去的時候，聽見一個青年正在高聲談論著她。

「這是娜塔莎，就是那個……」

「她身體好多了，依舊那麼漂亮！」

她似乎聽到了阿納托利和安德烈的名字。她總是認爲所有看她的人，只談論她所不願意聽到的事。在人群中心情沮喪、情緒低落的娜塔莎，穿著鑲黑花邊的淡紫色的綢衣服，慢慢地走著，她越是想要保持莊重、平靜，心裡就越難過。

她明白她是漂亮的，這不再讓她像從前那樣感到開心了。相反，近來這使她難過，尤其是在這烈日灼人的夏季，在城市裡。「又是禮拜天了，時間過得可真快。」她想道，回想起那個星期天在這裡發生的事情，這種生活依舊，可是那種幸福的感覺不會再回來。

「我年輕、漂亮，不過善良的我才是現在的我，」她想道，「可是我最美好的青春已經沒有理由地白白地耗費了。」她站在母親身邊，跟附近的熟人打著招呼。她習慣地注意著女人們的打扮，對身邊的一個女人不雅的舉止做評論，她懊惱地想道，人家評判她，她又議論人家。忽然，祈禱的聲音傳來，她為自己的想法恐慌起來。

一個神態慈祥、優雅的老人莊重安詳地祈禱著，他威嚴的聲音讓人內心平靜。聖堂的門關起來了，簾幕慢慢地拉起，一種低沉的、神秘的聲音傳來，娜塔莎的內心充滿了說不清的淚水，一種痛並快樂的感覺圍繞著她。

「請告訴我，我應該做些什麼，我怎樣才能徹底改變自己，我應當怎樣生活……」她想道。

教堂執事走上佈道台，伸出大拇指，把他的長髮披下來，虔誠地把十字架放在胸前，莊嚴地高聲讀禱文……「讓我們一同向主禱告吧。」

「大家一道，不管是什麼階級，拋開一切仇恨，被友愛團結在一起，向主禱告吧！」娜塔莎想道。

「為了天使的世界同我們頭頂上方的所有神明。」娜塔莎禱告著。

當他們為戰士們禱告的時候，她想起她哥哥和傑尼索夫。當他們為航行的人和旅行的人祈禱的時候，她回憶起安德烈公爵，她為他祝福，求上帝原諒她對他所犯下的過錯。當他們為愛他們的朋友禱告的時候，她為她的親人——她的母親、父親和索尼婭禱告，她第一次清晰地感到她很對不起他們，也感覺到她有多愛他們。當他們爲恨他們的人禱告的時候，她想像出仇恨她的人和仇人，以便爲他們祈禱，她把債主們和同父親做生意的人們當作她的仇人，一想到恨她的人們和仇人時，她不由得想起傷害她那麼深的阿納托利——雖然他並不是恨她的人，但她卻願意把他當作一個敵人來爲他禱告。

每次禱告，她總能平靜、清楚地想到阿納托利和安德烈公爵，她對他們的感情與她對上帝的崇拜和敬畏比起來是微不足道的。在爲正教院和皇室禱告的時候，她一邊畫十字，一邊深深地鞠躬，在心中說，雖然她不清楚，但她卻一點兒也不懷疑，她對那擁有統治權的正教院充滿愛並一直在爲它禱告。

誦過禱文之後，教會執事在胸前聖帶上畫了一個十字，說道：「我們將自己和生命交給主耶穌！」

「我什麼也不希望、不祈求；請告訴我，我該如何去做，怎麼運用我的意志！請收留我吧！」娜塔莎急切地說道，她任憑那一雙纖細的胳膊無力向下垂著，似乎在等待一種無形的力量，隨時來把她從她內心深處的欲望、悔恨、希望、責難和罪過中挽救出來。

在禮拜的過程中，沒有按照娜塔莎熟悉的程序，助祭拿出一個小凳子擺在聖壇門前。頭戴紫絨法冠的牧師走了出來，梳理了一下頭髮，很吃力地跪下來。別人都按他那樣做，相互打量著有些迷惘。

這是剛從正教院那裡傳過來的禱文——讓俄國免遭敵人侵略的禱文。

「我們的救世主，萬能的上帝啊！」牧師用柔和、樸實、清晰的聲音誦讀，只有斯拉夫教士才能用這種聲音誦讀經文，它深刻影響著俄羅斯人。「我們的上帝救世主啊，全能的上帝！現在請您賜福和愛給您這些卑微的子民，請用寬廣的胸懷包容我們，憐憫我們，赦免我們！敵人在瘋狂地踐踏您的國土，想要與我們爲敵、破壞我們的世界；他們無法無天，聚集在一起，竟然想推翻您的國度，摧毀您聖潔的耶路撒冷，和您所愛的俄羅斯。

「無所不能的主！請聆聽我們的禱告；請用您無上的神威幫助我們最有權威、最仁慈的君主亞歷山大・帕夫洛維奇沙皇；希望看在他的溫柔和正直，依據他的仁慈獎勵他，用他的仁慈保護我們，保護您所選定的以色列！保佑他的事業；用您那有力的手增強他做爲王國的力量，克敵制勝。用您的堅盾和利矛來給我們幫助；使那些危害我們的人屈辱和遭殃，讓他們在您的忠實的戰士面前就像塵埃一樣飄散，願您那威武的天使讓他們望風而逃；讓他們倒在您的腳前，讓我們的大軍把他們踩在腳底！主啊，您能拯救弱者和強者；您是上帝，凡人永遠無法勝過您！

「啊，上帝，我們的主，只有上帝是我們崇敬信仰的神靈，希望您能對我們施以仁愛之心，不要讓我們可憐的希望破滅，請賜予我們神蹟，讓那些仇恨我們的人能瞧見，讓他們蒙受恥辱直到滅亡；令所有國家都知道，您是我們慈悲的主，我們是您的子民。主啊，今天您是最慈悲的，您是一切信仰您的人們的保護神，有了您幫助他們，他們才能取得勝利，這所有的光榮都屬於您，屬於聖主、聖子、聖父，永無盡期，亙古永存。阿門。」

娜塔莎認真聆聽，這篇禱文對她的心靈產生了強烈的影響。她滿懷熱情地向上帝禱告，但是並不明白她在禱告中向上帝禱求的是什麼。她虔誠地祈求用信仰正義的精神、愛心和希望來振奮和鼓舞心靈。她祈求上帝饒恕所有的人，讓她同所有的人都能過上平靜幸福的生活，請上帝賜予他們寧靜。她覺得她的禱告被上帝聽見了。

十九

皮埃爾從羅斯托夫家出來，回想著娜塔莎那滿是感恩的目光，抬頭仰望那在天空中停留的彗星，從那一天開始，他感到他的生命中出現了一種新的東西，過去一直感到困惑的那個想法——塵世間一切全是沒有意義的和虛無的，不再出現了。

不管過去做了什麼事，做的過程中總要冒出那個可怕的問題：「為什麼？」「有什麼用處？」現在被她的出現取代了。

不管是聽到或是由自己引起的無聊談話的時候，還是在書裡面讀到人類的愚蠢和卑劣行為的時候，他再也沒以前那樣吃驚了；他也不再問自己：既然一切都是難以捉摸和轉瞬即逝的，人們又為何總是忙忙碌碌？他總是回想起最後一次看見她時的樣子，於是他所有的懷疑都無影無蹤了，這並不代表她回答了那些讓他困擾的問題，而是因為他對她的想像把他帶到一個充滿光明的、沒有錯和對的精神世界裡，帶到一個愛和美的世界裡。無論他再犯什麼過錯，他都會對自己說：「讓他去吧，就讓盜竊了沙皇和國家財富的人們去死吧，而沙皇和國家卻給他榮譽；昨天她微笑著告訴我，她讓我去看她，我愛她，可能這一點永遠不會有人瞭解。」他想道。

皮埃爾還是照樣飲酒作樂，因為除了他在羅斯托夫家度過的那幾小時以外，剩下的時間不知道能幹些什麼。因為積習難改，加上他在莫斯科結識的那群人的引誘，使他又不由自主地回到對他很有誘惑力的生活裡去。但是最近從戰場上傳來更加讓人不安的消息。

娜塔莎的身體逐漸好轉，她不再讓他懷著小心謹慎的憐惜之情，一種他自己也難以名狀的煩躁情緒強烈地糾纏著他。他覺得這種狀況不能再這樣持續下去，一種注定改變他生活的災難就要來臨。共濟會的一個會友告訴皮埃爾下面一段來自聖約翰的《啓示錄》中有關拿破崙的預言：

第十三章第十八節說：「這裡有智慧；所有聰明的，能計算獸的數目。因為這是一個人的數字，他的數字是六百六十六。」

同章第五節說：「又賜給他說誇張褻瀆話的嘴，又有權力賜給他能肆意妄為四十二個月。」

在希伯來文裡，前九個字母用來表示個位，其他的字母表示十位數，把法文字母按照希伯來文的數值寫出來，就可以得出下列的意思：

a	b	c	d	e	f	g	h	i	k	l	m	n	o
1	2	3	4	5	6	7	8	9	10	20	30	40	50
p	q	r	s	t	u	v	w	x	y	z			
60	70	80	90	100	110	120	130	140	150	160			

參照這個字母表，把拿破崙皇帝這個名字寫成數字，這些數字的總和是六百六十六，由此推斷拿破崙就是《啓示錄》裡預言的那個獸。另外，再按照這個字母表，把給那個「說誇大褻瀆話」的獸的限期四十二變爲數字，還是得到六百六十六這個數字；由此可推算出，一八一二年拿破崙的權力就達到極限了，因爲這個時候，法國皇帝已經年滿四十二歲。

對於這個預言皮埃爾感到很奇怪，他不時地問自己，那個獸的權力，也就是拿破崙的權力，要怎麼樣來結束呢？於是他把字母換成數字然後把它們加在一起，用同樣的辦法，竭盡全力地想給他所關心的問題找一個答案。在不斷嘗試的計算中，有一次他用法文寫下他自己的名字——皮埃爾·別祖霍夫伯爵，得出的數字也都不太靠譜。他換一種拼法，用Z來替換S，加上de和冠詞le，還是沒有得到他想要的結果。這時，他突然想道，如果一個人的名字裡有這個問題的答案，那他的國籍一定加在了答案裡。於是他寫上俄國人別祖霍夫，然後加起來是六百七十一。因爲只多一個五，所以由e來代表這個五，通常寫皇帝這個詞的時候，是省去前面的冠詞裡的e的。皮埃爾也去掉了e，雖然這是錯的，但皮埃爾得到了他所要的答案：俄國人別祖霍夫等於六百六十六。這個發現令皮埃爾感到異常興奮。自己怎麼會與《啓示錄》中預言的大事件有關係，儘管他不知道到底有什麼聯繫；不過他對這種聯繫一點兒不懷疑。他對娜塔莎的愛，基督的敵人拿破崙的侵略，彗星，六百六十六，俄國人別祖霍夫和拿破崙皇帝——這一切必然爆發、成熟，就可以把他從莫斯科習慣的怪圈子中解救出來，讓他建立豐功偉業，讓他得到更大的幸福。

在誦讀那篇禱文的前一天，皮埃爾答應羅斯托夫家的人，帶給他們告民眾書和來自軍隊的最新消息，早晨，他去了拉斯托普欽家，碰到了剛從軍隊裡來的信使。

信使是皮埃爾在莫斯科舞會中的熟人。

「您能幫我點忙嗎？」信使說道，「我有滿滿一口袋的家信。」

信裡有一封是尼古拉寫給他父親的，皮埃爾把那封信拿了出來。拉斯托普欽也把最近的軍事命令、新印出來的沙皇告莫斯科民眾書，和最新的佈告給了皮埃爾。他看了一下軍事命令，發現在一份嘉獎、負傷和陣亡的名單中，有尼古拉的名字，因爲在奧斯特羅夫納戰役中表現勇敢，他被授予第三級聖喬治十字勳章。在這份軍事命令裡，還發現了安德烈公爵被任命爲獵騎兵團團長的資訊。

雖然皮埃爾不願意向羅斯托夫家的人們提起安德烈的事，但皮埃爾還是想用他們兒子得獎的消息來讓他們高興一下，於是他派人把那件軍事命令和尼古拉的信送到羅斯托夫家。

他在和拉斯托普欽伯爵談話時顯得焦躁不安；在和信使交談時，他漫不經心地談到軍隊中的糟糕情況；還有關於沙皇明天即將蒞臨的議論。這些談話更加刺激到皮埃爾從彗星出現，尤其是開戰以來產生的那種激動不安和難以名狀的期待情緒。

若不是因爲下面這兩件事皮埃爾早就參軍了。

第一，因爲他是共濟會會員，曾經發過誓言，共濟會是抵制戰爭和宣傳永久和平的；第二，當看著穿著軍裝的莫斯科人，高談愛國主義時，他總覺得那樣做很羞恥。但真正令他沒實現參軍意圖的主要原因在於，他有一個模糊不清的想法：俄國的別祖霍夫具有消滅那頭數字爲六百六十六的獸的能力。所以，他沒有採取任何行動，等待一些注定會發生的事情。

二十

星期天，一些要好的朋友經常來羅斯托夫家吃飯。皮埃爾不想碰見那些朋友，所以就提前到了那裡。皮埃爾嘟囔著什麼，氣喘吁吁地走上樓梯。羅斯托夫家的僕人愉快地跑過去，幫他脫下身上的外衣，接過手杖和帽子。

他在羅斯托夫家第一個見到的人是娜塔莎。她在大廳裡練習唱譜。因爲他知道從她患病以來就再沒有唱過歌，所以她的歌聲讓人感到驚喜。

他輕輕地打開了娜塔莎房間的門，看見她穿著那件淡紫色的衣服在室內邊唱邊走。開門時她背對著他，當她突然轉過身來看見他那吃驚的、寬闊的臉的時候，她一下子臉紅了：「我又想嘗試著唱歌，」她說道，「這也算是做些事情呀。」

「這太棒了！」

「您來了，我真開心！我今天很快活！」她生氣勃勃地說道，皮埃爾不知有多長時間沒有看見她這種樣子了。「您知道嗎?尼古拉獲得聖喬治十字勳章了，我爲他感到驕傲。」

「當然知道，那是我讓人下達的命令。好了，我不打擾您了。」說完這句話他就準備去客廳。

娜塔莎擋住了他：「伯爵，怎麼，唱歌不好嗎？」她紅著臉，疑惑地看著皮埃爾。

「不……爲何這樣說？正相反……您怎麼想到問我？」

「我也不清楚我爲什麼會這樣問你，」娜塔莎很快地答道，「不過我不想做什麼您討厭的事。您不知道您對我有多重要，您爲我做了許多事！……」她著急地說著，沒注意到皮埃爾聽了她這些話臉都紅了。「我在那道命令中還看到，安德烈（她急促地小聲說出這句話），他在國內又到軍隊裡去了。您怎樣看？」她說得很急很快，「他有一天會原諒我嗎？他不會永遠對我心存厭惡吧？您認爲怎樣？」

皮埃爾答道：「我覺得他沒有什麼可原諒的……我處在他的位置……」皮埃爾馬上回想起他向她求婚的話，於是同樣的溫柔、憐憫和愛湧上心頭，相同的話來到他嘴邊。但是她未給他說出的機會。

「是的，您，您，」她激動地說出這幾個字，「您是不同的。沒有比您更寬厚、更仁慈、更好的人了，也不可能有！假如一直以來沒有您，我不知道……」她突然眼淚盈眶，轉過了身去，在室內徘徊著又開始唱歌。

這時，彼佳從客廳裡跑進來了。

彼佳已經長成一個十五歲的少年了。他本來打算上大學，但是近來他同他的夥伴奧博連斯基暗中決定去參加驃騎軍。

他請求皮埃爾幫忙詢問一下，驃騎軍會不會要他。

皮埃爾沒有注意到彼佳在說什麼。

彼佳拽著他的胳膊，說：「喂，我的事情怎樣？皮埃爾，就看您的了！」

「什麼，你想參加驃騎軍？我去說，今天就去說。」

「怎麼樣，我親愛的，您拿到那篇宣言了嗎？」老伯爵問道。「伯爵夫人在做過彌撒時聽到了那篇新禱文。她說很好。」

「沒錯，我已經找到了，」皮埃爾說道，「沙皇明天要來這裡……要舉行很重要的貴族會議，據說要從一千人當中選徵十個兵。好的，讓我來和你一起慶賀吧！」

「是的，感謝上帝！軍隊那邊有什麼消息？」

「聽說我們又撤退了。已經退到斯摩稜斯克附近了。」皮埃爾回答道。

「我的天哪！」伯爵說道，「宣言帶來了嗎？」

「告民眾書？啊，對了！」皮埃爾在衣袋裡找那些文件，卻怎麼也找不到。他一面拍著那些衣袋，一面吻著走進室內的伯爵夫人的手，戀戀不捨地往後看了一眼，顯然是在注意已經停止了唱歌，還未到客廳來的娜塔莎。

「我也不記得放到哪裡去了。」他說道。

「瞧，總是丟三落四的。」伯爵夫人說。

娜塔莎興奮而柔和地走進來，坐下，默默地看著皮埃爾。她一進來，皮埃爾的臉色突然明朗了，在找文件的同時忍不住看她。

「真的不知道在哪裡了，我得回去一趟，我想我是把它忘在家裡了，肯定是……」

去前廳找文件的索尼婭已經在皮埃爾的袋子裡找到了，那文件被他認真地塞進帽子襯裡了。皮埃爾想要讀文件內容。

「不要著急，吃過飯後再讀吧。」老伯爵說道。

用飯期間，大家喝香檳祝福榮獲聖喬治十字勳章的人身體健康，申申講述市內的新聞。

「您聽說了嗎？」申申說道，「戈利岑公爵前段時間刻意找了一個俄語老師教他俄文。現在在大街上講法語是不安全的。」

「如何，皮埃爾？假如要招兵買馬，你肯定要去了。」老伯爵對皮埃爾說道。

席間，皮埃爾始終沉默不語，一副若有所思的樣子，看了看老伯爵。

「是啊，是的，到戰場上去，」他說道，「不！我算什麼戰士呀？不過這一切都很奇怪！我不知道，我對軍事沒什麼興趣，不過在現在這樣的時候，誰也不能對自己負責了。」

飯後伯爵悠閒地坐在安樂椅上，仔細地聽索尼婭朗誦那篇告民眾書。

「告莫斯科，我們的故鄉！敵人已集合大批兵馬來到我們國家。他們要來踐踏我們親愛的祖國。」索尼婭很投入地讀著。

娜塔莎挺起身子坐在那裡，試探地看她父親，又看皮埃爾。

娜塔莎不住地看著皮埃爾，讓他覺得很不自在。伯爵夫人聽到宣言裡每一個莊嚴的詞句都滿不在乎地搖搖頭。她只能從這些話裡看出她兒子隨時會面臨的危險，還需要一段時間才能過去。

讀到沙皇對莫斯科的期望，讀到俄國面臨的威脅，特別是對那些聲名顯赫的貴族所抱的希望，索尼婭聲音有些顫抖，最後幾句讀道：「我們毫不猶豫地到人民當中去，去和我們的民團進行商議，並領導他們。願敵人想加在我們身上的災難反過來加在他們自己頭上，讓從奴役中解放出來的歐洲讚美俄羅斯的名字吧！」

「這就對了！」伯爵喊道，睜開他那閃著盈盈淚光的眼睛，鼻子斷斷續續地呼哧了幾聲，「只要是沙皇的命令，我們將不惜一切代價。」

申申沒顧得上嘲笑伯爵的愛國主義精神，娜塔莎就從她坐的地方一躍而起，向她父親跑去。

「這樣的爸爸多麼可愛啊！」她說道，又帶著那種她固有的活潑與媚態看了皮埃爾一眼。

「嗯！很好，還真是一個愛國者！」申申說道。

「這算什麼愛國者，只是……」娜塔莎見慣不怪地回答道，「您覺得什麼都好笑，不過這不是開玩笑的事……」

「什麼玩笑！」伯爵插嘴道。「只要他發話，我們所有人都去戰鬥……」

「但是您看到了沒有，那上面寫的，『進行會商』。」皮埃爾說道。

「不管進行什麼……」

這時，彼佳容光煥發地來到他面前，說道：「那麼好吧，爸爸，不管你們想怎麼樣，你們讓我去參軍吧，因爲我不可以……就是這些……」

伯爵夫人有些慌亂，攤開雙手，兩眼向上一翻，憤怒地轉身看著丈夫。

「出問題了吧！」她說道。

伯爵馬上從激動的情緒中清醒過來。

「好啦，好啦！」他說道，「你怎麼會有參軍的想法！別瞎鬧！你應該上學。」

「不是瞎鬧，爸爸！奧博連斯基．費佳年紀比我還小，他也要去。主要是，現在我真的不想讀書，當……」彼佳站在那裡，緊張得直冒汗，「當祖國處在危險中的時候。」

「夠了，夠了，你不要再說了……」

「您自己說過的，我們準備犧牲一切呀。」

「彼佳！別再說了！」伯爵喊道，瞥了一眼正臉色煞白、目不轉睛看著小兒子的妻子。

「可我還是要和您說。皮埃爾也會對您說……」

「我告訴你，你怎麼說都沒有用。你乳臭未乾，還想去當兵！我對你說了，肯定是不行的。」伯爵走出了房間。「皮埃爾，我們去抽支菸……」

娜塔莎一刻不停地溫柔地看著皮埃爾，使他有些尷尬。「不，我想我得回家了。」

「回家？您本來想和我們一起度過一個晚上的……您這段時間不常來，而我家這位，」伯爵指著娜塔莎誠懇地說著，「只要您在這裡，她就會顯得有生氣。」

「哦，我忘了……我還有事……一定得回去。」皮埃爾趕緊說道。

「好的，那就這樣，再見吧！」伯爵說道，走出屋去。

「您爲何要走呢？爲什麼心情不好呢？這是爲什麼呢？」娜塔莎問皮埃爾，故意望著他的眼睛。

「因爲我愛你。」他想說，但他還是沒說，眼睛低垂，窘得要流下淚來。

「我想我還是不要經常來的好……因爲……沒什麼的，我只是有事。」

「爲什麼？不，你必須要告訴我！」娜塔莎堅決地說，然而又沉默了。

他倆尷尬地看著對方。他很想笑一下，可是笑不出來，他的微笑看起來很痛苦，於是他默默地吻了她的手，就走出去了。

皮埃爾暗自想著再也不去羅斯托夫家了。

二十一

彼佳被拒絕以後，回到臥室裡面，把自己關在房子裡，痛哭了一場。等到他出來喝茶時，面色陰沉，默不作聲，兩隻眼睛哭得通紅。

第二天，沙皇已經到了。羅斯托夫家的幾個奴僕請求去看看沙皇。這天早晨，彼佳花了很長時間打扮自己，弄好衣領，梳理頭髮，把自己裝扮得像個成年人。他在鏡子前皺了皺眉頭，不斷變換姿勢，聳了聳肩，最後沒對任何人說什麼，戴上帽子，就從後門溜走了。彼佳決定直接去沙皇住的地方，並且直接對某一個侍從表明，他，羅斯托夫伯爵，願意爲祖國效力，儘管他很年輕，他準備……穿戴不符年齡的彼佳，想了許多他準備對侍從說的說辭。

就憑他年幼，彼佳特別期望能見到沙皇，於是他在整理髮式和硬領上，在那緩慢的、矜持的步態上，都盡量裝出一個大人的樣子來。但是在他往前行的途中，注意力不斷地被克里姆林宮前越來越多的人群分散，慢慢地就忘記用成年人的步態走路了。接近克里姆林宮時，他最擔心衣服被人擠壞，但還是被擠到牆邊。這時從拱門下通過一輛輛馬車。彼佳身邊站著一個婦女，兩個小商人，一個僕役，還有一個退役軍人。在門口站了一會兒，彼佳想擠到前邊去，於是他不顧一切地用臂肘開路，但是站在他對面的那個女人怒氣沖沖地向他喊道：「你擠什麼呢，小少爺？沒看見嗎，大家都在原地站著不動？」

「所有人都想往前擠。」那個奴僕邊說著，邊用他的胳膊把彼佳擠到門口一個很臭的地方。

彼佳擦掉臉上的汗水，拉起他在家裡精心整理，現在已被汗濕了的硬領。

彼佳覺得他現在已經很狼狽了，假如他要這樣去見那些侍從，也許不會讓他見到沙皇的。可是，因爲剛才太擠了！一個坐車從這裡經過的將軍是羅斯托夫家的熟人，彼佳準備向他求援，可是他認爲一個男子漢不應當做這樣的事。等到馬車都過去之後，彼佳被人群挾帶著，朝克里姆林廣場走去。彼佳一進廣場，就清楚地聽見整個克里姆林宮都充滿了歡樂的鐘聲和人語聲。

忽然，大家全都脫帽，向前衝去。彼佳被擠得喘不過氣來，人人都喊「烏拉！烏拉！」彼佳踮起腳尖不停地被推來搡去。

所有的人都興奮起來。站在彼佳身邊的一個女商販大哭起來，淚如雨下。

「烏拉！」從四面八方傳來喊聲。人群又向前擁去。

彼佳不顧一切，咬緊牙關，瞪大眼睛，向前擠，一樣高喊「烏拉！」在他的周圍也有同樣的帶著野獸一樣面孔的人朝前擠著，喊著「烏拉！」

「原來沙皇就是這樣啊！」彼佳想道。「這樣做不太合適，我不能親自向他請求——那太冒昧了。」雖然心裡這樣想，但他還是無所顧忌地向前擠著，他在縫隙中，看到一塊鋪著紅地毯的空地。然而，人群又向後擁過來，彼佳肋骨上挨了重重的一擊，他眼前的一切全變得模糊起來，接著他就什麼也不清楚了。

當他恢復知覺時，一個灰白頭髮，穿一件舊的藍色法衣的教士模樣的人，正把他夾在腋下，推擠著人群。「把一個小少爺給擠死了！」教士說道，「你們怎麼可以這樣？慢一些！擠死人啦，擠死人啦！」

沙皇進入聖母安息大教堂。人群頓時平靜下來，教士把呼吸困難、面色蒼白的彼佳帶到炮王那裡。有幾個人可憐起彼佳，那些站在他身邊的人主動照顧著他，幫他解開他的外衣，把他放在大炮的高臺座上，開始責備那些擠壓過他的人。

「這樣下去會擠死人的！這究竟怎麼回事！簡直要害死人！可憐的人，臉白得像張紙一樣！」傳來各種各樣的聲音。

彼佳過了沒多久就甦醒過來了，臉上又漸漸恢復了血色，用短時間的不舒服換來了在大炮周圍的位置，他還想著能從那裡見到從教堂返回的沙皇。彼佳現在已一點兒都不再想提請求參軍的事了。只要能見到沙皇，他就很滿足了！

當沙皇在聖母安息大教堂裡做祈禱的時候，外面逐漸分散開來的人群裡傳來了叫賣克瓦斯甜餅、飲料、罌粟糖的小販的聲音。所有這些聲音，本來對彼佳和他那個年紀的人來說是很有吸引力的，但是這時一點兒也引不起他的興趣；他坐在大炮的台座上，心情還很激動。這時候一聲炮響從河岸上傳來，這是同土耳其人簽訂和約慶祝的禮炮聲，於是人群又開始向河岸衝去。彼佳本來也想跑過去看一下，但是那個照顧著他的教士不讓他去。炮還在放，這時將軍們、士官們、侍從們從大教堂裡跑出來，走在後面的人步履從容，人們又脫帽，跑去看放炮的人又跑回來。最後在教堂門口出現了四個披綬帶、穿制服的男人。「烏拉！烏拉！」人群又喊起來了。

「哪一個是？哪一個是？」彼佳幾乎帶著哭聲問他旁邊的人，但是沒有人理他，因為所有人都看得太著迷了，於是彼佳選定當中的一個，把所有激情都投入在這人身上，儘管並不知道那是不是沙皇，他瘋了一樣地喊「烏拉！」並且下定決心，不管付出什麼代價，明天就去當兵。

人群跟在沙皇後面跑，一直到他的皇宮前才散開了。

天色已晚，一點東西都沒吃的彼佳，汗流浹背，但是他卻沒有回家。在沙皇用餐的時候，皇宮前的人雖然走掉了一些，但仍然有許多人站在那裡，向皇宮的窗子裡望去，還期望著什麼，既羨慕那些乘車前來陪同沙皇吃飯的貴族，也羨慕那些透過窗子隱約可見的、在餐桌旁侍奉他們吃飯的奴僕。

沙皇吃飯的時候，瓦盧耶夫向窗外看看後說道：「外面的民眾還想再見一下陛下呢。」吃完飯了，沙皇嚼著一塊餅乾站起來，向陽臺走去。彼佳被夾在民眾當中，也朝著陽臺跑去。

「天使啊！烏拉！上帝啊！……」人們喊起來，彼佳也跟著他們叫。

沙皇走了，不一會兒，龐大的人群開始散去。

「我不是說過，要再等一小會兒，這不就等到了嗎！」到處傳來人們喜悅的談話聲。

彼佳雖然感到很幸福，但是他心裡清楚這一天的歡樂已經過去了，想到回家去就覺得愁悶。他從克里姆林宮出來後沒有回家，徑直去找他的同伴們了，十五歲的奧博連斯基也要當兵。

回家之後，彼佳毅然決然地宣佈，假如不讓他去參軍，他就逃走。所以等到第二天，羅斯托夫老伯爵雖然沒完全讓步，卻已經出門去打聽，如何能把彼佳安排到一個比較安全的地方去了。

二十二

又過了兩天，七月十四日，斯洛博達宮周圍停了數不清的馬車。

所有人都在大廳擁擠著。貴族大廳傳來走動聲和嗡嗡的說話聲。最尊貴的大官坐在沙皇畫像下一張大桌子旁邊的高背椅子上，更多的貴族在廳裡走來走去。

皮埃爾常常見到這些貴族，他們所有人穿上了制服——有保羅沙皇時代的制服，有葉卡捷琳娜女皇時代的制服，也有普通的貴族制服，還有亞歷山大時代的新制服。穿制服的共同特徵是給這些老少各異的熟悉面孔加上一種古怪奇特的味道。

其中最讓人感到奇怪的是那些老先生，他們牙齒脫落，老眼昏花，頭髮都掉光了，或者瘦瘦的滿臉皺紋，或者肥胖臃腫。他們一部分人都默默地坐在自己的位子上。這些人的臉上，露出一種奇怪的矛盾表情：對某一莊嚴的事件的期待就像對尋常的事情一樣。

皮埃爾也在大廳裡，穿一身對他來說已經太瘦的貴族制服。他很激動：參加這個集會，喚起了他心中早已擱置的，但一直在內心深埋的，有關《民約論》和關於法國革命的聯想。他從沙皇告民眾書中讀到的那句話——沙皇要來首都同人民共商大計——更讓他堅定了他的這種想法。他覺得，他等待已久的重大事件正在一點點來臨。他聽著、看著，但是找不到他所關心的這種思想的啓示。

宣讀沙皇的宣言引起一片熱烈的歡呼，隨後大家互相交談，散開了。除了日常的瑣事之外，皮埃爾還聽到人們在議論：什麼時間為沙皇舉行舞會。沙皇進來時，首席貴族應站在什麼地方，各縣是要分開，還是全省在一塊兒等；但是一涉及戰爭和召集貴族會議的原因，談話就變得含糊其詞、吞吞吐吐了。所有的人都寧願聽他說。

羅斯托夫老伯爵穿著葉卡捷琳娜女皇時代將軍的軍服，愉快地微笑著在人群中走來走去。他認識所有人，他走近這群人，像通常聽別人講話一樣，友好地微笑。

退役海軍軍人的講話很大膽，皮埃爾所熟悉的一些最安分、最老實的人滿不在乎地走開了，或者表示反對意見。皮埃爾擠進當中，認真聽著，他相信講話的人的確是一個自由主義份子，可是跟自己的見解全然不同。

「斯摩稜斯克建議沙皇組織民軍，那又能怎樣呢？斯摩稜斯克人的話對我們來說是命令嗎？莫斯科尊貴的貴族認為有必要，他們應該用其他的辦法對我們的君主表示忠心。難道我們忘記了一八〇七年組織民軍的情況了嗎？那時候僅僅是把吃教堂飯的人養肸了，還有強盜和小偷……」

伊利亞．安德烈伊奇伯爵滿意地笑著，點頭表示贊許。

「我們的民軍對國家有何貢獻嗎？一無是處！只不過讓我們的農業變糟了！最好是再徵一次兵……要不然等到我們的人回來的時候，就變得既不是農民，也不是士兵，只是個無業遊民了。貴族無所謂他們的生命，我們每一個人都可以上戰場，去應徵新兵，只要沙皇對我們一聲召喚，我們大家全都捨得犧牲！」演說的人慷慨激昂地說道。

興奮得直嚥口水的羅斯托夫老伯爵，用胳膊碰碰皮埃爾。皮埃爾正好也想說話，他往前擠，覺得備受鼓舞。皮埃爾正準備張口說話，一個站在講話人旁邊的樞密官搶在他前面，這個人牙齒全掉光了，怒氣沖沖，很明顯他善於解決和討論問題。

「我認爲，可愛的先生。」他含糊不清地說道：「我們被召集到這裡來，不是爲了討論在目前的情形下，是徵兵還是組織民軍對國家更好。我們被召集到這裡來，是爲了響應我們的沙皇向我們發出的號召，至於決定什麼最好，我們應當留給最高當局……」

皮埃爾這時候看到了希望。皮埃爾向前一步，打斷了他的話，自己也不知道準備說什麼，但是他熱情洋溢地說了起來。

「閣下，請原諒，」他說道，「我雖然不是很贊同那位先生……也不贊同這位先生的觀點，但我想，貴族們聚集在這裡，不僅僅是爲了表示他們的喜悅和同情，也應該好好想想幫助我們祖國的辦法！我想，」他變得激動起來，「如果沙皇看到我們只是能給他提供農奴的農奴主和把自己當作炮灰，而不能聽到我們的建……建……建議，他肯定不會滿足的。」

許多人注意到皮埃爾大膽的言語和那個樞密官諷刺的笑容，就離開了那個圈子；只有羅斯托夫老伯爵喜歡皮埃爾的話，總之，就和他對剛才聽到的所有人的話都喜歡一樣。

「我想，在這些事情之前，」皮埃爾繼續說道，「我們應該問一下沙皇，請他告訴我們，我們一共有多少軍隊？我們的戰鬥部隊和軍隊目前的狀況，那時候……」

但是還沒等皮埃爾把話說完，馬上遭到三方面攻擊。攻擊最厲害的卻是一個老相識——斯捷潘·斯捷潘諾維奇·阿普拉克辛。

阿普拉克辛穿著制服，不知是因爲他穿了制服，還是因爲別的什麼原因，皮埃爾覺得自己看到的是另外一個人。

阿普拉克辛對皮埃爾喊道：「第一，我要您清楚，我們沒有權利向沙皇問這個問題；第二，即使俄國貴族有這種權利，沙皇也沒有辦法回答這個問題。軍隊的行動要依據敵人的行動而定，軍隊的人數有增有減……」

另一個聲音打斷了阿普拉克辛。他向著皮埃爾走過來。

「沒錯，現在不是發議論的時候，」這個貴族說道，「需要實際的行動：戰火已經燃燒到了俄國！敵人要消滅俄國，侮辱我們祖先的墳墓，搶走我們的孩子和妻子，」這個貴族拍著胸脯說，「我們所有的人都要行動起來，爲我們的沙皇戰鬥！」他一面轉動著他那充血的眼睛，一面大聲喊。

人群中傳出幾個人贊同的聲音。「我們是俄國人，我們可以犧牲一切來保衛我們的信仰、祖國和沙皇！俄羅斯如何奮起保衛俄羅斯，我們要向歐洲證明！」

皮埃爾想要和他辯論，可是他卻不知道該說些什麼。他覺得不管他的思想怎樣，他的聲音，比不上那個貴族的聲音響亮。

皮埃爾想要說，他不是不想要獻出農奴、金錢和他自己的生命，但是我們應該瞭解情況，這樣才能幫得上忙，可是他沒有辦法說出來。

人群聚起來，又分散開，又聚起來，並伴隨著一片嗡嗡的議論聲，向大廳裡那張大桌子擁去。皮埃爾不但說不上話，反而被人推到一邊，推搡他，把他當作共同的敵人一樣，不理他。這不是因爲他們不贊成他講話中的思想，在他說完之後有好幾個人發言，他們需要一個具體的對象來愛，來恨。皮埃爾變成了後一個對象。

《俄羅斯通報》的出版人格林卡被人認出來了，這位作家說，「地獄應該用地獄來反擊，」他說，他見過一個在雷鳴電閃時面帶微笑的孩子，「但是，我們絕對不要做那個孩子。」

人群向那張大桌子靠近，桌旁坐著禿頭的或白髮蒼蒼的大人物，他們佩著綬帶，穿著制服，基本上都是皮埃爾熟悉的。伴隨著嗡嗡的議論聲，人群走向那張桌子。演說家們一個挨一個地發言，有時兩個人一起說。那些年邁的大人物，坐在那裡，一會兒回頭看看這個，一會兒又瞧瞧那個。皮埃爾心潮澎湃，那種想說明我們什麼都不放在心上的願望也感染了他。他沒有放棄自己的想法，但是感到自己某些地方有什麼不對，想要進行辯解。

「我的意思是說，當我們清楚需要什麼的時候，犧牲就會有目標！」他大聲說道。

離他最近的那個老先生瞥了他一眼，但是他很快被桌子對面的一聲大叫吸引過去。

「是的，莫斯科要爲贖罪而犧牲掉了！它要放棄了！」

「聽我說……先生們，你們不要輕易相信。」另一個人叫道，「他是人類的敵人！」

這時，拉斯托普欽伯爵飛快地走進來。

「沙皇很快就要到這裡來，」拉斯托普欽說，「我剛從那裡過來。我認爲處在我們現在的情況下，沒有必要做過多討論。承蒙沙皇把商人們和我們都召集到這裡來，那邊已經捐出幾百萬，」拉斯托普欽說道，向商人們所在的大廳看了看，「我們的職責是提供民軍，也包括我們自己……這是我們起碼可以做到的！」

坐在桌子邊的那些大人物議論紛紛。整個會議開得特別平靜。老先生們一個接一個地說「我贊成」或者換個說法「我也是這意見」等。

書記官奉命記錄莫斯科貴族會議的最終決議，決定斯摩稜斯克人和莫斯科人一樣，每一千人中獻出十個人並提供他們的全部裝備。這時開會的先生們站了起來，鬆了一口氣。他們開始在大廳裡四處活動、來回走動，隨便挽起誰的胳膊，就聊起來。

「陛下！陛下！」大廳裡突然有人喊起來，全部的人都擁向門口。

沙皇走進大廳。所有人的臉上都呈現出恭恭敬敬的驚訝、好奇的神情。皮埃爾站得比較遠，沒有聽清楚沙皇在講什麼。後來有一個人的聲音向陛下報告貴族剛剛通過的決議。

「各位先生！」沙皇的聲音有些顫抖，人群騷動一下，很快又安靜下來，這時皮埃爾清清楚楚地聽見了沙皇那很動聽的、讓人深受感動的聲音，他說：「我從來沒對莫斯科貴族的忠心有過絲毫懷疑，但是今天你們表現的忠心卻大大超過了我的期望。我代表祖國感謝你們！各位，讓我們馬上行動起來吧！時間是最寶貴的……」

沙皇沉默了一會兒。

「沒錯，陛下的話……比其他任何事都寶貴。」羅斯托夫老伯爵一邊說著，一邊激動得放聲大哭。他站在後面，實際上他似乎沒聽見什麼。

沙皇又走進商人大廳。他在那裡停留了大約十分鐘。有一些人，包括皮埃爾，都看見沙皇從商人大廳出來的時候，眼裡含著感動的眼淚。後來聽人們說，他一開始對商人們開口，眼淚就奪眶而出，他用顫抖的聲音把話說完。當皮埃爾看見沙皇的時候，兩個商人正陪著他走出來，當中一個胖胖的，是皮埃爾認識的包稅商。另一位是商人首領，他面色蠟黃，臉龐瘦削，留著小鬍子。兩人都抽泣著。瘦子的眼裡滿是淚花，那個包稅商則像孩子一樣號啕大哭，並且不斷地重複一句話：「接受我們的財產和生命吧，陛下！」

皮埃爾這時候除了想表明他準備奉獻一切外，別的什麼都沒放在心上，都不重要了，一想到他那帶有憲政傾向的演說，他就覺得有點慚愧，希望有一個機會可以補救。

老羅斯托夫淚流滿面地向妻子講述了這一切，他馬上答應了彼佳的請求，並且親自去代他報名。

第二天沙皇離開了。所有參加會議的貴族全脫下了制服，又和往常一樣：坐在俱樂部裡或自己家中，至於民軍的事，只簡單地向管家交代了幾句。他們對前一天發生過什麼，自己也覺得奇怪。

chapter 10 步步進逼莫斯科

拿破崙對俄國發起攻擊，是因爲他被榮耀、顯赫的地位沖昏了頭腦，才使他不得不穿上波蘭制服，不得不前往德累斯頓，不得不受六月早晨那催人奮進的景象的誘惑。亞歷山大拒絕了所有談判。巴克雷·德·托利想辦法用最優秀的方式統領軍隊，是爲了履行職責，並贏得偉大統帥的榮譽。尼古拉躍馬向法國人衝鋒，是因爲他克制不住自己想在平坦的原野上馳騁的強烈願望。和他一樣，參加這場戰爭的大多數人是按照他們各自的習慣、性格特點、目的和條件而行動的。他們虛榮、膽小、喜歡高談闊論，自以爲知道他們在幹什麼，然而他們全不由自主地成了歷史的工具。這就是那時所有當事者無法改變的命運，他們在社會等級的階梯上爬得越高，就越受限制。

一八一二年的當事人們早已退離歷史舞臺，擺在現在人們面前的只有那個時代的歷史結果。但是，如果說拿破崙統率的歐洲人深入俄國中部，並且在那裡滅亡，是必然結果，那麼戰爭的雙方互相之間殘酷的、毫無意義的行動，我們也就能夠理解了。因此也促進了他們所有人都不曾想到過的嚴重後果，這是上天注定的結果。

現在我們已經理解了一八一二年法國軍隊毀滅的原因：一方面是戰爭的本身，焚燒俄國城市，激起俄國人民對敵人的仇恨，從而導致了人民戰爭；另一方面，他們沒有做任何冬季作戰的準備就深入俄國腹地，也正是因爲這樣，才讓一支世界上很優秀的，而且是由最棒的統帥指揮的八十萬人的軍隊，在和俄國那支數量比它少一倍，並由一個沒有經驗的司令指揮的、沒有經驗的軍隊被消滅。不但沒有人預想到這個結果，而且，在俄國方面，還常常想盡一切辦法來妨礙做唯一拯救俄國的事；在法國方面呢，雖然有所謂軍事天才的拿破崙的軍事經驗，卻盡所有努力在夏末時期讓戰線拉長至莫斯科，也就是說，在做著令他們必然滅亡的事。

戰爭剛一開始，俄國的軍隊就被分裂了，俄國唯一的目標就是如何讓它們會師，假如想誘敵深入和故意撤退，軍隊會師並沒有什麼作用。沙皇御駕親臨，是爲了鼓勵軍隊保衛俄國每一寸土地，並不是要它退卻。根據普弗爾的計畫，建造龐大的德里薩陣地，目的就是不再往後退。指揮司令們的每一步後退都遭到沙皇的責怪。讓敵人侵略到斯摩稜斯克，對沙皇來說是想像不到的事，更不要說焚燒莫斯科了。當俄國的軍隊會合時，沙皇因爲失去了斯摩稜斯克城，卻一直沒有在城下進行一場決鬥而惱羞成怒。

拿破崙在成功切斷俄國的軍隊之後，繼續向腹地前進，錯過了好幾個戰機。八月中旬，進入斯摩稜斯克，他一門心思想著怎麼一直前進，儘管我們清楚地看到，向前推進對他來說是毀滅性的行動。

事實證明，拿破崙絲毫沒考慮到向莫斯科推進的危險，俄國將領們和亞歷山大在那時候也沒想到引誘拿破崙深入俄國，他們計畫的正好相反。誘惑拿破崙深入腹地，沒有採用任何人的計畫，事情最後會發展到此，是因爲參加戰爭的敵對雙方截然相反的謀略、目的和欲望。他們完全沒有想到事情會發展成這樣，更沒有想到這就是拯救俄國的唯一辦法。

所有事情都是一種巧合，戰爭一開始，幾支軍隊就被切斷了。俄軍盡力使各軍會合到一起，在極力使軍隊會合的情況下，爲了避免和最強大的敵人作戰，軍隊無意識地以一個銳角向後撤退，這樣俄軍就把法國軍隊引到了斯摩稜斯克。但是俄軍的撤退，不僅僅是因爲法國人在我們兩支軍隊當中向前推進，還因爲巴克雷·德·托利是個不討人喜歡的德國人，將要受他指揮的巴格拉季翁很討厭他。巴格拉季翁指揮第二軍，盡量拖延和巴克雷會師的時間，以免受他指揮。巴格拉季翁遲遲不同他會師，是因爲他覺得在這次行軍中他的軍隊很可能遭到危險，對他來說，更好的方法是向左和向南撤退，從後方和側翼騷擾敵人，並且在烏克蘭給他的軍隊加給養；很明顯，他這樣安排是因爲他不願服從比他官階低的巴克雷的命令。

沙皇親臨軍隊，本意是爲了鼓舞士氣，可是他在場表現得優柔寡斷，再加上眾多顧問，反而削弱第一軍的戰鬥力，於是這個軍撤退了。

本打算在德里薩陣地堅守，但一心要當總司令的保羅西，出乎意料地影響了亞歷山大，於是普弗爾的全部計畫都被作廢了，所有的事務交給了巴克雷管理。但是因爲巴克雷不得人心，他的權力受到了限制。

最終，君主離開了軍隊，他離開的最合適的也是唯一的理由，是他必須去鼓舞兩都的人們，喚起人民戰爭的鬥志。沙皇御駕親臨莫斯科，能大大增強俄軍的力量。

他離開的目的是不妨礙總司令對軍隊的統一指揮，期望他會採取更堅決的行動，但是軍隊的領導狀況反而變得更無力、更糟糕了。大公、貝尼格森，還有一大群高級侍從武官繼續留在軍隊中，監督總司令的行動並不斷鼓勵他。巴克雷覺得，在這些「沙皇耳目」的監控下，更不自由了，採取決定的行動變得更加小心，總是避開作戰。

巴克雷做事小心謹慎。皇太子暗示這是背叛行動，總是要求進攻。布拉尼茨基、柳巴米爾斯基、弗洛茨基之流對此大肆鼓噪，讓巴克雷以送公文給沙皇爲藉口，把這些波蘭高級侍從打發到聖彼德堡，再與貝尼格森和大公展開了公開的對抗。

不論巴格拉季翁如何不情願，幾支軍隊最終還是在斯摩稜斯克會合了。巴格拉季翁來到巴克雷的住處前。巴克雷佩上他的綬帶出來表示歡迎，向軍銜比他高的巴格拉季翁報告。

根據沙皇的命令，巴格拉季翁直接向君主報告。他給阿拉克切耶夫的信裡寫道：

「儘管這是君主的旨意，但是我無論如何也不能同這位大臣一起謀事。看在上帝的面子上，派我去其他的任何地方，哪怕指揮一個團也行。我不能忍受繼續待在這裡；整個司令部裡全是德國人，一個俄國人在這裡毫無意義，而且根本無法立足。我本以爲我在盡心盡力地爲我們的君主和祖國效忠，而事實上卻是爲巴克雷服務。說實話，我不希望這樣。」

溫岑格羅德、布拉尼茨基等人使得總司令中間的關係更加惡化，結果是他們更不統一了。原來計畫在斯摩稜斯克向法國人發動一次進攻，巴克雷派一個將軍去視察陣地。這個將軍一直憎恨巴克雷，他騎著馬到自己的朋友，一個兵團司令那裡等了一天，然後回到巴克雷那裡，把他根本沒有看見的未來的戰場說得一無是處。

然而此時，法軍正在朝涅韋羅夫斯基師猛撲過來，來到了斯摩稜斯克城下。爲了保護我們的交通線，必須在斯摩稜斯克出其不意地打一仗。戰爭結束了，雙方都有幾千人陣亡。

令君主和全體人民失望的是，斯摩稜斯克淪陷了，而斯摩稜斯克是被省長欺騙的人民自己所燒。一無所有的居民，一心惦記著自己失去的東西，燃燒起對敵人的仇恨，走向了莫斯科，給其他俄國人做出了榜樣。拿破崙繼續前行，我們還在後退，最後結果是拿破崙必敗無疑。

二

博爾孔斯基老公爵在兒子離開後的第二天，叫瑪麗亞公爵小姐來到自己面前。

「現在心滿意足了吧？」他向她問道，並說道，「你讓兒子和我鬧翻了！滿足了嗎？你就希望這樣！滿足了吧？……我很傷心。我老了，衰弱了，你希望這樣。那好吧，開心吧……」

那之後，瑪麗亞公爵小姐整整一個星期沒有看見她父親。他病得很重，幾乎沒出過書房的門。

令瑪麗亞公爵小姐奇怪的是，她注意到，老公爵在生病期間，也不同意布里安小姐到他那裡去。只准許吉洪一個人伺候他。

七天之後，老公爵又出來了，恢復了他原來的生活軌道，熱衷於從事建築工程和花園的佈置，徹底斷絕了布里安小姐和他以前的關係。他的神情和他的冷漠好像是向她說：「你看見了嗎？你對我胡亂猜測，你對安德烈公爵亂說我和這個法國女人的關係，使我同他吵翻了；不過你看見了嗎？我既不需要你，也不需要這個法國女人！」

瑪麗亞公爵小姐每天有一半的時間要和小尼古拉一起度過，照管他的功課，親自教他音樂和俄文，除了和德薩爾交談以外，剩餘的時間她和保姆待在一塊兒，或是在自己的屋子裡看書，要不就和「神親」在一塊兒打發時光。

有關戰爭，瑪麗亞公爵小姐和那些普通婦女的想法沒什麼兩樣。她為參戰的哥哥擔憂，她厭惡戰爭。儘管時常與她交流的德薩爾很關心戰爭的情況，盡可能地把他對戰爭的看法解釋給她聽，儘管來看她的「神親」按她們自己的方式講述市井中間流傳的、關於敵人入侵的所有情形，但她還是沒有搞清楚這場戰爭的意義。

瑪麗亞公爵小姐不明白這場戰爭的全部意義，最大的原因是老公爵一直不承認戰爭，從來不談論戰爭，而且當德薩爾在飯桌上談起戰爭時，反而嘲笑他。公爵的聲音是那麼自信，那麼平靜，瑪麗亞公爵小姐沒有理由不相信他。

整個七月，老公爵很樂觀，甚至有些過度活躍。他又開闢了一個花園，爲奴僕們建造了一所新房子。唯一讓瑪麗亞公爵小姐感到不安的是，他睡覺的時間很少，並且改變了一直在書房裡睡覺的習慣，幾乎每天都要換一個睡覺的地方。有時他在長椅上或客廳裡的沙發上和衣打盹兒，有時他讓僕人爲他在玻璃走廊裡支起行軍床，讓童僕皮特羅薩爲他朗讀；有時他又會在餐廳中過夜。

八月一日，收到了安德烈公爵的第二封信。在他離開家以後一段時間裡寄來的第一封信中，安德烈公爵懇請他原諒他說了那些無禮的話，並請求他像從前那樣對他慈愛。老公爵給他回了一封信，也就是從那時起，老公爵就疏遠了那個法國女人。安德烈公爵的第二封信是在被法國人佔領的維捷布斯克附近寫的，信中對整個戰爭做了簡單的介紹，還附帶有示意圖，對戰爭的進一步發展做了預測。在這封信裡，安德烈公爵向他提出留在家裡不安全，因爲那裡離戰場特別近，又處在軍事行動的交通線上，勸他搬到莫斯科去。

這一天在飯桌上，德薩爾說，聽說法國人已經侵佔了維捷布斯克，老公爵這時想起了他兒子的信。

「你還沒看過吧？」他對瑪麗亞公爵小姐說道，「今天收到安德烈公爵一封信。」

她驚奇地回答：「沒有，爸爸。」她根本不知道會有信來。

「他談到這場戰爭。」

「那太有意思了，」德薩爾說，「公爵能知道……」

「你去給我拿來，」老公爵對布里安小姐說，「您去找一找，就在小桌上的吸墨器下邊。」

布里安小姐高興地跳了起來。

「噢，不！」他皺了一下眉叫道，「還是你去吧，米哈伊爾·伊萬內奇。」

米哈伊爾·伊萬內奇站起來向書房走去。他剛走出去不久，老公爵不安地回頭看了看，還是丟下餐巾，自己去了。

「他們什麼都不會做……會把一切全翻亂的。」

在他出去的時候，大家心照不宣地交換了眼神。在米哈伊爾·伊萬內奇的陪伴下，老公爵很快就回來了，帶來了一張草稿圖和那封信。他把它們放在旁邊，吃飯時不讓任何人讀。飯後來到客廳，他把信遞給瑪麗亞公爵小姐，自己盯著展開的那張新建築藍圖，命令她大聲朗讀信的內容。瑪麗亞公爵小姐讀完信，疑惑不解地看了他一眼。

「您對此怎麼看，公爵？」德薩爾大著膽子問道。

「我？我？」公爵眼睛仍盯著那張建築藍圖。

「戰場也許就要打到我們這邊來了……」

「戰場！哈哈哈！」公爵說道，「敵人無論如何也不可能越過涅曼河，戰場在波蘭。」

德薩爾疑惑不解地看著公爵，敵人已經到了德聶伯河，他卻說涅曼河；瑪麗亞公爵小姐好像忘記了涅曼河的地理位置，還認爲他的話是對的。

「到冰雪消融的時候，他們就要陷進波蘭的泥潭裡。不過他們現在還不會看到。」公爵顯然是在考慮一八〇七年的戰爭，那是前不久的事。「貝尼格森本應早些進入普魯士，那樣情形就不一樣了……」

「可是，公爵，」德薩爾小心翼翼地說，「信裡提到的是維捷布斯克……」

「啊，信裡？是的……」公爵不滿地嘟囔著。「沒錯……沒錯……」他的臉色突然陰沉下來。他沉默了一會兒，「好像是這樣，他在信裡提到，法國人在什麼河邊被消滅了？」

德薩爾垂下眼睛，「公爵，關於這一點，信裡沒提到什麼。」他輕輕地說道。

「難道他沒有寫？不過這也不是我胡思亂想出來的。」

大家全都沉默不語。

「是的……是的……喂，米哈伊爾．伊萬內奇，」他猛地抬起頭來，指著那張建築藍圖說道，「你來說說，你想如何修改……」

米哈伊爾．伊萬內奇過來看看那張圖，說了一會兒新建築的設計圖之後，有些懊惱地看了德薩爾和瑪麗亞公爵小姐一眼，轉身就回自己的房間去了。

瑪麗亞公爵小姐看見德薩爾一直盯在她身上的那種奇怪的眼神，注意到他的沉默不語。令瑪麗亞公爵小姐想不通的是，他竟然把兒子的信忘在客廳桌子上。

到了傍晚，米哈伊爾．伊萬內奇被公爵派到瑪麗亞公爵小姐那裡來取那封信。她把信給了他，然後謹慎地問米哈伊爾．伊萬內奇他在做什麼。

米哈伊爾．伊萬內奇恭敬並帶有諷刺意味地笑著回答道：「依舊那樣忙來忙去的。」他的笑令瑪麗亞公爵小姐忐忑不安，「他有些擔心那所新房子。看了一會兒書，現在，」米哈伊爾．伊萬內奇壓低聲音說，「八成是趴在桌上寫遺囑呢。」

「要派阿爾派特奇去斯摩稜斯克嗎？」瑪麗亞公爵小姐問道。

「是的，他一直在等。」

三

當米哈伊爾·伊萬內奇取信回到書房的時候，老公爵正坐在寫字檯前，戴著眼鏡，拿了一份文件，這份文件在他死後是要呈送給陛下的。

米哈伊爾·伊萬內奇進去的時候，公爵淚眼矇矓地回憶起他曾寫的、現在正在讀著的那個時代。他接過米哈伊爾·伊萬內奇手中的那封信，裝到他的衣服口袋，疊起文件，然後叫來等候多時的阿爾派特奇。

公爵有一張單子寫著要在斯摩稜斯克買的東西，他一邊在屋內走來走去，一邊給阿爾派特奇指示。「你聽清楚了嗎？第一件事，買信紙，要帶金邊的，八帖……一定要有金邊的；封蠟、火漆、照著米哈伊爾·伊萬內奇的單子買。」

他看了一眼備忘簿，說：「然後把有關證明的信親手交給總督。」

第二件事是買新房子的門閂，就是公爵自己設計的那種，還要訂製一個用來裝「遺囑」的硬紙匣子。給阿爾派特奇發指示用了兩小時，公爵還沒放他走。他坐下來，閉上眼睛，陷入沉思，不多會兒就打起盹兒來。阿爾派特奇忍不住動了一下。「去吧，好了，要是還有什麼需要，我再派人叫你。」阿爾派特奇出去了。公爵又走到寫字檯前，向裡邊看了看，用手摸了摸他的文件，把書桌鎖上，然後坐在桌前給總督寫信。

他寫好信站起來時，已經很晚了。他想睡，但怎麼也睡不著，一躺在床上，那些不好的想法就來了。他把吉洪叫來，和他一起到各個房間去看，好確定今晚在哪兒安放他的床鋪。

他覺得哪裡都不好，特別是書房裡他經常睡的沙發。那張沙發讓他感到害怕，估計是他在那兒曾經有過什麼不愉快的經歷。什麼地方也不好，但是起居室裡鋼琴後面那個角落稍微比別的地方好一些：還沒有在這裡睡過。

吉洪帶人搬來一張床，開始搭起來。

「不對，不對！」公爵喊起來，他走過來把床架挪得離牆角遠一點兒，然後又推得近一些。

「我要睡覺了，唉，總算把所有事情都做完了。」公爵想道，並讓吉洪給他脫衣服。費了很大力氣才把褲子和外衣脫掉，公爵不耐煩地皺著眉頭，脫好衣服，坐在床上，不知道在想什麼。可他並沒有沉思，而是艱難又緩慢地抬起那兩條腿，把身子挪到床上去。

「噢，多不容易啊！快些結束這痛苦，放我去吧！」他想道。他很費力地躺了下去。可是剛剛躺下，就感覺那張床在他身下均勻地來回晃動。幾乎每天晚上都是這樣。他睜開剛閉上的眼睛。

「真討厭，不得安寧！」不知他在對誰發脾氣。「對了，還有一件重要的事，我留到了臨睡的時候來辦。門閂？不是，這件事已經囑咐過了。不對，應該還有件什麼事，在客廳裡談到的，但就是想不起來了。」

「吉洪，吃飯的時候講過什麼話？」

「提過安德烈公爵……」

「打住，打住！」公爵用手拍了一下桌子，「想起來了，安德烈公爵的信！德薩爾說過裡面有關於維捷布斯克的一些事情。我現在就看看。」

他下令把那封信從衣袋裡拿來，把小桌子移到床邊，把眼鏡戴上，讀了起來。就在這時，在靜悄悄的夜裡，在綠色燈罩的微光下，他才突然明白，第一次懂了信中的意思。

「法國人到了維捷布斯克，四天以後他們就能到斯摩稜斯克了，也許他們已經到了。」

「吉洪！」吉洪一躍而起。

「不，沒事了，沒事了！」他喊道。

他把信放在燭臺下面，緩慢地閉上了眼睛。眼前出現了多瑙河的場景，明朗的中午時分，俄國兵營和蘆葦，他，一個年輕的將軍，臉色紅潤，神情喜悅，生氣勃勃，走進波將金的帳篷，對這個朝廷寵臣如火的嫉妒心，一如既往地煎熬著他。他回憶起頭一次見到波將金時所說的話。他眼前還浮現出一個又胖又矮、臉色蠟黃的女人——皇太后，想起她第一次接見他時所說的話和臉上的微笑，和那個時候在她的棺槨前爲了爭著吻她的手，他同祖博夫還發生一點摩擦。

「嘿，快點兒吧，讓這一切都快點兒完結吧！盡快回到那個時代去吧，快點兒吧，讓我安寧吧！」

四

博爾孔斯基老公爵的童山莊園在距斯摩稜斯克以東六十俄里的地方，離莫斯科大路只有三俄里。

就在公爵給阿爾派特奇下命令的那一天晚上，德薩爾拜見瑪麗亞公爵小姐，對她說，因爲公爵欠安，對他的安全沒有任何保障，但是從安德烈公爵的信來看，留在童山是很危險的，他恭敬地勸她，親自給斯摩稜斯克的省長寫一封信，讓阿爾派特奇送去，請他把戰局詳細情況和童山面臨的威脅程度告訴她。德薩爾替瑪麗亞公爵小姐寫好了給省長的信，她簽了字，交給阿爾派特奇，讓他交給省長，如果有危險，就盡快趕回來。

阿爾派特奇收到指示之後，拿一根手杖，戴上一頂灰色的毛皮帽子，坐進由三匹高大的黑褐馬拉著的皮篷車裡。

阿爾派特奇一邊趕路，一邊欣賞著今年春播作物難得一見的好收成，查看著黑麥地，看到有的地方已開始收割。他在心中開始算計著收割和播種，同時也想著公爵的吩咐。

八月四日晚上，阿爾派特奇到達斯摩稜斯克。

阿爾派特奇接二連三地遇到部隊和行李車隊。在接近斯摩稜斯克的時候，他聽見前方傳來的射擊聲，但是這聲音並沒使他感到很驚訝。最讓他驚訝的是快到斯摩稜斯克時，他看見一部分士兵正在割長勢良好的燕麥餵馬，因爲他看見燕麥地裡有兵營。這種現象令阿爾派特奇感到震驚，但是他專心地想自己的事，不多久就把它忘了。

八月四日晚，阿爾派特奇到達斯摩稜斯克，留在德聶伯河對岸加欽斯克郊區費拉蓬托夫開的旅店中，三十二年來他早就習慣在這裡住宿。費拉蓬托夫是一個又高又胖、四十多歲的漢子，鼻子像個肥大的肉瘤，嘴唇很厚，眉毛還有一顆瘤子。

他挺著肥大的肚子，身穿棉布襯衫，上邊套一件坎肩，在朝街的店舖前站著。看到阿爾派特奇，就向他走過來。「歡迎您，親愛的阿爾派特奇。您怎麼到城裡來了，現在人們都在忙著出城。」

「爲什麼要出城去呢？」阿爾派特奇問道。

「老百姓害怕法國人，他們太笨了，我也是這麼說的。」

「像婦女一樣沒見識！」阿爾派特奇說道。

「我也是這樣說的。我說：有命令不讓法國人進來，雇一輛車，農民要三個盧布的費用，真是壞了良心！」

阿爾派特奇沒太在意他說什麼。他要了一些餵馬的乾草和茶炊，喝足了茶之後，便躺下睡了。

整夜裡都有軍隊從旅店前經過。第二天早晨，阿爾派特奇穿上一件無袖上衣就去辦事了。那是一個陽光明媚的早晨，八點左右就已經熱起來了。「是收割莊稼的好氣候。」阿爾派特奇想道。城外一大早就聽到槍聲。

從八點起，步槍聲中含混著隆隆的炮聲。街上人很多，都匆忙地不知道往什麼地方去，還有許多士兵、馬車仍在來回奔馳，商人們依舊站在舖子前，教堂裡照樣做禮拜。阿爾派特奇去了政府機關、商店、省長和郵政局那裡。在各個地方，所有的人都在談論軍隊，談論正在攻城的敵人。

在省長住宅前面，阿爾派特奇看見許多的人，還有省長的旅行馬車。他在臺階前碰見兩個貴族，其中一個他熟悉——前警察局局長，正在激動地說話。

「要明白這可不是鬧著玩的，」他說，「單身的還好說，一人遭殃也就算了，可我一家十三口，還有全部財產……竟然把我們弄到這種一無所有的地步，發生了這樣的事，還算什麼省長？應當把這些強盜統統給殺了！」

「好了，別說了！」另一個說道。

「我們又不是狗，他聽見怕什麼？我不在乎！」那個前警察局局長說著，一轉頭看見了阿爾派特奇。

「啊，阿爾派特奇！你怎麼到這兒來了？」

「奉大人的命令，來見省長，」阿爾派特奇自豪地昂起頭，「他叫我來打聽一下情況如何。」

「那你就去打聽吧！」那個地主叫嚷起來，「把局面弄成這個樣子，連輛車也找不到，什麼也沒有！這不，你聽見了嗎？」他指著射擊聲傳來的方向說道。

「狗強盜！……我們所有人都完蛋了。」他嘟囔了一句，便走下了臺階。

阿爾派特奇搖了搖頭，走上樓去。在接待室看到婦女、商人、官吏，大家都默默地看著對方。省長辦公室的門開了，所有人都站了起來，一點點向前挪動。從門裡跑出一個官吏，他同一個商人說了幾句話，叫一個胸前掛十字架的肥胖官吏跟他進去，就消失在門裡了，想必是害怕人們向他提出問題和投向他的眼神吧。阿爾派特奇走到前面去，在那個官吏再出來的時候，他把一隻手伸進扣起的長禮服胸前，朝那個官員打聲招呼，遞給他兩封信。

「總司令博爾孔斯基公爵元帥呈給阿什男爵大人的信。」他說得很莊嚴，使得那個官吏轉向他，並接過了那兩封信。過了一會兒，省長接見了阿爾派特奇，並對他說：「請稟告小姐和公爵，我什麼也不瞭解，我只是按照上級的指示工作的……」

他遞給阿爾派特奇一份文件。

「不過，我的建議是，他們應該到莫斯科去。稟告他們……」省長還沒說完，一個汗流浹背、滿身灰塵的軍官跑了進來，用法語說著什麼。省長臉上呈現出了恐懼的表情。

「去吧。」他說道，對阿爾派特奇點了點頭，接著又向那個軍官詢問著什麼。阿爾派特奇從省長辦公室出來的時候，一種恐慌的、熱切的、無可奈何的目光朝他投過來。阿爾派特奇這時注意聽著那正在臨近的越來越激烈的射擊聲，他飛快地跑回旅店。

省長遞給他的文件上說：「我向您保證，斯摩稜斯克城還沒什麼危險，它不會受到任何威脅。我從一面，巴格拉季翁公爵從另一面，預計二十二日會在斯摩稜斯克會師，兩支軍隊將同心協力保衛貴省的民眾，直到將我們的敵人擊退，或者我們的戰士只剩最後一個人戰鬥。由此，您有足夠的信心讓斯摩稜斯克的居民不要擔心，因爲他們被兩支這樣強大的軍隊保護著，對我們的勝利會滿懷信心。」

人們躁動不安地在街上跑來跑去。滿載椅子、櫃子、餐具的車子，陸續地從宅院的大門出來。費拉蓬托夫鄰居家的門口停著幾輛車，女人們在離開的時候又哭又喊。一條看家的小狗在套上車的馬前跑來跑去。

阿爾派特奇走進旅店的院子，一直向停放他的車和馬的棚子走去。車伕已經睡著了，他把車伕叫醒，吩咐他套車，然後走入穿堂。主人住的房裡傳出一個女人驚天動地的哭聲和一個孩子的哭鬧聲，費拉蓬托夫斷啞地喊叫著。女廚子在穿堂裡打哆嗦，這時阿爾派特奇進來了。

「要出人命了。老闆娘挨打了！……他那樣拖她，打她！……」

「這是怎麼回事啊？」阿爾派特奇問道。

「她哀求著要離開，女人嘛！『你把我送走吧，』她說，『不要害死孩子們和我；所有的人全走了，』她說，『我們為什麼不走？』這時他就打起她來，殘忍地把她拖來拖去！」

阿爾派特奇聽了這些話，點了點頭，不想再聽下去了，於是走近店主臥室對面的房門，他買的東西放在那裡。

「你這個渾蛋，兇手！」這時一個瘦弱的、面色蒼白的女人手中抱著孩子，頭上的頭巾已經被撕去了，哭喊著從門裡跑了出來，向院子裡跑去。費拉蓬托夫追出來，當他看到阿爾派特奇，就整理一下頭髮，抻了抻他的背心，跟著阿爾派特奇走進對面的房間。「要回去了嗎？」他問道。

阿爾派特奇未回答店主人的問話，只忙著整理買來的東西，問該付多少錢。

「我馬上去算！」費拉蓬托夫答道。又問：「怎麼樣，見到省長了嗎？有什麼計畫？」

阿爾派特奇回答說，省長一句肯定的話都沒有對他說。

「做我們這樣生意的，哪能走開？」費拉蓬托夫說道，「租一輛大車到多羅戈布日要花七個盧布。」

「謝里萬諾夫星期五賺了一筆，麵粉賣給軍隊九個盧布一袋。怎麼樣，來杯茶吧？」他補充說。

「好像靜下來了，」費拉蓬托夫說道，喝完了第三杯茶，站了起來，「似乎是我們處於優勢。我們有能力……前一陣子，據說，馬特維．伊萬尼契．普拉托夫把他們趕到馬里納河去了，一天淹死一萬八千人。」

阿爾派特奇整理好包裹，交給走進來的車伕，和店主結了賬。然後一輛輕便馬車開出了大門。現在已經是下午了。阿爾派特奇向窗外看了一眼，朝著門口走去。這時從遠處傳來了一種奇怪的撞擊聲和呼嘯聲，緊接著大炮的轟鳴聲響成一片，震得玻璃直響。

他走到街上，有兩個人向橋邊跑去。周圍傳來炮彈落在市內的撞擊聲、轟鳴聲和手榴彈的爆炸聲。這是炮轟，下午五點之前拿破崙下令一百三十門大炮一齊向城內轟擊。一開始人們還沒搞懂這次炮轟的影響。

開始，手榴彈和炸彈落地的聲音使人們驚訝不已。一直在房間裡號哭的費拉蓬托夫的老婆，這時卻變得安靜了，懷抱著孩子走向大門口，安靜地看著街上的人群。

所有的人都懷著好奇心想看看炮彈是如何從他們頭上飛過的。一些人從拐角處走過來，興奮地談論著。

「力量太大了！天花板和屋頂都被炸成了碎片！」

「地像被豬拱過一樣，都翻開了。」另一個說道。

「真來勁！真夠味！」第一個人笑著說道，「要不是你跑得快，非把你炸成肉醬不可！」

就在這時，又有一些炮彈接二連三地從人們頭上飛過，圓形炮彈飛快地發出陰沉的嘶叫聲，手榴彈發出悅耳的呼嘯聲，但是沒有一顆落在旁邊，都飛過去了。阿爾派特奇坐進馬車。店主站在大門口。

又響起了呼嘯聲，但是這次離得比較近，像一隻小鳥從上向下掠過，就看到市中心火光一閃，不知哪裡炸開了，街道上硝煙瀰漫。

「你在那兒做什麼？混帳東西？」店主喊著，向女廚子衝了過去。

就在這時，傳來受驚的嬰兒哭聲、女人的哀號聲。女廚子的哭號聲和呻吟聲比所有的人更響亮。

五分鐘後，街上一個人也看不見了。那個手榴彈片打斷了女廚子一條大腿，她被抬進廚房裡。阿爾派特奇、車伕、費拉蓬托夫的孩子們和老婆，還有看門的，所有的人全坐在地窖裡聽著外面的動靜。炮彈的呼嘯聲，大炮的隆隆聲，女廚子那可憐的哀號聲，一刻也未停止。女店主輕輕安撫著她的嬰兒，每當有人到地窖裡來，她就用淒楚的聲音詢問她那留在街上的丈夫去哪兒了。一個商店夥計同她說，她丈夫和其他的人到大教堂抬斯摩稜斯克最靈驗的聖像去了。

黃昏時分，炮轟漸漸停了下來。阿爾派特奇走出地窖，站在門口。原本晴朗的夜空籠罩著層層煙霧，透過煙霧，隱約看見一彎新月高掛在天邊。駭人的炮聲停止了，城裡一片安靜，只有遠處的吶喊聲和市內各處的呻吟聲、腳步聲，還有那猛烈燃燒的劈啪聲打破這沉寂。黑色大火的濃煙一陣陣地從兩側騰起，再慢慢地散開，穿著各種制服的士兵亂成一團。有幾個人在阿爾派特奇眼前跑進費拉蓬托夫的院子。阿爾派特奇朝大門走去。一個團隊散亂地向後撤退，把整個街道都堵塞了。

「走吧，走吧！城市就要被攻陷了，趕緊走吧！」一個軍官看見他的時候說道，緊接著又向士兵們喊道：「誰敢跑到人家院子裡，我就對他不客氣！」

阿爾派特奇走回房內，吩咐車伕準備起身。費拉蓬托夫全家人也跟著阿爾派特奇和車伕出來了。一直沒有說話的婦女們，一看到暮色中燃燒的熊熊大火和煙霧，就大哭起來。在房間裡，車伕和阿爾派特奇慌忙地整理亂七八糟的馬具和韁繩。

阿爾派特奇坐上車走出大門的時候，看到費拉蓬托夫鋪子的門被打開了，裡面十多個士兵，一邊拚命把向日葵籽和麵粉裝進他們的背包，一邊大聲說著話。這時，費拉蓬托夫回來了，看見那些士兵，他想要叫喊，但沒喊出來，他抓著頭髮帶著哭聲哈哈大笑起來。

「全拿去吧，小伙子們！不要給那些魔鬼留下一丁點兒東西！」他一邊叫喊，一邊抓起麵粉口袋往街上扔。有些士兵害怕得跑掉了，有一些還在繼續裝。費拉蓬托夫看見阿爾派特奇就對他說：「完了！俄國完了！」他叫道，「完了！我要親自燒掉這地方！」費拉蓬托夫向院子裡跑去。

有士兵不停地從大街上經過，把路堵住了，阿爾派特奇沒法通過，只好在那裡等待。費拉蓬托夫的妻兒也坐在一輛大車裡，等待過去。

夜幕已經降臨。天空繁星點點，新月從煙幕中忽隱忽現。

在臨近德聶伯河的斜坡上，阿爾派特奇的車子停了下來。在距離停車的十字路口不遠的胡同裡，一所住宅和幾家商店著了火。火光清晰地照亮聚在十字路口的人們的臉，黑色的人影在火光前穿梭，阿爾派特奇下了車，走到那條胡同裡去看大火。他看見有兩個士兵和一個穿粗毛外套的人，正把燒著的房樑拉到對街的一個院子裡，其他人在搬運一捆一捆的乾草。

「阿爾派特奇！」這時一個熟悉的聲音喊這個老先生的名字。

「天哪！大人！」阿爾派特奇馬上辨別出這是自己年輕的主人的聲音。

安德烈公爵穿著斗篷，胯下一匹黑馬，正看著阿爾派特奇。「沒想到你也在這裡？」他說道。

「大……大人，我們真的沒希望了嗎？」阿爾派特奇說著，突然哭起來，「我的上帝！」

「你爲什麼會在這裡？」安德烈公爵又問一遍。

火光升騰，明亮耀眼，照亮了他的少主人那疲憊蒼白的臉。阿爾派特奇講述了他如何被派到這兒來，如何費了很大的力氣走出來。

「大人，我們真的沒希望了嗎？這是真的嗎？」他又問道。

安德烈公爵沒回答，他拿出筆記本來，從上面撕下一張紙，墊在抬起的膝蓋上，用鉛筆在紙上寫起來。他給他妹妹寫道：「再過七天童山可能會被敵人佔領，斯摩稜斯克就要淪陷，立即去莫斯科，馬上告訴我你們上路的時間，派信差到烏斯維亞日去。」

寫完以後，他把字條交給了阿爾派特奇，又口頭吩咐他怎樣安排公爵小姐、老公爵、他兒子和教師上路，如何通知他，到哪裡才能找到他。他還沒做完這些指示，一個參謀長就帶著隨從騎馬向他跑來。

「您是上校嗎？」那個參謀長喊道，安德烈公爵覺得聲音很熟。「你怎麼這樣？有人當著您的面燒房子，您卻視而不見！您要負責！」賓戈喊道，他這時候是步兵第一軍左翼司令的副參謀長。

安德烈公爵看了他一眼，沒理他，繼續對阿爾派特奇說：「你這樣對他們說，十日之前我會一直等回信，如果十日我還收不到他們已經動身的消息，我就拋開所有的事，親自到童山去。」

「公爵，」賓戈認出安德烈公爵，「我這麼說是因爲我一定要服從命令，我一直都嚴格地服從……請您不要怪我。」他爲自己辯解說。

火焰中有某些東西發出斷裂的聲音。一團團的黑煙從屋頂下不斷往上冒。又有什麼在火焰中發出恐怖的斷裂聲，一個龐大的東西塌下去了。

「哎——喲！」人群隨著穀倉天棚的塌陷叫道，糧食在穀倉裡燃燒著散發出一種烤餅的香味。火焰照亮了周圍人們興奮、激動、疲憊的臉。

「按我說的轉告他們。」安德烈公爵對阿爾派特奇說道，「就這樣吧。」

他策馬向胡同跑去，對站在他身邊不作聲的賓戈的問話，他一句也沒有回答。

五

軍隊持續從斯摩稜斯克撤退，敵人一路追趕過來。八月十日，安德烈公爵指揮的團隊沿著大路行軍，經過通往童山的路。

氣溫很高，乾旱已經持續三個多星期了。天空中飄浮著一片片的白雲，不時把太陽遮擋住，可是一到傍晚，又是晴空萬里，太陽在紅褐色的暮靄中逐漸降落下去。只有晚間的濃露能使大地得到一些滋潤。莊稼被曬乾了，水塘乾枯了。因爲被太陽烤焦的草場上沒有任何飼料，牲畜餓得哞哞叫。只有在夜間的樹林裡，當露水還沒乾時，才能感到涼一些。軍隊行進的大路上，即使晚間穿過樹林，也不會覺得涼快。

天一破曉，軍隊又開始前進。輜重車和炮車的輪轂淹沒在土裡，步兵在讓人窒息的、深及腳踝的、滾熱的塵土中安靜地行進著。這塵土有些被車輪和腳攪動著，飄到牲畜和人的眼睛、鼻孔、耳朵和頭髮裡，甚至進入肺臟裡。他們用手巾掩起嘴和鼻子繼續往前走。每經過一個村莊人們都馬上奔到井邊，爭吵著搶水喝，一直喝到看見泥底爲止。

安德烈公爵指揮一個團隊，全部時間都忙於團隊的管理，關心士兵的待遇，不斷發出和接受各種命令。斯摩稜斯克的大火和這座城市的失去，對於他來講是一個新時期的開始。他全心全意地投入團隊的事務，對自己的官兵特別和藹，關懷至極。在他的團隊裡，人們都稱呼他爲「我們的公爵」，尊敬他，並且以他自豪。可是他只對自己團的人和不瞭解他的人這樣，一遇到過去的相識，或是從參謀部來的什麼人，他馬上變得容易發脾氣，冷嘲熱諷，咄咄逼人，高傲難近；所有讓他想起過去的人和事物，都令他感到不舒服，在他與先前那個環境裡的聯繫上，他只求盡到自己的責任和不做不公正的事。的確，安德烈公爵把所有都看得一片漆黑，尤其是八月六日斯摩稜斯克淪陷以後，讓他生病的父親不得不將他一點點建起來的心愛的童山棄之不顧，接著逃往莫斯科。

雖然如此，因為有團隊，讓他還可以有一件和其他問題完全無關的事可想——想自己的團隊。八月十日，他的團所屬的縱隊從童山周圍經過。兩天前，他接到他妹妹和兒子已經動身去了莫斯科的消息。儘管他在童山沒什麼事幹，但是因為他天生喜歡自尋煩惱，決定到童山去一次。

他吩咐下去為他備馬，馳向他的村莊。安德烈公爵從池塘旁邊走過，以前那裡總有十幾個農婦一邊聊天，一邊用木棒槌打洗衣服，而此時這裡空無一人，洗衣服的埠頭也斷掉了，一部分浸在水裡，傾斜著漂浮在池塘中央。他驅馬走向看門人的小屋。大門敞開著，門口一個人也看不見。花園小徑上已經荒蕪，暖房的玻璃被人砸碎了，栽種在木桶裡的樹，有的歪斜了，有的乾枯了。他來到花木觀賞園，眼前雕花的柵欄全部折斷了，李樹的果子也被扯了下來。安德烈公爵童年時在大門前經常看到的一個老農民，正坐在綠色的長凳上，認真地編織樹皮鞋。

他是個聾子，聽不見安德烈公爵騎馬靠近的聲音。

安德烈公爵來到住宅前。老花園裡的那幾株菩提樹被人砍倒了。百葉窗都釘起來了，最底下有一扇窗子敞開著。一個家僕的小男孩走出來，當他看到安德烈公爵時，就跑進宅內去了。

阿爾派特奇把家屬都打發走了，就自己留在童山，坐在家裡讀《聖徒傳》。聽說安德烈公爵來了，他眼鏡都沒來得及摘，馬上走出來，快步跑過去一邊哭一邊吻安德烈公爵的膝蓋。

很快，他開始彙報情況。所有貴重值錢的東西都搬到博古恰羅沃去了。一百多俄擔的糧食也全部運走了；春播和乾草作物都被軍隊徵用了，在還沒成熟的時候就被割掉了。農民們全破產了，有一部分人去了博古恰羅沃，只有少數人留了下來。

沒等他說完，安德烈公爵就問，妹妹是什麼時候離開的，阿爾派特奇以爲問的是去博古恰羅沃，回答道，他們七日走的，接著又一邊仔細說田莊的事，一邊請求指示。

「假如您看到花園裡不整潔，」阿爾派特奇說道，「那是沒辦法的事：三個團曾經路過這裡，尤其是騎兵還在這裡過夜。」

「那麼，如果敵人占了這地方，你準備怎麼辦呢？你還會繼續留在這裡嗎？」安德烈公爵問道。

阿爾派特奇把臉朝向他，看了他一眼，很莊嚴地把手舉到上邊。「要服從他！他是我的保護人！」他說道。

「好，再見吧！」安德烈公爵俯身向阿爾派特奇說道，「你也走吧，盡量拿上你能拿的東西，讓農民們也走，到梁贊的田莊去，或是去莫斯科附近的田莊。」

安德烈公爵輕輕地推開摟著他一條腿的阿爾派特奇，踢了一下他的馬，飛奔著消失在林蔭路的盡頭。

安德烈公爵離開部隊前進的塵土飛揚的大路後，覺得稍微涼快了一點兒。但是去童山沒過多長時間，他又很快返回到大路上，部隊正在路上休息時，他追上了自己的團隊。已經是中午一點多。那個塵霧中的大火球——太陽，穿透他的黑色上衣，灼烤著他的脊樑，簡直讓人難以忍受。

通過水壩時，池塘和裡面的水藻的清涼氣息迎面撲來。雖然水很髒，他還是想立刻跳到水裡去。他轉眼望向滿是笑聲和叫聲的池塘。一個混濁的有些發綠的小池塘，水看上去比以前多了一倍，漫過了水壩，因爲裡邊擠滿了臉、手和脖子，都被曬成了褐紅色，身軀仍是雪白的士兵，他們正在裡邊向周圍濺水。所有這些光著身子的白色的人吵鬧著、歡笑著，像是一條條裝在水罐裡的鯉魚一樣，在那個髒水塘裡胡亂撲騰著。這種撲騰所顯示出來的快樂，是那麼容易讓人感到悲涼。

七月八日，巴格拉季翁公爵在位於斯摩稜斯克大路上的米哈伊洛夫卡駐地寫了這樣一封信。他很明白他的信會被沙皇看見，因爲信是寫給阿拉克切耶夫的，所以他盡可能地推敲每一個字眼。

親愛的阿列克謝．安德烈耶維奇伯爵閣下：

我想，那位大臣已經把斯摩稜斯克被放棄的消息報告了。這個很重要的地方被白白地放棄了，這是讓人感到悲哀和痛心疾首的，全軍都陷入了絕望之中。我曾很懇切地當面勸說過他，後來又寫信給他，可是不管怎樣也無法令他同意。我以我的名譽來向您擔保，拿破崙那時正處於前所未有的困境，他就算損失一半軍隊，也沒有辦法拿下斯摩稜斯克。我們的軍隊目前和過去作戰時都很頑強。我用一萬五千人和他們對抗，並且堅守了三十五個鐘頭，可是他連十四個鐘頭都守不住。莫大的恥辱，這是我們軍隊的污點；至於他，我認為，他都不配繼續活在世上。

他再多堅持兩天能有多大的困難呢？最起碼他們會自動撤退，因為他們沒有足夠的馬和人飲用的水了。他曾向我擔保，他一定不會撤退，但是突然又發出命令說，他要在夜間撤離。這樣就沒法作戰了，而且我們會短時間內就把敵人引到莫斯科……

有傳言說您正在考慮媾和！上帝保佑！在做出這麼大的犧牲、這樣毫無道理的退卻之後，再去講和！您會招到全俄國的排斥，我們任何人也都不配再穿軍服了。到了這種境地，只能繼續打下去，只要俄國還能打，只要還有人站得起來，我們就要接著打下去……

應當由一個人指揮，而不是兩個人。您的大臣做為一個內閣大臣可能是很棒的；可是做為一個將軍，一點兒都不合適，但是卻把我們祖國的整個命運交給了他……我真的懊惱得要發瘋，請原諒我寫得如此大膽。所以，我很誠懇地對您說：動員民軍吧。因為那位大臣正以很有效的方式把「客人們」引向莫斯科。全軍對沙皇的侍從沃爾左根充滿懷疑。他一直在給那位大臣出主意。我不僅對他很友好，而且像一個班長一樣服從他，即使我的級別比他高。這是很痛苦的，但是，因為愛我的君主和恩人，我服從了。我僅僅是為陛下感到惋惜，他把我們強大的軍隊交托給這種人。

請想像一下吧，在我們撤退的過程中，在醫院裡因為疲勞，我們損失了一萬五千人；假如是進攻，結果就會大不相同了。我們這樣惶恐不安，把我們的祖國讓給那些暴徒，在我們所有的臣民心中留下了羞辱和仇恨的種子，我們的俄羅斯——我們的母親要怎麼說呢？我們怕誰呢？我們怕什麼？那位大臣膽小懦弱，優柔寡斷，昏頭昏腦，滿身的壞毛病，這不是我的過錯。全軍都在慟哭，人們全在詛咒他……

六

在紛繁多樣、五彩繽紛的生活現象中，我們能夠把它們分成以內容爲主和以形式爲主的兩大類。聖彼德堡的生活屬於第二種，特別是沙龍生活。這種生活從沒有變過。

海倫和安娜的客廳仍和以前一樣，前者與五年前，後者與七年前一點兒都沒變。在安娜那裡，人們完全和以前一樣迷惑不解地談論拿破崙的成就，無論是在歐洲各國君主對他的包容，還是他自己的成就中，都有著陰謀詭計，這些陰謀讓以安娜爲代表的宮廷小圈子感到惶惶不安。在海倫的客廳裡，無論在一八〇八年還是在一八一二年，人們一如既往地懷著驚喜的心情談論那個偉大的人物和那個偉大的民族，並對與法國決裂感到惋惜。

這段時間以來，自從沙皇從軍隊回來後，在這兩個對立的客廳圈子裡出現了一些狀況，甚至出現過某些相互對立的情況，可是每一個小圈子固有的傾向沒有改變。

安娜的圈子來往的法國人只限於固執的保皇黨，他們覺得不應該去法國劇院，這個劇團所需要的費用足夠供給整整一個兵團了。他們很在意戰爭的進程，樂於傳播對我們軍隊最有利的消息。

在海倫的圈子裡，有關敵人和戰爭殘酷的傳聞受到了反對，爭論一些拿破崙打算和解的話題。一切的軍事行動，在海倫的圈子裡，都被認爲是虛張聲勢，並認爲戰爭很快就會以和平結束。現住在聖彼德堡的比利賓已同海倫親密無間，他的意見在這裡起著決定性導向。在這個圈子裡，人們諷刺莫斯科的狂熱，諷刺得很謹慎，既巧妙又尖刻。關於莫斯科狂熱的消息，是在沙皇到達聖彼德堡的同時傳來的。

在安娜的圈子裡卻是另外一番情形，他們讚美這種狂熱。仍和先前一樣身居要職的瓦西里公爵成爲連接兩個圈子的環節。他造訪安娜，也到他女兒的外交沙龍裡去，因爲時常在這兩個圈子中間走動，經常弄糊塗了，在安娜那裡說了應在海倫那裡本該講的話，或者正好相反。

沙皇回來後一段時間，瓦西里公爵在安娜家談起戰爭時，總是嚴厲地責怪巴克雷．德．托利，可是誰會被任命爲總司令，誰也說不準。客人裡有一位講述他當天見過的一件事，他在新任聖彼德堡民軍頭領庫圖佐夫在財政部主持招募新兵的會議時看見了他，他推測庫圖佐夫將是能夠滿足各方面要求的候選人。

安娜憂鬱地笑了笑，說，庫圖佐夫除了令沙皇不高興之外，沒爲沙皇做別的什麼。

「我在貴族會議上說過不止一次，」瓦西里公爵插嘴說，「可是他們不聽。」

「這裡全都是些反對狂，」他接著說下去，「反對誰呢？都是因為我們要模仿傻傻的莫斯科人的狂熱。」瓦西里公爵一下子搞反了，忘記了在安娜家應該讚揚，而在海倫那裡才應譏笑莫斯科的狂熱。但是他馬上改了過來。「庫圖佐夫伯爵，一個俄國最老的將軍，主持徵兵的事，這行得通嗎？他是亂忙一氣！怎麼能夠任命一個開會時打瞌睡、騎不了馬、脾氣最壞的人做總司令呢？他在布加勒斯特已經表演了一次！我暫不評價他做為將軍的素質，但是在這種時候，怎麼能任用一個瞎眼睛、行將就木的人呢？他什麼也看不見。他可以玩捉迷藏，因為看不到！」

他說的話，沒有人反對。

這個意見在七月二十四日聽起來是完全對的。可是七月二十九日庫圖佐夫就得到了公爵的封號。因此瓦西里公爵的意見依舊是正確的，可是他這時已不急於說明他的意見了。不過在八月八日，由薩爾蒂科夫元帥、洛普欣、科丘別等人組成的委員會舉行會議，分析戰爭形勢。委員會認為，戰事失利是因為多頭領導，儘管委員會成員們知道陛下不喜歡庫圖佐夫，但是委員會經過簡短的商議之後，最終還是建議任命庫圖佐夫為總司令。

八月九日，瓦西里公爵又在安娜家碰見那個德高望重的人。後者對安娜大獻殷勤，因為他希望能被任命為瑪麗亞．費奧多羅芙娜皇太后女校的學監。瓦西里公爵帶著幸運的勝利者的神情走了進來。

「喂，那個天大的消息你們聽說了嗎？庫圖佐夫被任命為陸軍元帥了！我很高興，很愉快！」瓦西里公爵說，他一面說一面意味深長地掃視著客廳裡所有的人。

儘管那個德高望重的人期望得到那個學監的位置，卻忍不住提醒瓦西里公爵以前所發表的意見。儘管這是在安娜的客廳裡對瓦西里公爵的不敬，但是他忍不住。

「有人說過，他什麼都看不見，是個瞎子啊！公爵？」他用瓦西里公爵自己的話來提醒他。

「啊？什麼人講的？胡說八道！他眼睛好好的，請您相信。」瓦西里公爵馬上換了一種深沉的聲音，他常常用這種聲音來應對所有尷尬。「他看得很清楚，」他又重複一遍，「讓人感到愉快的是，」他接著說道，「君主賜給他全權管轄所有軍隊和所有地區，從來沒有一個總司令有過這麼大的權力。」說完之後，他露出勝利的微笑。

「但願如此！但願如此！」安娜說道。

那個德高望重的人，在宮廷的圈子裡還是一個新手，老想討好安娜，他說道：「聽說，沙皇不怎麼高興把這個權力給了庫圖佐夫。」

「可能那不是他的本意吧。」安娜說道。

「噢，不，不！」瓦西里公爵激動地爲之辯護，在他看來，庫圖佐夫不但本人好，並且人人都崇拜他。「不，不是這樣的，」他說道，「我們君主一直都很看重他。」

「但願庫圖佐夫公爵真能掌握實權，不受任何人干擾，不讓任何人干擾他，妨礙他。」安娜說道。

瓦西里公爵馬上就明白了這個任何人指的是誰，他低聲說道：「我的確知道，庫圖佐夫把皇太子不能留在軍隊裡當作必不可少的條件。」於是瓦西里公爵重複了庫圖佐夫對陛下講過的話：

「如果他做了好事，我不會獎賞他；如果他犯了錯，我也同樣不能懲罰他。唉，庫圖佐夫公爵是一個很明智的人！太有個性了。我認識他很久了。」

「他們還說，」那個德高望重的人說道，「他自己還把沙皇不要到軍隊去當作必要的條件。」

他這句話一出口，安娜和瓦西里公爵馬上相互看了一下，又轉過身去，爲他可憐的天真悲哀地歎了一口氣。

七

就在所有這一切在聖彼德堡上演時，法國人已經越過了斯摩稜斯克，向莫斯科靠近了。

繼斯摩稜斯克戰役之後，拿破崙先在多羅戈布日以外的維亞濟馬尋找恰當的戰機，後來又到察列沃・札伊米希挑釁，因爲無數個衝突的結果，俄軍直到離莫斯科僅剩一百一十二俄里的波羅底諾才慌忙應戰。最終拿破崙在維亞濟馬下令一直向莫斯科進軍。

莫斯科，亞歷山大民眾的神聖城市，令拿破崙浮想聯翩，心事重重。在從維亞濟馬到察列沃・札伊米希的前進途中，他騎著一匹淺栗色的剪尾溜蹄馬，士官和侍從們在他身邊前呼後擁著。參謀長貝蒂埃在後邊審問騎兵捉到的一個俄國俘虜。非特昂迅速追趕上拿破崙，神采飛揚地勒住馬。

「怎麼樣？」拿破崙問道。

「是普拉托夫的一個哥薩克，他說普拉托夫的兵團正同俄軍主力會合，庫圖佐夫已被任命爲主力軍總司令。庫圖佐夫是一個很聰明，卻愛嘮叨不停的傢伙。」

拿破崙笑了笑，命令給那個哥薩克一匹馬，把這個人帶來，想專門和他談談。一小時後，傑尼索夫命令給尼古拉的農奴拉夫魯什卡穿一件法國傳令兵的短外套，騎在一匹法國騎兵的馬上。農奴臉上帶著醉醺醺、狡黠的表情，來到拿破崙跟前。拿破崙要求他與自己並肩而行，並且問他問題。

「你是一個哥薩克？」

「是的，我是，大人。」

梯也爾描述了這段有趣的插曲。情況是這樣的：拉夫魯什卡前一天喝醉了，導致他的主人沒吃上飯，因此被抽了一頓，並叫他去村子搶隻雞來。因此他就去了那裡，直到被法國人捉住。拉夫魯什卡是一個粗野的、不知羞恥的奴隸，這些人見過世面，心甘情願爲他們的主人做任何事，挖空心思地揣度主人的壞心思，特別是他們的小算盤和虛榮心。

落入拿破崙手中後，拉夫魯什卡很快就認出了他是誰，他一點兒沒有緊張，只是使出全部伎倆來討好這位新主人。

這位新主人就是拿破崙，他把勤務兵之間閒聊時的話胡扯一通，當然不乏有一些事實。可是當拿破崙問起他，俄國人是如何想的，狡猾的拉夫魯什卡瞇著眼睛思索起來。

他從這個問題中看出拿破崙微妙的狡詐，所以他緊皺眉頭，沉思了一會兒。

「情況是這樣的，大人，」他一邊想一邊說，「速戰速決，你們絕對會打贏。可是如果過了三天，錯過那個日子，這場仗就要拖延下去。」

翻譯是這麼給拿破崙翻譯的：「假如在三天之內打一仗，法國人會獲勝，可要是過了三天，就要聽天由命了。」勒洛涅·狄德維勒微笑著轉達了他的話，可是拿破崙沒有笑，他吩咐把這幾句話再重複一遍。

拉夫魯什卡注意到了這個細節，但爲了討他歡喜，他假裝不知道他是誰，繼續說道：「你們國家有個叫拿破崙的，他打敗了所有的人，然而對於我們這兒就是另外一回事了……」

翻譯翻譯了前幾句話，但是省略了最後一句，拿破崙開懷大笑。「年輕的哥薩克就這樣使他那強大的交談者笑了。」梯也爾說。沉默了一會兒之後，拿破崙對參謀長說，告訴那個頓河的小傢伙，剛剛和他交談的就是法國皇帝本人，看看這個頓河的小傢伙會有什麼反應。實際上人們把這話對拉夫魯什卡說過了。

拉夫魯什卡知道拿破崙覺得他會驚慌失措，爲了討好這位新主子，他立刻裝出被嚇得目瞪口呆的樣子。梯也爾也說：「他裝作呆若木雞，一句話也說不出來，徑直騎下去，目不轉睛地盯在這位聲名越過廣闊的東方草原，傳到了他耳中的征服者身上。他不再繼續囉嗦，換上一副天真無邪、充滿讚美的表情。」拿破崙命令給這個哥薩克自由，並給了這個小傢伙獎賞。

這隻被放回故鄉原野的鳥兒像箭一樣朝前沿陣地飛奔而去，一路上編造著不曾發生過、但他一會兒要向同胞們描述的故事。而拿破崙則一邊騎著馬前進，一邊在腦海中幻想著那個讓他魂牽夢縈的莫斯科。拉夫魯什卡來到哥薩克那裡，打聽到普拉托夫兵團的駐地。在當天夜晚，他找到了駐在揚科沃的他的主人尼古拉。尼古拉剛好騎上馬準備同伊林去周圍村莊散散步。

八

瑪麗亞公爵小姐其實並沒有像她哥哥安德烈公爵所想像的那樣：已經去了莫斯科，並且脫離了危險。當阿爾派特奇從斯摩稜斯克回來以後，老公爵如大夢初醒。他馬上召集全村軍民，並武裝起來，又親自給總司令寫了一封信，告訴總司令，他決定留在童山，自衛到底。至於總司令是否設法保衛童山，請他自己斟酌。同時他對家人宣佈，他決意留在童山。

老公爵命令把德薩爾和公爵小姐、小公爵先全部送到博古恰羅沃去，再從那裡去莫斯科。瑪麗亞公爵小姐被老公爵的變化嚇壞了。他忽然變得狂熱起來，不分晝夜地工作，她不忍心留下他一個人在這裡，於是她第一次竟敢違抗父親的命令，無論如何也不願走。他把以前所有冤枉她的話羅列一遍，使勁編造罪狀。他把她趕出書房，對她說，就算她不走，那也沒什麼關係。他警告說不要讓他再看見她。這已經令瑪麗亞公爵小姐感到很高興了。她很清楚，在內心深處他還是喜歡她留在自己身邊的。

在小尼古拉離開後的第二天一大早，老公爵穿上軍裝，打算去見總司令和他商討保衛童山的事。瑪麗亞公爵小姐透過窗戶看見他走出住宅，到花園裡去檢閱他那已經武裝起來的民軍，他穿著整齊的制服並且佩戴上所有的榮譽勳章。她坐在窗前，仔細傾聽花園裡傳來的一切有關他的聲音。忽然間有一撥人驚慌失措地從林蔭路跑過來。

瑪麗亞公爵小姐趕緊跑出門外，穿過花園小路，跑到林蔭路上。

一大幫武裝的農民和奴僕迎面向她走來，那個穿制服、戴勳章的倔強小老頭被幾個人架著。她飛快地跑到他面前，她能看出的只是虛弱溫順的面龐，已經取代了他先前果斷、嚴厲的表情。一看見女兒，他無力地動了動嘴唇，喉嚨發出嘶啞的聲音，好像要交代什麼。可是，沒法聽清他要說什麼。他被人群抬起來送入書房。

當天夜裡請來的醫生給他放了血，說公爵得了中風症，身體右側已經完全癱瘓。

公爵中風後的第二天，就在醫生的陪伴下被送到博古恰羅沃去了。當他們到達博古恰羅沃時，德薩爾已經帶著小公爵離開到莫斯科去了。

老公爵就這樣一直癱瘓著，在房子裡躺了三個星期，病情自始至終，未見好轉。而且他沒有了知覺，就像一具僵屍一樣躺在那裡，動彈不得。他不停地嘟囔著什麼，誰也不知道他能不能感受到他附近的一切。可是有一點可以肯定——他很痛苦，很想表達點什麼。可是，大家無從知曉。

醫生解釋說，這種看似不安的表情沒有一點兒意義，只是生理上的自然反應；但是瑪麗亞公爵小姐認為，他應該是想要告訴她什麼，她在場時他的這種不安會更加強烈。

病情已經沒有治癒的希望，又不可能送他到別的地方去，他萬一死在半路上該如何呢？

「結束吧，一切都結束吧，那樣不是更好嗎？」瑪麗亞公爵小姐有時不禁想。她晝夜不輟地看護著他。說來可怕，她每天辛苦地守護著他，不是希望他的病情好轉，反而是想看到結局臨近的跡象。

公爵小姐意識到自己內心中的這種感情，讓她覺得可怕的是，自從父親中風以來，在她內心中潛藏的、早已經被淡忘了的個人夙願全甦醒了——過一種沒有父親的、沒有束縛的生活，甚至想到家庭幸福和愛情甜蜜。雖然她盡力想擺脫這些念頭，可是在以後她怎樣安排自己生活的問題，仍舊不斷地在腦海裡出現。瑪麗亞公爵小姐明白，這些都是魔鬼的引誘，她知道唯一能抵擋它的辦法就是禱告。她試著禱告，做出禱告的姿勢，來到聖像面前，背誦禱文，但是就是禱告不下去。現在她卻沒辦法祈禱，也沒辦法哭泣，因爲塵世生活時刻在身邊纏繞著她。

博古恰羅沃危機四伏。

法國人逐漸臨近的消息從各處傳來。

醫生堅持說公爵必須被送到一個更遠更安全的地方。一個政府文官來拜見瑪麗亞公爵小姐，勸她抓緊時間帶父親離開，鄉警察局局長同樣來到博古恰羅沃做了相同的勸告，說法國軍隊已到了離這裡只有四十俄里的地方，法國人的傳單已發到了附近各個村子，如果公爵小姐和他在十五日以前還不離開，他就沒法擔保他們的安全了。

公爵小姐最終決定十五日動身。她爲準備整整忙碌了一天。自十四日夜裡至十五日清晨，她像往常一樣衣不解帶地在老公爵隔壁的一間房裡度過。中間有好多次醒過來，聽見老公爵用力呻吟和嘟囔的聲音。不止一次，她在門邊仔細地聽裡面的動靜。她無法入睡，幾次小心地來到門前仔細傾聽，她想進去說些什麼，但沒敢進。儘管他不能講話，但是瑪麗亞公爵小姐可以看得出，任何爲他擔憂的表現都會使他不高興起來。她清楚，假如她在夜間這個特殊的時候進去，一定會使他大發雷霆。

可是她從來沒有像今天這樣可憐過他，害怕會永遠地失去他。她想起了和他在一起生活的所有時光，從他的每一個動作和每一句話中都能感受到他的慈愛。偶爾，魔鬼的誘惑會像幽靈一樣闖進她的思維中。她趕緊將這些念頭趕走，她感到很厭惡。一直到第二天早晨，他才平靜下來，她也慢慢地睡著了。

早晨她醒得很晚。她一醒來就側耳傾聽門裡面的動靜，聽到他和往常一樣的嘟囔聲，她歎了一口氣。她穿好衣服、洗臉、禱告，然後走到門前的臺階上。幾輛沒套馬的馬車停在外面，奴僕正在忙著往車上裝行李。

這是一個不太明亮但又溫暖的清晨。瑪麗亞公爵小姐站立在臺階上，她為自己惡劣的靈魂感到害怕，盡力準備在出發以前整理好自己的思緒。

這時候醫生下樓，向她走來。

「我正到處找您，他今天病情有一點兒好轉了，頭腦也清楚一點兒了，可以聽清楚一點他講的話了。他一直在叫您，快進去吧……」

瑪麗亞公爵小姐聽到這個消息之後，心跳得快起來，面色蒼白，倚靠在門上。假如現在去見他，和他談話，看他盯著自己時的目光，此時此刻她的整個靈魂裡卻充滿著那些骯髒的、罪惡的誘惑，她感到既痛苦、恐懼，又很高興。

「我們一起去吧。」醫生說道。

瑪麗亞公爵小姐緩慢地進了他的房間，來到他的床前。

他仰臥在病床上，看上去很痛苦，瘦骨嶙峋的小手搭在被子上，一道道青筋很明顯；他右眼歪斜左眼直視，嘴唇和眼眉一動不動。他的臉好像都乾枯了。瑪麗亞公爵小姐默默地走過去，很明顯他一直在等她來。來到他近前，他用力緊握著她的手，他拉扯著她的手，嘴和眼眉費力地顫動著。

她努力猜想著他的意圖。她改變了一下姿勢，身子向前靠近一些，好讓他的左眼能看見她的整張臉，這時他平靜下來了，緊接著幾秒鐘他的眼睛都沒離開她。之後他的嘴和舌頭動了起來，他奮力地說話了，發出了極其微弱的聲音，用祈求的眼神盯著她。

瑪麗亞公爵小姐強迫自己看著他。他滑稽地抬起舌頭，讓她低下眼睛，勉強壓下已快升到喉嚨的痛苦的悲慟。他模模糊糊地說了句什麼，而且重複了好幾遍。可是她無論如何也聽不明白；仍舊努力猜想他在說什麼，並疑問地請他重複說過的話。

「嘎嘎……包咿……包咿……」他竭盡全力地說了好幾遍。

她怎麼也搞不清楚這些話。醫生試探著說：「是公爵小姐害怕嗎？」公爵否定地搖搖頭，又重複那難懂的聲音。

「心裡難過？」瑪麗亞公爵小姐也在猜測了。

他堅定地從喉嚨發出一種聲音，抓起她的手，按向他胸前不同的地方，似乎是找一個最貼心的位置。

「心裡只想……你……想到……」他說得清楚多了。瑪麗亞公爵小姐把頭緊緊地貼在他手上，盡力隱藏她慟哭的眼淚。

他用左手輕輕地撫摸著她的頭髮。

「我每天晚上都在呼喚你……」他說出這句話。

「我不敢進來，我害怕……如果我知道……」她慟哭著說道。

他緊握著她的手。「你都沒有睡嗎？」

「沒，沒有，我沒睡。」瑪麗亞公爵小姐激動地搖著腦袋說道。

「親愛的……」還是「心肝……」瑪麗亞公爵小姐聽不真切，可是從他的眼神中她清楚地知道，他說了一句他從沒對她說過的親暱的話。

「你為什麼不進來呢？」

他沉默了一會兒。

「親愛的……感謝你……我的女兒……寶貝……謝謝……請原諒……為了所有的一切……請原諒……」眼淚從他乾癟的眼睛裡湧了出來。

「叫安德烈過來！」他突然嚷道。老公爵自己好像也感覺到了，他的要求是沒有任何意義的。

「他寄了一封信給我。」她回答道。

他驚訝地看了她一眼。

「他現在在哪兒？」

「他現在在軍隊裡，我的哥哥，他在斯摩稜斯克。」

他輕輕閉上眼睛，好久不說話。隨後他肯定地點了點頭，又睜開了眼睛。

「沒錯，」他清楚地說，「俄國完了，他們把俄國消滅了。」

說著說著他又痛哭起來，淚流滿面。瑪麗亞公爵小姐再也控制不住自己的感情，也跟著哭起來了。

他慢慢停止哭泣，又閉上了眼睛。

然後他睜開眼睛，嘟囔了一句什麼，過了半天誰也不懂，只有吉洪一個人懂了，並且複述一遍。

「我很喜歡看你穿那件紅色連衣裙，穿上它吧。」吉洪複述道。

聽完這句話後，瑪麗亞公爵小姐的哭聲更響了，醫生把她扶到涼臺上，勸她冷靜下來，要她趕緊準備啓程的事。她被扶出來之後，公爵又說起他想念的兒子，說起這場殘酷的戰爭，說起討厭的沙皇，憤怒地顫動著眉眼，不斷提高他那嘶啞的嗓門，於是終於發生了第二次，也是最後一次徹底的中風。

瑪麗亞公爵小姐仍在涼臺上停留。

她什麼都不去想，什麼都不去看，什麼都不明白，只有對她父親深沉的愛，她此刻深深地感到從前她從沒這樣愛過他。她慟哭著跑到花園裡，沿著安德烈公爵以前栽種的菩提樹小徑一直朝池塘跑去。

「是的……我……我……我想讓他死！是的，我希望這一切快一些結束……我想得到平靜……我又能如何呢？等到他不在了，我要平靜有什麼用呢？」瑪麗亞公爵小姐快步來到池塘邊上，一邊走著，一邊把雙手用力地壓在她那因爲痛哭不住顫抖的胸脯上。

她在花園中默默地轉了一圈，然後來到房子前面，她看見布里安小姐和一個陌生的男人正在向她走過來。他是這個縣的首席貴族，他親自來對公爵小姐說一定得趕緊離開。瑪麗亞公爵小姐沒能完全理解他的意思，她把他領進房間，並和他一起坐下來。隨後，她道過歉，向老公爵的臥室走去。醫生一臉慌張地走出來，堅決地對她說，現在不能進去。

「走吧，公爵小姐！回去吧……回去吧！」

瑪麗亞公爵小姐又回到花園裡，默默地坐在沒有人能夠看見的草地上。她不清楚在那裡等了多久。一陣一路跑來的女人的腳步聲終於讓她回過神來。她站起來，侍女被小姐蒼白的臉色嚇到了，突然收住了腳步。

「快去房間，公爵小姐……公爵……」多涅婭莎上氣不接下氣地急匆匆地說。

公爵小姐趕緊說：「馬上來，我這就來！」沒等多涅婭莎說完，甚至都沒來得及看她一下，她就立即朝住宅跑去。

「公爵小姐，這是上帝的安排！您應當對所有的事情都有思想準備。」首席貴族在住宅門口攔住她說道。

「你不要管我，這不是真的！不會的！」她瘋了一樣對他叫道。醫生本來想攔住她，但她把他推開，徑直跑向父親的房門。她迅速推開門，這間一直半昏暗的臥室裡突然明亮地把她嚇了一跳。他依舊那樣倔強地躺在床上；但是他那平靜的臉上的嚴肅的表情，使得瑪麗亞公爵小姐在門檻上突然停下來了。

「不，他沒死，絕對不可能的！」她慢慢走到他跟前，把嘴唇貼在他嚴厲的臉上，克服著正在不斷向她襲來的恐懼感。可是她很快又縮回來。刹那間，她對他的溫柔一下全不見了，取而代之的是無比的恐怖感。「不在了，再也沒有他了！他死了，就在這裡，在他曾經存在的地方，這裡卻還有一種不友好的、陌生的、駭人的力量……」瑪麗亞公爵小姐用雙手緊緊地捂住臉，癱倒在過來攙扶著她的醫生的雙臂上。

女人們在醫生和吉洪的面前，最後一次，擦洗了公爵瘦骨嶙峋的遺體，用一條手巾紮起他的頭，然後又用另一條手巾紮起他那叉開的兩腿。最後她們給他穿上掛滿了勳章的制服，並且把他那乾瘦萎縮的小小的軀體放在一張桌子上。誰也不知道所有的這些是誰在什麼時候安排好的，但是這些又全部好像是自然而然地做好的。到了夜裡，人們在棺材附近點起了蠟燭。外來的人和家人都一個挨一個擠進客廳，聚在棺材的周圍，大家全都睜著驚慌而空洞的眼睛，自然地鞠著躬，在胸前畫著十字，並陸續地親吻老公爵那已經僵硬了的冰冷的手。

九

在安德烈公爵搬到博古恰羅沃以前，這裡一直是沒有主人長期居住的寂寞莊園。

博古恰羅沃的農民與童山的農民有著完全不同的性格特點。他們常常被稱作草原農民。他們來童山幫助挖掘池塘和溝渠時，老公爵總是稱讚他們的吃苦耐勞，但同時他不欣賞他們的野性。不久前，安德烈公爵住在博古恰羅沃期間，採取實施了一些新政策——創辦了學校和醫院，減少了農民的賦稅——並沒有讓他們的粗野習氣有所改變。

博古恰羅沃周圍都是一些比較大的村莊，但都是官方所有的或收取代役租的貪得無厭的地主的。但是在這些地方長期居住的地主並不多，而且家僕和識字的農奴也很少，在這些地區生活的農民裡面，俄羅斯人民生活中那些神秘的潛流比其他地區都表現得更強烈。

二十年前，這個地區瘋狂的農民當中，掀起一股向某些「溫暖的河流」全體遷徙的熱潮。成千上萬的農民，突然出賣自己的牲畜，舉家向東南方不知名的「溫暖的河流」遷移。瘋狂的農民攜著他們的妻子、兒女、奔向未知的東南方。他們結隊出發，農奴紛紛贖身，甚至還有的逃跑出來。他們有不少人受到殘酷的懲罰，許多人凍死、餓死在路上，甚至有一些後來被流放到西伯利亞。後來有些人自己又回來了，那場不尋常的運動沒有任何清楚明白的原因就這樣自消自滅了。但是那股神秘的潛流依然長期存在於這裡的人民中間，並且在積聚新的、更強大的力量，隨時更有力地爆發出來。

直到現在，一八一二年，所有與這些人有過密切接觸的人都會發現，這股潛流正在這裡充滿力量地孕育著，並離爆發更近了。

在老公爵臨終前不久，來到博古恰羅沃的阿爾派特奇，發現這裡的人普遍有一種焦躁不安的情緒，方圓一百三十俄里以內的所有農民都想辦法逃命去了；而博古恰羅沃附近廣闊草原地帶的農民，據說他們接到一些法國人的傳單，因此便決定留下不走了。阿爾派特奇也清楚地瞭解到，昨天，一個外出返鄉的農民，從法國人範圍內的維斯洛烏霍沃村，帶回一個法國將軍頒發的佈告。佈告上寫道，他們不會傷害任何居民，只要他們肯留下來，所有法國人從他們那裡拿走的東西，都一定要照價賠償。爲了證實這一點，那個農民拿出了從維斯洛烏霍沃帶回法國人預備給他的乾草錢一百盧布的鈔票。

更糟糕的是，就在阿爾派特奇叮囑村長尋找車子，把公爵小姐的行李盡快運出博古恰羅沃那天的清晨，村裡舉行過一次群眾會議，在會上決定大家不走，要繼續等待。就在八月十五日，老公爵去世的那一天，村裡首席貴族堅持說服瑪麗亞公爵小姐，一定得當日就動身出發，因爲那時整個局勢已經變得相當危險了。老公爵死的那天晚上，首席貴族就走了。但是他不守信用沒來，因爲他得到可靠消息說，法國人居然出乎意料地向前推進了，他匆匆忙忙地從他的田莊裡運走他的貴重物品，帶著家眷遠逃了。

村長德龍治理著博古恰羅沃。他是那種精力旺盛、體格健壯的農民，六十歲年紀仍然像三十歲那樣挺拔有力。

德龍也像其他村民一樣，參加過向溫暖河流遷徙的運動，那次回來後沒多長時間，他就被任命爲博古恰羅沃的村長，農民怕他勝過怕他們的主人。那些老爺——年輕的公爵、老公爵和管家都很尊敬他，都開玩笑地叫他「大臣」。

在擔任村長的整個期間，德龍沒有一次喝酒或生病的經歷，他從不表現出絲毫倦意，儘管他不識字，卻從來沒忘記過一筆錢財。

剛從飽受破壞的童山來的阿爾派特奇，就在公爵下葬的當天，派人把德龍找來，拜託他爲公爵小姐的行李馬車預備十二匹馬和十八輛能夠從博古恰羅沃搬走所有物件用的大車。阿爾派特奇覺得執行這道命令應該不會有什麼困難，因爲在博古恰羅沃他們有二百三十個家境殷實的代役租戶。

可是，德龍聽了這個命令以後，默默地垂下頭。阿爾派特奇吩咐他去一些代役租戶那裡借用馬和車，他舉出了一些他熟悉的農民。德龍回答說，這些農民的馬全都被用去拉腳了。阿爾派特奇又舉出另外一些農民的名字，但是，據德龍說他們也沒有馬了：一些馬瘦弱不堪，一些馬正在爲官方運貨，還有一些因爲沒有飼料已經餓死了。德龍說現在根本找不出馬了。

阿爾派特奇皺起眉頭，盯著德龍。阿爾派特奇代公爵管理田莊二十年也不是白幹的。他是個模範管家。僅僅看了德龍一眼，他立刻就明白了，他的話並不只是他個人的意見，而是代表了博古恰羅沃村社所有村民共同的想法，村長已屈服於來自村社的壓力。同時他也清楚，發了財並被村社存有芥蒂的德龍，肯定在村民和主人之間搖擺不定。他從德龍的眼神裡看到了這種不堅定，於是他皺起眉頭，又向村長湊近一些。

「別囉嗦，德龍，」他說道，「你聽好了，安德烈公爵大人親自命令我，讓我將所有的人帶走，讓你們不要留在敵人那裡。誰要是留下，誰就是沙皇面前不可饒恕的叛徒。你聽見了嗎？」

「我聽著呢。」德龍回答道，不敢抬頭看他。

這個回答使阿爾派特奇感到憤怒。「德龍，你們不會有好下場的！」

「大權在您的手裡。」德龍悲哀地回答。

「德龍，你少來這一套！」阿爾派特奇怒斥道，把手從懷裡抽出來，嚴厲地指著德龍腳下的一塊地板繼續說，「我不但能看穿你，連你腳下三尺深的地方也能看穿。」

德龍被窘住了說不出話來，瞄了阿爾派特奇一眼，之後又低下了眼皮。

「趕快吩咐人們準備動身從這裡去莫斯科，把大車準備好，明天早上來運走公爵小姐的行李。」

德龍突然撲通一聲跪倒在地。「請您撤了我的職吧，阿爾派特奇！看在上帝的面子上！」

「少來這套！」阿爾派特奇嚴厲地指責道，「我能看穿你腳下三尺深的地方。」他又重複一遍。阿爾派特奇熟知種植燕麥的最好時節和養蜂的技藝；這些能力令他很早以前就獲得巫師的聲名。

德龍突然站起來，還想說些什麼，但是阿爾派特奇攔住了他。「你們到底在想些什麼呢？」

「我也是這麼對他們講的……但他們全像瘋了一樣，我能把他們怎麼樣呢？」德龍說道。

「他們是不是喝酒了？」他突然問道。

「完全像發狂了，他們後來又搞來了一桶。」

「你仔細聽著！我立即去見警察局局長，你就按我的話告訴他們，讓他們停止這樣做，車要抓緊時間預備好。」

「遵命。」德龍像僕人一樣答道。

阿爾派特奇也不再堅持什麼了。他管人的時間長，知道令他們服從命令的主要辦法就是不要表現出一丁點兒懷疑。既然德龍順從地表示「遵命」，阿爾派特奇也就適可而止了，儘管他不但懷疑，並且堅信，沒有軍隊的幫助是絕對弄不到車的。

果然不出他所料，直到晚上，也沒有找到一輛車。當晚在酒館附近，又舉行了村社集會，會上決定，把馬全都趕進樹林裡去，絕不提供車。阿爾派特奇完全沒有對瑪麗亞公爵小姐談起這些事，只是吩咐人把從童山帶來的車上他自己的東西全部卸下來，把這些馬匹套在公爵小姐的馬車上。然後他一個人去見警察局局長了。

瑪麗亞公爵小姐在父親下葬之後，整天把自己關在臥室裡，不讓其他人進去。

這時，一個女僕來到門前對她說，阿爾派特奇來請示關於出發的事情。瑪麗亞公爵小姐欠起身來，隔著門說，她哪裡也不想去，誰也不要來打擾她。

瑪麗亞公爵小姐面對著牆壁獨自躺在沙發上，時不時用手指頭撥弄著皮靠枕，她那混亂的思想全部集中在一個問題上：思考著她沒辦法挽回的死亡，詛咒著她自己靈魂的惡劣，這一點她原來還不清楚，要祈禱，卻又不敢，因為不敢在她污濁的心境下向萬能的上帝求助。

很長時間她就一直這樣躺著。

太陽已經轉到房子的另一側，瑪麗亞公爵小姐眼睛一直盯著那個羊皮靠枕的一角。這時她的思路突然中斷了。她無意識地坐起來，梳了梳頭髮，來到窗前，清新的傍晚，陣陣微風迎面襲來，她深深地呼吸了一口怡人的空氣。

「是的，他已經去世了，沒有人再來管你了，你如今可以自由自在地欣賞夜景了！」她自言自語道，然後跌坐在椅子上，頭倚著窗臺。

忽然有一個人從花園方向輕柔地叫她，並且撫摸了她的頭。她抬頭望了一下，原來是布里安小姐，她戴著黑紗，身上穿著黑衣服！她靜靜地走近瑪麗亞公爵小姐，歎了一口氣，親吻了她，哭泣起來。公爵小姐看了她一眼，又記起了從前和她的一些不愉快，以及對她的嫉妒，也記起了老公爵近來如何改變了對布里安小姐的態度，並且瑪麗亞公爵小姐感覺到自己內心裡對她的責怪是多麼不公平。

「我不是總盼著他死嗎？我哪裡還有資格來責怪別人呢？」她想道。

瑪麗亞公爵小姐認真地思考著布里安小姐的處境。她開始同情她，用溫和的目光看了看她，向她伸出手來。布里安小姐馬上又哭起來，一面緊握著那隻手，一面說著公爵小姐所遭遇的巨大不幸，並說她自己也同樣在經受著這種不幸。她說她最大的安慰是公爵小姐允許她一起分擔她的不幸，她還說她倆往日的誤會都應在這無比的悲痛中化解，說她覺得自己對所有的人都是真誠的，他從另一個世界會看到她的感激和愛心。公爵小姐傾聽著她溫柔的聲音，偶爾看看她。

「您的處境很危險，親愛的公爵小姐。」布里安小姐稍微停頓之後急切地說道。「我清楚地知道您以前、現在都不會照顧您自己；可是……阿爾派特奇到您這兒來過嗎？他和你商討過離開的事嗎？」同時她問道。

可是瑪麗亞公爵小姐沒回答她的話。「難道我們還可以做什麼，還能想什麼嗎？不是都一樣嗎？」她想著。

「我親愛的瑪麗亞，」布里安小姐接著說道，「我們的處境很危險，我們已經被法國人包圍了，現在想走是很危險的。假如現在走，我們一定會被俘虜，上帝知道會發生什麼……」

「唉，希望有人會瞭解，我現在對任何事都無所謂，」瑪麗亞公爵小姐說道，「當然，我無論怎樣也不會離他而去……阿爾派特奇和我談過離開的事……您去和他聊聊吧，我什麼都不能說，什麼都不能做，也不想說，不想做……」

「我與他談過了。他希望我們明天就出發，但是我覺得現在還是留在這裡的好，因爲您有可能會在半路上落入法國大兵和暴動的農民手中，那太可怕了。」布里安小姐拿出一張法國拉莫將軍發出的佈告，那上面告訴俄國人，法國當局會給予他們應該得到的保護，號召他們不要離開家園。她把佈告遞給了瑪麗亞公爵小姐。

「我想我們最好還是拜託這位將軍，我相信您一定會受到他們的尊敬的。」

瑪麗亞公爵小姐看了看那張佈告。

「您是從哪裡搞到這個東西的？」她問道。

「他們也許是從我的名字上看出我是法國人。」布里安小姐不好意思地答道。

瑪麗亞公爵小姐手裡握著那張法國人的佈告，臉色蒼白地走出了房間，到安德烈公爵的書房裡去了。

「多涅婭莎，快去讓德龍、阿爾派特奇，或者其他什麼人到我這兒來！」她喊道，「還要告訴布里安小姐不准到我這裡來。」她說著，一想到不久後會落到法國人手裡，她就膽戰心驚起來。

「怎麼才能讓安德烈公爵知道我現在就要落在法國人的手裡？我怎麼去求拉莫將軍的保護，怎麼可能接受他的恩惠呢？」這些思緒令她很緊張，令她顫抖，令她恐懼，並感到前所未有的驕傲和憤怒。她清楚地想像著，她將要面臨的艱難處境，最重要的是可能受到的屈辱。瑪麗亞公爵小姐不是用自己的思維方式在思考這些，而是覺得應當像她的哥哥安德烈公爵那樣去想。她覺得自己是已經過世的老公爵和安德烈公爵的代表。她自然地用他們的感情來感受這一切，用他們的思維來思考。她走進安德烈公爵的書房，努力地瞭解體會他的思想，分析她自己現在的處境。

瑪麗亞公爵小姐這時忽然有一種新的、前所未有的力量，並且牢牢地抓住了她。

她心情激憤，在書房裡徘徊想著法子，一會兒派人去找阿爾派特奇，一會兒又叫人去找米哈伊爾·伊萬內奇，再一會兒找吉洪，後來一會兒找德龍。

管家阿爾派特奇不在家，因爲他到警察局局長那兒去了。睡眼矇矓的建築師米哈伊爾·伊萬內奇，被叫到瑪麗亞公爵小姐跟前，但是他也說不出什麼。現在他又用那完全一樣的、毫無意義的微笑，來回答瑪麗亞公爵小姐的問題，所以無法從他的微笑中得到任何實質性的答覆。那個老奴吉洪對瑪麗亞公爵小姐所有的問題的回答，無一例外的都爲「是」，憂傷地看著她。

村長德龍終於走進房間來，他對瑪麗亞公爵小姐深深鞠一躬，就停在門框邊等候差遣。

「德龍。」她說道，瑪麗亞公爵小姐真誠地把他當作可以信賴的朋友，因爲他每年到維亞濟馬博覽會參觀時，總會給她帶回一種特製的香酥甜餅，並且微笑著送給她。

「現在，德龍，在我們遇到了巨大的不幸之後……」她剛開始說，突然又停住了，沒有力氣說下去了。

「我們必須全都聽從上帝的安排。」他歎了一口氣說道。

他們都沉默了一會兒。

「德龍，阿爾派特奇不知到什麼地方去了，我現在沒有什麼可信任的人了。有人對我說，我連走都走不了了，是真的嗎？」

「怎麼不能走呢，公爵小姐？您能走的。」德龍說道。

「我聽說，情況很危險，因爲周圍都有敵人。我什麼也不瞭解，什麼也做不了，現在我身邊沒有一個人。明天一早或者今天夜裡，我一定要離開這裡。」德龍站立著默不作聲。他皺著眉頭看了看瑪麗亞公爵小姐。

「可是沒有馬，」他說，「我都已經對阿爾派特奇講過了。」

「爲什麼會沒有馬呢？」公爵小姐不解地問。

德龍說道：「有一些馬被軍隊強迫徵用了，還有一些馬餓死了，大家什麼都沒有，已經傾家蕩產了。」

「難道農民破產了？他們都沒有東西吃了？」她問道。

「人們都快要餓死了。」德龍解釋道，「哪還有什麼大事……」

「你爲什麼不早點兒告訴我呢，德龍？難道我們不能幫助他們嗎？……」瑪麗亞公爵小姐覺得很奇怪，當她整個靈魂被那樣大的悲痛佔據的時刻，還分什麼窮人和富人，而富人怎麼會置窮人於不顧？她還清楚，她和她哥哥都會願意救濟窮苦的農民的；她只擔心在給農民分發救濟糧食時會不小心說錯什麼話。她很高興有這樣一件關心別人的事可以做，這樣能令她暫時忘掉自己的悲哀而不再自責。接著她開始詳細地向德龍詢問博古恰羅沃東家儲備糧的情況和農民救濟的需要。

「農民需要多少，我們就分發多少，把那些糧食全部分發給他們吧，我以我哥哥的名義允許你這樣去做。」她說道。

德龍一聲不吭，只是深深地歎了一口氣。

「你把那些糧食分給農民吧，只要足夠的話，都給大家分了吧。我現在以我哥哥的名義命令你這樣做，告訴所有農民：凡是我們的東西，也就是他們的。你就這樣去告訴他們吧。」

德龍目不轉睛地盯著公爵小姐。

「您就撤了我吧，公爵小姐，看在老天的面子上！請您叫人從我這裡把鑰匙拿走吧。」他祈求道，「我沒做過什麼壞事。看在上帝的面子上，您把我撤了吧！」

瑪麗亞公爵小姐實際上不明白他想讓她做什麼，也更加不明白他爲什麼請求她撤他的職。她認真地回答說，她從沒有懷疑過他的忠誠，她真心實意地想幫助他和農民做任何事情。

十二

又過了一小時，多涅婭莎突然對公爵小姐說，德龍回來了，並且所有農民都遵照公爵小姐的命令也都聚集在穀倉邊，希望和女主人談談。

「可是我並沒有要求他們來呀，我只是囑咐德龍把糧食按他們的需要分發給他們。」

「親愛的瑪麗亞公爵小姐，馬上叫人把他們趕走！千萬不要出去見他們。」多涅婭莎說道，「等阿爾派特奇一回來，我們立刻就走……您不要……」

「這是什麼圈套？」瑪麗亞公爵小姐奇怪地詢問道。

「請您相信我。我真的知道這是圈套！請您相信我。聽說，他們堅決不肯服從您的命令離開博古恰羅沃。」

「但是我並沒有命令他們離開這兒，」瑪麗亞公爵小姐反駁道，「去叫德龍來。」

德龍來了，也證明了多涅婭莎的話。

「你一定是把我的話理解錯了，我並沒有要求你叫他們來呀，」公爵小姐說道，「我只是說讓你把儲備糧食分發給他們。」

德龍一句話不說，只是唉聲歎氣。

「只要您下一聲命令，他們會回去的。」他說道。

「不，不，我要出去見見他們。」瑪麗亞公爵小姐突然說道。

她毅然地走到門前的臺階上，儘管多涅婭莎和保姆想盡辦法勸阻，大家全都在她後邊跟著。

「他們可能覺得我把儲備糧食發給他們是爲了讓他們安心地留在這裡，而我自己獨自離開偷生，卻把他們推進法國人的火坑，」瑪麗亞公爵小姐想道，「我要讓他們住在我們莫斯科美麗的田園裡，每月按時發給他們必需的糧食。」

她一邊思考著，一邊步伐堅定地走向站在穀倉邊牧場上擁擠的人群。

人群又往一起擠了擠，全都動了一下，他們習慣性地摘下帽子。瑪麗亞公爵小姐垂下眼睛，走近這些農民。那麼多模樣各異的面孔，她一個也看不清楚，那麼多雙眼睛都盯在她身上，她覺得自己應當立刻對所有的人慷慨激昂地講點什麼，可是又不知道該如何說。

但是一想到她代表的是她哥哥，她馬上就有了勇氣，於是她就壯著膽子開始說了起來。

「你們能來這裡，我很高興，」瑪麗亞公爵小姐說道，她連眼睛都沒敢抬一下，覺得心臟都快跳了出來，「德龍今天對我說，因爲殘酷的戰爭，你們破了產。這是我們共同遭遇的不幸，我願意付出一切代價來幫助你們。我要離開這裡了，因爲這裡的情勢很危險……敵人已經近在咫尺……現在我要把所有的東西都給你們，我的朋友們，我請求你們把我們所有的東西都拿走，盡量讓你們能不再受窮！也許有人對你們說，我給你們糧食，是爲了讓你們留在這裡——那不是真的。我衷心地邀請你們帶著你們的全部家當，和我們一起去我們莫斯科近郊的田莊，我向你們保證，在那裡一定不會讓你們再受窮。我一定會給你們提供糧食和住房。」公爵小姐停下不說了。

人群裡不斷發出歎氣的聲音。

「我們遭遇的不幸是相同的，請讓我們一起來分擔。以後只要是屬於我的，也就是你們的。」她說道，打量著站在她眼前的這些陌生面孔。

所有的眼睛全都奇怪地注視著她。她無法知道其中包含的意義。這是感激呢，還是驚訝呢，還是不信任或是擔心呢。

「我們很感激您的恩典，但是，我們不能拿東家的糧食。」人群後面有一個聲音說道。

「爲什麼呢？」公爵小姐不解地問道。

瑪麗亞公爵小姐望向擁擠的人群，但是沒有人回答，她覺察到，所有農民的眼睛只要一與她的目光相遇，就會立刻低下去。

「你們爲什麼不願意接受呢？」她又問道，可是仍然沒有人回答。

這種安靜開始令瑪麗亞公爵小姐感到沉重，她竭盡全力想捕捉到隨便什麼人的目光。

「您爲什麼不說話呀？」她問一個站在她面前，年紀很大、拄著拐杖的老人。「您覺得還有什麼需要，請講吧！」她說著，眼睛緊緊地盯著他。但是他把頭完全低了下去嘟囔道：「有什麼同意不同意的，我們根本就不需要糧食。」

「我們當然不同意了，照您說的那樣我們就得放棄所有的一切啦。您自己離開吧，一個人走吧……」人群裡到處都這麼嘟囔著。

於是人群中每一張模糊卻又似乎熟悉的面孔上又都表現出同樣堅定的表情。

「你們肯定沒有完全理解我的意思，」瑪麗亞公爵小姐無奈地說道，「你們爲何就不願意走呢？我已經保證說給你們吃的、住的，要是在這裡，敵人肯定會使你們傾家蕩產的……」

但是人群嘈雜的聲音湮沒了她溫柔的聲音。

「我們不要你的糧食，我們不願意離去，讓他們毀掉我們吧！我們不同意！」瑪麗亞公爵小姐再次竭盡全力地想捕捉什麼人的目光，但是此時沒有一個人看著她，他們全都在盡力迴避她的目光。她覺得說不出的尷尬和奇怪。

「瞧，她說得多輕鬆！這個人讓我們跟她去做奴隸！把房子毀掉，大家都去做奴隸吧！」從人群中不斷傳出這些話語。

瑪麗亞公爵小姐垂著頭緩緩地離開人群，沮喪地走回住宅。並且再次吩咐德龍爲她準備馬，第二天動身出發，她回到自己的房間，獨自一個人，內心波瀾起伏。

十二

這一夜，瑪麗亞公爵小姐安靜地在她臥室裡敞開的窗戶邊坐了很久，也想了很久，聽著從村子裡傳來的農民們交談的聲音，但是她並沒去想他們。因爲她明白，無論她怎麼想他們，她還是沒辦法瞭解他們。此時此刻她能夠放聲哭泣，能夠珍藏回憶，也能夠安心祈禱了。

太陽落下去了，風也停了。夜裡涼爽又寧靜。院內和村莊一片寂靜。

剛剛過去的情形，一幕接一幕地在她腦海裡浮現。此刻她既快樂又憂傷，只是因爲恐懼所以不想回憶他最後臨終的那一幕，她忽然發現，在這樣寧靜的安謐夜晚，她竟然連在想像中去深思的勇氣都沒有。

她清楚地回憶著他中風的場景，還有他被人架著從童山的花園裡拖回來，躺在床上用無力的舌頭嘟囔著什麼，倔強地扭動著白眼眉，惶恐又膽怯地看著她。

她認認真真地回憶他發病前在童山的那一夜，那時她就有一種不祥的預感。夜裡，她並沒有睡，輕手輕腳地走到樓下，走到當晚他在那裡睡覺的暖房門前。他當時正在用疲憊虛弱的聲音使勁地對吉洪說著什麼，他很希望與人談談。

「他怎麼不叫我呢？他怎麼不讓我代替吉洪留在那裡陪他談話呢？現在他再也沒有辦法對任何人講他的心裡話了。他其實可以對我說出所有他想說的。可是我那時怎麼不勇敢地走進那個房間呢？」她回憶著。

「也許他那時就會對我說出他臨死那天說過的所有話了。當時在與吉洪的談話之中，他有兩次問到我。他想要見我，可那時我就站在門口。我清楚地記得他如何開始向他描述麗莎，彷彿她還活著——他不記得她已經死了，吉洪提醒他說，她已經不在了，於是他高聲喊道，『傻瓜！』我清楚他很痛苦。我那時怎麼不進去呢？他又能把我怎樣呢？我又能失去什麼呢？也許我進去了，他會得到一點兒安慰，也就會向我說出那些話。」

「親——愛——的！」她重複著這幾個字，然後號啕大哭起來，眼淚令她的心情輕鬆了許多，她眼前再次浮現了他既嚴厲又慈愛的面孔，那張佈滿皺紋的、怯弱的、衰老的、瘦削的臉龐。「親愛的！」她再一次重複了一遍。

那天，她一看到他，就感到一陣恐懼感向她襲來。她睁大眼睛望著投在牆上的陰影和月光，並且準備隨時看見他那僵死的、可怕的臉，她感到被死一般的沉寂緊緊地纏繞著，這寂靜牢牢地籠罩著整個住宅。

「多涅婭莎，」她輕聲喊著，「多涅婭莎！」她突然發瘋一樣大叫一聲，朝侍女房間跑去，迎面碰上正朝她跑來的侍女們和保姆。

十三

八月十八日，農奴拉夫魯什卡和另外一個驃騎軍傳令兵，以及尼古拉和伊林，從距離博古恰羅沃十五俄里的駐地揚科沃騎馬去玩耍兜風，試一試騎伊林新買來的一匹駿馬，並瞭解一下周圍的村裡還有沒有乾草。

連日來，博古恰羅沃一直處於對抗的兩軍之間。尼古拉想盡全力趕在法國人之前，弄到留在博古恰羅沃的充足糧草。

伊林和尼古拉的心情都很好。他們向博古恰羅沃——公爵的莊園飛奔而去，他們還希望在那裡可以碰到一大群家僕和美麗的姑娘。一路上，他們時而互相追趕。

尼古拉不清楚，也沒想到，他們現在要去的這個村莊，也就是他妹妹的前未婚夫安德烈的莊園。

就在快到博古恰羅沃村時，伊林和尼古拉再次撒開他們的馬，順著斜坡，進行最後一次賽跑，尼古拉超過伊林，第一個跑到博古恰羅沃村的大街上。

「你第一個到達！」伊林激動地說道，滿臉緋紅。

「沒錯，不論是在這裡，還是在草地上，牠永遠都是第一。」尼古拉拍著他那發熱的頓河馬興高采烈地答道。

「而我騎的卻是一匹法國馬，大人，」拉夫魯什卡從後面趕上來說道，指著他那用來拉車的次等馬，污辱性地把牠叫作法國馬，「不過我會替別人保存面子。」

他們騎馬緩慢地向村莊的穀倉走去，那裡站著一大堆樸實的農民。

當發現走過來幾個騎馬人，兩個高個子，還有皺紋叢生、留著稀疏鬍子的老農，東倒西歪地，不住地微笑著，信步從小酒館裡出來，有的當場摘下了帽子，嘴裡哼唱著一首不連貫的曲子，很快來到兩個軍官面前。

「好樣的！」尼古拉高聲笑著說道，「這兒儲備有乾草嗎？」

「到處都是一個樣……」伊林接著說道。

「快……樂……的……人們……」兩個農民臉上帶著微笑時斷時續地唱道。

忽然一個農民從人群中走出來，來到尼古拉他們跟前。

「你們是什麼人？」他上前問道。

「偉大的拿破崙，」伊林嬉笑著回答說，「正宗的法國人。」他指著拉夫魯什卡說道。

「那麼說你們也是俄國人啦？」那個農民又一次問道。

「你們軍隊在這裡有特別多人嗎？」另一個個子不高但很健壯的農民走近他們插口問道。

「特別多，相當多。」尼古拉自信地回答道。

「可你們聚在這裡做什麼呢？」他又加一句。「是要在這兒過節嗎？」

「老人們今天聚在這裡是爲了商議村社的事。」一個農民飛快地回答了一句就離開了。

就在這個時候，在通往主人宅院寬闊的道上，出現了一個戴白帽子的男人和兩個婦女，他們向這兩個軍官走來。

「都不要搶！事先說好，那個穿粉紅衣服的歸我。」伊林興高采烈地看著朝他們走過來的、穿粉紅衣服的多涅婭莎喊道。

「她是我們大家共同的！」拉夫魯什卡高興地向伊林擠擠眼說。

「你要什麼呀，我的惹人憐的寶貝兒？」伊林微笑著說道。

「公爵小姐吩咐我過來詢問你們屬於哪個軍、哪一團、和你們的姓名？」

「這是尼古拉伯爵，我們的驃騎兵連長，我是他忠實的僕人。」

「好——女——伴啊！」那個喝得醉醺醺的農民一邊幸福地微笑著看著同姑娘熱情交談的伊林，一邊唱著歌，阿爾派特奇也走近尼古拉。

「我冒昧打攪大人一下，」他畢恭畢敬地說道，完全不顧及這個軍官略帶輕視的驕傲，「我親愛的女主人，也就是上一任總司令博爾孔斯基公爵的小姐，因爲這些卑鄙小人的愚昧無知，」他指了指邊上的那些農民，「而處於艱難的境地，歡迎您來到我們宅邸……能否麻煩您再走過來幾步，」阿爾派特奇友好地說道，「當著……不太方便。」他悄悄指了一下緊跟在他身邊的兩個讓人反感的農民。

「阿爾派特奇……你做得特別好！看在偉大的基督的面上，請饒恕我們吧……」那兩個農民滿臉微笑著向他說道。

尼古拉看了看那兩個醉醺醺的老頭兒，也笑了。

「或許這讓大人特別開心吧。」阿爾派特奇臉上帶著矜持的表情，指了指那些老先生，打趣說道。

「不，」尼古拉接著說道，「本來這沒有什麼好高興的。」尼古拉向前走了幾步。「這究竟怎麼回事呀？」他忽然問道。

「請寬恕我冒昧地報告大人，這裡粗鄙的農民不讓我們的女主人離開自己的莊園，還威脅我們說要卸掉她的馬，可是公爵小姐就是沒辦法出發。」

「爲什麼會這樣啊！」尼古拉有點憤怒地大聲叫道。

「我很榮幸地稟告您這全部都是事實。」阿爾派特奇說道。

尼古拉下了馬，把馬順手交給傳令兵，一面詢問事情的詳細經過，一面跟著管家阿爾派特奇飛快地向住宅走去。

確實，公爵小姐在昨天提出給農民分發儲備糧食，向集合的人和德龍做了詳細的說明，結果反而把事情弄糟了，德龍已經完全交出了鑰匙，全身心轉向了農民一邊，阿爾派特奇曾經派人去找他，但是他不願露面。今天早晨，公爵小姐吩咐奴僕套車準備動身時，一大群農民瘋了一樣聚到穀倉前，並派人來說，他們堅決不放公爵小姐，還說，有上部命令不允許運走任何東西，他們還威脅說要卸掉那幾匹馬。儘管阿爾派特奇站出來勸說他們，但是他們依舊回答說，堅決不能讓公爵小姐離開，一直說有不讓走的命令，不過，只要她留下來，他們會依舊像從前一樣侍奉她，無條件服從她。

就在伊林和尼古拉沿大路向這兒狂奔的時候，公爵小姐堅持吩咐套車，隨時準備出發；可是，當他們看到走近來的幾個騎兵，一開始還以為他們是法國人，車伕們四處逃散，宅內頓時響起婦女們焦急的哭聲。

「親愛的上帝啊！親人啊！老天終於把您派來了！」當尼古拉走過住宅前廳的時候，人們都如釋重負地議論著。

當人們看見尼古拉被邀請來見瑪麗亞公爵小姐時，公爵小姐正愁容滿面地癱坐在住宅大廳裡。她不清楚他究竟是誰，到這兒來做什麼，而且會把她怎麼樣。但是一看見他那很熟悉的俄羅斯人的面孔，從他開頭的幾句話和走路的步態中，她就馬上看出他是和自己同一階層的人，她興奮地用那明亮、迷人的眼睛看了他一眼，激動得有點結結巴巴，與他講起話來。

尼古拉馬上感到這次會見有點甜蜜的浪漫味道。「一個無依無靠、悲慟萬分的姑娘，落入粗暴的卑鄙農民手裡！多麼奇妙的機緣把我引向這裡！」

尼古拉傾聽著她的話，注視著她想道，「她的容貌和神情是多麼高尚和溫順啊！」他這樣思忖著，聽她怯生生地敘述著這兩天發生的事。

當她講到，這一切都發生在父親下葬後的第二天時，她的聲音變得顫抖了。隨後她轉過臉去，用惴惴不安的試探的目光看了他一眼。果然尼古拉眼裡含著淚。瑪麗亞公爵小姐留心到了這個細節，充滿感激地向他一望，這個目光讓人難忘她那高貴的面容。

「我不知如何表達自己有多麼榮幸，公爵小姐，我居然有機會爲您效勞。」尼古拉說著慢慢站起來。「請您動身吧，我用名譽向您保證，只要您讓我有機會護送您，相信什麼人也不敢來找您的麻煩。」他彷彿在面對一位皇族婦女，向她鞠了一躬，然後就朝門口走去。

尼古拉那謙恭的語調好像強調，儘管他把和她結識看作一件無比幸運的事，但是他卻不想利用她的不幸的機會來接近她。

瑪麗亞公爵小姐自然理解並很珍重這一點。

「我很感謝您，」公爵小姐感激地說道，「不過我依舊希望這一切不是什麼人的過錯，這只不過是一個誤會而已。」她忽然哭了起來。「請原諒我！」她接著說道。

尼古拉皺起眉頭，再一次深深地恭敬地鞠了一躬，就離開了這個房間。

十四

「嘿，怎麼樣，她好看嗎？錯不了，那個穿粉紅色衣服的姑娘，真漂亮，她叫多涅婭莎……」可是一看尼古拉嚴肅的臉，伊林馬上住口了。他看出他的指揮官此時此刻完全是另外一種複雜的心情。

尼古拉猛地瞪了伊林一眼，沒理他，就飛快地向村裡走去。

「這些卑鄙的強盜！我非得教訓他們不行，我要給他們點顏色看看！」他自言自語道。

阿爾派特奇幾乎是小跑步，才勉強跟上他們。

「請問您做了什麼決定了嗎？」他追上去趕緊問道。

尼古拉忽然停了下來，緊握著拳頭，忽然向阿爾派特奇邁近一步。「決定？做什麼決定？你這個老渾蛋！」尼古拉衝他喊道，「農民準備造反，你連這都管不了？你是怎麼做管家的？我很瞭解你們這種人，首先你自己就是個大叛徒，我馬上要把你們的皮全剝掉！」他拋下阿爾派特奇，繼續飛快地向前走去。

阿爾派特奇忍住委屈，又快步追上尼古拉，繼續向他講自己對此事的想法：這些農民自始至終都是頑固不化的，眼下，假如沒有武裝部隊與他們「抗衡」，那是一種不理智，所以，派人去把軍隊叫來難道不是更好？

「我要派軍隊……我要用軍隊來收拾他們！」尼古拉不假思考地囉嗦著這些話，他正被這種不理智的狂野怒氣壓得喘不過氣來。

他並未想到他要幹什麼，不自覺地朝那夥人迅速地走去。他離人群越來越近了，阿爾派特奇覺得，這樣不理智的做法可能會產生更好的結果。那群農民看到尼古拉那堅決陰沉、有點嚇人的面孔，和快速堅定的步伐時，也有一種不祥的預感。在那幾個驃騎兵不知為何來到村子裡，尼古拉又去見公爵小姐以後，人群中自然而然地發生了一些爭吵。

「你在村裡橫行霸道這麼多年了！」卡爾普向德龍怒喊道，「你自然不會在乎這些啦！到時候挖出你的錢罐子，一走了事……而我們的家園會不會毀掉，與你又有何干，是吧？」

「命令其他人不許離開家，我們維持這兒的秩序，什麼也不允許帶走，就應當這樣！」另一個激憤的聲音叫道。

「當輪到你兒子去服兵役時，你卻捨不得自己的兒子，」一個小老頭又忽然攻擊起德龍來，「就把我親愛的萬卡給送去剃了頭。哎，難道我們就該死嗎？」

「可是我從沒有反對過村社。」德龍爭辯道。

「沒錯，你不反對！因爲你已經把肚皮撐大了……」那兩個高個子農民也開始加入討論了。

尼古拉在拉夫魯什卡、阿爾派特奇和伊林的陪伴下，來到爭吵擁擠的人群跟前，卡爾普把手指頭插進褲腰帶中，面帶微笑，走到人群前面來。德龍默默地退到後面去了，此時人群擠得更緊了。

「喂，誰是村長？」尼古拉高聲喊道，快步來到人群前邊。

「村長？你找他幹什麼？」卡爾普反問道。

可是他還沒有說完話，帽子早就飛了，臉上重重地挨了一拳，腦袋被打得向一側歪了一下。

「脫帽，卑鄙的叛徒！」尼古拉有力地吼道。「村長在哪兒？」他狂怒地問道。

「村長……快喊村長！德龍，喊你呢！」人群中有人馬上順從地喊著村長，農民們也開始一個接一個摘下帽子。

「我們都是遵守規矩的，我們從不造反。」卡爾普小聲說道。

這個時候後面忽然有好幾個人異口同聲地說：「這全是村社裡面老人們決定的……」

「還強詞奪理？造反……叛徒！強盜！」尼古拉好像失去了理智，聲嘶力竭地叫喊著。他狠狠地抓著卡爾普的領子。「來人，把他捆起來，快捆起來！」他喊道，儘管那裡除了阿爾派特奇和拉夫魯什卡以外，沒有人可以聽他指揮。

最後還是拉夫魯什卡向卡爾普跑去，反剪他的兩手。

「要我把山下的人全叫來嗎？」他接著喊道。

這時阿爾派特奇很快轉向那些農民，指明叫兩個人過來捆綁卡爾普。自然那兩個農民聽話地從人群中走出來，一齊解下他們的腰帶。

「村長死哪兒去了？」尼古拉又叫道。

德龍面色蒼白地從人群中慢慢走出來。

「你就是村長嗎？捆起來，拉夫魯什卡！」尼古拉激憤地喊道。

確實，又有兩個農民站出來捆綁德龍。

「你們馬上各回各家，」尼古拉向那些農民叫道，「你們都給我聽好！不要再讓我聽到你們亂七八糟的聲音！」

「怎麼樣？這不過是一場胡鬧，我們不過是一時糊塗，實際上我們並沒有做什麼壞事……我有說過嗎？這不太對。」農民們相互責備著、議論著。

阿爾派特奇又開始巧妙地行使起他的權力了。「看，我不是不止一次跟你們說嗎？這樣多不好，夥計們！」

「全是我們一時糊塗，阿爾派特奇。」人群馬上散開，回到各自家裡去了。

他們把這兩個被捆起來的人帶到宅院去。那兩個喝得東倒西歪的農民也跟著他們一同去了。

「嘿，我倒要看看你有多大本事！」其中一個向卡爾普說道。

「難道和大人可以那樣說話嗎？你腦子裡是什麼東西？」

兩小時以後，幾輛大車停在博古恰羅沃宅邸的院子裡。農民們賣力地挪出主人的東西，認真地裝在車上，而關在大箱子裡的德龍，按照瑪麗亞公爵小姐的意思被釋放了出來，站在院子裡忠誠地指揮農民裝車。

「不要亂放，」一個高個子圓臉的農民喊道，一邊從一個女僕手裡輕輕地接過一只小箱子，「你應該知道這也是花錢買的！爲什麼要用繩子捆？這些會把它磨壞的。我討厭那樣呆板地幹活。做事一定要有方法，要認真。看，要用軟席子先把它包好，再仔細用乾草蓋上，這樣幹活才對，看著也順眼嘛！」

「哎呀，這是書，全部是書，」另一個往外搬安德烈公爵書櫥的農民吃驚地說道，「當心別被絆著啊！特別重，夥計們加油——書好重啊！」

「整天沒完沒了地寫，也不出去走走！」那個高個圓臉的農民指了指放在書本頂端的那些又大又厚的一本詞典。

尼古拉不願意在這個時刻和公爵小姐拉近關係，所以就留在村子裡等候她出發。等到瑪麗亞公爵小姐的車隊從住宅裡出來時，他立即上了馬，小心地把她護送到十二俄里外，有俄軍防守的道路上。在揚科沃旅店前，他很有禮貌地與她告別，也頭一次禮貌地吻了她的手。

「看，您說得嚴重了！」當公爵小姐滿心感謝他的搭救之恩時，他反而紅著臉說道，「隨便一個有正義感的警察局局長都會像我這樣做的。」他不知爲什麼覺得有點羞愧，所以竭盡全力想改變一下話題。「我很榮幸有機會能夠認識您。再見，公爵小姐。祝您一生幸福，並希望有機會在更愉快的情況下能與您再見！」

於是公爵小姐不再用語言來感謝他，而是用她那深情且熠熠生輝的完美面部表情來感激他。她認爲要是沒有他，她肯定會毀在殘酷的法國人手裡；更明顯的是，他爲了救她，冒了可怕的危險，更不用懷疑的是，他是一個靈魂高尚、氣度不凡的人，還有他能夠設身處地地體會她的悲傷和處境。他那雙誠懇善良的眼睛一直深深地留在她的腦海中。

當她和他告別以後，她忽然感到眼裡含著淚水，這個時候，已經不是頭一次產生了這樣一個不同尋常的問題：自己是不是愛上他了？

在向莫斯科行進的漫長路上，儘管公爵小姐的處境不容樂觀，但多涅婭莎不止一次意外地發現，公爵小姐從車窗探出頭去好像看著什麼，臉上常露出憂傷但又快樂的微笑。

「我是不是真愛上了他，那又能怎樣呢？」瑪麗亞公爵小姐不止一次想道。

無論是不是向自己承認她頭一次愛上了一個可能永遠也不會愛她的男人是如何讓她感到害羞，但是她嘗試安慰自己說：誰也不會瞭解這件事，直到生命的最後一秒自己也不會向別的人說，這是她第一次，也一定是最後一次愛上了一個人，這件事她就沒有過錯。

時而回想起他說過的話、他的同情和他的眼神，她覺得幸福好像並非沒有希望。「怎麼這麼巧是他到博古恰羅沃來，而且是在那樣緊急的時候！」瑪麗亞公爵小姐想著，「又這麼巧合他妹妹拒絕了安德烈公爵！」瑪麗亞公爵小姐把這一切全看作是上天的安排。

瑪麗亞公爵小姐同樣給尼古拉留下了美好的印象。每次只要一想起她，他心裡總覺得甜絲絲的。當同事們聽說他在博古恰羅沃的奇遇時，都開他的玩笑說，他去那兒找乾草，沒想到找到了俄國一個待字閨中很富有的未婚妻。

就尼古拉個人來講，他不能奢求有一個比瑪麗亞公爵小姐更恰當的人做妻子了，如果和她結婚，肯定能夠令他媽媽很開心，還能改善他爸爸的狀況。尼古拉覺得，還可以讓瑪麗亞公爵小姐得到幸福。

可是索尼婭怎麼辦呢？他許下的承諾呢？就是因爲這個，每當有人拿瑪麗亞公爵小姐來與尼古拉開玩笑時，他總要發火。

十五

庫圖佐夫接受全軍統率權以後，忽然想起了安德烈公爵，就派人給他發了一道命令，要他馬上來大本營報到。

安德烈公爵也正好在庫圖佐夫首次檢閱軍隊的那一天到達察列沃．札伊米希。他的馬車停留在村中牧師的房子前，他安靜地坐在凳子上，在等待勳座。從村外的原野上，不時傳來士兵們向新任總司令喊「烏拉」的歡呼聲和激昂的軍樂聲。

在大門前，距離安德烈公爵約莫十步遠的地方站著一個管家、一個信差和兩個勤務兵，他們趁總司令不在家，就都出來了。這個時候一個生著絡腮鬍子的人，騎著馬來到大門前，看了一眼安德烈公爵，問道：「特級公爵是住在這裡嗎？他不多久就會回來嗎？」

安德烈公爵解釋道，他不是勳座司令部的人，他也是剛到這裡來的。驃騎兵中校又去問勤務兵，那個勤務兵擺出一種在總司令身邊工作的優越感，輕蔑地向中校說：「什麼？勳座嗎？沒準快回來了。您有什麼事？」

驃騎兵中校聽出勤務兵的輕蔑腔調，冷笑了一下，然後跳下了馬，並把馬交給傳令兵，緩緩走到博爾孔斯基面前，向他微微點頭致意。安德烈爲他挪出一塊地方，驃騎兵中校就在他身邊彎腰坐下。

「您也是在這兒等總司令嗎？」他問道。「聽說，任何人都能見他，感謝上帝……不然，要和那些成天做香腸生意的人打交道可就要倒楣了！怪不得耶爾莫洛夫堅持請求做德國人呢！現在可能我們俄國人也可以說上話了。要不，鬼才會清楚他們做了些什麼。他們只會一個勁兒地後退，後退，再後退。您參與過軍事行動嗎？」他又問道。

「我不但有幸參與過那次撤退，」安德烈公爵輕聲地回答道，「並且在撤退中失去了我所擁有的一切——暫且不提我美麗的家園和田莊，我父親也在悲憤痛恨中病故了。我是斯摩稜斯克人。」

「啊……那您一定是安德烈公爵了？很高興能認識您！我是傑尼索夫中校，人們更多習慣地叫我瓦西卡。」傑尼索夫激動地說道，友好地握著安德烈公爵的手，極其親切認真地端詳著安德烈的臉。「是的，我都聽說了。」他很同情地說道，稍加停頓隨後接著說道，「真是一場殘酷的西徐亞戰爭。那麼您一定是安德烈．博爾孔斯基公爵了？」

他點了點頭。

「公爵，很榮幸認識您！」他有點憂傷地微笑著又說了一遍，又一次握了握安德烈公爵的手。

安德烈公爵是從娜塔莎講述的有關她第一個求婚者的美妙故事裡瞭解了傑尼索夫這個人。這回憶讓他有種既痛苦又甜蜜的難過感覺，雖然這段時間他已經強迫自己不再去想它了，但那深深的痛楚依然留在心中。最近他又遭遇了那麼多新的艱難事件——丟下斯摩稜斯克、童山之行，還有最近父親的死訊——他的各種不平凡的感受，讓他早已不去回首那些曾經的往事了，即便偶爾想起，對他來說也沒有以前那麼大、那麼深了。

對傑尼索夫來說，也可以從博爾孔斯基的響亮名字喚起一連串回憶，他回憶起那段美好的日子以及他對娜塔莎的愛情，微微地笑了笑，然後就馬上轉向現在他最喜歡也最專注的戰爭上去了。

這就是在命令撤退期間，他在前哨服務時，猛然間想出的一個完美的作戰計畫。他也對巴克雷．德．托利提出過，現在他準備再提供給庫圖佐夫司令。這個計畫的根據是法軍戰線拉得很長，我們不適合從正面去阻擋法軍進攻，而應摧毀他們的致命的交通線，或者一邊正面攻擊，一邊打他們的交通線。他開始向安德烈公爵說明他的計畫。

「他們肯定是守不住這一整條戰線的。我可以負責帶人去把它切斷；只要給我五百人，我絕對把那條線粉碎，這是絕對可以辦到的！方法是打游擊戰！」

傑尼索夫激動地站起來，向安德烈講述他的完美計畫。正說的時候，從檢閱的地方，傳來軍隊的喊聲，並經常夾雜著士兵們的歌聲和軍樂聲。這個時候，村裡傳來急速的呼喊聲和馬蹄聲。

「司令來了！」一個站在大門邊的哥薩克高聲喊道，「他來了！」

這時大門邊站著一群士兵，傑尼索夫和安德烈一同向大門走去。他們遠遠看見庫圖佐夫騎著一匹矮矮的栗色馬狂奔而來。一大群侍從和將官也騎馬跟在他後面。巴克雷幾乎與他並排前進著；一大群軍官跑著，並喊著「烏拉」。

副官們已經在他前面跑進院子。庫圖佐夫司令不耐煩地催促他的馬，馬馱著他那沉重的身軀緩慢地向前移動著。他一面把手舉向軍帽，一面向軍官們連連地點頭。忽然他來到儀仗隊面前，靜靜地注視了他們足足有一分鐘，然後轉向那群圍繞在他身邊的軍官。忽然間他複雜的臉上露出一種微妙的表情，然後疑惑不解地聳了聳肩。

「有了這麼多英雄勇士的幫助，怎麼還總是後退，後退！好吧，再見，各位勇敢的將軍。」他又加上一句，就策馬飛快地從傑尼索夫和安德烈公爵旁邊頭也不回地走進院子裡去了。

「烏拉！烏拉！……」人們依舊在他身後喊著。

庫圖佐夫司令似乎又變得更胖了，臉上的白色皮膚浮腫又鬆弛。他所熟悉的白眼球，還有那永遠疲憊的表情依然如故。他依舊戴著雪白的騎衛軍軍帽，騎在那匹輕快的小馬上，但是不住沉重地搖晃著。

「噓……噓……噓！」走進院子時，他嘴上吹著口哨，但是聲音小得幾乎聽不見。此刻他臉上帶著喜悅的表情，從腳踏蹬上使勁地抽出左腳，因爲疲憊而整個身子傾斜，眉頭緊皺，吃力地把那腳跨過馬鞍，用一個膝蓋撐著馬肚，結實地跌入等著扶人的副官們的懷裡。他抖擻了一下精神，瞇著眼睛回頭看了一眼安德烈公爵，顯然沒認出他來。「噓……噓……噓！」他又吹起口哨來，又一次看了看站在那兒的安德烈公爵。看了好幾秒鐘，才把他的臉同有關他的記憶稍微聯繫起來。

他疲倦地坐在門廊裡的一條長凳上，解開外衣上的紐扣。

「你近來如何？」

「我昨天才收到父親去世的噩耗。」安德烈公爵簡短地答道。

庫圖佐夫司令吃驚地睜大眼睛看了看安德烈公爵，然後摘下軍帽，在胸前畫個十字：「願他在天堂安息！」

他深深地歎了一口氣，然後沉默了一會兒：「我尊敬他，也愛他，我打從心底裡同情你。」他緊緊地擁抱安德烈公爵，長久都不放開他。等放開他的時候，安德烈公爵清楚地看見，他那厚厚的嘴唇在顫抖，眼裡滿是淚水，他又歎了一口氣。

「走吧！到我那兒去，我們聊一會兒！」他說道。

但是，這時，傑尼索夫中校信步走上了門廊的臺階。庫圖佐夫司令雙手仍舊按著凳子，不滿地看了傑尼索夫一眼。傑尼索夫通報過自己的姓名後向司令宣稱，有一個事關國家利益的重大問題要報告給勳座。

庫圖佐夫不耐煩地看著他，抬起手來，交叉在肥圓的肚子上，重複著說：「事關國家的利益？究竟是什麼呀？講吧！」

傑尼索夫漲紅了臉，向司令員大膽地講述他的計畫。他的計畫看來的確不錯。庫圖佐夫盯著自己的腳，不耐煩地瞥一眼旁邊院子的小屋。

就在傑尼索夫中校聲情並茂地講述的時候，一個腋下夾著公事包的將軍慢吞吞地從那個小屋裡走了出來了。

「怎麼樣？」庫圖佐夫司令員在傑尼索夫詳細講述時忽然插話說道，「已經準備好了嗎？」

「一切都準備好啦，勳座大人。」那個將軍遠遠地答道。庫圖佐夫擺了擺手，隨後他接著聽傑尼索夫講述。

「我用俄國軍官最真誠的誓言保證，」傑尼索夫驕傲地說道，「我絕對能切斷拿破崙的交通線！」

「你和基里爾．安德烈耶維奇．傑尼索夫軍需總監是什麼關係？」忽然庫圖佐夫打斷他的話問道。

「他是我的親叔叔，尊敬的勳座大人。」

「啊，我們是好朋友，」庫圖佐夫興奮地說，「好吧，親愛的，明天我們再仔細說，你暫時留在司令部裡。」他朝傑尼索夫點了點頭，接著轉過身子，拿科諾夫尼岑給他的文件。

「勳座是不是要進到屋裡去？」值勤將軍不滿意地問道。

「還有一些文件要審閱。」從房裡出來的一個副官報告說，屋子裡面一切都準備好了。可是庫圖佐夫司令想辦完事再到房間去。

他微微皺了一下眉……

「不，親愛的，去拿一張小桌子過來，我要在這兒看那些東西。」他說道。「你有必要迴避一下。」他又向安德烈公爵輕聲說。

安德烈公爵就留在門廊裡無聊地聽值勤將軍報告。

就在將軍報告的時候，安德烈公爵聽見門後有綢子衣服摩擦的聲音和一個女人輕輕的低語聲。於是他往那個方向看了幾次，看見門內有一個女人的身影，身穿粉色衣服，頭上包著淡紫色頭巾，體態豐滿，面色紅潤，她手中拿著盤子，在等候總司令進去。庫圖佐夫的副官向安德烈公爵小聲說，這是這兒的女主人，牧師太太。她想向勳座獻出潔白的鹽和香酥的麵包。

「她特別漂亮。」副官詭秘地加了一句。聽到這幾句話，庫圖佐夫忽然回頭看了看。他正在聽一個將軍的報告，核心內容是對察列沃·札伊米希陣地戰役的批評。他之所以聽，是因為他長著兩隻耳朵，他不得不聽，可是，值勤將軍和他所說的，沒有一點兒能讓他感到吃驚或引起他興趣的東西，他預先就清楚值勤將軍要向他說什麼，他之所以堅持聽下去，只是因為他必須要聽完。

傑尼索夫中校的建議，都是有思想、有道理的。而值勤將軍說的，更有思想、有道理，但是，庫圖佐夫司令特別蔑視這種聰明和知識，他清晰地瞭解另一種不依靠於知識和聰明的東西。

安德烈公爵在一旁認真觀察著總司令面部表情的變化，在這張臉上他能夠看到的唯一表情就是煩悶又是好奇，想清楚門後有女人在小聲說什麼呢。很明顯，庫圖佐夫也藐視學問和聰明，甚至還特別蔑視傑尼索夫所表現出的強烈的愛國熱情。但是他看不起這一切，也並非因為他自己的智慧、感情，或知識更高，而是因為他的生活閱歷和他多年的經驗，庫圖佐夫司令在這個報告中，單單針對俄國軍隊搶劫農民的問題做出一項指示。報告結束以後，值班將軍將一份緊急文件呈到前面，讓他簽字，內容是戰士割了農民的青燕麥，地主向軍長索賠的事。

庫圖佐夫不耐煩地聽完這事，搖了搖頭。

「把它丟進爐子裡去……燒了它！你可以永遠這樣做，我親愛的朋友，」他繼續說道，「將所有這類東西都丟到火裡去！隨便他們任意燒木頭，割莊稼。儘管我沒命令這樣做，而且也沒同意這樣做，不過我也不會查問這些事。」他又看了看那份文件。「哎，德國人做事真精細！」他搖著頭喃喃道。

十六

「好啦，總算都好了！」庫圖佐夫簽完最後一個文件時如釋重負地說道，然後又一次吃力地站起來，神情歡快地緩緩地向門口走去。

牧師太太，滿臉緋紅，趕緊獻上盛滿食物的托盤，接著深深地鞠一躬獻給庫圖佐夫司令員。

庫圖佐夫司令員瞇起眼睛，微笑了一下，用手緩緩地托起她的下頷，並稱讚道：「啊，確實是個美女！謝謝你，親愛的！」

他從褲袋裡隨手掏出幾枚金幣，放在她的托盤裡。

「喂，生活過得怎麼樣？」庫圖佐夫問道，向他的房間走去。牧師太太微笑著，緋紅的臉頰上露出可愛的酒窩，跟著他進了那個房間。這個時候副官到門廊去請安德烈公爵吃早飯。

半個時辰以後，安德烈公爵又一次被叫到庫圖佐夫司令員那裡去。庫圖佐夫舒服地躺在躺椅裡，依然穿著那件外衣，但是敞著懷，手裡拿著一本法文書，當安德烈公爵進去的時候，他把書緩緩合上，並夾上一把小刀做標記。安德烈公爵看到，那是讓莉夫人寫的《天鵝騎士》。

「來，親愛的，坐下，坐在這裡。我們來聊聊，」庫圖佐夫關切地說道，「沉痛，萬分沉痛。但請你記住，我的朋友，我也是你慈愛的父親，第二個父親……」安德烈公爵向庫圖佐夫司令講述了他所瞭解的有關他父親臨終時的一切情況。

「他們把我們禍害成什麼樣子了……」庫圖佐夫忽然激動地說道。很明顯，能從安德烈公爵的講述中清楚地想像出當時俄國所處的境況。

「給我點時間！」他臉上現出惱羞成怒的表情說。看來，他不願意延續這個讓人很激動的話題，接著說道：「我把你叫來，想讓你留在我這裡。」

「謝謝您，勳座，可是，我想我不適合再當參謀人員了。」安德烈公爵面帶微笑答道，庫圖佐夫留心到了他的微笑，疑惑地看了他一眼。

「最重要的是，」安德烈公爵接著說，「我喜歡那些很棒的軍官，我覺得他們也喜歡我。我捨不得離開那個團隊。我辭謝您給我的無比信任，請信任我……」

庫圖佐夫那胖嘟嘟的臉上馬上現出一種友好、精明，又摻雜著些嘲諷的複雜表情，他打斷安德烈的話說：「很可惜，本來我很需要你；不過假如你在軍隊裡服務，軍隊就不會是現在的這種樣子了。我清楚地記得你在奧斯特利茨……記得你手舉著軍旗！」庫圖佐夫激動地說道。

庫圖佐夫親切地拉著他的手，安德烈公爵在老人的眼裡又看見了那熟悉的眼淚。儘管他深刻地清楚庫圖佐夫比較善於流淚，也清楚他待他極為親切，可是有關奧斯特利茨的回憶，還是讓他覺得很欣慰和興奮。

「願上帝保佑你，我明白你的路是無比榮耀的！走自己的路吧！」他稍稍停了一會兒，庫圖佐夫司令員忽然改變話題，開始談土耳其的戰爭和俄國已經締結的和約。「沒錯，我現在受到不少責備，」他悲觀地說道，「為了那個和約，也為了那場戰爭……但是一切來得恰到好處。善於等待的人，一切都會來得恰如其分……」他接著那個話題說道，又回到佔據著他頭腦的重要的顧問問題上。「噢，顧問，顧問！」他有些激動地說道。「聽他們所有人的話，我們如今還會在那裡，在該死的土耳其，既締結不了和約，更結束不了戰爭。他們總是求速度，可是常常欲速則不達。本來要佔領一個要塞不難，難的是怎麼贏得整個戰役。因此，我們需要的不是進攻和衝鋒，而是充足的時間和忍耐。」他自信地搖了搖頭。

「法國人也這樣，請信任我的話吧！」庫圖佐夫說著說著激動起來，使勁拍著胸脯向公爵說，「我也要讓法國人吃馬肉！」他眼睛裡又一次滿是淚水。

「可是總得要打一仗吧？」安德烈公爵爭辯說。

「人人都想打，那就打吧，那又有什麼辦法呢……不過，我親愛的，你要記住：沒有任何東西比時間和忍耐這兩個東西更強大的了，它們無所不能。可是一些人希望這麼做，但另一些人不希望這麼做，那該怎麼辦呢？」他問道，明顯是在等著回答。

「那你想讓我怎麼辦呢？」他又說了一遍，眼睛閃爍著一種精明狡猾的光澤。「我教你怎麼辦吧。」他接著說道，因爲安德烈公爵還沒有回答，「假如你猶豫不決，我親愛的朋友，」他頓了頓，「那你就先什麼事情都不要幹。」他斬釘截鐵地說。

「好吧，再見了，我的朋友，記住，我真誠地願意分擔你的痛苦。假如你需要什麼說明，就直接過來找我。親愛的，再見。」他又親吻和擁抱了安德烈公爵。只要安德烈公爵待在那個房間裡，他就能舒服地歎口氣，接著讀起那本還沒讀完的讓莉夫人的小說《天鵝騎士》來了。

這是怎麼回事？安德烈公爵無論如何也說不明白，不過會見庫圖佐夫以後，他回到團隊，就對整個戰局和那個被委以重任的人都放心了。他越看越覺得這個老人沒有什麼個人的追求理想，只有習慣性的一時激情；他沒有總結各種事件的結論的能力，僅僅有冷靜地觀察事態發展的能力，他覺得所有都會馬到成功。

「他沒有什麼個人的要求。他不去奢求什麼，也不採取什麼行動，」安德烈公爵想道，「可是他留心覺察一切，記住一切，讓一切都各有所需。他清楚，有一種東西比他的意志更爲強大也更重要，那就是事情發展必然的趨勢，善於觀察那些事件，就可以理解那些事件的現實意義。」而最主要的是，安德烈公爵說道：「人們相信他，因爲他是個俄國人。」

所有的人都多多少少地體驗到了這種感情，正是因爲這種感情，庫圖佐夫才不負眾望，被人民推舉爲總司令，儘管這違反宮廷的意思。

十七

沙皇離開莫斯科以後，莫斯科的生活也和從前一樣地運轉，它是那樣平常，真的很難相信俄國正處在險境，也真的很難相信英國俱樂部的會員就是那些準備不惜一切代價甚至犧牲生命去捍衛祖國的勇士。僅有的讓人記起的是沙皇蒞臨莫斯科時期每個人表現出的愛國熱情，有人的出人，有錢的出錢。這些東西一旦付諸行動，形成法律和官方的正式文件，就不得不做了。

敵人距離莫斯科越來越近了，莫斯科人對於自己處境的看法，不僅沒有變得更嚴肅，反而更輕率了，正如有的人在大難臨頭時，反而感覺無所謂了一樣。危難當頭，人們心裡常有兩種強烈的聲音：一是理性地讓人考慮危險的性質和躲避危險的方法；另一種則更理性地說考慮這種事是難過的、沉重的，並且預言一切和避免事件的發生又是人力所不能抵禦的，那麼在災難到來之前，還是不去管它的好，多想些讓人愉悅的事。

他們說，所有政府機關都已經搬出莫斯科了，另外還提到申申說過的一句笑話，他說，「就憑這點，莫斯科人民就應該感謝拿破崙。」還有人議論，說馬莫諾夫捐的團隊要花費他八十萬盧布，而別祖霍夫在他的英雄身上的花銷更大，但是，別祖霍夫最出色的行動是，他自己也穿上軍裝，騎著馬走在團隊的最前面。

「你們不管對待誰都不想表現得寬容一些。」朱莉．德魯別茨卡婭用她那戴滿戒指的細手指把一小堆線頭揑成一團。朱莉準備第二天離開莫斯科，現在正在舉行告別晚會。

「但他是那麼惹人喜愛，那麼善良。說這些尖酸刻薄的話要表達什麼呢？」

「罰款！」一個穿著民軍制服被朱莉稱作騎士的年輕人說道，他將要陪同她去尼日尼。

在朱莉的社交圈裡，也和莫斯科不少社交圈一樣，約定俗成只說俄語，誰要是說了法語就要受罰，罰款交給捐獻委員會。

「你誰也不放過。」朱莉有些惱怒地衝那個年輕人說道。

「尖酸刻薄，我說了法語，心甘情願認罰，爲了滿足可以向你們說實話的樂趣，我準備再付一次款。至於音調，我無法保證，」她說道，「我既沒有時間，也沒有錢，不可以像戈利岑公爵那樣請一個老師來教我學俄語！」

「看，他來了，」朱莉說道，「正當……不，不，請您放開我。」她向那個民軍軍官說道。「正說太陽的時候，就看到陽光了！」女主人親切地衝皮埃爾微笑著。「我們正在說您呢，」朱莉圓滑靈活地說道，「我們正在說，馬莫諾夫的團隊肯定沒您的好。」

「哎，別提我的團隊了，」皮埃爾垂頭喪氣地回答，「我都被它煩死了。」

「您一定是要親自領導那個團吧？」朱莉一邊說著，一邊向民軍軍官投去一個狡黠嘲諷的眼神。

民軍軍官當著皮埃爾的面已經不再那麼尖酸刻薄了。儘管皮埃爾總是心地善良又漫不經心，可是他的品格很快讓人們打消了當面嘲笑他的一切想法。

「不，」皮埃爾笑著說道，又瞧了瞧自己那又胖又大的身軀，「我會變成法國人的好靶子，因爲我恐怕連馬背都爬不上去了。」

在朱莉與客人的談話中，忽然提到了羅斯托夫家的人。「我聽說，他們的家境很差！」朱莉說道。「伯爵本人特別無能。拉祖莫夫斯基要買他莫斯科周圍的田莊和房子，可這件事一直拖著。因爲他要價很高。」

「不，這幾天內就能成交，」一個人說道，「儘管如今在莫斯科買田產是很錯誤的舉動。」

「怎麼呢？」朱莉問道，「難道您覺得莫斯科會有危險嗎？」

「那你爲什麼要離開呢？」

「我？我離開是因爲……是因爲大家都走，另外，我不是亞馬遜人，也不是貞德。」

「好啦，自然，自然！」

「假如他很會管理家業，他是有能力償還所有債務的。」那個民軍軍官接著說羅斯托夫的事。「一個心地善良的老頭兒，只是太沒有能力了。他們爲什麼在莫斯科待這麼久呢？他早就想回鄉下去了。娜塔莎現在身體狀況不是很好嗎？」朱莉狡黠地笑著問皮埃爾。

「他們在等他們的小兒子呢，」皮埃爾答道，「他加入了奧博連斯基的哥薩克部隊，補派到白朵爾科維去了，在那裡整編了團隊。但是現在他們把他調到我的團裡來了，他們天天都在等他回來。伯爵早就想走，可是伯爵夫人不等到兒子回來說什麼都不肯走。」

「我前天在阿爾哈羅夫家見過他們。娜塔莎又神情歡快、容光煥發了。她還唱了一首浪漫曲。」

「我不記得什麼了。」皮埃爾有些生氣地說道，朱莉微笑了一下。

「您清楚嗎，伯爵，像您這樣優秀勇敢的騎士，只能在蘇扎夫人的小說裡才能找到。」

「什麼騎士？怎麼說是騎士？」皮埃爾紅著臉問道。

「好，我親愛的伯爵！整個莫斯科的市民都清楚這件事。您太讓我感到吃驚了。」

「罰款！罰款！」民軍軍官生氣地說道。

「好，罰吧，弄得人都沒辦法說話了——真無聊！」

「整個莫斯科市民都清楚什麼了？」皮埃爾憤怒地問道。

「好啦，伯爵，您自己心裡明白！」

「可我什麼都不清楚。」皮埃爾說道。

「我一向跟薇拉要好，就是那個漂亮的薇拉，但我清楚，您和娜塔莎好。」

「不是這樣的，太太！」皮埃爾不滿意地說道，「我根本沒扮演娜塔莎騎士的角色，而且我幾乎有一個月沒去過他們家了。我不明白這種殘忍……」

「誰再爲自己解釋，誰就揭穿了他自己。」朱莉晃動著線團微笑著說道，爲了不給對方辯駁的機會，她馬上轉換了話題，「您清楚我今天聽到什麼消息了嗎？不幸的瑪麗亞·博爾孔斯基公爵小姐昨天回到了莫斯科。您聽說了嗎？因爲她父親死了。」

「真的嗎？她在哪兒？我特別想去看看她。」皮埃爾趕緊問道。

「我昨晚和她一起度過的，她今天或是明天早晨就要和她的侄子到莫斯科郊外的田莊去。」

「那，她現在好嗎？」皮埃爾問道。

「她還行，只是悲痛令人傷心欲絕，不過您清楚是誰救了她嗎？她被不少人打傷了，他們要殺她，她被圍困了，是他衝了進來，救了她……這簡直是個神奇故事——尼古拉·羅斯托夫。」

「又一個神奇故事，」民軍軍官說道，「這次大逃難爲幾乎所有的老小姐出嫁創造了絕佳的條件。先是卡季什，又出來個博爾孔斯基公爵小姐。」

「您清楚嗎?我真的以爲她無法自拔地愛上那個年輕人了。」

「罰款，罰款，罰款!」

十八

皮埃爾回到家裡的時候，收到當天送來的兩張拉斯托普欽的通知單。

第一張上說，有關拉斯托普欽伯爵不允許人們離開莫斯科的謠言是不對的；正好相反，他特別願意人們離開莫斯科。「少一些害怕就少一些謠言。」「可是我用我的生命來保證，那個渾蛋是到不了莫斯科的。」這些話是頭一次清清楚楚地告訴皮埃爾，法國人要到莫斯科了。

第二張傳單上寫著，我們的總司令部建在維亞濟馬，在那兒駐守的維特根施泰因伯爵已經把法國人打退了，因爲很多居民主動武裝起來，兵工廠爲他們預備了武器——手槍、長槍、馬刀，居民可以低價購買。這份通知單的語氣已經不像之前齊吉林談話中那種開玩笑的腔調了。

皮埃爾看著這兩張通知單陷入沉思。他在內心裡呼喚的可怕風暴的烏雲正在一步步靠近，它不禁勾起了他的恐懼感。

「你是等待呢，還是去參軍呢?」皮埃爾已經不止一次向自己提出這個問題。他拿起擺在桌上的一副牌，擺起牌來。

「牌局很好，」他洗過牌，把牌攥在手裡，對自己說，「假如牌局順利，那就是表示……那就是表示什麼呀?」他還沒想好是什麼時候，就聽見門外大公爵小姐的聲音問可不可以進來。

「換句話說，我應去參軍。」皮埃爾說完這句話，「請進，請進!」他親切地向公爵小姐說。

僅有這個臉色呆板、身材纖細修長的大公爵小姐還住在皮埃爾家裡，其餘兩個年齡小的都已經出嫁了。

「請原諒我來找您，我的弟弟，」她激動地說道，「總得想個主意呀！這算什麼事啊？大家都離開莫斯科了，老百姓正在發動暴亂。我們留下來幹什麼呀？」

「正好相反，天下還算安全，我的表姐。」皮埃爾仍用玩笑口氣向她說道，皮埃爾飾演她的恩人這個角色，總是令他覺得尷尬，因此愛用這種玩笑口氣和她說話。

「啊，好個天下安全！這也叫天下安全？瓦爾瓦拉．伊萬諾芙娜今天已經同我們說了，我們的軍隊作戰多麼勇猛，完全可以載入光榮冊了！而老百姓也猖狂起來，不聽話了。再這樣下去，他們很快就敢來打我們了。我們今後都不敢上街了。更關鍵的是，法國人隨時可能攻打到這裡來，我們等什麼呢！我只求一件事情，我的弟弟，」她接著激動地說道，「把我送到聖彼德堡去。不管我如何，我沒辦法在拿破崙的統治下生活。」

「行啦，我的表姐！您從哪裡得到的這些消息？恰恰相反……」

「別人如何我不管……我絕不向拿破崙俯首貼耳、聽從他的命令……假如您不願意辦這件事……」

「我辦，我馬上就下命令。」

公爵小姐支吾著什麼，在一張椅子上坐了下來。

「可是您的消息是不對的，」皮埃爾說道，「城裡特別安全，沒有一點兒危險。瞧！我剛讀過……」他將傳單給她看，「這是拉斯托普欽伯爵寫的，他用他的生命來保證，敵人是不會到莫斯科來的。」

「唉，您那個伯爵啊！」公爵小姐也惡聲惡氣地說道。「他是一個小人，是他自己鼓動老百姓造反的。瓦爾瓦拉．伊萬諾芙娜和我說，因爲她說了一句法國話，她幾乎被老百姓打死……」

「是啊，可是這是因爲……您把這一切看得太重了。」皮埃爾說道，又開始擺牌陣。

儘管牌局順利，皮埃爾也並沒有參軍，而決定留在空蕩蕩的莫斯科，一直處於躊躇不定、不安和惶恐的狀態中，但又懷著喜悅的心情期待著某些可怕的事情降臨。

第二天晚上，公爵小姐離開了，皮埃爾的總管告訴他說，只有賣掉一個田莊，才能夠籌到裝備他的團隊所需的錢。總之，總管是爲了讓皮埃爾清楚，籌建一個團隊的事會讓他破產。

聽著總管的話，皮埃爾好不容易才忍住不笑。

「行啊，那就賣了吧，」他說道，「還有其他的選擇嗎？我現在沒辦法停手不幹！」

各方面的情況，尤其是他自己的家業，變得越糟糕，皮埃爾就會越興奮，他所希望的災難也就會越明顯地靠近了。他知道的人中已經沒有一人留在城裡了。朱莉離開了，瑪麗亞公爵小姐也走了。與他關係親密的朋友裡只有羅斯托夫家的人留下來了，可是他不到他們那裡去。

這一天，他爲了去散散心，坐車到沃龍佐沃村去看大氣球，列比赫要在第二天升起用來消滅敵人的一個實驗氣球。皮埃爾聽說，這是按照沙皇的意願做的。沙皇曾經爲了這個氣球寫過如下一封信給拉斯托普欽伯爵：

一旦列比赫完工，您就選一些睿智可靠的人當他駕駛艙的乘員，還要派一個使者到庫圖佐夫將軍那裡去，跟他說一聲。我已經把這件事同他講了。

提醒列比赫千萬不要落入敵人手中，要尤其留心首次降落的位置，避免發生意外。絕對讓他知道他的行動要配合總司令的行動。

在從沃龍佐沃村回家的路上，經過博洛特納亞廣場時，皮埃爾看見有一大群人聚在行刑台旁，他停下來。一個被人控告為漢奸的法國廚子正在受鞭刑。另外一個被控告的人，面如死灰，身體很瘦，站在一旁。從臉型來看，他倆都是法國人。皮埃爾臉上有和那個瘦削的法國人同樣難過和害怕的神情擠進了人群當中。

「這是怎麼了？這個人是誰？」他不住地問。可是所有人都全神貫注地看著行刑臺上的事，沒有人搭理他。那個胖子皺著眉頭，站起身來，聳了聳肩，想要表現出堅強的樣子。不向旁邊看，開始穿他的無袖外衣，但是，突然間他的嘴唇顫抖了，哭了起來。人們高聲談論起來，皮埃爾認為這是為了緩解他們的同情之心。

「他是一個公爵的廚子。」

「怎麼，先生，看來，俄國的醬油到法國人嘴裡變酸了……牙都被酸倒了！」當那個法國人開始哭時，站在皮埃爾身邊的皺紋叢生的小官吏說道。小官吏向旁邊看了一眼。有一群人大笑起來，另一些人仍然驚恐地注視那個行刑手。

皮埃爾皺著眉頭、喘著粗氣，轉身回到馬車跟前，嘴裡嘟囔著什麼，坐進車裡。一路上他幾次渾身打戰，並高聲叫著，叫得特別響，以至於車伕問他：「您有什麼事情？」

「你往哪兒趕啊？」皮埃爾向那個車伕叫道。

「按照您的吩咐去往總司令家。」車伕答道。

「傻瓜！畜生！」皮埃爾喊道，他很少這樣罵車伕。「回家，我說過了，快一些，傻瓜！我今天就得走。」他和自己說。

看到受刑的法國人和圍繞著行刑台的人群後，皮埃爾最終下定決心，他沒辦法再留在莫斯科了，今天就得到軍隊去。

到家以後，皮埃爾就吩咐車伕葉夫斯塔菲耶維奇說，他今天夜裡就要到莫札伊斯克去，到軍隊去，要把他的鞍馬送到那裡去。一切的事情是不可能在那一天都做到的，所以，依照葉夫斯塔菲耶維奇的意思，皮埃爾不得不把行程往後推一天，好讓他有時間讓換班的馬伕提前趕到路上。

二十四日，一場雨後天氣晴朗，皮埃爾吃過午飯後從莫斯科離開了。當夜在佩爾胡什科夫換馬的時候，他聽說，夜裡打過一場大仗。人們說，就是在佩爾胡什科夫，地面被炮聲都震得直顫抖，可是沒有人知道誰獲得了勝利。第二天清晨的時候，皮埃爾到了莫札伊斯克。

軍隊占了莫札伊斯克的所有房子，皮埃爾的馬伕和車伕在客棧裡歡迎他，那兒也沒有房間了，都住滿了軍官。

莫斯科處處都有軍隊在城外行進駐紮。皮埃爾匆忙地走著，他離莫斯科越遠，越深入軍隊，就越是能感到惶惶不安和一種從沒有體驗過的新愉悅。這是一種與他在斯洛博達沙皇蒞臨時體驗過的那種感情類似——犧牲些什麼的感情和一種責無旁貸的使命感。如今他體驗到一種愉快的感情：所有構成人們幸福的那些東西——財富、舒適的生活，包括生命本身，與某種東西來相比，都是棄之爲快的垃圾。與什麼相比呢？皮埃爾說不準，並且他也不想耗費精力去搞清楚，爲了誰和爲了什麼而犧牲一切，他覺得這是很誘人的。他並不關心爲何犧牲的問題，犧牲本來就給他一種新的愉悅。

十九

八月二十四日，在舍瓦爾金諾多面堡進行了一場戰役，二十五日，雙方都沒發過一槍，二十六日，波羅底諾戰役就打響了。

波羅底諾戰役和舍瓦爾金諾是怎麼打起來的呢？怎麼樣呢？爲何要打波羅底諾那一仗呢？對於俄國人來說，它的直接後果是，我們與莫斯科的毀滅更接近了，而對於法國人來說，這兩個戰役讓他們幾乎全軍覆沒。這種結果在當時就是很明顯的了，然而拿破崙發動了整個戰役，而庫圖佐夫應戰了。

假使兩個統帥都受理性支配，拿破崙應該知道，因爲深入俄國兩千俄里，冒著也許損失四分之一軍隊的危險來發動戰爭，這是走向毀滅的必然之路；庫圖佐夫也應該知道，冒著損失他四分之一軍隊的危險應戰，莫斯科一定保不住。在庫圖佐夫方面，我方比敵方少一個棋子兒，如果拚子兒，我方就一定輸，所以不應硬拚。

在波羅底諾戰役之前，法軍力量和我軍的力量之比大概是六比五，而在戰役結束以後，力量之比已變成二比一了，這就意味著，戰役開始之前，是十二萬對抗十萬，戰役結束以後就成爲十萬對抗五萬了。

但是，精明狡猾的庫圖佐夫應戰了，而被稱作天才統帥的拿破崙挑起了戰爭，以損失掉他四分之一的軍隊爲代價，把戰線拉得更長了。拿破崙發動波羅底諾戰役和庫圖佐夫應戰，兩人的行動都不明智，都是鬼使神差的。可是後來，在既成的事實面前，史學家們勉強地爲兩位統領的預見和天才編造證據，而事實上，兩位統帥都是歷史事件不由自主的工具，並且是在這類工具中最身不由己、最盲從的活動家。

至於另外一個問題：波羅底諾戰役和在此之前的舍瓦爾金諾戰役是怎麼打起來的，也同樣有著同一種完全錯誤的，但是顯然人盡皆知的觀念。每一個史學家都是這樣來描述這些事實的：

俄國軍隊，當他們從斯摩稜斯克撤退時，就在為進行一場大的會戰給自己尋找一個最佳的陣地，彷彿波羅底諾就是他們找到的這樣一個陣地。

俄國人先開始在這塊陣地上，在由莫斯科通往斯摩稜斯克的大路的左邊，從波羅底諾到烏季察，差不多提前就加強了防禦工事，戰爭就是在那兒打響的。

這個陣地的前面，在舍瓦爾金諾高地上，好像還建造了一個觀測敵軍設防的前哨。二十四日，似乎拿破崙進攻並佔領了這個前哨；二十六日攻擊了在波羅底諾戰場這一陣地上的全部俄軍。

俄國人並沒去找最好的陣地；正好相反，在撤退時錯失了好多比波羅底諾更好的陣地。他們沒在這些陣地中的什麼地方停留，因為人們對於大會戰的要求還不太強烈，還因為米洛拉多維奇率領的民軍還沒趕到，也因為庫圖佐夫不想選個不是他自己選擇的陣地。還有不少其他因素。事實上，他們所經過的別的陣地都比較強，波羅底諾陣地，非但不強，並且比起憑我們猜測，用在地圖上插針標出的那些俄羅斯帝國的其他地方，都更不像一個陣地。

俄國人不僅沒有在波羅底諾戰場的陣地上設防，而且在一八一二年八月二十五日以前，他們也從沒有想到過會在那裡打仗。這一點可從下面的事實得到證明。

第一，二十五日那裡不但沒有任何工事，而且二十五日開始構築的工事在二十六日也沒有完成。第二，舍瓦爾金諾多面堡的形勢就是特別好的證明：在進行戰鬥的陣地前有一個多面堡是沒有用處的。為了觀察敵人，用一個哥薩克偵察隊就足夠了。第三，事實說明，戰鬥的陣地並不是預先選定的。而舍瓦爾金諾多面堡也並不是這個陣地的前哨，因為巴克雷．德．托利和巴格拉季翁直到二十五日還一直堅信，舍瓦爾金諾多面堡是陣地的左翼，而庫圖佐夫在自己戰後倉促寫成的報告中，也說舍瓦爾金諾多面堡是那個陣地的左翼。特別久以後，在有充足的時間寫波羅底諾戰鬥報告的時候，虛構出那個完全錯誤的奇怪的說法，說波羅底諾戰役是在事先選好的構築了防禦工事的陣地上打的，說沃爾基勒多面堡是一個前哨，現實情況是，那一仗是在一個意外的，差不多沒有防禦工事的地方打的。

事情很明顯是這樣的：沿科洛恰河選好了陣地，是成銳角穿過大路，而不是成直角，所以它的右翼接近沃爾諾沃耶村，左翼在沃爾基勒，中心處在波羅底諾，也就是在沃伊納和科洛恰兩河交匯的地方。姑且不論是如何打起來的，只要看看波羅底諾的戰場，就可輕鬆地發現，選定這個陣地的原因就是讓軍隊以科洛恰河做掩護，防止敵人沿斯摩稜斯克大路繼續向莫斯科前進。

二十四日，拿破崙騎著馬來到瓦盧耶瓦，並沒有發覺從烏季察到波羅底諾的俄國陣地，也沒看見俄國軍隊的前哨，可是在追趕俄國後衛的時候，偶然發現俄國陣地的左翼——舍瓦爾金諾多面堡，因此，他把他的軍隊調過科洛恰河。所以俄國人還沒來得及交戰，就把左翼從他們本來想要據守的陣地上撤退了，佔領了一個沒有防禦工事的新陣地。拿破崙轉移到科洛恰河左岸的大路左側之後，把馬上要開始的戰鬥從右側部隊轉移向左側，轉移到謝苗諾夫斯科耶和波羅底諾、烏季察之間的平原上，二十六日就在這片田野上全部戰鬥打響了。

拿破崙二十四日晚上並未騎馬到科洛恰河去，他並沒下令當天晚上馬上攻擊多面堡，而是在第二天早晨發起進攻，戰鬥就會像俄國希望的那樣進行。在這種情況下，俄軍也許會更頑強地防守著舍瓦爾金諾多面堡——俄軍的左翼。我們會從右側或是從中央向拿破崙進攻，二十四日就會在我們設想的和主設防的陣地上開展大會戰。

但因爲來不及在二十四日晚上開始大會戰，也因爲對俄軍左翼的攻擊在俄軍後衛撤退後的夜間發生，緊接著格里德涅瓦戰鬥之後，也許是因爲俄國的軍事將領們不情願，所以波羅底諾戰役的首次戰役，也是最主要的一仗在二十四日就以失敗結束了，而且很明顯，直接造成二十六日那一仗的失敗。

二十五日早晨，在失去舍瓦爾金諾多面堡以後，俄軍的左翼陣地已經沒有了，因此左翼不得不向後方，在隨便碰到的一處地方構築起工事來。

八月二十六日，俄國軍隊僅靠薄弱的、尙沒有完成的工事進行防守，俄國將領們並不承認左翼陣地失守，並讓即將戰鬥的戰場從右方移向左方這一事實，仍然停留在諾沃耶村到烏季察拉長了的陣地上，所以在戰鬥過程中，不得不把部隊從左方調往右方，這就讓情況變得更不妙了。在整個戰鬥過程中，俄軍只有敵軍半數的兵力來抵禦法軍向俄軍左翼的攻擊。

因此，俄國方面是以稍弱於敵人的兵力，在一個已選好的並且設了防的陣地上展開的，全都與人們描述的不同。

俄國方面因爲丟掉了舍瓦爾金諾多面堡，只好在一個開闊得幾乎沒有防禦工事的地方，用只有法軍一半的兵力打了波羅底諾這一仗。這就意味著，在這樣的條件下，不僅打了十小時而戰鬥不分勝負是沒有辦法想像的，就連是不是能堅持三小時而軍隊不被敵軍殲滅、不逃跑也是讓人不可思議的。

二十

在二十五日的早上，皮埃爾離開了莫札伊斯克。城外便是陡峭蜿蜒的山坡，山的右邊坐落著一座教堂，那裡正在做禮拜。皮埃爾下了車，步行前進。在他的身後，歌手們作爲前導，有一個騎兵團隊，從山坡上往下走。迎面駛來一列載著在前一天戰鬥中傷亡的士兵的車隊。趕車的農車伕吆喝著，驅趕著他們的馬，在車兩邊奔走，大車顛簸地行駛在陡峭的山坡的石頭路上，每輛車上載有三個傷兵，他們在車上顛來顛去地相互碰撞著。

皮埃爾的車伕憤怒地衝著運輸傷兵的車隊喊叫，讓他們靠邊走。騎兵團唱著歌下了山，與皮埃爾的馬車迎面相對，把路給堵上了。皮埃爾的車緊挨著平整的山路邊上停了下來。

太陽擋住了山坡，光線照射不到山路的深處，裡面既潮濕又陰冷，可是皮埃爾頭頂上則是明朗的八月的晨光，鐘聲愉快地響著。一輛載傷兵的車停在離皮埃爾不遠的路邊上。那位穿樹皮鞋的車伕喘著氣跑到了車前，撿起一塊石頭塞在了沒有輪箍的後輪底下，然後整理那匹停下來的馬的馬套。

一個步行跟在車後邊包紮著一隻胳膊的老傷兵，用他那隻沒有受傷的手抓著大車，回頭看了一眼皮埃爾。「老鄉，我說，你是要把我們送到莫斯科去呢，還是就把我們扔在這裡呢？」他問道。

皮埃爾全神貫注地沉思著，並沒聽見那人的問話。他看看騎兵團隊，又看看停在他身旁的那輛車。他認為應當關心的問題的答案就在這些人身上。坐著的兩個傷兵中有一個也許臉部受了傷，他的整個腦袋都被包紮著，這個士兵眼睛盯著畫有十字的教堂。另一個是一個看著很年輕的小伙子，有著一頭金色頭髮的新兵，臉色蒼白得沒有一點兒血色，帶著凝滯不動的善良笑容看著皮埃爾。第三個趴在那裡，看不見他的臉。

騎兵團歌手們緊靠車邊走過，嘴裡唱著：「啊，你這個刺兒頭……你在何方……」

「你流落在他鄉……」他們字正腔圓地歌唱著士兵的舞曲。太陽熾熱的光束灑落在西面山坡頂峰，又是一種歡樂的景象。可是在山坡下面，在那輛載有傷兵車旁邊，那匹喘氣的小馬旁邊，仍是陰暗的、憂傷的、潮濕的。

那個臉部受傷的士兵憤憤地看著那些騎兵團歌手：「哼，全都是花花公子！」

「今天，我不僅看見了士兵，還有農夫……莊稼漢都被強迫去打仗了。」那位跟在車後的士兵臉上帶著憂鬱的微笑向皮埃爾說道。「現在搞不明白誰是誰了……一句話——保衛莫斯科！他們準備拚了。」儘管那個士兵的話說得不清不楚，但皮埃爾清楚了他的意思，點了點頭。

路疏通了，皮埃爾接著坐車前行，下了山。

他不住地張望著路兩旁，爲了尋找熟悉的面孔，可是出現在眼前的盡是不同兵種的軍人的陌生面孔，他們都驚訝地看著皮埃爾。

走了大約四俄里路，才終於碰到第一個熟人，他興奮地與他打招呼。這個人是個軍醫官。他迎著皮埃爾駛來，認出皮埃爾，他就叫哥薩克停下車來。「伯爵！您怎麼會出現在這兒呢？」醫生問道。

「啊，想來看看……」皮埃爾回答。

「是啊，是啊，就要有好看的了……」這個軍醫說。

皮埃爾的車停下來，他下了車，跟醫生聊了起來，向他說明自己也想要加入戰鬥。

醫生向他提一個建議讓他直接去找庫圖佐夫。

「在戰鬥期間，您有必要到完全生疏的地方去嗎？」他和他年輕的夥伴互相對視了一眼說道。「而勳座畢竟認識您，他會友好地接待您的，老兄。」醫生說道。醫生特別疲倦而且匆忙。

「您是這麼想的？可是，我還想問您，陣地到底在什麼地方呢？」皮埃爾說道。

「陣地？」醫生說，「我的本行可不是做這個。沿著路向前走，直到走過塔塔里諾瓦，可以看到許多人，都在挖，但是不明白他們在挖什麼東西。接著往前走過了塔塔里諾瓦，那裡也有不少人在挖著什麼。登上那個山岡，就可以看見了。」

「可以在那兒看到小站嗎？您……」

醫生很快就打斷了他的話，朝著自己的馬車走過去。

「我本打算和您一起去，但是，說實話，我有一大堆的事要做。」他指了指他的喉嚨。「我正要趕到兵團司令那兒去……您清楚嗎，伯爵，明天將會有一場戰鬥。在這場戰鬥當中可以預算如果一支有十萬人的軍隊將會最起碼傷亡兩萬人。但我們的病床、擔架、醫生、護士，連六千人都不夠。雖然我們有一萬輛車，但是我們也需要其他的東西。盡可能努力吧！」

這樣說來，在那些健康的、活生生的、年老的和年輕的人中間，注定有兩萬人要死亡或者受傷，想到這裡，不禁讓皮埃爾毛骨悚然。

「他們明天或許就會死去。難道除了死他們還能想別的？」他忽然想起了莫札伊斯克山的斜坡、叮噹作響的鐘聲、載著傷兵的車子、騎兵團唱的歌和斜射的陽光。

「騎兵們去打仗，路上碰到了傷兵，他們就沒有想將來會在他們身上發生什麼事，走到傷兵前擠擠眼就從旁邊走過去了。這太奇怪啊！」皮埃爾一邊向塔塔里諾瓦走，一邊思考著。

一戶主人是個地主的人家在路的左邊，主人在這個房子前面。停著馬車，只有帶篷的大車，還有一群群的傳令兵和哨兵。動座住在這裡，但皮埃爾到達的時候，他不在，一個參謀人員也沒有，他們都做禮拜去了。皮埃爾驅車接著往前走，到戈爾基去了。

皮埃爾上山以後，走在村裡一條略顯狹窄的街道上，他頭一次看見農民軍，他們頭戴十字帽，身穿白襯衫，神情快活，高聲談笑著，在路的右邊一個長滿荒草的高崗上工作著。

他們中有一夥人在用鍬挖山，另一夥用手推車把土推到跳板上，還有一個人站在那裡，什麼都不做，到處張望。

這些工作在戰場上的大鬍子農民，穿著不同尋常的笨重的靴子，汗水順著脖子往下流，從敞開的襯衫領口中能夠看出那些因爲長期暴露在日光下而黝黑的鎖骨，這比皮埃爾所見所聞的所有東西更強烈地讓他感到在這個時刻的重要和莊嚴。

二十一

皮埃爾下了馬車，從那些工作著的民兵身邊經過，走上那個醫生口中說的能看見戰場的山丘。

如今已是上午十一點左右。太陽透過乾淨稀薄的空氣，高高懸掛在皮埃爾背後左方，廣闊的戰場上，陽光燦爛地照耀著面前的寬闊大地。整個戰場就像立在一塊隆起的高地上的圓形劇場。

皮埃爾從左右兩邊所看到的一切都不是那麼清晰，左右的田野都與他所想像的戰場很不一樣。到處都找不到他所期望的戰場的樣子，只是看見林間空地、田地、樹林、軍隊、村莊、篝火的青煙、河和丘陵。不管他如何認真看，也沒有辦法從這充滿生機的地方找到陣地，甚至分不清哪個是敵軍，哪個是我軍。

「應當向知情人詢問一下。」他想道，於是轉身問一個軍官，這位軍官正好奇地打量他那非軍人裝扮的龐大身軀。

「請問，」皮埃爾問道，「前面的村子叫什麼名字？」

「是布林金諾嗎？」那個軍官問他的夥伴。

「波羅底諾。」另一個糾正說。

那個軍官湊近皮埃爾。

「那兒是我們的軍隊嗎？」皮埃爾問。

「沒錯，看，再往前一些就是法國人。」軍官說道，「看，他們在那兒，看，可以看見。」

「哪裡？哪裡？」皮埃爾問道。

「用肉眼就可以看到……那不是嗎？就在那兒！」軍官高高舉起他的右手，指著左邊河對岸冒煙的地方。

「啊，那是法國人啊！那邊呢？」……皮埃爾指著左邊的山岡，在那附近可以看到一些軍隊。

「那是我們的軍隊。」

「啊，是我們的軍隊！那邊呢？」皮埃爾指著遠處長有一株大樹的山谷，在山谷裡的一個村子旁邊，也有冒煙的篝火，也能夠看見一些黑色的東西。

「那也是他們的了，」軍官說道，「那就是舍瓦爾金諾多面堡。如今是他們的了，但是昨天還是屬於我們的。」

「那麼我們的陣地在什麼地方呢？」

「我們的陣地？」軍官滿意地笑著說道，「這我會很清楚地告訴您，因爲幾乎我們全部的工事都是我構築的。那兒，您能看見嗎？這是我們的中心，在波羅底諾，就在那裡，」他指向前面那個有白色教堂的村子，「那裡就是科洛恰河的渡口，有一堆堆割下的乾草的低地。這就是我們的中心了。我們的右翼駐紮在那邊，」他指著遠處的峽谷，「那就是莫斯科河，我們在那裡建了三個多面堡，很堅固。左翼……」說到這裡，軍官忽然停了下來，「您看，這很難向您說清……我們的左翼昨天在舍瓦爾金諾，您看，就是在那棵橡樹所在的地方。但是現在，我們把左翼向後撤了，您可以看見那個還有煙的村子嗎？那是謝苗諾夫斯科耶，沒錯，在這裡了，」他指向拉耶夫斯基山岡，「不過戰鬥可能不在那裡進行。他把軍隊調到那裡只是障眼法，他肯定會從右邊迂迴到莫斯科河。哎，不管在哪裡打，參與這場戰鬥是傷亡慘重的！」軍官說道。

正在他講述時，一個年紀大的中士走過來，默默地等長官把話講完，可是當說到這裡時，他有點聽不下去了，就打斷了他。

他嚴肅地說：「該派人去取土筐了。」

軍官有點不好意思了，明天會損失相當多的人，但不應該說出來。

「是啊，再派三連去取吧。」軍官急忙回答道。

「那麼您是一位醫生嗎？」

「不，我是來隨便看看。」皮埃爾答道。他又從那些民兵身邊路過走下山去。

「咳，這些討厭的傢伙！」軍官嘟囔著，捏著鼻子從那些忙碌的民兵身邊跑過去。

「看他們來了，很快就到他們了……」突然傳來說話的聲音，大家都沿著大路向前跑去。

一個教堂的遊行隊伍從波羅底諾方向上山來。在塵土漫天的路上精神抖擻地走在最前面的是步兵，他們都摘下帽子，槍口朝下揹著。

沒戴帽子的士兵們和民兵們從皮埃爾兩側跑向遊行行列。

「把聖母抬來了，伊韋爾聖母！我們尊敬的保護神啊！」

「是斯摩稜斯克聖母。」另一個糾正他說。

那些在村子裡還有在炮兵連忙碌的民兵，都把鏟子扔下了，向教堂遊行行列迎面跑去。在塵土漫天的大路上，走著的步兵團的後面是穿法衣的教士們——一群牧師和唱詩班，還有一個頭戴高帽的小老頭。在他們身後的是軍官們和士兵們，他們抬著一個巨大的身披金衣飾、黑臉的聖像。這個就是一直伴隨著軍隊的聖像。一些光頭的軍人在聖像的周圍走著，跑著，深深地向聖像鞠著躬。

上山之後，那些抬聖像的人停了下來，用大毛巾托著聖像的人換了班，誦經員又一次拿上手提香爐，開始禱告。

一縷清涼的微風拂動著用來裝飾聖像的飄帶和人們的頭髮。歌聲在開闊的空間裡顯得並不那麼嘹亮。一大群光著頭的士兵、軍官和民兵圍著聖像。在誦經員和牧師後面的空地上，一個脖子上掛著聖喬治十字動章的禿頭將軍緊貼著牧師背後站著，他沒畫十字，因為他認為有必要聽完這個祈禱，所以他就耐心地等待祈禱完結，或許是為了喚起俄國人民愛國之心的祈禱。另一個將軍擺著一副軍人的姿勢站在那裡，一面到處張望，一面在胸前畫十字。那群士兵和民兵虔誠地望著聖像的莊嚴表情，深深地吸引了皮埃爾的注意力。

誦經員慢悠悠地唱道：「拯救您的奴隸脫離災難吧，聖母啊！」

教堂執事和牧師接著唱道：「我們投奔您，就像逃進一個不可摧毀的堡壘，得到您的保護。」

這時所有人的臉上又現出那種感覺到莊嚴的時刻即將來臨的表情，這天早上皮埃爾在莫札伊斯克山腳下，他遇到的許多人的臉上都有一樣的表情，人們更是頻繁地垂下頭，甩動著頭髮，能聽得見十字架撞在胸前的聲音，還有歎息聲。

圍繞著聖像的人群忽然散開，擠著皮埃爾。有一個人，走近了聖像，這個人應該就是巡視陣地的庫圖佐夫。在回塔塔里諾瓦的路上，來加入祈禱。皮埃爾馬上從他那與眾不同的身形上認出他來。

庫圖佐夫肥厚駝背的身上穿了一件特別長的禮服，光著那已是白髮蒼蒼的頭，邁著左右搖晃的步子進入人群，在牧師後面停了下來。他用慣有的動作畫了十字，沉重地歎了一口氣，深鞠一躬雙手觸地，垂下了他那白髮蒼蒼的頭。儘管總司令的到來吸引了所有高級官員的注意力，但是那些士兵和民兵都接著禱告，並不注視他。

祈禱完成後，庫圖佐夫走近聖像，艱難地跪了下來，俯到地上，許久，他終於站起來了，噘起嘴去親吻聖像，接著又深鞠一躬，一隻手放在地上。將軍們也按照他的樣子去做，民兵和士兵臉上帶著激動的神情，相互踐踏著、推擠著、喘息著也爭著那麼做。

二十二

許多人擠得皮埃爾東倒西歪。

「您爲什麼會在這裡？皮埃爾伯爵！」不知是誰在說話。

皮埃爾回頭看了一眼。

伯里斯正用手擦拭著弄髒的膝蓋，帶著微笑走到他跟前。伯里斯穿著很別致，一副英姿勃勃的模樣。他穿一件很長的禮服，一根馬鞭斜挎在肩頭。

這時庫圖佐夫已經到了村子裡，在一個哥薩克跑著拖來的一條長凳上坐下來，另一個哥薩克趕緊給鋪上一條毯子。一大群穿著華麗的隨從圍繞在總司令身旁。

一群人又抬著聖像接著前進。

皮埃爾停在離庫圖佐夫三十來步遠的地方，與伯里斯交談。

皮埃爾說明他也想加入鬥爭，觀察陣地。

「您這樣辦吧，」伯里斯說，「我爲您安排一個營地。您能從貝尼格森伯爵所在地把一切都看得很清楚。我就是在他手下工作，我會向他交代。您想巡視陣地，那就和我們一道吧。我請您賞光來我那裡過夜，我們能夠玩玩牌。您不是知道德米特里．希爾戈耶維奇嗎？他就住在那兒。」他指了指戈爾基村裡第二棟房子。

「據說右翼很強，我想瞧瞧右翼，」皮埃爾說，「我想從莫斯科河那裡出發，沿整個陣地走一遍。」

「啊，這您能夠以後做，重要的是左翼。」

「沒錯，沒錯。安德烈公爵的團隊在什麼地方？您能指給我嗎？」皮埃爾問。

「安德烈嗎？我們從他那裡經過，我能夠帶您去他那裡看看。」

「左翼的情況怎麼樣？」皮埃爾問道。

「我同您實話實說吧，誰也不清楚我們左翼的情況到底怎麼樣，」伯里斯小聲說道，「這根本不是貝尼格森伯爵的想法。他想像的全都是另外一個樣子，在那個山岡上設防……但是……」伯里斯聳了下肩，「勳座不同意，也許是有人和他說了什麼。要清楚……」伯里斯並沒有把話說完，因爲庫圖佐夫的副官凱薩羅夫走向皮埃爾。

「啊！派西．希爾戈耶維奇，」伯里斯臉上帶著自然的笑容和凱薩羅夫說道，「我正在向伯爵說明我們的陣地。令人詫異的是，勳座閣下怎麼把法國人的意圖想得那麼準！」

「您是指左翼嗎？」凱薩羅夫問道。

「沒錯，正是，我們的左翼現在很堅固。」

儘管多餘的人已經被庫圖佐夫從司令部打發走了，伯里斯在精簡後依舊能保住在總司令部裡的位子。他已經攀附上貝尼格森伯爵。

在軍隊的最高層裡，存在著兩個截然不同的派別：總參謀長貝尼格森派和庫圖佐夫派。伯里斯屬於前者，在這裡他既能向庫圖佐夫表示尊敬，又能夠竭力造成老先生不行了，所有事務都由貝尼格森主持的印象。現在戰鬥的決定性時刻已經降臨，必須讓庫圖佐夫垮臺，把權力轉交給貝尼格森，即使讓庫圖佐夫打贏了這一仗，也要讓人覺得這一切功勞都屬於貝尼格森的。不管如何，明天的戰鬥後，一定有重賞，將會有一群新人物出現。所以伯里斯這一天都處在亢奮的狀態下。

在凱薩羅夫以後又有一些與皮埃爾相識的人走過來，每一個人的臉上都現出既不安又興高采烈的神情。可是皮埃爾覺得當中有一些人臉上露出的激動神情，是出於對於個人得失的考慮。

「讓他到我這裡來。」庫圖佐夫說道。副官傳達了動座的意思，於是皮埃爾向著庫圖佐夫坐的長凳走去。但是一個民軍在他之前到了庫圖佐夫跟前，那人是托羅克夫。

皮埃爾摘下帽子，畢恭畢敬地向庫圖佐夫鞠躬。

「我想過了，您或許會讓我走，您可能已明白我要報告的事情，可是即便那樣我也並沒有損失……」托羅克夫說道。

「沒錯，沒錯。」

「但是如果我是正確的，我就會爲祖國帶來好處，爲了祖國我寧願犧牲我自己。」

「沒錯……沒錯……」

「您需要一個不會吝惜生命的人，請想到我……或許我能爲您效勞呢。」

「沒錯……沒錯……」庫圖佐夫重複說道，瞇著他那一隻含笑的眼睛注視著皮埃爾。

在這時，伯里斯的侍從機靈地站到皮埃爾旁邊，挨近長官，用不高的聲音向皮埃爾說道：「民兵們已經穿上乾淨的白襯衫準備去犧牲。他們是多麼英勇啊！伯爵！」伯里斯向皮埃爾說這些話，明顯是要引起庫圖佐夫的注意力，果然這樣，庫圖佐夫轉向他。

「你剛才說民兵怎麼啦？」他問伯里斯。

「戰士們明天準備去犧牲，都穿上了白襯衫。」

「啊……傑出的、無與倫比的人民！」庫圖佐夫說道，他閉上了眼睛，搖晃著頭。

「無與倫比的人民！」他歎著氣，重複了一遍。

「您是想聞聞火藥味了？」他向皮埃爾說。「沒錯，那是一種令人歡快的氣味。我很榮幸成爲尊夫人的崇拜者，她好嗎？我的住所可以供您住宿。」於是，庫圖佐夫開始神情恍惚地向旁邊張望。明顯又想起他想要找的東西，他向副官的兄弟安德烈．希爾戈伊奇．凱薩羅夫招了招手。

「那幾句詩……馬林的詩……是怎麼說的，啊？他說格拉科夫的那幾句『武備中學一老師……』……你說！」庫圖佐夫說，明顯準備好大笑了。凱薩羅夫吟誦起那首詩……庫圖佐夫微笑伴隨著詩的音節點頭打著拍子。

皮埃爾離開庫圖佐夫後，托羅克夫走近他，握住他的手。

「在這裡能遇見您我很高興，伯爵。」不顧有陌生人在場，他堅決莊重地說道。「我不清楚誰能活下來，也許只有上帝才會清楚誰能活下來，在這一天的前夜，我很興奮能有機會和您說，我很遺憾在榫頭中間發生了誤會，但我希望您對於我不要存有什麼厭惡感，請原諒我。」

皮埃爾含笑望著托羅克夫，不清楚說些什麼好。

托羅克夫眼含著淚與皮埃爾擁抱，並吻了他一下。

伯里斯向他的將軍說了什麼，於是貝尼格森伯爵轉向皮埃爾，請他一塊兒去前線巡視。

「您會感興趣的。」他說道。

「沒錯，這很有意思。」皮埃爾答道。

半小時以後，庫圖佐夫去了塔塔里諾瓦，貝尼格森和他的侍從，其中有皮埃爾，去巡視戰線了。

二十三

貝尼格森向橋的方向出發，那裡就是軍官從山岡上指給皮埃爾看的中央陣地所處的地方，他們騎馬通過那座橋，進入了波羅底諾村，又從那裡轉向左方，經過眾多的大炮和軍隊旁邊，駛上民兵們正在那裡挖土的地方。這就是還未命名的多面堡，後來以高崗炮臺或拉耶夫斯基多面堡而著稱。皮埃爾對這個多面堡並沒有很在意。他不清楚，對他來講這裡要比波羅底諾戰場上所有地方都有紀念意義。

然後他們翻過山谷，來到謝苗諾夫斯科耶，在那裡，士兵們正把最後的木頭從穀物和農舍烘乾室中拖走。這以後，他們騎著馬下山，又上了山，沿著炮隊在禾田裡經過剛踏出的道路，經過一片黑麥地，來到還在修築的凸角堡前。

貝尼格森在凸角堡處停了下來，開始眺望處在對面的舍瓦爾金諾多面堡，能夠看到有幾個騎馬的人在那裡。軍官們說，那裡不是拿破崙，就是繆拉，因此大家都使勁地看著那一小群人騎馬。皮埃爾也往那兒看，努力猜測那幾個辨不清的身影中哪一個是拿破崙。後來那些騎馬的人漸漸遠了，消失在了山岡上。

貝尼格森向一個走近他的將軍講起俄軍的整個形勢。皮埃爾努力地聽著貝尼格森的解說，來理解這場即將展開的戰鬥的本質，但是他懊惱地感覺到，就他的智力理解這類事情根本不夠用。他什麼也聽不明白。

貝尼格森停止了講述，忽然向他說道：「你是不是感覺沒意思？」

「啊，正好相反，很有意思！」皮埃爾有些虛僞地回答道。

他們從凸角堡離開，沿著一條彎彎曲曲的路向左走去。在樹林朝左走了差不多有兩俄里，才來到一片林間空地上，圖奇科夫兵團也是做爲負責保衛翼駐紮在這裡。

在極左翼，在這裡，貝尼格森講了許多，並下達了皮埃爾覺得在軍事上有著決定性意義的命令。在圖奇科夫隊伍駐地前有一塊高地，這裡並沒有軍隊。貝尼格森嚴厲地批判這個失誤，他說，不把握制高點，這完全是在發瘋。有幾個將軍也對他的說法表示同意。其中有一人甚至氣勢洶洶地說，把軍隊放在這裡等著敵人來屠殺。貝尼格森以自己的名義命令把軍隊調往那個高地。

皮埃爾不清楚，這些軍隊佈置在這裡並不是如貝尼格森所想的那樣，不是爲了保衛那個陣地，而是做爲一支伏兵躲藏起來，就是說，讓他們不被敵人發現，從而給來侵略的敵人一個出其不意的打擊。貝尼格森不清楚這些，只是出於自己的考慮把那些軍隊調到前方去，而且沒把此事報告總司令。

二十四

八月二十五日，在一個晴朗的晚上，安德烈公爵躺在團隊的宿營地克尼亞茲科沃村頭一所破舊的棚子裡。透過一道破牆的裂口，他能夠看到沿著籬笆有一行種了三十多年的白樺樹被砍去了下面的枝子，立著一捆捆燕麥的田地，還有冒著嫋嫋炊煙的灌木叢——士兵們在燒飯。

不管安德烈公爵覺得自己現在的生活是如何狹窄，沒有人需要他過那種苦澀的生活，但他仍舊有著像七年前在奧斯特利茨戰役前夜一樣，既煩躁不安又異常激動的心情，明天的作戰命令他已經接到並且下達，沒有其他可做的事了。可是有一種很單純的、很清晰的、也是很可怕的思緒讓他不得安寧。他清楚，明天的戰鬥將是他經歷過的所有戰鬥中最殘酷的，於是，他生平第一次想到了死亡也許會降臨，而且想得那麼自然、那麼生動、那麼可怕，彷彿這一切已是注定的了。

這死亡與世事沒有什麼關係，不用考慮它給別人帶來什麼影響，它只關係到他的靈魂，關係到他自己。他覺得一切生活就像一個幻燈，他只能憑藉人工照明，透過一片玻璃，長時間地往裡瞧著。如今他忽然在明亮的天光下，用不著透過玻璃就能看見那些塗抹得亂七八糟的圖畫。

「是啊，是啊！這就是那些曾令我激動、令我讚賞，又令我煩惱不已的虛幻形象。」他一邊自言自語，一邊回憶他的生活幻燈中的每一幅畫面，如今他在寒冷的日光下，在清楚地想到死亡來臨的時候來審視它們。

「社會地位、榮譽，對於祖國和女人的愛——我曾把這些圖畫看得這樣偉大，它們好像有著深奧的含義！在這個早晨寒冷的日光下，一切是這樣粗糙、蒼白和簡單！」尤其讓他難以釋懷的是他生平的三大不幸：對一個女人的愛、父親的死以及俄國半壁江山被法國人佔領。「愛情！那個我覺得充滿了神奇魔力的小姑娘！沒錯，我愛過她！我編織過富有詩意的、與她一起享受美好生活的計畫！噢，我真是一個天真的孩子！」他氣惱地說出了聲。「我相信了理想的愛情，在與我分離整整一年中她都堅守著對我的忠貞的愛！她就像那隻溫柔的鴿子一般，在與我的離別中變得憔悴……這一切太醜惡了，太簡陋了！」

「父親也曾建設過童山，認為那地方是屬於他的，那裡有他的農民、他的空氣、他的土地。然而拿破崙來了，根本不在意他的存在，像一片木屑一樣把他從路上推開了，因此他的童山和他的一切生活都破滅了。祖國，莫斯科的毀滅！明天我也要戰死，甚至也許不是法國人把我打死，而是自己人，一個士兵在我耳朵旁邊開了一槍，法國人跑過來，抓住我的頭和腳，將我丟進一個土坑裡，免得我在他們的鼻子下腐敗變臭，別的人也會習慣起來，我將沒有辦法瞭解他們了，因爲我已不復存在了。」

他注視著一排長著黃葉、綠葉、白色樹皮，在陽光下熠熠生輝的白樺。他清楚地看到了沒有他的日子裡，這些有陽面也有陰面的白樺樹，這些篝火的煙霧，這一朵一朵的白雲，他感覺周圍的這一切都開始改變了，變得陰森、恐怖，他的後背激起一陣寒戰。他趕快站起身來，走出棚子，來回徘徊。

棚子外面傳來有人說話的聲音。

「是誰在那裡？」安德烈公爵喊了一聲。

紅鼻子上尉吉姆辛．托羅克夫是曾經的連長，因爲缺乏軍官，已經被提拔爲營長，羞怯地走進來。安德烈公爵趕忙站起來，聽完了軍官們向他報告的公務，給他們下達一些命令，正要讓他們離開的時候，聽見棚子外面有一個發音不是很清楚的熟悉的聲音。

「見鬼！」有人被什麼東西絆了一下，罵道。

安德烈公爵瞥了一眼，看見被地上一根竿子絆了一下，差一點跌倒的皮埃爾向他走來。安德烈公爵並不希望見到自己圈子裡的人，尤其是皮埃爾，他讓他回想起最後一次去莫斯科時所遭遇的難過時刻。

「啊，竟然是你！什麼風把你吹來了？」

在他說這些話的時候，他的眼睛和面部表情流露出的不僅是冷淡，甚至還有一些敵意，皮埃爾早就看出來了。他滿心喜悅地走進棚子裡，但是一看到安德烈公爵的表情就覺得渾身拘束，不自在。

「我來……您清楚嗎……我來……我覺得有意思，」皮埃爾說道，「我想看看戰鬥。」

「沒錯，沒錯，共濟會的會友們關於戰鬥有什麼說法？如何阻止戰爭？」安德烈公爵嘲諷地說道。

「我家的人怎麼樣？莫斯科怎麼樣？他們到底有沒有來到莫斯科？」他嚴肅地問道。

「到了。朱莉．德魯別茨卡婭同我說過。我去看過他們，但沒有碰上，他們已經去了你們在莫斯科郊外的田園。」

二十五

軍官們想要告辭了，但是安德烈公爵似乎不希望和他的朋友獨處，請他們接著喝杯茶。有人給端來了茶，並搬來了長凳。軍官們注視著皮埃爾那肥大的身軀，聽他講述莫斯科和巡視我軍陣地的情況。安德烈公爵一言不發，他的臉色很差，皮埃爾說話的時候總是面向著那個和善的營長吉姆辛，極少衝著安德烈。

「那麼你是不是把軍隊的整個部署搞清楚了？」安德烈公爵打斷他說。

「沒錯，您的意思是？」皮埃爾說，「我不是軍人，我沒辦法說我把一切都弄明白了，不過大體情況有所瞭解。」

「這麼說，你比其他人都清楚得更多了。」安德烈公爵說道。

「啊！」皮埃爾說道，疑惑不解地注視著安德烈公爵。「那麼，關於庫圖佐夫的任命您有何看法？」他問道。

「我對這一個任命感到很興奮。」安德烈公爵回答道。

「你怎麼看待巴克雷・德・托利這個人？所有人都清楚在莫斯科人們說了他些什麼。您對他是怎麼看的？」

「你問他們吧。」安德烈公爵指著那些軍官回答。

皮埃爾微笑看著吉姆辛，其他人也都不由得帶著同樣的微笑看那個軍官。

「自從勳座就職以來，我們再一次看到光明了。」吉姆辛怯生生地不時看著他的團長說道。

「怎麼是這樣呢？」皮埃爾問道。

「我來向您彙報一下，就拿草料和柴草來說吧。我們從斯文齊亞內撤退時，就連一根柴草都不敢碰，一束乾草或其他的什麼東西都不敢拿。但是，我們就要離開了，這些都要留給他了，就是這樣，大人！」吉姆辛又轉而面向公爵說，「但是你不敢輕舉妄動。我們團隊裡，有兩個軍官為了這事受了軍法處置。而勳座來了以後，這一切都變得容易了。我們又看到了光明……」

「那麼他為什麼要允許呢？」

吉姆辛不清楚該如何回答這個問題，回答什麼。皮埃爾又一次向安德烈公爵提出這個問題。

「這是為了把我們的國土完整無缺地留給敵人啊，」安德烈公爵尖刻嘲諷地說，「不許搶奪地方，一定不能讓軍隊養成搶劫的習慣，這是有道理的。在斯摩稜斯克，他的判斷也正確，說法國人會包抄我們，因為他們的兵力要強於我們。但是他沒辦法知道一點。」安德烈公爵忽然尖聲喊道：「他不懂得，我們這是頭一次為俄國的領土而戰，部隊裡有一種我從沒有見過的高昂士氣，我們一連兩天一次次地打敗了法國人，這勝利讓我們的信心倍增。但是他的命令竟然是撤退，我們的努力都白費了，他這不是背叛的意思，他努力想把每一件事情做好，所有都是經過各方面的考慮的，但正因為這樣，他是不中用的，正是因為他和每一個德國僕人一樣，把一切都考慮得很細緻周到，怎麼向你說呢？……假如你父親有個德國僕人，他是一個很出色的僕人，他能比你更出色地滿足你父親的所有要求，那麼就讓他來服務好了；但是如果你父親生命垂危，你就得把那個僕役趕走，用你自己那不靈活的、不熟練的手來親自照顧你父親，你能比那個靈巧的外國人更讓他得到安慰。巴克雷就是這樣。在俄國平安無事時，一個外國人能為她很好地服務，他是一個很好的大臣，但是當她需要一個人或者親人，假如她處在危險之中。但是，在你們的俱樂部裡，竟然胡亂猜想，說他是叛徒！他是一個誠實的、嚴謹認真的德國人。」

「可是，人們還說，他是一個很棒的統帥呢。」皮埃爾辯道。

「我不曉得『很棒的統帥』是什麼意思。」安德烈公爵嘲諷地說道。

「很棒的統帥，」皮埃爾說，「就是可以預料一切意外的情況……猜透敵人意圖的人。」

「這是沒法辦到的。」安德烈公爵說道。

皮埃爾驚奇地看了他一眼。「但是，人家說戰爭就如一盤棋。」他說。

「沒錯，」安德烈公爵回答道，「可是有一點不同，下棋的時候，每走一步棋，你想想多長時間，就想多長時間，沒有時間的限制，還有一點不一樣，一個馬永遠比一個小卒厲害，兩個小卒永遠強於一個，但是在戰爭中呢，一個營有時能夠勝過一個師，有時甚至還不如一個連。軍隊力量的相對性是沒有人可以瞭解的。」他說道，「假如事情取決於參謀部的部署，我肯定留在那裡從事部署工作，可是我沒那樣做，有幸與這些先生一同在團隊裡服務，我覺得明天的戰鬥確實取決於我們，而不取決於那些人……勝利向來不取決於陣地，將來也是這樣，不取決於數量，甚至也不取決於裝備。」

「那麼取決於什麼東西呢？」

「取決於他和我的心情，」他用手指了指吉姆辛，「取決於每一名戰士的心情。」

安德烈公爵一改以前矜持沉默的態度。看來，他控制不住要說出他忽然蹦出的思想。「誰可以下定決心去爭取勝利，誰就能贏得戰爭的勝利。你說，『我們的陣地，右翼太長，左翼偏弱』，」他接著說道，「那些都是一派胡言，毫無用處。千百萬個各種各樣的碰巧發生的事件，在一瞬間決定勝負，勝敗要看是我們逃跑，還是他們逃跑呢，是這個人被打死呢，還是那個人；而現在所做的都只不過是一場遊戲。問題是，那些與你和視察陣地的人不但於事無補，反而有礙大局。他們所關心的只不過是自己那微不足道的利益。」

「在這種時刻？」皮埃爾責怪地問。

「就在這種時刻！」安德烈公爵重複道。「在他們眼裡，那只不過是暗中向敵人搞鬼，多撈一個十字勳章或綬帶的機會而已。然而對於我來說，明天是十萬俄國大軍和十萬法國大軍一起廝殺，這二十萬人中誰拚殺勇猛，少顧及自己，誰就會取得最終的勝利。明天，不論那裡發生什麼情況，我們絕對會取得勝利！」

「沒錯，大人！這的確是千真萬確的真理。」吉姆辛說道。

軍官們站起身來。安德烈公爵與他們走出棚子來到外面，向副官下達最後幾道命令。軍官們走了以後，皮埃爾走近安德烈公爵，剛想交談，他們忽然聽見在距離小棚子很近的路上傳來馬蹄聲，安德烈公爵朝那個方向看去，認出那是克勞塞維茨和沃爾佐根，還有一個哥薩克伴隨著。他們一面交談，一面騎馬從旁邊走過去，安德烈公爵和皮埃爾無意中聽到「肯定把戰爭置於廣闊的空間」「我很欣賞這個觀點」。

其中一個人說道：「因爲主要目的是削弱敵人，所以沒辦法考慮個人的損失。」

「哦，沒錯。」另一個贊同說。

「置於廣闊的空間！」安德烈公爵惡狠狠地嗤之以鼻地重複說，「我的兒子、父親、妹妹都留在童山的『空間裡』了，那對於他們來說都是微不足道的！這就是剛才我跟你說過的話！明天那些德國先生去不是爲了勝利，只是去盡其所能地搗亂，在那些德國人的腦袋裡只有毫無價值的空談，但明天所需要預備的，他們心裡一點兒打算也沒有。他們把整個歐洲都奉獻給了他，現在又跑到這兒來教訓我們了，真是好老師呀！」他又尖著嗓子喊起來。

「那麼您覺得明天這一仗我們能勝嗎？」皮埃爾問。

「沒錯，沒錯，」安德烈公爵不在意地回答道，「假如我擁有權力，我要做一件事，」他又開始說，「我絕對不收容俘虜，俘虜算什麼？這是騎士精神！法國人要摧毀我的家園，他們正要去摧毀莫斯科，他們羞辱了我，而且一直都在羞辱我。他們是我的敵人。在我看來，他們都是罪犯。覺得他們應該被處以死刑！既然他們是我的敵人，就不可以成為我的朋友，無論他們在提爾西特說過什麼。」

「沒錯，沒錯。」皮埃爾嘟囔著，炯炯有神地盯著安德烈公爵。「我贊同您的想法！」

在莫札伊斯克山上那個問題整整困擾皮埃爾一天，這個時候他覺得已經全部解決了。現在他知道了這場戰爭和馬上要發生的戰鬥的所有意義和重要性。於他來講，都放射著嶄新的光芒。他看到了他所見過的這些人身上那種如理學所說的潛伏的熱，一種潛在的愛國熱情，這種熱說明了為何所有人都那樣心平氣和地，那樣無牽無掛地準備去赴死。

「不收容俘虜，」安德烈公爵接著說道，「僅僅是這一點就能夠改變一切戰爭的性質，減少一些戰爭的殘酷性。而如今，我們是在做戰爭的遊戲呢，實在太醜惡了！我們要表現出寬宏大量的品質，差不多這樣的。這種寬容和溫柔就像一個寬宏大量、多愁善感的小姐，看見宰殺牛犢就會暈倒，但是她不可思議地津津有味地吃著用這頭小牛做的牛排。他們跟我們談論戰爭規則、軍事談判、騎士精神、同情不幸者……可是這都是些廢話。在一八〇五年我才見過所謂的軍事談判和騎士精神，我們相互欺騙，他們去搶劫別人，用假幣，用最殘酷的方法迫害我的父親、我的孩子、我的親人。還談什麼戰爭規則和對待敵人寬容，不收容俘虜。有誰會走到這步田地，遭受這般難過。」安德烈公爵本以為莫斯科會像斯摩稜斯克一樣失守，這對於他來說已經無所謂了，忽然間喉嚨中一陣痙攣，他說不下去了。

他默默地來回踱著步子，當他又開始說話時，嘴唇在不住顫抖著。

「如果戰爭中沒有這種寬容，我們就只有在不得不去送死的時候才去打仗了。那時候就不會因爲保羅．伊萬內奇得罪了米哈伊爾．伊萬內奇而戰爭了。而像現在這樣的戰爭，才是真正意義上的戰爭！到時就不會如此頻繁地發生衝突了。我們必須知道，戰爭不是遊戲，戰爭不是請客吃飯，戰爭是生活中最醜陋的事；必須嚴肅認真地看待這一可怕的必然性，一切問題在於：除了謊言，戰爭就是戰爭，不是遊戲。否則，戰爭成了輕浮和無所事事的人所喜歡的消遣了……軍人是最受尊敬的職業。戰爭是什麼呢？爲了能在戰爭時取勝應該做什麼呢？軍界的風氣怎麼樣？戰爭的目的是謀殺；戰爭的手段是背叛、間諜活動、鼓勵這些做法，使居民破產，搶劫盜竊居民來獲取軍隊補助，所謂的軍事機智全是欺瞞和謊言；軍界的風氣不是沒有自由，就是無所事事、不遵守紀律、殘酷、愚蠢無知、酗酒和荒淫。儘管這樣，但是它的上層人物依舊受到所有人的尊敬。任何君王，除了中國之外，都穿著軍裝，殺的人越多，得到的獎賞也就越多。誰殺的人越多，功勞就越大。上帝會如何看他們呢？」安德烈公爵用尖銳刺耳的聲音叫喊著。「啊，我的朋友，最近我活得太困難了。是因爲我懂得太多了。……看來，我活著的日子不長了！」他接著說。「我們該睡覺了，你快回戈爾基去吧！」安德烈公爵忽然高聲喊道。

「噢。不！」皮埃爾吃驚地望著安德烈公爵。

「去吧，趕快去吧！在戰鬥之前，需要睡一個好覺。」安德烈公爵又重複了一遍。他飛快地走到皮埃爾面前，擁抱了他，又吻了他。「再見，你走吧！」他喊道。「不清楚我們還會不會再見面……」

天已經漸漸黑了，皮埃爾分不清安德烈公爵臉上的表情是溫柔還是憤怒。

皮埃爾默默地站了一會兒。

「不，他不需要那樣！」他自己這樣肯定，「我知道這是我們最後一次見面了！」他喪氣地歎了口氣，騎著馬回戈爾基去了。

他回到棚子裡，安德烈公爵躺在一張毯子上，但是睡不著。他閉上眼睛。眼前浮現出一幅幅圖畫。他愉快地在其中一幅上停留了許久。他清楚地想起在聖彼德堡的一個夜晚。娜塔莎臉上激動而歡快地向他講述前一年夏天她因為去大森林裡採蘑菇而迷路的事。她講述著森林的幽靜和她自己的感覺，還有和她所碰見的養蜂人的交談內容。在講述之中，她經常停下來說：「不，我不會說，抱歉我說錯了；不，您不知道。」儘管安德烈公爵安慰她說，他知道了，也確實理解了她所說的一切。可是娜塔莎不滿意她自己的話，她認為她沒能表達出她那一天體驗到那種詩意的感覺。

「我那時知道了，是她那種內心的力量，那種真誠，那種率真吸引了我，我愛的正是她那個靈魂，她那和肉體融為一體的靈動，我愛得太強烈了，太幸福了。」他忽然想起了他的愛情是如何完結的，安德烈公爵彷彿被什麼忽然燙了一下似的，跳起來又開始在那個棚子前走來走去了。

二十六

八月二十五日，在波羅底諾戰役發生的前一天晚上，法國皇宮長官德波塞先生，與法布維埃上校來到拿破崙駐紮在瓦盧耶瓦的行營拜見君主，前者從巴黎來，後者從馬德里過來。

受德波塞先生的吩咐，那個要送給君主的禮盒被拿進來，他穿上朝服走入拿破崙帳篷的第一個房間，他同拿破崙的副官們一邊交談，一邊打開了那個盒子。

法布維埃還沒進帳篷，站在門口與他熟悉的一些將軍聊天。

拿破崙還沒在臥室裡面，他正在化裝。

他清著嗓子，嗤著鼻子，一會兒把肥厚的脊背，一會兒把多毛、多脂肪的胸膛面對侍從，一個侍從拿著刷子正在刷他的身體。另一個侍從按著一只瓶子的瓶口，正向那精心保養的身體上噴香水。拿破崙的短頭髮還沒有乾，亂蓬蓬地貼在前額上。

這個時候一個副官走進臥室，他向君主彙報在昨天的戰鬥中抓到俘虜的數目，彙報完以後就站在門口不動，等候命令退下。拿破崙皺著眉頭，打量了一下副官。

「沒有俘虜！」他重複了一遍那個副官說的話。「是他們在逼我們殺死他們。這對於俄國軍隊更糟……」他小聲自言自語著，拱起背來，把他那肥胖的肩頭又朝侍從靠近些。

「好了。讓德波塞先生進來，讓法布維埃也進來。」他衝副官點點頭說道。

「是，陛下。」副官畢恭畢敬地從帳篷裡走出去。

兩個侍從連忙給君主穿好服裝，他穿著近衛軍的藍制服，邁著飛快而穩健的步子，走進了接待室。

德波塞正忙著準備把他從皇后那裡帶來的禮物擺在迎門的兩張椅子上。但是君主以人們無法想像的速度穿戴好走出來了，讓他沒來得及完成那個讓人驚喜的佈置。

拿破崙馬上就發覺他們似乎在忙些什麼，他也不希望失去了他們給他意外驚喜所得的愉悅。他裝作沒看見德波塞先生，就先把法布維埃叫到跟前來。拿破崙沉默地聽法布維埃談他在薩拉曼卡的隊伍作戰怎麼忠誠、怎麼勇敢，只想無愧於他們的君主，只怕沒辦法令他興奮。那場戰鬥相當悲慘。

在法布維埃講述期間，拿破崙也嘲諷地插了幾次話。

「我肯定會在莫斯科把所有損失補回來，」拿破崙說道，「再見。」

他然後召見了德波塞。那意外禮物德波塞已經準備好了，他把一件東西擺在了椅子上，拿一塊布蒙在上面。

德波塞深深地鞠了一躬，然後輕輕地走上前來，呈上一封信。

拿破崙興奮地轉過身向著他，扯了扯他的耳朵。

「您已經趕來了。我很開心。那麼，你在說什麼呢，巴黎？」他問道，忽然間變得很和藹的樣子。

「陛下，整個巴黎的市民都在想念您呢。」德波塞照老規矩回答道。可是聽到德波塞這樣說，拿破崙還是感到很愉快，又摸了摸他的耳朵做爲獎賞。

「讓你長途跋涉，我很過意不去。」他說道。

「陛下，我早就預料到肯定會在莫斯科城下見到您。」德波塞答道。

拿破崙笑了笑，心不在焉地抬起頭來，瞧了一眼右邊的副官。副官馬上邁著輕飄飄的步子走過來，畢恭畢敬地遞給他一個金鼻煙壺，拿破崙接了過來。「沒錯，你來得正是時候。」他說著把打開蓋的鼻煙壺湊到鼻子前。「你喜歡旅行，再過三天你就能瞧見莫斯科了。您絕對沒有想到會目睹那個亞洲的首都，如今你可以做一次愉悅的旅行了。」

德波塞很感激地鞠了一躬，感謝君主關心他的旅行的愛好，在此之前連他自己也不清楚自己有哪種愛好。

「喂，這又是什麼？」拿破崙假裝驚奇地問道，發覺所有朝臣都在盯著藏在布下面的東西。德波塞側過身來轉了半圈，以其宮廷隨從的靈巧，後退幾步，一邊又揭去那塊遮布，說道：「這是皇后獻給陛下的禮物。」

這是席拉爾畫的一幅色彩鮮豔的畫像，畫的是奧國皇帝的女兒和拿破崙生的一個小男孩，不知爲何大家都叫他羅馬王。

一個長相很俊秀的卷髮小男孩，正在玩球，目光酷似西斯廷聖母像中的基督的目光。球代表地球，他另一隻手裡拿的木棒代表帝王的權杖。

「羅馬王！」他優雅地指著畫像說道。「太棒了！」憑藉義大利人特有的隨時變換面部表情的能力，他緩緩地走近這幅畫像，裝作深情沉思的樣子。他認爲他現在所做的和所說的都將載入史冊，他的眼睛慢慢模糊了，他向前跨了一步，回頭看了一眼椅子，他就面向肖像坐在椅子上，衝他們打了個手勢，所有的人就都踮著腳尖出去了，讓這個偉大人物沉浸在自己的感情中。

他坐了一會兒，又用手摸了摸畫像上一塊不太光滑但是發亮的地方，他自己也不清楚他爲什麼這樣做。他站起身來，又叫回德波塞和值班軍官，吩咐他們將畫像搬到他的帳篷外面，好讓住在他帳篷的老近衛軍也能有幸看到羅馬王——他們所尊敬的陛下的繼承人：陛下的兒子。

早餐以後，拿破崙當著德波塞的面下達了自己給軍隊的命令。

命令如下：「士兵們！這是你們盼望已久的戰鬥。勝利取決於你們。我們一定要勝利，它能給予我們所需要的一切。你們要抓緊時間返回你們的祖國和舒適的房子。跟你們在弗里德蘭、維捷布斯克、斯摩稜斯克和奧斯特利茨一樣英勇地戰鬥吧！讓咱們的子孫後代可以自豪地回憶起你們今天的豐功偉績。在未來談到你們每一個人時都能夠說：他加入過莫斯科城下的大會戰！」

「莫斯科城下！」拿破崙又複述一遍，接著邀請愛好旅行的德波塞先生一起去散步，他走出了帳篷，走到已準備好的馬前面。

「陛下！您太善良了！」德波塞向君主恭敬地答道。但是他很想去睡覺，他根本不會騎馬，也恐懼騎馬。

可是拿破崙臨走時向這個旅行家點了一下頭，因此德波塞只得去了。

拿破崙走出帳篷的時候，那些近衛軍在他兒子畫像前的歡呼聲叫得更高了。拿破崙皺起了眉頭。

「把它挪開吧！」他用優雅的姿勢指著畫像說。「現在對他來說，觀看這場戰鬥還有點爲時過早。」

德波塞低下了頭，閉上眼睛，深深地歎了一口氣，以此來表示他善於揣摩和重視君主的話。

二十七

八月二十五日，就像拿破崙的歷史學家們說的那樣，拿破崙一天都是在馬背上度過的：談論他的元帥們上交給他的計畫，觀察地形，親自向他的將軍們下達命令。

俄軍本來沿科洛恰河的戰線被突破了，因爲二十四日舍瓦爾金諾多面堡的失守，部分戰線，即左翼撤向後方，它前邊的工地比別處更平坦，視野更開闊。任何國民，不管是非軍人還是軍人都知道，法軍必定從這地方發起攻擊。但是後來講述這一事件的歷史學家們和那時圍繞在拿破崙左右的那些人，甚至拿破崙自己，並不這麼覺得。

拿破崙騎馬視察地形，他一會兒搖頭表示懷疑，一會兒點頭表示贊同，但是深奧巧妙的思維不把使他做出決定的深奧思想轉告他那些將軍，僅僅是把他最終的結論以命令的形式向他們發出。聽了達烏提出的圍剿俄軍左翼的提議後，拿破崙不贊成那樣做，但是不說出原因。關於康龐將軍要率領他那一師穿過樹林的提議，拿破崙點頭贊成，儘管內伊大膽提出，那樣做不好，有危險，也許會導致那個師發生混亂。

在仔細勘查過舍瓦爾金諾多面堡對面的地形以後，拿破崙深思了一會兒，發出要在明天天亮之前將兩個炮兵陣地安排妥當的命令，來對抗俄國的防禦工事，同時在它的旁邊添置野戰炮。

發出這些命令以後，他坐到他的大本營中，隨從按照他的口授寫好了戰鬥部署。這些部署令一些歷史學家驚歎不已、崇敬不已，但是讓另一些法國史學家感到不可思議，部署如下：

深夜時分在埃克米爾公爵據守的平原上新建兩個炮兵陣地，拂曉時向敵人的兩個炮兵陣地進攻。

同時，佩爾涅提將軍第一兵團炮隊司令，帶著康龐師的三十門大炮，與德塞和弗里昂兩師的所有榴彈炮，向前推進，用炮火控制住敵人的炮兵陣地，掩護我軍出擊。加入進攻的有：

八門弗里昂和德塞兩師團的炮，共計二十四門

近衛軍炮隊的炮

康龐師的三十門炮

總計六十二門炮

第三兵團的炮兵司令富歇將軍要把第八和第三兵團的榴彈炮，共十六門，安排在轟擊左方工事的炮兵陣地兩邊，總共四十門炮全方位攻擊敵人的左方工事。

索爾比將軍應做好一切預備，一接到命令，立刻用近衛軍炮隊的所有榴彈炮轟擊一切防禦工事。

以大炮為掩護，波尼亞托夫斯基公爵要從樹林穿過，向那個村子進發，直逼到敵人的陣地進行封鎖式的包抄。

康龐將軍要穿過樹林奪取第一個防禦工事。

戰鬥開始後，將按照敵人的行動調整性發佈命令。

右翼炮聲一響，左翼炮馬上開攻。聽到左翼開攻後，總督師和莫朗師的狙擊手立即加足火炮，猛烈進攻。

總督在拿下那個村子後，要越過三座橋，掩護熱拉爾和莫朗兩師進入同一高地，在他的統率下，上面提到的兩師要進攻多面堡，與其餘部隊聯合作戰。

這一切要按照計畫一步步進行，並實現勝利，最大限度保留後備部隊。

莫札伊斯克旁邊的御營，一八一二年九月六日

如果拋開拿破崙是天才的迷信，來看待這些部署，就會發覺這些命令寫得極其混亂，很模糊不清。部署有四點，總共包括四道指令。其中沒有一道真正執行，也就是沒有實現。

依照我們理解的程度來判斷，如果不是因爲總督想要那樣執行給他的命令，他通過波羅底諾，在多面堡左面進攻，而弗里昂和莫朗兩師一起向前方進攻，原因就是這一句子複雜而且還不明確。

這所有，就像這個部署的其他部分，一樣沒有執行，也不可能執行。通過波羅底諾以後，總督在科洛恰被打退，再也沒辦法動了；莫朗和弗里昂兩師沒有能攻克多面堡，被打退了，多面堡直到戰鬥完結時才被騎兵攻下。如此一來，部署中那些命令一項也沒有真正執行，所以永遠沒有機會成爲現實。部署中說，戰鬥按這樣開始後，將根據敵人的行動發佈命令，因此好像在戰鬥期間拿破崙將做出一切必要的指揮。可事實並不是這樣，也不會這樣，理由是，在戰鬥期間，拿破崙離前線很遠，後來聽說，他的指令沒有一道真正能在戰鬥中執行的理由，是他完全沒有辦法清楚地掌握戰鬥的進程。

二十八

有不少史學家老生常談，法國人在波羅底諾那一仗沒有取勝，是因爲拿破崙感冒了，假如他不感冒，他在戰鬥前和戰鬥中發出的命令肯定更英明，俄國就會這樣完了，世界的面貌就會發生翻天覆地的變化。還有史學家覺得，俄國的形成，都是按照一個人的意志而建成的——彼得大帝的意志。法國由共和國變爲帝國，法軍殘酷地入侵俄國，也是由一個人的意志——拿破崙的意志。在這些史學家眼中，俄國能守住強國的地位，全都是因爲拿破崙二十六日得了重感冒，這些史學家獲得該結論是自然的、水到渠成的。

打與不打波羅底諾那一仗，關鍵在於拿破崙的意志，發出這樣或那樣的命令也全都由他的意志決定，那麼干擾他表達意思的感冒明顯就成了俄國獲救的理由，所以那個在二十四日忘了拿防水靴給拿破崙的奴僕便成爲俄國的救世主了。照著這條思路繼續想下去的話，這個結論是不用懷疑的，就像伏爾泰在開玩笑時說，聖巴托羅繆之夜是因爲查理九世鬧肚子導致的一樣，這兩者異曲同工。

可是也有人不贊成俄國是由彼得一世一個人的意志形成，和法國帝國的建立還有同俄國發生戰爭取決於拿破崙一個人的意志的說法，他們認爲這種結論不但是不合理的、不正確的，並且也有悖於人類生活經驗的客觀真理。有關什麼是歷史事件發生的原因，這個問題彷彿很複雜，還有一個案例，即歷史事件的過程是由上帝主宰的——由參與那個事件的人的個人意志所決定行動的巧合決定的，拿破崙在這些事情的過程的作用是微不足道的。

就像說聖巴托羅繆的屠殺即便是遵照查理九世才那樣幹的，但絕對不是依據他的意志，那只能說是他命令這樣做的，假如說，波羅底諾八萬人的大屠殺一樣不是依照拿破崙的意志而發生的，他僅僅是意識到他下令那樣做的，無論這樣的假設乍一看起來是多麼奇怪，無從想像，可是我們從人類的尊嚴那兒清楚，我們每一個人就算不比偉大的拿破崙更偉大，但是也不會比他低到哪兒去，是人的尊嚴讓我們這樣看問題，通過對歷史的研究，我們也能充分體會到這點。

在波羅底諾戰役中，拿破崙沒打死一個人，也沒向什麼人射擊。那些殺人、射擊的事全都是士兵們幹的，那都是出於他們自己的意願。也就是說，殺人的不是他。

在波羅底諾戰役中，法軍士兵去殺俄國人並不是因爲拿破崙的命令，而是因爲他們自己的意願。整個軍隊——義大利人、波蘭人、法國人、德國人疲憊不堪，衣衫襤褸，饑腸轆轆，慘不忍睹，一見到抵禦他們去莫斯科的軍隊，就彷彿是酒瓶已打開，肯定要把它喝下去。如果那時拿破崙不允許他們殺俄國人，他們絕對會先把拿破崙解決掉，然後接著去解決那些俄國人，因爲都是意識在支配著他們，他們必須這樣做。

聽到拿破崙在部署命令中說，做爲死亡和殘廢的安慰，你們的下一代會說，他們曾經加入過莫斯科城下的戰鬥，他們就高呼萬歲！他們去戰鬥和喊萬歲，接著戴上勝利的帽子在莫斯科得到休息和食物，除此之外再沒有其他的事情可做。這也表明，他們相互殘殺，並不是爲了要服從拿破崙的命令。

操縱整個戰鬥過程的也不是拿破崙，理由是沒有一道他的命令得到執行，在戰鬥過程中，他也不清楚他面前發生的一切。這就意味著，這些人如何相互殘殺是由加入那一共同行動的數以萬計的人的意志所決定，並不是拿破崙一個人的意志所能掌握的。只是拿破崙認爲，一切都是遵照他的個人的意思進行的。因此，他是不是感冒並不比一個最小的運輸兵的感冒更有偉大的歷史意義。

上面所提到的部署根本就不比他獲取勝利的那些部署更糟糕，或者也許比本來的好得多。他在戰鬥中那些模糊不清的命令也並不比之前的更差，還和平常沒有差別。認為這些命令和部署比以前的差的真正原因，僅僅是波羅底諾之役是拿破崙第一個沒有取勝的戰役。即便最深思熟慮的命令和部署，在打敗仗時，都會覺得很糟，每一個軍事科學家都會滔滔不絕地批評它，即便是最糟糕的命令和部署，打了勝仗，也會覺得是很棒的，嚴肅的人們會寫出成批的書論證它的優點。

魏羅特爾制訂的奧斯特利茨戰役的部署方案在那種著作中堪稱經典，但是人們還是很挑剔，不住有人批判它。

拿破崙在波羅底諾戰役中的表現和其他戰役毫無差別，做為權力代表，他很好地完成了任務，甚至完成得更好。他沒做什麼事阻礙戰鬥，相反他聽取更合理的想法；他沒有自相矛盾，沒有亂成一團，從戰場上逃跑也沒驚慌失措，而是憑著他在以往戰役中積累的豐富的作戰經驗，從容不迫地扮演了他那很像統帥的角色。

二十九

拿破崙第二次認真勘查戰線回來以後，說道：「明天比賽就開始了！棋局已經安排好。」

他吩咐人拿來潘趣酒，又吩咐人叫來德波塞，與他談論巴黎，談他想對皇后的侍從人員編制做一下改革，關於宮廷人員關係這種瑣事他也是瞭若指掌，這令這位宮廷長官很吃驚。

他談論一些瑣事，心不在焉地閒聊著，儼然就是一個著名的、精通醫術的、自信的外科醫生，把病人綁在手術臺上然後安慰病人說：「這事就交給我了，都在我的腦袋裡了，你不用擔心，它是清晰的、明確的。一旦開始，我會比什麼人做得都好。」

喝完第二杯潘趣酒以後，拿破崙去歇息了，他認爲明天還有更重要的事等著他去做。他把馬上發生的事放在心上，翻來覆去沒法入睡。因爲夜間潮濕，加重了他的感冒。半夜三點，他用力地高聲地擤著鼻子，走進帳篷，他問，俄國人是否已經撤走了，有人回答，敵人的營火仍舊在本來的地方。他點頭贊成。

就在這個時候值勤副官走進了帳篷。

「嘿，我們今天會取得勝利嗎？拉普，您認爲如何？」拿破崙問他。

「不會有麻煩的，陛下。」拉普回答道。

拿破崙用眼睛看了看他。

「陛下，您是不是還記得以前向我講過的話？在斯摩稜斯克，您說過什麼？」拉普說道，「酒瓶蓋已經打開，肯定要把它喝下去了。」

拿破崙皺起眉頭，用一隻手撐著頭就那樣沉默不語地坐了很長時間。

「這支可憐的軍隊！」他低著頭忽然說道。「從斯摩稜斯克以來，人數大大減少了。拉普，我過去總這樣說，如今總算有些體會了。近衛軍沒有受到損失吧？」他抬起頭困惑地說。

「沒有什麼損失，陛下。」

拿破崙拿起一粒藥，含在嘴裡，看了一下錶。他不想睡了，天亮還早；下達更多的命令來打發時間是不行的，所有都已安排妥當，這個時候正在按部就班地進行。

「米和餅乾都已經發給近衛部隊了嗎？」拿破崙嚴厲地問。

「沒錯，陛下。」

「米是不是也發了？」

拉普回答說，他已經把發米的命令傳達下去了，可是拿破崙還是不滿意地搖搖頭。僕人送潘趣酒來了。拿破崙叫他給拉普也送來一杯，然後沉默不語地喝了起來。

「感冒讓我喪失了味覺和嗅覺，」他嗅著他的杯子說道，「它快把我煩死了。他們總是談論醫學，連感冒都治不了！科維紮爾給了我這種藥片，起不到半點作用。他們到底能治什麼呢？我們的身體是一台生命的機器。讓生命在它裡邊自己做自己吧，它獨自可以做到更多的事，遠遠超過你用藥物妨害它，或者幫助它的程度。」

「拉普，什麼是軍事藝術，您瞭解嗎？」他問道，「就是要在短時間內讓自己變得比敵人更強的藝術。就這麼簡單。」

拉普什麼也沒有說。

「明天我們就要和庫圖佐夫針鋒相對了！」拿破崙說道，「讓咱們等著瞧吧！在布勞瑙，您還記得嗎？三個星期內他一次也沒騎馬去觀察一下工事，這樣怎麼能指揮一支軍隊。讓我們等著瞧吧！」他拿起錶又看了看，才四點。他覺得沒有事可做，潘趣酒也喝完了。他站起來，戴上帽子，穿上外套，來回徘徊，然後走出了帳篷。

在遠處，俄國陣線的篝火透過煙霧點點發光，在近處，燃燒著有些暗淡的法國近衛軍的篝火。

拿破崙在帳篷前走了一圈，聽一聽動靜，看一看篝火，他走過一個戴皮帽子正在他帳篷前站崗的高個衛兵，衛兵一看見陛下，馬上把身子挺得很直。拿破崙停在了他面前。

「哪一年的？」他問道。士兵回答了他。

「啊！原來是一個老兵了！……你們團發到米了嗎？」

「發到了，陛下。」

拿破崙點了點頭，便走開了。

五點半，拿破崙騎馬去了舍瓦爾金諾村。

天漸漸亮了，天空轉晴，就剩下東方一片烏雲。

在右方，響起一聲孤零零的沉悶的炮擊聲，在一片寂靜中轉瞬即逝。幾分鐘後，第二聲、第三聲又接連而至，空氣彷彿都在震顫；以後的第四聲和第五聲在右邊不遠的地方重重地轟鳴著。

依稀能聽見首批射擊的聲音還沒有消失，轟響聲連續不斷，連成了一片。拿破崙騎著馬來到舍瓦爾金諾多面堡前，隨從跟在後面下了馬。

比賽正式開始了。

三十

皮埃爾從安德烈公爵那裡回到戈爾基，命令馬伕備馬，一大早要叫醒他，然後在伯里斯留給他的一個角落裡轉眼間就睡著了。

第二天早晨，皮埃爾睜開雙眼不再矇矓的時候，小屋裡什麼人也沒有了。炮聲震得小屋的玻璃一直響，他的馬伕蹲在跟前搖晃他。

「大人！大人！大人！」他用手在皮埃爾的肩頭上用力地搖，嘴裡還不停地叫著。

「什麼？開始了？時間到了嗎？」皮埃爾說著，醒了過來。

「快聽那炮聲，」馬伕說道，「老爺們都走了，勳座也老早就騎著馬走了。」

皮埃爾匆匆忙忙地穿上衣服，一路跑到門口臺階上。

外面是一幅明亮的畫面，新鮮的空氣中含著露水。太陽剛剛從遮掩它的烏雲背後露出臉來，光線越過對街的屋頂，射向窗子上，射向房子的牆壁上，射向籬笆上，射向有露珠的塵土大路上，也射向站在小屋前邊的皮埃爾的馬身上。外面大炮的轟鳴聲彷彿就在耳邊，聽得更清晰了。一個副官帶一個哥薩克順著街騎馬飛快地跑過去。

「時間到了，伯爵！時間到了！」副官喊道。

皮埃爾命令馬伕牽著馬跟在他後面，就沿著街道向昨天他看過的山岡方向走去。一群軍人圍著山岡，能夠看見庫圖佐夫正用望遠鏡觀察他前面的路，還能夠聽到參謀人員用法語在討論什麼。皮埃爾一步一步地走上山岡，向前面看了一眼，立即被眼前那壯觀的場面給驚呆了。這和他前一天從那個高崗上欣賞過的是同一個地方嗎？怎麼如今全部都被軍隊、槍炮的硝煙覆蓋著呢？

右方、左方和前方，到處佈滿了軍隊、軍人。所有這全部都是壯觀的、生動得出人意料；可是讓皮埃爾最震驚的是戰場表現的景象，是科洛恰河和波羅底諾河兩岸的窪地上的樣子。

在科洛恰河上游和波羅底諾村的兩邊，特別是在左邊，在沃伊納河流入科洛恰河的交接處，在沼澤地的兩岸，大霧瀰漫，當太陽變得明亮時，霧氣就緩緩消散。霧和硝煙混成一片，穿過這霧，能看見波羅底諾農舍的屋頂、白色的教堂，從一些地方可以看見密密麻麻的士兵，或綠色的大炮和裝子彈的彈藥箱。他們全部都在動，或者感覺是在動，因爲硝煙和霧籠罩著整個空間。不管是在波羅底諾旁邊這片霧氣瀰漫的窪地中，還是別的地方，特別是整個戰線的左方，在高地和低地的最低點和最高點，不時升起大炮的煙霧，它們增大、擴散、匯成一片，籠罩整個空間。

說也奇怪，射擊的聲音與槍炮的硝煙沒有讓人覺得討厭，反而成爲構成這一雄壯圖景的主體。

皮埃爾回頭看他已經見過的，像一個密封的圓球的那個雲團，雲團正飄向一邊，接著「噗！

噗！」炮聲一聲聲響起了，爲了與這個聲響相映照，一會兒又傳來「砰，砰，砰」堅定的、動聽的、準確的聲音。

從左方，在灌木和田野的上方，不住升起大團的煙雲，伴隨著沉悶的聲響；在更近一些的地方，在樹林和窪地中，長槍射出的一些比較小的、沒有來得及變成圓球的雲團，相同的也有小的回音相伴。「特拉——嗒——嗒——嗒！」長槍射擊聲不住響起，比起大炮的響聲來，既不雄壯，也不整齊。

皮埃爾想到那閃閃發光的刺刀、有煙、有聲響、有活動的地方去。他轉過頭來看他的侍從和庫圖佐夫，想要瞧瞧別人和自己的感覺是不是相同。他認爲，他們都和他懷著一樣的感情看前面的戰場。

「親愛的朋友，走吧！」庫圖佐夫向一個站在他旁邊的將軍說，眼睛一直沒有離開戰場。

獲得命令以後，這個將軍從皮埃爾身旁走下山岡。

「去渡口！」將軍嚴厲地、冰冷地說道。

「我也去，我也去！」皮埃爾心裡這麼想著，腳就不聽使喚地跟那個將軍走了。

將軍跨上了一匹哥薩克牽來的馬。皮埃爾走到馬伕面前，馬伕牽著他那幾匹馬，爬上馬，腳尖朝外，手抓住馬鬃，腳跟緊緊壓在馬肚子上，他感覺眼鏡要往下滑，可是他沒辦法放開抓韁繩和馬鬃的手，就這樣跟在那個將軍後邊跑下去，這讓那些從山岡上看著他的參謀人員都笑了。

三十一

將軍在下了小山以後，突然轉向左方，從皮埃爾的視線中消失了，皮埃爾闖進他前面的步兵隊伍中。他們嘗試從右邊或左邊的隊伍當中穿過去，可是他們臉上都是一副憂心忡忡的樣子。

哪裡都是士兵，他們正在做重要的事情。他們都用相同的懷疑的、不滿的目光看著這個不知什麼原因彷彿要把他們踏在馬蹄下、戴白帽子的大胖子。

「爲何要在隊伍當中騎馬！」一個人向他吆喝道。馬被另一個人用槍把子頂著，皮埃爾趴在鞍橋上，努力控制著他那匹向一旁躲閃的馬，跑到士兵前面較爲寬敞的地方。

皮埃爾前邊有座橋，在橋旁邊還有另外一些士兵正在射擊。皮埃爾朝他們走去。他不自覺地來到位於戈爾基和波羅底諾中間的科洛恰河橋旁。皮埃爾看見他前面有一座橋，在草地裡和橋的兩旁，在他昨天看見的一堆堆割下來的乾草中間，士兵們在做著什麼；儘管這裡槍聲連續不停，可是他怎麼也想不到這就是真正的戰場。他臉上一直帶著微笑向四處張望。

「你爲什麼在戰線前方走？不想活了？」又有人向他喊道。

「靠右邊！去右邊！」人們向他喊著。

皮埃爾朝著右邊走去，偶然地遇到他知道的拉耶夫斯基將軍的副官。副官生氣地瞪了他一眼，見到是他就嚇了回去，僅僅是點了點頭。

「您爲何會到這兒來？」他說著就跑過去了。

皮埃爾覺得無事可做，也擔心妨礙別人，也跟著那個副官跑下去了。

「這兒發生什麼事情啦？我可以跟您在一起嗎？」他問道。

「稍微等一下！」副官走到一個站在草地裡的胖上校跟前，向他下達了什麼命令，接著才轉向皮埃爾。

「您怎麼到這裡來了，伯爵？」他含笑問道，「還那麼好奇嗎？」

「沒錯，沒錯。」皮埃爾說道。

副官掉轉馬頭，向前走去了。

「這裡還好，」副官說道，「由巴格拉季翁率領的左翼，打得異常激烈。」

「真的嗎？」皮埃爾問道。「在哪裡？」

「跟我去山岡上吧。從那裡可以看到，你可以看到我們的炮兵陣地還是不錯的，」副官說，「怎麼樣，您來嗎？」

「好，我跟您去。」皮埃爾邊回答，邊向自己周圍張望，尋找他的馬伕。直到這一刻他才留心到受傷的人們，有些人用擔架抬著，有些人互相攙扶，蹣跚前進。一個士兵橫躺在草堆中間，他的軍帽掉了，頭也不正常地歪著。

「怎麼沒有人把他抬走呢？」皮埃爾剛要問，見到朝這邊看的副官的嚴肅表情，他便收了回去。

皮埃爾找不到他的馬伕，只好跟著那個副官沿低窪地騎馬向拉耶夫斯基所在的山岡走去。

「您好像不習慣騎馬，從前沒騎過嗎？伯爵？」副官說道。

「不，可是馬好像總是一蹦一跳的。」皮埃爾滿臉疑惑地說。

「哎……牠受傷了！」副官說道，「右前腿的膝蓋上有彈孔，絕對是中彈了。伯爵，我恭喜您，恭喜您經受了戰火的洗禮！」

在煙霧裡，他們騎著馬走過炮兵後邊的第六兵團，這時炮兵已經走到前邊打炮了，不住發出震耳欲聾的聲音。他們來到一個不太大的樹林，停住了。副官和皮埃爾下了馬，把馬拴在一邊，步行向山岡走去。

「將軍在這裡嗎？」副官一邊走近山岡一邊問。

「剛剛還在這兒，好像是到那邊去了。」有人指著右方回答他說。

副官看了看皮埃爾，不清楚該把他怎麼辦。

「別擔心我，」皮埃爾說道，「我想到山岡上，行嗎？」

「行，去吧。那兒不是很危險，並且可以看到戰場的全貌，我會來找您的。」

皮埃爾向炮兵陣地走去，副官騎上馬離開了山岡。他們就再也沒見過，直到許久以後，皮埃爾才聽說，那天他失去了一隻胳膊。

皮埃爾走上去的就是那個很有名的山岡，就是之後俄國人叫的高山炮臺或拉耶夫斯基多面堡，成千上萬的人在它旁邊倒下，法國人把它看作是整個陣地最重要的據點。

那座山岡就是多面堡，在它的三面都挖了戰壕。每個戰壕裡擺放了十門大炮，此刻正從胸牆的炮眼裡朝外射擊。

山岡兩邊與它呈一線擺放了另外一些大炮，不停地向前射擊。大炮後面就是步兵。走上山岡的時候，皮埃爾不會想像到這個只挖了幾條小壕溝、用可憐的幾門炮射擊的地方，居然是這場戰鬥的咽喉。

登上山岡之後，皮埃爾在圍繞炮臺的一條戰壕的終點坐下來，微笑看著他身邊發生的事。他一會兒站起來，在炮臺上走動一下，盡可能不影響那些從他身邊跑過的士兵。炮臺上的大炮一發接一發震耳欲聾地轟擊著，整個地區都籠罩在硝煙裡。

與在這裡承擔掩護任務的步兵所飽受的內心的恐怖感相反，僅僅有很少的人在炮兵連裡，都在忙著做自己的事，戰壕把他們同其他人分開，在這裡，大家能夠體會到家庭般的活躍氛圍。

皮埃爾這種非軍人裝扮的人忽然闖入，讓這些人不快。士兵們經過他身邊的時候，都對他的模樣感到吃驚甚至有些害怕。一個麻臉、長腿、高個子的高級炮兵軍官，認認真真地打量皮埃爾。

一個年輕的孩子是個小軍官，圓臉，明顯是剛從軍官學校畢業，正在積極地指揮著交他管理的兩門炮，他嚴肅地對皮埃爾說：「先生，您最好不要待在這裡，把路都擋住了。」

士兵們看著皮埃爾都不滿意地搖著頭。可是當他們確信，這個戴白帽子的人不僅沒做壞事，而且帶著羞怯的笑容靜靜地坐在戰壕的斜坡上，很有禮貌地給士兵們讓路，在炮火紛飛的炮臺上，那麼安靜地走來走去。士兵沒用多久就把皮埃爾列爲自己家庭的一員，當成自己人了，還給他起了一個綽號「我們的老爺」，善意地拿他開玩笑。

一個炮彈在離皮埃爾兩步遠的地方爆炸了，他臉上帶著微笑張望周圍，抖去濺在他衣服上的塵土。

「您一點兒都不恐懼嗎，老爺？真不容易！」一個寬肩膀紅臉膛的士兵說道。

「那，你恐懼嗎？」皮埃爾問道。

「怎能不怕呢？」那個士兵答道。「你要知道它可是沒有眼睛，不會發善心的，它咚的一聲掉下來，一旦砸到你身上，你的腸子就飛上了天。那樣的話，怎麼會不怕呀。」

有幾個士兵滿面笑容地站在皮埃爾身邊。他們沒有料到他也會像平常人一樣交談，這一發現令他們很興奮。

「這是我們當兵的應該幹的。但是，老爺也來了，實在是讓人驚奇啊！這個老爺可真不簡單！」

「各就各位！」那個青年軍官衝圍坐在皮埃爾旁邊的人喊道。

這個青年軍官是個新手，所以對待士兵像對待上級一樣鄭重其事。

整個戰場上槍聲、炮聲，越來越激烈，特別是在巴格拉季翁所在的凸角堡那兒，即戰爭中左翼的地方，可是因爲硝煙瀰漫，從皮埃爾這裡，似乎也看不到什麼，並且他的全部心思都被這些與世隔絕的、聚集在炮臺上的人吸引住了。他開始因爲見到戰場的景象，聽到戰場的聲音，而引起不自主的歡快激昂的情緒，如今已被另一種情感取代了。這個時候，他坐在戰壕的斜坡上，看著他旁邊那些人的面孔。

快到十點的時候，已經有二十來人從炮臺上被抬走，有兩門炮被打壞，炮彈越來越密集地落在炮臺上，遠處飛來的槍彈呼呼地吼叫著。但是炮臺裡的人彷彿沒在意到這些，處處都還是歡快的玩笑聲和交談聲。

幾個士兵聚在戰壕的圍牆邊上，時刻觀察前方的情況。

「散兵線早就撤退了，早就向後撤了。」他們用手指著牆外說。

「做好你們自己的事吧。」一個老中士打斷他們說。「向後撤，是因爲後邊需要。」這個中士按住一個人的肩膀，用膝蓋頂了他一下，接著是一陣哄笑。

「去五號炮位，推上來！」從另一頭傳來叫聲。

「夥計們全都來，像拉縴一樣！」從移動炮位的人群裡傳來一陣愉快的笑聲。

「呵呵，我們老爺的帽子差一點兒被打掉了！」那個紅臉的詼諧家笑著跟皮埃爾開玩笑。「哎，討厭的東西！」他是在罵一枚打在一個人腿上和炮輪上的炮彈。

「咳，你們這群狐狸精！」另一個人對那些進炮臺抬傷兵的民兵開玩笑地說。

「哎，看你們！都怕成什麼樣子了！」他們向那些站在那個被打掉一條腿的人前面，但是又猶豫不前的民兵嚷道。

「那群小子，」他們學著那些農民說話的模樣，「最討厭的就是這個了！」

皮埃爾發現，每次掉下一顆炮彈，或每次遭到損失之後，大家就更加興奮了。

在這些人的臉上展現的是，要與正在發生的事相抗爭，越來越亮，越來越多，點燃著隱藏在內心中的熊熊烈火。

皮埃爾不關心那裡發生的事，也並不去瞧前面的戰場，他專心致志地觀察著這越燒越旺的火焰，覺察到這同樣的火在他自己的內心也在越燒越旺。

十點的時候，小河沿岸上樹叢裡炮臺前的步兵撤離了。從炮臺上能夠看見他們用步槍抬著傷患路過炮臺向後撤離。一個帶著隨從的將軍來到炮臺上，同上校談了一會兒，氣呼呼地瞪了皮埃爾一眼，下令站在炮臺後面掩護的步兵臥倒，來減輕遭受炮火襲擊的可能，轉身下山去了。在這之後，在炮臺的右邊，步兵隊伍中傳出下達命令的喊聲和擊鼓聲。

皮埃爾從牆上望去，有一個人的面孔特別讓他留意，這是個臉色蒼白的年輕軍官，拖著佩刀倒退著走，不住地回頭看。

僅僅有步兵們那頻繁的步槍射擊聲和拖長的喊聲能被聽到，隊伍已隱藏在煙霧裡了。幾分鐘後，更多的擔架和傷患不住從那個方向走過來。炮彈更密集地打在炮臺上。有好幾個人倒在那裡，還沒有時間抬走。士兵們儘管忙碌卻更開心。已經沒有人留心皮埃爾了。有兩次他因爲擋路而受到斥責。那個高級別的軍官皺著眉頭，大踏步地從一門大炮走向另一門大炮。那個年輕的小軍官臉更紅了，比之前更努力地指揮著那些士兵。士兵們傳遞炮彈，轉過炮身，裝上去，緊張而有意炫耀地做著自己的工作。

烏雲密佈，電閃雷鳴，暴風雨就要到了，皮埃爾意識到那團團烈火都變得更亮了。皮埃爾就在職位高的指揮官旁邊站著。那個青年軍官跑到上校面前，抬手敬禮。

「報告，上校先生，就只有八發炮彈了。還要接著射擊嗎？」他問。

「霰彈！」一個正在從胸牆向外查看戰況的上級軍官，沒理會他的問題，喊了一聲。

忽然發生了什麼，青年小軍官哎喲一聲，就彎著腰坐到了地上。皮埃爾眼前的一切都變得不同尋常，陰暗模糊了。

一顆又一顆的炮彈呼嘯著飛來，不住敲打在大炮的炮身上、士兵或工事上。以前皮埃爾沒聽過這些聲音，在這個時刻耳朵裡就剩下這種聲音。他認為，在炮臺右邊，喊著「烏拉」的人不是向前跑，而是往後跑。

一顆炮彈打在皮埃爾旁邊的護牆的一角，泥土不停地落下，他眼前閃過一個黑球，一些要走入炮臺的民兵跑回去了。

「都用霰彈！」軍官喊道。

一個中士匆忙向那個軍官跑去，小聲告訴他，沒有火藥了。

「你們這幫強盜！到底在做什麼？」軍官一邊轉向皮埃爾一邊喊著。軍官滿臉漲得通紅，汗流浹背，眼睛熠熠生輝。「快去後備隊拿彈藥！」他氣憤地將眼睛從皮埃爾身上移開，向他的部下喊道。

「我去。」皮埃爾說道。軍官沒有搭理他，邁開大步向另一頭走去。

那個按命令去取彈藥的士兵和皮埃爾碰到一起。

「喂，老爺，您不應當待在這裡。」他說著就朝下跑去。皮埃爾跟著那個士兵跑下去了。

一顆又一顆的炮彈不住發射，在他頭頂上飛過，落在他後邊、前邊、旁邊。

皮埃爾跑到下面，「我應當上哪兒去呀？」在快跑到綠色彈藥箱眼前時，腦袋裡忽然冒出個想法。忽然間一種恐怖的撞擊力把他推向後面的地面上。一團大火陡然燃起，一聲雷鳴般的巨響把耳朵都震聾了，耳邊不住地響起炮彈呼嘯的聲音、爆炸轟響的聲音。

皮埃爾清醒過來之後，用兩手支撐著身子坐在草地上；他身邊的彈藥箱已經消失了，在燒焦的草地上只剩下一匹馬，後邊拖著車轅子的碎片，破布和綠板子燒過後凌亂地掛在後面，從他身邊跑過，另一匹馬，同皮埃爾一樣，臥倒在地上，不住發出長長的刺耳的嘶叫。

三十二

皮埃爾嚇得魂不附體，跳了起來，轉身向炮臺跑去。皮埃爾跨進戰壕時，他發覺炮臺上已經聽不到射擊聲了，可是一些人在做著什麼。他還來不及弄清楚這是些什麼人。他見到那個級別很高的軍官背向著他趴在胸牆上，他看到過的一個士兵喊著「弟兄們」，向前掙扎著，努力想掙脫抓住他的胳膊的手。這裡充滿了不同尋常的事。

但是他還不知道，上校早就被打死了，那個喊「弟兄們」的士兵已經成俘虜了，他眼看另一個士兵被刺刀刺進後背。他剛進多面堡，就有一個穿藍制服、臉上流汗、手握軍刀的人嘴裡叫著什麼，向他跑來。出於生存的渴望——他躲開了碰撞，他抽出手來，用一隻手按住那個人的肩頭，另一隻手死死掐住他的喉嚨不放。法國軍官扔下軍刀，抓住皮埃爾的衣領。

他們一連幾秒鐘打量著他那陌生的臉孔，兩個人都不知道應該做什麼。兩人都在想：「是我俘虜他還是我被俘虜了呢？」

可是法國軍官更傾向於覺得自己被俘虜了，皮埃爾那強大的手，因為本能，越來越用力地掐住對方的咽喉。法國人想要說什麼，忽然一顆炮彈低低地挨著他們的頭皮飛過！傳來一個可怕的呼嘯聲，法國軍官飛快地低下了頭，皮埃爾覺得他的頭已經似乎被打掉了。

皮埃爾把手鬆開，將自己的頭低下。誰也不再去想之前的問題，法國人已跑回炮臺去，皮埃爾則跌跌撞撞地踩著那些傷、死的人跑下山岡。就在他還沒走到山岡腳下的時候，迎面跑上來一大堆俄國士兵，他們叫喊著，跌倒了再爬起來，興奮得發瘋一樣跑向炮臺。

佔領炮臺的法國人逃跑了，俄國的軍隊喊著「烏拉」，把他們趕出炮臺，追趕他們，他們逃了那麼遠，我們一直追，他們絲毫不敢停留地往前跑，很不容易讓他們停住。

從炮臺上帶下來的俘虜中，有一個受傷的法國將軍，軍官們把他圍起來。一群群受傷的人——有皮埃爾認識和不認識的——法國人和俄國人，他們面孔多半是被傷痛折磨得變了形，有的爬下來，有的走下來，有的是用擔架抬下來的。皮埃爾又走上山岡，那個接納了他的家庭裡的人一個都不剩了。那裡死去的人有許多他都不認識，可是他也認出了一些人，那個青年軍官仍舊彎著腰坐在那裡，一汪血泊在他身邊匯聚。那個紅臉的士兵仍在掙扎，可是他們沒有把他抬走。

皮埃爾順著山岡跑下去。沒有理由地向一群從戰場上下來的擔架跑去。

被煙幕遮擋著的太陽已經升得高高的，在遠方，是在謝苗諾夫斯科耶村的左方，槍聲、炮聲不僅沒有減弱，反而更猛烈了，有什麼東西在煙霧中喧鬧著，彷彿是一個絕望的人用盡所有力氣垂死地吶喊。

三十三

波羅底諾戰役主要的一仗，是在巴格拉季翁和波羅底諾據守的凸角堡旁邊一千俄丈的範圍內進行的。中午時有俄國人用沃爾朗弗的騎兵假裝進攻，在另一邊，波尼亞托夫斯基與圖奇科夫有一次正面衝突，可是與主戰場上發生的情況比較起來，都是獨立的小行動。在凸角堡和波羅底諾之間的戰場上，戰役的戰場是從兩邊都可以瞧得見的開闊地，主要的戰鬥是用最尋常又簡單的方式進行的。

戰役是從兩方的幾百門大炮的轟炸開始的。然後，硝煙瀰漫整個戰場，康龐和德塞兩師從右邊進攻凸角堡，繆拉的幾個團從左邊進攻波羅底諾。

拿破崙矗立在舍瓦爾金諾多面堡上，距凸角堡相隔一俄里，距波羅底諾走直線也在兩俄里以上，所以拿破崙看不見那裡的戰事，再因為濃霧和硝煙混在一起，籠罩了整個地面。進攻凸角堡的德塞師的士兵，直到進入中間的衝溝時，才能看到。他們剛走入那片溝谷，凸角堡上的步槍和大炮就一齊開火，硝煙濃密。透過煙霧會看見黑影在晃動，也許是人，有時能見刺刀的閃光。可是他們的具體情況沒有人瞭解。從舍瓦爾金諾多面堡上是瞧不出來的。

太陽早已升起，耀眼的光線直落在拿破崙的臉上，他正用手遮住太陽光瞭望那些凸角堡。凸角堡前面霧氣瀰漫。有時透過射擊聲能聽到人的喊聲，可沒人清楚他們在那裡做什麼。

拿破崙站在山岡上用望遠鏡瞭望，從望遠鏡的小圓筒裡，他看到的不是人就是煙，有時是俄國人，有時是自己人，可是換用肉眼瞧的時候，就不清楚他所見到的本來位置的東西。

他走下山岡，在山岡之前徘徊。有時止步，傾聽射擊聲，認真勘查戰場。

不管是從下面他所站的地方，還是從上面他的一些將軍站的地方，都沒有辦法搞清楚，那裡有什麼事情，那裡有時是法國人，有時是俄國人，有活的、死的、傷的、瘋狂的或驚慌的戰士。

他派出去的元帥們和他的副官，不斷地從戰地飛奔到拿破崙面前彙報戰鬥的進展情況，可是所有這些彙報都是虛假的，因為在激戰中，誰也沒辦法描述當時戰場的情況；另外的原因是不少副官沒有到達真正的戰場，只彙報道聽塗說的情況；原因之三，當副官騎馬行兩、三俄里路到達拿破崙那兒的時候，情況已經發生了變化，他帶來的消息沒辦法說明事實了。

正是如此，總督派副官送來消息說已佔領了科洛恰河上那道橋，佔領了波羅底諾。當副官問拿破崙是不是下令軍隊過橋，拿破崙命令軍隊在河對岸列隊等候時，或是在拿破崙下達命令時，乃至在副官離開波羅底諾時，俄國人就已經將橋奪回並燒毀了，這就是戰鬥才開始的時候，皮埃爾遭遇的那場廝殺。一個副官臉色慘白、惶恐不安地從凸角堡那裡跑回來，向拿破崙彙報，達烏陣亡，康龐受了傷，他們的進攻失敗了，但是就在那個副官說法國人已經被打退的時候，另一支法國軍隊又將凸角堡佔領了，達烏也還活著，只是受了點皮外傷。

他那些將軍和元帥離戰場相對比較近，也同拿破崙一樣不去戰鬥，只是偶爾來到步槍射程以內，不通過拿破崙就發佈他們自己的決定，步兵、騎兵到哪兒去，從哪兒出發，向什麼地方射擊的命令。可是他們的命令，和拿破崙的命令沒什麼兩樣，並沒有多少能被執行，大部分情況是同他們的命令相反的。奉命前進的士兵們看見霰彈就朝回撤；奉命留在駐守原地的士兵們，看見前面忽然出現了俄國人，有時衝鋒有時撤退，騎兵也不等命令就向前追趕逃跑的俄國人。就這樣，兩個騎兵團跑過謝苗諾夫斯科耶峽谷，剛上山坡上，就掉轉頭，飛速往回跑。

步兵也是差不多，依據命令，他們要去的地方完全不是現在他們所處的地方。他們因為沒執行命令或擅自行動受處分而害怕，因爲戰鬥關係著每個人最寶貴的東西——生命，有時好像往前跑沒有危險；有時覺得往後跑能得救，這些置身激烈戰鬥中的人是憑藉當時的感覺行動的。可是，所有這些向後、向前的行動都沒有變更或改善部隊的境遇。一切你追我、我追你並沒給他們造成太大傷害，傷殘死亡的緣由是他們在槍林彈雨中亂竄造成的。他們一離開這地方，駐在後方的上級就對他們加以整頓，靠紀律枷鎖又一次把他們趕上戰場，在怕死的情緒驅使下，又不管紀律，僅僅是憑著一時的衝動往返跑著。

三十四

拿破崙的將軍們——靠近戰火甚至有時親自督戰的繆拉、內伊和達烏，一次次地把大批大批整齊的部隊派到前線去。可是正好與之前歷次戰役中的情況不一樣，沒有聽到他們攻打敵人失敗的消息，但是這些整齊的隊伍潰不成軍，驚恐萬分，一群群地從那裡逃了回來。將軍們重新整頓部隊，但人數越來越少了。正值中午，繆拉派副官去見拿破崙，要求增派人手。

就當拿破崙坐在山腳下，喝潘趣酒之時，繆拉的副官騎馬跑來，他保證說，只要陛下再給一個師，俄國人就被打敗了。

「增援？」拿破崙沒弄明白他的話，一邊嚴厲驚訝地問，一邊瞧著副官，「增援！」拿破崙心裡想，「他們哪裡需要什麼增援！早就有一半軍隊在他們手裡了，只去攻擊一些沒有防禦工事、軟弱的俄國人！」

「你去轉告那不勒斯王，」拿破崙用手指著他嚴肅地說道，「目前還不到中午，我還不瞭解我棋盤上的棋局呢。去吧！」

副官敬禮的手沒有從帽簷上放下，重重地歎了一口氣，又跑回人們廝殺的戰場去了。

拿破崙站了起來，把貝蒂埃和科蘭庫爾叫來，和他們討論和戰鬥無關的事。

在這場吸引拿破崙興致的交談當中，貝蒂埃看見一個將軍帶著隨從，騎馬向山岡跑來。這是貝利亞爾將軍。他下馬後，快步搶到皇帝面前，大膽有說服力地講明增援的必要。他保證說，陛下再給一個師，俄國人就完全完蛋了。拿破崙聳了聳肩，什麼都不說，只是不斷地走來走去。貝利亞爾激動、高聲地向他身邊的侍從將軍們講起來。

「貝利亞爾，您太激動了，」拿破崙走到那個將軍面前說道，「在戰鬥最猛烈的時候，極易發生錯誤。您再去觀察一番，再來找我。」

貝利亞爾還沒有離開視線，從另一個方向又一個從戰地派來的人飛奔而來。

「唉，還有什麼事？」拿破崙說，那語氣明顯是因爲總是有人打擾而生氣。

「是要求增援嗎？」拿破崙生氣地說道。副官確定地回答並低下頭來彙報；可是陛下轉過身去，走了兩步，又折回來，叫來貝蒂埃。「只能派後備軍了。」他說道，微微攤開雙手。「您說派誰去呢？」他轉頭問貝蒂埃。

「就讓克拉帕雷德去吧，陛下。」貝蒂埃答道。

拿破崙點了點頭表示贊成。

副官向克拉帕雷德師跑去，幾分鐘後，駐紮在山岡後邊的那支青年近衛軍師往前移動了。拿破崙沉默地向那個方向望著。

「不！」他忽然說道，「派弗里昂師去吧，我沒辦法派克拉帕雷德去。」

儘管派弗里昂師不比派克拉帕雷德師強半點兒，並且在這個時候讓克拉帕雷德停下，改派弗里昂，明顯不適合，還可能會耽誤了時間，但是命令還是執行了。

弗里昂師，和別的師同樣的命運，消失在戰場的煙霧中。

副官們不停地從四面八方跑來。所有人都要求增援，原因都是俄國人嚴守他們的陣地，而且不住地發射炮火，法國軍隊在炮火下正在減弱。

拿破崙坐在折疊椅上，陷入了深思。

從早上到現在一直沒吃東西，酷愛旅行的德波塞先生，走到陛下跟前，恭恭敬敬地請陛下用餐。

「現在我期望能夠向陛下恭賀勝利了。」他說道。

拿破崙沉默不語地搖搖頭表示否定。德波塞先生以爲否定的只是勝利，不是吃飯，然後大著膽子說，世界上不存在什麼原因能讓人在吃飯的時間不吃飯。

「走開……」拿破崙忽然陰沉地說道。

德波塞先生露出一副懊悔、歉意和幸福的表情，飄飄然地走到其他的將軍那裡去了。拿破崙心情沉重。

還是那些將軍，還是那些軍隊，還是一樣的部署，還是一樣的預備，還是那樣有說服力的簡潔的佈告，他自己也仍和以前一樣，這些他都清楚，也清楚如今的他比以前更有經驗，更精明，就連敵人也還是從前的樣子，不過，他那充滿力量的振臂一揮，不知道爲什麼變得軟弱無力了。

還是從前一直獲取成功的辦法：炮兵集中到一點上，後備軍突破敵人的戰線，騎兵進行攻擊。不僅沒有獲取勝利，相反，處處傳來將軍們要求增援、傷亡、沒有辦法打退俄國軍隊、法國人潰亂的消息。

從前，只要他說過幾句話和發出兩、三道命令之後，副官們和元帥們都會嬉笑顏開地跑來祝賀，帶來整個兵團的俘虜，彙報戰利品，成捆成捆的敵人的國旗和軍旗、輜重和大炮。而現在，他的軍隊就像發生了什麼怪事。

儘管傳來佔領凸角堡的消息，拿破崙明白，這次戰鬥和以前那些戰役的情形完全不同。他知道，這種感覺，他旁邊那些有戰鬥經驗的人也都明白到了。所有人都帶著沮喪，大家都避開互相對視的目光。具有長期戰爭經驗的拿破崙知道這意味著什麼。他清楚這場戰役應當算是輸掉了，也知道目前戰役正處於相持不下的、緊張的僵持狀態中，哪怕一丁點兒的意外，都能葬送他的軍隊和他。

他在腦海中回顧這次不同尋常的俄國遠征，這次遠征沒打贏一場戰役，並且兩個月內也沒俘獲一面軍旗、一門炮，或一個兵團。當他看見周圍人臉上那內在的悲哀，和聽到俄國人依然頑強地堅守陣地的彙報的時候，一種可怕的感覺控制了他，他想到了所有會毀掉他的不幸的意外事件。俄國人也許攻擊他的左翼，又或突破他的中央陣地，流彈也許把他打死。這些都是有可能的。如今，他想到了不少不幸的偶然性，他在安靜地等待著這所有的一切。沒錯，這是在作夢，他夢見一個暴徒襲擊他，他舉起胳膊，給那個暴徒致命的一擊，他清楚這一擊一定會將他消滅，可是覺得自己的胳膊一點兒力氣都沒有地垂下來，然後一種不可抗拒的害怕包圍了這個孤立無助的人的內心。

俄國人正在進攻法軍左翼的消息，引起了拿破崙的恐慌。他默默不語地坐在山岡下一張折疊椅上，雙肘撐在膝蓋上，垂著頭。

貝蒂埃走到他跟前，建議去視察一下戰線，弄清楚現實情況。

「什麼？您再說一遍？」拿破崙問道，「好吧，叫人把我的馬牽來。」

他上了馬，向謝苗諾夫斯科耶村走去。

在拿破崙所經過的地區硝煙正緩緩退去，馬和人倒在血泊裡。不管是拿破崙，還是他的將軍，從前誰也沒見過這樣讓人可怕的情景。也沒見過在這樣小的空間內打死這麼多人。大炮不停地轟炸十小時，耳朵飽受折磨，也給那種情景添上一種獨特的味道。

拿破崙騎馬走上謝苗諾夫斯科耶高地，透過煙霧隱隱約約能看見一隊一隊的人在動，穿著他不熟悉的顏色的制服，那是俄國人。

俄國人在謝苗諾夫斯科耶村和山岡後面的隊伍密集起來，大炮沿著他們的戰線不停地轟鳴，煙霧騰騰，戰鬥已經完結，有的只是連續不斷的屠殺。拿破崙勒住馬，又陷入了剛才被貝蒂埃打斷的沉思中；他向在他旁邊和面前所進行，原本以爲是由他來決定和指揮於他的事無能爲力，因爲沒成功，他頭一次覺得這件事是可怕的、沒有用的。

一個將軍騎馬來到拿破崙面前，大著膽子提議，要求把老近衛軍加入戰鬥。站在拿破崙旁邊的貝蒂埃和內伊相互換了一下眼色，不屑地嘲笑這個將軍。

拿破崙只是低著頭，許久沒出聲。

「我的近衛軍一定不會毀滅在距法國三千二百俄里的這裡！」他憤怒地撥轉馬頭回舍瓦爾金諾了。

三十五

庫圖佐夫還在皮埃爾早晨看見過他的地方，他白髮蒼蒼的頭低垂著，坐在一張鋪有毛毯的長椅上，笨拙的身體鬆弛著。

「沒錯，好的，就這麼辦吧，」他回答各種各樣的建議時說。「沒錯，沒錯，騎馬去一趟吧，沒錯，親愛的，去看一看。」他向他身邊的某個人說道。或者說：「不，不要，我們再靜觀其變。」他聽從給他送來的彙報，下屬要求指示，他就給他們指示；可是在聽彙報的時候，他注意的是彙報人說話的語調和臉上的表情。多年的作戰經驗和老年人的智慧使他知道，一個人怎麼可以來指揮一場幾十萬人的生死搏鬥呢。他清楚，決定戰役命運的，不是總司令的命令，也不是軍隊所處的地勢，更不是殺死的人和大炮多少，而是士氣的力量，所以他細心觀察這種力量，在所能控制的範圍內來引導它。

年老體弱、身體透支的庫圖佐夫勉強壓制著疲倦，面部是緊張、鎮靜、專心致志的。

十一點的時候，他獲得消息，奪回來了被法國人佔領的凸角堡，但是巴格拉季翁公爵受了傷。庫圖佐夫驚叫了一聲，搖了搖頭。

「騎馬到彼得．伊萬內奇公爵那裡去一趟，搞清楚到底是什麼情況。」他向一個副官說，接著轉身向符騰堡公爵：「可否請殿下去指揮第一軍？」

親王去後不久，他還沒到達謝苗諾夫斯科耶村時，副官就被派回來了，彙報勳座，說殿下要求增援。

庫圖佐夫眉頭皺了一下，一方面下令多赫圖羅夫去指揮第一軍，另一方面懇請親王回到他這裡來，說，在這重要時刻他沒辦法離開他。當傳來繆拉被俘的消息時，參謀人員向庫圖佐夫道賀，他臉上有了微笑。

「先生們，等一下，」他說，「俘虜繆拉不是什麼大不了的事情，我們還是等一會兒再興奮，仗是打勝了，可是……」但是，他最終還是派一名副官向整個軍隊彙報這一個消息。

謝爾比寧從左翼騎馬跑來，彙報說法國人佔領了謝苗諾夫斯科耶和凸角堡村。庫圖佐夫從謝爾比寧的神情猜到，這是一個壞消息，他站起來，握住謝爾比寧的手，把他領到一邊去。

「親愛的，你去一趟，」他轉頭向耶爾莫洛夫說道，「看看有沒有辦法幫上什麼忙。」

在戈爾基，在俄軍陣地的中央，庫圖佐夫就在那裡。拿破崙指揮的向俄軍左翼的進攻，幾次失敗。在中央，法國人沒有越過波羅底諾。在左翼，法國人被沃爾朗弗的騎兵趕走了。

近三點的時候，法國人的進攻終於結束了。從來自戰場的人們的臉上，庫圖佐夫感覺到那緊張的氣氛。他對這一次的成績很滿意，這一切超出了他的想像，可是老人的體力漸漸不支了。有好幾回他的頭低低地垂下，險些跌倒，他疲倦的兩眼打架打起瞌睡來。

副官沃爾佐根，也就是巴格拉季翁很討厭的那個人，在庫圖佐夫吃飯的時候騎著馬來了。沃爾佐根從巴克雷那裡來彙報左翼戰況。精明的巴克雷．德．托利看見一群群後衛混亂的軍隊和跑回來的傷兵，按照各方面的情況來看，戰役是失敗了，派他的心腹把這個消息彙報給總司令。

庫圖佐夫正在費力地啃一塊烤雞，他瞇縫著眼睛看了沃爾佐根一眼略帶威嚴。

沃爾佐根嘴角露出輕蔑的笑容，一點點地靠近庫圖佐夫，那隻敬禮的手微微碰了一下帽簷立即就放了下來。

沃爾佐根向勳座有意擺出滿不在乎的樣子，而他這個博學的軍人清楚他在和什麼人打交道。「老先生倒過得很舒服。」沃爾佐根想道，仔細地看了看庫圖佐夫面前的碟子，他依照巴克雷的命令連同自己所見所想的，彙報左翼的戰況。

「敵人佔領了我們陣地上全部的據點，因爲沒有軍隊，沒有辦法打退他們；軍人在逃跑，無法阻止。」他彙報說。

庫圖佐夫停止了咀嚼，驚訝地用眼睛盯著他。

沃爾佐根一眼就看出了老先生衝動的表情，就含笑說：「我沒有什麼權力向勳座隱瞞我所看到的情況，部隊早已都亂了……」

「您真的瞧見了嗎？……」庫圖佐夫皺起眉用力喊道，並飛快地站起來，朝著沃爾佐根走去。「你怎麼……你怎麼敢！」他做出要打他的樣子，上氣不接下氣地喊道，「閣下，您怎麼能夠向我講這個？您一點兒都不清楚。轉告巴克雷將軍，他的彙報是不對的，真正的戰鬥情形，我做爲總司令比他更明白。」沃爾佐根想要爲自己辯解什麼，但是庫圖佐夫已經阻止了他。

「敵人在右翼被打敗，在左翼也早已被打退了。假如您不清楚，閣下，那就別編造事實！請您回到巴克雷將軍那裡去，並告訴他，明天我一定進攻敵人。」庫圖佐夫嚴厲地說道。

大家都不出聲了，只聽見老將軍那沉重的喘息聲。

「各處的敵人都被打退了，爲此，我謝謝我們英勇的軍隊和上帝！敵人被打敗了，明天我們就將把他們從俄國神聖的土地上趕走。」庫圖佐夫忽然眼含熱淚，抽泣起來。

沃爾佐根聳聳肩，沉默不語地走開了，吃驚於老先生的自以爲是，不滿地撇撇嘴。

「看，他來了，我的英雄！」庫圖佐夫向一個黑頭髮、壯實英俊的、剛走上山岡的將軍說道。這是拉耶夫斯基，一整天他都在波羅底諾戰地最重要的據點上戰鬥。

他向庫圖佐夫彙報，部隊在嚴守陣地，頑強作戰，法國人不敢再進攻了。

聽了他的話，庫圖佐夫說道：「這麼說，您不和別人一樣覺得我們肯定要撤退吧？」

「正好相反，在勝負沒有定的戰鬥中，誰能堅持到底誰就會勝利。」拉耶夫斯基堅定地回答道，「我的想法……」

「凱薩羅夫！」庫圖佐夫喊他的副官，「坐下，把明天的安排在這裡記錄下來。還有你，」他向另一個副官說，「騎馬沿戰線走一遍，宣告我們明天要進攻。」

當庫圖佐夫和拉耶夫斯基交談並口授命令的時候，沃爾佐根早就從巴克雷那裡回來了。庫圖佐夫沒看沃爾佐根，叫人寫下這個命令，前總司令想拿它來推脫個人責任。

做爲戰爭核心力量的士氣是靠一個無形神秘的東西製成的，庫圖佐夫的話，有關第二天進攻的命令，通過這神秘的東西一齊傳播到每個角落。

傳到終點時，早就不是本來的命令和內容了。在軍隊各個角落人們間流傳的那些故事，甚至與庫圖佐夫所說的話沒有半點兒相同之處；可是他的意思已經傳遍各處。

那些左右搖晃、疲憊不堪的士兵，又從最高指揮部證明了他們所想要知道的事，知道明天他們要進攻敵人，他們會獲得安慰，並振作起來。

三十六

後備隊中有安德烈公爵的團隊，午後兩點以前，後備隊在激烈的炮火下只好依舊停留在謝苗諾夫斯科耶村後面，沒有什麼行動。快兩點的時候，團裡已經傷亡二百多人，這個時候團隊向前轉移到山岡炮臺，和謝苗諾夫斯科耶當中的一片被踩踏過的燕麥地上，這一天在這裡已打傷、打死了數千人，一點之後，敵人集中幾百門大炮強火力地向它進行轟炸。

隨著每一次新的進攻，還活著的那些人生存的可能就越來越小了。團隊排成相距三百步遠的縱隊，即使這樣，全團人的心情都是相同的。大家都是默不作聲，面色陰沉。有時聽見隊伍中有人說話，可每當聽到中彈聲和喊「擔架」的聲音時，交談就中斷了。大部分時間，士兵們聽從長官的命令，坐在地上。有人在手掌中搓乾土，用它來擦刺刀；有人摘下軍帽，仔細地抻開褶子，許多次用手抹平，接著再折起來；有人專心地把包腳布拆開抻平，再重新包好，再穿上靴子；有人揉揉皮帶，把扣環繫得再緊些；有人用地裡的土塊搭小房，或用麥田裡的草編東西。大家都認真地在做這些事情。

可是，當瞧見我們的騎兵和炮兵慢慢地向前推進的時候，當瞧見我們的步兵向前行動的時候，就會聽到從各處傳來的稱讚聲。不過，最能引起人們留心的是那些與戰鬥不相干的事。這些精神上飽受折磨的人，只好從日常的生活瑣事中獲得喘息。炮兵連走在團隊的前方。一輛拉彈藥車的邊馬把一條腿邁到套外邊了。

「哎，看那匹邊馬！把牠拉回去！牠會跌倒的……咳，他們沒看到！」從佇列中發出這樣的喊聲。

還有一次，一條褐色的小狗吸引了大家的注意力，牠不知是從哪裡跑出來的，翹起尾巴，在隊伍前邊跑過，忽然，一顆炮彈落在牠旁邊，牠尖叫了一聲，夾起尾巴逃到一邊去了。大家發出尖叫聲和哈哈大笑聲。這種興奮只持續了幾秒，這樣的情況已經維持八個多小時了，沒事幹、沒飯吃，分分秒秒在死亡的害怕中煎熬，他們那陰沉的蒼白面孔，變得更陰沉、更蒼白了。

安德烈公爵也和團裡每一個人相同，臉色陰鬱，他低垂著頭，倒背著手，在燕麥地旁邊一塊草地上，來回走動。他不用做任何事情，也不用發什麼命令。所有都理所當然地進行著。隊伍彙集在一起，受傷的人被抬走，被打死的人從前線拖走。有一些士兵離開，他們馬上又急急忙忙地跑回來了。開始，安德烈公爵覺得，鼓起士兵的勇氣是必要的，為了給他們做出模範，他不斷地在隊伍當中來回走著，可是後來他相信，他沒有東西，也沒辦法教。他和士兵們相同，用盡全部意志力讓自己不去盤算處境的恐怖。他拖著一雙腳，在草地上來回走著，看著蒙在他靴子上的塵土；他一會兒邁大步走，也許踩上割草人留下的腳印，一會兒扯下地頭上的苦菜花，放在手心中搓來搓去，嗅那濃烈又清香又苦的氣味，一會兒數著他的步子，來測量一俄里要走過多少塊地。昨天考慮過的問題都消失了。他用疲倦的耳朵諦聽著總是一模一樣的聲音，他在等待著。

「來了……這一個又是朝我們來的！」他聽著從被煙幕擋住的地帶飛來的越來越近的呼嘯聲想道。「一個，兩個！打中了……又一個！」他停下來回過頭看看隊伍。「飛過去了，沒打中。但是這一發打中了！」他接著走起來，盡可能地邁大步。

一聲呼嘯以後就是一聲轟響！在距他四步遠的地方，一顆炮彈炸裂乾土，土塊飛揚，馬上不見了炮彈。一陣戰慄不由得溜過他的脊背。他又看隊伍。也許有許多人中彈了，大群人集中在第二營。

「副官閣下！」他喊道，「命令讓大家不要聚在一起。」

副官完成任務以後向著安德烈公爵走來。另一邊一個營長騎馬走來。

「小心！」一顆榴彈呼嘯而來，不太響地落在離安德烈公爵兩步遠的營長的馬邊。那匹馬打了一聲響鼻，躍起前蹄，就跳開了，幾乎把營長從牠背上掀下來。一些人被馬的害怕感染了。

「快躺下！」副官一邊撲倒在地上，一面喊，安德烈公爵站在那裡彷彿沒有聽見，正在猶豫不決。一顆冒著煙的榴彈像陀螺一般在他和臥倒的副官當中旋轉，在禾田和草地當中的一叢苦艾旁邊穿梭。

「應當是所謂的死亡吧？」安德烈公爵一邊想，一邊用羨慕的眼光看著草，瞧著那叢苦艾，看那縷從旋轉著的黑球裡冒出的嫋嫋上升的硝煙。「我不想死，我愛這草，我愛生命，我愛這空氣、這土地……我沒辦法死……」他想道，他能感到人們正在緊張地看著他。

「可恥，軍官先生！」他向副官說。「什麼……」

他的話還沒有說完。就在這個時候，傳出一聲爆炸，彈片四處散開，火藥味濃得令人窒息，安德烈公爵向旁邊跳去，胸脯朝地，一下子倒下，舉起一隻手，最終倒了下去。

幾個軍官邊喊邊向這邊急急忙忙地跑。

在他的腹部右側已流了一大灘血。

被叫來抬擔架的民兵站在軍官的後邊。安德烈公爵趴在那裡，臉埋進草裡，費力地高聲喘氣。

「不要站在那裡不動，過來！」

農夫們走上前，抬他的兩腿和兩肩，可是他難過地叫著，讓他們交換了一下眼色又將他放下。

「抬起他來，放到擔架上，反正都是相同的！」有個人高聲叫道。

他們又抓住他的兩肩，仍舊把他放在擔架上。

「我的上帝哪！這是哪裡？是肚子！要命的地方！我的上帝哪！」——軍官們驚叫著。

「從我耳邊就距離一根頭髮絲的距離吱吱叫著飛過去了。」副官說道。

農夫們把擔架放在肩頭，急匆匆地沿他們本來踏出的小路向急救站走去。

「趕快跟上腳步！唉……這些農民！」一個軍官喝抓住那個走路不穩以致讓擔架顛動的農民的肩頭。

「是大人嗎？啊，公爵？」吉姆辛聲音戰慄地說道，一邊跑過來向擔架上觀望。

安德烈公爵緩緩睜開雙眼，從擔架裡看了一眼說話的人，眼皮又垂了下來。民兵們把安德烈公爵抬到了樹林邊的急救站。在一片白樺樹林邊上，急救站由三個掀開底邊的帳篷構成。

白樺林裡準備有馬和大車。麻雀從樹上飛下來，撿拾撒落的麥粒，馬正在吃馬槽裡的燕麥。烏鴉聞到了血腥味，在上空盤旋並呱呱叫著。帳篷周圍，一些穿著各種各樣的服裝、滿身血污的人躺著、站著、坐著。傷患身邊，站著一群群滿臉關切、眼神哀傷的抬擔架的士兵，士兵們不聽從軍官們的指揮，靠著他們的擔架站在那裡，認真地看著眼前發生的事。從帳篷裡有時傳出高聲憤怒的喊叫，有時傳出揪心的呻吟聲。醫助總跑出來取水，說出下一個要抬進去接受手術的傷患。在帳篷外排隊等待的傷患們呻吟聲早就嘶啞：叫著、叫喊、哭著、咒罵，還有要白酒喝的，有些已神志不清，胡言亂語。安德烈公爵以團長的身分，越過那些還沒有包紮的傷患，直接抬到一座帳篷跟前，停在那裡，等候指定。

安德烈公爵睜開雙眼，好久不明白他發生的事。距離他兩步遠，有一個英俊、黑頭髮上綁著繃帶的高個子軍官，他靠著一棵樹站著，滔滔不絕，引起了大家的注意。他的腿和頭被子彈打傷了。

「我們狠狠地打了他，打得他丟盔卸甲，我們連那個國王一起抓了回來！」他閃動著黑色的大眼睛，向周圍回視著，喊道，「假如後備軍及時趕到，弟兄們，他們就什麼也剩不下了！我敢確定……」

安德烈公爵同圍在他旁邊的人一樣，盯著他，覺得有了一絲安慰。「可是現在不是所有都無所謂了嗎？」他想道。「我爲什麼要這樣捨不得生命，這裡又是怎麼回事呢？在那裡又會是一番怎樣的景象？生活有一種什麼東西，我以前不知道，如今也一樣糊塗……」

三十七

從帳篷裡走出來一個醫生，繫著一條滿是血污的圍裙，他那雙很小的手也沾滿了血，他用大拇指和小指夾著一支雪茄，也染上血。醫生抬起頭，向四處張望，可是目光是越過傷患的。他想稍微歇息一下。他左右移動了一下頭，歎了一口氣，垂下眼瞼。

「好的，馬上來。」他回答指著安德烈公爵的醫生，並命令把他抬進帳篷。

排隊等待的傷患中有了怨言。

「看來，就算是在那個世界中也只有老爺們才有好日子過！」一個人說道。

安德烈公爵被抬進去了，放在一張檯子上。安德烈公爵看不明白帳篷裡的東西，只聽到四處傳來難過的呻吟聲，他的肚子、大腿和背部都特別疼痛，分散了他的注意力。小帳篷裡有三張手術檯。兩張占著，安德烈公爵被放在第三張檯子上。好久沒人理他，他不由得看另外兩張檯子上的情況。靠近他的那張檯子上坐著一個韃靼人，從他的制服來判斷，大概是個哥薩克。四個士兵扶住他，一個戴眼鏡的醫生在他那肌肉發達褐色的背上用手術刀切了什麼東西。

「哎喲，哎喲……」韃靼人殺豬一般吼叫著，忽然他抬起他的臉，齜出白牙，開始扭動和掙扎，發出長聲尖銳的叫聲。

另一張檯子旁邊圍著許多人，一個又胖又高的人仰面躺著頭朝後傾，安德烈公爵覺得這人他很熟，他的卷髮、卷髮的頭型、顏色。幾個醫生雙手用力按著他的胸脯，把他按住。一條白白的大腿猛烈抖動著。這個人抽搐著號啕大哭，哭得已經快要喘不過氣來。兩個醫生——其中一個臉色蒼白，顫抖著——正沉默不語地在這個人的另一條血淋淋的大腿上做著什麼。

韃靼人的手術完畢後，人們用軍大衣把他蓋住，戴眼鏡的醫生邊擦手邊走到安德烈公爵身邊。他看了一眼安德烈公爵的臉，飛快地轉過頭去：「怎麼站著不動？快去把他的衣服脫掉！」他衝著醫生們氣呼呼地叫著。

當醫生捲起袖子急忙地解開安德烈公爵的衣服扣子，脫衣服時，安德烈公爵想起了以前的遙遠的童年。醫生彎下身查看傷口，小心摸了一下，沉重地歎了一口氣。向什麼人做了個手勢，因爲腹部刺骨的疼痛讓安德烈公爵暫時失去了知覺。

在他甦醒過來的時候，大腿骨碎片已經取出，裂開的肌肉已經切除，傷口也包紮好了。他覺得有人朝他臉上噴水。安德烈公爵剛睜開眼睛，那個醫生就俯下身來，在他的嘴唇上吻了一下就轉身走開了。

剛剛經過那番難過以後，安德烈公爵覺得有一種他很長時間沒有過的束縛。他一輩子中最幸福、最美麗的時刻都湧上心頭，是那遙遠的童年，那時有人給他脫衣服，他躺在小床裡，保姆俯在他身邊唱著催眠曲，他把自己的頭埋在枕頭裡，只感覺到自己活著，就感到幸福了——所有這些，在他的想像中彷彿不是過去的事，就是現實。

醫生們在安德烈公爵覺得身形熟悉的那個傷患身邊忙著，他是被抬進來的，身邊有人一直在安撫他。

「讓我瞧瞧……噢噢噢！噢！」這個時候他的思緒被傳來的哭聲，痛楚無比的、害怕的呻吟聲打斷。聽到這呻吟，安德烈公爵想哭，想像孩子那樣流下善良的幾乎是愉悅的眼淚。

他們讓那個傷兵查看他自己的腿，它已被截去，凝著鮮血，還穿著靴子。

「噢！噢噢噢！」他痛苦得大哭起來。

那個站在傷患前面擋住他臉的醫生轉身離去。

「我的上帝哪！這是怎麼回事啊？他為何會在這裡？」安德烈公爵自言自語地說。

他認出了剛才被截去一條腿、失聲痛哭、虛弱無力的那個不幸的人，他是阿納托利・庫拉金。阿納托利正在難過地呻吟著。

「沒錯，正是他。沒錯，這個人哪些地方與我有著相同難過的密切的聯繫。」安德烈公爵想道，還沒弄清眼前發生的所有事。

「這個人與我的生活和我的童年有什麼聯繫呢？」不管他怎麼苦想也找不到答案。忽然間，從那純潔童年充滿愛意的世界裡顯現出另一種新的意外的記憶。他想起一八一八年在舞會上與娜塔莎的初次相遇，記起她那纖細的雙臂和脖頸，她那忽喜忽驚的變幻莫測的幸福小臉，然後一種比從前時候更強烈、更厚重的對她的柔情在他的內心裡甦醒了。安德烈公爵憶起所有往事，心裡對這個人充滿了同情和愛，並為此而感到幸福。

安德烈公爵再也忍不住了，眼裡流出了滿含愛意和柔情的眼淚，他在為自己、為別人，也為了自己和他們犯下的過錯，而潸然淚下。

三十八

戰場上屍橫遍野的可怕畫面，加上頭昏腦漲、二十幾個熟悉的將軍傷亡的消息，和意識到他從前那充滿力量的胳膊已變得軟弱無力了，所有這一切相當大程度地影響了拿破崙，平常他喜歡看死傷的人，自認為這樣能夠考驗他的意志力。這一天戰場上那恐怖的情景擊垮了他偉大的精神力量。他騎著馬快速地離開戰場，回到舍瓦爾金諾山岡去了。

拿破崙面容焦黃、腫脹，倚靠在折疊椅上，目光混沌，表情嚴肅，聲音沙啞，鼻子通紅，不自覺地低垂著眼瞼，認真聽著射擊聲，懷著壓抑的心情等著這場他認為是由他發起的，可他沒有辦法控制的戰鬥完結。他在戰場上體會到死亡和苦難。頭重胸悶的感覺讓他想到他自己也會遭受一樣的死亡和磨難。現在只想要一件事情：自由、歇息和靜謐。可是，在謝苗諾夫斯科耶高地上，在炮兵司令向拿破崙請求調幾個炮兵連到高地上來，以加大火力，向掩藏在科尼亞茲科沃前面的俄軍開炮時，拿破崙依舊允許了，而且命令把那些炮兵連是不是起到了作用的情況彙報給他。

副官彙報說，按照皇帝的命令，已經調集了二百門大炮朝著俄國人轟擊，可是他們依舊堅若磐石、堅守不動。

「我們的炮火把他們一次次地打倒，但他們依舊堅守下去。」副官彙報說。

「他們莫非還嫌不夠！」拿破崙聲音沙啞地說。

「陛下？」那個副官顯然沒有聽清楚，又問了一遍。

「他們莫非還嫌不夠！」拿破崙眉頭緊蹙、嗓音嘶啞地說，「那就再給他們一些吧！」

如果沒有他這道聖旨，他也早就像他想的那樣做了，他又重新回到那個想像中的、自我感覺偉大的夢幻境界裡去了，又開始乖乖地扮演起他的殘酷、可悲、沉重的角色了。

在那一刻，這個對所發生的事比所有參與者都要承擔重大責任的人的理性和良心泯滅了，直到走到生命的盡頭，他從來不清楚什麼是真、善、美，不清楚他的做法意味著什麼，他永遠都沒辦法知道它們的真正含義。他沒辦法拋棄他那受到半個世紀稱讚的做法，因此他必須要捨棄真、善和一切人性的東西。

在那一天，當他騎馬看到到處是傷者和死者的戰場時，他見到那些屍體，計算著多少個俄國人抵一個法國人，並自欺欺人地找到了興奮的理由，最終得出是五個俄國人抵一個法國人。這天在他寫給巴黎的一封信中說，戰場很壯觀，因爲那裡躺著五萬具屍體，就是在幽禁的聖赫勒拿島上，他還說，他打算用閒置時間來講述他建立的偉大功績，他用法語這般寫道：

俄國的戰爭應當是當代最有名的戰爭：這是一場為了人類的真正利益的理性的戰爭，為了整個人類的安定，它絕對是傳統而且維護和平的。

這是一場為了實現宏偉理想而發起的戰鬥，為了阻止意外事件的發生，開始實現安定。新的事業、新世界馬上就要開始，人類幸福也會慢慢實現。歐洲的制度已經奠定下基礎，剩下的問題只是如何把它建立起來。

圓滿解決這些大問題後，處處都安定時，我也會擁有自己的國會和自己的神聖同盟了。這些思想是他們從我這裡偷走的，在這次大國元首會議中，我們會像一家人一樣探討我們的共同利益，並且要向各國人民彙報工作就像管事向主人那樣。

如此一來，歐洲肯定很快就會成為一個民族，什麼人到什麼地方去旅行都是在祖國的懷抱裡。我提議可以在所有河流航行，海洋共有，各國元首的近衛軍將由龐大的常備軍縮編成。

回到法國，回到那光榮、強盛、偉大、安定、瑰麗的祖國時，我會宣佈她的國界是永遠固定的；未來可能發生的哪一場戰爭都是防禦性的，什麼擴張性都是被覺得是反民族、反人道的。我會讓我的兒子參與帝國的治理，來完結我的獨裁，開始他的憲政……

巴黎會成為世界的首都，各民族應嫉妒法國人民……

從今天起我將用自己剩下的生命和閒暇時間，在我兒子受親政教育期間，陪同皇后，騎著我們的馬，體會人間疾苦，為人民著想，平反冤獄，接受訴狀，遍施仁政，在各地興建高樓大廈。

上帝注定要他飾演可悲的劊子手的角色，他自信地覺得是爲各國人民造福，自信他能掌控千百萬人的命運，用權力施捨恩惠。

在渡過維斯瓦河的四十萬人裡，有一半是普魯士人、奧地利人、波蘭人、撒克遜人、符騰堡人、巴伐利亞人、西班牙人、梅克倫堡人、那不勒斯人和義大利人。事實上，帝國軍隊有三分之一是比利時人、荷蘭人、皮德蒙特人、萊茵河沿岸的居民、日內瓦人、瑞士人、羅馬人、托斯卡納人、不來梅、三十二師的人、漢堡等地的居民等，他們當中講法語的還不到十四萬人。

對俄國的遠征，法國實際損失了不到五萬人；俄國軍隊從維爾納撤回到莫斯科，在不同的戰鬥裡，比法國軍隊損失多四倍的人；莫斯科大火使十萬俄國人喪失性命；最終，在從莫斯科向奧德河的進軍中，俄國軍隊吃盡了嚴寒的苦頭：抵達維爾納的時候，僅剩下五萬人，而到達卡利什時已經不足一萬八千人了。

他依照他的意志發起了對俄國的戰爭，戰爭造成的可怕景象讓他的靈魂震撼，他英勇地承擔了所有發生的事情，他那蕩然無存的理性，用數十萬爲了戰爭與和平犧牲的人中，巴伐利亞人和黑森人比法國人多這一點，來爲自己推脫責任。

三十九

數萬人穿著不同的制服，不同的姿勢，橫七豎八地躺在草地上和農田裡，那些曾是皇室農奴和達維多夫老爺的地方，幾百年來農民們在這塊草地和農田上放牧、種莊稼。在急救站周圍一俄畝的土地上，鮮血染透了土地和青草。不同兵種、一群群沒有受傷的和受傷的士兵，拉著腿從這一邊返回莫札伊斯克，從另一邊返回瓦盧耶瓦。還有成群結隊的饑腸轆轆、疲憊不堪的人，在他們的長官們的帶領下前進。從前那麼活潑，晨曦中飄著輕煙的田野上，如今煙霧瀰漫，陰暗潮濕，處處彌散著難聞的血腥味。烏雲密佈，雨點開始打在傷者和死者身上，落在飽受折磨、驚慌的、神情恍惚的人們身上，它在說：「夠了，夠了！停手吧……清醒清醒吧！你們在做什麼呀？」

雙方精疲力竭，沒有食物、歇息不足的人們都有了相同的疑問：他們是否應該接著拚殺；在所有人的臉上都出現猶豫的神情，到傍晚的時候，這想法在每個人的心裡已經開花結果。這些人何時何地都會為他們正在做的事感到毛骨悚然，都會丟下一切，隨便逃到哪裡去。

可是，戰鬥快完結的時候，儘管人們已感到他們正在做的事的可怕性，儘管他們很想停下，但是有一種奇異的力量仍在操縱著他們，就算每三個炮兵中只能活一個，就算他們血污滿身，汗流浹背，疲倦得直打趔趄，但是還可以搬來炮彈，裝上火藥、點火、瞄準；炮彈仍舊能夠在雙方之間快速地呼嘯著飛來飛去，擊碎人體。

有誰見到俄國軍隊後方一片混亂的情形，不會說，只要法國人再努力一點，俄國軍隊就完蛋了；但是假如有人看到了法國軍隊的後方也會這樣說，俄國人只要再做一丁點的努力，法國人就完蛋了。

但是不管是俄國人還是法國人，都沒有再做那麼一點的努力，戰爭就畫上句點。

俄國人沒做那點努力，是因爲在戰鬥中，俄國所有軍隊無一不遭受了損失，俄國人保守住本來的陣地，導致損失了一半的軍隊。法國人一直念念不忘過去十五年他們所獲取的勝利，相信拿破崙是常勝將軍，清楚他們已經佔據了部分陣地，而只損失了四分之一的人，而且還有兩萬近衛軍絲毫沒有動，再做一點努力對他們來說很輕鬆。法國軍隊的所有將士都清楚，之所以不能這樣做，是因爲部隊低落的士氣不允許這樣做。

不但拿破崙自己體會到那噩夢一般的感覺，他那令人害怕的振臂一揮變得毫無力量了，法軍所有戰士，按照他們以前所有的戰鬥經驗，在這個敵人面前都有一種同樣的恐懼感，這個敵人，軍隊損失過半，直到戰鬥完全結束還像開始一樣巍然不動。做爲進攻方的法國軍隊的士氣已經消失得無影無蹤了。俄國人在波羅底諾所獲取的勝利，不是繳獲一塊塊綁在棍子上的、所謂的軍旗的勝利，也不是奪得部隊一直據守著的陣地的勝利，而是一種精神上的勝利，它讓敵人相信，他們在精神上是不會被擊垮的。波羅底諾戰役導致拿破崙毫無理由地從莫斯科逃走，沿著斯摩稜斯克老路撤退的五十萬侵略大軍也被毀滅，在波羅底諾，拿破崙頭一次遭到了對手強大的精神力量的沉重打擊，這導致他在俄國的勢力幾乎崩潰。

chapter 11 一 淪陷大火的家園

古代有個有名的學術被稱爲詭辯術，講述的是阿喀琉斯永遠也追不上前面的烏龜，即便是他走路速度是烏龜的十倍：當阿喀琉斯走完他與烏龜之間的距離時，烏龜又在他前面爬過了這距離的十分之一；阿喀琉斯走過這十分之一距離時，烏龜又爬過百分之一，依此推下去，永不停止地這樣進行下去。這個問題在古代人眼裡是個不解之謎。阿喀琉斯永遠也追不上烏龜，這個答案是不正確的，因爲阿喀琉斯和烏龜連續不停地運動，被隨意地分割成很多個不連續的部分。把運動分割成越來越小的片段，我們只能更加接近於問題的答案，可永遠也得不到答案。這個古代人不清楚的數學這一新的學科，在研究運動問題的時候，應用了無限小數的概念，也就是說，恢復運動的主要條件，從而糾正了人類因爲用運動的個別部分去取代連續的運動而犯的不可避免的錯誤。

探索歷史運動法則時，出現了與此類似的情況：很多人的隨意動作形成了人類的連續行動。

歷史學家的任務就是理解這一運動的法則。爲了認識由人們的各種任意做法而形成的連續運動的法則，人類的智慧隨意地把連續的運動分割成間斷的部分。歷史學使用的第一種方法是，從連續的事件中隨機抽取幾個，獨立地進行探索，事實上什麼事情都不存在開頭，因爲一個事件總是銜接於另一個事件以後。

第二種方法是，把某一個統帥、沙皇或某一個人的動作，看作人們任意行動的總和來加以研究；而事實上，一個歷史人物的活動不會反映人們任意做法的總和。

歷史科學在研究運動時，總是把它分割成很小的單位，通過這種方法的研究讓其盡量接近真理。可是不管選取的單位再怎麼小，我們認爲，如果有獨立存在的單位，如果某一現象有開頭，如果某一歷史人物的活動能表達所有人的任意做法，那麼這種假設本身就是不對的。

只有抽取無限小的計量單位，然後找到它們求積分的方法，我們才能有希望瞭解歷史的法則。

十九世紀最初的十五年，歐洲湧現出幾百萬人的非同一般的運動。人們捨棄習慣了的職業，他們從歐洲的某個地區遷徙到另一個地區，互相屠殺和搶劫，幾年的時間，整個生活進程全改變了，出現了一種先進步後衰退的激烈運動。人類的智慧不禁要問：是什麼原因導致這場運動，有什麼法規能調節和控制它？

史學家們針對這個問題進行解釋，向我們講述了數十個人在巴黎城內一座建築物裡的行動，把這些行動稱作革命；然後詳細地講述了拿破崙和與他相關的人們的人生遭遇；並指出：這就是這場運動發生的原因，這就是它的法則。

可是人類的智慧不僅否認這種解釋，而且直截了當地指出，這種解釋方法是正解的。因爲這種解釋將最弱的現象當成最強的了。人們任意做法的總和形成了革命，也成就了拿破崙，正是那些任意做法的總和容忍了他們，也摧毀了他們。

「可是每次有征服時，便有征服者；每次一個國家發生重大變革時，便有偉人。」歷史說明。

確實，有征服者，就有戰爭，可是這並不能夠說明征服者是戰爭的導火線。每次我看到我的錶，時針指向十的時候，就聽到教堂鐘聲響起；但是就算這樣，我沒有理由得出結論說：教堂的鐘運動是由時鐘的位置導致的。

農民說，暮春橡樹發芽了，是因為吹起了冷風，沒錯，每年春天橡樹發芽的時候，都會刮冷風。儘管我不知道橡樹發芽時為何會刮冷風，可是我並不贊同農民所說的，橡樹發芽是因為刮冷風引起的，因為風的力量與樹芽是不相關的。我瞭解通常在生活現象中總會出現一些條件的巧合，我也看出，無論我怎麼用心地觀察時針和橡樹芽，我都沒有辦法清楚鐘鳴和春天的風運動的原因。要想弄清楚，我必須毫無保留地改變我的觀察點，去研究鐘和颳風的法則。研究歷史也是這樣，而且已經開始嘗試這樣做了。

要想研究歷史的法則，我們必須改變觀察對象，去研究那些類同的支持群眾的無限小的因素，而且拋開了帝王將相。只有使用這種方法，才能夠探索到歷史的法則；人們在這方面付諸的智慧，還不到史學家們在講述帝王將相的活動，以及對這些活動的看法時所付出努力的百萬分之一。

二

可以讓會使用十二種語言的歐洲人入侵俄國。俄國居民和軍隊撤退到了斯摩棱斯克，又從斯摩棱斯克撤到了波羅底諾，以逃避衝突。法國軍隊以加速度衝向它行動的理想，衝向莫斯科。離理想越近，衝力就越大。在它後邊幾千俄里是充滿敵意的國土，前邊離它的理想只有幾十俄里。拿破崙軍隊的每一個士兵明白這一點，侵略是靠它的衝力順其自然地進行。

俄國軍隊越是撤退，對敵人就越是仇恨。在後退中，它集聚了力量，發展起來。在波羅底諾進行了一次交鋒。雙方的軍隊都沒有瓦解，可是俄國軍隊在戰後立即撤退了，就好像一個球，碰到另一個具有更大衝力的球，一定會反彈回來一樣；那個飛奔而來的侵略的球，儘管因爲撞擊失去了全部的力量，但因爲慣性又向前滾動了一段。

俄國人後退到距莫斯科一百二十俄里的地方，法國人進攻到莫斯科，就在那裡駐紮下來，以後五周內沒有發動戰爭。

法國人按兵不動，像一頭傷痕累累的野獸，流著血，舔著傷口，他們一連五個星期待在莫斯科，沒有事情做，忽然，他們奔往卡魯卡大路，在打了一場勝仗以後，再也沒有打過一場大仗，就加緊速度逃回並越過斯摩稜斯克，逃向維爾納，逃過別列津納河，向更遠的地方逃去。

八月二十六日夜間，所有俄軍和庫圖佐夫都相信，波羅底諾戰役獲取了勝利。庫圖佐夫就這樣稟報給了沙皇。他宣佈了預備新的戰鬥，以徹底打敗敵人的命令。

但是，當天晚上和第二天，不斷傳來軍隊損失半數的可怕消息，事實上新的戰鬥已不可能了。

在傷患還沒有運回，情報還沒有收集起來，陣亡的人數還沒有統計出來，彈藥還沒有補充到位，士兵還沒吃飽睡足，代替戰死者的新指揮官還沒有上任的情況下，是再也沒有辦法戰鬥了。

而這時，就在那場戰鬥後的第二天早晨，法國軍隊已經自動地向俄軍攻擊。庫圖佐夫計畫次日發動進攻，整個軍隊也希望這樣。可是要發動進攻，只有意願是不夠的，還要有那樣做的可能性，而這種可能是不確定的。最終，在九月一日，當軍隊靠近莫斯科時，儘管部隊士氣高昂，但因爲客觀情況，軍隊不得不退至莫斯科以東。然後軍隊又退了最終一天的行程，把莫斯科交給了敵人。

有些人習慣於覺得戰役和戰爭的策略是由統帥們制定的，本來統帥們和我們沒有什麼不同，坐在辦公室裡，盯著地圖，設想他該怎麼部署某一戰役，對於這些人來說自然會產生這樣的問題：爲什麼在退到菲利以前不據守一個陣地，什麼原因讓庫圖佐夫在撤退時不立即丟下莫斯科，走向卡魯卡大路，或其他等。我們毫無約束地坐在辦公室裡，在地圖上考察某一戰役，已知雙方的地形、兵力，從某一已知的時間開始盤算我們的計畫；這與總司令的活動是完全不一樣的。總司令經常處在一系列事件的運動中，所以他不會計畫到正在發生的事件的所有意義。事件在悄無聲息地、隨著時間不住顯露出其意義，在這過程中，總司令處於最紛繁複雜的憂慮、陰謀、建議、方案、權勢依附、威脅、欺騙相互交織的中心，必須常常回答不計其數的相互矛盾的問題。

軍事家告訴我們，庫圖佐夫在到達菲利以前，就應該把軍隊轉移到卡魯卡大路，甚至有人曾經向他提出過這樣的方案。可是在總司令面前，尤其是在危難的時刻，經常不止一個方案擺在面前。而所有這些根據戰術和戰略制訂的方案都是相互矛盾的。

總司令的任務貌似只是從這些方案中挑選出一個，甚至他做到這一點都很困難。時間不等人。

三

我國軍隊從波羅底諾撤退後，駐紮在菲利。耶爾莫洛夫勘查陣地後，前來拜見陸軍元帥。

「怎麼可以在這樣的陣地上作戰。」他說道。

庫圖佐夫吃驚地看了他一下。聽他說完以後，庫圖佐夫把手伸向他。

「給我你的手。」他說道，接著把那隻手翻過來，摸了摸脈，說道：「你不舒服啦，親愛的。認真想想你說的是什麼。」

在距離莫斯科多羅戈米洛夫城門六俄里的俯首山上，庫圖佐夫跳下馬車，在路邊的一張長凳上坐著。一群將軍把他圍起來。這群重要人物分成幾組，都在討論軍事問題。他們都覺得這事實上是一個軍事會議，儘管沒有組織者召集這個會，也不叫它軍事會議，但是大家談的是同一個問題。各組的人，在交談時，都盡力離總司令近一些，好讓他能聽見他們的交談。總司令聽著他們的交談，有時請他們把話再重述一遍，可是他自己卻不發言，也不發表什麼想法。聽了這一組或那一組的交談以後，差不多都是帶著失望的表情轉過身去，他們談的與他想瞭解的事差之千里。有些人在談論選定的陣地，他們批評的與其說是那個陣地本身，還不如說是選這個陣地的人的智慧。另一些人可以證明早就犯下了錯誤，兩天前就應打那一仗。第三組人談論的是薩拉曼卡戰役，在第四組裡一個才來的穿西班牙制服的法國人克羅薩講述了戰役的情況，拉斯托普欽伯爵談道，他準備與莫斯科市的民兵一起戰死在首都城下，不過，他對真實情況一無所知，假如他早一點兒瞭解，事情就不會是這個樣子了……第五組則在炫耀他們戰略思想的高深，正在討論部隊向什麼方向發展。第六組說的全都是無稽之談，毫無價值。庫圖佐夫越來越愁思滿懷，憂心忡忡。

從這所有的交談中，他只看出一點：這是多麼堅定不移，保衛莫斯科已毫無實現可言，假如哪個總司令下令打一仗，他肯定是發瘋了，不僅會發生混亂，而且仗還打不成；因爲所有高級將領不僅覺得陣地很糟。指揮官們怎麼可以把他們的部隊帶到他們覺得很糟的陣地上去？下級軍官們，甚至士兵們也覺得那陣地很糟，所以沒辦法懷著必勝的信念去打仗。貝尼格森堅持守衛這個陣地，別人還在討論它，這個問題已成爲搞陰謀和爭論的一種藉口，令它本身已經沒有用處了。

貝尼格森選定了這個陣地，表現出俄羅斯人的愛國熱忱，強烈堅持保衛莫斯科的原則。庫圖佐夫把他的目的看得一清二楚：保衛失敗，則歸罪於主張不打一仗就把軍隊直接帶到麻雀山上去的庫圖佐夫；成功了，功績屬於他自己；遭到拒絕，就會推脫掉自己對於丟下莫斯科的罪責。可是這個老人在這個時刻沒有心思考慮這個陰謀。他只關心一個令人害怕的問題，這個問題就是「莫非是我讓拿破崙來到莫斯科的？我什麼時候這樣做了？這是在什麼時候決定的呢？是昨天，我命令普拉托夫撤退的時候，還是前天晚上我打了一個盹，讓貝尼格森指揮的時候呢？但是什麼時候決定的這件可怕的事？必須丟下莫斯科。軍隊必須撤退，不得不發出這個命令。」他熱衷於權力，習慣了掌握大權，他身心、他命中注定要來拯救俄國，所以才違抗沙皇的旨意，依照人民的意志，被選爲總司令。他深信，在這危難的時刻，只有他能指揮軍隊，只有他自己能毫無畏懼地把常勝的拿破崙做爲敵人，所以，想到他必須下達那道命令，他就感覺毛骨悚然。可是必須得要採取某種決定，結束越來越不著邊際的交談。

他把那些高級將領召集過來。

「看來只有憑藉我的腦袋了，無論它是好是壞，我的智慧，都靠它了。」他說著，從凳子上站起來，騎上馬就向菲利奔馳而去，他的馬車停在那裡。

四

午後兩點，在農民安德烈·薩沃斯季亞諾夫的農舍裡召開了軍事會議。那個農家大家庭的所有成員，都擠入過道對面那陰暗的小屋子裡。只有薩沃斯季亞諾夫六歲的小孫女瑪拉莎留在大房間的炕爐上，勳座很喜歡她，喝茶時給了她一塊糖。瑪拉莎坐上炕爐上興奮地看著按順序走進房間的將軍們的臉、勳章和制服，他們在屋角神像下的小凳子上依次就座。爺爺一個人在爐子後面一個黑暗的角落裡坐著。他坐在一張折疊的扶手椅裡。進來的人一個接一個來到陸軍元帥面前：他與一些人握握手，向另一些人點點頭。他的副官凱薩羅夫正準備拉開庫圖佐夫對面的窗簾，但是被庫圖佐夫制止住了，凱薩羅夫知道了，勳座不想讓人看見他的臉。

大夥兒都在等貝尼格森來了開始會議，而他正在享用那美味的午餐。從四點等到他六點，人們小聲聊些沒有關係的事。

貝尼格森一進屋，庫圖佐夫就離開了他的角落，向桌子靠近一些，可是桌子上發出的微弱燭光還照不著他的臉。

貝尼格森以一個問題開始了這次會議：「是不戰就丟下俄羅斯神聖的古都呢，還是保衛它？」一陣長時間的沉寂。每個人的臉都陰沉著。所有目光都聚集在他身上。瑪拉莎也看著爺爺。她離他最近，清晰地看見他如何把眉頭皺起，但是這種情形持續的時間很短暫。

「古都！俄羅斯的神聖之城。」他忽然用憤怒的聲音重複著貝尼格森的話，以此指出這句話的虛偽性。「閣下，讓我告訴您，對於任何一個俄國人來說，這個問題沒有意義。不該提出這樣的問題，因為我請各位先生來討論的是一個軍事問題。拯救俄國要靠軍隊，而不是這個問題。是冒著失去莫斯科和軍隊的危險進行戰鬥好呢，還是不戰就丟下莫斯科？就這個問題我想參考一下大家的建議。」他又坐回到扶手椅裡。

討論開始了。

貝尼格森仍不服輸。儘管贊成別人和巴克雷的提議，覺得在菲利打保衛戰是不可行的，但是他懷著對莫斯科的滿腔熱情和對俄羅斯的熱愛，建議在夜間把軍隊從右翼調到左翼，第二天進攻法國人的右翼。

意見發生了分歧。

瑪拉莎眼睛一動不動地注視著她面前所發生的一切，對會議的意義有自己的見解。她覺得那只是爺爺和「長袍」之間的私人鬥爭。她看得出，他們的交談中充滿火藥味，她心裡支持爺爺。在交談中間，她看見爺爺飛快地掃了貝尼格森一眼，接著，她發現爺爺跟「長袍」說了些什麼，把他給鎮住了。

貝尼格森忽然臉紅了，怒氣沖沖地在房裡來回走動。貝尼格森之所以這樣尷尬，是因為庫圖佐夫平靜地把他提出的在夜間把軍隊從右翼調動到左翼攻擊法國人右翼的建議批評得很透徹。

「各位，」庫圖佐夫說道，「我不贊成伯爵的策略。在敵人旁邊調動軍隊向來是危險的，軍事歷史說明了這個理論。比如……」庫圖佐夫在思索著，搜集事例。「就以弗里德蘭戰役為例子吧，我想伯爵還很清楚地記得，那個戰役……不太成功，因為我們重新部署的軍隊離敵人太近了……」接著大概沉默了六十秒。

討論接著進行，但是經常中斷，大家都認為無話可說。

再一次停頓，庫圖佐夫沉重地歎了一口氣。大家把目光都轉向他。

「這麼說，先生們，我得來為打碎的瓶瓶罐罐埋單了，」他說著，緩緩地站起來，走到桌旁，「先生們，你們的想法我已經聽過了。某些人也許不贊同我。可是我憑著國家賜予我元首的權力，我下令撤退。」

會議完事後，將軍們帶著嚴肅謹慎的神情離開。

有些將軍小聲地向總司令說了什麼。

早就等著去吃晚餐的瑪拉莎，光著腳，踩著爐子的梯子，面向爐子小心地爬下來，向門外跑去。

把將軍送走以後，庫圖佐夫又坐了很長一段時間，一直在思考那個可怕的問題：「什麼時候，到底是什麼時候，決定拋棄莫斯科的？是誰的過錯？」

「這一點我沒有預料到，」已經到深夜了，他向副官施奈德說，「我沒想到會這樣！怎麼會這樣！」

「您應該歇息了，勳座。」施奈德說。

「不，不行！怎麼？他們還想同土耳其人一樣吃馬肉嗎？堅決不可以！」庫圖佐夫沒有回答他的話，用他那有時充滿力量的拳頭捶著桌子喊道。「他們也要，只要……」

五

當時，退出和燒毀莫斯科比軍隊不戰而退更加重要，被認爲領導這一事件的拉斯托普欽的行動與庫圖佐夫背道而馳。

這件事——丟下並燒掉莫斯科，是一開始就注定了的。每一個俄國人都會思考到這點，不是靠推理，而是靠存在於每個人內心深處的情感，就可以預測到所發生的事。

不需要拉斯托普欽和他的傳單，從斯摩稜斯克起，俄羅斯大地上的所有城鄉中都遇到了莫斯科所發生的事。人民安靜地等待著敵人，不騷亂，不鬧事，沒有殺人，冷靜地等待著他們的命運，在內心充滿了自己的力量，清楚在困難關頭怎麼去做。每一個俄國人的心中都有這樣的意識：事情一開始就這樣，而且將一直這樣下去。

一八一二年，在莫斯科的社交界中，不僅存在這種意識，並且預感到莫斯科會失守。早已離開莫斯科的那些人，可以證明這是他們意料之中的。那些人把他們所能帶走的東西都帶走了，丟下他們的一半財產和房子。這樣做發自一種潛在的愛國精神，是簡單地、有心而發地、自然地表現出來的，因此總是發揮最強的效應。

第一批出走的是那些受過教育的、富有的人，他們清楚地知道，柏林和維也納完好無缺，在拿破崙統治的時期，居民和漂亮的法國人度過了快樂的日子，那時俄國男人，特別是小姐、太太們很喜歡法國人。

對於俄國人來說不存在留在莫斯科，在法國人統治下好壞的問題：在法國人統治下沒有辦法生活！這是他們逃離的理由。他們清楚，打仗是軍隊的事，軍隊打輸，絕不會帶著小姐、太太和家奴們到三山去打拿破崙，因此無論丟下多少財產任人怎麼銷毀，是多麼可惜，他們只能走。

他們走了，並沒去想這個龐大富有的首都的偉大意義；它被居民拋棄了。他們走了，各有準備，也正因爲他們的出走，歷史上才永遠留下令俄國人民引以爲榮的一頁。那個擔心違背拉斯托普欽的命令而留下來的太太，懷著不當拿破崙奴隸的模糊意識，在六月間就帶著她的女僕和黑奴離開莫斯科前往薩拉托夫田莊去了，她才真正自然簡單地爲拯救俄羅斯的偉大事業做出了貢獻。

但是拉斯托普欽伯爵有時把政府機關遷走，有時羞辱離開莫斯科的人，有時抬著聖像遊行，有時把那些毫無用處的兵器分發給一群醉漢，有時不允許奧古斯丁神父搬走聖骨和聖像，有時扣押莫斯科所有私人車輛，用其中一百三十六個運載列比赫製造的氣球，有時暗示他要燒毀莫斯科，他如何放火燒毀房子……但是自己從後門坐車溜掉；有時說他忍受不住莫斯科的不幸，有時在紀念冊裡寫法文詩談他對此事的同情態度。這個人反覆無常，對所發生事件的意義毫無瞭解，只考慮自己做點什麼讓人舉目的事，完成一種愛國的英雄壯舉。

六

海倫跟著朝廷從維爾納回到聖彼德堡，發現自己處在了進退兩難的境地。

在聖彼德堡，她受到一個身居國家要職高官的特殊寵愛。在維爾納，她與一個年輕的外國親王有著親切的關係。當她回到莫斯科的時候，那個高官和那個親王都在聖彼德堡，兩個人都表示有擁有她的權利。海倫碰到了一個新問題——如何才能保持她與雙方的親密關係而且不會得罪其中一方。

對其他的女人來說這是棘手的問題，但是一點也難不住這位有著「絕頂聰明的女人」稱號的別祖霍夫伯爵夫人。海倫像一個想要做什麼就一定能做到的真正的偉人一樣，立即把自己擺在正確的位置，並相信就是這樣，而把別人全都置於不對的位置。

當那個年輕的外國人頭一次責怪她的時候，她驕傲地抬起頭，轉過半個身來向著他，堅定地說道：「這就是男人的殘酷和自私！我沒有什麼更好的期望。一個女人獻身於您，她所能獲得的回報，就是她還在受苦！您有權利要求我彙報我的友誼和愛情嗎？對我而言那是一個比父親還親的人。」

那個人剛要張口說話，就被海倫打斷了。

「啊，是啊，」她說道，「他也許對我懷有比父親更深的感情，我怎能把他拒之於門外。我一個女人，沒辦法忘恩負義，您要清楚，殿下！我內心的感情只向我的良心和上帝袒露。」她說完，雙手放在那高高挺起的胸脯上，兩眼凝視著天空。

「可是，看在上帝的情面，請聽我說。」

「讓我娶給您吧，我要做您的僕人！」

「可是那是無法實現的呀！」

「您不願降低身分來娶我，您……」海倫說著，委屈地哭起來。

那個人開始安慰她，但是海倫淚光閃閃地說，什麼都不可以阻止她嫁給他，有過先例，說她一直不是她丈夫真正意義上的太太，僅僅是個犧牲品。

「可是宗教，法律……」那個人說道。

「宗教，法律……它們辦不了這件事，那還要它們有什麼意義呢？」海倫說道。那個人很吃驚，這麼簡單的道理，怎麼就沒有想到呢？然後他去請教和他關係密切的教友們。

幾天以後，在海倫的石島別墅舉行的一次迷人的晚會上，有人給她介紹了一個已不太年輕、眼睛深邃明亮、頗具魅力的德諾貝爾先生，他是個穿短衫的耶穌會教士。他和海倫談對上帝的愛，談今生和來世僅有真正給予人們的慰藉的天主教。海倫深受感動，德諾貝爾先生和她的眼睛裡湧現出了眼淚，他們的聲音也顫抖了。

她把這看成未來的良心指導者的談話；第二天傍晚，德諾貝爾先生獨自去看海倫，自那以後，他常常到海倫那裡去。

有一天，他把伯爵夫人帶到天主教堂去，她跪在祭壇前。那個英俊的、不年輕的法國人把雙手放在她頭上，她覺得有一陣清風吹進她的靈魂。

後來，她把一個穿長法衣的神父帶到她那裡去。他聽了她的懺悔，免了她的罪。第二天，她收到一個裡面裝著聖餐的匣子，留在她家裡供她領取。幾天之後，海倫欣喜地得知，她現在已經完全地加入天主教會，短期內，教皇就會親自批准她入會，給她頒發證書。

常會遇到這種情況，一個愚昧的人在要手腕方面比幾個比較聰明的人更厲害。海倫知道，她費勁口舌，費了那麼多心思，目的就是讓她改信天主教，接著從她那裡爲耶穌會機關籌到捐款，海倫堅持在拿出錢以前，要辦好她與丈夫離婚的必要手續。她懷著這個目的和懺悔神父交談的時候，她肯定要神父回答她，她的婚姻對她有多大的束縛。

神父保養得很好，豐滿的下頷鬍鬚修剪得很整齊，一雙白淨的手柔順地交疊在膝蓋上，一張讓人喜愛的性感的嘴巴。他坐在海倫旁邊，嘴角上露出一絲笑意，安靜地欣賞著她的美貌，講述著他對那個問題的看法。海倫不安地微笑著，看著他的卷髮和那飽滿的、發青的、刮得光光的雙頰，一直期盼交談轉入一個新的話題。可是，儘管神父明顯興奮與她這樣接近，但是一味津津樂道地只顧談他那一套。

靈魂指導者的言語如下：「您不明白您所做的事有何意義，就像一個男人保證忠於夫婦之道；他那一方呢，結了婚但是不相信結婚的宗教意義，犯了褻瀆神聖罪。這樁婚姻缺少它該有的雙重意義。可是，儘管這樣，假如您違背了誓言……」

「可是我想，」感到無聊的海倫忽然笑容滿面地說道，「我既然信了真正的宗教，我就要脫離僞宗教對我的束縛。」

她的良心指導者爲她提出的問題感到驚訝。他爲自己弟子意外的飛快進步表示欣賞，可是他必須把握他用腦力勞動建築起來的理論大廈。

「讓我們來把問題弄清楚，伯爵夫人。」他微笑著說道，繼續反駁他的教女論點。

七

海倫清楚，從宗教的觀點來看，事情本來很容易，因爲她的指導者們顧慮世俗怎麼看待這件事，所以有意作難。

所以海倫決定，在社交界先作輿論渲染氛圍。她找到那個年紀大的顯貴，向他說一遍她向另一個追求者說過的話，只有通過娶她這一唯一的途徑，才能獲取佔有她的權利。這個年紀大的要人一開始，也和那個年輕的要人一樣，被這個建議驚呆了，但是海倫的信心是這樣堅定，海倫的想法影響了他。假如海倫自己露出一絲動搖、害羞和遮掩的跡象，她的事情就失敗了；但是她不僅沒有表現出害羞和遮掩的樣子，相反，還帶著天真溫厚的神氣告訴她那些親密朋友，大官和親王都向她求婚了，她愛他們兩個，不想看到其中任何一方難過。

流言傳遍了聖彼德堡，不是說海倫要求與她的丈夫離婚，而是直接說海倫不清楚應該嫁給兩人中的哪一個。誠然，有一些思想保守的人對此沒辦法理解，他們覺得這個想法褻瀆了婚姻的神聖。有關一個女人在丈夫還活著的時候再嫁人是壞還是好，都避開不談，因為這對比你我更明智的人來講，明顯已經不是問題了，假如對此表示懷疑，就會暴露出你的愚蠢，表明你不會在社交界周旋，沒有人願意冒這個風險。

只有這年夏天來聖彼德堡看兒子的阿赫羅西莫娃直抒自己的看法。在一個舞會上與海倫相遇，阿赫羅西莫娃在眾目睽睽之下把她攔住，用她那粗嗓門向她說道：「或許您認為這是您的新發現吧？在丈夫還活著的時候您又要結婚了！有人告訴我了，有人已經走在您前面了，親愛的！這一計謀早有人實施過。在所有妓院……都是這麼做的。」說完這幾句話，阿赫羅西莫娃捲起寬大的袖子，嚴肅地環視了一下周圍，就從房間中走過去了。

雖然人們對阿赫羅西莫娃有一種害怕，但是在聖彼德堡她被人們看成一個丑角，所以，有關她說過的話，人們僅把注意力放在那個粗魯的字眼上，並相互小聲重複著。

瓦西里公爵最近很健忘，相同的話能重複上百遍，每次遇見他女兒時，都說：「海倫，我要與你談談。」說著把她拉到一邊。「我聽到某些有關……咳，你是清楚的。唉，我親愛的孩子，你清楚，你……你受了許多苦……可是我親愛的孩子，你心裡怎麼想就怎麼做吧。這就是我對你的忠告。」然後他隱藏著他慣有的激動，把他的臉往女兒臉上貼一下，就離開了。

一直保持聰慧過人聲名的比利賓是海倫親密的朋友，是那種常常在顯赫的女人堆中晃來晃去，永遠不會成為情人的男朋友，有一次在小圈子裡，向她談了他對這些事的看法。

「您聽著，比利賓，」海倫說道，並用她那戴滿戒指的潔白指頭碰了碰他的衣袖，「請您就像我的姐妹那樣告訴我，兩個中應選哪一個？」

比利賓皺著眉頭，嘴角上帶著微笑，盤算了片刻。

「您的問題並不會讓我覺得意外，您清楚嗎？」他說道，「做為一個真正的朋友，我認真地思考了您的問題。您看，您成為親王的妻子，您一定將永遠失去成為另一個人妻子的機會，並且，宮廷也不會滿意的。假如您做那個老公爵的妻子呢，您會讓他的晚年幸福，接著……親王不用屈尊就能娶您這個大人物的遺孀了。」比利賓前額的皺紋漸漸消失。

「這才是一個真正的朋友！」海倫眉飛色舞地說，「但是，我兩個都愛，我不希望見到他們中的任何一個難過。為了他們兩人的幸福我寧願犧牲所有。」她說道。

比利賓聳了聳肩膀，他也沒有辦法了。

「可是，請問，您的丈夫會怎麼看待這件事？」比利賓問道，「他會答應嗎？」

「啊，他是那麼愛我！」海倫說道，「他為了我可以做任何事情。」

比利賓眉頭一皺，「甚至休了您？」他說道。

海倫大笑起來。

一些人敢於懷疑擬議中的婚事的合法性，海倫的母親庫拉金公爵夫人就是其中的一員。她請教了一個俄國牧師，詢問在丈夫健在的時候離婚和再嫁是不是可以，牧師對她回答是不可以的，而且，令她愉快的是，牧師指著給她的《福音書》的經文，肯定了在丈夫活著的時候沒辦法再嫁。

早晨，公爵夫人就坐車去她女兒那裡了，那些她自己覺得不可反駁的證據促使她這樣與女兒獨自見面。

聽了母親的反向想法後，海倫嘲諷地溫和地笑了笑。

「書中不是白紙黑字地寫著了：『誰娶離婚的女人……』」老公爵夫人說道。

「哎呀，媽媽，不要說傻話了！您什麼都不知道，處在我的位置，我有義務。」海倫先用俄語，現在改成了法語，她總認為用俄語表達不清她的意思。

「哎呀，聖父有原諒的權利，媽媽，您為何就不知道……」

這時，走進一個女人，她是住在海倫家的女伴，她說，殿下希望見海倫，他正在大廳裡等著。

「不，請告訴他，我不想見他，因為他不守承諾，我很生氣。」

「伯爵夫人，什麼罪過都應得到原諒。」一個長臉、金髮的年輕人走過來說道。

老公爵夫人畢恭畢敬地站起來，行了屈膝禮。進來的那個年輕人對她視而不見。

公爵夫人向女兒點了點頭，朝門口走去。

「不，她是對的。」老公爵夫人想道，她所有信念都消滅在殿下出現的那一刻。「她對了，可是在我們年輕的時候，我們怎麼不清楚這些呢？」老公爵夫人坐在馬車上想。

八月初，海倫的事情已經定下來了，她給丈夫寫了一封信，信中告訴他，她打算嫁給某人，並說她已經正式加入了真正的宗教，她請求他辦理所有離婚必要的手續，送信人會向他解釋那些手續。

「我的朋友，至此，我祈禱上帝給予您神聖充滿力量的保佑。您的朋友海倫。」

當皮埃爾收到那封信的時候，他正在波羅底諾戰場上。

八

在波羅底諾戰役即將完結時，皮埃爾第二次從拉耶夫斯基炮臺上跑下來，與一群士兵一道沿山谷往克尼亞茲科沃走去，到急救站，一見到血，聽見呻吟聲、叫喊聲，他又匆匆忙忙地鑽到士兵群裡接著前進。

這個時候他只有一個願望，就是趕快脫離今天碰到的可怕事情，回到正常環境中去，沒有人打擾他睡覺。但是什麼地方都沒辦法找到那種條件了。

儘管在這裡，他走著的大路上已經沒有炮彈呼嘯了，可是附近的情形還像戰場上一樣。還是那如出一轍的射擊聲，依舊有流血，儘管離得遠些，依舊讓人毛骨悚然，另外，到處佈滿灰塵讓人窒息。沿著莫札伊斯克大路走了三俄里以後，皮埃爾在路邊坐了下來。

黃昏，大炮的轟鳴聲無影無蹤。皮埃爾久久地靠著胳膊側臥著，看著黑暗中從他身邊移過的影子。他總是覺得有一顆炮彈正在呼嘯著向他飛奔而來；他打了一個寒戰，站起身來。他不記得他在那裡待了多長時間。半夜的時候，有三個士兵折了一些樹枝停在他身邊，開始生火。

士兵們瞧了皮埃爾一眼，點起火來，把鐵鍋架在火上，他們又把一些麵包乾弄碎放進鍋裡，然後加上一點兒油。讓人快樂的食物香味和煙味混合起來。

皮埃爾坐起身，歎了一口氣，那三個士兵邊吃邊說，沒有搭理他。

「你是什麼人？」其中一人忽然問皮埃爾，就是說：「你要吃東西，在給你之前我們得清楚一下你是什麼人。」

「我？我……」皮埃爾說道，盡量降低他的社會地位，「本來我是個民軍軍官，但是我的民軍不在這裡；我在打仗時與他們走失了。」

「瞧你！」一個士兵說。

另一個士兵搖了搖頭。

「你喜歡麵糊，就盡量吃吧！」第一個士兵說著，把一只舔乾淨的木勺子遞給皮埃爾。

皮埃爾坐到篝火旁邊，開始吃麵糊，他認爲這鍋裡的東西是他這一輩子中吃過最美味的佳餚。他俯在鍋上，一勺又一勺地吃著，火光照亮了他的臉龐，士兵們安靜地看著他。

「你說說你要去哪兒？」其中一個人又問道。

「我去莫札伊斯克。」

「這樣說來，你是個老爺吧？」

「確實這樣。」

「你的名字是什麼？」

「皮埃爾。」

「那麼，皮埃爾，走吧，我們帶你一起去。」

在黑暗中，士兵們和皮埃爾向莫札伊斯克行進。

當他們靠近莫札伊斯克時，雞已開始打鳴。皮埃爾與士兵一路同行，都不記得他的旅店是在山下。他已經走過了，幸虧在半山腰上碰見來找他的馬伕。馬伕在黑暗中通過皮埃爾的白帽子認出他來。

「大人！」他說道，「您要去哪兒呀？您怎麼走著啊！大人！」

「啊，沒錯！」皮埃爾說道。

士兵們停住腳步。

「你找到自己人了？」當中一個說道。

「那再見吧，皮埃爾！」

「再見，皮埃爾！」其他兩人也說。

「再見！」他說道，和他的馬伕向旅店走去。

旅店裡都住滿了人，沒有空房間了。皮埃爾走進院子，躺在他的馬車中把頭蒙起來。

九

皮埃爾頭一挨枕頭，就睡著了。忽然間，他聽見噗噗的射擊聲、叫喊聲、呻吟聲和炮彈落地聲，嗅到火藥味與血腥味，他恐懼死亡。他驚慌地睜開眼睛，從大衣下面伸出頭來。院子中一片寂靜。只有一個勤務兵踩著泥漿進了大門，和店主交談。皮埃爾坐起來的動作驚擾了他頭上的幾隻鴿子，在黑暗的屋頂下鴿子拍動著翅膀。院裡瀰漫著強烈的和平的味道、馬糞味和乾草味，這些令皮埃爾興奮。

「感謝上帝，那些再沒有了！」他想著又蒙起頭。「噢，恐懼是多麼恐怖，它嚇倒了我，多麼可恥！但是他們……他們一直是堅定的，沉著的……」他想道。

皮埃爾概念中的他們是士兵。他們這些不同尋常的、他以前不清楚的人，他們在他思想中與其他所有人是完全不同的。

「做一名普通的士兵！」皮埃爾矇矓入睡時想道，「全身心融入這種共同的生活中，深刻體驗成為那種人的任何事情。但是如何才能從自己身上去掉那些外在的累贅呢？有時候我完全可以成為這種人，我完全可以逃走，就像我所希望的那樣。或者，在與多洛霍夫決鬥以後，我應當被送去當兵。」他記憶起共濟會支會在英國俱樂部舉行的嚴肅聚會。一個他密切的、熟悉的、喜愛的人坐在桌子的一側。沒錯，就是他！是我的恩師。

「難道他沒有死？」皮埃爾想。「不，他死了，但是他為何又活了？他死了，我是多麼遺憾；他又活了，我是多麼興奮啊！」桌子的另一邊坐著尼森威斯基、阿納托利、多洛霍夫、傑尼索夫和其他類似他們的人。這些人高聲地唱著跳著；通過他們的叫聲中夾雜著他恩師的交談聲，他說話的聲音也如戰場上的轟隆聲一樣響亮，而且連續，聽起來讓人感到安慰和愉快。皮埃爾不清楚恩師說的是什麼，可是他清楚，他在談善行以及成為他們那樣人的可能性。他們臉上帶著善良、單純、堅定的表情圍繞著他的恩師。皮埃爾想要說話，來引起他們的留心，他欠起身來，他的腿發涼，腳露出來了。

皮埃爾在整理大衣的時候，睜開了眼睛，看見的仍舊是那些院子、屋頂和柱子。可是這所有的東西現在都發亮、泛青，點綴著霜花與露珠。

「天亮了，」皮埃爾想道，「但我並不需要這些，我要把恩師的話聽完並理解。」他又用大衣蒙起頭來，可是一切全都不見了。後來，當皮埃爾回想起那些思想的時候，他深信那不是他的幻覺，儘管這是來源於那天的印象。他覺得清醒的時候永遠不會那樣表達和思想。

「戰爭是人類自由向上帝的法律最困難的服從。」有個聲音說。「淳樸是對上帝聽話；你沒有辦法避開上帝。他們是樸實的。他們只說不做。沒出口的話是金的，說出口的話是銀的。怕死的人什麼也不會得到，不怕死的人會擁有所有。只有遭遇了苦難，人才會認識自己，瞭解自己的不足。最難的事是把內心所有事物的意義連接起來。連接所有？」他向自己說。「不，不是。思想沒辦法連接，要讓所有這些思想銜接起來！沒錯，需要銜接起來，需要銜接起來！」他懷著喜悅的心情向自己重複著這句話，感覺只有這些話，才能表達他要表達的意思，能解決讓他困擾的問題。

「沒錯，應當是銜接起來的時候了。」

「該套車了，大人！大人！」有個聲音重複著。這是馬伕喚他的聲音。太陽直射在皮埃爾臉上。他看了一眼那個髒兮兮的院子，一些車輛正趕出大門。皮埃爾憎惡地轉過臉去，閉上眼睛，又躺回到馬車座位上。

「不，我不要這些，我不想看到這些。我要弄清楚夢給我的啓示。我應該怎麼辦才好呢？銜接起來，但是怎麼才能把它們都銜接起來呢？」皮埃爾恐慌地感到他夢中所見所想的一切都消失了。

店主、馬伕和車伕都向皮埃爾說，法國人已經靠近莫札伊斯克了，俄國人正從那裡撤退。

皮埃爾站起來，命令套上車來追他，他往市里走去。

部隊已經出發了，留下近萬名傷患。各家窗口旁、院子裡，到處都是傷患。皮埃爾讓他認識的一個受傷的將軍上了已經追上他的馬車，和他一起去莫斯科。路上，皮埃爾聽到他的內兄阿納托利和安德烈的死訊。

十

三十日，皮埃爾回到了莫斯科。在城門旁邊他碰見了拉斯托普欽伯爵的副官。

「我們正四處找您，」副官說，「伯爵一定要見到您。請您馬上就到他那裡去，有件事情很重要。」

皮埃爾沒有回家，叫了一輛馬車，直接去了總督那兒。

拉斯托普欽伯爵今天早晨才從他索科爾尼基的郊外別墅回到城裡。他房子的接待室和前廳裡擠滿了人，他們都是被聚集來的和前來請示的官員。普拉托夫和瓦西里奇科夫已經見過伯爵，向他說明莫斯科只好丟下了。儘管這消息居民還不清楚，可是各部門的首長們、官吏們，沒有人不清楚莫斯科將要落在敵人手裡；為了推卸責任，他們都是來向總督請示他們管轄的部門應該怎麼做。

當皮埃爾走進接待室的時候，碰見一個從軍隊裡來的信使剛好從拉斯托普欽伯爵的房間裡走出來。信使對人們向他提出的問題，只是絕望地揮了一下手。在接待室等候的時候，皮埃爾環視著房裡各色各樣的人，其中有文官、軍人、少的、老的、不重要的和重要的人物。每個人都露出不安與不滿的神情。皮埃爾走近一群官員，他認識其中一個人。與皮埃爾打過招呼以後，他們又繼續自己的交談。

「先把人撤出去，然後再返回來，沒有什麼不好的，現在什麼事情都沒有辦法負責。」

「可是你看他寫的……」另一個人指著一張印刷的傳單說道。

「這不是一回事。對老百姓來說這是必要的。」第一個人說。

「這是什麼？」皮埃爾問。

「一張新傳單。」

皮埃爾拿過來，開始讀起來。

「動座為了能夠盡早地與朝他開過來的部隊會合，已經越過莫札伊斯克，並在敵人不會到達的位置建立了牢固的陣地。從這裡調給他四十八門大炮和火藥。到必要時還要預備進行巷戰。要拚死保衛莫斯科。朋友們，儘管政府機關關門了，但秩序總有人維護的，我們要靠自己的法庭來對付那些壞蛋！需要的時候，我會召集農村和城市青年，兩天後我會發出命令。明天午飯後我要抬著伊韋爾聖母像看望葉卡捷琳娜醫院的傷患，在那裡祈求賜給聖水，讓他們飛快健康起來；我現在身體很好：我有一隻眼睛得過眼疾，而如今我雙目明亮。」

「但是軍人們告訴我，」皮埃爾說道，「在城裡沒有辦法作戰，並且陣地……」

「是啊！我們才談的這件事。」第一個官員說。

「他說『我有一隻眼睛得過眼疾，而如今我雙目明亮。』這是什麼意思？」皮埃爾問。

「伯爵得過麥粒腫，」副官微笑答道，「人們來問他怎麼樣，他惴惴不安。但是，伯爵，」副官忽然笑著問皮埃爾，「我們聽說，您家裡很亂。說伯爵夫人，您夫人……」

「我什麼都沒有聽到，」皮埃爾漠不關心地回答道，「您聽說什麼了？」

「不，您清楚，人們經常無中生有。我不過是道聽塗說罷了。」

「您到底聽說什麼了？」

「啊，聽說，」副官笑容依然地說道，「有人說，您的太太，正在準備出國……」

「也許，」皮埃爾心不在焉地說道，「這是誰呀？」他指著一個身著潔淨藍色厚呢長外衣，留著雪白的眉毛和大鬍子，面色紅潤的小老頭問道。

「他呀？是個商人，就是小飯館的老闆維勒希什。大約您也聽說過那個佈告的事吧。」

「啊，原來這就是維勒希什哪！」皮埃爾打量著這個老頭兒的臉，那張臉鎮靜而堅定。

「他不是那個人，是那個寫佈告的人的父親，」副官說，「那個人正在監獄裡，不會有好下場的。」一個脖子上掛十字架的德國籍官員，還有一個戴勳章的小老頭，走到交談的人們跟前。

「您知道嗎？」副官說道，「這是一筆糊塗賬。那篇宣言出現在兩個月前。人們彙報了伯爵。他命令進行調查。六十個人看過這篇宣言。他去問一個人：『你從什麼人那裡得到的？』『從某某人那裡。』他又去問第二個人，『你是從什麼人那裡得到的？』就這樣一直問到維勒希什……一個沒受過多少教育的商人，您清楚嗎？一個小店主，人家問他，『你是怎麼知道的？』主要的是我們清楚他是從哪兒得到的。他只能從郵政局局長那裡得到。可是，他們之間有過秘密約定。他回答說：『不是從什麼人那裡得到的，是我自己寫的。』他們威脅他，逼問他，但是他死死地咬定。就這樣彙報了伯爵，伯爵把那個人傳來。『你從哪裡得到的那張傳單？』『我自己寫的。』是啊，您是知道伯爵的！」副官臉上帶著驕傲滿意的笑容說道，「他大發雷霆，他厚顏卑鄙，這樣頑固地撒謊！」

「啊！我清楚了，伯爵想聽他說那是從克柳恰廖夫那裡得來的！」皮埃爾說道。

「不是那樣的，」副官慌張地辯白說，「就沒發生過此事，克柳恰廖夫也有自己的罪過，因此他被流放了。可是伯爵很憤怒。他拿起桌上的一份《漢堡日報》，『這是翻譯的，不是您寫的，而且寫得很差勁！你這個傻瓜』。您猜怎麼樣？『不，』他說，『我什麼報紙都沒有讀過，我是自己寫的。』『如果是那樣，你更是叛徒，我要把你送交法庭！說吧，你是從什麼人那裡得到的？』『我自己寫的，我從沒讀過什麼報紙。』結果就是這樣。伯爵把他父親也找來了，他還是說他自己寫的。然後他被送交法庭，被判服苦役，現在他父親來為他求情了。不過他是一個畜生！那種商人的兒子，不知他在哪裡聽過幾次演講，就得意忘形了，這個引誘女人的花花公子就是這類貨色。他父親在這裡的石橋旁邊開個小飯館，您清楚，飯館裡有一個很大的，一手托金球一手拿權杖的萬能的上帝聖像。他竟然把聖像帶回家去，而且在家裡放了好幾天，他要做什麼呢？他找到一個蠢蛋畫家……」

十一

故事聽了一半的時候，皮埃爾就被叫進去見總督了。

皮埃爾走進了拉斯托普欽伯爵的辦公室。拉斯托普欽正皺著眉用一隻手揉搓他的眼睛和前額。皮埃爾剛進來時，有一個矮個子的人正在講什麼，他一進來那個矮個子就不講走出去了。

「啊，您好，偉大的勇士！」那個矮個子一走出房間，拉斯托普欽就說道。「已經聽說過您的光輝偉績了。親愛的，您是共濟會會員嗎？」拉斯托普欽伯爵嚴肅地問道。

皮埃爾沉默著。

「親愛的，我的消息最靈通，不過我知道，共濟會會員是五花八門的，我期望您不是那種打著在拯救人類的幌子，但是想要毀掉俄國的共濟會會員。」

「沒錯，我是共濟會會員。」皮埃爾答道。

「是啊，我親愛的！我想您清楚馬格尼茨基和司庇拉什金已經被送到屬於他們的地方去了。克柳恰廖夫先生也是同樣的下場，我不會冤枉一個好人，更何況他還是個郵政局局長，你應當理解，這不是沒有原因的，我聽說，你借給他馬車並把他送出城，甚至還幫他保管文件。我是愛您的，不希望讓您倒楣，我像父親一般勸告您，不要再和那一類人來往，您也抓緊時間離開這裡。」

「但是克柳恰廖夫有什麼罪呢，伯爵？」皮埃爾不解地問道。

「這事不是你該問的。」拉斯托普欽嚷道。

「假如是因爲有人控告他散佈拿破崙的傳單，並沒有證據啊，」皮埃爾連看都不看拉斯托普欽就說道，「而維勒希什……」

「真的是這樣！」拉斯托普欽猛地打斷了他的話，皺起眉頭，音調更高地衝著皮埃爾喊道，「維勒希什活該遭到報應，他是個賣國賊、叛徒、奸細！」拉斯托普欽惡狠狠地說道。「我找您來並不是爲了討論我的事，而是想忠告您，假使您要這麼想的話，請您不要再和克柳恰廖夫這一類人交往，並離開這裡。」

然後又友好地同皮埃爾握起手，接著說，「我們都面臨著災難，我沒空跟所有和我來往的人講客氣，我有時昏頭昏腦的。親愛的，您是怎麼想的呢？」

「什麼想法也沒有。」皮埃爾答道，一直沒看拉斯托普欽，也沒改變那沉思的面孔。

伯爵發起愁來。

「我善意地告訴您。趕快離開，識時務者爲俊傑！再見。啊，還有，」他衝著門喊道，「是否伯爵夫人真的落入耶穌會神父們的魔掌了？」

皮埃爾沒有回答他，眉頭緊皺，氣憤地離開拉斯托普欽的房間。

天黑他才到家。那天晚上大概有八個人前來拜訪他。他們都有事要求皮埃爾解決。皮埃爾什麼都不清楚，也不關心這些事，爲了擺脫他們，他只是應付地回答。最終只剩下他一個人了，他才讀了妻子的信。

「他們——炮臺上的士兵，把安德烈公爵打死……那個老先生……淳樸就是服從上帝。應該受苦……所有的意義……必須銜接起來……老婆要嫁人……必須瞭解和忘記……」他走到床前，沒脫衣服就躺下去睡了。

第二天早晨他剛醒來，管家就來彙報說拉斯托普欽伯爵專門派來一名警官，詢問別祖洛霍夫伯爵是不是已經離開了，或正要離開本市。

又有十來個人找皮埃爾辦事，等在客廳裡。皮埃爾連忙穿好衣服，沒有去見他們，而是從後門逃走了。

從那時起，一直到莫斯科被毀掉，別祖霍夫家的人們儘管想方設法地尋找皮埃爾，但是再也沒有見到他，誰也不清楚他在什麼地方。

十二

羅斯托夫一家在莫斯科，一直待到九月一日，也就是敵人進城的前一晚。

彼佳加入了奧博連斯基哥薩克團，去了白采爾科維，這讓伯爵夫人膽戰心驚。她怕兩個兒子都去參戰，從此離開她遠走高飛了，或者，她的一個或兩個兒子都被打死。

這年夏天她頭一次清楚地有了這個可怕的想法。她曾想辦法讓尼古拉回到她身邊，想要親自去找彼佳，可是她什麼都沒辦到。彼佳要嘛和團隊一塊兒回來，要嘛被調到另一個團隊裡去，否則他不回來。尼古拉隨著他的部隊到什麼地方去了，自從上次寫信，詳細地講述了他和瑪麗亞公爵小姐見面以後，就杳無音信。

伯爵夫人整夜難眠，一睡著就夢見她那兩個兒子戰死了。經過多次討論，伯爵最終清楚該如何安慰伯爵夫人了。他設法把彼佳從奧博連斯基團調到正在莫斯科附近組建的別祖霍夫團。儘管彼佳還留在軍隊中，但這一調動能令伯爵夫人獲得安慰，因爲有一個兒子在自己的翅膀下。

當尼古拉獨自處在危險中時，伯爵夫人覺得在她所有孩子裡她最愛她的大兒子；可是當她的小兒子也加入那些大男人的行列中時，母親又覺得最愛他了。這些殘酷可怕的人不知爲了什麼正在什麼地方打仗，並從中得到樂趣。彼佳回到莫斯科的日期越來越近，但是伯爵夫人越來越感到忐忑不安。她想她永遠與那幸福時刻訣別了，不僅索尼婭，連她心愛的娜塔莎，包括她丈夫在內，都令她生氣。

「我要他們做什麼？我只要彼佳！」她想道。

八月末，羅斯托夫家接到尼古拉第二封信。這是從沃羅涅日省寄來的，他被派到那裡去買馬。這封信並沒有讓伯爵夫人安心。清楚大兒子脫離了危險，她就更爲彼佳擔心了。

八月二十日，所有羅斯托夫家認識的人都離開了莫斯科，儘管大家都勸伯爵夫人趕快走，但是在彼佳回來之前，她對要走的事一點兒都不在乎。

八月二十八日，彼佳回來了。這個十六歲的軍官討厭那種不正常的熱烈溫情。他本能地對她冷漠，躲避她，在莫斯科暫住期間，只同娜塔莎交往，他對她一向懷有戀人般的手足柔情。

因爲伯爵無憂無慮的性格，直到八月二十八日，還沒有做好離開的準備，直到三十日，他們終於等到了從莫斯科田莊和梁贊運走所有財產的車輛。

八月二十八日到三十一日，整個莫斯科陷入一片慌亂中。每天，數千名在波羅底諾戰役中受傷的人從多羅戈米洛夫門運進來，分送至莫斯科各地，居民們帶著他們的財產，駕著數千輛車從別的城門逃走。有人說，不允許什麼人離城；但是另一些人相反，說把所有聖像都從教堂裡抬出來了，所有人都要被強制離開城市；有人說，波羅底諾以後打了一場勝仗，把法國人打得落花流水；有人討論莫斯科的民軍，說他們由教士率領到三山去了；還有人偷偷地說，有下令不讓奧古斯丁離開、農民們在暴動、抓到了叛徒、搶劫那些離開莫斯科的人等，眾說紛紜。

不過這都是些傳言，事實上，人們都感覺到了，莫斯科的放棄是改變不了的，應當趕快離開。人們感覺，忽然間一切都要變了，都要破滅了。可是直到九月一日，什麼也沒發生。儘管它清楚即將毀滅，人們習慣了的生活變得毫無秩序，然而它還是不由自主地過著熟悉的生活。

在莫斯科被佔領的前三天裡，羅斯托夫家都忙於各種事務。羅斯托夫老伯爵不停地乘車在城內東奔西走，從各方面搜集謠言，在家裡發出各種毫無現實意義的命令。

伯爵夫人監督收拾東西，她總是跟著有意躲避她的彼佳，嫉妒娜塔莎，因爲彼佳常常同她在一起。只有索尼婭一個人做實事──包裝東西，可是索尼婭很悲傷，最近總是默不作聲。

瑪麗亞公爵小姐的那封信讓伯爵夫人興奮，當著她的面發表言論說，尼古拉和公爵小姐的會見是天作之合。

「安德烈成了娜塔莎的未婚夫，我一直沒有高興過，」伯爵夫人說，「可我總是希望尼古拉娶公爵小姐。這該多好呀！」

索尼婭覺得這是實情，尼古拉只有娶一個富有的姑娘，才能改善他的家境，而公爵小姐是最佳選擇。這於她來說是難過不堪的事。雖然她很悲哀，她承擔起全部指揮包裝東西的艱難任務，成天忙忙碌碌。伯爵和伯爵夫人要宣佈命令的時候都來問她。差不多成天家裡都充滿了他們的奔跑聲、叫喊聲和沒有原因的大笑聲。他們心中興奮，所以他們快活地笑，每件事都值得笑，值得興奮，不需要什麼理由。

彼佳興奮，因爲他離家時是一個孩子，但是回來時成了一個英武的男子漢了；因爲他在家裡，因爲他離開了白采爾笠科維，那個毫無希望能很快加入戰鬥的地方，已經來到了幾天內即將進行戰爭的莫斯科；他興奮是因爲娜塔莎興奮，娜塔莎的心情影響著他。娜塔莎愉悅，是因爲有人讚美她，彼佳也讚美她。她快活，還因爲她哀傷得太久了，現在她身體健康，也沒什麼可以讓她悲傷。他們因戰爭已經打到莫斯科而愉悅，因將要在城門前廝殺，要給大家分發武器而愉悅，人人都不知逃到何處去。總之，正在發生一件非同尋常的事，但這是令人興高采烈的，尤其是對於年輕人。

十三

八月三十一日，星期日，羅斯托夫家的所有地方都是底朝天。所有門都大敞著，所有傢俱都移動或搬出去了，畫和鏡子都被摘下來。每個房間裡都放著大箱子，地上零散地放著包裝紙、乾草和繩子。農民們和奴僕們搬著東西走在鑲花地板上。院子裡停滿了大車，有的已裝得滿滿的，用繩子綁好了，而有的還是空的。

院子裡迴盪著奴僕和趕車前來的農民們前呼後應的叫喊聲和腳步聲。伯爵一大早就出去了。伯爵夫人被這亂糟糟的情形弄得頭昏腦脹，躺在起居室裡，頭上蒙著一塊用醋浸過的布。彼佳不在家，到一個夥伴那裡去了。索尼婭在大廳裡指揮著水晶玻璃器皿和瓷器的包裝工作。娜塔莎坐在地板上，旁邊散亂地放著緞帶、衣服和圍巾，她手裡拿著頭一次在聖彼德堡舞會上穿過的舊舞裙，傻傻地凝視著地板。

娜塔莎感覺有點過意不去，大家都在忙。她站在索尼婭旁邊想幫她裝瓷器，可是很快就停止了，回到自己房間去收拾自己的東西。剛開始她覺得把衣服和緞帶分送給侍女們會讓她們很感興趣，但是還要包括餘下的東西，她就覺得很無趣。

「多涅婭莎，你來包吧，行嗎？」

多涅婭莎心甘情願地答應了，這個時候娜塔莎坐在地板上，拿起她的舊舞裙，陷入沉思中。隔壁房間裡的女僕們的交談聲和她們急忙走向後門的腳步聲，才把她從遐想中拽回來。娜塔莎站起來，向窗外望了一眼。一列裝滿傷患的長長的車停在街道上。

廚房打雜的人們、車伕、女管家、跟班、男僕、侍女都立在大門前看那些傷患。

娜塔莎將一條白圍巾蒙在頭上走到街上去，兩手抓著圍巾的兩隻角。

之前的女管家老莫蓓拉・科茨梅絲娜從站在大門旁的人群中間走出來，來到一輛帶篷的車前，和躺在車裡的一個臉色蒼白的年輕軍官說話。娜塔莎朝前走了幾步，又怯生生地停下來，仍舊捏著頭巾的兩個角，聽那個女管家在說什麼。

「那您在莫斯科沒有親人啦？」莫蓓拉・科茨梅絲娜說道，「您住在那裡可以感覺好些……或者來我家住也行，主人們馬上都要走了。」

「我行嗎？」軍官有氣無力地答道，「我們的長官來了……問他吧。」他指著一個胖少校說。

娜塔莎驚慌地從那個受傷軍官的臉上掃了一眼，向少校走去。

「我們能夠讓傷患住我們家嗎？」她問道。

少校微笑著把手舉向帽簷。

「您要哪一位呀，小姐？」他眯著眼睛微笑著說。

娜塔莎把剛才的問題說了一遍，儘管她還捏著頭巾角，但她的面孔和神情是那麼嚴肅，少校停止了微笑，思考了一下，然後答應了她。

「噢，可以，沒錯，怎麼會不行呢？」他說。

娜塔莎微微點了一下頭，快步走到莫蓓拉那裡，她正俯著身體很同情地跟那個軍官交談。

「行了，他說了，行！」娜塔莎小聲說道。

那個軍官的篷車駛進羅斯托夫家的院子，數十輛車上的傷患被市民邀請到波瓦爾大街的各家的院子裡。莫蓓拉・科茨梅絲娜與娜塔莎竭盡全力把更多的傷患安排到她們的庭院中去，娜塔莎看起來很喜愛這樣的事情。

「最好還是告訴你父親一聲。」莫蓓拉·科茨梅絲娜說道。

「沒關係，沒關係，不都一樣嗎！我們能夠搬到客廳裡住一天。把一半的房間騰出來給他們用。」

「唉，小姐，看您想到哪兒去了！就讓他們住廂房，單身傭人室，保姆室也應該問問。」

「好吧，我去問。」

娜塔莎跑進宅內，踮著腳尖走進瀰漫著醋味和霍夫曼藥水味道的起居室。

「媽媽，您睡了嗎？」

「咳，睡不著啊！」正在打盹兒的伯爵夫人說道。

「請原諒！母親！」娜塔莎跪在母親身旁說著，將臉貼近母親的臉，「親愛的母親！對不起！我把您吵醒了！這樣的事情再不會發生了！莫蓓拉·科茨梅絲娜叫我來問您，運來的那些傷患，您能讓他們進來嗎？他們沒有地方可去了。我早就清楚您肯定會讓他們來……」她一氣呵成地把話說完。

「我沒弄明白你在說什麼，運來什麼了？什麼軍官？」伯爵夫人說道。

娜塔莎大笑起來，伯爵夫人也微微地笑了笑。

「我清楚你肯定會答應的……我這就去告訴他們。」吻過母親以後，娜塔莎站起來，向門口走去。

在大廳裡她遇見了帶著壞消息回來了的父親。

「俱樂部關了門，員警也在撤退。」

「父親，我可以把傷患請到家裡來嗎？」娜塔莎說道。

「當然可以，」伯爵不假思索地說，「問題不在這裡。我求你現在別管這些小事，去幫助收拾東西，明天我們就走，走！……」伯爵向管家和僕人也發出同樣的命令。

吃飯的時候，外面回來的彼佳講了他的見聞。

他說，今天人們到克里姆林宮領武器去了，下令所有居民明天都拿武器到三山去，那裡將要發生一場戰爭。

伯爵夫人時不時地瞧一下兒子那愉快的面孔，他滿腔激情地講述著這些消息。她清楚，假如她說一句阻止他去打仗的話，他就會說一些有關男子漢，有關榮譽和祖國的話，那麼她的計畫就失敗了；所以，她什麼也沒向彼佳說，午飯後，把伯爵叫過去，淚汪汪地求他連忙把她送走，可以的話，當夜就走。此前一直無所畏懼的伯爵夫人，出於愛心不由得要起女人的小伎倆來，她說，他們一定要當夜離開，不然她會被嚇死。也不用假裝，這個時候她確實什麼都怕了。

十四

午飯後，羅斯托夫全家人興奮地收拾東西，準備出發。老伯爵不斷地在屋裡和院子裡走來走去，忽然插手做事了。因爲他的瞎指揮，讓那些慌亂的人更加不知所措。因爲伯爵那些互相矛盾的命令，索尼婭不清楚怎麼辦才好。娜塔莎忽然以她特有的熱情展開了工作。她關心起包裝工作來。她費盡力氣，建立的第一個功勞是包裝地毯，這也爲她樹立了她在大家心目中的威信。伯爵家裡有貴重的波斯地毯和戈貝蘭地毯。娜塔莎動手工作的時候，大廳裡有兩只敞口的箱子，一只差不多裝滿了瓷器，另一只裝的是地毯。桌上擺著不少瓷器，還有更多從儲藏室裡搬出來的瓷器。還需要一只箱子，奴僕們已經去拿了。

「索尼婭，稍等，我們這樣裝。」娜塔莎說道。

「不行，小姐，已經試過了。」餐廳侍者說。

「不，稍等一下。」娜塔莎取出箱子中用紙包起來了的盤子和碟子。

「碟子應該放到地毯中間。」她說道。

「能把地毯裝進三只箱子裡就已經很好了。」餐廳侍者說。

「不，請等一等！」娜塔莎飛快靈活地挑選著東西。「這些不要，」她把一些基輔產的盤子放在一邊，「這些要夾在地毯中間。」她指著一些撒克遜瓷盤說道。

「我們可以裝好所有的，你安心吧，娜塔莎！好啦，你住手吧！」索尼婭用責備的語氣說道。

「哎，小姐呀！」總管說。

但娜塔莎不理會。把箱子裡的東西都翻出來，重新裝，決定丟棄那些不需要的瓷器和壞的地毯的確，把那些不值得帶走的東西扔掉後，貴重的東西都裝進那兩只箱子裡了。只是裝地毯的箱子蓋不上蓋子。再拿出一點東西就可以了，可是娜塔莎堅持己見。她來回重裝了好幾次，用力往下壓，把餐廳侍者和彼佳也叫來幫忙，用盡他們的全部力氣壓蓋子。

「夠了，娜塔莎，」索尼婭說道，「我看你是正確的，把上面那條拿出來就行了。」

「我不想拿，」娜塔莎用一隻手向下壓毯子，用另一隻手按下散落在臉上的一縷頭髮，已是滿臉汗水。

「用力呀，彼佳！用力呀，瓦西里奇，用力壓呀！」她喊道。毯子壓下去了，蓋子關上了。娜塔莎拍著手興高采烈地尖叫起來。不過這只是一瞬間的事。她馬上著手幹起其他的事了，這時大家都信任她了。奴僕們問娜塔莎車裝滿了沒有，可不可以用繩子紮起來。在娜塔莎的指揮下，最貴重的東西塞得緊緊的，全都裝起來了，不重要的物品全都遺棄，工作進展得相當順利。

不管怎麼忙碌，直到深夜東西還沒有全都裝好。伯爵將動身的時間推遲到第二天清早，去睡覺了，伯爵夫人早就進入夢鄉了。

娜塔莎和索尼婭都穿著衣服，睡在起居室裡。

這天夜裡又有一個傷患被運回來途經波瓦爾大街，站在大門前的莫蓓拉．科茨梅絲娜把他請進了羅斯托夫家的院子。莫蓓拉．科茨梅絲娜大約覺得他是一個很重要的人。他是被用一輛帶篷輕便馬車運來的。前座上在車伕旁邊坐著一個可敬的老隨從。後面一輛車上坐著一個醫生和兩個士兵。

「請到我們家來吧。主人們將要走了，留下整個宅子空空的。」老太婆向那個老隨從說道。

「那好吧，我們已經對可以把他活著拉到家失去了希望！我們在莫斯科也有自己的房子，可是離這裡太遠了。」

「歡迎到我們家來，主人家裡東西很全，」莫蓓拉．科茨梅絲娜說道，「他病得很重嗎？」

隨從擺了擺手。

「把他送回家已經沒有多大可能了！得問問醫生。」老隨從從前座上下來，走向那輛車子。

「好的！」醫生說。

老隨從回到馬車邊，向裡頭看了看，搖了搖頭，吩咐車伕把車趕進院子。

莫蓓拉．科茨梅絲娜建議他們把傷患抬到屋裡去。

「主人們會贊成的……」她說道。把他抬到會薩夫人住過的房間裡去了，因爲沒辦法抬他上樓梯。

這個傷患是安德烈．博爾孔斯基公爵。

十五

莫斯科的末日來了。這是一個令人愉快、秋高氣爽的天氣，是個禮拜日。像從前的禮拜日一樣，各教堂的鐘聲響了，大家似乎對莫斯科的前途都很迷茫。

僅有兩種社會狀況表明了莫斯科的形勢——老百姓及物價。這一天，一大群農民、家奴和工人還有一些學生、貴族和官吏，一清早便回三山去了。人群散開了，到莫斯科城內的飯館和酒館裡去了。這一天的物價也成了時局的標誌。武器、車輛、黃金和馬匹的價格不斷上漲，可是紙幣和城市生活用品的價格持續下跌，臨近中午的時候，竟出現這樣的情況：假如是運送貴重商品，比如一匹上等的呢絨，租車，車伕要分走一半，而租用農民的馬則要五百盧布；而像鏡子、青銅器和傢俱這種東西差不多都是白送人。

在羅斯托夫家那莊嚴古老的大宅裡，從前與現在沒有什麼差別。這個龐大的家族裡有不少奴僕，可是在這種危難時刻只有三個人在夜晚離開，他們離開時只帶走了自己的私人物品，這足以表明這個家族平時對待下人有多好了；至於他們山莊來的三十輛大車則成了山莊裡最大的一筆財富，有些有錢人要出高價向羅斯托夫購買這三十輛大車。在前一天晚上和九月一日一清早，受傷的軍官派勤務兵找到羅斯托夫家，羅斯托夫家收容的傷患都帶傷前來求羅斯托夫家的人，希望可以讓給他們一些車輛，讓他們能多帶些東西離開莫斯科。儘管總管同情這些傷患，可是面對那些請求，他還是堅決拒絕了，他告訴這些人，他很難在這種危難的時候把這件事稟告給伯爵。儘管他同情這些受傷的人，但在共同的災難中，必須盤算到自己和自己的家庭。總管是這樣替主人想的。

九月一日早晨起床的時候，羅斯托夫老伯爵沉默不語地離開起居室。他怕打擾直到早晨才剛剛睡著的伯爵夫人，他來到門前的臺階上。院子裡停著已經裝好行李的車輛。總管站在門旁正在同一個年紀稍長的勤務兵及一個胳膊上還綁著繃帶的青年軍官交談。一看到伯爵，總管向面前的兩個人做了一個嚴厲的手勢，請他們離開。

伯爵用手揉了揉他的頭，和藹地看著勤務兵和那個受傷的軍官，朝他們點了點頭，便向他的管家問道：「嘿，都預備好了嗎，瓦西里奇？」

「伯爵先生，全都準備好了，馬上出發都行。」

「那就好。等伯爵夫人一睡醒，我們就起程，期望上帝能夠保佑我們一路平安！先生們，請問你們有什麼事嗎？」他問那個軍官，「您是想到寒舍住下嗎？」軍官走近一點兒，他那原本蒼白的臉忽然變紅了。

「善良的伯爵先生，求您可憐可憐我們吧，讓我們搭乘您的車離開這裡吧，我們什麼也沒帶……只要……在您的車上有個地方……反正……只要能夠離開這裡就可以。」

他還沒有說完，那個勤務兵就替他的主人提出了相同的要求。

「啊，行啊，行！」伯爵趕快說道。「我很願意，你們請稍等，瓦西里奇，你安排一下吧。在那邊……那好吧……在那邊或許能夠騰出一輛車子……」伯爵含糊不清地命令著。

就在這一瞬間，軍官臉上那種感激之情已經足以表明，他很希望伯爵的命令一定能夠讓他離開這兒。伯爵向他旁邊環視了一圈。在大門旁邊，在院子裡，在廂房的窗口，都能看到那些勤務兵和他們的傷患。他們都在看著伯爵，期望伯爵也能夠將他們一起帶走。

「大人，請您先到畫廊那裡看一下吧。」總管說道，「關於那些畫，您有什麼命令嗎？」

伯爵同他一起走進通往畫廊的過道，還重複著向總管說不要拒絕那些傷兵帶他們走的請求。

「咳，沒什麼，能夠卸掉一些不是很必要用的東西。」他默默向總管說。

九點，伯爵夫人醒了，專職負責她人身安全的瑪特廖娜．季莫費耶芙娜跑過來對她說，什薩夫人很惱怒，小姐們的夏季衣服也沒辦法丟在這裡。伯爵夫人便詢問什薩夫人為何生氣，才清楚她的箱子被從車上卸了下來，而且之前綁好的車都要卸下來重新裝車，為的是給受傷的人們騰地方，為人老實的伯爵下令奴僕把這些傷患帶走。伯爵夫人叫人去把她丈夫找回來。

「親愛的，能告訴我這是怎麼回事嗎？我聽說你要把所有東西都留下，給那些傷患騰地方，是嗎？」

「你是清楚的，我親愛的，我想跟你說……一個受傷的軍官來請求我，期望我能夠給他幾輛車運傷患。有些東西失去了沒有什麼大不了的，可是，把他們丟在這裡會發生怎樣的事情呢，你想想！……真的，在我們家住的那些人，是我們自己贊成他們住進來的，他們還有那幾個軍官……你清楚嗎，我覺得，假如你可以贊成……把他們帶走吧……急什麼呢？」伯爵結結巴巴地說著這些話。

伯爵夫人已聽煩了這種腔調，因為接下來他肯定就又會提出他要把家產留下多帶走幾個傷患的請求，她已經熟悉並厭煩了這種要求，她覺得她有義務去反對他現在的做法。

她裝出傷心柔軟的樣子，向丈夫說：「聽我說，伯爵，你早已把這個家搞得差不多沒什麼財產了，如今你又要把我們僅剩的這一點兒財產也扔掉！親愛的，我是絕對不會贊成的，假如你執意要這麼做的話，那麼隨便你，照顧傷患是政府的職責，你不瞭解嗎？你就算不可憐我，但你也該為孩子們想想吧？」

伯爵什麼也沒說，揮揮手就離開了那個房間。

「父親、母親，你們在說什麼呢？發生了什麼事情嗎？」娜塔莎問道。

「什麼也沒說！這關你什麼事？」伯爵氣哼哼地小聲說。
「父親，我聽見了怎麼不可以告訴我呢？」娜塔莎說道，「到底是什麼事情媽媽她這麼反對呢？」
「關你什麼事？」伯爵喊道。
娜塔莎默默走到陽臺上，在那裡沉思了起來。
「父親！貝格他在大門口了。」她朝窗外看著說道。

十六

貝格，他是羅斯托夫家的女婿，如今已經是上校了，他擔任第二軍團第一支隊副參謀長這一清閒的職務。
九月一日，他請假從部隊回到了莫斯科。
貝格乘坐著打掃乾淨的馬車，完全像一個公爵似的來到岳父家。他看著院子裡的馬車，走上臺階的時候，拿出一塊整潔的小手絹，打了一個結放進了懷裡。
貝格從前廳邁著穩健急促的步伐跑進客廳，擁抱了伯爵，親吻索尼婭和娜塔莎的手，接著趕忙問候母親的健康。
「如今這個時候還有什麼健康，生命才是最重要的。」伯爵說道，「來，給我們說說！部隊那裡的情況如何，是要撤離呢，還是要再打一仗？」
「我們國家的命運不是上帝能夠決定的，真正能夠決定的是人，父親。」貝格說道，「軍隊鬥志昂揚，如今將領們正在開會。結果如何，我們還沒有接到指示。但是，整體上，父親，俄國軍隊在二十六日戰鬥中表現出的那種昂揚的鬥志，真是前所未有……父親。」

他激動地說：「巴克雷·德·托利將軍冒著生命的危險，時不時地到前線視察戰況。我們的軍團駐守在山坡上。父親，您可以想像得出來這種都只表現出來的樣子嗎？」貝格講述了他所記得的這段時間內聽來的一切發生在前線的事情。娜塔莎目不轉睛地望著他，像是要從他臉上確定答案一樣，這反倒弄得貝格很不好意思。

「總而言之，俄國軍人現在所表現出的那種英雄氣概是沒有辦法用語言去形容的，是值得我們稱讚的！」貝格轉過頭看著娜塔莎說道，「莫斯科這座城市不只是俄國的地標，它是在它的國民……是在熱愛它的孩子們心中，就算地標不在，但在它孩子心中它一直都在！不是這樣嗎？父親。」他說。

這個時候，伯爵夫人帶著疲憊與不滿的神情聞聲走了進來。貝格連忙走過來問候她的健康，親她的手，用同情的眼神看著她並走到她的身邊。

「沒錯，媽媽，目前對於每一個俄國人來說，都是一個艱難而且害怕的時刻，您不用不安，最起碼您目前還能選擇離開。」

「我真不清楚這些下人都在幹什麼。」伯爵夫人對她丈夫說，「剛剛有人告訴我，如今什麼都沒準備好。你是不是該找個人去好好料理一下，照這樣下去，我們到底什麼時候才能夠出發呢？」

伯爵生氣地從椅子上站起來，可是似乎又把話吞回去了，甩手向門口走去。

「父親，我能夠請求您一件事嗎？」貝格說道。

「嗯，什麼事？」伯爵停了下來。

貝格笑著說道：「我剛才坐車經過尤蘇波夫的房子，他們家的管家是我從前認識的一個熟人，他見到我後跑出來，問我是不是要買什麼東西。我出於好奇，走進去了，看到他們那裡有一個梳粧檯和一個小衣櫃。您清楚，薇拉很早就想要這兩樣東西，我們為此還吵過幾次架。」一提到之前見到的東西，貝格臉上洋溢著喜悅，因為他早就想把它們買回來。「東西我看了，外表很新，打開裡面還有一個英式的暗格，薇拉一直都期望擁有這樣的衣櫃和梳粧檯呢。我見到您院子裡有許多農民的大車。請給我一輛，我想去尤蘇波夫家把它們花高價買回來……不過您也許得多給我些錢……因為……」

伯爵聽著眉頭皺了起來，咳嗽了一聲打斷他的話，說道：「你去問伯爵夫人吧。」

「父親大人，假如有困難，我就不要了，」貝格說道，「我只想讓薇拉驚喜一下，但假如您有困難，就……」

「滾……你們都給我滾開，我的頭都被你們吵大了，」老伯爵怒吼道，「我頭都暈了！」他起身摔門離開了房間。

老伯爵出門後，伯爵夫人便坐在椅子上哭了起來。

「母親大人，您不要傷心，現在是非常時期，人的脾氣不免暴躁！」貝格說道。

「你清楚父親為何要這樣做嗎？」彼佳問娜塔莎。她沒有回答。

「那是因為父親想把所有的大車都借給那些傷兵，」彼佳說，「瓦西里奇都跟我說了。我覺得……」

「我覺得，」娜塔莎忽然叫起來，她生氣地轉過頭，緊緊盯著彼佳，「我覺得那太卑鄙了，這麼做實在低劣，這是為什麼？怎麼會變成這樣？」因為她的情緒過於激動，她的臉上掛著淚水，聲音開始顫抖起來，她轉過身順著樓梯跑上樓去了。

貝格坐在伯爵夫人身邊，安慰她。伯爵手拿菸斗在房裡走來走去，這個時候怒氣沒有消的娜塔莎像瘋了一般衝進伯爵的房間，衝他怒吼道：

「你這樣做太卑鄙了，這不可能是您的命令！您怎麼……怎麼可以這樣做呀？」

貝格和伯爵夫人都吃驚、好奇地看著她。伯爵站在窗旁聽著。

「媽媽，沒辦法這樣；請您到院子裡看一下那裡的情形！」她叫道，「他們要被丟下了！……」

「我的孩子，你這是怎麼了？你說的他們是誰呀？你到底想做什麼？」

「他們就是那些傷患呀，媽媽，咱們不可以這樣，咱們不可以把他們丟下不管呀，拿走那些畫和那些漂亮的衣服有什麼用嗎？假如他們不在戰場上奮力廝殺，我們哪裡還有機會收拾東西，哪還有時間選擇是留下還是離開？媽媽，您只要到院子裡去看一看那裡的情形，您就知道咱們不可以這樣做呀，媽媽！」

伯爵站在窗子前聽完娜塔莎的話，他並沒有轉過身來，把臉靠近窗子。

伯爵夫人望著她的女兒，她清楚她丈夫在這個時刻爲何不轉過臉來看她，看到女兒因爲她的做法而覺得恥辱，看出她的激動。

「你們想怎麼做就怎麼做吧，難道我阻攔過你們不讓你們做嗎？」伯爵夫人無力地說道。

「媽媽，對不起，我剛……剛才說的……」

可是伯爵夫人推開女兒，走近丈夫。

「我親愛的，我不清楚該怎麼去安排那些傷患，我不攔著你了。」她慚愧地閉上了眼睛。

「孩子……我們的孩子真的長大了……」伯爵懷抱著妻子說道，伯爵夫人也興奮地在他胸前藏起她那愧疚的面容。

「父親！能夠由我來安排嗎？可以嗎？」娜塔莎問道，「我覺得我們還是要帶上一些必需品。」

伯爵贊同地點點頭，然後娜塔莎跑出了房間，衝到院子裡把這個「喜訊」告訴給每一個人，而且命令奴僕們馬上把東西卸下來，把車讓給傷患。

家奴們聽完娜塔莎的話都不敢照做，不敢相信那是真的。直到伯爵親自出來，以妻子的名義下令家奴們開始把車上的東西卸下來搬回儲藏室，把車讓給傷患，奴僕們知道了命令以後，興高采烈地賣力地幹起這件事。他們幹得興高采烈的，都想快一點兒把東西卸下來，多安排一些傷患在車上。伯爵一家人也似乎在後悔沒能早一點做這個決定，都跑到院子裡幫忙去了。

傷患們賣力地走出他們的房間，臉上帶著歡樂的笑容，圍在大車周圍。鄰近房子裡的傷患們得知有大車的消息，也趕到羅斯托夫家的院子裡。許多傷患不好意思，都要求不要把車上的東西卸下來，那麼麻煩，只要讓他們坐在東西上面就行了，可是卸車的工作一開始大家就都停不下來了，如今對於伯爵一家人來說，是扔下一半東西還是全部都已經不重要了，前一天晚上大家整理出來的必備品、瓷器、繪畫、銅器這些東西，已經全都卸下堆放在院子裡了，可是他們還在想方設法地多卸下一些東西，多騰出地方安排傷患。

「還有四個人沒位置，」總管說，「我把我的馬車給他們，不然他們該怎麼辦？」

「還是讓那輛裝衣服的車出來吧，把那輛給他們，」伯爵夫人說道，「多涅婭莎能夠與我坐轎車。」

所有人都感到興高采烈、興奮異常。娜塔莎好久都沒這麼興奮了。

「咱們把它放在哪兒呢？」奴僕們正在努力把一只箱子放在狹小的踏板上。「至少應該留一輛裝這個呀。」

「這個是什麼東西？」娜塔莎問道。

「伯爵的書。」奴僕艱難地回答。

「現在帶著它只能是麻煩。留下吧，瓦西里奇會收好。」

「彼佳坐到哪兒了呢？大馬車已經沒有位子了，他還有地方坐嗎？」

「他坐在前座上。你能夠坐在前座上，是吧，彼佳？」娜塔莎衝他喊道。

索尼婭也一直在忙著，不過她所忙的事情和娜塔莎的不一樣。她按照夫人的喜好開列了清單，把需要的東西盡可能多地帶走一些，實在沒辦法帶走的也要藏好。

十七

下午一點多，羅斯托夫家的四輛馬車，都已重新裝好並套上馬準備出發了。運送傷患的大車一輛又一輛地駛離了院子。

載有安德烈公爵的輕便馬車經過門前時，引起了索尼婭的注意。她正和一位侍女佈置伯爵夫人在車上的座位，夫人高大敞亮的馬車停在大門口的位置上。

「那是誰的馬車？」她探身問道。

「啊，難道您不清楚嗎，小姐？」侍女答道。「之前有位受傷的公爵，在我們這裡過的夜，這馬車裡的人就是他！如今他要跟我們一起走。」

「那他是哪位公爵？叫什麼名字呀？」

「我們從前的姑爺，博爾孔斯基公爵！」她歎了口氣，「不過他傷得很重，也許快要死了。」

聽完後索尼婭從馬車裡跳出來跑向伯爵夫人那裡去了。

身心疲倦的伯爵夫人，早已換了旅行裝，戴上帽子，圍上披肩，在客廳裡來回踱步，等待家人在出發前一起進行禱告。娜塔莎還在外面幫忙。

「母親，」索尼婭說道，「我聽說安德烈公爵似乎受了嚴重的傷，快死了。他同我們一起走。是嗎？」

伯爵夫人抓緊索尼婭的手，猛地抬起了頭，慌張地向門口張望了一下。

「娜塔莎呢？」她慌張地說。

這個消息對伯爵夫人和索尼婭來說是一個可怕的消息。她們太瞭解娜塔莎了，他們心裡清楚，假如娜塔莎清楚這件事會怎麼樣，所以害怕的情感壓倒了他們對大人的同情，而這個人也是他們喜歡的人。

「娜塔莎還不清楚這件事呢，但他和我們一起走。」索尼婭說道。

「你說他傷得很重，危及生命了？」

索尼婭點了點頭。

伯爵夫人懷抱著索尼婭哭起來了。

「喏？媽媽。所有都準備好了。你們在說什麼呢？」娜塔莎興高采烈地跑了進來。

「我們沒說什麼，」伯爵夫人回答道，「準備好了，我們就出發。」

伯爵夫人俯下身子朝手提包彎下腰，試圖把充滿哀傷的臉藏起來，索尼婭則抱住了娜塔莎，親吻了一下她的臉頰。娜塔莎不知發生了什麼事，困惑地看著她。

「你怎麼了？有什麼事情嗎？」

「沒什麼……沒有……」

「是向我來說什麼事的嗎？告訴我好嗎？」敏感的娜塔莎問道。

索尼婭歎了一口氣，但什麼也沒說。

大家都進了客廳，關上門以後，一家人都坐了下來，誰也不說話，誰也不看誰。伯爵第一個站起來，長歎了一口氣，在聖像前畫十字。大家也跟著他一起做。伯爵夫人走進祈禱室，索尼婭發覺她跪在牆上殘缺不全的聖像面前祈禱著。

在臺階上，在院子裡，要走的僕人帶著匕首和馬刀，這是彼佳發給他們的，把褲腳塞進靴子，褲帶和腰帶繫得緊緊的，正和留下的僕人道別。

專爲伯爵夫人駕車的老車伕耶弗莫，坐在高高的馭手座上，他對後面發生的事一概不聞不問。靠著他三十年的經驗，他清楚主人還不會太快命令他出發，伯爵夫人從車窗探出頭來，以基督的名義懇求他下坡的時候千萬要小心，他清楚這樣的事情，就看他和他的新馬等待事態的發展。

等到大家終於都坐好，官兵等也都收攏進了車廂，關好了車門，只等去取首飾盒的人回來，大家就能夠出發了，這時伯爵夫人探出頭，說完了她要說的話後，耶弗莫緩緩從頭上把帽子摘下來，畫了一個十字，騎導馬的馬伕和所有僕人也照他的樣子做了。

「上帝保佑！」耶弗莫戴上帽子說道。

「駕！」等馬伕隨即啓動了馬車，右邊的轅馬拉緊了套，隨後車身開始搖晃起來，最終，車隊全都駛上了街道，朝前進發，轎式馬車和大、小輕便馬車裡的人們，都面對著街對面的教堂畫十字，祈禱著，留在莫斯科的家人都在馬車兩旁夾道告別。

娜塔莎從沒有體會過像現在這麼愉快的心情，她坐在伯爵夫人旁邊，雙眼緊盯著緩慢向後挪動的莫斯科的城牆。她經常探出頭來向前張望著，忽然她看到了坐在最前面那輛用篷子遮起來罩住安德烈公爵的馬車，她不清楚裡面坐的是誰，可每次想起自家車隊的時候總會先去尋找那輛車，她清楚那輛車肯定在最前面，好像看不見那輛車就會不安一樣。

當他們在蘇哈列夫水塔拐彎的時候，娜塔莎出於好奇把頭探出車窗外，看著路邊乘車和步行的人們，忽然她驚喜地叫了起來：「天哪！索尼婭，媽媽，快看呀，是他！」

「誰呀！誰呀！」

「看！天哪，那不是別祖霍夫嗎？」娜塔莎說著把頭探出車外，看著一個身穿車伕長褂的高大臃腫的人。他和一個穿粗布外衣、沒長鬍子、臉色蠟黃的小老頭並列走過蘇哈列夫水塔的拱門。

「真的，那是別祖霍夫！真的。」娜塔莎說道，「看哪，看哪！」

「不是，那人不是他。你們不要亂說，這不可能！」

「媽媽，」娜塔莎喊道，「我能夠拿我的腦袋保證，那是他！我會讓您相信的！停一下！」她向車伕喊道，可是車伕沒有辦法停下來，因為從市民大街又駛來一些大車和馬車車隊，並朝羅斯托夫家的車伕喊叫著，讓他們快點兒走，別擋路。

確實，儘管車隊在這個時刻離他們已經越來越遠了，可是所有人還是能夠看到皮埃爾或者說是那個長得很像他的人，這個小老頭很像他的僕人，當他看到從車窗裡伸出頭來看他們的舊相識，恭敬地碰了碰皮埃爾的胳膊，指著馬車向他說了些什麼，可是皮埃爾好半天都不知道他在說什麼。當他終於知道小老頭的話時，順著他手指的方向看了過來，他認出了娜塔莎，他激動地向娜塔莎的馬車飛奔而來，但剛走了十來步遠，忽然想起了什麼似的，便又停了下來。娜塔莎探出窗外的臉上露出柔情的嘲笑。

「皮埃爾，你怎麼不過來呀！我們已經認出您來了！真是太意外了！」她高聲說著，「您這是在做什麼呀？您怎麼這身打扮呢？」

皮埃爾走過來，握住她伸出窗外的那隻手，他邊走邊笨拙地親吻了她一下。

「您怎麼啦，伯爵？」伯爵夫人用吃驚略帶同情的語氣問道。

「怎麼？請不要問我。」皮埃爾說道，回頭看了娜塔莎一眼，她那細雨靈活的眼神深深地吸引著他。

「怎麼，您是還要留在莫斯科嗎？」

「留在莫斯科？」他重複一遍問話。「沒錯，留在莫斯科。」

「哎，假如我是個男人，那樣我就可以和您一起留在莫斯科了。媽媽，行嗎？假如您贊成的話請允許我留下來，我要留下來。」娜塔莎說著，皮埃爾茫然地看著娜塔莎正要開口說話，但伯爵夫人打斷了他。

「我們聽說，您去過戰場？」

「沒錯，我去過，」皮埃爾答道。「明天還有一場仗要打呢……」他剛開始說，又被娜塔莎打斷。

「伯爵大人，您出了什麼事呀？你現在有點不像以前的您。」

「啊，不要問我，請不要問我了！我自己也什麼都不清楚。明天……算了！告辭了，再見了！」邊走他邊說著。

娜塔莎把頭伸出車窗外，久久地向著他用親切也帶點嘲弄的微笑目送他遠去。

十八

皮埃爾在離家出走之後，已經在已過世的巴茲傑耶夫的老宅裡住了兩天了。皮埃爾回到莫斯科，次日早晨，他醒來以後許久都不知道他自己在哪裡。當有人向他稟報，在接待室中一群等待他的人中，有一個法國人，帶來葉蓮娜·瓦西里耶芙娜伯爵夫人的一封信，然後一種混亂、絕望的情緒控制著他。他突然覺得一切都完了，一切亂成一團，都破滅了，前途茫然，擺脫艱難的境地無望。他有時不自然地傻笑，嘴裡還嘟囔著，有時站起來，走到門前，從門縫中偷看接待室內的情況，有時癱坐在沙發上，或隨便抓起一本書。當總管又一次進來稟報皮埃爾：給伯爵夫人送信的那個法國人很想見您，哪怕只給他一分鐘也成，還有巴茲傑耶夫的遺孀派人來，請您抓緊時間接管她丈夫的書籍，因爲巴茲傑耶娃太太到鄉裡去了。

「啊，好吧，尼奇和他們說我馬上……不……你說我等下就來。」皮埃爾向總管說。

可是總管剛離開，皮埃爾就從桌上拿起帽子，從後門走出書房。他穿過走廊一直走到樓梯口，皺著眉頭，兩手揉了揉前額。他順著那個樓梯，走到院子。誰也沒見到他。可當他從後門到了街上時，門外守在馬車旁等候的車伕和園丁見到老爺來了，向他脫帽致敬。皮埃爾察覺到盯在他身上的目光，他低下頭並加快了步伐，沿著大街走了。

今天早晨需要處理的事情中，皮埃爾覺得整理約瑟夫．阿列克謝耶維奇的文件和書籍最重要。他雇了他遇到的第一輛馬車，命令他把車趕到教堂去，巴茲傑耶夫遺孀就住在那地方。

他四處張望，看著那些從四面八方駛離莫斯科的車輛。他感覺自己像一個翹課的孩子那麼興奮，並和車伕聊起來。

車伕同他說，今天在克里姆林宮開始分發武器了，明天這些人就到三山城門那裡去了，聽說那裡要打一場大仗。

抵達教堂後，皮埃爾找到了他許久沒來過的巴茲傑耶夫的家，他走到柵門前，聽見敲門聲出來開門的是康勒西蒙。

「您好，請問主人在家嗎？」皮埃爾問道。

「如今因為局勢很壞，索菲婭．梅丹勞婭已經帶著孩子們離開這裡，回丹奧若克鄉下去了，伯爵大人。」

「我得整理一下他的這些書籍，請問我可以進去嗎？」皮埃爾說。

「請進吧。我過世的主人——希望他能夠進入天堂——我那去世主人的弟弟馬卡爾．阿列克謝耶維奇留在這裡了，可是他身體不太好，您是清楚的。」老奴僕說道。

「沒錯，我清楚。我們進去吧。」皮埃爾說著就走進房子。

「您要去書房嗎？」皮埃爾點點頭。「書房封上了，一直沒有動。索菲婭·梅丹勞婭囑咐過，假如您派人來，就能夠把書取走。」

皮埃爾走進了這間最陰森的書房，這間書房從巴茲傑耶夫去世後就沒有動過，時間一長，這裡已經佈滿了灰塵，比以前更加灰暗了。

康勒西蒙打開一扇百葉窗，默默地走出了房間。

皮埃爾在書房裡走了一圈，走近存放手稿的書櫥前，拿出一份曾是會裡最關鍵的聖物，這是附有恩師注釋和解譯的《蘇格蘭教律》的孤本書籍。他把手稿攤在自己面前，來回翻看，最終他把手稿攤放在自己前面，托著腦袋沉思起來。

康勒西蒙默默地朝書房裡看了幾次，看見皮埃爾都保持著這個姿勢坐在那裡。有兩個多小時了，康勒西蒙想了很久後，大著膽子在門旁弄出了一些聲響，以便引起皮埃爾的注意，可是皮埃爾卻因爲過於專注並沒有聽見。

「請問您需要把大門口的車伕打發走嗎？」

「啊，沒錯！」皮埃爾回過神來趕忙站起來說道，「你聽我說了嗎？」他抓住康勒西蒙外衣上的一顆紐扣，興高采烈地從頭到尾地小心地打量著那個小老頭，「我聽說，你清楚明天就要打仗嗎？」

「我聽說了。許多人都在談論這件事。」康勒西蒙答道。

「我求你不要對什麼人說我是誰，而且照我說的去做，行嗎？」

「是，遵命。」康勒西蒙說。

「我需要一支手槍和一套下人們的衣服。」皮埃爾說道，忽然臉紅了。

「好的，我會幫您準備好。」康勒西蒙思索了一下說道。

這一天的剩餘時間，皮埃爾是一個人在恩師的書房裡度過的。

康勒西蒙一輩子見過許多怪事，對於皮埃爾在這裡站著，他並不感到吃驚。比起有人讓他侍奉，他已經覺得很知足了。那天晚上，他替皮埃爾弄到帽子和一件農民外衣，並且答應第二天給他弄到手槍。馬卡爾·阿列克謝耶維奇那天晚上兩次趿拉著拖鞋，走到門口停下來，看著皮埃爾。可是皮埃爾一轉身朝他看時，他就露出羞怯和生氣的樣子，把睡衣往身上一裹，慌忙跑開。

當皮埃爾穿上康勒西蒙爲他準備並用大鍋消毒過的農夫外衣、與這個老頭兒去蘇哈列夫水塔附近買手槍的時候，遇到了羅斯托夫一家人出城。

十九

九月一日晚上，庫圖佐夫下達了軍隊從莫斯科撤退至梁贊公路的命令。

夜裡開始行軍的這支部隊不慌不忙，莊重而緩慢地向前移動。可是在黎明出發的部隊，接近多羅戈米洛夫橋時，看到他們前面有一大群士兵密密麻麻地擁擠著向橋擁去，在他們身後，是接踵而來、望不到盡頭的龐大部隊。毫無緣由的恐慌，控制著這支團隊。庫圖佐夫吩咐隨從，把馬車趕到莫斯科的另一邊去，企圖繞到那邊離開莫斯科。

九月二日早上十點，在多羅戈米洛夫城門外的郊野上就有後衛部隊了。有的已經到了莫斯科的另一邊了，有的已經離這兒很遠了。

與此同時，九月二日早晨十點為止，拿破崙和他的軍隊站在俯首山上，瞭望著展現在他眼前的景象。從八月二十六日到九月二日，在這個驚慌得沒有辦法忘記的七天裡，金秋的天氣是如此不尋常地、出奇地晴好，太陽低低地照耀著，在爽朗清新的空氣中萬物都熠熠生輝，讓人目眩。在這幽暗溫馨的夜晚，從夜空裡不住地灑下金色的星雨，讓人又驚又喜。

九月三日早晨十點的時候，依舊是這樣的天氣。晨光魔幻般地讓人陶醉。建築物上的穹隆在陽光下如繁星般閃爍。看著這座有著從沒有見過建築樣式奇特的不同尋常的城市，拿破崙心裡有了一種嫉妒和不安的好奇感覺，那就是人們看到不曾有過的異國情調的生活時，產生的特殊情愫。這座城市充滿生機活力。

「這座擁有不計其數教堂的亞洲城市，俄國人心目中神聖的莫斯科！這就是她，我終於能夠到那裡去看了，來到這座著名的城市！」

拿破崙說完，下馬，命令手下拿出一張莫斯科地圖並打開，把翻譯勒洛涅．狄德維勒找來。「一座被敵人佔據過的城市，就像一個失去貞操的姑娘。」他就以這樣的觀點看著這個在他腳下但他從沒有見過的東方美人。他終於實現了他從前覺得沒辦法完成的夢想。在那明亮的晨光中，他有時認真地研究地圖，有時看著城市，核對著城市的詳細情況，佔領這座城市的野心令他激動，也令他害怕。

「難道也許不會是這樣嗎？」他想，「沒錯，就是它。這個國家的都城在這個時刻就在我的腳下，等候著它的厄運到來。亞歷山大現在在哪兒呢，他如今有何感想呢？一座美麗雄偉的奇特的城市！我應該用什麼樣的形式出現呢？」他在想他的部隊。

「這就是對你們那些缺乏堅定信念的人的報復。……但是我對戰敗者總是很仁慈的，我應當寬容和真正偉大……可是這絕不會是真的吧，我真的到莫斯科了嗎？」他忽然產生這樣的想法。

「她在這個時刻就在我的腳下，她金色的穹隆形屋頂和十字架，在陽光的照耀下閃閃發亮，我要原諒她。我要在野蠻專制的古代紀念碑上，刻上仁慈和正義的偉大字眼……亞歷山大會知道這一切，正是最讓他痛心的，我太瞭解他。那裡是克里姆林宮的高處——沒錯，那裡是克里姆林宮，沒錯，我要歷代的王公貴族，以誠懇的心情來懷念他們的勝利者的名字，我要賜予他們公平的正義的法律。我到了莫斯科，這是真的嗎？沒錯，她在這個時刻就在我的腳下。」

「去把大臣們叫到這兒來。」他向侍從們說道。

一個將軍帶著一列高大雄猛的侍衛隊騎馬飛奔著去找王公貴族去了。

兩小時過去了。拿破崙吃過早飯，又站在俯首山上之前的地方等待代表團的到來。向俄國大臣們要說的話，腦子裡已經有了清晰的輪廓。這篇演說，充滿拿破崙自己心中的偉大和尊嚴。

拿破崙準備對莫斯科採用寬容的態度。他在幻想中定下了在克里姆林宮開會的日期；俄國的達官貴人應同法國的高官顯貴們共聚一堂。他在心裡策劃著他任命了一個總督。他要向所有慈善機構廣施恩惠。爲了可以完全感動俄國人的心，他和每個法國人一樣，一遇到重大的事，就一定會提到他溫柔的、可憐的、偉大的母親，他決定，他要下令在所有這些慈善機構門口用大字寫上：「溫柔母親之家。」

自己在幻想的事情中這樣想著。

「但是，我現在真是在莫斯科嗎？沒錯，它此時此刻就在我面前，但是，俄國的達官貴人們怎麼這麼長時間還沒來呢？」他想道。

同一時間，在皇帝侍從的背後元帥們和將軍們，正在小聲音激動不安地討論著。被派出去找代表團的人們都已經歸隊了，帶來消息說，莫斯科是座空城，所有人和車都離開了。那些在一塊兒議論的人都臉色蒼白，焦慮不安。讓他們這樣不安的不是莫斯科已經被它的子民們捨棄了這一事實，而是如何把這一消息告訴皇帝，如何才能夠讓他不會陷入可怕的、法國人稱之爲可笑荒謬的處境，如何向他說白等了這麼久。

街上除了一群群的醉漢之外，早就不見人影。

「但是，不管如何，我們遲早也得告訴他實情呀！」侍從們說，「可是，同志們……」最可怕的是，皇帝正在憧憬著他那夢想的仁政計畫呢！耐心地在地圖前面走來走去，有時用手遮在眼睛上望著通往莫斯科的大路，興奮地、驕傲地微笑著。

「但是，我覺得那是沒辦法的……」侍從們聳著肩膀說，猶豫不已，怕說出那讓人可怕的字眼：荒謬可笑。

而這個時候，早已等得不耐煩了的皇帝，他敏感地察覺出，莊嚴的時刻假如拖得太長了，肯定會失去其莊嚴的意義。他做了一個手勢，緊接著響起了一聲信號炮。部隊越來越快，相互聚集，快步小跑著前進在自己腳下揚起了的塵土中漸漸地消失，他們震耳的喊聲連成一片，震撼著空氣。

部隊的行動震動了拿破崙，他騎著馬與軍隊一起來到多羅戈米洛夫城門前，但是他卻在那裡停下來，他翻身下馬，在老財政部土牆旁徘徊了很長時間，等待著代表團。

二十

但這個時候，莫斯科已經是一座空城。城裡很少有人留下，原有居民中只有五十分之一留下來了。它是空的，它就彷彿是一個蜂巢在失去蜂王後，死氣沉沉。

莫斯科如今就是一座破敗的、蜂巢般的空城。疲乏而又很煩躁的拿破崙皺著眉頭在老財政部的土牆旁來回走著，等候著代表團的到來，雖然這只是走形式，可是在他的心裡這是不可或缺的禮節。

在莫斯科的街道上，還有一些人不想改變這之前的事情，這些活在記憶中的人甚至與他們自己都不清楚他們在幹什麼。

當拿破崙清楚莫斯科已經被捨棄時，他憤怒地望著那個冒死向他彙報的人，轉過身去，仍舊沉默不語地踱步。

「備車！」他說道。他坐上馬車和值日副官一塊兒向城郊走去。

「莫斯科現在竟是一座空城！這是多麼讓人沒辦法接受的現實呀！」他自言自語地說。

他住進了多羅戈米洛夫郊外的一個小旅店裡，而並非進城去。

這場戲劇的結局還的確是不成功。

二十一

俄國軍隊從半夜兩點到次日下午兩點穿過莫斯科後退，緊隨其後的是那些最終撤離的居民和傷患。部隊撤離的時候，在石橋、亞烏紮河橋和莫斯科橋上，幾乎都發生了致命擁擠的現象。

當軍隊分成兩路繞克里姆林宮走時，莫斯科石橋和河橋上過不去了，這個時候許多士兵利用短暫的停留和混亂，從橋上返回去，默默無語地繞過瓦西里升天大教堂和博羅維茨基門，經過小山回到紅場。他們憑嗅覺在那裡不費力地就能拿到一些值錢的東西。這群人擠滿了大大小小的通道。可是那裡已經聽不到店員甜言蜜語勸你購物的聲音了，僅有穿外套和制服、不帶槍的士兵們，他們空著手進入商店，又沉默不語地帶著一包包的東西走出來。在商場前面的廣場上鼓手們敲響了聚集的鼓聲。可是鼓聲沒有讓瘋了一樣搶東西的士兵們像之前那樣跑步到集合地聚合，反而讓他們跑到離集合地更遠的地方去了。在商店的通道上，士兵之間還能夠見到一些剛被釋放的人。一個制服上繫著一條圍巾，騎一匹很瘦的深灰色的馬，另一個身穿外套，不騎馬，站在伊林卡街拐角處談論著。又有第三個軍官騎馬向他們跑來。

「將軍下令不管用什麼辦法也要把他們趕出來。有一半人跑散了。」

「你們到什麼地方去？你們到什麼地方去？」他向三個沒有帶槍、軍容不整、正從他身邊往商場裡走的步兵喊道，「站住，渾蛋！」

「你能讓他們集合嗎？」另一個軍官說，「你沒方法讓他們這群渾蛋集合起來的，如今可以做的就是快點離開城裡，我們快點回去免得剩下的人再跑。」

「如何走啊？人都擠在那兒，卡在橋上了，誰都走不了了！咱們旁邊設一道哨兵線，阻止剩下的人跑開？」

「你們到那邊去，把他們都給我找回來！」那個高級軍官叫道。

繫圍巾的軍官下了馬，他叫來一個鼓手，同他一起走進商場的拱門。幾個士兵見狀馬上一起跑掉了。一個臉保養得很好的商人臉上表現出鎮定的、自信的、工於心計的神態，急匆匆地、一本正經地揮動著雙手朝那個軍官走來。

「大人！」他說道，「請您行行好照顧我們一下吧！我們不心疼這些小東西，您看您想要什麼就去挑兩樣，要呢料嗎？請吧！您這麼高貴的人物就是拿兩匹也可以啊！我們願意奉送。但是你看現在這是怎麼搞的啊？實在就是搶劫！就是讓我們把舖子關了也好……」

這時旁邊的幾個商人也聚攏了過來。

「呸，就知道說些沒用的話！」其中一個瘦子說，「腦袋都不見了，你還要因爲掉頭髮而哭泣嗎？他們愛拿什麼就拿什麼吧！」他轉身向軍官走去。

「你可真會說，伊凡．西多雷奇，」第一個商人小聲地說，「請您到裡邊去，大人！」

「還能說什麼呢！」那個瘦子叫道，「我在這裡有三個店鋪，有值十萬盧布的貨物。軍隊走了之後，你認爲這些東西還能留得住嗎？唉，人哪！」

「請到裡面坐坐吧，大人！」第一個商人鞠著躬說。

軍官站在那裡，露出猶豫不決的神態。

「這跟我沒有關係！」他忽然喊道，他向商場裡跑去。

辱罵戰鬥般的聲音，從一家敞著門的商店裡傳出來，一個剃光頭、穿灰外衣的人被一群士兵扔出門來。

這個人彎著腰從那幾個軍官和商人身旁跑走了。軍官向衝進商店裡的士兵們跑過去，可是就在這個時候，人群可怕的叫喊聲從莫斯科橋上傳過來，軍官馬上跑出商店，往廣場方向跑去。

「怎麼了？怎麼了？」他問道，可是他的夥伴已經騎馬向喊叫聲傳來的方向跑過去。軍官跟著也翻身上馬，跟著他跑去。當他來到橋頭的時候，看到兩門已卸去前車的大炮、正在過橋的步兵、幾輛翻了的大車、幾張慌張的面孔和士兵們的笑臉。大炮旁邊停著一架雙套馬車，在車輪後面四條戴項圈的獵狗蜷縮一團。車上的東西堆得比山高，在最頂端，一把置於車上的童椅旁，坐著一個婦人，她絕望地尖叫著。

耶爾莫洛夫將軍見到這群人的時候，聽說士兵們都跑到商店裡去了，但是被市民把橋堵塞住，他命令卸去大炮的前車，做出馬上要向橋上射擊的樣子。人群見到這樣便開始不顧一切地向橋那邊擠，人群把車輛擠翻了，他們都叫喊著擁擠著把大橋疏通了，這樣就能夠順利地向前行進了。

二十二

但是在這個時刻，城內的大街上幾乎一個人影也沒有。住戶和商店的大門都關得很緊。有時在小酒館旁邊能聽到幾聲叫喊和醉漢的歌聲。大街上沒人開車飛奔，也很難聽到行人的腳步聲。羅斯托夫家的大院子裡，撒著餵馬用的草料屑和馬的糞便，但是看不見人影。這座連同財產都被捨棄下來的龐大的房子裡，只是大客廳裡有兩個人，他們是看門人伊格納特和瓦西里奇的孫子——小聽差米什卡。米什卡把鋼琴打開，用一根手指頭在上面彈著。看門人兩手叉著腰，笑呵呵地站在大穿衣鏡前。

「啊，伊格納特叔叔！我彈得怎麼樣？」男孩子說著，在上面亂彈起來。

「普通！」伊格納特回答，看著鏡子裡自己那張笑臉。

「不害臊！真不害臊！」從他們背後默默走進來的莫蓓拉．科茨梅絲娜說道，「看你那醜樣子，還齜牙咧嘴的！你瞧那邊什麼都沒收拾呢。瓦西里奇要累倒了。你就等著吧！」

伊格納特緊了緊皮帶，把笑容收起來，順從地低垂著眼睛走出那個房間。

「大嬸，我只是輕輕地彈了一下。」男孩子說。

「我也輕輕地揍你一頓，淘氣鬼！」莫蓓拉．科茨梅絲娜喊了一聲，「走，給你爺爺把茶送上去。」

莫蓓拉．科茨梅絲娜輕輕把琴擦乾淨，在合上蓋的時候深深地歎口氣，離開客廳，鎖上正門。

走到院裡，莫蓓拉．科茨梅絲娜遲疑了起來：我到底該去哪裡呢？安靜的街道上傳來了急促的腳步聲。腳步聲停在了門口，門閂發出了聲音，有人想開門。莫蓓拉．科茨梅絲聽見聲音向便門走去。

「您好，請問您找哪位？」
「我找伯爵，埃利．安德烈伊奇．羅斯托夫伯爵。」
「請問您是誰？」
「我是軍官，我要見他。」一個動聽的、高雅的聲音說道。
莫蓓拉．科茨梅絲娜打開了便門，走到院子裡的是一個年紀十七、八的年輕軍官，他那圓圓的臉型像羅斯托夫家人的臉型。
「他們已經不在這裡了，老爺。昨天晚上走的。」莫蓓拉．科茨梅絲娜溫柔地說道。
年輕的軍官站在門口，似乎是在遲疑要不要進去的樣子，他輕彈了一下舌頭。「咳，好遺憾！」他嘀咕著。「我本來應當……唉……真是太遺憾了。」
這個時候莫蓓拉．科茨梅絲娜同情地認真打量著這個年輕人，有許多時間在看他身上破敗的大衣和靴子。
「請問您爲什麼事情來找伯爵？」她問。
「唉……那就沒辦法了！」他沮喪地說道，似乎要走，思量再三又停了下來。他忽然說道：「伯爵是我家親戚，他待我一向很好。這不，您都看見了。」他友好並快樂地微笑著看了一眼他的外衣和靴子，「外衣和靴子都穿破了，但是身上又沒有錢了，我原本來找伯爵……」
莫蓓拉．科茨梅絲娜沒等他說完。邁著沉重的步子馬上向後院自己的廂房走去。
莫蓓拉．科茨梅絲娜離開後的時間裡，軍官低下頭，看見自己那雙已經裂開口子到處是洞的靴子，嘴角上有著一絲微笑，在院子裡來回走動。「真可惜，沒見到伯伯！多好的老太婆！她跑什麼地方去了？我也不清楚這裡哪條路能夠讓我以最快的速度趕上我的部隊。」年輕的軍官想道。

不久，莫蓓拉·科茨梅絲娜手裡拿著一個方格手絹包，出現在了一個角落裡，在離軍官還有幾步遠的時候，她打開那個手絹包，從裡面掏出一張白色的二十五盧布的鈔票，連忙遞給他。「假如老爺在家的話，他肯定會好好招待您的……但是如今……」莫蓓拉·科茨梅絲娜恐懼起來，慌張起來。

可是軍官並沒有推辭，不緊不慢地接過那張鈔票，向莫蓓拉·科茨梅絲娜道了謝。

「假如伯爵在家……」莫蓓拉·科茨梅絲娜帶著歉意接著說。「少年，願上帝保佑您！希望上帝保護您！」她鞠著躬送他時說。軍官搖搖頭微笑著，朝著亞烏紮橋方向跑去追趕自己的隊伍去了。而莫蓓拉·科茨梅絲娜含淚站在已經關上的便門前站了許久，沉思地搖著頭，對這個不認識的青年軍官忽然有了一種母親一樣的柔情和憐愛。

二十三

從瓦爾瓦爾卡街一座沒有建完的房子裡，傳來醉漢的叫喊聲和歌聲。在一個很髒的小房間裡，有十來個工人正聚在一張桌子前面的長凳上。他們個個醉醺醺的，汗流浹背，每一個使勁張著大嘴打呵欠還唱著歌。

他們南腔北調地唱著，唱得很勉強，僅僅想證實他們喝醉了，他們在取樂。在歌聲中，傳來過道和門前臺階上大家的打架聲和喊叫聲。一個高個兒的小伙子手一揮。「別唱啦！」他像發號施令一樣叫道，「有人打架，夥計們！」他一邊不停地捲著袖子，一邊朝門廊走去。

工人們跟在他後面。他們今天早上，在酒館裡喝酒的這些工人，在高個兒小伙子的率領下，從工廠裡給酒館老闆拿來幾張皮革，才換來了一些酒。旁邊鐵匠舖的鐵匠們，聽到酒館裡吵鬧的聲音，覺得酒館被人打劫了，就跑過來幫忙，然後在門廊那裡就打起來了。酒館老闆在門口跟一個鐵匠廝打，工人們出來的時候，那個鐵匠從酒館老闆手中逃脫，但是踩空摔倒在馬路上。酒館裡的一個年輕捲著袖子的小伙子，走到面前就朝鐵匠臉上打了一拳，並尖聲叫道：「兄弟們，我們的人被他們打了！」

這個時候第一個鐵匠從地上爬起來，摸了一把他那本已經被抓出血來的臉，用哭聲喊道：「救救我呀，他們要打死人了！打死人了。兄弟們……」

「哎呀，壞了，要打死人了，要出人命了！」從隔壁大門中出來的一個女人恐懼地尖叫著。一堆人圍著那個血淋淋的鐵匠。

「你搶人搶得還不滿足嗎？搶到別人連襯衣都扒下來了？」一個人向酒館老闆說，「你都打死人了？你這個強盜？」高個兒小伙子，站在臺階上，看看鐵匠，又看看酒館老闆，彷彿在盤算現在他到底該幫誰。

「兇手！」他忽然向酒館老闆喊道，「兄弟們，把他給我捆起來！」

「你們想幹什麼？」酒館老闆叫道，推開向他撲來的那些人，從頭上抓起帽子，扔在地上。這一舉動彷彿有一種恐嚇的威力，那些包圍酒館老闆的工人們有些猶豫地停下了手中的動作。

「你跟我談法律是嗎？你覺得我不懂嗎？要走法律咱們就去找警察局局長，你們覺得我不敢去？你們居然敢在這裡搶劫！不管是誰都不允許搶劫！」酒館老闆喊著，撿起他的帽子。

「那就走吧！」酒館老闆和高個兒小伙子一和一唱彼此重複地說著，然後他們一同向街上走去。

那個滿臉是血的鐵匠也同他們一起走著。在馬羅謝伊卡街的拐彎處，在關著護窗板、掛著鞋匠招牌的大房子對面，站著二十幾個面容沮喪的鞋匠。他們每一個都瘦弱憔悴，穿著破舊的工作服和大褂子。

「他不知為何解雇我們，應當給我們遣散費！」一個留著稀疏鬍子的消瘦的工人說道。「他平常就欺壓我們，吸乾了我們的血便把我們扔下不管不顧了，他騙了我們整整一個禮拜，如今他自己倒跑了，讓我們怎麼辦？」

一見到這群人和那個滿臉是血的人，那個工人就不說話了，所有鞋匠都好奇地加入了這個移動的人群。

「這些人要到什麼地方去呀？做什麼？」

「你還沒瞧出來嗎？一定是去見當官的人唄。」

「怎麼，莫非我們的人真的沒占上風嗎？」

「你聽，人們在講什麼？」

聽著人群裡的交談，酒館老闆在人群不斷擴大的時候，慢慢落在後面，返回了他的酒館。高個兒小伙子沒發現他的敵人——酒館老闆已經不在人群裡了，一邊揮舞著他那裸露的胳膊，一邊不停地討論著，吸引了大家的注意力。大家都圍著他，期望能夠從他那裡獲得一些困擾著他們的難題的答案。

「他們肯定要維護規章制度，維護法律的公平，他們當官的就是幹這個的！我說的沒錯吧，正教徒們？」高個兒小伙微笑地說道，「他覺得沒有人管了？莫非真的沒人管嗎？假如那樣，搶劫的人不到處都是了？」

在中國城旁邊，另外有一群圍在一個穿粗布大衣、手拿文件的人旁邊。

「告示，讀告示啦！」人群中有人喊道，然後人群便都向那個讀告示的人擁去。一個穿粗布大衣的人正在看八月三十一日的告示。人群聚在他旁邊的時候，他還顯出有點害羞，可是他在高個兒小伙子的要求下，開始用略帶顫抖的聲音重新讀那張告示。

「明天一大早我就去見特級公爵，」他讀道，「與他商討採取行動並幫助部隊消滅匪徒。我們馬上就要把他們的囂張氣焰……」朗讀的人讀下去，接著又停下來。

「看見了嗎？」那個青年得意地叫道，「他把一切都說清楚了……去消滅他們，讓這些不速之客去死吧；我吃午飯時就回來，接著去著手做這件事。我們肯定要把這件事做好，並堅持下去，一直到把匪徒消滅乾淨。」讀完最後幾句話時全場一片寂靜。高個兒小伙子憂傷地低下頭。

明顯地，誰也沒聽懂最後那幾句話。特別是「我明天吃午飯時回來」這幾個字。人們現在都慷慨激昂，而這些話說得很平淡，這是他們每個人之中都會說的話，所以不應該出現在最高當局的告示裡。他們都傷心地站在那裡。

高個兒小伙子動了動嘴，搖晃著身子。「真應該問問他，這是他自己嗎？怎麼不問呢？要問他！他應該會解釋清楚的。」忽然聽見後面的人這樣說，人群的注意力都轉向了進入廣場，由兩名龍騎兵護衛的警察局局長輕便的馬車。

警察局局長這天早晨應拉斯托普欽伯爵的要求去燒毀駁船，他趁這個機會撈了一大筆錢，一見到向他走過來的人群，他就命令車伕停車。

「你們是些什麼人？」他向一群怯生生地靠近他的馬車的人喊道，「你們是什麼人？我在問你們呢！」因爲得不到答案，他又喊一遍。

「大人……」那個穿粗呢大衣的官員答道，「大人，他們是按照伯爵大人的告示所說的，願意以死效勞的，不是在鬧事的……」

「伯爵大人還在那裡，他沒有走，有關你們，他們會向你們做出安排的。」警察局局長說，「走吧！」他向車伕說。

人群都站在原地不動，圍著警察局局長聽到他說話的那些人，看著離去的馬車。這時警察局局長驚恐地回頭看了一眼，向他的車伕說了句什麼，他的馬就加快了腳步。

「夥計們趕上那個騙子。」高個兒小伙子喊道。「不可以讓他走，夥計們！我們必須跟他討個說法，他還沒答覆我們呢！抓住他！」人們喊道，朝著馬車追去。人群吵吵鬧鬧地朝盧比揚卡大街跑去，他們想追上局長問個明白。

「有錢人和當官的都走了，只剩我們這些人被他們丟棄在這裡，預備犧牲，我們又不是他們的狗，憑什麼留在這裡當犧牲品？」人群裡生氣的抱怨越來越多。

二十四

九月一日晚上，拉斯托普欽伯爵見過庫圖佐夫以後，回到了莫斯科，他覺得他受到了極大的侮辱，因為沒有人邀請他加入軍事會議，他發覺大本營對待古都保持平靜，人民都擁有的那種濃厚的愛國熱情，在他們眼裡都是無足輕重的，他們的新想法讓你驚訝。他為這發生的所有很傷心，覺得很恥辱和震驚的拉斯托普欽回到了莫斯科。

吃過晚飯後，他連衣服都沒脫就睡到長沙發上，剛過半夜，就被庫圖佐夫的信使叫醒了。信裡說，因為部隊要撤離到莫斯科以東的梁贊大路，請伯爵派出警官引導軍隊通過城市。這消息對於拉斯托普欽來說早就不是新鮮事了。因為早在前一天在俯首山上會見庫圖佐夫時，甚至早在波羅底諾戰役時，他就清楚莫斯科要丟下了，因為全部來莫斯科的將軍都異口同聲地說，又一次為保衛古都而打這一仗是沒有可能的事情。並且從那時起，經伯爵同意，每天晚上都把公家那些財產運送出去，一半的居民也離開了莫斯科。雖然他早已不再為此抱有什麼期望了，可是在他即將入睡的時候接到庫圖佐夫以信函的形式下的這個命令，還是讓伯爵吃驚與氣憤不已。

「他為了維護城裡的暫時安寧是怎麼欺騙民眾的？讓他們覺得不管怎麼樣，他們是不會丟下莫斯科的，讓他們覺得這座城市不會被毀，他們不運走儲備在莫斯科的糧食、彈藥、武器和聖物都只是為了維護成一個表面平靜。」拉斯托普欽伯爵解釋說，「怎麼能把一捆一捆沒有用的政府機關的文件、列比赫的氣球和其他的東西運走呢？」

「因為目的是讓莫斯科成為一座空城！」拉斯托普欽伯爵解釋說。

只要認為什麼東西會威脅人們的安寧，那麼所做的所有事情都是有道理的。一八一二年拉斯托普欽伯爵有什麼根據，為在這個時刻的民眾安定問題而擔心呢？他有什麼理由覺得城內肯定會發生動亂呢？居民正在離開城市，軍隊向後撤退時塞滿了莫斯科。莫非因為這樣老百姓就要發生暴亂嗎？不僅莫斯科，而且是在俄國其他地方，敵人侵入時都沒有發生過相似暴亂的時間。九月一日和二日，還有一萬多人留在莫斯科，除了一群人是奉總司令的詔令在他宅院院子裡之外，一點事情也沒有發生。

拉斯托普欽儘管有愛國熱情，可是卻是一個暴躁易怒的人，他一直在愛國高層活動，因此他完全不會體會他老是在自以為是地支配著民眾。從敵人進入斯摩稜斯克的時候起，拉斯托普欽在自己的想像中，就扮演起人民感情的指導者——「俄羅斯之心」的角色。他認為他指導著莫斯科居民的外在行動，他用傳單和佈告的方法能夠控制他們的情緒，那些東西本來就是一派胡言，民眾在自己心裡是瞧不起這些的。

拉斯托普欽是那麼喜歡「人民感情指導者」這個漂亮角色。他感到意外，他認為忽然失掉腳下賴以站立的土地，茫然不知所措。儘管他清楚莫斯科要丟下，可是直到最後一分鐘，他還是無法接受這是真的。假如說政府機關遷走了，那只是因為官吏們的要求，伯爵勉強贊成了這樣做。他只想在他那夢幻的自我創造出來的角色裡接著作他的美夢。儘管他早已清楚莫斯科要丟下，可只是嘴上說說罷了，他沒辦法從心裡接受這個現實。他的所有活動都在竭盡全力地進行著，活動的目的只在於他期望居民們，人人都像出於愛國主義的表現一樣，而恨法國人。可是當事件具備了真正的歷史深層意義時，當只用語言形式向法國人表示仇恨已不足夠時，當用奮勇鬥爭也沒辦法表達這種仇恨時，當自己對保衛莫斯科的所有信心都已經消失時，當整座城市的居民一致拋棄財產潮湧般地離開莫斯科時，用這種團結一致但極度消沉的做法否定民眾的愛國精神時，拉斯托普欽所選擇的角色顯得無意義了。他認爲自己一無是處，找不到自己的立足點了。

在睡夢中被叫醒，接到庫圖佐夫那冰冷冷的命令式的便函，拉斯托普欽越是認爲自己有錯，就越生氣。

「這是誰的錯？是誰導致了這種情況？」他在想，「當然這一切不是我造成的。我做好了準備。我把莫斯科牢牢地控制在自己手中！瞧他們把事情搞成什麼樣子了？這些壞蛋、叛徒！」他想，可誰是這些叛徒和壞蛋，他到目前都沒弄清楚。

整個晚上，拉斯托普欽伯爵都在下達命令，等候命令的人來自莫斯科各處，他的屬下們從沒有見過這樣陰鬱和脾氣這樣暴躁的伯爵。

「大人，領地註冊局長派人來請示……從宗教法庭來的，從樞密院來的，大學來的，孤兒院來的，副主教派人來問……你對消防隊還有什麼命令？駕車的典獄長來了……從瘋人院來的……」伯爵通宵不住地聽著這些人的彙報。對於所有這些問題，伯爵只給予一些簡短而且略帶怒氣的答覆，他曾經竭盡全力精心預備好的一切，但是現在被某些人完全破壞，這個人要向現在也許發生的所有承擔全部責任。

「你去告訴外面那些傻瓜，」他回答領地註冊局派來懇求指示的人說，「你們是否留下來保護你們那些重要文件呢？你不是問消防隊該如何辦嗎？讓他們都到弗拉基爾去。」

「大人，瘋人院監督來了，他問你有什麼命令沒有？」

「我能有什麼命令？把他們全部都放出來吧，就這樣吧，讓瘋子都回到城裡去吧，我們部隊的最高指揮員就是一個瘋子，就這樣安排我能幹什麼？」

對待目前正在服刑的犯人該怎麼處理的問題時，伯爵生氣地向典獄長喊道：「怎麼，你讓我給你兩個營護送嗎？我沒有軍隊能夠派給你，把他們都放了不就行了嗎？」

「大人，還有一批政治犯，梅什科夫、維勒希什……」

「維勒希什！他還沒有執行絞刑嗎？」拉斯托普欽喊道，「你去把他帶到我這兒來！」

二十五

早上九點，當撤退的部隊已經經過莫斯科後，再也沒有人去伯爵那裡要情勢了。刻意走的人都自己走了，留下來的人自個兒去決定他們自己應該幹什麼。伯爵命令下人要去索科爾尼基，他眉頭緊鎖，面色蠟黃，默默無語地坐在辦公室裡。

當歷史的海面上很平靜的時候，做爲統治者的行政長官坐著他那破舊的小船，用篙杆搭在人民的大船上，隨之漂動，他肯定會覺得是因爲他的努力大船才能航行。可是假如篙杆沒辦法鉤著前進的大船時，如果暴風雨來臨，大船靠著自身充滿力量的動力接著航行，那麼被落在後面的小船就不會再出現幻覺。忽然間，行政長官由主宰者和力量源泉變成渺小的無用的人了。羅斯托夫普欽體會到了這一點，他也正是猶豫這一點而讓他惱火。

受到人群攔截的警察局局長和副官，一起進入伯爵辦公室。他們兩個都面色蒼白，警察局局長彙報他已經完成任務了，並告訴伯爵說，院子裡有一大群期望見他的民眾。拉斯托普欽一言不發，站起來，走到陽臺門口，接著走到窗前，從這裡能夠更清楚地看到所有人群，那個高個兒小伙子站在前排，表情嚴肅地揮舞著胳膊，他在說著什麼。臉上被打得血肉模糊的鐵匠陰沉地站在他身邊。透過關著的窗子發出一聲嗡嗡聲。

「馬車預備好了嗎？」拉斯托普欽離開窗口問道。

「沒錯，已經備好了。」副官回答道。

拉斯托普欽想去陽臺。「他們是在幹什麼？」他問警察局局長。

「大人，他們說，按照您的命令集合起來預備打法國人，他們還叫嚷著什麼叛徒一類的事，可是我看他們就是一群暴徒，大人，我冒昧建議……」

「好啦！你可以出去了，我不用你教我怎麼做！」拉斯托普欽氣呼呼地喊道。

他站在陽臺門旁看著那一群人。「瞧，他們把國家都搞成什麼樣子了！瞧，他們把我搞成什麼樣子了！」他心裡升起了一股無法遏制的怒火，要向這筆賬記在他頭上的某個人發洩，就像肝火旺盛的人常見的情況一般，他僅僅是找不到發洩對象而已。

「這一群賤民、百姓裡的敗類，他們的愚蠢做法，把這些賤民鼓動了起來！他們需要一個犧牲品。」他看著那個揮舞著胳膊的高個兒小伙子想道。他產生了這個想法，是因爲他自己需要一個發洩的人。「馬車預備好了嗎？」他又問道。

「好了，大人。請您命令該怎麼處置維勒希什？他現在正在執行官的帶領下在陽臺等候呢。」副官說道。

「啊！」拉斯托普欽大喊一聲，就像是被意外想起的一件事震動一樣。他飛快地打開門，邁著堅定的步伐走上陽臺。

所有說話聲停止了，他們摘下帽子，所有人都抬起頭望著走出來的伯爵。

「兄弟們！你們好！」伯爵很快地高聲說道，「謝謝你們到這裡來。我馬上就去找你們，可是我們一定要懲罰這個摧毀莫斯科的壞蛋。稍等我一下！」伯爵飛快地回到房間裡，緊緊地關上門。人群裡響起一片滿意和贊許的低語聲。「那個叛徒終於被抓住了……他會受到應得的懲罰……你還說法國人……但是……」人們彼此都在責備對方不信任自己一樣。

幾分鐘後，一個軍官連忙從前門出來，發出一道什麼命令，然後龍騎兵們列起隊來。人群離開陽臺那裡急切地向門廊跑去。拉斯托普欽生氣地快步走向門廊，連忙環視四周，彷彿是在尋找什麼人。

「他在哪兒？」他問道。

一說完這句話，他瞧見一個年輕人，夾在兩個龍騎兵中間，自後邊走出來。年輕人脖子細長，剃過半邊的頭又長出了新的短髮。身穿一件已經破舊不堪的藍呢面磨損了的狐皮襖，一條骯髒的麻布囚犯褲子。他那柔弱無力的細細的腿拉著沉重的腳鐐，讓他行動困難緩慢。

「噢！」拉斯托普欽連忙把眼光從那個穿狐皮短襖的年輕人身上移開，指了指門廊前最下一級臺階，「把他帶進來」。年輕人深深吸了一口氣，把雙手交叉放在腹部，保持著聽話的姿勢。

在那個年輕人站到臺階上來的時候，幾秒鐘內人群一點聲音都沒有了。拉斯托普欽在等待臺階上的年輕人站好的時候，陰沉地用手抹抹臉。

「兄弟們！」他用金屬般的響亮聲音說道，「這個人，維勒希什，就是那個讓莫斯科陷入這個萬劫不復境遇的人。」

年輕人，雙手交叉放在肚子上，略微躬著腰站在那裡。他那絕望而憔悴的臉，向下垂著。聽了伯爵開頭的幾句話，他慢慢地把頭抬了起來，仰望著伯爵，臉忽然紅了起來。所有眼睛都盯著他。他淒慘地微笑了一下，又把頭低下了，活動了一下臺階上的雙腳。

「他放棄了自己的國家和沙皇，他去投靠拿破崙，把我們俄國人的聲名玷污了，我們的莫斯科被毀了。」拉斯托普欽用平穩的、刺耳的聲音說著，他忽然看了一眼維勒希什。這一瞥把他激怒了，他舉起一雙手來，喊著：「現在我把處罰他的權力交給你們，我讓你們去審判他。」

人群依舊默默無語，只是都擠得更嚴密了。站在前排的人聽到和看到了在他們眼前發生的一切，都恐懼地瞪大著眼睛，張著嘴，鼓足了勁，全力擋住後面人的推擠。

「打死他，打死他這個叛徒！」拉斯托普欽喊道，「我要求你們。」人們聽見的不是他的話，而是他那暴怒的聲音，人群驚恐地向前擁去，不知何故又停了下來。

「伯爵！」在又一次短暫的寂靜中，響起了維勒希什的聲音，「伯爵！在我們頭上是一個上帝……」維勒希什說著抬起頭來，紅潮很快泛上了蒼白的面龐，但很快又不見了，他沒有把他的話說完。

「砍死他！我要求……」拉斯托普欽吼道，臉色馬上變得蒼白，同維勒希什一樣。

「拔刀！」軍官對龍騎兵喊著。

再一次更充滿力量的浪潮湧向人群，觸動前幾排，把前排的人搖晃著推到門廊的臺階前。高個子的小伙子同維勒希什站在一排，臉上的表情呆傻到極點，舉起的那隻手僵在那裡。

「砍他！」軍官彷彿是低語著向龍騎兵發著命令。

一個士兵忽然惡狠狠地扭曲著臉舉起一把鈍馬刀向維勒希什的頭上砍去。

「啊！」維勒希什短促而詫異地叫了一聲，害怕得環視周圍。人群中也發出了驚訝的叫聲。

「噢，上帝！」不知誰悲傷地驚叫了一聲。可是維勒希什在那一聲驚叫之後，又因難過而發出一聲哀號，但是這一聲呼喊要了他的命。

罪行開始了，肯定要進行到底，責難的哀吟，淹沒在人群雷鳴般的怒吼聲中。一股排山倒海般猛烈的力量，將他們衝倒，吞沒了所有。維勒希什可怕地叫著，用雙手抱著頭向人群衝去。高個兒的小伙子與他撞在一起，順勢伸出兩手卡在他的脖子上，怒吼著和他一起跌倒在擠成一團吼叫著的人群腳下。有的人廝打維勒希什，另外一些人廝打高個兒的小伙子。龍騎兵用了許久也沒能把那個高個兒的小伙子救出來。暴怒的人群彷彿是急於解決才肯罷手的狀態一般，又打、又掐維勒希什，但是沒有把他打死。

「用斧子砍吧，啊？壓死了嗎？叛徒，你出賣靈魂，丟俄國的臉……他還沒死……他還活著……打得好！惡人就應該受罪。用門閂打！……他還活著嗎？」

「主啊！這些人都變得和野獸一般了！他怎麼可能還有活路？」人群中發出這樣的聲音，「我年輕的孩子啊……據說是一個商人的兒子。人怎麼這樣呀！他們說，你認錯了，不是那個人……怎麼不是那個人呢？噢，主啊！還害一個無辜者也挨打了，聽說，只有一口氣了……唉，這些人哪……不怕罪過？」說這些話的還是那些人，如今又這樣說。

一個負責的警官下令龍騎兵們把屍體扔到街上去。兩個龍騎兵抓著那殘缺變形的腿，拖走屍體。人群擠著避開屍體。就在維勒希什倒下去、人群狂叫著包圍他的時候，拉斯托普欽忽然臉色變白了，有馬車在等他，他不是朝馬車所在的後廊走去，而是低著頭不自覺地順著通往樓下房間的走廊走去，伯爵的臉是蒼白的，沒有辦法控制他那像發寒熱病一樣劇烈抖動的下頷。

「大人，你應當往這邊走……您到什麼地方去呀？您應當往這邊走……」一個不知所措的聲音在他身後說道。

拉斯托普欽伯爵沒有力氣回答，他無力地轉過身來，朝後門的方向走去。遠處人群的怒吼在這裡依舊能夠聽得到。拉斯托普欽伯爵趕忙鑽進馬車，命令車伕到索科爾尼基地的郊外別墅去。

「狂暴的人群真是太恐怖了。」他用法語說道，「他們似乎是一群狼，除了血腥的肉，別的都滿足不了他們。」

「伯爵！我們的頭上是一個上帝。」他忽然記起維勒希什這句話，他無意識地打了一個寒戰。可那種想法轉瞬即逝，他輕蔑嘲弄了自己一下。

「我有安定民心的責任。」他想道，「不少犧牲品已經並依舊將爲公眾利益接著犧牲，我的職責中就有安定民心。」然後他轉而去想要擔負的責任，向他的家庭、向他的地域以及向他自己所負的責任，想自己並不是費奧多爾．襖希列耶維奇．拉斯托普欽，而是做爲政界代表的總督。

「假如我僅僅是費奧多爾．襖希列耶維奇，我的道路將是另外一個樣子了，可是我應當既保住性命又保持我身爲總司令的尊嚴。」拉斯托普欽在馬車舒服的車廂裡緩緩地搖著，再也聽不到人群那可怕的喊叫，他逐漸平靜下來。

「維勒希什接受了審判，他被宣判了死刑。」拉斯托普欽想道，「他原本就是一個賣國賊、一個叛徒，我自然不會放過他，因此我在一個適當的時候用了一個好的方法而已。」

到達郊區的別墅後，伯爵整理起家務，真正平靜下來了。

三十分鐘以後，他坐在奔跑速度極快的馬車上，馳過索科爾尼基田野，他已不再去想從前發生的事情了，他如今只能思考和想著即將發生的事情。他來到亞烏紮橋，據說考羅佛如今住在那裡。拉斯托普欽伯爵在心裡預備著他馬上要責備庫圖佐夫時用的尖銳詞語，因為他騙了他。他要讓這個沙皇身邊的老狐狸知道，丟下古都，毀滅俄國，導致這種種不幸的責任全都在他這個老糊塗身上。拉斯托普欽事先思量著他要向庫圖佐夫說的話，就憤怒地在馬車裡轉動身軀，怒氣沖天地向四下張望。

索科爾尼基田野上空曠沒有人。有一群穿白衣的病人，還有幾個精神病人在田野裡走著，揮舞著胳膊，叫著什麼。其中一個人跑過來截住拉斯托普欽伯爵的馬車，拉斯托普欽伯爵和他的隨從們，略顯好奇和驚慌地看著這些被放出來的瘋子，尤其是攔截他們馬車的這個人。瘋子那密集而又參差不齊的鬍子的臉是陰沉的，又瘦又黃。他那黑色的彷彿瑪瑙一般的眼睛，不住地轉動著。「聽著……別動……我有話和你說！」他很快追上了馬車，和馬車並排奔跑。「我被殺死過三次，可是三次我都從死人堆裡爬出來了。他們把我綁在十字架上，用石頭砸我……他們想砸死我……我要復活……要復活。我的身體早就被毀滅了。天國要倒塌……我重建了它三次，三次推翻它！」他喊著，聲音越來越大。

拉斯托普欽伯爵忽然像人群撲向維勒希什時那樣，他的臉色馬上變得蒼白如紙，毫無血色。他轉過身去，「走……快走！」他用顫抖的聲音叫道。

馬車飛快奔馳著，可是拉斯托普欽伯爵還能夠聽到身後逐漸遠去的瘋子那絕望的呼喊聲，而眼前見到的則是身穿狐皮大衣、驚慌滿臉是血跡的那張叛徒的臉。儘管這事記憶猶新，拉斯托普欽覺得它已經深入自己的血液融入內心了。他明顯察覺到這一條血淋淋的痕跡將永遠不會消失，會一直刻在心中。

亞烏紮橋旁邊還是擠著不少軍隊。天氣很熱。無事可做的庫圖佐夫眉頭緊鎖，坐在橋旁一張長凳子上，用鞭子擺弄著沙土，這個時候一輛輕便馬車轟隆隆地向他駛來。一個帽子上帶羽飾、身著軍制服，不知他是出於害怕還是憤怒，眼睛不停地亂轉的人，走到庫圖佐夫跟前，用法文和他說了些什麼。這就是拉斯托普欽伯爵。他向庫圖佐夫說，莫斯科古都已經淪陷不在了，現在剩下的只有軍隊了。

「假如大人不跟我說，您莫非要打這一仗？不會像如今這樣不戰就拱手丟下了莫斯科，這所有都不會發生，結局就不同了。」他說。庫圖佐夫看著拉斯托普欽，像不清楚他的意思似的，努力想從他的臉上看出什麼其他的東西。拉斯托普欽赧顏地沉默了。

庫圖佐夫無奈地搖著頭，沒有從拉斯托普欽臉上移開他審視的眼光，輕聲說道：「沒錯！我不會輕易丟下莫斯科。」庫圖佐夫在講這些話的時候，想著完全不同的事情，或是明知其無意義，不過說說罷了！拉斯托普欽什麼也沒說就急忙離開了庫圖佐夫。

說來也怪，驕傲的拉斯托普欽——莫斯科總督，撿起一條短皮鞭，來到橋頭，開始吆喝起來，來驅散擠成一團的大車。

二十六

下午四點的時候，繆拉的軍隊到達莫斯科。在前面開路的是符騰堡的驃騎小隊，後面則是有著大批隨從的那不勒斯王。在臨近阿爾巴特大街時，繆拉停住了腳步，等待先頭部隊來彙報克里姆林城堡的情況。一些依舊在莫斯科的居民聚集在繆拉的不遠處。他們都迷茫且帶著恐懼地看著這個渾身上下閃著金光並且雕琢以羽毛的詭異的軍官。

「什麼，這就是沙皇本人嗎？真的有幾分威嚴！」傳來低語聲。

一個翻譯騎著馬來到這一小群人跟前。

「把帽子摘下來，致禮！」人們相互耳語。翻譯問一個年邁的看門人，克里姆林宮離這裡遠不遠。看門人不知所措地聽著生疏的波蘭口音，沒弄明白他說什麼，一閃身就躲在了別人身後。繆拉慢慢步行到翻譯身邊停下，讓他問俄國軍隊在哪裡。一個法國先頭部隊的軍官騎馬來到繆拉面前，彙報說，城堡的大門堵上了，敵人也許埋伏在那裡。

「好！」繆拉說，他立即向一個隨從發出命令，將四門輕炮運至城門，發動猛攻。

炮兵們從繆拉後面的大隊人馬中跑了出來，一會兒便消失了。抵達街盡頭時，停了下來，在廣場上排隊等候長官們的新指示。幾個法國軍官指揮炮位的設置，並用望遠鏡聚精會神地觀察克里姆林宮，看看是不是有什麼異動。

晚禱的鐘聲漸漸響徹克里姆林宮，這鐘聲讓法國人心裡有點難安。他們覺得那標誌著戰爭。

幾個步兵向庫塔非耶夫門跑去。門裡堆放著護牆板和圓木。一隊士兵和一個軍官正向那裡跑，門下馬上發出兩聲刺耳的步槍聲。站在大炮旁邊的一個將軍向那個軍官喊了一聲口令，然後士兵在他的帶領下開始往回跑。

從門內又射出三槍。其中一槍打中一個法國兵的腿，木牆裡面傳來幾個人不同尋常的喊聲。聽到要求，法國軍官們、將軍、士兵們臉上剛才淡然愉快的表情馬上消失不見，變成了堅毅、繃緊、預備接受苦難和激戰的表情。對於他們所有人，從元帥到士兵，這裡不是特羅伊茨門，也不是伏茲德維仁卡街，也不是莫哈瓦亞街，更不是庫塔非耶夫街，而是一個新戰場，一個即將被鮮血又一次染紅的地方。所有人都在爲這場戰鬥鼓著勁，做著最終的預備。

門內的喊聲突然停止。那幾門炮被推出來了，一個軍官發出了命令：「放！」兩發炮彈像火星般接著射出。霰彈打在宮門的石頭牆上、護牆板上和圓木上，廣場上呈現出兩團碩大的煙雲。向著克里姆林宮石頭牆射擊的震天的轟轟炮聲沒停下多久，在法國人的頭頂上空就能聽見一種不同尋常的聲音。

很多的烏鴉從城牆上方飛過，呱呱叫著，盤旋著像一團烏雲。隨著這聲音，從門口傳來一聲突兀的人的叫聲，從硝煙中閃現一個沒戴帽子、身著農民外衣的身影。他舉著一支步槍，正向法國人瞄準。「放！」又是那個軍官一聲簡練的命令，兩發炮彈聲和一聲槍響一齊響起。那個門又消失在硝煙裡。

木板護牆後面再沒有聲音了，然後法國軍官和步兵向城門進發。門口朝裡躺著四個死者和三個傷患。兩個身穿農民外衣的人沿著牆根向下朝茲納緬卡街狂奔著跑開。

「把這些移走！」軍官指著那些圓木和屍體說道。有關這些人的來歷，沒有人瞭解。「把這些搬走！」只有這句話是說他們的，爲避免發臭，他們被扔到牆外，運走了。只有梯也爾說了幾句好聽的話來悼念他們：「莊嚴肅穆的堡壘裡充滿著這些不幸的人，他們從軍械庫裡拿來槍支，向法國人射擊。他們有的死在了刀下，並從克里姆林宮裡清理出去了。」

繆拉得到彙報，他的部隊已清除了前進方向上的障礙。法國人進了城門，立馬開始在樞密院廣場上駐紮他們的中心營。士兵們從樞密院的窗口把椅子扔到廣場上，那裡很快就生起了堆堆紅紅的火。

隊伍經過克里姆林宮，在魯比揚卡街、馬羅謝伊卡街和波克羅夫卡街紮營。還有一些駐紮在茲納緬卡街、伏茲德維仁卡街、特維爾街和尼科爾斯街。房子的主人已經找不到了，法國人住在了那裡。

法國士兵進入莫斯科時，儘管身心疲憊、食不果腹、衣難裹體，人數也只剩下了三分之二，可佇列依舊整齊井然有序。這是一支很饑餓、非常疲倦，但戰鬥力依舊充滿力量的威武的軍隊。可是，這僅僅是在它的士兵們還沒有分散到居民房子裡之前的模樣，一旦各個團隊的士兵們分散到富裕的空無一人的房子裡以後，這支軍隊就永久地走向了幻滅，變成了既不是居民，也不是士兵，而是介乎其間的東西，即所謂的匪兵。五個星期後，依舊是這些人離開了莫斯科，渙散的他們早已沒辦法被稱爲軍隊了，而是一群強盜，每個人都帶著數量極多的、自己認爲可以派上用場或貴重的東西。每個人離開莫斯科時，他的目的已經成爲了讓搶到的東西不再溜走，而不是同過去那樣去讓別人屈服。

法國人離開莫斯科時，毋庸置疑，毀滅將是他們的終點，因爲他們帶著他們的掠奪物，可是要他們丟下搶到手的東西是辦不到的。從房子的窗口裡能夠見到穿軍大衣、短筒靴的人，他們一臉喜悅地胡亂地穿梭在各個房間裡：在儲藏室裡和地窖裡，毫無節制地享用食品，在院子裡，打開或打破倉房和馬廄的門，在廚房裡生上火，捲著袖子搓麵和煮飯，烘烤食品，呵斥、調戲著孩子和婦女。商店裡、房子裡到處都是這些人的影子，僅僅是軍隊早已沒有蹤影。

當天，法軍指揮官接連不住地發出一道道命令，不允許士兵們到城內各地去，嚴令不允許士兵或軍官向居民施暴和搶劫，並命令當天晚上就點名。但是不管採取什麼措施，以前那些可以構成一支軍隊的士兵，被這個閃著奢侈光芒的都市吞噬了，並在這座沒有人煙但是很富有的城市裡不見了蹤影。這一支軍隊也一樣無法控制地湮滅在這富庶的城市中了。

莫斯科早就沒有了居民，士兵們像滲進沙土的水一樣向這座城市滲透，以他們最開始到達的克里姆林宮爲原點向旁邊放射。騎兵進入一幢有各種財物的商人房子，發覺那裡的馬廄容下他們自己的馬以後，還留有很充足的空間，可是他們還是走進旁邊一所房子。他們覺得那裡更好，又佔據了這所房子，許多人佔用了好幾所房子，用粉筆寫上「此宅被某某佔用」的字樣，爲了這些房子，分隊之間不停地爭吵，甚至大打出手。士兵們還沒有安置修整完備好，就跑到街上去閒逛。一聽到什麼地方能夠弄到貴重的東西，他們就朝那裡飛奔而去。長官們去阻攔士兵們，但是自己也受了感染，不自覺地也跟著同流合污。

除去法國人已佔據的區域之外，還有一些沒有被發現、沒有被佔領的地方。法國人覺得，那裡有更多的財富。莫斯科就像泥潭一樣讓他們越陷越深。饑餓的軍隊進入了富庶的空城亦是這樣，軍隊毀了，富庶的城市也毀了，到處可見的只有污穢、搶劫和熊熊烈火。

莫斯科被毀於大火之中是因爲它所有的條件。在這樣的條件下，所有以木頭爲建築材料的城市一定會被燒毀。不管城裡有沒有一百三十架很糟的救火機，莫斯科也一定會毀在火海裡，莫斯科的居民也一定都要搬走了，因此它被燒毀，這是絕對的，就好比一堆刨花，上面堆積著天天濺落在上面的火星，它一定會燃燒起來。一座木頭建築的城市，在有房屋主人和員警的情況下，夏天似乎沒有一天不曾發生火災，當城內沒有居民，而住進了士兵的時候，他們吸菸，在樞密院的廣場上用樞密院的椅子生火，一天燒兩次飯，在這種狀況下，是沒有不被燒毀的可能性的。

太平年月裡，只要軍隊在某一地區的村莊裡一駐防，這個地方火災的次數就猛然上升。那麼，在一座空蕩蕩的木建築的城市裡進駐外國軍隊，發生火災的可能性要增大到哪種程度！在這方面拉斯托普欽野蠻的愛國主義和法國人的暴行沒有過錯。莫斯科被燒毀，是士兵們的菸斗，因爲營火，因爲廚房，因爲不是房子主人的敵軍士兵和居民的粗心惹的禍。即便有人縱火，也沒辦法把大火的發生歸罪於有人縱火，因爲就算沒有人這麼做，同樣的事仍舊無法避免。

儘管法國人對於責備拉斯托普欽的野蠻行徑樂此不疲，俄國人樂於指責拿破崙的暴行，或者後來把英雄的火把掌握在自己人民的手裡，但是沒辦法不看到，這場火是沒有能夠追溯的直接原因的。沒錯，莫斯科被燒毀了，這與那些留下的沒有關係，都是那些離去的人、那些離開自己家鄉的居民一手造成的。被敵人佔領的莫斯科沒有能像柏林、維也納以及其他的城市那樣保持完好，只是因爲它的居民沒有向法國人貢獻麵包和鹽及鑰匙，而是棄城而走。

二十七

莫斯科各區的法國人，直到九月二日傍晚才抵達皮埃爾住的地方。

皮埃爾在兩天孤立得很規律的環境下生活後，陷入一種接近瘋了一樣的狀態。他自己也不清楚，這思想是什麼和它從什麼時候像現在這樣不由分說地牢固地控制了他，讓他對過去的人和事都失去記憶，對目前的事也失去了理解、思考的能力，他所看見和聽見的，眼前發生的所有事情都好像夢魘一般。

然後皮埃爾離家出走，因爲在他那時的狀態下，並沒辦法讓自己掙脫擾人的思想，因而只是爲了躲避那些糾纏著他的紛繁複雜的人際關係而離家出走的。把整理死者的文件和書籍做爲藉口，他到約瑟夫．阿列克謝耶維奇家來，僅僅是爲了暫時逃離生活的煩擾，獲得安寧，並且在他的內心，對於約瑟夫．阿列克謝耶維奇的懷念，是與一個莊重的、恒久的、淡定的思想境界聯繫在一起的，這與他覺得自己陷入的那種讓人茫然不知所措的迷茫狀況正好相反。他找尋一個安靜的避難所，在約瑟夫．阿列克謝耶維奇的書房中，他確實達成了願望。當他坐在死一般沉寂的書房裡，雙手支在被塵封的已故者的書桌上的時候，之前幾天所發生的事，特別是波羅底諾戰役，淡然寧靜但是又意蘊綿長地一幕幕在他腦海中呈現，他想到那些已在心中留下烙印的他稱之爲他們的人，他認爲的在誠摯、樸素和堅韌的他們面前，自己變得更加虛僞和不值一提。當康勒西蒙把他從沉思中叫醒的時候，加入保衛莫斯科戰鬥的想法在他腦海中閃現，他清楚有這麼一個計畫。爲了這個目的，他立即請求康勒西蒙給他弄一支手槍和一件農民外衣，並把自己隱姓埋名，躲在約瑟夫．阿列克謝耶維奇家中的意思同他講了。後來，在他獨自一人悠閒地度過的第一天中，他很多次恍惚地憶起過去產生的、有關他的名字與拿破崙的名字有著神秘聯繫的事情，可是有關俄國人別祖霍夫注定要來完結那頭野獸的權力的想法，僅僅是做爲一個幻想在他大腦中一閃而過。

在買到了那件農民外衣之後，皮埃爾遇見了羅斯托夫家的人，娜塔莎向他說：「您要留下嗎？啊，這多好啊！」那時他閃過一個想法，他會堅持下來，不論莫斯科是不是失守，完成那本該由他完結的事情，這確實很好。

第二天，皮埃爾和人們一起到三山門去了，只有一個想法不停浮現，不愛惜自己，絕不讓落於人後的事情發生。可是，他從那裡回到家中，確定莫斯科不會有人保衛了。他突然覺得，他之前只不過覺得是有可能的事，如今變成必要的和無法避免的了。他要隱姓埋名，留在莫斯科，他要去見拿破崙，並把他殺死，如此一來，或者是自己犧牲，或者是整個歐洲災難的徹底完結，在他看來，拿破崙一個人製造了這無可饒恕的災難。

皮埃爾清楚，一八〇九年一個德國大學生在維也納刺殺拿破崙的事情，也清楚那個大學生最終被槍斃的結果。爲了讓他的計畫變成現實，更爲自己所冒的生命危險，激動興高采烈之情難以言傳。

一個志願兵把最終一文錢輸光，一個喝醉酒的人沒理由地打碎玻璃和鏡子，明知這樣他要賠掉他所有錢，但都是因爲這種感情，它讓一個人瘋了一樣做出各種非常規的舉動，似乎是在檢驗他個人的權力和力量，說明存在著一種凌駕在人之上的、更高的對生活的裁判。

皮埃爾從頭一次在斯洛博達宮體驗到這種感情的那一天起，就不斷地受它的影響。但是直到現在，這種感情才得到好比久旱逢甘霖般的強烈滿足。另外，皮埃爾在這方面已經做的事，在這個時刻支持著他的計畫就像強大的動力一般，讓他沒辦法半途而廢。他這個時候像別人離開莫斯科，那麼他買農民外衣、手槍逃跑，離家出走，以及向羅斯托夫家人說他要留在莫斯科的事實，不僅顯得沒有用處，更變得可笑、可鄙，皮埃爾對這一點是很敏感的。

就像常有的情形，皮埃爾的精神與他的身體狀況是一樣的。難以習慣的粗糙的食物，這幾天喝的白酒，沒有葡萄酒和雪茄，沒有洗換過的骯髒的襯衣，在短小的沒有被褥的沙發上度過的兩個有一半時間沒辦法入睡的夜晚，這所有都讓他處在一種很容易發怒的、近乎發狂的狀態。

下午一點多了。法國人已經來到了莫斯科。皮埃爾清楚這一點，可是他並沒有行動，僅僅是翻來覆去地想著他那個計畫，把每個環節都想得巨細無遺。在他的想像中，他並沒有想清楚如何襲擊拿破崙和他如何死，可是帶著悲傷但是又愉悅的情緒，很生動地幻想著他自己完成那一壯舉時的犧牲和英雄氣概。

「沒錯，一人為大家，我該完成這件事或者是犧牲自己！」他想道。「沒錯，我走上前去……然後一下子……是用手槍呢，還是用匕首呢？」他想道，「不過，反正都是差不多！『是天要亡你，並不是我，』我要向他說，」他想像著刺殺拿破崙時要說的話，「那好吧，把我抓去吧，處死我吧。」他自言自語地往下說，慢慢垂下的臉上帶著哀愁而堅毅的神情。

正當皮埃爾站在室中央這樣向自己發出感慨的時候，書房的門打開了，馬卡爾·阿列克謝耶維奇出現在了門口，他睡袍敞開著，臉漲得通紅，很難看。他喝醉了。剛一見到皮埃爾，他有些害羞，但是一看到皮埃爾臉上的神情，馬上變得英勇了，邁開他那兩條細腿，搖搖晃晃地走到室中央。

「他們恐懼了。」他用沙啞的、信任的聲音說道，「我說，我不投降，我……我說得沒錯吧，先生？」他想了一下，桌上那支手槍忽然進入了他的視線，他以讓人吃驚的速度閃電般地抓起來，跑到走廊裡去了。

康勒西蒙和看門人跟在馬卡爾·阿列克謝耶維奇後面，在門廳裡擋住了他，把他手裡的槍奪過來。馬卡爾·阿列克謝耶維奇用力皺著眉頭緊握手槍不放，嘶啞地吼叫著，看上去似乎什麼莊重的場景正在他的腦海中上演。

「拿起武器衝啊！你奪不走！」他喊道。

「可以了，求您了。行行好吧，求您放手吧。放手，老爺……」康勒西蒙說著，小心地抓著他的胳膊，把馬卡爾·阿列克謝耶維奇推進屋內。

「你是哪個？拿破崙？」馬卡爾·阿列克謝耶維奇喊道。

「這不好，老爺。請您到屋裡去歇息一下吧，把手槍給我。」

「滾，你這討厭的僕人！不許碰我！瞧見了嗎？」馬卡爾·阿列克謝耶維奇揮舞著手槍聲嘶力竭地喊道，「衝啊！」

「抓住他。」康勒西蒙小聲向看門人說道。

他們緊緊地抓住馬卡爾·阿列克謝耶維奇的兩臂，把他拉向門口去。

忽然，從臺階上傳來新鮮的刺耳的女人的聲音，緊接著廚娘跑到門廳裡來。

「他們來啦！上帝啊！真的，是他們！一共四個，騎著馬！」她叫道。

看門人和康勒西蒙放開了馬卡爾·阿列克謝耶維奇，幾隻手敲門的聲音在漸漸平靜下來的走廊裡清楚可聞。

二十八

皮埃爾在心裡暗暗做了決定，在他的計畫實現之前，既不能讓人清楚他會法語，更不能暴露他的身分。他站在走廊裡半開的門旁邊，預備法國人一進門，他就躲起來。可法國人還是進來了，皮埃爾並沒有離開門口，一種難以抗拒的好奇心讓他站在那裡動都不動。

他們共有兩個人。一個是軍官，身材魁梧、俊朗、英氣十足，另一個是個勤務兵，又矮又瘦，臉上沒有一點生氣，兩頰下陷，曬得黑黑的。軍官走了幾步，停了下來，似乎是覺得這所房子不錯，就轉身向站在門外的士兵們，用長官的聲調高聲喊著，讓他們把馬牽進來。下了命令以後，軍官把胳膊肘高高抬起，捋了捋鬍子，輕輕地扶了扶帽子。

「你們好，各位！」他愉快地向周圍掃了一眼說道。

屋裡沒有一個人答話。

「這裡的主人是你嗎？」軍官問康勒西蒙。

康勒西蒙恐懼地看著軍官。

「住房，住房，宿舍。」軍官看著那個小老頭說道，臉上一直保持著那和藹、寬厚的笑容。「我們不會吵架的，老爺爺！法國人是善良的人。真見鬼……」他拍著慌張的康勒西蒙的肩頭說道。

「怎麼，莫非這裡沒有人會講法語嗎？」他又加了一句，目光正好與皮埃爾相接。皮埃爾從門旁走開了。

軍官又轉向康勒西蒙，要求康勒西蒙帶他去看房子裡的房間。

「主人不在，不懂……我的，您……」康勒西蒙說道，想顛倒一下自己說話的順序讓它更容易聽懂。

法國軍官依舊微笑著，在康勒西蒙面前攤開雙手，說明他的話自己同樣沒有辦法理解，然後拖著自己的瘸腿向皮埃爾站著的門口走去。皮埃爾想要走開。但是，就在這個時候，他瞧見手裡握著手槍的馬卡爾·阿列克謝耶維奇從廚房門口探出頭來。馬卡爾·阿列克謝耶維奇臉上掛著瘋子般的狡黠表情盯著那個法國人，舉起了手槍，向他瞄準。

「衝啊！」醉漢喊著，預備扣動扳機。聽到叫聲，軍官轉過身來，就在這一瞬間，皮埃爾撲向醉漢。就在皮埃爾抓住手槍把它往上抬起時，馬卡爾·阿列克謝耶維奇扣下了扳機，霎時一聲震耳欲聾的響聲響徹屋內，硝煙籠罩住所有人。法國人的臉色慘白，朝門口奔去。

皮埃爾把自己的初衷忘得乾乾淨淨並暴露了他懂得法語的事實。他搶下手槍扔掉，衝向軍官，用法語跟他交談起來。

「你受傷了嗎？」他問道。

「沒有，」軍官摸了摸自己回答道，「不過只差一點。」他膽戰心驚地說道，手指著被打壞的牆面。「這個人是誰？」軍官看著皮埃爾說道。

「噢，發生了這樣的事，我覺得遺憾！」皮埃爾趕快說，差不多忘記了他扮演的角色，「他是一個對於自己在做什麼一點概念都沒有的不幸的瘋子。」

軍官走近馬卡爾·阿列克謝耶維奇，提起他的衣領。

馬卡爾·阿列克謝耶維奇張著嘴，東倒西歪地倚著牆站著。

「強盜！你會爲你做的受到懲罰。」法國人把手放開。「我們是帶著寬宏大量的心來待你們的，可是對於叛徒我們堅決不饒恕。」他帶著莊重陰冷的表情說道。

皮埃爾接著用法語懇請那個軍官不要處罰這個喝醉了酒的瘋子。法國人那陰沉的面孔沒有一點改變，忽然，絲絲笑意浮現在他的臉上，無聲息地看了他幾秒鐘。他那秀氣的臉上展現出一種柔緩的悲劇式的表情，並向皮埃爾伸出手來。

「您救了我。您是法國人。」他說道。

「我是俄國人。」他趕緊說道。

「噓，噓，噓！這話對別人說去吧。」法國人微笑著說，一根手指頭在鼻子前來回擺動說道，「如今您就把什麼都告訴我吧。很興奮遇見一個同胞。該對這個人施以怎樣的懲罰呢？」他接著像對一個兄弟一樣，向皮埃爾說。

皮埃爾再一次解釋了馬卡爾·阿列克謝耶維奇是什麼人，並且又一次請求軍官不要懲罰他。法國人將胸脯高高挺起，手擺出一個威武的姿勢。

「您救了我的命！您是法國人，懇請我讓他免於處罰嗎？那我寬恕他了。把這個人帶走吧！」法國軍官飛快而且鏗鏘地說。接著拉起被他授予法國人稱號的皮埃爾的胳膊，一同走到房裡去了。

院子裡的士兵們聽見槍聲，紛紛走到過道詢問剛才發生的事情，說要懲罰罪犯，可是軍官不由分說地嚴肅地制止了他們。

「隨時候命，能派上用場的時候自然會叫你們的。」他說道。士兵們又退出去了。這個時候去過廚房的勤務兵走到軍官面前。

「上尉，他們廚房裡有燒羊肉和湯。」他說道，「您目前需要我端過來吃嗎？」

「拿來吧，還要酒。」上尉答道。

二十九

法國軍官與皮埃爾一塊兒走進房裡。皮埃爾又一次向他闡明實情，並預備走開，可是法國軍官是那麼熱情、有禮貌、誠摯，誠心地感激他的救命之恩，讓皮埃爾根本沒有辦法拒絕，只好和他一起坐到大廳裡——他們進入的第一個房間。

他肯定能察覺到皮埃爾的感受，假使這個人對別人的感情能有多多少少的察覺，皮埃爾也許就離開他了，可是這個人對他身外的事是這樣缺乏感知能力，對所有的事渾然不知，從而征服了皮埃爾。

「一個化名的俄國公爵也好，一個法國人也好，」軍官望著皮埃爾那儘管骯髒卻不失精緻的襯衣和套在手指上的戒指說道，「您對我有救命之恩，友誼將是我用來報答您的東西。恩惠不會磨滅。我獻給您我的友誼。其他的我就不說了。」

這個軍官的面部表情、說話的音調韻律和舉手投足，都顯現得那麼高尚和善良，一點不虛僞，讓皮埃爾不由自主地用微笑來回覆這個法國人的微笑，並握了他伸出的手，來表達友好的感情。

「拉菲爾，第十三輕騎兵團上尉，因九月七日戰役有功被授予榮譽團勳章。」他帶著頗爲自豪的笑容，自我介紹說，笑容讓他的嘴唇有了褶皺。「如今可以請您告訴我，讓我可以沒有身上帶著那個瘋子的子彈躺在急救站裡，而快樂地和您交談的人是誰嗎？」

皮埃爾回答說，他不可以說出他的姓名，並想編造一個名字憋得臉都紅了，想說說他隱姓埋名的理由，但是法國軍官爲了不爲難他飛快打斷了他。

「好啦，不要說了，」他說道，「我理解您，您是一個軍官……或許是一個參謀部的軍官。您也許與我們打過仗。那都與我沒有關係。我受了你的救命之恩，這對我就夠了。我聽您的。」

「您是貴族嗎？」他帶著詢問的口氣加了一句。

皮埃爾點了點頭。

「您的名字？我再什麼也不問了。您說您是皮埃爾先生？棒極了！這些對我就足夠了。」

煎蛋和燒羊肉端了上來，士兵又拿來一個茶炊、白酒和從俄國人地窖裡弄來的葡萄酒，還有些法國人隨身帶著這些酒。

拉菲爾請皮埃爾一起用餐，他自己如一個充滿活力但是又飽受饑餓的人那樣貪婪地、飛快地吃起來，嘴裡不停傳出他強健的牙齒咀嚼食物的聲音，嘀嘀咕咕地說著：「好極了！真棒！」他滿頭大汗，滿臉通紅。

皮埃爾餓了，也興奮地一起吃起來。

勤務兵梅利奧拿來一鍋熱水，把一瓶紅葡萄酒放了進去。他還從廚房裡拿來一瓶克瓦斯，讓他們品嘗。

充足的食物，再加上葡萄酒，上尉顯得越發有生氣，吃飯期間不斷地說話。

「沒錯，我親愛的皮埃爾先生，爲了謝謝您把我從那個瘋子手中救出來，我應該爲您點上一支蠟燭以感謝您的救命之恩……您看，我身上已經挨過很多的槍子了。這一粒，是在瓦格拉木中的，另一粒是在斯摩稜斯克中的，」他指著他臉上的一個傷疤，「還有，你瞧這條一瘸一拐已經殘廢了的腿，這是七日在莫斯科城下那場大戰中受的傷。噢，那真是太激烈了！真應該瞧瞧那望不到盡頭的茫茫火海！你們應當爲讓我們吃盡苦頭而自豪。說實話，儘管有了這個寶貝，我倒想讓那一幕又一次上演。我爲那些沒看到這個場面的人而感到遺憾。」

「我到過那裡。」皮埃爾說。

「哈，真的嗎？那太好了！應當承認，你們是很強勁的敵人。那個多角堡守得很好，真見鬼了！」法國人說。「你們讓我們付出了慘痛如血一樣的代價。我向您說實話，我到過那裡三次。我們三次接近了炮位，三次被打退。你們的擲彈兵幹得太精彩了，真的！皮埃爾先生！我見過他們六次集合隊伍，像加入檢閱一樣前去戰鬥。出色的人們！我們的那不勒斯王在這方面是行家裡手，他都稱讚你們這些擲彈兵！」他稍作停頓後笑著說，「這樣更好，皮埃爾先生！戰鬥中表現得讓人害怕，但是對女人倒是溫柔勤快，」他微笑著擠擠眼說，「這就是法國人，皮埃爾先生，是吧？」

上尉是那麼單純，一點不加雕琢，這帶著孩子般的自滿自足讓皮埃爾快樂地望著他，幾乎也學著上尉向他擠起眼來。

「順便問一句，據說莫斯科已經沒有女人的蹤影了，多數撤走了，請您告訴我，這是真的嗎？多麼讓人費解的想法！她們有什麼好怕的呢？」

「假如俄國人到了巴黎，法國太太、小姐們不是也會離開嗎？」皮埃爾問道。

「哈，哈，哈！」法國人拍著皮埃爾的肩膀，興奮地大笑著。「我這是開玩笑。」他嘟囔著，「巴黎？但是巴黎，巴黎……」

「巴黎是世界的首都。」皮埃爾接著他的話說完。

上尉看了皮埃爾一眼。「假如你不和我說，您是俄國人，我肯定打賭說你是巴黎人！您身上有那種……」這句恭維話說完以後，他又默默無語地看皮埃爾一眼。

「我去過巴黎。我在那裡住過一些年。」皮埃爾說道。

「噢，看得出來。巴黎！連巴黎都不清楚的人是野蠻人。」他看出這一結論比之前的話更沒有說服力，就趕快繼續說，「世界上只有一個巴黎。您到過巴黎，但您仍然是俄國人。這沒什麼，我還是一樣尊敬您。」

「我聽說你們的小姐、太太們都很迷人，讓人嚮往，同我說說吧。在法國軍隊進入莫斯科的時候，她們把自己隱藏在草原裡，這是多麼愚蠢和難以理解的做法啊！她們親自扔掉了這樣的良機！你們的農民是另一回事，我理解，但是你們是有教養的人，你們對我們應該瞭解得更加透徹才是。人們心裡對我們是既怕又愛。對於我們有更多的瞭解是有好處的。何況陛下……」他剛要說下去，但是皮埃爾打斷了他的話。

「陛下，」皮埃爾重複了一遍，臉上忽然有了憂愁難安的神情，「陛下如何……」

「陛下？他仁德、正直、聰慧、秩序、有愛心——這就是陛下！對您說這話的是我拉菲爾，您所見到的這個人，八年前視他爲敵。我父親是一個流亡的伯爵。可是這個人征服了我，他讓我佩服得五體投地。他戴在法國頭頂的光輝榮耀和不朽的成績不得不讓我屈服。就這樣！啊，沒錯，我親愛的，他是前無古人、後無來者的最偉大的人。」

「他在莫斯科嗎？」皮埃爾帶著羞愧的表情有些不利索地說。

法國人瞧了一眼他那歉疚的樣子，露出了微笑。

「不，他要在明天進城。」他答道，又接著講述自己的故事。

他們的交談被大門前幾個人的叫喊聲和走進來的梅利奧打斷了，他對上尉說，來了幾個符騰堡驃騎兵，他們想把自己的馬牽進上尉拴馬的院子裡。主要的問題是那些驃騎兵聽不明白士兵們對他們說的話。

上尉把他們的長官上士叫進來，很嚴厲地問他，他是哪個團的，他們的指揮官是誰，爲何要佔用已經有人住的房子。這個德國人不怎麼會法語，回答了前兩個問題，可是對於第三個問題他完全沒有辦法理解，他用讓人很難受的法語夾著德語說，他是哪個團的軍需官，奉命一所接一所地佔領所有房子。皮埃爾懂德語，他把德國人的話翻譯給上尉聽，接著又把上尉的回答翻譯給那個符騰堡驃騎兵聽。德國人聽懂對他說的話之後，乖乖地帶走了他的人。

當他回到房裡的時候，皮埃爾還坐在原地，用雙手蓋著臉頰，臉上明明寫著苦悶的表情。在上尉走出去，剩下他一個人的時候，他忽然醒悟過來，認識到了自己的處境。在這個時刻讓他煩悶的是，他意識到了自己的弱點。幾杯葡萄酒下肚，同這個和藹的人的談話，摧毀了他過去幾天來專心凝聚而成的憂鬱憤怒的心情，而這種心情對於他計畫的實現是不可或缺的。農民外衣、匕首和手槍都準備好了，有如在弦之箭。拿破崙第二天就要進城了。皮埃爾仍舊覺得，除掉那個渾蛋是應該的，是有價值的，是有好處的，可是他覺得，如今他不會那樣將那種想法付諸實踐了。剛一接觸到這個人，他從前所有那些計畫、思想都沒了，就彷彿一縷輕煙，飄散得毫無蹤影了。

上尉吹著口哨回到房裡。

法國人之前令皮埃爾興奮地說說笑笑，但是現在讓他有了厭惡感。他的步態、他吹的小曲、他撚鬍子的姿勢，如今都讓他覺得這其中羞辱的含義時刻都在。

「我馬上走開。」皮埃爾想。他這樣想著，但是仍然坐在原地不動。他想站起來，可是他怎麼也辦不到。

上尉很興奮。他在房裡來回轉了兩圈，兩眼閃著光芒，鬍子微翹，向自己微笑著。

「這些符騰堡人的上校挺漂亮的，」他忽然說道，「雖然是個德國人，他依舊是個好小伙子，可畢竟是德國人。」

他在皮埃爾對面坐下來。

「這麼說，您懂德語？」

皮埃爾安靜地看著他。

「德語避難所怎麼講？」

「避難所？」皮埃爾重複一遍，「『避難』用德語說是『Unterkunfi』。」

「怎麼說？」上尉不解地問道。

「Unterkunfi，」皮埃爾又說了一遍。

「Onterkoff，」上尉說道，看了皮埃爾幾秒鐘。

「這些德國人是笨蛋，不是嗎，皮埃爾先生？」他做出了這樣的判斷。

「來，我們再來一瓶波爾多紅葡萄酒，行嗎？梅利奧，再給我們加熱一小瓶。」上尉愉快地喊道。

梅利奧拿來了一瓶葡萄酒和一些蠟燭。上尉借著燭光看一眼皮埃爾，見到夥伴臉上掛著不快樂的神情，這讓他吃了一驚。拉菲爾臉上帶著真誠同情和不安的神情走近皮埃爾，慢慢彎下了腰。

「怎麼您的臉色這樣苦悶呢？」他碰碰皮埃爾的手說。「也許是我讓您不開心了？不，說真的，我有什麼地方做得唐突或者不周全讓您不滿意了？」他問皮埃爾，「或許是有關時局的事吧？」

皮埃爾親切地看著法國人的眼睛，法國人的同情讓他有了快樂的感覺。

「說心裡話，把我對您的感激暫時放在一邊，我很想成爲您的朋友。我可以爲您做些什麼嗎？請命令吧。我把最想傾訴的東西都說出來了。這是生死之交。」他拍著胸脯說道。

「謝謝。」皮埃爾說。

上尉直盯著皮埃爾，就像他清楚了「避難所」用德語怎麼講時那麼聚精會神地看著他。

他忽然眉開眼笑了：「這麼說，該為我們的友誼乾一杯！」斟滿兩杯葡萄酒後他愉快地喊道。皮埃爾拿起一杯，一飲而盡。拉菲爾也喝乾了他自己那一杯，又握了握皮埃爾的手，然後帶著黯然的神情，把胳膊靠在桌子上。

「沒錯，我的朋友，」他開始說道，「這就是命中注定。誰能想到我會變成拿破崙手下一個龍騎兵和一名士兵上尉呢？我應當告訴您，我親愛的，」看樣子他預備講一個很長的故事，「我們的姓氏是法國最古老的。」

然後上尉帶著法國人誠懇輕浮的直率跟皮埃爾講起他的祖先，他的童年、少年和成年時代，講他的家庭、親屬財產和關係，「我那可憐的母親」，自然在這故事中有著很重要的作用。

「可是這一切只不過拉開了人生這齣戲的幕布，生命中最重要的東西是愛情，愛情！不是嗎，皮埃爾先生？」他說著高興起來，「再喝一杯。」

皮埃爾喝乾了那一杯，給自己又斟了第三杯。

「唉，女人哪，女人！」上尉談起愛情與他的風流韻事來，並用那一直放著光亮的眼睛看著皮埃爾。雖然拉菲爾的愛情遭遇都具有法國人把它看作詩一般的愛情和魅力的淫蕩性質，可是上尉講述自己的遭遇時那麼毫無懷疑地相信，只有他一個人深刻理解愛情的魅力，而且把女人講述得那麼誘人，讓皮埃爾帶著充足的好奇感聽下去。

這個法國人那麼鍾愛的愛情，既不是皮埃爾一直對他妻子有過的那種簡單的、低俗的愛情，也不是他向娜塔莎懷有的那種只不過存在於精神上的浪漫愛情。拉菲爾對這兩種愛情都不屑一顧，他把第一種叫做馬車伕的愛情，把第二種稱做傻瓜的愛情。法國人所推崇的愛情，主要在於與女人的非正常的關係，加上感官上非常規的快感。

在這夜深人靜的時候，聽著上尉的故事，已有幾分醉意的皮埃爾陷入了這樣一種狀態，他聽著上尉講的所有，也知道他的話，同時毫無緣由地，一系列個人的回憶忽然在腦海中不住閃現。聽著這些愛情的故事，忽然想起了自己對娜塔莎的愛情，在自己的幻想中重新品味那愛情的畫面，不自覺地在內心與拉菲爾的故事進行了比較。皮埃爾眼前像播放電影一般，浮現了最後一次在蘇哈列夫水塔邊與愛戀他的對象遇見的所有細節。當時，這一相見並未在他身上產生影響，他甚至一次也沒想起過此事。可是現在，他認爲這次相見有一種很重要的、像詩一般情調的東西。

「皮埃爾，出來吧，我認出您來了。」在這個時刻他聽見了她說的話，見到了她的微笑、眼睛、旅行帽、露在外面的一綹頭髮……在這一切裡，那種淒美感人的東西在這個時刻正佔據著他的心。

上尉講完他漂亮的波蘭女人的故事之後，問皮埃爾是不是遭遇過同類的爲了愛情而犧牲自己，和對合法丈夫心懷妒忌的心情。

這個問題使皮埃爾沸騰，他抬起頭來，覺得積聚在他頭腦裡的思緒需要釋放，他開始說明，他對女人的愛有不同的感受。他說，他一輩子只愛過一個女人，而且還在愛著，而這個女人永遠也不會屬於他。

「您真沒錯！」上尉說。

然後皮埃爾解釋說，他對這個女人的愛源於少年時期，但是不敢想她。因爲她年齡太小，而他是一個私生子。等到他有了財產和名望的時候，他依舊不敢想她，因爲他太愛她了，她在他心目中位置太高，高出世間所有的一切，更高出他自己。

「柏拉圖式的愛情，虛無縹緲……」他小聲唸叨著。

不知是因爲喝了酒，還是需要傾訴壓抑的心緒，也或者是想到這個人永遠也不會清楚他故事中的任何一個人，或者是三者都有，皮埃爾自言自語。他那明亮的視線停在望著遠方某個地方，含含糊糊地講述了他的所有遭遇：他的婚姻，娜塔莎同他最好的朋友的愛情，她對他的背叛以及他自己和她那不複雜的關係。在拉菲爾的追問下，他甚至把他最初預備當作的秘密都說出來了——他自己的社會地位乃至他的姓。

在皮埃爾的講述中，令上尉最爲驚訝的是：皮埃爾很有錢，在莫斯科有兩所宅邸，他丟下了一切，可並沒離開莫斯科，隱姓埋名地留在城裡。

夜深了，他們一塊兒在街上走著。夜是明亮的、溫暖的。在偌大一座像莫斯科這樣的城市裡，遠方有個微小的火光並不讓人害怕。

看著高高的月亮、星空、火光和彗星，皮埃爾感到一陣欣喜。「啊，多好啊！還差點什麼呢？」他想道。

忽然間，他想到了他的初衷，頭暈目眩起來，心裡堵得慌，爲了避免跌倒，他連忙倚在了柵欄上。

皮埃爾沒有和他的新朋友道別，就邁著搖搖晃晃的步子走出了大門，他倒在沙發上馬上睡著了，他早就回到了自己的房間。

三十

已經撤走了的部隊和從莫斯科逃走的居民，懷著不相同的心情，從不相同的道路上，看著九月二日那場大火的燃起在眼前呈現。

羅斯托夫家的車隊這天是在距莫斯科約二十俄里的梅季希過夜的。九月一日，他們動身晚了些，車輛和部隊把道路堵得水泄不通，許多東西都落下了，還得派人回去取。可是第二天早晨動身又晚了，還是磕磕撞撞，只走到大梅季希。當天晚上十點的時候，羅斯托夫一家和跟著他們的傷患們，分別住進這個大村子的一些農舍和院子裡。羅斯托夫家的車伕們、僕人們和受傷軍官的勤務兵們，在伺候過主人以後，吃完晚飯，便聚在門廊裡。

隔壁農舍裡，躺著的是拉耶夫斯基的副官，他的手腕被打折了。劇痛讓他一直在可憐地叫喚著，這叫喚聲聽起來讓人毛骨悚然。前一晚他和羅斯托夫家的人同住在一個院子裡。伯爵夫人說，因為他的呻吟聲，她眼都沒合過，到了大梅季希，她情願搬進一所比較差的農舍裡，就希望遠離那個傷患。

「快看啊！弟兄們，又有一片火！」一個勤務兵喊道。

大家都專心致志地去看那片火光。

「但是，有傳言，馬莫諾夫的哥薩克們早就把小梅季希葬於火海了。」

「比那還遠，不，這不是梅季希，聽他們瞎亂說。」

「看哪，肯定是莫斯科！」

有兩個人走下臺階轉到馬車的另一邊，坐下來。

「這地方靠左，梅季希在那邊，而這地方是在相對的方向。」

在這兩個人身邊又圍攏過來好幾個人。

一個人說：「先生們，火災發生在莫斯科，瞧，多麼凶猛的火勢。」

對於這個說法，誰也沒答話，大家都默默無語地看著遠處又一起熊熊燃燒的大火。

伯爵的老跟班丹尼洛．捷連季奇走近人群，對米什卡叫了一聲：「你還沒過癮，傻瓜……伯爵假如正好叫人呢，一個人也沒有，趕緊去把衣服收拾起來。」

出來的米什卡說：「我是來打水的。」

「您怎麼想，丹尼洛．捷連季奇？這火光是在莫斯科吧？」一個家僕問。

丹尼洛．捷連季奇什麼也沒有回答，大家又安靜了許久。越燒越大的火光在蔓延。

「上帝發發慈悲吧……」一個聲音響起。

「噢，天哪！連烏鴉都看得見，瞧啊！主啊，原諒我們這些罪人吧！」

「或許會被撲滅的。」

「誰去撲滅？」一直沒出聲的丹尼洛．捷連季奇說道。他的聲音是平淡的。「是莫斯科，弟兄們，」他說道，「莫斯科，我們純潔的母親……」他說不下去了。大家等待的就是這個，以便理解這火光對於他們的意義。歎氣聲、哽咽聲和伯爵的老僕人的禱告聲夾雜在一起一陣陣地傳來。

三十一

莫斯科著火了。回到屋裡的老跟班告訴伯爵說，伯爵披上睡袍從屋裡走出來看。跟他一同走出去的還有沒脫衣服的什薩夫人和索尼婭。伯爵夫人聽說莫斯科著火，突然哭了起來。娜塔莎面色蒼白，沒有血絲，眼神呆滯一動不動地坐在聖像前的長凳上。她在聆聽隔著三座房子傳來的副官抑制不住的呻吟聲。

從院子裡回來的索尼婭既覺得寒冷又覺得害怕地說：「啊，多麼讓人害怕啊！」

「我想整個莫斯科都會被燒掉，多麼可怕的火光啊！娜塔莎，你瞧瞧！從窗口就看到了。」她對表妹說，看來是想給她一掃鬱悶的心緒。可是娜塔莎瞥了她一眼，不知道她對她說的是什麼。

從早晨起，娜塔莎就停留在這種呆滯不清的狀況，索尼婭覺得有必要把安德烈公爵受傷還正在和他們同行這件事告訴她，從那時起，娜塔莎就是這副神情。伯爵夫人對索尼婭的這個舉動既驚奇而又憤怒，對她大發雷霆。也許是爲了請求原諒，索尼婭一邊哭泣一邊照顧著表妹，彷彿要對她的過錯做出補償。

「娜塔莎，看，多麼恐怖的大火！」她說道。

「什麼大火？」娜塔莎問，「啊，沒錯，是莫斯科。」

爲了安慰傷心的索尼婭，也爲了要擺脫她，娜塔莎把臉靠近窗子，看了一眼沒有看見什麼東西，而後又坐在那裡像之前一樣。

「你並沒瞧見吧？」

「不，我瞧見了。」娜塔莎懇請索尼婭給自己留下一個寧靜的空間。

索尼婭和伯爵夫人都心知肚明，莫斯科，或莫斯科的大火，不管什麼東西，對娜塔莎都沒有一點意義。

伯爵又回到房間躺下了。伯爵夫人走到娜塔莎面前，把手背溫柔地貼在她的頭上，接著又用嘴唇在前額上碰碰，看是不是發燒，最後給了她溫柔的一吻。

「你凍僵了，整個身體都在發抖呢！」伯爵夫人說，「你最好躺下。」

「躺下？好的，我躺下，我現在就躺下。」娜塔莎說。

早上，當娜塔莎清楚安德烈公爵受了重傷的消息後，她問了許多問題：現在如何了？他到什麼地方去？她可以見他嗎？傷勢危險嗎？可是聽說她不可以見他。他傷得很重，但是沒有生命危險。她明顯覺得人們對她說的話都是在撒謊，從那時起她就不再提問了，也不再說話。

一路上她瞪大眼睛絲毫不動地在馬車的角落裡安靜地待著，這種表情和眼神讓伯爵夫人覺得說不清道不明地害怕。她滿腹心事，到底醞釀些什麼。伯爵夫人明白這些，可是她葫蘆裡到底賣的什麼藥，她不清楚，這樣的狀況讓她不安，讓她苦惱。

「娜塔莎，脫了衣服。睡到我床上來吧。」

「不，媽媽，我要在這裡地板上躺著。」娜塔莎生氣地回答，她走到窗邊，把窗子打開。副官的呻吟聲通過打開的窗戶，變得近在咫尺。她把頭伸出窗外，伯爵夫人見到她那瘦削的肩膀因爲哭泣而抖動，窗框在肩膀的觸碰下也有了輕微的晃動。娜塔莎清楚呻吟的不是安德烈公爵。她清楚安德烈公爵與他們住在同一排房子裡，在過道對面另一間農舍中，可是這可怕的不住的呻吟聲讓她聯想，讓她淚下。

索尼婭和伯爵夫人交換了一下目光。

「躺下吧，我的寶貝，躺下吧。」伯爵夫人說，輕輕地觸到娜塔莎的肩頭，「來呀，躺下。」

「啊，好的……我馬上就躺下。」娜塔莎說道，匆匆忙忙地脫衣服，解裙帶。她脫掉外衣，換上短衫，然後盤著腿坐在地鋪上，她那纖細修長的手指頭熟練習慣地把髮辮解開，又編上，接著又紮起來。但是她那發寒熱睜大的眼睛直勾勾地看著前方。當換好睡衣後，輕輕地躺在了床單上。

「娜塔莎，你睡到中間來。」索尼婭說道。

「不，我就在這兒，你躺下吧。」娜塔莎心情煩躁地說道。

什薩夫人、伯爵夫人和索尼婭都連忙脫了衣服，躺下。房裡只有聖像前邊的小燈亮著，但是兩俄里外小梅季希的火光把院子裡映得透亮，斜對面街上被馬莫諾夫的哥薩克們砸開的酒館裡傳出醉漢們的嘈雜聲，副官的呻吟聲一直在持續。

娜塔莎長時間地認真聽著室外房裡的聲音，沒有一點移動。

「她睡著了，媽媽。」索尼婭柔柔地說。稍作停頓，伯爵夫人又叫了一遍，可是這一次沒人應聲了。很快，娜塔莎聽見母親均勻的呼吸聲。娜塔莎紋絲不動，儘管她露在被子外面的一隻赤裸的小腳凍得冰涼。

一隻蟋蟀，在牆縫裡唧唧地叫著。一隻雄雞的鳴啼在遠方響起，近處一些雞也隨聲附和起來。只聽見副官呻吟聲的酒館，也安靜了下來。娜塔莎欠起身來。

「索尼婭，媽媽？你睡了吧？」她壓低聲音輕呼著，沒有人答話。娜塔莎小心翼翼地站起來，畫了十字，赤裸的小腳小心翼翼地踏上那又髒又冷的地板。她悄悄地挪動著腳步，像小貓跑了幾步，抓住冰冷的門把手。

她打開了門，跨過門檻，在又濕又冷的泥土的過道走著。她光著腳嘗試從一個睡著的人身上跨過去，推開安德烈公爵住的小屋的門。房間裡很黑，床上有個什麼東西，在床後面角落裡的凳子上，有一盞結了一朵大燈花的油脂蠟燭。

娜塔莎從早上起就知道安德烈公爵受傷了，就做出肯定要見到他的決定。她不清楚這樣做的理由是什麼，可是她清楚那相逢絕對是讓人心碎的，就算這樣，她相信這樣做是必需的。希望夜間去看他的心一整天都在跳，可是當那一刻一步步逼近的時候，想到將要面對的場景她又覺得害怕。他被傷成什麼樣子了？他是不是和那個不停呻吟的副官一樣？沒錯，他是那樣的。她見到角落裡一個難以辨清的物體，錯把他在被子底下支起的膝蓋當作他的肩頭，她幻想著一個不堪入目的身體，就嚇得沒有辦法前行了。可是一種不容拒絕的力量吸引她向前走去。她來到了躺滿人的小屋的中央。

奴僕支起身來，小聲說了句什麼。吉姆辛瞪著眼睛看著這個戴著睡帽、穿白色短睡衣的奇怪的幽靈姑娘。

奴僕說：「您要做什麼？」帶著睡意，可怕的聲音令娜塔莎加快腳步走向躺在角落裡的東西。無論如何可怕，她一定要看見他。她從奴僕身旁經過，蠟燭上的大燈花落了下來，她清楚地看見兩臂伸在被子外面的安德烈公爵，他仍舊是當初她見過的模樣。

他和平常一樣，可是他那因高燒而變化的面孔的顏色，吃驚但是充滿喜悅地注視著她雪亮的眼睛，特別是那如孩童般細嫩的脖子，讓他擁有一種特殊的，她從前在他身上從沒見過的孩子般的、純真的表情。她飛快地走到他跟前跪了下來。

他微笑了，將手慢慢地伸向了她。

三十二

在波羅底諾戰場上的急救站裡的安德烈公爵清醒過來後，他已經昏迷了七天。大部分時間都處於昏迷狀態。他一直承受高燒的糾纏，受了傷的內臟發炎，送傷患的醫生覺得，這一定會是他生命被奪走的理由。可是，在第七天，他很興奮地吃下一片麵包，喝了點茶，醫生發覺他的體溫下降了一點。那天早晨安德烈公爵恢復了知覺。離開莫斯科的前一晚，天氣很暖和，他被留在馬車裡過夜，到了梅季希，受傷的人自己要求下車喝點茶。往小屋裡抬時，隨之而來的劇痛讓他高聲喊起來，隨後失去了知覺。被放在行軍床上之後，他雙眼緊閉一動不動地躺著，這種狀態維持了很長一段時間。隨後他睜開了眼睛，小聲地問：「茶呢？」他還記得這種生活中的點滴小事，讓醫生吃驚。他摸了摸安德烈公爵的脈搏，讓他吃驚，也讓他不滿，他發現他的脈象有了進步，讓他不滿的是，按照他的經驗，安德烈公爵已經沒有希望了這個結論是很確信的，即便他現在不喪命，不久以後經受更大的難過還是會死去。

他們給安德烈公爵拿來茶。他一面喝著，一面看著他前面的門，費勁地想把什麼給想明白，記憶起什麼。

「好了，不喝了。吉姆辛在這兒嗎？」他問，順著凳子努力往前爬的吉姆辛到了他面前來。

「我在這兒呢，大人。」

「你的傷怎麼樣？」

「我的傷？不要緊，大人。您怎麼樣？」

安德烈公爵又陷入了沉思。

「可以搞到一本書嗎？」他問。

「什麼書？」

「《福音書》！我沒有。」

醫生答應給他找一本，接著詢問他的身體狀況怎麼樣。安德烈公爵不情願地回答了所有的問題，然後說他需要一個墊子墊在身下，因爲和現在一樣不舒坦。醫生和奴僕掀開蓋在他身上的大衣，一種傷口腐爛的惡臭擴散開來，他們皺起了眉頭，醫生開始檢查這處可怕的傷口。醫生對情況很不滿意，又重新做了處理，讓他轉過身來，他又一次呻吟起來，痛得失去了知覺。他不住地請求他們快點幫他找到那本書，把書放在他身底下。

「這點事對你們來說還算事嗎？」他說。「我沒有這本書。請幫我弄一本來，讓我在身下放一會兒。」他懇求的聲音讓人心生同情。

走進走廊的醫生去洗手。

「唉，你們這些沒良心的傢伙。」在他手上撒上一些水的僕人聽醫生說，「我一眼沒看到……你們就把他直接壓在傷口上，清楚嗎？我對於他怎麼承受得了那樣的難過感到很吃驚。」

「主耶穌基督在上，我們在他身下墊東西了嗎？」奴僕說。

安德烈公爵頭一回弄明白他在什麼地方，他遭遇了什麼事，也想起了他的傷是如何造成的。第二次恢復知覺是在小屋裡，那時喝了茶，他又想起他遭遇的所有，記得最清楚的是在急救站，當時看到了他討厭的那個人，而且感到難過，然後他產生了讓他感覺幸福的新想法。這些想法儘管還輪廓不夠清楚，現在又在他心上許多次旋轉。他想起了這與《福音書》有關係的幸福，是他現在所具備的一種新的幸福。正是因爲這個，他才要那本書。他們放書的位置不合適，碰著了傷口，又給他翻了個身，再一次游離於清醒與昏迷之間。

他第三次醒過來的時候，已經是在安靜的後半夜。他旁邊的人都睡著了。

他的精神沒有處在正常的狀況下。一個健康的人在正常情況下可以在同一時間感知、想到和記起大量的事情，可是能夠把心思在一個現象或思想上聚焦。而安德烈公爵的精神狀態在這方面是和常人不一樣的。他的思想活動比從前什麼時候都明確，都充滿活力，可是不受他意志的支配。思想有時那麼活躍、深刻和清楚，這在他健康的狀態下經常是做不到的，可是假如思路忽然卡住了，意外地換上另一種想法，就再也沒法讓思想回到以前的軌道上去。

「沒錯，在我面前已經出現了一種嶄新的、沒人能夠搶走的幸福。」他躺在沉寂的、明暗交錯的小屋裡想道，那雙呆滯不動的大眼睛望著前方。

「這是一種凌駕於外界物質影響之上、超越物質力量的幸福，愛的幸福，單純存在於心靈的幸福！每個人都可以瞭解這種幸福，可是只有上帝才可以創造它，認識它……」忽然，思路中斷了，安德烈公爵聽到一種輕柔的低語聲，持續不住地有韻律地發出「畢基——畢基」，以後是「咿，基——基」，再後來是「咿，畢基——畢基——畢基」，又是「咿，基——基」。

與此同時，伴隨著的音樂像低語一樣。安德烈公爵認爲，一座奇特的、用木片或針建造的空中樓閣停在了他臉的正中間。「拉呀！拉開，拉呀。」安德烈公爵自言自語著。一邊聆聽著低語聲，他有時也看見蠟燭周圍散開的紅暈，聽見蟑螂的沙沙聲，撞擊他的臉和枕頭的蒼蠅發出的嗡嗡聲。可是，除此之外，還有一種很重要的東西。這就是門邊一種白色的東西，這是一個獅身人面像，他也在受著它的壓迫。

「但是，這或許是我放在桌子上的白襯衫，」安德烈公爵想道，「而這是我的兩條腿，那是門，可是爲何總是拉扯著，總是『畢基——畢基——畢基』，一會兒又是『畢基——畢基——畢基』……好了暫停！別煩我。」安德烈公爵難過地懇求著。忽然感覺和思想又處於了一種很活躍和明晰的狀況之中。

「是的，愛，可不是那種因爲什麼目的，爲了什麼，或因爲什麼原因的愛，而是我頭一次體會到的那種愛。在我快死的時候我見到了自己的敵人，然而我還是愛上了他。我體會到了那種做爲靈魂本質，不需要對方的愛。我如今還沉浸在這種幸福之中。愛自己的敵人，愛他人，愛無所不能的上帝，愛世間萬物。當我感覺到我對那個人有了愛意的時候，我體會到了那種愉快喜悅的心情。他還活著嗎？他怎麼樣了？……用人類的愛來愛的時候，能夠由愛生恨；可是上帝的愛永遠不會改變。我生平對不少人有過懷恨之意。在所有這些人中，我對什麼人都沒有像對他那樣恨，那樣愛。」

然後他繪聲繪色地模擬出娜塔莎，不是像過去那樣只想她吸引人的地方和讓他精神暢快的所有，而是頭一次想到了她的靈魂。他知道了她的難過，她的情感、悔悟和羞恥。在此時此刻，他頭一次知道了他置她於不顧的殘酷，他與她決絕的無情，「這是可能的，哪怕可以再見她一面也好。只要一次，凝視著那迷人的雙眼，說……」

他的注意力忽然被另一個發生了一件事情的、游離於現實和夢境之間的世界吸引。那件襯衫——獅身人面像還放在門邊；可是除了這一切，有一種什麼東西發出了咯吱一聲響，一陣清風吹來，一個新的白色的站立的獅身人面像在門口出現了。而他剛剛想過的娜塔莎的閃亮的明眸和看上去沒有血色的臉是這個獅身人面像所擁有的。

「噢，這連續不停的夢囈是如何讓人心痛啊！」安德烈公爵想道，竭盡全力想從他的想像中驅走這個面孔。可是呈現在他面前的這個面孔明晰且真切，而且越來越近。安德烈公爵又一次進入了自己的幻想中，輕聲的低語接著發出有節奏的喃喃聲，有一種東西抻他，壓迫他，那個不同尋常的面孔靜止在他面前。

安德烈公爵集中他所有的力量試圖讓自己清醒；他動了一下，忽然，他眼睛昏花，失去了知覺。當他醒過來的時候，活生生的娜塔莎就跪在他面前。在世界上所有人中，他最想用上帝毫無瑕疵的感情去愛娜塔莎，他剛剛感受這種愛。他知道了，這是真實的，有肉、有血的娜塔莎，他暗暗地竊喜。娜塔莎臉上帶著害怕，一動不動地跪在那裡，盡全力抑制悲傷之情，兩眼望著他。

安德烈公爵輕鬆地喘了一口氣，向她伸出手來的同時，露出了笑容。

「是您？」他說道，「好幸福啊！」

娜塔莎跪著向他靠近，他的手被她輕輕地握起來，把臉貼在上面，用嘴唇輕輕地吻它。

「請原諒！」她壓小聲音顫抖地說著，「原諒我吧！」

「我愛您。」安德烈公爵說道。

「請原諒……」

安德烈公爵問她原諒什麼。

「原諒我做的事！」娜塔莎聲音顯得斷斷續續的，開始更頻繁地輕輕吻他的手。

「我比以前更愛您，更知道如何愛您了。」安德烈公爵說，為了能看到她的眼睛，而且將她的臉輕柔地捧在自己的手上。

那雙被幸福的熱淚浸濕的眼睛，滿是憐愛、羞怯、充滿愛意和滿是歡欣之情地看著他。娜塔莎那瘦瘦的、白得難見血色的臉，加上浮腫的嘴唇，不僅難看，甚至可怕。但是安德烈公爵看不見那張臉，他只看見她那雙雪亮發光的眼睛。

這時已經醒過來的奴僕彼得叫醒了醫生。因為腿疼而睡不著的吉姆辛早就看到了所有事情，努力用被單遮住他那赤裸的身體，蜷縮在凳子上。

「這是怎麼回事？」

「請快走吧，小姐！」醫生說道。

這個時候有人敲門，是伯爵夫人派僕人來找女兒了。

娜塔莎像一個被叫醒的夢遊病患者，從那個房間走出去，回到她的小屋，趴在床上痛哭起來。

從這天起，在羅斯托夫家以後的所有旅程中，每當停下來過夜或歇息的時候，娜塔莎都緊隨重傷在身的安德烈，醫生也得承認，他沒想到一個姑娘可以這樣堅韌細緻地照顧傷患。

伯爵夫人想像，在旅途中的安德烈公爵有死在女兒懷裡的可能性，不管這是多麼可怕，她要阻止娜塔莎。因為娜塔莎和受傷的安德烈公爵之間這樣緊密，不由得讓人想到，假如後者康復，他們之間未婚夫妻的關係就會恢復，可是沒有人談到這一點，娜塔莎和安德烈公爵更少想到此事。因為不僅安德烈的生死，而且俄國是不是會毀滅，都是個沒辦法知道的謎，其他的想法就更談不上了。

三十三

九月三日，皮埃爾醒來得很晚。頭痛讓他感覺很難受，內心模糊地察覺到前一天做了什麼可恥的事，這件可恥的事就是他昨天與拉菲爾上尉的交談。

皮埃爾起來，揉了揉眼睛，看見康勒西蒙又放回寫字檯上的帶刻花槍托的手槍，皮埃爾想起了他身在何方，什麼是他今天應該做的事情。

「我是不是晚了？」他想道，「不晚，他也許不會在十二點以前進莫斯科。」皮埃爾不容自己多想他要做的事，只忙著去行動。

皮埃爾打理一下身上的衣服，拿起手槍，預備走了。可這個時候他頭一次想到如何讓這支槍與自己同行呢？總不能握在手裡在大街上走啊。就是他那件寬大的外套，藏起這支大手槍也很困難。此外，那支槍已經開過槍了，他沒來得及重新上膛。

「反正都一樣，匕首也行。」他自言自語地說，可是，他的主要目的不在於實現他謀劃已久的計畫，只在於向自己證明，他不會丟下他的意圖，而盡所有的努力去讓計畫付諸實現，皮埃爾趕快拿起那把他撿的手槍以及一同買回的有缺口的不夠鋒利的匕首，把它在坎肩下邊藏著。

皮埃爾在大衣外面紮上一條腰帶，把帽子往下拉一拉，盡量不發出聲響，不碰見上尉，通過走廊走到街上去了。

皮埃爾的路線是通過小巷，再到波瓦爾大街，從那裡再轉向阿爾巴特大街，他早已決定完成的事業在那裡，就是到聖尼古拉顯靈堂去。許多房子都門窗緊閉。大大小小的街道上都不見人影。有時遇見臉上帶著不安神情的俄國人，和在大街中間走著的不是城裡人樣子的而是帶軍營氣的法國人。不管是法國人還是俄國人都詫異地看著皮埃爾。他那挺拔壯實的身材以及不同尋常的苦悶抑鬱的表情，讓俄國人留心到了他。法國人吃驚地目送著他，他完全不理會他們。

在一所房子的大門前，有三個法國人對幾個沒弄明白他們說什麼的俄國人解釋著什麼，皮埃爾被他們阻攔了下來，問他會不會法語。

皮埃爾搖了搖頭，接著往前走去。在另一條胡同裡，一個守衛綠色彈藥箱的哨兵呵斥著他，可是直到那嚴肅的呵斥聲又重複了一遍，並聽見舉槍的聲音時，皮埃爾才不得不繞道走。他看不到也聽不到他旁邊的情況。他急急忙忙地、恐慌地思索著他的計畫，因為有了昨天夜間的經驗，他總怕失去它。可是他注定無法將這種心情維持到最後。此外，就算他一路上毫無意外，沒有阻攔，他的意圖也無法實現，因為拿破崙在四個多小時之前，就由多羅戈米洛夫郊區經過阿爾巴特大街到克里姆林宮去了。這個時候他正心情鬱悶地坐在克里姆林宮沙皇的書房裡，下達有關馬上採取措施不允許搶劫、撲滅火災、安定民心的詳細的命令。

可是皮埃爾不清楚這些，他一心想著要做的事，他很苦悶和惱火，就像一個人執意要完成不可能完成的事那樣苦惱，而不可能完成又不是因為艱難險阻，而是因為他的本性不適合做那樣的事；讓他苦惱的是他怕在關鍵時刻變得軟弱，從而失去人們對於自己的尊重。

儘管他對身旁發生的事沒有認知，但在許多通往波瓦爾大街的小胡同中找到正確的路，似乎出於他的本能。皮埃爾走近波瓦爾大街時，越來越濃厚的煙霧四處瀰漫，一些房頂不住地冒出火舌。街上的人多起來了，人們四處亂竄，猶如無頭蒼蠅。皮埃爾儘管察覺到他旁邊正在發生某種不同尋常的事，可是沒有意識到他正在走向火場。他沿一條小道穿過一邊連接波瓦爾大街，另一邊連接格魯津斯基公爵宅邸花園的一大片空地時，忽然聽見身邊有個女人撕心裂肺的絕望哭喊聲。他似乎從夢中醒來一樣，停止前行把頭抬了起來。

在滿是灰塵的乾草上，在那條小路旁邊，堆放著一堆家庭用品：茶炊、鴨絨被、箱子。在箱子、聖像旁邊的地上坐著一個年紀不算大、很瘦的女人，她的上齒有些突出，穿一件黑大衣，頭戴睡帽。這個女人搖晃著身體，一邊數落，一邊高聲哭著。兩個十歲至十二歲的女孩身穿污穢的大衣和短連衣裙，她們的媽媽被她們用那種害怕、困惑的表情看著，臉色很蒼白。年紀最小的孩子，是一個七歲的男孩，穿一件厚呢外套，戴著一頂比他的頭要大兩圈的大帽子，正哭著的他依偎在老保姆的懷中。一個侍女坐在箱子上，身上髒兮兮的，赤著腳，她那淺色的辮子散開著，她扯下燒焦的頭髮，用鼻子聞著。女人的丈夫是一個駝背的矮個男人，留著絡腮鬍子，身著文官制服，戴得很正統的帽子下面露出梳得光亮順滑的鬢角，面部表情呆滯，正在移動疊在一起的箱子。

女人一看見皮埃爾，差點撲在他的腳下。

「親人啊，好基督徒，正教徒們，救救我，親愛的！隨便誰，幫幫我們吧，」她邊哭邊說，「我的女兒……我的女兒！我最小的女孩被拋下了！她被燒死了！我所珍愛你的原因難道是為了這個……噢——噢——噢！」

「好了，瑪麗亞．尼古拉耶芙娜！」丈夫小聲對妻子說。「一定是姐姐把她帶走了，否則她能到什麼地方去呢？」他又說。

「木頭人！壞蛋！」女人凶狠地喊道，忽然不再痛哭。「你沒有良心，連自己的孩子也不知道愛護和憐惜！假如別人肯定會把她從火裡救出來的。他是塊木頭，不是人，不是父親！您，高尚的人。」女人啜泣著慌忙地衝著皮埃爾說道。「鄰家起火了，一直蔓延到我們這邊來，我們穿上衣服，忙著收拾東西逃了出來……這就是我們帶出來的東西……所有其他的都丟了。在我們救孩子時，卡捷奇卡失蹤了。噢！主啊！噢……噢──噢──」她又大哭起來，「我親愛的孩子啊，燒死了！燒死了！」

「啊，把她留在什麼地方啦？」皮埃爾問道。女人看出這個人可以幫助她。

「老爺，我的父親！」她激動地喊著抱住他的兩條腿。「我的恩人，看到您我終於安心了……阿妮斯卡，去，你這賤人，給老爺帶路！」侍女被她訓斥道，滿是憤怒的神情，更清楚地露出她的長牙。

「給我帶路，我……我去救。」皮埃爾上氣不接下氣。

那個骯髒的侍女從箱子後面走過來，梳好她的辮子，歎了一口氣，順著小路走去。

皮埃爾好像忽然從嚴重的昏迷狀態中清醒過來了。他昂首挺胸，勃勃生氣像被點燃一般放射出來，快步追上侍女，並超過她，走上了波瓦爾大街。那條街籠罩在黑煙之下。從那滾滾的煙雲裡還時不時有火舌冒出來。一大堆人聚在火前。街中心站著一個法國將軍，在對他旁邊的人說著什麼。皮埃爾和侍女向將軍站的地方走過去，可是法國士兵攔住了他。

「不允許通行！」有人向他喊道。

「從這邊走，大叔！」侍女喊道，「要從尼庫林過去，我們得從小巷走。」

轉過身來的皮埃爾，不停地小跑著追趕她。侍女穿過街道，拐入左邊一條小胡同，經過三所房子，就這樣進到一個院子裡。

「就是這裡。」她說著，跑進院子，打開了柵欄門後停下來，指給皮埃爾看那個火勢很大的木頭廂房。熊熊的火焰冒出了房頂下的窗洞。皮埃爾一走進柵欄門，便有一股強烈的熱浪襲來，他不由自主地停下來。

「哪一所？」他慌張地問道，「哪一所是你的房子？」

侍女指著廂房悲傷得大叫起來：「就是那個，那就是我們的房子。我的寶貝，你被燒死了，卡捷奇卡，我那人人都愛的小姑娘！噢──噢──噢！」她一看見大火，就認爲必須發洩一下自己的感情。

皮埃爾跑向廂房，但是因爲溫度太高，他不得不轉了一個彎，繞過廂房，走到大房子旁邊，房前有一群法國人在活動。那裡在搶劫，但是那些事已經容不得他去細想。

天花板和牆壁的斷裂聲、人們激動的呼喊聲和火焰呼呼的燃燒聲混雜在一起，飄飄忽忽的濃黑的煙雲，這所有景象，燒灼的感覺，跳躍著的煙霧敏捷飛快的動作，向皮埃爾產生了在發生火災時經常有的影響。他忽然覺得那些讓他煩悶的事早已消失不見。他認爲自己變得愉悅、年輕、不遲疑、富有靈氣了。他已經繞過廂房，正要衝進還沒倒塌的那一部分。這個時候，他聽到頭上傳來幾個人的喊叫聲，緊接著是什麼重東西落在他身邊，發出巨響和咔嚓的斷裂聲。

皮埃爾回頭看了一眼，他看到一些裝滿金銀首飾的抽屜被一群法國人從大房子的窗口扔了出來。

「你這傢伙是做什麼的？」一個法國人衝著皮埃爾喊道。

「那所房子裡還有個小孩。你們看到過一個小孩嗎？」皮埃爾喊道。

「這傢伙在亂說什麼？快滾！」幾個人喊道，一個士兵凶狠地朝他走去。

「一個小孩？」一個法國人從上面喊道，「我聽見花園裡有哭聲，或許這就是那個孩子。應當有點人情味，畢竟我們都是人……」

「她在什麼地方？她在什麼地方？」皮埃爾問。

「在這裡！在這裡！她在房子後面的花園，」站在窗口的法國人叫道，「稍等一下，我就下來。」

一分鐘以後，果然從樓底層窗口跳過來一個臉頰上有一顆痣，眼睛烏黑，身上只穿一件襯衫的法國青年，拍一下皮埃爾的肩膀帶著他跑進花園去，說：「你們動作要快些！熱起來了。」

當他們跑進房後一條街上時，法國人抓著皮埃爾的手，指向一個圓場子，看到在一條長椅下躺著一個穿粉紅衣服的三歲小女孩。

「這就是您的孩子！啊，是個女孩，那更好。」法國人說，「再見，胖子。我們都是人。」

皮埃爾興奮得呼吸都急促起來，跑到女孩那裡，想把她抱起來。但是那個生瘰鬁病、長得像她母親一樣醜陋的孩子一見到生人，便叫起來，不由分說就跑。皮埃爾捉住了她，把她抱起來；她拚命地、生氣地尖聲吼叫著，用她那沾滿鼻涕的嘴來咬。皮埃爾有一種厭惡和恐懼的感覺。可是他逼迫自己不扔下那個孩子，帶著她跑回那座大房子。一口氣跑過花園去尋求另一條可以生存下去的出路。

三十四

當皮埃爾穿過胡同和院子，抱著孩子回到波瓦爾大街角上的格魯津斯基花園時，那裡現在聚集了許多人和堆積著從房子裡搶出來的東西。除了帶著財產來這裡逃避火災的一些俄國家庭外，還有幾個穿各式衣服的法國兵。皮埃爾沒空理會他們。他急著找那一家人，好把那個女孩交給她的母親，再去救別人。皮埃爾覺得還有不少事等著他去完成。孩子這個時候已經安靜下來了，坐在他的胳膊上四處亂看。皮埃爾有時看看她，微笑著。他認爲這張吃驚的病態的小臉上，有一種天真的東西映入他的眼瞼。

在原來的地方，官吏同他妻子都沒了影子。皮埃爾急忙地穿梭在人群中間，看著各種各樣的面孔。他不由自主地留心到一個亞美妮亞或格魯吉亞家庭，這個家庭中有一個穿著表面用布製成的新靴子和新羊皮襖的很秀氣的東方型的老人，還有一個相同臉型的老婦人和一個年輕的女人。那個很年輕的女人讓皮埃爾認爲，她的美能夠說是東方美的極限，平滑的眉骨上掛著兩道柳葉似的彎眉，她那俊美的瓜子形的臉頰很細嫩紅潤。在空地上肆意擺放的雜物和人群中間，她身披貴重的緞子斗篷，頭戴鮮豔的淡紫色頭巾，讓人想起被拋到雪地上的嬌豔的溫室植物。她坐在老太太身後的一個包裹上，用一雙黑黑大大並有著長長睫毛的杏形的眼睛，一動不動地看著前邊的地面。這張美麗絕倫的臉令皮埃爾吃驚，當他順著柵欄急匆匆跑的時候，好幾次忍不住回過頭來看她。進了柵欄以後，還是找不到他要找的人，他停下來，四下尋找，找尋著孩子的母親。

以皮埃爾的身材，手裡又抱著個孩子，如今更扎眼了，幾個來自俄國的女人和男人積聚在他身旁。

「親愛的，你在找人嗎？您是個貴族吧，是嗎？這是誰的孩子？」大夥兒問他。

在這個時刻皮埃爾頭腦中浮現出一個畫面，嗓音低沉地回答說，這是一個穿黑大衣的女人的孩子，她剛剛帶著幾個孩子坐在這裡，她去什麼地方了。

「那是瑪麗亞·尼古拉耶芙娜！這些狼一來，他們就到花園裡去了。」麻臉女人指著那些法國士兵說道。

「噢，上帝保佑吧！」助祭又說了一句。

「他們在那裡，您趕緊到那邊去。絕對是她，她一直在大哭大鬧。」那個女人又說。

可是皮埃爾並沒有聽見那個女人說的話。他在瞧那個亞美妮亞家庭和兩個走到他們跟前的法國士兵。中間一個，是個身材矮小的士兵，身穿一件藍色軍大衣，戴著尖頂帽，光著腳。另一個特別讓皮埃爾吃驚，他身材細長、駝背、淡黃色的頭髮，動作緩慢。他穿藍褲子、一件厚外套，腳上是一雙大且很破爛的騎兵長靴。那個光腳的穿藍大衣的矮個法國人走到亞美妮亞人面前，說了一句什麼，馬上去抓老人的腳，老人立馬驚慌地脫靴子。穿厚外套的那一個安靜地站在那個亞美妮亞美人面前，兩隻手插在衣袋裡一動不動地看著她。

「來，把孩子抱過去。」那個女人聽皮埃爾肅穆但是急忙地說，把女孩放到她手裡，「你把她交給她父母，交給他們！」那個哭叫的孩子被他放到了地上，又回頭看那個亞美妮亞家庭和那兩個法國人。那個老人已經赤著腳坐在那裡。小個子法國人脫下他的第二隻靴子，用兩隻靴子相互拍打一下。老人含著淚說著什麼，可是皮埃爾只瞥了一眼，他的所有注意力都集中在那個穿厚外套的法國人身上，這個時刻，他正慢悠悠地走近那個年輕的女人，從衣袋裡抽出手來，粗魯地抓住了她的脖子。

亞美妮亞女人紋絲不動地坐在那裡，長長的睫毛仍然低垂著，似乎沒看見也感覺不到那個士兵在對她幹什麼。

皮埃爾跑過去，那個穿厚外套的高個匪兵已經從那個年輕的亞美妮亞女人脖子上扯下她的項鍊，那個年輕的女人捂著脖子大喊起來，聲音很刺耳。

「放開她！」皮埃爾聲嘶力竭地叫道，抓住那個高個駝背的士兵的肩頭，一把推開他。那個士兵絆倒了，爬起來，跑掉了。可是他的夥伴丟下那雙靴子，手握著軍刀，凶狠地向皮埃爾一步步逼近。

「喂，喂，別犯渾！」他叫道。

皮埃爾處於一種瘋了一樣的自我意識中，氣力倍增，那個光腳的法國人向他衝去，在他還沒來得及拔出刀時，皮埃爾就把他打倒，用拳頭劈頭蓋臉地打。從旁邊的人群中傳來喝彩聲。此時，一個騎馬的法國槍騎兵巡邏小隊在街角出現。那些槍騎兵駛向那個法國人和皮埃爾，他們被圍在了槍騎兵隊中間。之後的事，皮埃爾便失去了記憶。他只記得他在揍什麼人，也在被別人揍，隨後他感覺雙手被綁起來了，一群法國兵站在他周圍，搜他的身。

「中尉，他有一把匕首。」這是皮埃爾聽懂的第一句話。

「啊，武器！」那個軍官說道，「好，好，你能夠在軍事法庭上把事情的經過都說出來。」然後他轉身向著皮埃爾，「你懂法語嗎？」

皮埃爾用佈滿血絲、通紅的眼睛向四處看了看，沒有作答。他的臉看起來很猙獰，讓人恐懼，那個軍官小聲說了句什麼，然後又有四個槍騎兵從佇列中出來，站在皮埃爾兩側的就是這四個人。

「你會說法語嗎？」軍官又重問了一遍，「快把翻譯叫過來。」從隊伍中策馬出來一個穿俄國平民服裝的小伙子，皮埃爾認出他是一家莫斯科商店的法國店員。

「他也許不是一個普通百姓。」翻譯打量一下皮埃爾以後說道。

「他就好像縱火犯一樣。」軍官說。「問問他，是做什麼的。」他補充說。

「你到底是什麼人？」翻譯問道，「長官的問題你一定要如實回答。」他說。

「我有義務告訴你們我是誰嗎？我是你們的俘虜，把我帶走吧！」他們沒想到皮埃爾能用法語說道。

「啊，啊！」軍官皺起眉頭唸叨道，「那走吧！」

軍官困惑地問道：「他到底想幹什麼？」

這個法國巡邏隊是按照迪羅涅爾的命令被派到莫斯科各街道的巡邏隊之一，制止搶劫的不良風氣是最終的目的，特別是縱火犯的緝拿。當天一致提出建議的法國高級官員們，覺得那些人就是發生火災的由頭。走過一些街道以後，那個巡邏隊又捉拿了五個俄國嫌疑犯：兩個神學校的學生、一個小店主、一個家僕、一個農民，還有幾個搶劫犯。可是在這些嫌疑犯中已經確認皮埃爾是嫌疑最大的，對皮埃爾實行嚴厲的單獨看管，而剩下的所有人則被領到祖博夫土圍子的一所大房子裡過夜去了。

chapter 12 生與死之間的搏鬥

一

此刻，在聖彼德堡上層社會裡，各種派別之間正在進行如火如荼、紛繁複雜的爭鬥，和平常一樣不變的是宮廷的食客們，在一旁煽風點火。可是平靜、沉迷於生活假象的聖彼德堡生活沒有改變。沙皇依舊舉行了舞會，只有在最高層裡，才有人努力去給人們敲響警鐘，提醒他們留心眼下艱難的境地。人們在彼此間耳鬢廝磨，時局如此艱難，兩位皇后各自爲政。瑪麗亞·費奧多羅芙娜皇太后只關心在她管轄範圍之內的慈善機構和教育機關的安危，下令把這些機關都遷移到喀山去，這些機關的東西都包裝起來了。當人們請示伊莉莎白·阿列克謝耶芙娜皇后，問她有沒有什麼指示時，她懷著她與生俱來的俄羅斯愛國精神回答說，至於國家機關，她不可以發號施令，因爲那是陛下的事，對她個人來講，最終離開聖彼德堡的人將會是她。

八月二十六日，也就是波羅底諾戰役那一天，安娜家舉辦晚會，晚會的精彩節目是朗誦主教向沙皇獻上聖謝爾吉神像時所寫的一封信。這封信被當成是教會愛國辭令的範本。由朗誦技巧很有名的瓦西里公爵親自誦讀。他的誦讀藝術在於動聽、聲音嘹亮、興高采烈，有時又能溫柔地低語，有時絕望地哀號，根本不管字的含義，隨便把哀鳴放在一個詞上，把低語放在另一個詞上。這朗誦也像安娜家所有晚會一樣，具備政治色彩。這天晚上還有幾位重要人物將要出席，她要讓他們爲去法國劇院這一做法而感到羞愧，從而激起他們心底深處的那份愛國情懷。許多人都到場了，可是安娜在客廳裡還沒有看到應當出席的那幾個人，所以朗誦一直並沒有開始，只進行平常的交談。

聖彼德堡當日的新聞是別祖霍夫伯爵夫人的病。幾天之前她出人意料地病倒了，聽說她謝絕所有客人，並且，一直不曾與給她治病的聖彼德堡名醫會面，而讓一位義大利醫生用一種從未聽說過的奇怪的方法給她治病。

大家心裡都很清楚，漂亮的伯爵夫人的病因在於她一齊嫁給兩個丈夫所造成的不便，義大利人的治療就是消除這種不便；可是，在安娜面前，誰也沒有膽子說出這樣的話。

「有傳言說，伯爵夫人病情很嚴重。醫生說，那是心絞痛。」

「心絞痛？噢，很可怕的病啊！」

「聽說，因爲這種病，兩個情敵和好了？」

人們興趣盎然地多次說著心絞痛這個詞。

「聽說那個老伯爵很傷心，醫生說那種病很危險，他哭得像個孩子。」

「噢，多麼漂亮的女人啊，這將是個巨大的損失。」

「你們在說那位可憐的伯爵夫人嗎？」走進來的安娜說道。「我派人去詢問過她的健康狀況，聽說好一些了。世界上最漂亮的女人的頭銜非她莫屬了。」安娜帶著嘲笑她自己的激情。「我們站在不同的陣地中，不過對她應該有的尊重不會因爲這些而改變的。她那麼不幸！」安娜繼續說。

一個老實的年輕人，以爲安娜用這幾句話揭開了伯爵夫人病的秘密，居然沒有爲伯爵夫人請名醫，更讓人生疑的是讓一個也許會用危險方法的江湖醫生來給她治病。

「您的消息也許比我的準確，」安娜忽然狠毒地衝著那個沒經驗的年輕人說道，「這是我從可靠的方面獲得的消息，這個醫生是一個醫術高超的人。這位御醫是西班牙王后的專用醫生。」

就這樣，把這個年輕人駁得沒有還口之力後，安娜又轉到比利賓那一組去了。他正在談論奧國人，已經皺起他的臉，看來預備說一句玩笑話，再把它舒展開。

「我覺得那實在妙。」他在談一個外交文件，這個文件以用在聖彼德堡被稱作「聖彼德堡英雄」的維特根施泰因繳獲的奧國旗幟被送到維也納去了。

「是怎麼回事？」安娜問道，試圖讓大家平靜下來，好讓他們聽聽她已經聽過的玩笑。

比利賓重複了那個由他起草的外交文件的原文：「沙皇奉還這些奧國旗幟，」比利賓說道，「在離開的地方被找到的那些不是從正常道路來的旗幟。」他的前額又舒展開了。

「好極了，好極了！」瓦西里公爵說道。

「這是華沙大路吧，或許。」希邦萊坦公爵讓人意想不到地高聲說道。大家都回頭看他，不知道他說這話是什麼意思。希邦萊坦公爵也帶著驚喜的神情東張西望。他同別人一樣，不明白他的話意義在哪裡。在他的外交生涯中，他多次發現，突如其來說的話通常顯得很有意思，然後他就碰運氣般地說了他首先想到的話。「效果也許很好，」他想，「而假如不成功，他們也能想方設法彌補。」

確實，在以後一陣難堪的沉默中，安娜一直在等待進來那個不夠愛國的人。她微笑著一邊向希邦萊坦用一根手指頭示以威脅的姿勢，一邊請瓦西里公爵到桌旁就座，給他拿來那個信稿和兩支蠟燭，並請他開始朗讀。

「最仁慈的沙皇和元首！」瓦西里公爵帶著肅穆的語氣誦讀著，同時看了一眼聽眾，「最古老的都城莫斯科，新耶路撒冷，像母親擁抱她勤勞的兒子一般接待自己的基督，」他忽然給自己的這個詞加上了重音，「透過騰起的迷霧，預料到你的國家輝煌的光榮，喜悅地唱道：『和撒納，未來的人幸福了！』」瓦西里公爵陰沉著臉唸完這最後幾個字。

比利賓細心地觀察著他的指甲，許多人好像都膽怯了。安娜預先小聲地說出後面的話，就彷彿老太婆唸禱文一樣唸道：「讓瞻大妄爲的歌利亞……」

瓦西里公爵接著往下讀：

「讓瞻大妄爲的歌利亞從法國邊境把死亡的可怕帶到俄國大地上吧。俄國大衛的投石器、謙和的信仰，會忽然粉碎他那嗜血的、驕傲的腦袋。謹把我們祖國利益的忠誠衛士聖謝爾吉的神像獻給陛下。體弱多病的我不能目睹聖顏。我只能沉默不語地禱告上蒼，乞求正義的民族能受到萬能的主的賜福，以慈愛的心讓陛下的願望能夠實現。」

「多好的文筆！多麼充滿力量！」作者和朗誦者全都受到了頌揚。

在這封信的鼓舞下，安娜的客人們對祖國形勢的討論又持續了許久，並對最近幾天內戰鬥的結果做出了許多預測。

「你們不久會看到，」安娜說，「明天就是沙皇的壽辰，我們將能獲得消息。我認爲那將是一個好消息。」

二

安娜的預言被認爲是正確的。第二天，人們都在爲沙皇祈禱和祝賀的同時，博爾孔斯基公爵被叫出教堂去，他接到庫圖佐夫公爵的一封信。這是庫圖佐夫在戰鬥的當天從塔塔里諾瓦寫來的彙報。庫圖佐夫寫道，俄國人沒有絲毫退縮，我們的損失比法國人小。明顯，這是一場勝仗。然後人們還沒離開教堂，馬上向造物主幫助獲取勝利做了感恩祈禱。

安娜的預感應驗了，整個早晨城市都籠罩在歡樂的節日氣氛裡。所有人都覺得這是一場徹底的勝利。

在宮廷這樣遠離戰場的環境中，前線的情況是很難得到真實的回饋的。一般的事件通常在不經意間同某一事件聯繫在一起。例如現在，朝臣們的喜悅，既是因爲我們獲取了勝利，也是因爲這消息恰好在沙皇誕辰那天到達。這似乎是一件很珍貴而意外的禮物。庫圖佐夫的彙報中也說到了俄國人的損失，巴格拉季翁、圖奇科夫和庫泰索夫的名字便在其中之列。在聖彼德堡這片天地裡，事件悲哀的一面又不由得聚焦在庫泰索夫的死這一點上。沒有人不知道他，沙皇喜歡他，他年紀尚輕且爲人幽默。

可是，第二天，沒有軍隊的消息，大家說話的聲音都透露著不安的情感。沙皇因爲得不到軍隊的消息而苦惱，朝臣們則因爲沙皇苦惱而感到壓抑。

「諒解一下沙皇的處境吧！」他們與前兩天那樣頌揚庫圖佐夫的態度截然不同，而是指責他讓沙皇不安。這一天瓦西里公爵不再誇獎庫圖佐夫了，在提到總司令的時候，他總是緘默不語。除此以外，所有的事情拼湊在一起，讓聖彼德堡的居民恐慌起來；這天還有一個可怕的消息：別祖霍夫伯爵夫人猝然死於人們談虎色變的那種可怕的病症。在大庭廣眾之下，大家都說，別祖霍夫伯爵夫人死於可怕的心絞痛發作，但是在私下的小圈子裡，真實情況是這樣被提及的：那個西班牙皇后的御醫開了一種能產生某種效果的小劑量的藥，可是海倫因爲受到老伯爵的猜疑，她的丈夫又遲遲不給她回信，她爲這些事煩惱不已，忽然服下大劑量的給她開的藥，沒有來得及搶救就在難過中死去。

交談常常集中在兩件讓人悲痛的事情上：沙皇得不到庫泰索夫陣亡和海倫死的消息。

在接到庫圖佐夫彙報以後的第三天，一個地主從莫斯科來到了聖彼德堡，然後莫斯科被法國人佔領的消息傳遍全城。

「這太可怕了！沙皇處在一個多麼艱難的境地啊！庫圖佐夫是個叛徒！」瓦西里公爵在大家為他女兒死亡前來弔唁時，這樣談論他之前稱讚的庫圖佐夫，他說，「對一個迂腐又缺乏遠見的老先生能抱什麼盼望呢？」

「我太不明白了，俄國的命運怎麼可以交到這樣一個人手上？」

這暫時還是非正式消息，還可以表示懷疑，但是次日拉斯托普欽伯爵如下的彙報到達聖彼德堡：「庫圖佐夫公爵的副官送給我一封信，把軍隊派警官踏上梁贊大路是他請求我做的。他說：『很遺憾，我們不得不丟下莫斯科了。』陛下！庫圖佐夫的做法決定著首都和您的帝國的命運！丟下這座埋葬著先帝遺骨、體現俄國偉大的精神的城市，會令整個俄羅斯為之戰慄！我要隨軍隊走。我把所有東西帶走了，我為祖國的命運痛哭，就這麼簡單。」

收到這個彙報後，沙皇迅速派博爾孔斯基公爵帶了下面的詔書去見庫圖佐夫：

「米哈伊爾·伊拉里昂諾維奇公爵！從八月二十九日起，我沒有收到過您的什麼彙報，可是，九月一日，我收到莫斯科總督經由雅羅斯拉夫爾送來的，您已決定帶領軍隊丟下莫斯科這一可怖的消息。這樣的消息對我造成的觸動您可以料想得到，並且您的沉默更讓我吃驚不已。這封詔書是我派侍從將軍博爾孔斯基公爵送來的，向您瞭解軍隊的現狀和讓您做出這一可怕的決定的原因。」

三

莫斯科失守九天以後，庫圖佐夫的一個信使才帶著丟下莫斯科的官方消息來到聖彼德堡。這個信使是米紹，一個不會俄語的法國人，儘管身為外國人，可靈魂深處仍然是俄國人。

沙皇馬上在石島宮中的書房裡召見了這個信使。戰役之前從沒見過莫斯科、也不懂俄語的米紹，帶著照亮了他的旅途的莫斯科大火的消息，拜見俄國最仁慈的君主的時候，深受打動。儘管米紹先生悲傷的理由與俄國人悲傷的理由是不同的，可是當臉上帶著無比哀傷的他被領進沙皇書房的時候，沙皇馬上問他：

「您給我帶什麼消息來了，上校？是壞消息吧？」

「壞透了，陛下，」米紹歎著氣，「莫斯科失守了。」

「難道一仗不打就交出了我的古都嗎？」沙皇大發雷霆，很快說道。

米紹恭恭敬敬地傳達了庫圖佐夫命令他傳達的話，這就是，在莫斯科城下打這場戰役是不行的，他面臨一種選擇：是失去莫斯科和軍隊，還是只失去莫斯科。陸軍元帥選擇了後者的事實應該是沒有辦法改變的。

沙皇將視線停在別處沉默不語地聽著。

「敵人已經進城了嗎？」他問道。

「沒錯，陛下，莫斯科現在是一片火海。我離開的時候，整座城都在燃燒。」米紹用堅決的語調答道，但是看了一眼沙皇的神色，他爲自己這樣說這樣做感到很害怕了。

沙皇的下嘴唇顫抖著，呈現一雙被淚水浸滿但是迴然美麗的藍眼睛。

可是這只持續了短短的一分鐘。沙皇忽然皺起眉頭，似乎責備自己的軟弱，抬起頭來，用堅定的聲音向米紹說道：「從現在發生的所有來看，上校，上帝要求我們做出重大的犧牲……我預備順應上天的安排；但是，請告訴我，米紹，您離開時，不戰便丟下了古都，軍隊的情形如何？您是不是發現士氣低落了？」

看見那又漸漸平靜下來的最仁慈的君王，米紹也平靜了下來，可是他還沒預備好如何回答沙皇的問題。

「陛下，假如我像一個真正的軍人那樣直抒己見，您應該不會不同意吧？」他這樣說道。

「上校，我從來都是這樣要求的，」沙皇答道，「我一定要瞭解所有真實確切的情況。」

「陛下！」米紹嘴上帶著細微的、差不多看不出的微笑說道，這個時候他已經預備好一個既恭敬又能輕易組織辭令的巧妙的回答了，「陛下，我離開的時候，從各級長官到最下級的士兵，無一例外地都陷入巨大的絕望的恐懼中……」

「為何會這樣呢？」沙皇皺起眉頭，嚴肅地打斷他說，「莫非我們俄國人會在打擊面前喪失信心嗎？……絕不。」

米紹就等著這句話呢，正好引出自己那巧妙的回答。

「陛下，」他帶著謙虛的表情說道，「他們只怕陛下，因為太仁慈而簽訂和約。他們強烈渴求一戰，」這位俄國人民的代表說，「由他們將用不顧犧牲自己生命的精神來表明他們向陛下的一片赤膽忠心……」

「啊！」沙皇定下心來，說道，「您讓我安心了，上校。」

沙皇低著頭，陷入短暫的深思後說。

「那好，回軍隊吧，」他把腰挺直，以一種和氣但是很嚴肅的姿態向米紹說，「不管您到什麼地方去，請告訴我的臣民和我們所有勇士，假如有一天我的兵隊全都覆滅，我要親自帶領我親愛的貴族和我善良的農民，用盡我的國家最後的資源去戰鬥。我國的資源比我的敵人所想像的要多許多。」越來越興高采烈的沙皇說著。

「可是，假如命中注定，」他抬起他那雙威武的、閃耀著光輝的、迷人的眼睛，仰天歎道，「我在此時此刻應停止在我祖先的寶座上執政，那麼，在用盡我掌管的所有資源以後，我就留起鬍鬚，去同我最後的一個農民吃馬鈴薯，也不會簽訂讓我的祖國和我親愛的人民蒙受恥辱的條約。」用興高采烈的聲音說完這些話以後，沙皇忽然轉過身去，似乎想隱藏他眼睛裡的淚水，向書房裡面走去。

他邁著大步來到米紹身邊，用力地握住他胳膊以下的地方。沙皇那俊美和遜的臉泛起了紅暈，他的眼睛閃爍著憤慨的、堅決的光輝。

「米紹上校，一定要記得我在這裡向您說過的話；或許有一天我們回憶起這些話的時候會懷著滿意的心情……我和拿破崙勢不兩立，」沙皇拍著胸脯說，「我們兩人再也不能一齊執政了。我已經看穿了他，他再也不能欺騙我了……」沙皇皺皺眉不說話了。

聽到這些話和看到沙皇眼睛裡的決絕的表情，有著一顆俄國心的米紹，在這莊嚴的時刻，為他所聽到的一切而傾倒，用下邊的話表達了他自己的和俄國人民的感情：

「陛下！事實上簽署保證人民的光榮和歐洲能得到拯救的宣言正是您在這個時刻應該做的。」

沙皇輕輕點一下頭，讓米紹走了。

四

當莫斯科的居民逃往邊遠省份，半壁河山早已被敵人踩在腳下，民兵踴躍地站起來保衛祖國的時候，我們這些沒有生活在那個年代的人自然會想像這樣一個情景：全部俄國人，從老到幼，都團結一心地想犧牲自己，拯救祖國，又或者為她的毀滅而放聲痛哭。當時許多人並不留心天下大事，只想到個人的眼前利益。這些人就是那個時代發揮相當大作用的活動家。

那些試圖理解總的形勢，並想靠英雄行動和自我犧牲來參與國家大事的人，就是社會中最沒有用處的份子，他們把一切都顛覆了，他們爲公共利益所做的一切，後果都是鬧劇，搶劫俄國鄉村的馬莫諾夫和皮埃爾的團隊，爲傷患做棉紗團的小姐、太太們那樣，以及別的等。在歷史事件中，很明顯的事是不去吃能分辨善惡的惡果。只有不由自主的行動才能帶來成果，正所謂無心插柳柳成蔭。在歷史的長河裡重要的人永遠不清楚事件的意義。假如他企圖去瞭解它，他的努力將會白費。

當時在俄國發生的事件，越是直接參與其中的人，越不清楚其中的意義在哪裡。在聖彼德堡和遠離莫斯科的省城，身穿民軍制服的男人們和女士們都爲俄國和它失去的古都哭泣；可是在退到莫斯科後方的軍隊中，對此絕口不提，也不去想莫斯科，瞧瞧莫斯科的大火，誰也沒滿腔怒火地叫罵著、高喊著要法國人血債血償，他們想的是下一站的宿營地，下一季度的賞金和諸如此類的事情。

尼古拉沒有抱定什麼自我犧牲的目的，只是巧合地在服軍役期間碰上了戰爭，所以，並不失望、悲觀的他，面對著俄國當時發生的事，做出的論斷也沒那麼消極。假使有人問他對俄國現狀的看法，他肯定會說，他思考這事是徒勞的，這是其他人和庫圖佐夫的事，而他也聽說正在擴充團隊，還要接著打持久戰。照眼下的情形，一、兩年內他很容易被提升到團長的職位。

在波羅底諾戰役開戰前幾天，尼古拉拿到公文和經費，派出一個驃騎兵打前戰，他獨自一人乘驛車去沃羅涅日。

僅僅有經年累月在戰爭和軍旅條件下生活的人，才能像尼古拉那樣離開四處是給養運輸車、糧秣籌集站、野戰醫院的地區時所體會到的欣喜；當映入眼瞼的不再是士兵、大車和污穢的營盤，而是有農民和農婦的村莊、地主舒適的宅院、在田野吃草的牲畜和在裡邊睡覺的驛站長時，他是那麼興高采烈。最令他一直覺得吃驚和愉悅的是，那些又年輕又健壯的農家婦女，沒有許多軍官來追求她們，過路的軍官同她們調侃一下，就足夠讓她們興奮並引以為榮了。

心情愉快的尼古拉晚上來到了沃羅涅日的一家旅館，點了他在軍旅中難得一見的一些東西。第二天，把臉刮得乾乾淨淨，穿上他許久沒穿的禮服，去拜見地方長官。

民軍司令是個文職將軍，這個老頭明顯對他的軍銜、軍職感到很滿意。他氣呼呼地迎接了尼古拉，向他進行了長時間的盤問。尼古拉是這樣愉悅，這種接待只能讓他暗自好笑。

從民軍司令那裡出來，他又坐車去見省長。省長是個活潑、低矮、樸實、有親和力的人。他告訴尼古拉能夠買到馬的養馬場，把城裡一個馬販子介紹給他，提議他去距城二十俄里的地方找一個地主，他有好馬，並說好在各方面幫助他。

「您是羅斯托夫伯爵的兒子嗎？我妻子和您母親是昔日舊友。我們每禮拜四在家裡會客，今天是星期四，歡迎您來拜訪，不必拘禮。」省長送他的時候說。

從省長那裡出來，一輛驛車正好開到尼古拉面前，帶上司務長直奔二十俄里外地主的養馬場去了。在到達沃羅涅日開始的這段時間裡，他覺得每件事都是愉快的、簡單的，人們在心情愉快的時候經常沉浸在這樣的情緒中，做什麼事都一帆風順，很順心。

尼古拉去見的地主是一個老騎兵，單身漢，養馬行家，獵手，他有一間歇息室，藏有百年陳釀和陳年匈牙利酒，上好的馬匹也是他的財產。

尼古拉買下十六匹精選種馬做為補充，馬匹的樣品只用了五千盧布。午飯用過之後，尼古拉稍微多喝了點匈牙利葡萄酒，尼古拉已經與那個地主以「你我」相稱。兩人吻別後，他在那路況很不佳的道路上，懷著最愉悅的心情急切地往回趕，為了趕上省長家的宴會，途中不住地催促著車伕。

尼古拉換過衣服，用水淋過頭，噴過香水。儘管時間晚了一點，可俗話說得好，「遲到比不到好」，省長家就在眼前了。

沒人宣佈要跳舞，這並不是一個舞會，不過人們都心知肚明，坎契列娜．彼得羅夫娜要演奏鋼琴，演奏華爾滋和蘇格蘭舞曲，因而要跳舞，所以大家的穿戴和舞會氛圍也很一致。

一八一二年，外省的生活跟平時相比並無異樣，區別僅在於從莫斯科來了許多闊綽家庭，城市生活比較活躍；一種狂放不羈的派頭漸漸出現，把所有都不當回事，那時俄國在各方面都是如此。

聚在省長家的人都屬於沃羅涅日的上流社會。

許多太太、小姐們，也有幾個尼古拉在莫斯科的熟人，可是男人當中，沒有人可以與聖喬治勳章獲得者、採購馬匹的驃騎兵軍官尼古拉伯爵一決高下。在男人中有一個義大利俘虜——法國軍隊的軍官，尼古拉覺得，那個俘虜的在場，更大大提高了他自己做爲一個俄國英雄的身價。尼古拉善待那個義大利人，但合適地保持了尊嚴，並且態度也並不放蕩。

尼古拉穿著驃騎兵制服，渾身散發著香水味和酒味，走了進來，「遲到總比不到好」，他聽見旁人多次向他說這句話。人們馬上聚在他附近，所有目光都聚向他，他立刻感到在外省他毫無爭議地獲取了整場焦點的地位，這總是讓人愉快的，而現在，在長期艱難的生活環境中久居以後，就更讓他陶醉。並且在這裡，在省長的晚會上，也有不計其數年輕的太太、漂亮的姑娘們，迫不及待地希望得到他的青睞。太太、小姐們同他調情，老太婆們從第一天起，就張羅著給這個放蕩不羈的年輕驃騎兵談親事，讓他穩重起來。省長夫人也在這中間，她把尼古拉當作至親看待，稱他作「你」，直呼「尼古拉」。

尼古拉的翩翩舞姿讓這個外省社會傾倒。他那隨性而爲的跳舞風格讓大家驚喜。尼古拉對於他那一晚上的跳法也有些吃驚。他在莫斯科從未那樣跳過。可是，在這裡，他認爲他應當弄點什麼新鮮的花樣，讓他們把它當作在首都是平常的，而外人聞所未聞的東西。

整個晚上尼古拉尤為留心一個金髮碧眼、身材豐盈、討人喜歡的女人，這位夫人是省裡一個官吏的夫人。尼古拉時刻陪著這位女士，又用一種善良的且很默契的態度對待她的丈夫，他們儘管沒說，可是都清楚，尼古拉與那位丈夫的太太多麼情意相投。可是那位丈夫似乎並不贊成這一點，在面對尼古拉時面露陰鬱之色。但是尼古拉是如此和善天真，有時這位丈夫也不自覺地被尼古拉的愉悅情緒帶動起來。不過在晚會完結的時候，情緒越來越高漲，太太臉上的紅暈也越見濃厚，但是丈夫的臉越來越愁眉苦臉，越來越蒼白，彷彿他們兩人僅有一份興奮劑，增加了妻子那一份，就減少了丈夫那一份。

五

尼古拉自始至終臉上都帶著笑容，稍微躬身坐在扶手椅裡，貼在那位金髮太太身上，衝她說一些像神話般的恭維話。

穿著緊腿馬褲的尼古拉靈活地改變著他雙腿的姿勢，欣賞著女伴，也欣賞著自己和他那穿著合腳的高筒靴的兩條腿漂亮的線條，他轉頭向那個金髮的太太講，他希望在這裡，在沃羅涅日偷走一位太太。

「太太是什麼樣子呀？」

「一位漂亮的太太，一個長得如仙女一般的美人。她的嘴唇好比紅珊瑚，她有著藍藍的眼睛、白亮的牙齒，她的身材……」他看了一眼她的肩頭，「如狄安娜的……」

丈夫走過來，陰沉著臉問妻子在講什麼。

「啊，尼基塔．伊萬內奇！」尼古拉很客氣地站起來，好像期望尼基塔．伊萬內奇也加入進來聽他說笑話一樣，對他說，他預備和一位金髮女郎私奔。

丈夫沉默笑了笑，妻子笑得很興奮。和藹的省長夫人走了過來。「安娜．伊格納季耶芙娜要見你，尼古拉。」她那樣叫安娜．伊格納季耶芙娜這個名字，令尼古拉知道，這是一個很重要的人物，「來吧，尼古拉！這樣稱呼你可是徵求過你贊成的呀？」

「噢，沒錯，伯母。她如何稱呼呀？」

「安娜．伊格納季耶芙娜．莫莉瓦茨娃。她從她外甥女那裡聽到你救過她的事……猜到了嗎？」

「許多人都是我搭救過的呢！」尼古拉說道。

「博爾孔斯基公爵小姐是她的外甥女。沃羅涅日就是她在的地方，住在姨母家裡。瞧！你臉紅的。怎麼，或許……」

「我什麼都沒想，別說了，伯母！」

「那好吧，好吧！噢，看你這樣！」

一個又胖又高、頭戴藍色高筒帽的老太太，省長夫人把她領到了這裡，她剛和市內最重要的人物打完牌。這就是瑪麗亞公爵小姐的姨媽，是個有錢的沒有子嗣的寡婦，一直住在沃羅涅日。尼古拉走近她的時候，她莊重地把雙眼瞇起來看了他一眼。

「我心裡很興奮，親愛的，」她說道，把手伸給尼古拉，「請您來我家做客。」

說過幾句有關瑪麗亞公爵小姐和她的亡父的事，問尼古拉所清楚的有關安德烈公爵的情況，這個自命不凡的老太太再一次請他去做客，便讓他離開了。

尼古拉答應肯定去，在躬身告別時，又滿臉通紅。一提到瑪麗亞公爵小姐，一股害怕之情油然而生，他自己也不知道這是怎麼回事。

離開莫莉瓦茨娃以後，尼古拉想回去跳舞，可是小鳥依人的省長夫人把她胖嘟嘟的小手放在他的袖子上，說她要與他談談，不由分說地就把他領進起居室，那裡的人們馬上退出去。

「我的朋友，你清楚嗎？」省長夫人善良的小臉上帶著嚴肅的表情說道，「她同你真是天賜良緣。我給你作媒！你樂意嗎？」

「誰呀，伯母？」尼古拉問道。

「我替你和公爵小姐作媒。坎契列娜．彼得羅夫娜談到麗莉，可是我說，不，公爵小姐！你樂意嗎？你媽媽一定會感激我，我相信。說真的，這麼好的姑娘啊！她很漂亮。」

「沒錯很漂亮，」尼古拉回答道，彷彿有什麼委屈憋在心裡，「伯母，做為軍人，我無所強求，也不拒絕什麼。」

「那麼，你記住，這不是開玩笑。」

「玩笑是什麼呢？」

「對了，對了，」省長夫人似乎自顧自地說，「我的朋友，你對那個金髮女人太殷勤了。她的丈夫真可憐，真的……」

「噢，不，我跟他們是朋友。」尼古拉善意地說道，他萬萬沒想到，他那麼愉快的消遣會給別人帶來煩惱。

「但是，我向省長夫人說胡話了啊！」尼古拉在晚餐時忽然想道。「假如真要作媒，那索尼婭怎麼辦？……」

在向省長夫人告辭的時候，她又笑著向他說，「你可記在心上啊！」他把她拉到一邊去。

「伯母，您看，向您說實話是我一定做的……」

「什麼，我的朋友？來，坐下來我們聊。」

尼古拉忽然想要和這個並不熟悉的女人傾吐一下心中隱藏的想法，說說連向母親、妹妹和朋友都沒說的那些想法。這一衝動與另外一些小事摻雜在一起，卻給他和他的整個家庭帶來很大影響。

「是這樣，伯母，娶一個有錢的小姐一直是媽媽對我的盼望，可是我心裡討厭那種為財富而結婚的想法。」

「噢，沒錯，我知道。」省長夫人說。

「不過博爾孔斯基小姐，那是另外一回事。首先我坦誠地說，我很喜歡她；其次，我在那種情形下遇見她，那麼不可思議，我經常想這就是命中注定吧。尤其是，您想想看，媽媽早有這個想法，可是我從前沒機會碰見她，這真讓人費解，我們總是碰不上。並且當我得知妹妹娜塔莎是她哥哥未婚妻的時候，我怎麼可能想到跟她結婚的事呢？很碰巧的是，娜塔莎的婚約破裂了以後，我就看見了她……後來的一切……就是這樣。我對什麼人也沒有說過這些話，只有您一人瞭解。」

省長夫人感激地握了一下他的胳膊。

「您認識索尼婭，我的表妹嗎？我愛她，也答應和她結婚，並且會和她結婚的……因此，您看，這件事就無從談起了。」尼古拉紅著臉不流暢地說。

「我的朋友，你又是何苦！你清楚索尼婭一貧如洗，而你自己也說，你父親的確處在一個很壞的境地中。還有你母親呢，這會要她的命，這是第一。第二，假如索尼婭是個有良心的姑娘，這對她來說將是一種什麼樣的生活啊？你母親陷入絕望，家道沒落……不，我的朋友，你和索尼婭應該知道這點。」

尼古拉默默無語。聽了這些道理，他覺得愉悅。

「反正這事很難辦成，伯母，」他歎了口氣說道，「並且還確定不了公爵小姐樂不樂意下嫁於我？何況，她現在居喪。」

「莫非你覺得我要你們馬上結婚嗎？凡事都有一定的規矩。」省長夫人說。

「好媒人非你莫屬，伯母……」尼古拉一邊親著她胖胖的小手一邊說道。

六

瑪麗亞公爵小姐碰到尼古拉以後，來到了莫斯科，在那裡見到他和她侄子的老師，也看到了安德烈公爵的信，信中他告訴她去沃羅涅日莫莉瓦茨娃姨母家該走的路線。她父親患病期間、逝世之後，特別是她遇見尼古拉以後，讓她煩擾的那種感情：被操持搬家的事、對哥哥的記掛、與新人的會見、安排新家、教育侄子這些事務壓制下去了。她很悲傷。在寧靜的環境中度過一個月以後，想到她哥哥──她現在僅剩的親人所遭受的危險，這個想法令她躁動不安，一直摧殘著她的心靈。她也為侄子的教育擔心，可是在心底依舊是一片平靜的，她意識到她已經把尼古拉的出現而喚醒的個人的一些夢想和希望強忍下去了。

晚會後第二天，省長夫人來見莫莉瓦茨娃，同這位姨母探討了她的計畫，說儘管正式求婚在眼下的情況下還談不上，可是應當讓年輕人有機會增進瞭解。獲得姨母的贊同後，省長夫人開始當著瑪麗亞公爵小姐的面談論尼古拉，表揚他，說他聽到瑪麗亞公爵小姐的名字時怎麼怎麼臉紅。可是瑪麗亞公爵小姐卻體會到一種苦痛酸澀的心情，內心的平靜被打破了，欲望、懷疑、自責和期待又一次燃燒起來。

從聽到這個消息到尼古拉來訪的兩天裡，瑪麗亞公爵小姐一直在思考她應該怎麼對待尼古拉。瑪麗亞公爵小姐假設她出去見他，想像著他們之間的交談；有時她認為這些話太過平淡，有時又認為其中蘊含著深刻的含義了。她最害怕的是，見到他時表現不好，她怕會出現這種情況，她的心思壓制不住從而自然而然地表現出來。

可是，在周日做過禮拜以後，僕人在客廳裡通報尼古拉伯爵來訪時，公爵小姐並沒有露出窘相，僅僅是兩片淺淺的紅暈在臉頰上緩緩散開，雙眸閃耀光輝。

「您見到他了嗎，姨母？」瑪麗亞公爵小姐安靜地問道，她外表展現出連她自己都沒有料想到的自然和平靜。

尼古拉走進房裡的時候，公爵小姐暫時垂下頭，接著當尼古拉轉向她的時候，抬起頭來，她那閃亮的眼睛與他的目光相接。她的臉上掛著愉悅的微笑，用莊重優雅的動作站了起來，伸出她皮膚細嫩的手，用第一次發出的新的女性深沉的胸音開始說話。在客廳裡的布里安小姐疑惑、驚奇地看著瑪麗亞公爵小姐。

「不是黑顏色很適合她，就是她確實越發動人了，最主要的是，分寸把握得很好，舉止文雅！」布里安小姐想道。

從她看見那張有親和力和可人的臉的時候起，一種新的生命力就主導了她，迫使她的動作、語言不受到意志的束縛。從尼古拉進來的時候開始，她的面容就改變了。一盞雕刻彩繪的燈籠，它之前看起來是黯淡、粗糙、沒有什麼意義的，一旦將一點火星投入裡面，就忽然以出人意料的、讓人吃驚的美，顯示出其鬼斧神工般的工藝。瑪麗亞公爵小姐的臉也是像這樣忽然有了變化。在此之前，她在內心進行的純潔靈魂的精神活動頭一次溢於言表。她內心對自己的不滿足、她對善的追求、她的難過、她的溫柔聽話、敢於犧牲自我和博愛——現在這所有的一切都顯現在她那雙明亮的眼睛裡，在她的微笑裡，在她臉上每一根柔美的線條裡。

尼古拉覺得他面前的這個人完全是另一種人，比他之前所見過的所有人都好，但至此他自己更好才是最重要的。

他們談著一些最平淡、簡單甚至瑣碎的事。他們談戰爭，也和所有人一樣，不經意間誇大了他們對戰局的擔憂；談他們上次的會見，尼古拉盡量轉變話題，又談到善良的省長夫人、瑪麗亞公爵小姐的親屬和尼古拉的親屬。

瑪麗亞公爵小姐不談她哥哥，一提到安德烈，話題就被她轉到其他的事上去。尼古拉留心到了這些，他以他少有的洞察力留心到瑪麗亞公爵小姐微小的性格特點，她是一種有異於常人的、特殊的人。尼古拉也和瑪麗亞公爵小姐一樣，當有人跟他談到公爵小姐的時候，甚至當他想她的時候，他就露出窘態，臉變得緋紅，可是，在她面前，他覺得很自然，事先設想好的話一點沒有派上用場，講著臨時想到的，並且總是很得體的話。

在短暫的訪問期間，每當他們的交談冷場的時候，尼古拉就轉向安德烈公爵的小兒子，同他交談，問他想不想當騎兵。他把孩子抱起來，與他旋轉並帶著快活的情緒，並轉頭看看瑪麗亞公爵小姐。她深受感動，既羞怯又幸福地看著她所愛的人抱著她所愛的孩子。尼古拉留心到這目光，知道了它的含義，歡欣的臉也變得紅撲撲的，興奮地吻那個孩子。

瑪麗亞公爵小姐服喪期間不外出，而尼古拉認為經常去拜訪不恰當；可是省長夫人還是接著進行她的媒人工作，她把瑪麗亞公爵小姐讚揚尼古拉的話轉達給他，再反過來把他說的話傳給她，並向瑪麗亞公爵小姐表態是一直要讓尼古拉做的。為此，彌撒前在主教家的約會是為這兩個年輕人安排的。

他沒有什麼能向公爵小姐表達的，儘管尼古拉向省長夫人是這樣說的，可是他答應去。他清楚，在他向索尼婭做出承諾以後，再向瑪麗亞公爵小姐傾訴衷腸，他覺得是不正當而且卑鄙的做法。他也清楚他絕對不會做卑劣的事。可是他也清楚，他現在依照他人的意願和受到環境的支配，不僅不是做什麼壞事，而且是在做一件意義很重大的事，一件他平生從沒做過的重要的事。

會見瑪麗亞公爵小姐以後，他的生活儘管表面上與往常沒什麼區別，可是從前給他帶來所有滿足感的都了無趣味，沒有一點被吸引的感覺，他經常想到瑪麗亞公爵小姐；但是他從來也沒有同看待交際場中遇到的那些小姐那樣想她，也不像想到索尼婭時那樣想她。他在想那些年輕的小姐時，把她們每一個想像成自己的未婚妻，用夫妻生活中的所有要求來權衡她們：坐在茶桌旁的妻子，一件白色的長袍，妻子的孩子，馬車，媽媽和爸爸，他們和她的關係等，這些有關未來的幻想曾讓他體會到愉悅；可是對於人們正努力為他撮合的瑪麗亞公爵小姐，他怎麼也想像不出將來的夫妻生活會是什麼樣子。他曾嘗試那樣想過，但結果總是很不和諧、虛無的，這讓他覺得心裡很壓抑。

七

這個有關波羅底諾戰役的消息，有關我方損失傷亡慘重和更可怕的有關莫斯科失守的消息，是在九月中旬傳到沃羅涅日的。瑪麗亞公爵小姐只從報紙上知道她哥哥身負重傷，但是沒有更加清楚地說明情況。尼古拉聽說她要去找安德烈公爵。

聽到莫斯科失守和波羅底諾戰役的消息後，尼古拉並沒產生憤慨、失望、報仇等類似的感情，但是他忽然覺得在沃羅涅日的所有都是讓人喪氣的、無聊的，總有一種羞愧難安的感覺。他急於完成買馬的事，常常無緣無故地向司務長和僕人發脾氣。

在他起身前幾天，為了祝願俄軍獲取的勝利，一次感恩祈禱就在大教堂裡舉行著。尼古拉也來了，他站在總督身後，臉上帶著做禮拜時的莊嚴表情，但是各種思緒在頭腦裡翻江倒海，想著各樣的問題。

禮拜完成時，省長夫人把他叫到跟前。「你看到公爵小姐了嗎？」用手指朝一個站在唱詩班後面穿黑衣服的女士。

尼古拉馬上認出了瑪麗亞公爵小姐，他從帽子下看見了她的側面，但是馬上控制了他的感情。瑪麗亞公爵小姐明顯陷在自己的悲傷擔憂當中，正在畫最後一次十字，預備走出教堂。

尼古拉吃驚地看著她的臉。這還是他從前見過的那張臉，這張臉上還是一貫的表情；但是在這個時刻卻閃爍著異樣的光輝。那是一種祈求、悲傷和希冀的動人神情。就像之前她在農場時那樣。

尼古拉不等省長夫人催促，也沒有思量過在教堂與她交談是不是恰當，就走到她跟前，向她說，她的不幸他已經有所耳聞，衷心地同情她。一聽見他的聲音，她臉上立即充滿光彩，點亮她心裡的喜怒哀樂。

「公爵小姐，有一點我一定要告訴您，」尼古拉說道，「安德烈公爵不在了，他做爲團長會馬上在報紙上公佈的。」

公爵小姐看著他，一臉困惑地聽著他的話，可是他臉上那難過的、同情的表情讓她竊喜。

「許多例子我都清楚，彈片傷不是馬上致命，就是相反，傷勢很輕，」尼古拉說，「應該往好的方面想，我相信……」

瑪麗亞公爵小姐打斷了他。

「噢，這好可怕……」她開始說，但激動得說不下去了，她低下頭來，感激地看了他一眼，就跟著她的姨母走出去了。

這天晚上尼古拉沒有出門做客。當事情辦完以後，再出去已經晚了，可是睡覺還太早，尼古拉長久地在房裡來回走著，想他的生活。在斯摩稜斯克，瑪麗亞公爵小姐就給他留下了很好的印象。那時，他在那種特殊的狀況下遇見了她，他曾向她指出這個有錢的配偶，這兩件事引起他對她更多的關注。在沃羅涅日，當他去訪問時，她留給他的印象不僅是愉快能夠形容的，而且是熱烈到足以撼動心靈的。這一次尼古拉從她身上發現的那種特別的美令他震撼。可是他要走了。離開沃羅涅日他就失去了看到她的機會，他並不對這件事懷有可惜的感覺。可是尼古拉感到，今天和瑪麗亞公爵小姐在教堂裡出人意料的相會，在他心上深深地刻下印記。她最讓人同情的是她那秀氣的、蒼白的、悲哀的面龐，那閃閃發光的眼睛，那文雅的動作，每個線條都流露出的深刻而又柔情飽滿的傷感讓他同情，瑪麗亞公爵小姐那讓他感到陌生的精神世界、她那極度哀愁對他具有一種無法抵擋的吸引力。

「她一定是一個神奇的姑娘！一個真正的天使！」他對自己說，「我爲什麼不保持自由呢？爲何那麼急於向索尼婭表達愛情？」然後他不由得對兩個人進行了比較：一個精神世界豐富，另一個貧乏。他自己也缺乏這種精神天賦，因而很看重它。他嘗試假設他是自由的，他怎麼向她求婚呢？她會成爲他的妻子嗎？不，他不可以那樣假設。他覺得不安躁動，在他頭腦裡沒有辦法顯現什麼清楚的景象。而對索尼婭，一切都是清楚的、簡單的，他早就勾勒出將來的畫面，每件事都籌畫好了，因爲他對索尼婭的一切瞭若指掌；但是對瑪麗亞公爵小姐他沒有辦法想像未來的生活，因爲他還沒有對她知根知底，只是愛她。

「她是怎麼祈禱的？」他回想著。「明顯她的整個靈魂都嵌在了祈禱裡。沒錯，這就是那種能翻江倒海的祈禱，我相信她的祈禱肯定會實現。我爲什麼不爲我需要的東西祈禱呢？」他忽然想起來了。「我需要什麼呢？自由，結束與索尼婭的關係。她說得對，」他想起了省長夫人的話，「與索尼婭結婚將一無所有，只有不幸。什麼都亂成一團，家業的困難……媽媽的悲哀……一團亂麻，一團可怕的亂麻！而且，我並不愛她，沒有愛她到應有的程度。我的上帝啊！把我從這種恐怖的、沒有出口的、艱難的境地中解救出來吧！」他忽然開始祈禱。「沒錯，祈禱會翻江倒海，可是要確信不疑，而且不能夠像我和娜塔莎幼年時那樣祈禱：我們祈求把雪變成糖，然後跑到院子裡去嘗試，看看雪是不是變成糖了。不，我現在不可以為瑣事祈禱……」他把菸頭放在角落裡，站到聖像前雙手交叉。深情地想起了瑪麗亞公爵小姐，開始了祈禱，他很長時間沒有做過這樣的祈禱了。這個時候，拿著文件進來的拉夫魯什卡看到他滿眼淚水，聽到了他哽咽的聲音。

「笨蛋！沒叫你，闖進來做什麼？」尼古拉說著，馬上換了姿勢。

「省長那裡送來的，」拉夫魯什卡說道，「有您的信在信差那兒。」

「那，好吧，你可以走啦！謝謝。」

尼古拉接到了兩封信，一封是母親的，另一封是索尼婭寫來的，他是從筆跡上辨認出來的，先打開了索尼婭那一封。還沒讀上幾句，他便帶著欣喜而又害怕的心情把眼睛瞪得更大了，臉色也變得有些蒼白。

「不，這怎麼可以！」他高聲地喊著，難以坐定，手裡拿著信邊讀邊走來走去。他先流覽了一遍，以後又反覆讀了好幾次，抬起雙肩，攤開兩手站在室中央，兩眼呆滯，張大著嘴。他剛剛祈禱過，相信上帝會讓他祈禱的事實現，如今真的靈驗了。尼古拉對此感到吃驚，這是一件非同尋常的事，他從沒有盼望過會這樣。

那個沒有辦法解決的、捆綁著尼古拉自由的結子被索尼婭這封出人意料的信解決了。她寫道，最近的不幸遭遇——羅斯托夫家在莫斯科的財產差不多全部喪失，伯爵夫人許多次表示希望尼古拉娶瑪麗亞公爵小姐爲妻，包括他最近的冷漠和默然，這所有加在一塊兒，讓她決定給他完全自由。

「想到我也許成爲對我有恩的那個家庭不和睦和不幸的理由，我認爲這沉重到難以負荷，」她寫道，「我的愛只有一個目的，那就是讓我所愛的人幸福，所以，尼古拉，我求您想著自己是自由之身，並請您記住，不管如何，什麼人也不能比您的索尼婭更愛您。」

兩封信都是從特羅伊察寄來的。另外一封信是伯爵夫人的。信中講述了在莫斯科最近幾天的情況。大火、他們的出走和他們全部財產的喪失。在這封信中，伯爵夫人也順便提到，安德烈公爵和其他傷患一塊兒與他們同行；他的傷勢很嚴重，但是醫生說，而今病情被治癒的希望更大了，娜塔莎和索尼婭像護士一樣寸步不離地看護他。

尼古拉帶著這封信去見瑪麗亞公爵小姐。不管是尼古拉還是公爵小姐，都沒有提「娜塔莎看護他」這幾個字可能有的含義；可是因爲這封信，公爵小姐和尼古拉忽然變得像親戚一樣關係密切了。

第二天，瑪麗亞公爵小姐被尼古拉送去雅羅斯拉夫爾，幾天後，他自己也回團隊去了。

八

索尼婭那封信是從特羅伊察寫來的。她寫這封信是出於這樣的考慮：老伯爵夫人對於讓尼古拉娶一個富有的姑娘越來越執著。她知道索尼婭丟下尼古拉的主要障礙。所以，索尼婭近期在伯爵夫人家裡的日子越來越難過。伯爵夫人抓住任何可能的機會，向索尼婭進行侮辱性的或殘酷的暗示。

可是，前幾天沒離開莫斯科的時候，伯爵夫人被所發生的一切弄得心緒煩亂，她沒有責怪她，也沒提什麼要求，但是滿臉淚水地求她犧牲自己，斷絕與尼古拉的關係，回報他們爲她所做的全部。

「你不答應我，我也許就不得安寧。」

索尼婭歇斯底里地放聲大哭，她哭著說，她願意做，一切她都預備承受，可是沒有給出直截了當的承諾。她應當爲報答這個家庭的養育之恩而犧牲自己。索尼婭已經習慣了爲了別人的幸福犧牲自己。她在這個家庭中的位置是只有靠犧牲才能表明她的價值，她已習慣了，也願意這樣做。她愛尼古拉勝過世間一切；可是，現在不得不犧牲的是，她靠過去所有犧牲所換來的報酬和她活下來的意義。然後她頭一次體驗到那些施恩於她，但是只爲了帶給她更深刻的痛楚。她嫉妒那個從沒有嘗過這種滋味的娜塔莎，她從來不用犧牲自己，但是要別人爲她犧牲，可是仍舊生活在大家的寵愛中。她用模糊不清的言辭回答了伯爵夫人，避免與她交談，決定等待與尼古拉見面，其目的不是爲了還他自由，反之，要永遠把他和自己捆在一起。

羅斯托夫一家在莫斯科最終幾天忙碌的生活與經受的可怕，淹沒了困擾著索尼婭的憂鬱思想。這些想法她喜歡用現實活動抑制住。可是，當她聽到安德烈公爵在他們家裡的時候，就算她真心爲娜塔莎和他感到同情，她依舊會體會到一種迷信和喜悅的感情：上帝不想讓我和尼古拉分開。她清楚，娜塔莎只愛安德烈公爵一個人，而且從沒有停止過對他的愛。這樣因爲近親關係，尼古拉就不可以與瑪麗亞公爵小姐結成連理了。儘管在最後幾天和旅途的開頭幾天，發生過那麼多讓人恐懼的事，她覺得，上帝在插足她的私事，這感覺讓索尼婭興奮。

在特羅伊察修道院，羅斯托夫家的人頭一次歇息了一天。

供他們住的三個大房間是修道院專門撥給他們的，安德烈公爵住了其中一間。這一天他的傷勢明顯好轉，娜塔莎寸步不離地陪他坐在那裡。在隔壁的房間裡，伯爵夫人和伯爵恭恭敬敬地前來看望老施主和老相識的修道院院長交談，索尼婭也坐在那裡，她好奇地想知道娜塔莎和安德烈公爵在聊什麼。她在門外就能聽到他們的交談聲。安德烈公爵房間的門開了，娜塔莎神色激動地走出來，她抓住右手寬大的袖子向她問候的院長，她走到索尼婭跟前，握起她的手。

院長剛走，娜塔莎就挽著朋友的手，兩個人走進那個空房子。

「索尼婭，他不會死的，是嗎？」她問道。「索尼婭，我多幸福，又多不幸！……索尼婭，親愛的，所有照舊。只要他活著！他不可以……因爲……」娜塔莎哭了起來。

「我清楚！是這樣！感謝上帝！」索尼婭不停地說，「他肯定會活下去的。」

索尼婭比她的朋友還激動。她大哭著親吻並且安慰娜塔莎。「希望他活著！」她想道。擦乾眼淚，兩個朋友一起來到安德烈公爵門前。娜塔莎小心翼翼地打開了門，朝房裡看了一眼，她和索尼婭並肩站在半掩的門前。

安德烈公爵墊著三個枕頭高高地躺在那裡。他那蒼白的臉平靜異常，眼睛閉著，呼吸還算順暢。

「哎呀，娜塔莎！」索尼婭忽然間失聲叫起來，抓起表妹的手，離開了門口。

「怎麼？怎麼了？」娜塔莎叫道。

「這就是那個，那個……」索尼婭面色慘白、嘴唇顫抖著說。

娜塔莎輕輕地關上門，和索尼婭走到窗子前，還不清楚她在說什麼。

「你記得嗎？」索尼婭有些驚慌失措地說，「你記得我爲你用鏡子占卜……在奧特拉德諾耶，在耶誕節……你記得我看見什麼了嗎？」

「沒錯，沒錯。」娜塔莎睜大著眼睛說，恍惚地記起索尼婭向她說過，看見安德烈公爵躺在那裡。

「你記起來沒？」索尼婭接著說，「那時我看見了，對多涅婭莎和你。我看見他躺在床上，」她說道，每說一個細節，就伸出一根手指頭做個樣子，「我說他閉著眼睛，也是蓋著一條白色的被子，雙手交叉著。」索尼婭滔滔不絕地說著，確信那就是她以前在鏡子裡看見的全部。本來，那時她一點也沒看見，只是講了她有時想出的話；但是她覺得那時她憑空想像出的一切和其他的回憶同樣都是真的。她當時說，他轉過臉來看她，露出微笑，蓋著一種粉白色的東西，她不僅記得，並且確信她見過也說過他蓋著一條粉白色的被子。

「沒錯，沒錯，正是粉白色的！」娜塔莎說道，這個時候她覺得她也想起她說過是粉白色的。

「那是什麼意思呢？」娜塔莎尋思地說。

「哎呀，我不清楚，這一切是那麼不同尋常！」抓著頭髮的索尼婭說道。

過了幾分鐘，聽到安德烈公爵搖鈴，娜塔莎進去了；索尼婭感到一種平時少有的激動，她留在窗前，認真想著所發生的奇妙的事。

這天有一個寄信去軍隊的機會，伯爵夫人在給她兒子寫信。

「索尼婭！」當她從伯爵夫人身旁走過的時候，她從信上抬起頭來說道，「索尼婭，你不給尼古拉寫信嗎？」壓低聲音顫抖地說道並看著她。這目光裡有懇求，為提出請求而感到慚愧，怕遭到拒絕的憂慮，和萬一遭到拒絕就會在自己和尼古拉之間造成隔閡和仇恨。

索尼婭走到伯爵夫人跟前，跪下來，吻了她的手。

「媽媽，我寫。」她說道。

那一天所遭遇的一切，讓索尼婭柔腸寸斷、感動和激動。現在她清楚，安德烈公爵和娜塔莎假如恢復關係，尼古拉就不可以娶瑪麗亞公爵小姐，興高采烈地感覺到她習慣並熱衷於自我犧牲的心情又回到了她的情緒中。她滿是熱淚，興奮地意識到她在完成一件寬容大方的事情，這封是在幾次停筆後才寫出的讓尼古拉深為震驚的信。

九

那個看守所就是皮埃爾待的地方，那些抓他的士兵和軍官，對他充滿敵意，同時也心懷敬畏。在他們對他的態度裡還能感覺到，他們對他是什麼人還滿腹狐疑，因爲他們剛剛交過手。

可是，早上，當看守換班以後，皮埃爾覺得，新的士兵和軍官們對他的態度和逮捕他的那些人完全不同。確實，第二天的看守並不清楚這個穿又胖又大的農民衣服的人，就是那個同搶劫的士兵和押送的人奮力拚殺，並說了有關拯救孩子的慷慨和讓人振奮的話的人；他們只清楚他是按上級命令被關押起來的第十七號俄國犯人。說他們看出皮埃爾有什麼很出眾的地方，那便是他的表情是那麼深沉、有思想和無所畏懼，以及能講一口讓人吃驚的流利的法語。儘管這樣，這一天他和其他的嫌疑犯被關在了一塊兒。

晚上，皮埃爾聽說，法庭將以縱火罪審訊所有這些被關押的人。第三天，他和其他的犯人被帶到一所房子裡，那裡坐著一個白鬍子法國將軍，兩個上校和其他的一些肩佩綬帶的法國人。他們向皮埃爾和其他人提出同樣的問題：他叫什麼名字？他到過哪些地方？什麼目的？諸如此類等。

法官們期望被告的回答沿著這個溝渠流淌，從而達到預期的結果，就是判罪。一旦被告說不合適的話，計畫好的路線就被破壞，努力也就白費了。另外，皮埃爾也覺得莫名其妙，不知道對他提出這些問題有什麼用意。他明白，他被操控在這些人的手心裡。這些人手中的權力能夠讓他來到這裡，這種權力能夠要求他回答問題。審問除了給他定罪沒有別的目的。所以，他們既然有權也想定他的罪，那麼演出開庭審問的戲就已經沒有必要。明顯不管如何回答，都會找到罪狀定罪。當問到被捕時他在做什麼的時候，皮埃爾稍露悲慟淒慘的神色回答說，他正在把從火裡救出的孩子送還給她的父母。問他為何要打那個搶劫的人，皮埃爾回答道，他在保護一個女人。保護一個受侮辱的女人是每一個人的責任，還有……他們打斷他，說這與本案無關。問他為什麼留在一所著了火的房子的院子裡，這是有人證實的，他回答說，他是去看看莫斯科發生了什麼事。他們又打斷了他，他們不問他去哪裡，而是問他為什麼在火旁，他是做什麼的，他們又來問他之前刻意迴避的第一個問題。他還是堅持道，他不能夠回答這個問題。

「這樣不好，記下來。很不好。」那個臉漲得通紅、面色紅潤的白鬍子將軍厲聲呵斥道。

第四天祖博夫斯基土城同樣著起了火。

皮埃爾和其他十三個人被轉移到克里木淺灘旁一個商人房子的車棚子裡。在穿過街道的時候，皮埃爾被煙嗆得喘不上氣來。他當時還不清楚莫斯科大火的意義，看那些火光時心裡是慌張而害怕的。

皮埃爾在克里木淺灘邊的車棚裡過了四天，在這期間，從法國士兵的聊天中他得知，所有被關在那裡的人天天都在等候元帥的決定。是哪個元帥，皮埃爾從士兵口中得不到答案。對於那些士兵來講，明顯元帥是代表著有點神秘色彩的最高權力。

九月八日前，再過幾天這些俘虜將會受到第二次審訊，皮埃爾覺得這是最難熬過去的。

十

九月八日，一個關押俘虜們的車棚裡，一個軍官走了進去，從看守們對他畢恭畢敬的態度來看，這是一個很重要的人物。這個軍官，也許是參謀部的什麼人，手裡拿著名單，對所有的俄國人點了名，把皮埃爾稱作「不願說出姓名的人」。他漠然地、慵懶地掃了所有的俘虜一眼，命令看守的軍官讓他們穿得能上檯面一些，打理一下，然後帶他們到元帥那裡去。

一小時後，來了一連士兵，然後皮埃爾和另外十三個人被帶往聖母廣場。皮埃爾眼睛所能看到的地方，整個莫斯科都被大火燒成了廢墟。隨處是一片瓦礫，僅有殘存的煙囪和爐子，有時能夠看到燒黑了的殘存下來的破爛建築。

皮埃爾掃視了一下廢墟，過去熟悉的街區已經沒有辦法辨認。有時能看到倖存下來的教堂。克里姆林宮沒被毀掉，它的伊凡大帝教堂和鐘樓在遠方發出白光。在近處，新聖母修道院的圓屋頂閃閃發亮，彷彿傳遞著愉悅的氣息，它的鐘聲也很響亮。這鐘聲提醒皮埃爾，這是星期天，是聖母誕辰。可是沒有人慶祝這個節日，到處是瓦礫場、廢墟，有時碰到的俄國人都是一副驚慌失措的樣子，衣衫襤褸，一見到法國人就藏起來。

明顯俄國人的家園被摧毀了、顛覆了。可是皮埃爾下意識地感覺到，在俄國生活秩序被顛覆以後，又在它的廢墟上建立起完全不一樣的嚴謹的法國秩序。他是從押解他和其他犯人們的士兵的神情上感覺到的，他們列隊整齊歡快地、精神振奮地行進著。皮埃爾被一群士兵逮捕之後，和別人一道被送到一個又一個地方，他們不會記住他，或者把他與別人混爲一談。可是沒有，他受審時聲稱自己爲不願說出名字的人，皮埃爾就以這個他認爲可怕的名稱被帶到某個不確定的地方去，他們臉上的表情表示著，他和所有其他的俘虜正是他們所需要的那些人，將被送到該去的地方。皮埃爾覺得自己渺小得像不幸墜落到一台他所不瞭解的，可是運轉正常的機器輪子裡的一片小小的木屑。

皮埃爾和其他的囚犯們被帶到聖母廣場右側、離修道院不遠處的一所大白房子裡。這曾是謝爾巴托夫公爵的豪宅，從前皮埃爾也經常來這地方，他從士兵們的交談中得知，如今那位元帥，埃克米爾公爵住在這裡。

把他們領到門口臺階站好後，順次地被領進房裡。第六個進去的是皮埃爾。他被領著穿過他所熟悉的玻璃長廊、前廳、過道，進入一間低矮又狹長的書房，門旁站著副官。

達烏坐在書房盡頭處，靠在桌子上，鼻樑上架著眼鏡。皮埃爾走近他，達烏沒抬眼，注意力集中在眼前的文件上。他低著頭小聲問著：

「你是哪一位？」

皮埃爾默不作聲。對於皮埃爾來講，達烏不僅是個法國將軍，而且是一個以殘酷聞名的人。皮埃爾認為時間每過一秒鐘，也許就失掉性命，可是他不清楚怎麼作答。他不敢又一次說他在頭一次審問時說過的話，說出他的地位和姓名是可恥的，是會讓他陷入危險境地的。皮埃爾緘默不語。正在他手足無措時，達烏抬起了頭，把眼鏡推上前額，認真地審視他。

「我知道他。」他用鎮定的、寒氣逼人的聲調說，明顯想嚇唬皮埃爾。頓時一股寒氣溜過脊背。

「您怎麼會認識我，將軍，我們從未見過面……」

「他是個俄國間諜。」達烏對在房裡的另一個將軍說。達烏轉過臉去。

皮埃爾用不敢相信的顫抖的聲音忽然飛快地說起來，「不，大人。」他忽然想起達烏是個公爵，「不，大人，您怎麼會認識我。我是個警官並且我沒離開莫斯科。」

「您貴姓？」達烏問道。

「別祖霍夫。」

「誰能說明你不是說謊？」

「大人！」皮埃爾用哀求的聲音叫道。

達烏抬起頭來，認真地打量著皮埃爾。他們的目光相接幾秒鐘，但是這一看解救了皮埃爾。在這對視中所有法律規則和戰爭拋擲一邊，在這兩個人中間建立了普通的人類的關係。認清了這樣一個事實，他們都是人類的子孫，他們是同胞。

抬起頭來的達烏第一眼看皮埃爾時，皮埃爾只不過是一個號碼，達烏能夠命令槍斃他而不會覺得良心不安，但是在這個時刻他把他看作一個人。他斟酌了一下。

「您怎麼向我證明，您說的不是假話呢？」達烏依舊冰冷地說。

皮埃爾想起了拉菲爾，說出他的姓，他的住所和他所屬的團。

「您不是您所說的那個人。」達烏重複一遍。

列舉證據的皮埃爾的聲音顯得有些時斷時續和發抖，表明他說的是真話。

這個時候，副官進來了，小聲向達烏彙報了什麼。

達烏一聽到副官的彙報，忽然笑逐顏開，緊接著開始扣起他制服的扣子，完全把皮埃爾撇在一邊。

副官提醒他這裡還有個俘虜時，他收起笑臉皺起眉頭向皮埃爾那個方向點了一下頭，讓人把他帶走。可是，要把他帶到什麼地方去，皮埃爾根本不清楚：是帶回那間車棚呢，還是去刑場，剛才路過聖母廣場時夥伴們指給他看了。

他轉過頭來，看見副官在問達烏什麼事。

「沒錯，當然啦！」達烏回答道，但是，「沒錯」包含著什麼意思，皮埃爾不清楚。

皮埃爾忘了他是怎麼走的，走了多長時間，到什麼地方去。他的感官完全麻木了，對周圍一切都視若無睹，只麻木地隨著別人移動腳步，別人都停住的時候，他也止住腳步。那個副官明顯也並沒有心存惡意，可是，他本能夠不進來。那麼，到底是誰奪去他的生命、殺掉他、處死他，奪走那有著追求、滿是回憶、充滿思想和希冀的皮埃爾的生命呢？誰幹的這事呢？皮埃爾認為沒有人這樣幹。這是制度，是各種因素共同造成的。

某種制度要讓他死——皮埃爾，他的生命會被奪去，消滅他，甚至他的一切。

十一

俘虜們經由聖母廣場，一直往下被帶到聖母修道院左側一個菜園子裡，那裡已經豎起一根柱子。人群中有少量俄國人，大多數是不執行勤務的拿破崙的士兵：穿著不同兵種制服的法國人、德國人和義大利人。柱子兩邊，各站著一排排法國士兵。

囚犯們根據名單上的順序排成一列，第六名是皮埃爾，他被帶到柱子那裡。鼓聲忽然在他們兩邊響起來，皮埃爾覺得他靈魂的一部分已隨著鼓聲向他揮手道別。他喪失了理解和思考的能力。他只有一個願望——讓那注定要降臨在自己身上的、讓人懼怕的事情能快一點發生。皮埃爾回頭瞧瞧他的夥伴。

皮埃爾聽到那些法國人在討論，怎麼槍斃：是一次兩個，還是一個一個地槍斃。

「一次兩個。」指揮官說。

士兵隊伍中進行了一番調整。看得出，他們都很焦慮，可不是急著去做他們都清楚的事，而是急於了結必須了結的、但是沒有弄清楚的、讓人生氣不悅的事。

一個戴綬帶的法國官員走到囚犯行列的右邊，用俄、法兩國語言宣讀判決書。

不久以後，兩個法國人走近犯人，依照軍官的命令，把站在前頭的兩個人帶走。那兩個犯人在柱子前停住腳步，在法國人去拿口袋的時候，像一頭受了傷的野獸看著走近來的獵人一樣、死一般默默地向旁邊看著。一個不住地畫十字，另一個抓了抓後背，嘴角做了個皮笑肉不笑的動作。士兵們慌忙地把他們的眼睛蒙起來，把口袋套在他們頭上，接著綁在柱子上。

十二個射擊手，手拿步槍，邁著堅定、均勻的步子，跨出隊伍，停在離柱子八步遠的地方。皮埃爾轉過臉去，不想看馬上要上演的這一幕。忽然間，傳來他覺得比最恐怖的雷聲還響的轟響聲，他轉過頭來看了一眼。看見了雙手發抖的、面無血色的法國人在土坑邊幹著什麼。

皮埃爾轉過臉去，不想看。震撼耳膜的爆炸聲又一次響起來，視野裡滿是煙和血，和那些法國人害怕蒼白的面孔，他們同樣在柱子旁用顫抖的手相互推著在做什麼。皮埃爾艱難而費力地呼吸著，向四處張望，在問，這是怎麼了？所有與他相遇的目光中都寫著同樣的疑問。

他從全部俄國人的臉上，軍官的、法國士兵臉上，無一例外地，都見到了他自己內心感受到的那種害怕、驚慌失措和鬥爭。

「八十六團的射擊手，出列！」有人喊道。

站在皮埃爾旁邊的第五個犯人被帶走了，只帶走了他一個人。皮埃爾還不知道他獲救，被帶去陪綁的是他和剩下那些人。正在發生的那些事映入他的眼瞼，越來越讓他不安，既沒感到興奮，也沒覺得安心。剛到他，他就恐懼地跳開，抓住了皮埃爾，皮埃爾害怕得顫抖了一下，擺脫了他的手。小伙子忽然邁不開步子了，他們從腋下拖著他走，他高聲地叫著什麼。當被帶到柱子跟前時，他忽然變得沉默了，忽然清楚了什麼。他在柱子旁站好，等候像別人一樣被蒙上眼睛，用閃光的眼睛向自己周圍投去最後的目光。

皮埃爾再也沒辦法轉過臉去，眼睛緊閉了起來。他和整個人群的激動和好奇心，在第五次屠殺的時候抵達了頂峰。

當他們開始蒙他眼睛的時候，他把自己弄痛的結子調整了一下；當他靠在血淋淋的柱子上的時候，他向後仰去。皮埃爾目不轉睛地盯著他，沒有一個細小的動作逃出他的眼睛。

也許是發出了命令，也許是聽到命令後發出了八支步槍的射擊聲。可是後來皮埃爾不論如何努力回憶，也記不起他聽到過射擊聲。他只看到那個工人猝然倒在綁著他的繩子上，血從兩個地方噴湧出來，工人不自然地耷拉著腦袋，一條腿蜷曲著坐下來。皮埃爾向柱子跑去。誰也沒阻攔他。一個大鬍子法國老兵在解繩子的時候下顎抖動了。屍體倒了下來。士兵連忙笨拙地把它從柱子邊拉開，向坑裡推。

所有人都清楚，他們是罪犯，將犯罪的痕跡掩蓋起來是他們必須做的。

皮埃爾向坑裡看了一眼，瞧見那個工廠小伙子躺在那裡，腦袋和膝蓋貼在一起，一邊肩膀上下地抽搐著。可是一鏟一鏟的土已經開始壓在了他的身體上。一個士兵凶狠地、充滿惡意地向皮埃爾喊叫，讓他回去。可是皮埃爾還留在柱子旁邊，誰也沒趕他走。

填滿土坑以後，發出了命令。皮埃爾被帶回原處。站在圈子中間的、拿著空槍的二十四個射擊手，跑回到他們本來的位子。

皮埃爾這時用迷茫的眼光看著那每一個跑出圈子的射擊手。除一個人以外，全都回到了他們的連隊。這是個年輕的士兵，臉白得嚇人，帽子歪到腦後，槍頂在地上，依舊站在坑旁他開槍的地點。他東倒西歪地，一會兒向前，一會兒向後，沒讓自己跌倒。一個年紀大的下級軍官跑出來，抓著他的肩膀把他拉進連隊裡。圍觀的法國人和俄國人開始散去。所有人都低垂著頭。

「這是對他們放火的懲罰。」一個法國人說。那個說話的人並沒發覺回過頭來看著他的皮埃爾，那是一個士兵，他想說點安慰的話去撫平那剛才做過的事，可是沒有用。他話還沒說完，就揮揮手走開了。

十二

執行判決之後，皮埃爾和其他的犯人隔離開來，單獨關在一座骯髒破敗的小教堂裡。晚上，看守的軍士進入教堂向皮埃爾宣佈，他已經被赦免，如今要轉到戰俘營去。皮埃爾還沒弄清楚士兵對他說的話，就站起來，跟那個士兵走了。他被帶到用樑木、燒焦的木板搭成的棚子前面的一間屋子。黑暗中有二十來個不同的人圍著皮埃爾。皮埃爾看著他們，不明白他們是些什麼人，他們怎麼在那裡，他們會讓他幹什麼。他看著他們的身影和臉，認爲他們全都一樣沒有意義。

自從皮埃爾看到那場恐怖的屠殺，他心中那個支撐一切、讓一切具有生氣的發條忽然被扭斷了。儘管他自己還沒有認識到，可在他內心，對美好的世界、對人類、對他自己的靈魂和對上帝的信仰都幻滅了。他以前有過這種體驗，可是從來沒像現在這樣強烈。以前皮埃爾內心產生疑慮的時候，那都是由他自己的過錯引起的。那時，他從內心深處、從他自身尋求擺脫那種懷疑和絕望的方法。可是如今他認爲，世界在他眼前倒塌了，只剩下一堆沒有意義的廢墟，這不是他的錯誤。他認爲，他失去了對生活的信念。

黑暗中有一些人站在他旁邊，他身上肯定有什麼東西吸引他們。人們問了他些什麼，接著把他領到棚子的一角，旁邊有些人在說笑。

「哥們……就是那個親王，他……」棚子那邊不知是誰說道，把他說得很重要。

皮埃爾一動不動、默默無語地坐在靠牆的乾草上，眼睛睜一會兒，閉一會兒。一閉上眼睛，他好像就看見那個工廠小伙子可怕的臉，曾經它是那樣天真無邪，那些逼不得已、因爲內心不安而變得更加恐怖的劊子手的臉。然後他又睁開眼睛，四處張望，在黑暗中顯得很茫然。

和他並排有一個小個子彎腰坐在那裡，他一動身上就散發出一股刺鼻的汗味，就是因爲這汗味，皮埃爾才發現他的存在。這個人正在黑暗中玩弄他的腳，儘管皮埃爾看不見他的臉，但是感到那個人頻頻地看他。緩緩習慣黑暗以後，皮埃爾看見，那個人正在脫靴子，他的方法引起了皮埃爾的興趣。

他解下一條腿上的繩子，小心地把它纏起來，接著一面解另一條腿上的繩子，一面端詳著皮埃爾。當一隻手掛起第一條繩子時，另一隻手已經在解另一條繩子了。就這樣，有條不紊地、不停地繞著圓圈把靴子脫下來，掛在他頭上的橛子上。然後拿出一把小刀，不知道把什麼東西切斷了，折起刀子，放在床頭下面，坐得舒服些，兩手抱住抬起的膝蓋，眼睛盯著皮埃爾。這個人靈活熟練的動作，安排得井井有條的角落，就連這個人的氣味都讓皮埃爾產生一種心情舒暢的感覺。他目不轉睛地盯著那個人。

「您吃過許多苦吧，朋友？」小個子忽然說道。小個子不等皮埃爾回答，馬上用同樣愉悅的聲音說道：「唉，朋友，不要難過！」他溫柔地說道，「不要難過，朋友，所有都會過去的！我們住在這裡，感謝上帝，不受氣，這裡也有好人、壞人。」他一邊說，一邊靈活地把身子俯向膝蓋，站起來，咳嗽一會兒，不知到哪裡去了。

「喂，你這個東西，來啦！」皮埃爾聽見從棚子的另一端傳來這溫柔的聲音，「來了，寶貝，還記得……喂，喂，好啦！」他推開一條看著他跳的小狗，回到自己的位子，坐下。他手裡拿著一包東西。

「老爺，來，吃一點吧。」他又用以前那種恭敬的語氣說道，一邊打開那個包，遞給皮埃爾幾個烤馬鈴薯，「午飯時能喝湯，這馬鈴薯不錯！」

一天沒吃東西的皮埃爾，認爲馬鈴薯的味道特別香。他謝過那個兵就吃起來。

「不是那樣吃的，」那個兵微笑著說道，「你應該這麼吃。」

他在他的手掌上把馬鈴薯切成同樣大的兩半，從包裡取出一點鹽撒在上面，然後遞給皮埃爾。

「這馬鈴薯真不錯！」他重複道，「你就這樣吃吧！」

皮埃爾覺得從沒有吃過這麼好吃的東西。

他接著說道：「您怎麼留在莫斯科了呢，老爺？」

「我沒想到他們會來得這麼快。我無意間留下來了。」皮埃爾說。

「那親愛的朋友，他們如何抓到你的？」

「不，我去看火，他們在那裡抓了我，把我當做放火的人來審判。」

「哪裡有法庭，哪裡就有冤案。」一個小個子插嘴說。

「你在這裡待了很長時間嗎？」皮埃爾吃著最後一個馬鈴薯問道。

「我？上個星期天他們從莫斯科一個醫院裡把我抓來的。」

「你是幹什麼的？是個士兵嗎？」

「是安潘塞隆團的士兵。我正發著燒，燒得很厲害。他們什麼也沒向我們說。」

「怎麼樣，在這裡很難過嗎？」皮埃爾問。

「怎麼能不難過呢，我的朋友。我姓卡拉塔耶夫，名字叫普拉東，」他補充說，「在軍隊裡他們叫我『小鷹』。如此怎能不難過呢，我的朋友！莫斯科——眾城之母！看到這裡的一切，如何不難過呢？可是『蛆咬捲心菜，自己先喪命』，老人們都這麼說。」他趕忙補充說。

「什麼？你剛才說什麼？」皮埃爾問。

「我嗎？」卡拉塔耶夫問。「我說，謀事在人，成事在天。」他說，他以爲他在重複剛才說過的話，然後接著說道，「但是您呢，老爺，有房子吧？有領地吧？自然是很闊綽！有主婦吧？父母還健在嗎？」他問道。

儘管皮埃爾在黑暗中看不見但是能感覺到，那個士兵這麼問時，肯定抿著嘴親切地微笑著。他很遺憾皮埃爾的父母不在了，特別是母親不在了。

「岳母能給你照顧，老婆能給你出主意，可最親的還是老母親！」他說道。「那麼，有孩子嗎？」他接著問。皮埃爾的回答看來又令他失望，他趕快說：「你們還年輕，沒什麼，上帝會賜給你們的。只是要和睦相處……」

「不過現在都沒有意義了。」皮埃爾情不自禁地說。

「唉，你呀，我的朋友！」普拉東反駁說，「誰也不敢保證不會討飯和進監獄。」他坐得更舒服一點，咳嗽了一陣，明顯在預備講一個長故事。「像我，我的朋友，我還在家的時候，」他開始說道，「我們有許多土地，有領地，生活很富裕，感謝上帝，擁有自己的房子，一家七口，自己幹活。過著很幸福的日子。我們是真正的農民。可是出事了……」

一個很長的故事。普拉東・卡拉塔耶夫講了很久，說他如何到別人的樹林裡去砍柴，看林人如何把他抓住了，鞭打了他一頓，接著關進牢房，被送去當兵。

「沒什麼，我的朋友，」微笑改變了他的聲音，「我們認為那是一種不幸，可是卻變成了幸運的事！假如不是因為我的罪過，我弟弟就得去當兵。但是他有五個孩子，而我呢，只有一個老婆。有一個女兒，可是在我當兵以前就死了。我請假回家看望他們，他們竟然比以前過得還好。一院子家畜，女人們在家，兩個兄弟出去掙錢，只有最小的米哈伊洛在家。上帝把我們全家叫到一塊兒，你相信吧，把我們排列在聖像前。『米哈伊洛，』他說道，『你過來，給他磕頭，還有你，米哈伊洛媳婦，跪下來，孫子、孫女們，全都跪在他面前！你們懂了嗎？』」他說，「就是這樣，我的朋友。命運會落到你頭上。但是我們總發牢騷：這也不對，那也不對！我們的幸福像拖網裡的水，你拉它一下，它鼓起來，但是一拉出來，什麼都沒有！就是這樣。」普拉東坐在自己的乾草鋪上。

沉默一下，普拉東站起來。

「怎麼樣，我想你肯定睏了。」他說著，一邊連忙畫起了十字，一邊說著：「聖徒尼古拉，主耶穌基督，拉伏拉和芙羅拉！可憐可憐我們，幫幫我們吧！」他完成禱告，叩了一個頭站起來，歎了一口氣，又坐到他那堆乾草上。「就是這樣。上帝，讓我酣睡不醒，身輕如燕。」他把軍大衣蓋在身上，嘀咕著躺下了。

外邊，遠方什麼地方傳來喊叫聲和哭聲，從棚子的縫兒裡能瞧見火光，可是棚內又黑又靜。皮埃爾好久都睡不著，睜著眼睛在黑暗中聽躺在他身邊的普拉東均勻的鼾聲，認為那個已經毀滅了的世界，又帶著一種新的美，在不會動搖的新的基礎上，在他的靈魂中成立起來了。

十三

一共有二十三個士兵除了皮埃爾，還有三個軍官和兩個官員。皮埃爾在那裡住了一個月。最後只有普拉東·卡拉塔耶夫在皮埃爾內心永遠留下了最寶貴、最深刻的記憶，其他的人隨著時間的流逝，全都變得模糊不清了，他是俄國所有善良的、完美的化身。第二天黎明，皮埃爾看見他的時候，他覺得他是圓的，最初印象都得到了證明：普拉東身穿法國軍大衣，腰上紮一條繩子，頭戴制帽，腳蹬樹皮鞋，他的整個體形是圓的：他的頭是圓的，他的背、肩、胸，甚至他那隨時預備擁抱什麼似的胳膊都是圓的，就連他那愉快的笑臉和柔和的褐色大眼睛也是圓的。

按照普拉東講述的，他做爲老兵加入行軍打仗的故事來判斷，他應當有五十多歲了。他自己都不清楚自己多大年紀了，所以也沒有辦法確定他的真實年齡。可是，他那白亮堅固的牙齒完好無缺，每次笑的時候，就露出兩排半圓的牙齒，他滿頭黑髮，有黑鬍子，整體給人一種靈活、很結實、有耐力的印象。

他臉上儘管有細微的圓形的皺紋，可表情純樸年輕，嗓音動聽。並且他說話流暢、直爽、自然，他從來不思量他說過什麼，或要說什麼；正因爲這樣，他那流暢純正的語調裡，有一種難以克制的說服力。

被俘後的最初幾天，他旺盛的體力和靈活的做事，讓人認爲他不清楚什麼是疾病和疲倦。每天晚上，睡覺之前，他都禱告：「上帝啊，讓我睡下像石頭一樣沉，起來像麵包一樣輕。」第二天早上起身時，他總是一樣地聳聳肩，唸叨說：「我躺下來，縮作一團，我站起來，精神抖擻。」他一躺下就像石頭一樣沉睡，只要站起來就精神抖擻、馬不停蹄地做事。他什麼都會做，做得不算很好，可是也不壞。他會烤麵包、做飯、縫衣服、補靴子、刨木頭。他一直忙，只有晚上才和人說話、唱歌。他唱歌跟那些歌手不一樣，而是像鳥兒那樣唱，他需要發洩出來；那聲音總是尖細、纏綿、柔和，就好比女人一般的淒婉，那時，他的臉是嚴肅的。

被俘虜以後，鬍子長長了，他拋開那些強加在他身上的、同他不相融的士兵的東西，不由得找回了他農民的生活習慣。

「露在褲腰外的襯衫，在外休假的士兵。」他常常說。他不喜歡再提起當兵時的那些生活，儘管他也不抱怨，他經常說，他服軍役的時候，從沒有挨過打。他喜歡談「基督徒」與農民生活有關的久遠過去，這回憶對於他很寶貴。他說話喜歡用成語、民間格言。這些格言單獨講沒多大意思，可是，運用得當，就凸顯出其深刻的意義和精闢的智慧了。他喜愛說話，也很會說話，他用一些親切的諺語和字眼來美化他的語言，皮埃爾覺得這些諺語都是他自己編出來的，可他說話的主要魅力在於：最普通的事，有時就是皮埃爾見過而沒有加以留心的那些事，一到他嘴裡，就變得動聽、莊重了。他樂意聽士兵在晚間講的一些民間故事，可是他最喜歡聽和現實生活有關的故事。他聽那些故事的時候，總是愉悅地微笑著，不時插進一句話，或問一個問題，從中悟出美好的東西。他愛他的夥伴和他的小狗、他的鄰居法國人皮埃爾；皮埃爾覺得，儘管普拉東對他很親切，可是他一點也不會因爲和他分手而傷心。然後皮埃爾也開始對普拉東有了一樣的感情。

普拉東是一個再普通不過的士兵。他們管他叫「小鷹」或「普拉托沙」，善意地捉弄他，讓他去做事。可是對於皮埃爾來說，第一個晚上對他保留的印象不可改變地留在記憶裡了：他是非比尋常的、渾圓的、質樸的，永恆真理精神的化身。

普拉東，除了他的禱文外，什麼都背誦不了。他說話的時候，開了頭就不清楚如何結尾。有時，皮埃爾對他話裡的思想產生興趣，請他再複述一遍，可是普拉東不記得他一分鐘前說過的話，就彷彿他永遠無法向皮埃爾說出他心愛的歌的歌詞。他歌裡唱道，「親愛的故鄉，小白樺樹，我心裡難過」，可是一旦一說出來就意味全消。他不明白，也弄不明白孤立抽象的話。他的舉手投足全是他所不熟悉的活動的體現，這種活動就是他的生活。他的話和動作順其自然地從整體中流出，就像散發的花一樣的香味。他無法理解所有孤立的言行的意義和價値。

十四

瑪麗亞公爵小姐從尼古拉那裡清楚了她哥哥和羅斯托夫家的人們在雅羅斯拉夫爾的消息，不顧她姨媽的勸阻，立即準備去那裡，而且不是她一個人，還要帶著她的侄子去。這樣做行不行，可能還是不可能，她都不清楚。她的責任是，不僅自己要守在她那也許已經奄奄一息的哥哥身旁，並且還要竭盡所能地把他的兒子帶到他那裡去，不久，她預備動身了。

幾天內，瑪麗亞公爵小姐已經做好了所有出發的預備工作。從前走的經過莫斯科的路不可以再走了，瑪麗亞公爵小姐必須繞道利佩茨克、弗拉基米爾和舒亞、梁贊。這條路長且險，因為那裡都弄不到驛馬，並且，聽說在梁贊旁邊已經有法國人出現。

在這次困難的旅行中，布里安小姐、戴薩爾以及奴僕們，都對她堅忍不拔的精神和不知疲倦的活動感到驚訝。她起早貪黑，什麼困難都嚇不倒她。她的精神激勵了她的旅伴，他們在第二個星期末就來到了雅羅斯拉夫爾。

瑪麗亞公爵小姐在沃羅涅日的時間是她一輩子最幸福的日子。她對尼古拉的愛情已不再讓她難過和不安了。愛情佔據了她整個心靈，變成她必不可少的一部分，她不再掙扎。最近瑪麗亞公爵小姐肯定她在戀愛，別人也愛上了她。在尼古拉來告訴她，哥哥與羅斯托夫家的人在一起的那次會見中，她確定了這一點。尼古拉沒有什麼暗示，安德烈公爵康復，他和娜塔莎之前的關係也許就會恢復，但是瑪麗亞公爵小姐從他臉上看出來，這一點他不僅清楚而且也想到了。雖然這樣，他對她那種小心、充滿愛意的溫柔關係不僅沒有改變，而且彷彿為了他們之間有了這種親屬關係，讓他可以更自由地向她表示他的友誼和愛情而興奮，瑪麗亞公爵小姐有時也這麼想。她清楚她是生平頭一次也是最後一次戀愛，當發覺她被人愛，她感到平靜、幸福。

但是，她這種精神方面的幸福，不僅不妨礙她對哥哥的深悲哀切，反之，心靈上的寧靜讓她更能把感情全部傾注在哥哥身上。快到雅羅斯拉夫爾時，當她想到她馬上面對的情景，而且就在那天晚上，已經不是在很多天以後，瑪麗亞公爵小姐激動不已。

被派到雅羅斯拉夫爾先去詢問羅斯托夫家的住處和安德烈公爵的情況的隨從，在城門口迎接大轎車，一見到從車窗伸出頭的公爵小姐那煞白的臉嚇了一跳。

「小姐，我都問到了，羅斯托夫家就住在離這裡不遠的廣場上的商人布郎尼科夫家，正好在伏爾加河岸上。」隨從說。

瑪麗亞公爵小姐吃驚地看著他。「哥哥如何了？」

布里安小姐替公爵小姐提出了這個問題。

「公爵如何？」她問道。

「公爵大人與他們住在同一所房子裡。」

「這就是說，他還活著。」瑪麗亞公爵小姐想道，接著小聲問道，「他怎麼樣？」

奴僕們說：「還是那樣。」

「還是那樣」是什麼意思，瑪麗亞公爵小姐沒再問，只悄悄地看了一眼七歲的小尼古拉，他坐在她面前，正興奮地看著那座城市，突然他低下頭，直到那輛搖晃的馬車停下來時，才又抬起頭來。

車門打開了，左邊是水──一條大河，右邊是門廊。門前臺階上站著一堆人。瑪麗亞公爵小姐跑上樓梯，公爵小姐發現自己來到前廳，前面站著一個東方型面孔的老婦人，她立即神情激動地快步上前。這是伯爵夫人。她擁抱瑪麗亞公爵小姐，親吻她。

「我的孩子！」她低低地說，「我愛你，並且早就聽說你了。」

無論心情多麼激動，瑪麗亞公爵小姐清楚，她應該向伯爵夫人說點什麼。她自己也不清楚她是怎麼用法語，說了幾句客氣話，接著問道：「他怎麼樣啦？」

「醫生說脫離危險了。」伯爵夫人說，可她說這話的時候歎了一口氣，這一語氣表現出正好相反的意思。

「他在什麼地方？我能夠見他嗎？可以嗎？」公爵小姐問道。

「馬上，公爵小姐，馬上，我的孩子。這是他的兒子嗎？」伯爵夫人轉向同德薩爾一同進來的尼古拉說道，「這麼大的房子足夠我們大家住。噢，多惹人喜愛的孩子！」

布里安小姐在和索尼婭交談，伯爵夫人帶著公爵小姐進了客廳。伯爵夫人正愛撫那個孩子的時候，老伯爵走進來向公爵小姐表示歡迎。自瑪麗亞公爵小姐上次見到他，老伯爵變化很大。那時他是快樂、活躍、自信的，現在卻是一副可憐的、茫然失措的樣子。

雖然瑪麗亞公爵小姐很激動，她僅有的願望是盡快看到哥哥，她一心想看見他，但是他們卻來招待她，客套地稱讚她侄子，這讓她沮喪。公爵小姐留心到了她周圍所發生的一切，她想暫時服從她所進入的新秩序。她清楚這是必要的，儘管她覺得難過，可沒有責備這些人。

「這是我的外甥女。」伯爵介紹索尼婭。

瑪麗亞公爵小姐轉身面向索尼婭，努力壓制她心中對這個姑娘的討厭，親吻了她。

「他在什麼地方？」她又一次對著大家問。

「他在樓下，娜塔莎同他在一起，」索尼婭紅著臉說道，「已經派人去問了。我想您一定累了吧，公爵小姐？」

公爵小姐眼睛裡湧出了苦惱的淚水。她轉過身去，正想問伯爵夫人如何去他那裡，這時從門口傳來狂奔、輕捷、愉快的腳步聲。公爵小姐彷彿看見娜塔莎跑了進來。

可是，公爵小姐還沒來得及端詳娜塔莎的臉，就已清楚這是她悲哀時一個真誠的夥伴，因爲她是她的朋友。她衝過去抱著她，趴在她的肩頭上哭泣。

娜塔莎坐在安德烈公爵的床頭，一聽說瑪麗亞公爵小姐來了，她就沉默不語地離開他的房間，邁著輕快愉快的步子跑來見她。

當她跑進房間的時候，她那激動的臉上只有一種表情——愛的表情，對他、對她、對他所珍惜的所有憐惜的表情，無限的愛的表情。很明顯，在這個時刻，娜塔莎絲毫沒想到她或她和安德烈公爵的關係。

瑪麗亞小姐帶著苦澀的愉悅俯在她肩頭上潸然淚下，敏感的她其實第一眼就從娜塔莎的臉上看出了這一點。

「走，去他那兒去吧，瑪莎。」娜塔莎說著，將她帶進了一個陌生的房間。

瑪麗亞公爵小姐抬起頭，擦乾眼淚，轉向娜塔莎。她覺得從娜塔莎那裡可以瞭解所有的事情。

「他怎麼……」她剛想問問情況，但是忽然就此打住。她覺得用言語來問或回答差不多是不可能的。娜塔莎的臉和眼睛會把一切更清楚、更深刻地告訴她。

娜塔莎正注視著她，察覺到了，面對這雙能看到她心靈深處的發光的眼睛，一定要說出她的所見所聞。忽然，娜塔莎的嘴唇顫抖了，她用雙手蒙著臉，痛哭起來。

瑪麗亞公爵小姐一切都明白了。

可是她還是抱著一絲希望難以置信地問道：「他的傷口如何？他的狀況如何？」

「您，您……會看到。」娜塔莎只能說這麼一句。

她們在樓下他的房間旁邊坐了一會兒，等到停止哭泣，整理了一下激動的心情，才平靜地走進去看他。

「他的整個病情怎麼樣？早就惡化了嗎？這是什麼時候開始的？」瑪麗亞公爵小姐問道。

娜塔莎對她說，一開始因為高燒和疼痛就發生過危險，但是在特洛伊察度過了危險期；接著醫生只怕發生壞疽，可是這個危險也過去了；到雅羅斯拉夫爾的時候，傷口開始化膿，醫生說，化膿是正常的現象，接著發起燒來，醫生說，不嚴重。

「可是兩天前，忽然他變得這樣了，」娜塔莎控制著哭泣說道，「我不清楚是什麼原因，不過您會看到他是怎樣的。」

「他更消瘦了嗎？更弱了嗎？」公爵小姐問道。

「不，不是這樣，更糟。您很快就會清楚。噢，他不能，不會活下去，因為……」

十五

娜塔莎下意識地推開安德烈公爵的門後，讓瑪麗亞公爵小姐先進去，瑪麗亞公爵小姐感到一陣哽咽堵在喉頭。不論她事先如何努力讓自己平靜下來，可是她清楚看他的時候她肯定會流眼淚。公爵小姐清楚娜塔莎所說的「兩天前他發生了這種情況」是什麼含義，她知道，這句話的意思。

這個時候已經到門口了，她似乎見到了她所記得的童年的安德烈的面孔。她清楚，他會對她說些像她父親臨終之際說過的那些柔情的話，她會控制不住感情，當著他的面號啕大哭。可是這遲早要發生的。當她用她的近視眼尋找他時，哽咽也越來越哽住喉頭，最終她見到了他的臉，與他的目光相交。

他穿一件松鼠皮的長袍，身下墊一個枕頭，一雙蒼白瘦弱的手，一隻手拿小手巾，另一隻手正慢慢地移動手指撫弄他那少得可憐的鬍子，看著走進來的人。

一碰見他的目光，瑪麗亞公爵小姐立即放慢了腳步，感覺眼淚忽然乾了，嗚咽也停止了。當捕捉到他臉上和眼睛的表情時，她忽然害怕了，認爲自己弄錯了。

當他慢慢地打量娜塔莎和妹妹的時候，他仇恨的眼神，似乎在看敵人一樣。

他依照他們的習慣和妹妹互相吻手。

「你好，瑪莎，你怎麼到這兒來了？」安德烈說，他的聲音就像他的目光一樣遙遠、平靜。

「你把小尼古拉也領來了嗎？」他依舊平靜緩慢地說，努力回憶著什麼。

「你身體怎麼樣？」從她口中說出來的這話讓她自己感到驚訝。

「有關這事，我親愛的，你得問醫生。」他努力想表示親切，「謝謝你來看我，親愛的朋友。」

瑪麗亞公爵小姐握了一下他的手。那一握讓他稍微皺了一下眉。在他的話裡、他的腔調裡，在他那冷冷的差不多是敵視的目光裡，露出一種疏遠人世間所有的神情，這讓活著的人都恐懼。

「多麼奇怪，上帝又讓我們在一起了，」他打破沉默指著娜塔莎說道，「她一直在看守我。」瑪麗亞公爵小姐聽著，但不知道他什麼意思。他，聰明溫柔的安德烈公爵，如何能在他所愛的、也愛他的人面前說那樣的話！假如他想到要活下去，他就不會用這種冷淡的語調說這樣讓人尷尬的話。他如果不是清楚他要死了，他如何能不可憐她，如何能當著她的面說那樣的話呢？

交談是冷淡的，時斷時續。

「瑪莎是經過梁贊來到這裡的。」娜塔莎說道。

安德烈公爵沒留心到她稱呼他妹妹爲瑪莎。

「那又如何呢？」他問道。

「她聽說整個莫斯科都被燒毀了……」

娜塔莎欲言又止。可見他在努力聽，可是辦不到。

「沒錯，聽說燒毀了，」他說，「這真讓人惋惜。」

「那麼你已經見過尼古拉伯爵啦，瑪莎？」安德烈公爵忽然說道，看來，想讓她們愉悅點。「他寫信來說，他很愛你。」他簡單平靜地說道。

「假如你也愛他，你們結婚，那將是一件美好的事。」他很快加一句，似乎因爲終於表達了他想說的話而興奮。

瑪麗亞公爵小姐聽見他的話，但是，這話對她有什麼意義嗎？

「我沒什麼好說的！」她安靜地說道，看了一眼娜塔莎。

娜塔莎覺得她不是對她說，低垂著眼。

他們又沉默起來。

「安德烈，你想……」瑪麗亞公爵小姐忽然顫抖著說道，「你想看看小尼古拉嗎？他很想念你！」

安德烈公爵頭一次露出勉強能看得見的微笑，可是，很熟悉他的瑪麗亞公爵小姐害怕地看出，這不是興奮的笑，不是向兒子的溫情展示，而是嘲諷公爵小姐想借這最後一個手段來鼓起他的熱情。

「沒錯，我很高興見到小尼古拉。他好嗎？」

小尼古拉被領到安德烈公爵跟前，他驚訝地看著這一切，可是沒哭。安德烈公爵親吻了他，明顯不清楚對他說什麼好。

小尼古拉被領走以後，瑪麗亞公爵小姐又走近哥哥，親吻了他，悲痛欲絕，再也沒有辦法克制自己激動的情緒。

他注視著她，沉聲地問道：「是爲了小尼古拉嗎？」

瑪麗亞公爵小姐點了點頭依然哭著。

「瑪莎，你清楚《福音》……」但他忽然停住了。

「你說什麼？」

「沒什麼。你認爲哭有什麼用嗎？」他說，用冷漠的表情看著她。

瑪麗亞公爵小姐爲了小尼古拉將要失去父親而哭泣。這些他都清楚，他竭盡全力，想回到人生中，用她們的眼光來看問題。

「空中的鳥，既不種，也不收，上帝還能養活牠們。」他自言自語，也想說給瑪麗亞公爵小姐聽，「但是，不行，她們對此有自己的理解，她們不會懂的！她們不會知道這一點，她們珍視的一切這些感情，一切她們認爲很重要的思想都是不需要的。我們沒辦法互相理解。」然後他沉默了。

安德烈公爵的兒子才七歲。他剛學會認字，什麼也不懂。這一天之後，他經歷了不少事，獲得了知識、經驗和觀察力；可是，對於他見到的他父親、瑪麗亞公爵小姐及娜塔莎那一幕的意義，他不會比現在瞭解得更多更深。他都懂了，堅強地走出房間，用他那深思的漂亮的眼睛，害羞地看了跟在他後面出來的娜塔莎一眼，顫抖的嘴唇向上翹著，把頭靠在她身上，哭起來了。

從那以後，他躲開疼愛他的伯爵夫人和德薩爾，不是獨自坐在那裡，就是害羞地走到瑪麗亞公爵小姐或娜塔莎身旁，和姑母相比，他更喜歡娜塔莎，安靜地、羞怯地偎依著她們。

瑪麗亞公爵小姐離開安德烈公爵以後，完全知道了娜塔莎暗示她的一切。她和娜塔莎輪流守護著他，也不再哭了，只是不斷地禱告，用心靈向那個深不可測的和永恆的上帝祈禱。

十六

安德烈公爵不僅清楚他要死，而且感覺到他正在死亡，他已經快進墳墓了。他體驗到一種超脫塵世、輕鬆快樂的、奇特的感覺。他安靜地等候著即將到來的事。他逐漸走進那些在他這一輩子中經常會感覺到的遙遠的、永恆的和所有不爲所知的東西……

從前他害怕死亡。如今那種想法在他的頭腦中已經消失了。

頭一次產生這種感覺是當榴彈像陀螺一樣在他面前旋轉的時候，他看見收割後的田地、天空和灌木叢，清楚他在遭遇死亡。他受傷了，清醒過來的時候，心中剎那間像從生命的重壓下解脫出來一樣，綻開了那朵永恆的、不依存於生命的愛之花，他早就對死亡毫無畏懼了。

在他受傷之後，那段孤獨的、難過的、半昏迷的時間裡，他越是苦思冥想那剛剛向他展示的永恆的愛，他就越不自覺地捨棄了塵世的生活。他越是深入瞭解這種愛的源頭，他就越躲避人生，越完全地打破生與死之間那道無愛的恐怖的屏障。當他開始想到他要死的時候，他對自己說：「好吧，死了更好！」

但是，他在那一夜以後，哭了，流出了溫柔的、愉悅的眼淚，他心裡又莫名地萌生了對一個女人的愛，他對人生又產生了眷戀之情。回想起他在急救站見到庫拉金的時刻，心情已經完全不同。他現在是不是還活著？這問題纏繞著他。他沒敢問。

他的病按照自然規律順延著，可是，娜塔莎所說的「他變得這樣了」，發生在瑪麗亞公爵小姐來的前兩天。這是生死的搏鬥，死亡勝利了。這是他依舊珍惜人生這一出乎預料的一次真實表現，就是他對娜塔莎的愛，也是最後一次對不可預測世界的恐懼。

那天晚飯之後，他仍舊發著低燒，但他的思想異常清楚。索尼婭坐在桌旁。他開始打盹，突然產生一種幸福感。

「噢，這是她來了！」他想道。

沒錯，悄無聲息地走進來的娜塔莎剛剛在索尼婭的位子上坐了下來。

她側對著他坐在一張扶手椅上，燭光遮蓋著她，她在織襪子。她那纖細的手指飛快地移動著，發出細微的織針碰擊聲，他清楚地看見她那略有所思的低垂的頭的側面。她動了一下，線球從膝頭滾下去了。她抖了一下，回頭望他一眼，小心謹慎地俯身敏捷地撿起了線球，又坐回到她本來的位子上。

他們談起了過去在特羅伊察修道院的生活，他向她說，假如他能活下來，他要爲了他的傷永遠感謝上帝，因爲這次受傷他們又一次相逢；可是從那以後他們再也沒談將來。

「這有沒有可能呢？」他在這個時刻想著，「莫非命運安排讓我和她重逢，僅僅是爲了要我死嗎？……莫非上帝向我展示人生的真諦，只爲了要我在謊言中生活嗎？我愛她勝過世間一切！可是既然我愛她，我該怎麼做呢？」他想道，不由自主地呻吟了一聲。

一聽到這聲音，娜塔莎放下襪子，靠近他一點，忽然間，她見到他那明亮的眼睛，就輕輕地走過去，低下身。

「您還沒睡？」

「沒睡。我覺得您進來了，我看了您好一會兒了。沒有人能像您那樣給我柔和的安靜……給我光明。我真想哭。」

娜塔莎更靠近他一些，喜出望外。

「娜塔莎，我太愛您了！愛您勝過世上的所有。」

「我嗎？」她把臉轉過一會兒。「怎麼說太愛呢？」她問道。

「怎麼說太愛？……可是您怎麼想呢？您覺得我能活下去嗎？您覺得會如何呢？」

「我相信！」娜塔莎差不多喊起來，緊握著他的雙手。

他沉默了一會兒。

「那該多美麗啊！」他舉起她的手親了一下。

娜塔莎又激動又幸福，可是馬上想起來，不可以這樣，他需要安靜。

「可是您還沒睡呢，」她抑制著滿心的喜悅說道，「再睡一會兒吧……請您睡一會兒吧！」

他握了握她的手，放開了。

她走到燭光前，又照原來的姿勢坐下。她不住地回過頭去看他，他的眼睛閃閃發光。她逼迫自己織襪子，暗下決心不織完不回頭。

沒過多久，他果然閉上眼睛，睡著了。他睡了一小會兒，忽然驚醒了，出了一身冷汗。

在他入睡的時候，他還在想著那個一直縈繞在心頭的問題——生與死的問題，可想到死的問題更多些。死亡離他越來越近，這是他能察覺到的。

他夢見他躺在現在躺的房間裡，但是他沒受傷，很健康。形形色色的、渺小的、冷漠的人在他面前出現。他和他們交談，辯論一些沒有用處的事。他們預備到什麼地方去，安德烈公爵朦朧地記得，這些都是無稽之談，他還有更重要的事，他接著說下去，說一些空洞的俏皮話讓他們驚奇。所有人開始漸漸消失，只剩下關著的那道門。他站起來，朝門走去，順便插上門閂，把門鎖上。他連忙向前走，可是一動也動不了，他清楚，他已來不及鎖上那道門了，可是他還是掙扎著用盡全身力氣。難以忍受的害怕折磨著他，這種害怕就是對死亡的害怕，它就站在門外。但是就在他笨拙無力地朝那道門爬的時候，那個恐怖的東西已經在推門，就要破門而入了。一種非人的東西——死亡——正要衝破那道門，肯定要把它關在門外。他抓住門，用盡最後的力氣，鎖上門已經來不及了，哪怕頂住它也好；可是他無力，動作笨拙，在那個嚇人的東西的壓力下門敞開，又關上了。

它又從外面推，他用盡最後的超凡力量但於事無補，它輕輕地打開了兩扇門。它進來了，它就是死亡，然後安德烈公爵死了。

但是，在安德烈公爵死的一剎那，他想起他睡著了，就在他死的一剎那，他掙扎一番，醒過來了。

「沒錯，這就是死亡！我死了，我就清醒了。沒錯，死亡就是甦醒！」忽然，他覺得心裡豁亮了。他認爲從前體內被束縛的力量似乎獲得了解放，從此伴隨他的是那種奇特的輕鬆感。

他醒過來出了一身冷汗，在沙發上動了一下，娜塔莎走了過來，問他怎麼了。他沒有回答，不理解她的話，只是用奇怪的目光打量著她。

這就是瑪麗亞公爵小姐到來前兩天發生的事。從那一天起，按醫生的說法，消耗體力的高燒讓病情惡化，可是娜塔莎對醫生的話不以爲然：她看出了更可怕、更確信無疑的精神方面的兆頭。

從那一天起，從夢境中甦醒過來的安德烈公爵，還從人生中甦醒了。他認爲從人生中甦醒過來遠不如從夢中醒來的慢。

他最後的時刻和日子過得平淡、簡單。一刻不離守著他的瑪麗亞公爵小姐和娜塔莎都感覺到了這一點。她們沒有哭，更沒有顫抖。她們認爲她們不是在守護他，而是守護著有關他的最親切的回憶——他的軀體。她們兩人的感情是如此強烈。她們在他背後或面前都沒有哭，她們互相之間也從不談論他。她們認為無以言表。她們兩人都見到了，他緩慢平靜、越來越深地離開她們，向什麼地方沉下去，也完全瞭解，這是一定會的，這樣很好。

給他做了懺悔，領了聖餐；大家都來向他告別。當人們把他兒子領到他身邊時，他吻了吻孩子，就轉過臉去，不是因為他覺得可憐和難過，而是因他覺得對他的要求就是這麼多。但是，當要求他為兒子祈禱時，他照辦了。

當靈魂離開軀體最後一次抽搐時，瑪麗亞公爵小姐和娜塔莎都在。

「過去了嗎？」當他的身體已經有幾分鐘一動不動地躺在她們面前，逐漸變冷時，瑪麗亞公爵小姐說道。

娜塔莎走過來，看了看那雙睜著的眼睛，趕緊給他合上，沒去吻它，而是伏在那給她帶來最親切回憶的他的軀體上。

「他到什麼地方去了？他現在在哪裡呢？」

當遺體被清洗過、穿好衣服、放進桌子上的棺材裡時，所有人都哭著來向他道別。

小尼古拉哭了，因為難過的疑惑撕裂著他的心；索尼婭和伯爵夫人也難過流淚，是因為他撇下了可憐的娜塔莎；老伯爵哭的是，很快他也會步他的後塵而去。

瑪麗亞公爵小姐和娜塔莎在這個時刻也流淚了，可是她們哭的不是個人的悲哀；而是她們看見那簡單莊嚴的死亡奧秘，虔誠的感動之情充斥了整個心靈。

chapter 13 俘虜生活

因爲各種現象產生的原因，依靠人類的智慧有時也是沒有辦法解釋的，可是那些原因是人們可望而不可即的。人腦不去研究那些種種現象產生的複雜條件，抓住第一個最好理解的接近的原因就說：「這就是原因！」在歷史事件中，最原始的接近緣由是諸神的意思，後來是身居要位的那些人，這樣的意思也只有歷史上的英雄人物才能擁有。但是，我們只要觀察每一歷史事件的本質，就能夠確信，歷史英雄人物的意志不僅不能支配群眾的行動，反而其自身的意志經常是受支配的。

有人說，西方人攻打東方人是因爲拿破崙想那樣做，但是又有人說這件事之所以發生，是因爲它是一定會發生的。一個歷史事件，或許沒有但也可能有不少緣由，僅僅可以是諸多緣由中的一個。可是存在著制約事件的法則，這些法則有些我們還不瞭解，有些已被我們發覺。只有當我們不再從某些個人意志中去尋找原因的時候，才能夠發現這些法則；就像只有人們摒棄地球靜止不動的概念的時候，才會發現行星運動的法則一樣。

史學家們覺得，自波羅底諾會戰和敵軍佔領莫斯科及焚燒莫斯科以後，一八一二年戰爭中最關鍵的條件是，俄國軍隊由梁贊經卡魯卡大路向塔魯季諾營地的行動，即所謂跨過紅帕赫拉河的側翼進軍。史學家們把這一天才功勳的榮譽歸於不同的人，並且爭論這榮譽到底應屬於誰。連外國史學家，包括法國的史學家在談到這一側翼進軍的時候，都覺得是俄國統帥們的天才。可是，怎麼軍事著作家們及他們的追隨者們都覺得這一拯救俄國、消滅拿破崙的側翼進軍，是某一個人深謀遠慮的創舉呢？這是不容易理解的。第一，這一行動的天才和深謀遠慮表現在哪裡？因為一支軍隊，在養精蓄銳的時候，最好的陣地就是糧草充沛的地方，這是每個人，甚至一個十三歲的兒童也能夠不費力地想出。一八一二年，軍隊撤出莫斯科以後，最好的陣地是卡魯卡大路。

第二，史學家們靠什麼得出結論說：這是深謀遠慮的運動。

第三，更難理解的是，史學家們從什麼地方看出這一運動拯救了俄國人，消滅了法國人；因為這一側翼進軍，在行動前、行動時和行動後發生意外的狀況，也許變成對俄軍是毀滅的，對法軍是獲救的。假如說從側翼進軍以後，俄國軍隊的形勢開始好轉，也絕不可以以此判斷這次行動就是其原因。

側翼進軍假如沒有其他條件的配合，不僅不會給俄國軍隊帶來什麼好處，還可能導致其毀滅。假如被燒毀的不是莫斯科，會如何呢？繆拉不丟失俄軍的行蹤會怎麼樣呢？假如拿破崙接著進攻，會如何呢？俄軍根據貝尼格森和巴克雷的建議，在紅帕赫拉河附近打一仗，會如何呢？假如法國人進行攻擊的時候，俄國人還沒有渡過紅帕赫拉河，會如何呢？在靠近塔魯季諾的時候，拿破崙用攻打斯摩稜斯克時耗用的十分之一的力量來進攻俄軍，會如何呢？假如法國人進攻聖彼德堡，那又會如何呢？……在所有這些假設中，假如出現任何一種情況，那麼側翼進軍就不再是讓俄軍獲救，而是讓其毀滅。

第四，最令人費解的是，研究歷史的人們有意撇開側翼進軍不可以歸功於某一個人這一事實，出乎意料地，這一行動也似乎從菲利撤退一樣，沒有人對它有整體的構思，它是在不計其數複雜的條件下，逐步地、接二連三地漸漸完成的，直至它已成為事實、成為歷史，才露出其全貌。

在菲利的會議上，多數俄軍將領們覺得自然應當直接沿尼熱戈羅茨大道向後撤退。蘭斯科伊彙報總司令說，軍隊的給養大部分集中在奧卡河沿岸的圖拉省和卡魯卡省內，假如他們向尼日尼撤退，糧食儲存地就將被寬闊的奧卡河隔開，初冬季節從河上運糧是不行的。這就是不得不放棄之前覺得是最自然的一直向尼日尼撤退的路線的第一個證據。軍隊向南方轉移，沿梁贊大路撤退，好更靠近它的給養。隨後，不知俄軍去向的法國人停滯不前，而圖拉兵工廠需要保護。飛快地渡過帕赫拉河，跨上圖拉大路以後，俄軍將領預備停在波多爾斯克，完全沒想到塔魯季諾陣地；可是，多變的情況，再加上一度不知俄軍去向的法國人的再出現，作戰的計畫，尤其是卡魯卡省糧草充足，讓俄國的軍隊移向更南的地方，向自己糧草集中地靠近，沿圖拉轉上卡魯卡大路，直奔塔魯季諾。直到在各種力量的作用下，軍隊到達了塔魯季諾以後，人們才開始相信他們早就會這樣做。

二

有名的側翼進軍，只不過是在法國人的進攻面前一直後退的俄國軍隊，在敵人停止進攻之後，發覺離開那條筆直的路線後沒有被追擊，本能地轉向給養充足的地區了。

從尼熱戈羅茨大路向梁贊、卡魯卡、圖拉大路轉移是如此地順理成章，這個方向也是那些掠奪財物逃跑的俄國士兵的線路，聖彼德堡方面要求庫圖佐夫把軍隊轉向那個方向。在塔魯季諾，庫圖佐夫收到了沙皇差不多是痛斥的信，責怪他把軍隊轉移到梁贊大道，命令他佔領卡魯卡對面的陣地，事實上接到沙皇的信時，他早就在那兒了。

庫圖佐夫的功績只在於，只有他一個人清楚所發生的事件的意義，不在於進行了叫做什麼天才的戰略行動。僅僅有他一個人仍然堅持說波羅底諾戰役是個勝利；僅僅有他一個人，做為總司令似乎應當主張進攻，而他竭盡所能地阻止俄國軍隊進行沒有意義的戰鬥。

在波羅底諾戰役中受了傷的那頭野獸，躺在獵人逃走時丟下牠的地方；可是獵人不清楚牠是不是還活著，是不是還充滿力量，短暫的藏匿也許是可行的。忽然間傳來了那頭野獸的呻吟聲。這頭受傷的野獸——法國軍隊，標誌著它的毀滅的，就是洛里斯東被派到庫圖佐夫大本營來求和。

拿破崙覺得一個事物之所以是好的，不是因爲它本身好，而是因爲那是他想出來的。那封一點意義都沒有的信，是他一時衝動寫給庫圖佐夫的：

庫圖佐夫公爵，現派我的侍從將軍來和您討論不少重要的問題。請閣下相信他對您說的話。特別是他對您表示的我對您久仰的仰慕之情。在此，我希望祈禱上帝賜予您神聖的庇護。

拿破崙

一八一二年十月三十日於莫斯科

「和談陰謀的主謀如果是我的話，我會受到詛咒。這就是我國人民的意志。」庫圖佐夫回答道，並接著竭盡全力地阻止軍隊進攻。

法國軍隊在莫斯科搶劫了一個月，俄國部隊平靜地駐紮在塔魯季諾，其後果是雙方力量的對比發生了變化，優勢轉移到俄國這方面來。這些印跡是洛里斯東的求和、塔魯季諾充足的糧草、關於法軍無所做爲和軍紀渙散的情報、俄軍團隊新增的新兵、爽朗的天氣、俄國士兵充分的歇息，經過調整的軍隊急於打仗的自然心情，想清楚長時間隱藏行蹤的法國軍隊情況的好奇心，駐在塔魯季諾的俄軍前哨大膽地在法國人旁邊活動，農民和游擊隊簡單地打敗法國人的消息和由此引起的羨慕心情，潛藏在每個俄國人心底的、對還留在莫斯科的法國人的復仇心，和每個士兵都意識到雙方力量對比已經發生的徹底變化，優勢轉到俄軍方面。力量對比發生了徹底的變化，是發起進攻的時候了。力量對比的徹底變化隨著最高層的活動也在加強，這嗞嗞的響聲就彷彿是那隨時預備報時的時鐘。

三

我國軍隊由庫圖佐夫及其參謀部和在聖彼德堡的沙皇指揮。在收到丟下莫斯科的消息之前，聖彼德堡已制訂出一個詳細的全面作戰計畫交給庫圖佐夫一份，令其按照執行。儘管這個計畫是根據莫斯科還在我們掌握之中的假設擬訂的，它依舊得到了參謀部的贊成，並預備付諸行動。庫圖佐夫回信只是說，由遠處發出的指令往往難以執行。為了解決遇到的困難，新的指令是從聖彼德堡發出的，沙皇派人來監視庫圖佐夫的行動，並隨時向他報告。

除此以外，我國軍隊的參謀部進行了完全改組。陣亡的巴格拉季翁和一氣之下離去的巴克雷的空缺補上了。因為庫圖佐夫和他的參謀長貝尼格森之間的互不信任，又有沙皇心腹監視，加上這些調動，參謀部裡進行著比往常更為複雜的派別鬥爭。鬥爭主要是圍繞著軍事問題進行的，這些人都認為他們能指揮戰爭；可是軍事活動不以他們的意志為轉移，而是按照其客觀規律，就是說，事態的發展從來都出乎他們的預料，而是順其自然、順應群眾的基本態度發展著。一切這些錯綜複雜的鬥爭，只是在上層中注定要發生情況的真實反映。

「庫圖佐夫公爵！」塔魯季諾戰役以後，庫圖佐夫收到沙皇十月二日給他的信中寫道，「從九月二十日起，莫斯科已被敵人佔領。在這段時間裡，您不但沒有採取什麼行動抗擊敵人，解放古都，而且從您上一次的彙報來看，您又撤離了。有一支軍隊早就佔領謝爾普霍夫、圖拉及對軍隊意義重大的兵工廠正處於危險中。從溫岑格羅德將軍的彙報中我知道，敵人一支一萬人的兵團正朝聖彼德堡大路進發。另一支數千人的兵團向德米特羅夫移動。第三個兵團已經向弗拉基米爾大路前進。第四個人數眾多的兵團，駐紮在莫札伊斯克和魯紮。拿破崙直到二十五日還留在莫斯科。在這種情況下，您能說前面的敵人充滿力量，讓您不能夠發動攻勢嗎？那是也許的嗎？正好相反，不用懷疑，他用支隊，最多用兵團攻擊您，這比讓您指揮的軍隊弱得多。原本您能夠利用這一機會成功地殲滅，至少逼迫他們後退，把如今被敵人佔領的各省的重要部分搶回來，從而解除圖拉和我們其他內地城市的威脅。假如敵人派出大部隊威脅不可能有許多軍隊的首都聖彼德堡，您要對此負擔責任，因為受託給您的軍隊，只要採取果斷的行動，您有辦法去防止新的災難。請記住，除了莫斯科的失守，您還要向我們被侮辱的祖國負責。我願意嘉獎您，對此您是清楚的。可是我和俄國有權希望您可以竭盡全力，堅定不移地去獲取成功，您的軍事天才、智慧和您所統率的部隊的英勇，這樣的盼望就已表示了我們的想法。」

這封信說明聖彼德堡已經感覺到力量對比的變化，可是當這封信還沒有到的時候，庫圖佐夫已經沒有辦法阻止他所指揮的軍隊發起進攻，因為戰鬥已經開始了。

十月二日，外出偵探的哥薩克沙波瓦洛夫打死了一隻兔子，打傷了一隻。在追趕那隻受傷的兔子時，他鑽到樹林裡，看見駐紮在那裡的、沒有什麼警戒的繆拉的左翼軍隊。哥薩克笑著把他落在法國人手裡的情況同他的同伴講了。聽到這個事情的一個少尉就彙報了他的司令官。

那個哥薩克被叫了去，盤問了所有細節。可是一個與高級軍事當局熟悉的軍官，又把這件事彙報給了參謀部的一位將軍。最近緊張的氛圍瀰漫在參謀部裡。幾天前，耶爾莫洛夫去見貝尼格森，還請求他利用他對總司令的影響，勸總司令發動進攻。

那個哥薩克所彙報的消息被派出去的偵察兵證實了。這表明最終的時機已經成熟。繃緊的發條鬆開了，時鐘開始發出嗞嗞的響聲，即將敲響。儘管庫圖佐夫擁有那有名無實的權力，有經驗、有智慧以及對人的瞭解，可是他思量到貝尼格森直接呈送給沙皇的彙報、預料之中的沙皇的意願、全體將軍們表達的一致願望、哥薩克的彙報，他早就清楚他必須行動了，然後他下達了命令，他清楚承認既成事實對他自己無疑是有害的事。

四

貝尼格森有關發動進攻的奏章，和那個哥薩克有關法軍左翼沒有設防的彙報，僅僅是促成下達進攻命令的最終原因，十月五日打算發起進攻。

十月四日庫圖佐夫簽署了作戰命令。丹奧向耶爾莫洛夫宣讀了那個作戰令，請他做進一步的計畫。

「好的，好的。可我現在沒有時間。」耶爾莫洛夫說著走出了房間。丹奧起草的作戰令寫得很好，就像奧斯特利茨的作戰命令，寫著：

「第一縱隊」向某處挺進，「第二縱隊」向某處挺進等。在紙上，全部這些縱隊都在計畫的時間到達了目的地，消滅了敵人。彷彿所有作戰命令一樣，一切都周到細緻，也猶如所有作戰命令的執行情況一樣，結果沒有一個縱隊在計畫的時間內到達目的地。

當預備好所需要的作戰計畫後，讓他把命令送給耶爾莫洛夫執行。一個騎衛軍的青年軍官，這傳令官是庫圖佐夫的，對交代給他的重要任務很興奮，動身前往耶爾莫洛夫的宿舍。

「不在。」耶爾莫洛夫的勤務兵說。

騎衛軍軍官又去了耶爾莫洛夫經常去的一個將軍那裡。

「將軍出去了，不在。」

青年軍官上馬又去了另外一個人那裡。

「不在，出去了。」

那個軍官騎馬找遍了整個營地。青年軍官一直找到晚上六點，連飯都沒來得及吃，哪兒也沒有找到耶爾莫洛夫。這個軍官在一個同事那裡急忙吃了一點，接著騎馬去前衛找米洛拉多維奇。米洛拉多維奇也出去了，可是別人告訴他，米洛拉多維奇在基金將軍那裡參加舞會，耶爾莫洛夫也許也在那裡。

「在什麼地方呢？」

「那不是嘛，在葉契金諾。」一個哥薩克軍官指著一所地主宅院說。

「怎麼會在我們的防線以外呢？」

「兩個加強前哨團都被派了去！兩個樂隊，三班歌手。」那位青年軍官又騎著馬來到我們防線之外的葉契金諾。遠遠就聽見從那裡傳來的士兵的歌舞曲和和諧愉悅的音樂聲。

「在草地上……草地上！……」他不斷地聽見叫喊聲。這些聲音讓他興奮，可同時也因為沒及時送到重要命令而覺得害怕。他看錶已經是八點多了，走入那所在俄、法兩軍之間保存完整的地主宅邸的門廊。在前廳和餐室裡，奴僕們正川流不息地忙著送菜、送酒。歌手們站在窗外。

那個軍官被帶到屋內，看到所有重要將領都在這裡，中間有高大而顯眼的耶爾莫洛夫。他們都解開了外衣，面色紅潤，興高采烈，高聲笑著。在大廳中間，一個滿臉通紅、英俊的矮個子將軍正在靈活地跳特列派克舞。

「哈，哈，哈！好啊，尼古拉．伊萬內奇！哈，哈，哈！」那個軍官認爲，這樣重要的命令送得有些不合時宜。他想等一等，可是一個將軍發現了他，告訴了耶爾莫洛夫。

走過來的耶爾莫洛夫陰沉著臉，聽了軍官的話，接過文件一句話也沒說。

「你覺得他是偶然走開的嗎？」參謀部裡一個同事晚上談到耶爾莫洛夫時衝那個騎衛軍的軍官說，「這是一種手段，都是有意的，是跟科諾夫尼岑作對，你等著看熱鬧吧！」

五

早上，庫圖佐夫拖著年老體衰的身體起床後，穿戴整齊，做了禱告，接著懷著一定要去指揮一場他並不贊同的戰鬥的鬱悶心情，坐上他的輕便馬車，他坐在馬車裡，睡一會兒、醒一會兒，並側耳傾聽右方是不是有射擊聲，戰鬥是不是已經開始了，可是沒有一點動靜。來到塔魯季諾的時候，庫圖佐夫見到有騎兵拉著馬在他馬車經過的路上飲水。庫圖佐夫停下馬車，盯著，問他們是哪一個團的，這些騎兵縱隊早就應當到前方遠處埋伏去了。「也許是弄錯了吧。」年老的總司令想道。可是，再往前一點，他又見到了步兵團，他們的槍架在架上，有的抱柴，有的在吃飯，有的士兵們還穿著襯褲。他派人叫來一個軍官。那個軍官彙報說，沒有接到什麼進攻的命令。

「怎麼，沒收到……」庫圖佐夫欲言又止，派人去找高級軍官。他喘著氣下了馬車低垂著頭，坐立不安地徘徊著、等候著。軍官艾興剛應召來到總參謀部，庫圖佐夫的臉色就變紫了，他是一個相當好的發洩對象。這個老人顫抖著，喘息著，氣得要發瘋，發這麼大的脾氣都是衝著艾興，揮舞雙手喊叫著，威脅他，用粗魯的話罵他。另一個剛好這個時候來到的、毫無過錯的布羅津上尉，也遭到一樣的命運。

「這又是個什麼渾蛋，肯定要槍斃你們！壞蛋！」揮動著雙手的庫圖佐夫，用嘶啞的聲音叫喊著。痛入骨髓。他是總司令、統帥，而現在居然會落到這步田地，成了整個軍隊的笑柄！「我心思白費了，爲今天的戰鬥禱告，夜不能寐，思考著各種問題。」他在內心裡想道，「在我還是個小小的青年軍官的時候，也沒有人敢這樣嘲笑我……而現在！」他很難過，無法不用難過和憤怒的喊叫來發洩，不過很快就洩氣了。他向周圍看了看，認爲說了不少該說的話，又坐進馬車，緩慢地回去了。

庫圖佐夫的怒氣已經發洩完了，沒有再發作，他眨著眼虛弱地聽別人的辯解，科諾夫尼岑、貝尼格森和丹奧他們都堅稱，將這次流產的行動延後到明天。庫圖佐夫只好贊成。

六

部隊在特定的地點集合，預備夜裡就出發。部隊安靜地行進著，只是有時聽到炮車輕輕的叮噹聲。不允許高聲交談、吸菸或打火。行動的秘密增加了它的魅力，人們愉快地走著。有一些縱隊誤認爲他們到達了目的地，停下，架起武器，躺在冰冷的土地上；另一些整夜行進，明顯走到他們不應當去的地方去了。

僅僅有奧爾洛夫・傑尼索夫伯爵一個人領著他的哥薩克——所有分隊中最不關鍵的一個，在規定的時間到達了規定的地點。由斯特羅米洛瓦村去德米特羅夫斯克的小路上，這個分隊在這樹林的邊沿處駐紮下來。

天快亮的時候，正在打瞌睡的奧爾洛夫伯爵被喚醒了，一個從法國軍隊來的逃兵被帶到他面前。這是波尼亞托夫斯基兵團的一個波蘭中士，他用波蘭話解釋說，他投奔過來是因爲他在軍隊裡遭到歧視，因爲他比所有人都英勇。所以他背叛了他們，並希望懲罰他們。他說繆拉過夜的地方離他們只有一俄里，假如給他一百人的衛隊，他會把他活捉過來。奧爾洛夫·傑尼索夫伯爵徵詢同事們的意見。這個建議的誘惑力太大了，實在沒有辦法拒絕。人人自告奮勇，躍躍欲試。經過許多議論和爭論，伯爵打算由格列科夫少將帶兩個哥薩克團跟那個波蘭中士去。

「哎，你記住，」奧爾洛夫·傑尼索夫伯爵臨走前對那個中士說，「假如你撒謊，我會把你像條狗一樣吊死；但是，假如你說的是實話，我會獎給你一百塊金幣！」

中士表情嚴肅，一句話沒說，跨上馬，出發了。他們在樹林裡不見了。奧爾洛夫·傑尼索夫伯爵送別了格列科夫，晨光熹微中帶著涼意，讓他不由得瑟瑟發抖，想到他們自作主張幹的這件事，心情很激動。他走出樹林，在曙光中觀察馬上要燃盡的營火中模糊可見的敵軍營盤。俄軍的縱隊應當在右方開闊的斜坡上出現。他向那個方向望去，儘管應當看得到那些遠處縱隊，可是仍然不見蹤影。奧爾洛夫·傑尼索夫伯爵認爲，法國軍營開始活動了，他那視力好的副官更證實了這一點。

「啊，實在太晚了。」奧爾洛夫伯爵看了軍營後說。

忽然，他全都知道了，那個中士明顯是個騙子，他撒謊不知把那兩個團帶到什麼地方去了。因爲沒有這兩個團，破壞了整體進攻計畫。怎麼可以在那麼多的軍隊中抓住一個總司令呢？

「他絕對在撒謊，這個騙子。」伯爵說道。

「能夠把他們追回來。」一個侍從看了敵營以後說道，這一行動很冒險，但奧爾洛夫也這樣覺得。

「啊，真的……您覺得如何？讓他們去？讓他們去不太好吧？」

「要他們回來嗎？」

「立刻叫他們回來，立刻叫他們回來！」奧爾洛夫伯爵看著錶，忽然堅定地說，「不然太晚了，天都大亮了。」

然後副官騎馬穿過樹林去追格列科夫，就在格列科夫回來的時候，奧爾洛夫・傑尼索夫伯爵因為步兵縱隊遲遲不出現，不得已取消了這次行動，而敵人近在咫尺他很激動，所以他打算發起進攻。

「上馬！」他小聲發出命令。

「上帝保佑！」

「烏拉——拉！」樹林裡迴盪著喊聲，哥薩克們手拿長槍，一隊接一隊地飛奔往前，跳躍著越過小溪，衝向軍營。

頭一個發現哥薩克的法國人發出一聲絕望而又恐懼的叫喊，所有人都睡得迷迷糊糊的，衣服也來不及穿，撒腿就跑，大炮、槍支、馬匹都拋下不顧了。

哥薩克們毫不在意後面和旁邊的東西，窮追不捨，他們就抓住了繆拉。那正是指揮官們的願望。但是，哥薩克們一見到戰利品和俘虜，就不聽差遣了。這裡共抓獲一千五百名俘虜，繳獲三十八門大炮、軍旗，還有哥薩克們覺得最重要的馬匹、馬被、馬鞍，以及其他各式各樣的物品。這一切都要處理，俘虜和大炮要安置，他們為戰利品的分配互相爭吵，甚至打架，哥薩克們都在幹這些事。沒有人追擊的法國人漸漸清醒過來，集合起軍隊開始射擊。奧爾洛夫・傑尼索夫仍在等候其他的縱隊到來，沒有再向前推進。

由貝尼格森指揮、丹奧帶領的遲到的步兵縱隊，按命令的要求出發了，可是和往常一樣，不知道去了什麼地方。出發時心情愉快的士兵們因為走走停停而怨聲載道，出現了混亂，又往回返。副官們和將軍們騎著馬四處叫喊、奔跑、爭吵、發怒，說他們全都走錯了方向，最終不抱什麼希望了，隨便去什麼地方，「總會走到那裡去的！」他們的確走到了，可不是指定的地方；有些縱隊最終到了他們應去的地方，可是爲時已晚。丹奧在這場戰鬥中扮演了魏羅特爾在奧斯特利茨戰役中扮演的角色，任勞任怨地騎著馬到處奔跑，發覺到處都是本末倒置。在天色大亮的時候，他在樹林裡碰見了巴戈烏特的兵團，這個兵團早就應該與奧爾洛夫·傑尼索夫會合了。因爲行動失敗，又惱火、又激動的丹奧正想找個替罪羊，跑到兵團司令面前，開始痛斥他，說他應當爲此被槍斃。巴戈烏特將軍是個性格沉靜、久經沙場的老將軍，他被激怒了。出乎意料地，他一反往日溫和的性格，暴跳如雷，向丹奧說了一些難聽的話。

「我不想聽什麼人的教訓，可是和我的士兵們共赴生死，同甘共苦，我並不比別人差！」他說著，帶著一行人接著前進。

英勇的巴戈烏特將軍在法國人的槍林彈雨下來到一片田野上，沒有思量在這個時刻帶著一師人進入戰鬥是不是有好處，毫不猶豫地徑直朝前迎著槍彈走去。他憤怒，危險、槍彈、炮彈正是他所需要的。他和不少士兵都被第一排槍彈打死了。在炮火下手足無措的那一師人也只不過對抗了一會兒。

七

這時，另一縱隊從正面進攻法國人，庫圖佐夫就在這個縱隊裡。他明白，這一違背他意願的戰鬥，除了混亂不會有什麼結果，因此他竭力運用自己的權力來控制軍隊。他按兵不動。庫圖佐夫騎著他那匹小灰馬慢慢地走著，無精打采地回答發動進攻的提議。

「您一直把進攻二字掛在嘴上，但是這複雜的運動戰我們沒有辦法進行，您看見了嗎？」他向請求允許他向前推進的米洛拉多維奇說道。

「今天早晨我們不能活捉繆拉，也不能按時到達指定地點，如今做什麼都於事無補！」他這樣回答另外一個人。

「你看！他們要求進攻，提出各種各樣的計畫，可是事到臨頭，卻什麼也沒預備好，但是察覺了的敵人卻採取了措施。」

耶爾莫洛夫聽了這些話，瞇起眼睛，輕輕地笑了一下。他清楚，對於他來說，暴風雨已經過去了，庫圖佐夫只是做這種暗示。

過了一會兒，耶爾莫洛夫來到庫圖佐夫面前，恭敬地說道：「這還不算晚，勳座，敵人還沒走完。您是不是下令進攻？要不然近衛軍連硝煙都看不到了。」

庫圖佐夫一言不發，可是等到有人來彙報說繆拉的軍隊在撤退時，他下了進攻令，可是每走一百步就停四十五分鐘。

整個戰役只限於奧爾洛夫・傑尼索夫的哥薩克所做的事，其他的部隊白白損失了幾百人。因爲這場戰鬥，庫圖佐夫得了鑽石勳章，鑽石和十萬盧布就是貝尼格森得到的回報。這次戰役後，參謀部又進行了調整。

「我們這一切總是陰錯陽差的！」塔魯季諾戰役之後，直到如今那些俄國的軍官和將軍也是這麼說，讓人覺得那裡有一個傻瓜把事情弄顛倒了。可是，因爲不清楚他們所說的事，因此這些人才這麼說。要嘛是有意欺騙自己。所有戰鬥——波羅底諾、塔魯季諾，或奧斯特利茨戰役，都沒像其指揮者期望的那樣進行。戰鬥的發展趨勢像被無數自由的力量影響，總是難以預料，也從來不會同什麼勢力的趨勢相吻合。

塔魯季諾戰役明顯並沒有達到丹奧想要達到的目的——一招作戰命令，部隊應全力投入戰鬥；也沒有達到奧爾洛夫・傑尼索夫伯爵想要達到的目的——俘獲繆拉；也沒有達到貝尼格森和其他人想一舉殲滅整個兵團的目的；也沒有達到想在戰鬥中一顯身手的軍官們的目的；也沒有達到一個哥薩克希望得到比他得到的更多的戰利品的目的，等等。可是，假設那次戰役的目的是事實上已經獲取的結果，是那時所有俄國人共同的願望——把法國人趕出俄國，消滅他們的軍隊——那麼很明顯，塔魯季諾戰役，正是因為它的種種荒唐現象，恰好是那一時期戰役所需求的東西。很難，也不可能想像出比這次戰役實際取得的更恰當的結果了。在最混亂的情況下，以微不足道的損失，花最少的力氣，獲取了所有戰役最大的結果：法國人致命的弱點由後退轉向進攻已經暴露了，這將會是一個最好的推動拿破崙軍隊開始逃跑的理由。

八

攻下莫斯科城後，拿破崙進入了莫斯科，這一勝利是不用懷疑的，因為戰場留在法國人手中了，俄國人丟下了他們的古都逃走了。有著足夠糧草、武器和數不勝數的財富的莫斯科，落到拿破崙手中了，和擁有法軍一半人數的俄國軍隊，整整一個月沒做過一次進攻的嘗試。拿破崙獲取了完全勝利。總而言之，為了保住法軍那時優越的地位，彷彿用不著什麼特別的天才，只要做些最簡單的事就可以達到此目的：那就是用正規的手段徵集糧草，不允許部隊搶劫，預備些過冬衣裳。可是被史學家們稱為所有天才中最偉大的天才——手握軍權的拿破崙一點也沒有做。

他不僅沒做這些事，甚至反過來，運用他手中的權力，選擇了最蠢、最無用的一條。全部能夠供拿破崙選擇的方案：在莫斯科過冬，向下諾夫哥羅德進軍，向聖彼德堡進軍，沿向北或向南的路線——庫圖佐夫後來所走的路線撤退。但是，沒有辦法想像有比拿破崙所做的更笨、更無用的事了：在莫斯科待到十月，任憑部隊肆意搶劫城市，接著退出莫斯科；靠近了庫圖佐夫，可是不發起進攻，而是向右轉向小雅羅斯拉維茨；不去攻破，不走庫圖佐夫所走的大路，但是沿著被毀壞了的斯摩稜斯克大路退向莫札伊斯克。如果摧毀他的軍隊才是拿破崙的目的，即便是最高明的戰略家也不會想出，比拿破崙所採用的一系列措施更能準確無疑地完全毀掉整個法國軍隊。

天才的拿破崙這樣做了。可是，假如說拿破崙毀掉他的軍隊，那是因爲他想那樣做，就好像說他把部隊帶到莫斯科，是因爲他想那樣，一樣是不公平的。

但史學家們讓我們清楚，拿破崙的聰明才智在莫斯科衰減了，這是很荒謬的。他本來和從前一樣，也和之後在一八一三年一樣，竭盡自己的才能和力量爲他自己和軍隊取得利益。他這一時期的行動和他在埃及、在奧地利、在義大利、在普魯士的行動一樣讓人驚歎。我們沒辦法弄清楚，拿破崙在埃及有如何英明，因爲這些功績都是由法國人向我們描述的。我們沒有辦法準確地判斷，他在奧地利和普魯士的天才表現，因爲關於他在那裡活動的資料，只能從德國和法國獲取。他在莫斯科的行動，就和在別處一樣讓人難以置信。從進入莫斯科時起到離開那裡爲止，他不斷地發出命令，制訂計畫。沒有代表團，沒有市民，就連燒毀莫斯科都沒有讓他感到尷尬不安。不管是他軍隊的利益、敵人的做法，還是俄國人民的福利，他沒有忽視一件對巴黎事務的管理和外交上馬上就要締結和約的想法。

九

軍事這塊，拿破崙一進入莫斯科，第一做的就是嚴令塞巴斯帝安尼向每條道路派出兵力，然後就是命令繆拉找到庫圖佐夫。然後費盡心思去抓克里姆林宮的防務，並且制訂了在整個俄國版圖上作戰的天才計畫。

在外交這塊，拿破崙把雅科夫列夫上尉叫來，詳細地對他闡述自己的寬大政策，並給亞歷山大沙皇寫了一封信，他覺得有義務在信中告訴他，拉斯托普欽在莫斯科的工作做得不好，他讓雅科夫列夫到聖彼德堡去。他向圖丹奧明詳細解釋他的見解和他的寬大政策，接著派這位老先生到聖彼德堡去談判。

在司法這塊，發生火災後，他馬上下令找出放火的人來處以死刑，命令燒掉渾蛋拉斯托普欽的房子以示處罰。

在行政這塊，制定一套莫斯科憲法，建立了市政當局，公佈了如下告示：

莫斯科的居民們：

國王陛下願意阻止你們這種不幸且沉重的災難。恐怖的例子已經給了你們教訓，他是如何懲罰反抗和罪行的。陛下早已採取了嚴格的措施防止騷動和恢復公共秩序。一個從你們自己人中選出來的本國的行政部門，即市政管理局或市政府已建成。它將呵護你們的需要，照料你們和你們的利益。它的人員要在肩上繫一條紅帶子，市長還要繫一條白腰帶，左臂上戴一條紅袖標，代表在這個時刻不執行公務。

市警察局已經照本來的樣子建立起來，經由它的活動，秩序已有變化。政府已經任命了警察局局長和兩個總監，市內各區任命了二十個區監或分局長。你們能夠按照他們左臂上佩戴的白袖標識別出他們。幾個不同教派的教堂早已開放，能夠任意地去做禮拜。每天都有你們的同胞被放出來；已經發出命令，遇到不幸的人在家中將受到保護和幫助。這就是政府所採取的，恢復秩序和改善你們的生活狀況的方法。可是，為了達到這個目的，你們應當共同努力，放下你們所遭遇的不幸，祈禱好的命運。相信，無論是誰侵犯了你們的身體或剝奪了你們的財產權利，肯定會被處以死刑。最後，你們應當相信，這些絕對會得到保障，因為這是最公平、最偉大的君主的旨意。市民們和士兵們！不管哪個民族都會是同樣的保障，都是要恢復公眾們對幸福根源的嚮往——對國家要信任，要像兄弟一樣親，要相互幫助和保護，聯合起來打敗惡人的企圖，聽從軍政當局，你們不用多久就能夠不再流淚了！

做爲軍隊給養到莫斯科去搶掠是拿破崙通令全軍輪流做的，確保軍隊將來的供給。在宗教這塊，拿破崙命令把教士們找回來，恢復教堂的禮拜活動。

下面是四處張貼的有關軍隊、糧食供應和商業方面的佈告。

佈告

你們——莫斯科安分守己的居民們，因為不幸而遠走他鄉的工人們和手藝人們，因為不知原因的害怕而離開田地的農民們，你們聽著！這座城市正在恢復秩序，恢復寧靜。所有侵犯人們人身和財產的暴行都將遭受懲罰。皇帝兼國王陛下保護你們，除了那些違背他命令的人之外，全是他的朋友。你們的不增進就留給他去解決吧，他讓你們返回家園，闔家歡聚。所以，順應他的善良願望，不要害怕地回我們這裡來吧！居民們，充滿信心地回到你們的住所吧！你們很快就會找到滿足你們的需求的方法了。

勤勞的工匠們、技師們，回到你們的作坊、你們的店舖和你們的房子吧！那裡有衛隊護衛你們。你們絕對會得到應有的酬勞。農民們，也從你們因為害怕而躲藏的森林裡出來吧，不要害怕地回到你們的農舍吧，你們絕對將會得到保護！

城內已設立了糧店，農民們能夠把餘下的土產品和糧食運到那裡去。政府早已訂出下列確保貿易自由的措施：(一)自即日起，種田人、農民和住在莫斯科郊區的居民，會沒有一點危險地把他們的各種產品運到兩個指定的糧店，一個在莫哈瓦亞街，另一個在奧霍特內伊市場；(二)糧食可按買賣雙方贊成的價格互換，假如賣者覺得不公正，他能夠隨意把他的產品運回他的村子，任何人不得以任何理由從中阻撓；(三)每週日和週三定為主要集市日，因此，各條大道的軍隊在每週二和週六將派出，以保護貨車；(四)採取一樣的措施，讓農民及其馬車在回來的途中不受任何阻撓；(五)馬上採取恢復正常貿易的措施。城鄉居民們、工人和工匠們，不管你們屬於什麼民族，都來實現皇帝兼國王陛下慈父般的願望，幫助他謀求公眾的福利吧！在他腳下匍匐表示你們的尊敬和信任。趕快同我們攜手起來吧！

為鼓舞人民的精神和提高軍隊士氣，君主騎著馬沿街巡視，安撫居民；儘管國務繁忙，可他還是按照他的命令建立起劇院。

在慈善事業這塊，拿破崙也做了所有他所能做的。他命令在慈善機構的建築上刻上「我家」兩個字，從而把赤子的柔情和君王的偉大德行驅動聯合起來。他參觀孤兒院，被他拯救的孤兒們吻他那雙潔白的手，親切地跟圖丹奧明交談。

用無愧於他自己和法國軍隊的行動來改變這些做法的影響，向那些燒得精光的人他下命令給予救濟。但是，因爲食物太珍貴，不可以發給大部分懷有敵意的外國人，拿破崙認爲最好就是給他們錢，讓他們從其他的地方給自己買食物，因此他命令把紙幣盧布發給他們。

在軍隊紀律這塊，則不斷地發號施令，不允許搶劫和嚴格懲罰怠忽職守。

十

可是，讓人疑惑的是，儘管所有關懷、命令和計畫，一點都不比在相同的情境下頒佈的別的一些措施差，完全性的作用是沒有作用。

在軍事這塊，梯也爾如此的作戰計畫也許天才能夠想道：「他的才能從沒有製造出比這個作戰計畫更奇妙、更深入、更讓人吃驚的東西。」並且就此與凡先生展開了論戰，這個天才計畫的制訂，是針對十月五日的而不是指向十月四日的。這個計畫一直，也不會被執行，因爲它離現實太遙遠。爲了克里姆林宮的安都肯定要攻下清真寺，但是結果一點用也沒有。在克里姆林宮布雷，只是便於實現帝王在離開莫斯科時把它夷平的想法，就好比一個跌了跤的孩子要打那跌痛他的地板一樣。拿破崙很關心追擊俄國軍隊，但是出現了從沒有發生的怪事：法國軍事將領們把一支有六萬人的俄國軍隊弄丟了，不知其蹤影。根據梯也爾說，幸虧繆拉的聰慧，很明顯他也是一個罕見的天才，才像大海撈針一樣地把那支六萬人的俄國軍隊找到了。

在外交問題上，拿破崙沒有一點功績地向圖丹奧明和那個想弄到一輛汽車和一件大衣的雅科夫列夫說明他的公平和寬大。這些使者都沒有被亞歷山大接待，對他們的使命都不予理會。

在司法問題上，等那些想像中的縱火犯被處決以後，也就焚毀莫斯科的另一半了。

在行政問題上，市政府的成立不可以阻攔搶劫，只是加入市政府的那些人獲得了益處，在保持秩序的幌子下，他們洗劫莫斯科。

在宗教問題上，在埃及，拿破崙拜訪一次清真寺就很容易地讓問題得到解決，但是在這兒沒有一點結果。在莫斯科找到的兩、三個教士，本來試圖實現拿破崙的意願，但是其中一個人在主持禮拜的時候被一個法國兵打了耳光；至於另一個，一個法國官員彙報說：「我找到並且請來做彌撒的那個教士把禮拜堂清理乾淨，鎖了起來。但夜門和鎖被砸壞了，書也被撕破了，還做了一些別的壞事。」

在商業問題上，勤勞的手工業工人與農民對於佈告沒有什麼反應。勤勞的工匠早就沒有了，但農民捉住那些拿著佈告出城走得太遠的警官，把他們打死。

爲給老百姓和部隊娛樂而建立的劇院，也失敗了。因爲男女演員都被搶劫。

就連慈善事業也不能帶來人們所希望的結果。莫斯科處處充斥著真、假紙幣，沒有了價值，法國人搜刮的財物只有黃金。拿破崙那麼仁慈地賜給不幸的人的紙幣差不多沒有一點價值。

可是，最讓人吃驚的是，命令是由最高當局下達的，就意味著拿破崙爲防止搶掠和整頓紀律的措施沒有一點用處。

軍隊長官們的彙報是這樣的：

「儘管我們的命令禁止搶劫，可掠奪在城內依舊存在著。眼下秩序還未恢復，商人都在進行不合法的貿易。僅有隨軍的商販才敢做生意，他們把搶來的東西悄悄賣掉。

「在我那一區不住地受到來自第三兵團的士兵們的洗劫，他們奪去悲慘的居民們藏在地下室裡所剩無幾的東西，依舊不滿意，還沒有人性地用馬刀砍傷他們，我已經許多次看到這種情況。

「除了士兵們的明搶暗偷之外，暫時沒有什麼新情況。

「明搶暗偷還在進行著。我們那一區中有個盜竊團隊，想阻止他們不得不採取強制的、充滿力量的手段。」

皇帝很生氣，雖然有命令不允許搶劫，依舊發現一批批出去搶劫的近衛軍回到克里姆林宮。在老近衛軍中間，又有了騷亂，搶劫比什麼時候都猖狂。皇帝生氣地見到，這些認真挑選保護他的士兵，本應是服從紀律的榜樣，但是這樣無法無天，居然砸壞貯存軍需品的地下室和倉庫，進行搶劫。

宮廷大禮賓官埋怨說：「儘管許多次申明不允許，士兵們還是在院子裡大小便，有的就在皇帝的窗子底下。」

這支同牲畜無異的部隊沒有人約束，在莫斯科多停留一天，就失敗得更徹底，更快地走向死亡，可是它停在那裡動也不動。

直到斯摩稜斯克大路上的運輸隊被劫和塔魯季諾戰鬥發生，引起他們忽然的恐慌，便開始逃跑。正在檢閱部隊的拿破崙很意外地收到塔魯季諾戰鬥的消息，他想要給俄國人點顏色看看。梯也爾說，他下達了進軍的命令，這也是整個軍隊的願望。

這支軍隊在離開莫斯科的時候，每個士兵都拿著他們搶來的戰利品。拿破崙也帶著自己的金銀財寶，一看到滿載的輜重車隊，他驚訝得張開嘴巴。按照自己的打仗經驗，他沒下令燒掉那些多餘的車輛，那些士兵坐的各式各樣的馬車，他覺得這樣很好，這些馬車能夠運輸糧草、病號和傷患。

整個軍隊的狀況就好比一隻受傷的野獸，預料到了自己的死亡，但是又沒有辦法。探究拿破崙和其軍隊巧妙的戰略，和從他攻入莫斯科開始到這支軍隊毀滅時為止他的理想，也就是探究一頭受了致命傷的野獸，死前蹦跳和抽搐的意義。塔魯季諾戰役的槍聲惹怒了這頭野獸，然後牠朝著發出槍聲的方向奔去，跑到獵人前面，又折回去，最終，再一次向前跑，再跑回去，同所有野獸一樣，沿著最差、最危險，但是牠最熟悉的足跡的道路向回跑。

我們認爲差不多是整個戰爭的指揮者的拿破崙這一時期的做爲，好像一個孩子坐在馬車裡，認爲自己可以駕馭車輛的理由，在於被他手裡抓住的拴在車內的兩條轡繩。

十二

十月六日早晨，皮埃爾走出了帳篷，往回走的時候，待在門口，和一條圍著他的小狗玩樂。這條小狗就住在他們的帳篷裡，晚上睡在普拉東身邊，可有的時候到市內轉一圈又回來。牠從來沒有過主人，現在也不被什麼人擁有，也沒有名字。法國人叫牠阿佐爾，那個喜愛講故事的士兵叫牠費姆加爾卡，普拉東和別人管牠叫灰灰，有時叫牠長耳朵。牠沒有主人，也沒有名字，甚至不清楚牠是什麼品種的狗，皮毛顏色也不清楚，可這所有的一切並沒有給這條青灰色的小狗造成困擾。牠有毛茸茸的尾巴，像羽飾一樣硬挺挺地向上翹著，牠還有彎曲的小腿，是如此的輕巧靈活，有時還優雅地抬起一條後腿，只用三條腿居然還能跑得那麼快。牠對什麼都那樣滿意。一會兒在地上打滾興奮地尖叫著，一會兒帶著冷靜的表情神氣活現地停下來曬太陽，一會兒一個小木片和一根草又成了牠戲弄的對象。

皮埃爾身上穿著一件農民的外衣——一件既髒又破的襯衫，下身穿著一條士兵的褲子。在這個時間裡，皮埃爾的身體也發生很大的變化。他看上去已經消瘦一些了，儘管身材仍舊很魁梧，這是遺傳自他們家族的特點。他臉的下半部被大鬍子遮住了，卷曲蓬亂的頭髮和帽子似的，裡面長滿了蝨子。

眼神是堅定、平靜的，深沉而生動，這是他以前從未有過的。他一改以前放蕩不羈、萎靡不振的形象，眼下是一副充滿了力量的表情，隨時預備行動和反抗的神態。他沒有穿鞋。

皮埃爾有時朝下看著早晨有車輛和騎馬的人走過田野，有時又眺望河對面的遠處，有時又瞥一眼那條假裝要咬他的小狗，他愉悅地把腳擺出各種姿勢，蠕動著他那又髒又粗大的腳趾頭。每一次當他見到這雙光腳時，他的臉上就會露出激動而滿意的笑容。這雙腳讓他回憶起這段時間的遭遇和知道的道理，他對這段回憶覺得愉快。

在秋天的這個時候，遠、近的東西全都罩上水晶般透明的神奇光輝。在遠方，能夠看見麻雀山上的村子、教堂和白色的大房子。樹木光禿禿的石頭、沙地和屋頂也是這樣，綠色教堂的尖頂，包括遠方那座白房子的屋角，所有的這一切，在清澈的空氣中都以美妙絕倫的線條描繪出其輪廓。近處經常可以看見有一半被燒毀的貴族宅邸的殘跡，如今一直被法國人佔據著，圍牆旁邊的丁香樹。就連那所破壞污穢的房屋，這個時候，彷彿讓人安慰的就是在這光線的映照下而明朗靜謐。

這位軍士是一位法國人，他隨意地敞著衣服，頭戴一頂睡帽，嘴裡叼一支短短的菸斗，從帳篷裡走過來，善意地擠擠眼睛，走向皮埃爾。「多麼好的陽光啊，基里爾先生！」軍士靠在門框上說著，把他的菸斗遞給皮埃爾，儘管他總是讓皮埃爾抽，但皮埃爾一直拒絕。

皮埃爾問了有關軍隊開拔的事，軍士說，所有部隊都出發了，處理俘虜的命令今天就會下達。有個叫索科洛夫的士兵住在皮埃爾住的帳篷內，已經病入膏肓，皮埃爾告訴那個軍士，應該照料他一下。軍士讓皮埃爾安心，他們會對病號做出安排。

「親愛的基里爾先生，您只要對將軍說一句話就可以，您清楚……他這個人……記性很好。不管有什麼上尉來巡視，您只要對他說一聲，只要您說一聲，他能夠爲您做什麼事情……」

皮埃爾經常跟軍士聊天提到的那個上尉，也給他種種照顧。

「聽著，我向上帝發誓，他對我說過，基里爾先生是一個很有教養的人，他會說法語。這是一個落難的俄國貴族，但是他是個人物。他懂得所有的事情……不管他需要什麼，都要答應。只要人有了學問，就喜愛有知識和教養好的人。基里爾先生，我這是說您呢。如果不是前幾天您的話，事情就糟了。」

又說了一會兒，軍士走了。幾個俘虜聽到了皮埃爾和那個軍士的交談，都來詢問那個法國人說了些什麼。當皮埃爾向夥伴們講述那軍士所說的有關軍隊要出發的消息時，一個衣衫襤褸、面黃肌瘦的法國俘虜來到帳篷前。他一面把手指頭舉向前額敬禮，一面詢問皮埃爾，給他縫襯衫的士兵是不是也住在這個棚子裡。

一星期前，法國人都發到了用來做靴子的東西和白布，俘虜們帶著他們交付的那東西，懇求他們來縫製靴子與襯衫。

「做完了，小伙子！」普拉東一邊走出來，一邊把疊得整整齊齊的襯衫抱在胸前。

因為天氣很舒服，同時也為了便於幹活，卡拉塔耶夫只穿了一件黑如土色的破爛襯衫和一條破褲子。

「說到就要做到。我講過週五完成，週五果然完成了。」普拉東一面打開已經縫好的襯衫，一面笑著說道。法國人有點擔憂地扭頭看了一下，克服了疑慮，很快脫下制服，穿上了那件襯衫。法國人的衣服裡面沒有襯衫，只穿一件很長的、全是汗漬的帶花的絲綢背心。法國人明顯擔心看著他的俘虜們笑話他，很快把頭伸進襯衫裡去。俘虜中沒有人說話。

「看，很合身！」普拉東一面說著，一面拉直襯衫。法國人把兩隻手和頭伸出來，連眼睛也沒眨一下，瞧著身上的襯衫，認真檢查那些線縫。

「如何，小伙子，這不是裁縫鋪，沒有那麼好的工具；俗話說，就算打死一隻蝨子也要工具啊。」普拉東那圓臉上堆笑著說，他對自己的手藝很驕傲。

「行，多謝，多餘的布頭呢？」法國人問。

「假如可以貼身穿會更好，」卡拉塔耶夫說，接著欣賞自己的作品，「那樣看起來會更加舒服……」

「多謝，親愛的，可是多餘的布頭在哪兒呢？」那個法國人又笑著重複一遍以後，便給了普拉東一張掏出來的人民幣，「把多餘的布頭退還給我吧……」

皮埃爾看出，普拉東並不想聽懂法國人所說的話，所以他看著他們，不加干涉。普拉東謝過了法國人給的錢，又誇獎他的傑作。法國人則堅持要索回餘下的布頭，然後請皮埃爾翻譯一下他說的話。

「他要那些布頭幹什麼呀？」普拉東說道，「很好的包腳布還是能夠給我們完成的。那好，就這樣吧。」普拉東表情忽然陰沉起來，他從懷裡拿出一小卷碎布，沒有看那個法國人就交給了他。

法國人看了會兒布頭，想了一會兒，疑惑地看著皮埃爾，彷彿從皮埃爾的目光中看出了什麼，他的臉忽然紅了，尖聲喊道：「普拉東！啊，普拉東！給你。」說著，把布頭扔給他，轉身就走。

「瞧，」普拉東搖頭說著，「人們說自己不是基督徒，但他們還是有心肝。老人們經常說的話就是越富有越吝嗇，越窮越大方。他自己沒穿衣服，但是把東西給了我。」普拉東沉思地笑著看著布頭，思索了一會兒。「這能夠用來做一副很好的包腳布，親愛的朋友。」走進棚子後他就再也沒說話。

十二

從皮埃爾被捕，一個月已經過去了，儘管法國人想要把他從士兵們的營房轉到軍官們的營房裡去，但是他仍舊留在他第一天來到的那個房子裡。

在飽受火災破壞的莫斯科，皮埃爾飽嘗了一個人所能承受的最大的艱難困苦，可是，因爲他那強健的體魄，並且因爲這難過的日子是漸漸來臨的，說不清是從什麼時候開始的，他不僅不費力氣地承受住了，並且還對自己的情況感到興奮。他發現那麼讓他驚奇的東西，他曾在共濟會中、慈善事業中、在無聊的社交生活中、在飲酒中、在自我犧牲的英雄壯舉中，那種心境是在與娜塔莎的浪漫愛情中尋求來的；並且通過苦苦思索來探求，可是這所有嘗試都枉然。他找到了這份寧靜和內心的安逸。那個時刻是他承受可怕的行刑時，彷彿從前認爲很重要的那些感動，在他的想像和記憶中已經永遠消失的思想和感情，從此不復存在了。他不去想戰爭、想俄羅斯，也不想拿破崙，不費心政治了。這一切都與他無關，他沒有責任，所以對這一切也沒有辦法做出判斷。「不相干的是俄羅斯和夏天。」他不住講著普拉東的話，很不同尋常，這些話讓他安心。他現在覺得刺殺拿破崙的主張、對那個神秘數字的推算及有關《啓示錄》上那頭獸都是不可知的，甚至是荒謬的。他對妻子的憤怒以及對名譽被敗壞的擔憂，這個時候他覺得不僅無足輕重，而且滑稽可笑。

如今他不時回想起他和安德烈公爵的談話，並完全贊成他的想法，可是對安德烈公爵精神的認識有所差異。安德烈公爵認爲，幸福只能產生悲憤的結果，可是他的話裡含有冷嘲熱諷和苦澀的味道，他這麼說，想表述另外一種理由——我們一心想要幸福，可是再怎麼折騰自己也不能夠獲得它。但是皮埃爾完全贊成這個解釋。沒有痛苦、需要得到滿足，包括職業選擇的自由，如今皮埃爾覺得，這肯定是人類幸福的巔峰。這時，皮埃爾才頓悟到：想吃時就吃、想睡就睡、想喝就喝、寒冷得到溫暖、想交談就能和人交談、聽到人的聲音，這是很大的幸福。

皮埃爾眼下只想著一件事：獲得自由。同時，皮埃爾後來半輩子，都豪情萬丈地談論著和想著他做俘虜的這一個月，那明顯的快感將不再擁有，更重要的是，他僅可以在這段時間裡才體會到，心上完全的安逸和內心全部的自由。

第一天，他起了個大早，迎著晨曦走出營房，首先映入眼瞼的是，從新聖母修道院開始不明亮的圓屋頂和十字架，沾滿灰塵的草地上的露水，麻雀山上起伏不平的丘陵，隱藏在黛紫色遠方的叢生林木，曲曲折折的河岸。他認為可以感覺到那新鮮的空氣，聽見從莫斯科路過田野飛過的寒鴉的啼叫聲。接著東邊噴射出萬丈光芒，旭日從烏雲後威嚴地稍稍顯露出它的面容，頓時圓屋頂、十字架、露珠、遠景、河流都在歡活的光芒中閃耀，一種新生活的喜悅讓皮埃爾從沒有體會過一種充實感。

在囚禁生活期間這種感受從未消失過，還伴隨著環境的更加困難變得更加強烈了。皮埃爾來到棚子這麼長時間就贏得了同伴們的好感，他那種藐視所有困難、不放棄的精神狀態，更進一步提高了他的地位。他懂得外語，法國人對他器重；他助人為樂、樸素惹人喜愛；他力氣很大；他仁和寬厚地對待夥伴們；他能安靜地長時間坐著思考，他們對此無法理解，覺得他是個很神秘的超人。在他從前生活過的那個圈子中，他的這些特點：他的力氣，他對享樂生活的蔑視，他的心不在焉和淳樸，對他即使不是有害的，也讓他覺得不舒服，而在這兒，在這些人之間，讓他似乎成了英雄。

十三

從十月六日晚上到七日，法軍開始撤退，棚子和廚房被拆掉了，輜重隊和部隊等車輛裝好了以後就出發。

早晨七點，穿著行軍裝束的押送法國人，揹著步槍、戴著圓筒軍帽，背包和大口袋排放在棚子前頭，隨著整個佇列傳來吵吵鬧鬧的，用法語的說話聲和咒罵聲。大家都已預備好，就等一聲令下出發。那個生病的士兵索科洛夫臉色蒼白，獨自坐在本來的地方。他那雙瘦得向外突出的眼睛詢問地看著那些一點兒也不留意他的夥伴，不斷小聲地呻吟著。

皮埃爾腰間紮一根繩，拖著普拉東從茶葉箱上取下的皮爲他所做的鞋，靠近病人，蹲在他身邊。

「你看，索科洛夫，他們沒有都走！在他們這兒就有一個醫院。你比我們大家的情況會更好呢。」皮埃爾說道。

「噢，主啊！噢，我快要死了！噢，天哪！」那個士兵呻吟的聲音變得更高了。

「我立刻就去問他們。」皮埃爾說著，朝著棚子門口走過去。他一到門口，前一天請他吸菸的那個中士和兩個士兵走過來。中士與那兩個士兵都是一身行軍裝束，身上揹著背包，頭上戴著高筒帽，戴在下頷的帽帶閃閃發光，這一裝束改變了他們平日習慣的模樣。

中士是奉命來關棚子門的。要他們先清點人數以後才可以把俘虜們放出去。

「中士請問，病人該如何呢？」皮埃爾開始說道。

可是，在他說這句話的時候，他正好問到，這就是他很熟悉的那個中士。中士在這個時刻和他原來的樣子完全不同了。另外，當皮埃爾說這句話的時候，鼓聲從四面傳來。拉下臉來的中士沒有耐心地聽著皮埃爾說話，並說了幾句無意義的罵人話，砰的一聲扣上了門。「這就是它！……它又來了……」皮埃爾自言自語著，不由自主地沿脊樑骨穿過一股涼氣。

從中士說話的雜訊、從他那變了形的面孔、從那刺穿人的震耳的鼓聲裡，皮埃爾覺得那逼迫人們違背他們的意志去殺害同類的殘酷無情的神秘力量，在行刑時他預料過那種力量的意義。可能根據或逃避這種力量，與做爲它的工具的那些人請求或哀告都是於事無補的。一定要忍受和等待。他不再到病人那邊去，也沒扭頭看他。他皺著眉頭安靜地站在棚子門邊。

門打開了，俘虜們相互擁擠，皮埃爾走到前邊去，接近那個願意爲他犧牲一切的上尉，上尉也是一身軍裝，從他那殘酷的眼中，皮埃爾也發現了從鼓聲中和中士的言語中感覺到的那種東西。

「走吧！」上尉不住地說。

皮埃爾走到他面前，就算他知道他的嘗試是不會成功的。

「還有什麼事？」軍官冷眼看皮埃爾一下，不理會他。

皮埃爾講了病人的事。

「他還得走，見鬼！」上尉說道。「快走！」他沒有看皮埃爾。

「不可以這樣，他就要活不成了。」皮埃爾又開始說。

「滾開！」上尉凶狠地皺著眉嚷道。

「咚——咚——咚——咚，咚——咚……」鼓聲一直在響著，皮埃爾懂得了，那種不同尋常的能量完全制服了這些士兵，眼下說什麼也無濟於事了。

俘虜中的軍官和士兵分散開來，要求軍官走在隊伍前面。包括皮埃爾在內，有三十多個軍官，另外還有三百來個士兵。

從其他的棚子裡走出來的軍官們穿得都比皮埃爾好。他們以懷疑、不友好的眼光瞧著他和他的鞋子。一個胖少校在離他很近的地方走著。他穿著一件喀山長袍，腰上繫一條毛巾，發黃浮腫的臉上帶著惱色。少校出著粗氣，抱怨每一個人，衝著所有人發火，說人們擠著他了，可眼下沒有急著趕去的地方。一個穿著兵役局制服和氈靴的官員到處奔跑，檢查被燒毀的莫斯科，高聲發表他的觀察結論，燒毀了什麼東西，發現哪一部分是莫斯科。從聲音聽第三個軍官是一個波蘭兵，那個兵役局的官員和他爭論起來，斥責他弄錯了莫斯科的街道。

「有什麼可爭吵的?」少校不滿意地說。「不論這是尼古拉區，還是弗拉斯區有什麼差別嗎？看，所有都被燒光了，這就算結束了……您有什麼好擠的?這麼寬敞的道路您還不走嗎?」他衝身後一個事實上沒擠著他的人喊道。

「哎呀!看看他們都做了些什麼啊!」俘虜們看著大火過後的廢墟向每個地方傳出這樣的歎息聲。

當他們路過哈莫夫尼基一所教堂的時候，每一個俘虜突然擁到一邊去，發出憎惡的和恐怖的尖叫聲。

「他們真是些渾蛋!這些異教徒!沒錯，是個死人，已經死了……還粉刷著什麼呢!」

皮埃爾也接近那個教堂，它前面有什麼東西引發了驚叫，他模模糊糊地看出有一種東西圍在教堂圍牆上。一些看得比他清楚的人說，它是一具屍體，倚著柵欄直立在那裡，臉上抹著煤煙。那些觀看死人的俘虜被那些拿短劍的法國兵趕著罵道:「快走!什麼東西!你們就是這些惡魔鬼!」

十四

就在路過哈莫夫尼基區那些小巷時，俘虜們只和押送他們的士兵及押送隊的各式車輛一起前行;當他們走至糧店時，就和規模龐大、擁擠不堪的炮兵車隊混在一起了，中間還穿插一些個人的車輛。

押送俘虜的達烏部隊正經過克里米亞灘，部分人已經走上卡魯卡大道。可是輜重車隊拉得這樣長，當內伊的先鋒部隊早已經過大奧爾登卡路時，博加爾涅輜重隊的尾巴還沒有離開莫斯科呢。

路過克里木淺灘以後，俘虜們走走停停，自各個方向來的車輛和人越來越多。經過一個多小時才走完從橋到卡魯卡街之間那幾百步路，到達莫斯科河南區各街道和卡魯卡街會合的廣場，俘虜們擠在一塊兒，在那個十字路口中間站立了好幾個小時。皮埃爾緊靠著牆站在那裡，聆聽著這種聲音，和他腦海中的鼓聲交錯在一起。

為了看得更明白，幾個俘虜軍官爬上皮埃爾緊靠著的燒毀了的屋子牆頭上。「這麼多人！這樣多的人！……連大炮上都裝著東西！瞧，皮衣服，」他們喊著，「這些壞蛋，搶了多少東西啊……瞧！後面那個傢伙，車上裝的東西……那是從聖像上弄下來的東西，真的！這肯定是些德國人，還有一個俄國農民，真的……啊，這些壞蛋！看那傢伙坐在箱子上，都馬上走不動了！我的上帝，他們連輕便馬車也都給搶來了！看那邊坐在箱子上的那傢伙……天哪！他們打起架來了……」

「對，往臉上打！就這樣，天黑之前也走不了。看，快看……那肯定是拿破崙。看，多駿的馬！還有帶花體字的皇冠！像一所移動的房子……那傢伙搶了口袋都不清楚。又打起架來了……那個女孩真的是俄國姑娘，坐在馬車裡真舒服啊！」

與在哈莫夫尼基教堂前一樣，又有一股新鮮的浪潮，將所有俘虜帶領到大路上去，皮埃爾因為個頭高，從別人頭頂上看到了引起他們注意的東西。在武器車的三輛馬車裡，緊緊擠在一塊兒坐著幾個濃妝豔抹、身穿華麗服裝的女人。

自從皮埃爾知道出現了那種難以名狀的力量的時間起，無論是為了娛樂給死屍塗抹煤煙，無論是這些急著去什麼地方的女人，或者是莫斯科失火後的慘狀，都沒有辦法使他覺得害怕和驚奇了。

坐著女人的那批車隊走了。後頭又是士兵、貨車、士兵、大車、馬車、炮車、彈藥車、士兵，有時還有女人。一隊人的形狀展現在皮埃爾眼前，他沒有辦法看見單獨的人。

全部這批人與馬都彷彿被一種無形的力量驅使著。皮埃爾已經留心一小時了，在這段時間內，他們從每個街區擁出來都伴隨著快活的神情；他們都一樣，一和別人撞在一起就開始打架、發怒，皺起眉毛，以相同的語言對罵；每個人的面部都是一副英勇堅強、殘酷無情的表情，中士臉上那種神情就是那天早晨鼓聲響起時的神情，皮埃爾感到吃驚。押送隊的長官一直到黃昏才把他的部隊集合起來，大呼小叫地進入輜重車隊，俘虜們被包圍，走上了卡魯卡大道。

他們走得很快，沒有休息，直到太陽開始下落時，才不再前進。行李車放在一起，人們開始為過夜做預備。在很長一段時間內，來自各地的詛咒聲、打鬥聲和怒吼聲沒有停過。一輛跟在押送隊後面行駛著的轎車碰在押送隊的行李車上，被撞出一個孔來。

彷彿所有這些人，等到他們在寒秋傍晚的野外停下來時，才從離開時那種匆匆忙忙地、一心向前奔的狀態中甦醒過來，每個人都有一種抑鬱的情感。假如停下來，每一個人都理解了，沒有希望，不少困難在等待著他們。在這次歇息期間，俘虜們第一次在這兒吃馬肉。

從軍官到最低層次的士兵，改變了以前對俘虜的做法，似乎他們和俘虜都有發自內心的仇恨。

檢查俘虜數量的時候，發現一個謊稱肚子不舒服的俄國士兵，利用離開莫斯科時的無秩序逃跑了，這實在是火上澆油，他們對於俘虜的憤怒更深了。皮埃爾發現一個法國人怎麼殘酷地打一個偏離大路遠了一點的俄國兵，還聽到那個上尉，怎樣因為那個俄國人逃跑的事，責怪一個下級軍官。那個低級軍官爭論說，那個俘虜生病了，不會走路，軍官說，有命令把落伍的人都幹掉。皮埃爾認為可怕；可是他也覺得隨著那股要把他壓死的不祥力量的匯合，在他的內心生出了一種不受它支配的生命力，並且不停發展和加緊。晚餐吃的是馬肉與黑麥麵糊，皮埃爾和夥伴們聊了一會兒天。

皮埃爾與他的同伴誰也不討論他們在莫斯科的所見所聞，不說法國人對他們的不好，也不談對他們宣告的、有關人打死掉隊者的通知。面對的境況似乎在不停惡化，但是他們反其道而行之，顯得很愉快和活躍。他們談起個人的記憶，談起他們在行軍途中所見過的興奮場面，不談論他們目前的環境。

太陽早就落下山了。天空中繁星點點，一輪滿月緩緩升起。天空發亮，黃昏馬上就會過去，可是黑夜還沒有來臨。皮埃爾站了起來，離開他的新夥伴，路過一堆堆的篝火，另一邊的大路，他聽說士兵俘虜在那邊。他想和他們聊一聊。在路上，阻止住並命令他回去的是一個法國哨兵。

皮埃爾轉回來了，在篝火邊上，但是他沒有再回去，卻向一輛卸了套的大車走去，那邊沒有一個人。他盤起腿，靠著車輪在冰冷的地面上坐著，一個多小時過去了。但是沒有人來驚動他。突然，他哈哈大笑起來，笑聲是這樣渾厚、響亮、友好。

「哈——哈——哈！」皮埃爾笑著。他對自己說：「那個士兵不同意我過去。他們逮住我，將我關押起來。把我當俘虜關起來。關誰？我？我的不朽的精神？——哈——哈——哈！」他笑出淚來。

一個人站起身來，走過來瞧瞧這個不同尋常的大個兒自個兒在笑什麼。皮埃爾停止了笑，站起來，離開了，離那個好奇的人遠一點，向旁邊張望著。

篝火劈啪地響著，人語嘈雜，一眼望不到邊的巨大野營地靜下來了，一堆堆紅色的篝火緩緩地熄滅，變得發白了。藍藍的天空上高高地掛著一輪滿月。從前看不見的營盤以外的田野與森林，在這個時刻清楚可見。再往前，穿過森林和田地，是那隱隱約約閃亮的無邊遠方，它在朝著人們發出召喚。皮埃爾抬頭看天空，看著那往深處隱去的閃爍群星。皮埃爾想道，這所有一切都是他的，都在他的內心，這一切就是他，他笑著回到了夥伴那裡躺下睡覺時想著，他把這一切全部逮住關在大板棚子裡。

十五

十月初，又有一個軍隊使者帶著拿破崙求和的信來拜見庫圖佐夫。謊稱信是從莫斯科寄出的，事實上他已經在距離庫圖佐夫面前很近的卡魯卡老路上了。庫圖佐夫對這封信的回應也跟對洛里斯東捎來的那封信的回覆似的。他說：沒有和談可商量。

沒過多久，在塔魯季諾左側地區流動的多洛霍夫游擊隊上報說，福明斯克區查出了布魯西埃的部隊，這個師與其他軍隊是分開的，很容易將它消滅。士兵們和軍官們又請求採取行動。參謀部的將軍們，將塔魯季諾輕易得勝所鼓勵，堅持要求庫圖佐夫接受多洛霍夫的意見。庫圖佐夫覺得不需要發動改進。結果肯定是要妥協，派一支分隊去福明斯克偷襲布魯西埃師。

要知道，這是一項最艱難、最要緊的任務，落到了多赫圖羅夫身上，就是那個最謙遜的小個子多赫圖羅夫。他沒有爲給炮兵連發十字勳章而繁忙，他做出的作戰計畫也沒有人知道，等等。可是就是這個多赫圖羅夫，在什麼地方有麻煩的時候，從奧斯特利茨到一八一三年所有俄、法戰鬥中，什麼地方就會有他的存在。在奧斯特利茨，是他發動團隊去拯救能拯救的所有，在奧格斯特水壩上堅持到最後。他身患寒熱病，但是仍帶領兩萬人去斯摩稜斯克，阻止那座城市，阻擊所有拿破崙的軍隊。在斯摩稜斯克，在莫洛霍夫城門前方，他的熱病發作了，剛躺下就被攻城的炮聲驚醒了，他在斯摩稜斯克防守了一整天。在波羅底諾戰役中，巴格拉季翁犧牲了，俄軍左邊十分之九的人倒下去了，法國的炮隊把炮彈都向那裡射擊，這個時候走到那兒去的人就是這個性格懦弱、沒有洞察力的多赫圖羅夫。

被派到福明斯克去的又一次是多赫圖羅夫，他從那一個地方又去小雅羅斯拉維茨，同法國人進行了最後一仗，那裡分明就是法國軍隊開始崩潰的地方。又有人稱頌這一階段戰役中的許多奇蹟和英雄，可是，關於多赫圖羅夫，一點也沒說，或只提了很少幾句，並且模稜兩可，有關多赫圖羅夫的這種沉寂，反而最清晰不過地證明了他的品行。

十月十日，多赫圖羅夫在前往福明斯克間走過一半距離時，在阿里斯托沃村停止前進，爲了準確地執行他所接受的命令做預備，但正在這個時刻，全部法軍都急忙忙地來到了繆拉的地裡，分明想打一仗，可是忽然又莫名其妙地向左轉上新卡魯卡大道，開始進入從前僅有布魯西埃一支部隊的福明斯克。那時多赫圖羅夫所指揮的軍隊，除了多洛霍夫的游擊隊之外，只有菲格涅爾和謝斯拉文兩支小游擊隊。

十月十一日夜裡，謝斯拉文帶著一個剛抓獲的法國近衛軍俘虜，到達阿里斯托沃見司令官。俘虜說，那天進入福明斯克的部隊是所有法國大軍的前衛，拿破崙也在其中，所有法軍離開莫斯科已經是第五天了。那一天夜裡，一個從博羅夫斯克來的奴隸說，他發覺一支巨大的軍隊進城了。多赫圖羅夫支隊的哥薩克彙報說，他們發覺法國近衛軍順大路向博羅夫斯克進攻。從所有這些證據看來，明顯他們本以為僅有一個師的地方，全部法軍如今暴露了，法軍從莫斯科出來，出乎意料地轉上卡魯卡老路。不清楚在這個時刻職責是什麼的多赫圖羅夫，都不願意採用什麼行動。他奉命偷襲福明斯克。可是，那裡從前只有布魯西埃一個師，而眼下所有法國軍隊都在那邊。耶爾莫洛夫想按自己的想法行動，但是多赫圖羅夫堅持他肯定要得到動座的任務，打算派人去總司令部送信。

爲此挑選了聰明幹練的軍官博爾霍維季諾夫，他除了送一個書面彙報外，還得口頭描述全部情況。晚上差不多十二點的時候，博爾霍維季諾夫得到了信和口頭命令，帶著幾匹替換馬在個哥薩克的陪同下，飛奔向總司令部。

十六

黑暗的秋天晚上天氣有些暖和。雨持續下了四天。

換過兩匹馬，博爾霍維季諾夫在一個半小時內，在泥濘的道路上奔走了三十俄里，在晚上一點多抵達列塔舍夫卡。在一所農舍前跳下了馬，農舍的籬笆上掛著一塊牌子，上面寫著「總司令部」，他扔下了韁繩，走入一條漆黑的過道。

「快召集值班將軍，快！有很重要的事！」他對正在喘息、一個已經起床的什麼人說道。

「先去把上尉喊醒吧，接著勤務兵壓著聲說，早已三夜沒有合眼的他從夜晚起就很不舒服了。

「有重要的事，我是從多赫圖羅夫將軍那邊來的。」博爾霍維季諾夫說著走進他在漆黑中摸索到的敞開的門口。

勤務兵走在他前面，叫醒什麼人。

「大人！信使來了。」

「什麼？從哪個地方來的？」傳來朦朧的聲音。

「從多赫圖羅夫那邊來的，從阿列克謝．彼得羅維奇那邊來的。拿破崙在福明斯克。」博爾霍維季諾夫說道，在黑暗裡看不清是誰在問他，可是，從聲音上推測他不是科諾夫尼岑。

被喚醒的那個人伸了伸懶腰，打著呵欠。

「我不想叫醒他，」他摸索著某個東西說道，「他病得很重。」

「彙報在這兒，」博爾霍維季諾夫說道，「我奉命馬上把它交給值班將軍。」

「等一等，我點亮燈。你這該死的，放到什麼地方了？」伸懶腰的那個人向勤務兵喊道。「找到了！」他接著說。

謝爾比寧正在找燭臺的時候勤務兵點亮了火。

「天哪，真髒！」他厭惡地說。

在燈光下，博爾霍維季諾夫看到另外一個人還躺在角落裡，就是科諾夫尼岑，同時看到拿著蠟燭的謝爾比寧的臉看起來如此年輕。

這個時候謝爾比寧點著牛油蠟，看了看信使。博爾霍維季諾夫濺得滿身都是泥，他用袖子一擦將臉也弄髒了。

「誰上報的？」拿起信封的謝爾比寧問道。

「消息是準確的。」博爾霍維季諾夫說道，「哥薩克、俘虜、偵察兵們都這麼說。」

「沒辦法，只能把他叫醒了。」謝爾比寧說著走向那個蓋著軍大衣、戴著睡帽的人走去。「科諾夫尼岑！」他默默說，科諾夫尼岑動都不動。「去總司令部！」他微笑著說道，清楚那幾個字肯定會叫醒他。果然，那頭立馬抬了起來。在科諾夫尼岑那帥臉上還是在夢境中的表情，可是後來他忽然顫抖一下，臉上又露出不慌不忙的樣子。

「哦，怎麼了？從什麼人那裡來的？」他從容地，但很快地問道，並向著燭光閉上眼。

科諾夫尼岑一邊接受著軍官的彙報，一邊打開信封，看了那封信。他一讀完就把他那穿著件毛線襪子的腳拉向泥地上，開始穿鞋子。然後摘掉睡帽，戴上了軍帽。

「你跑得很快吧？走，去見勳座。」

科諾夫尼岑立刻醒悟了，帶來的資訊很重要，不可以耽誤。這是好還是壞，他不去考慮，也沒問過。他對此毫不關心。他覺得整個戰爭不是憑藉智力，更不是憑藉推理，而是靠另外一類東西。在他內心深藏著一種信念：所有都會好起來，但是不認同這點，更不去爭論，自己的職責應當做好。他對待自己的工作，盡職盡責，全心全意。

彼得·彼得羅維奇·科諾夫尼岑，與多赫圖羅夫一樣，只是因爲面子，才被列入那個一八一二年的英雄榜上，與巴克雷、耶爾莫洛夫、拉耶夫斯基、布拉托夫、米洛拉多維奇並列在一起。他和多赫圖羅夫差不多，被認爲是能力不高、閱歷不多的人。他從未制訂作戰計畫，可是總是在最困難的地方湧現；自從他被任命爲當班將軍以後，他經常開門睡覺，並下達一道命令：每一個信使都有權叫醒他。

科諾夫尼岑走出農莊，走入潮濕的夜色中，皺起了眉頭，部分原因是因爲頭痛更加嚴重，一個不快的想法引發了部分理由：他覺得，這個消息傳開之後，參謀部裡那些強有力的人又會同被攪亂的蜂窩似的嗡嗡亂叫，特別是從塔魯季諾以後與庫圖佐夫關係緊張的貝尼格森，他們又要進諫、發令、爭吵，再撤銷命令。這種感覺讓他很不爽，儘管他清楚這是沒辦法逃避的。

確實是這樣，當科諾夫尼岑順路到丹奧那裡，同他講了這個新消息後，丹奧講述著自己的計畫給和他住在一起的一個將軍聽，科諾夫尼岑安靜地、懶懶地聽著，提醒他說，是時候去見勳座了。

十七

庫圖佐夫夜間睡得不多。打瞌睡都是發生在白天，可是在晚上，他和衣而臥，大部分時間不是睡覺，而是在思索。

他如今也是這樣，睡在床上，思索著，睜著一隻眼睛凝望著黑暗。

自從貝尼格森與陛下通信，並成爲參謀部中最有力量的人物以後，他一直躲著庫圖佐夫，沒有人逼著他和軍隊發動沒有好處的進攻了。庫圖佐夫想起來，讓他覺得痛心的塔魯季諾戰役及其前一天的經驗，也應讓別的人發揮作用了。

「他們指導，利用攻勢，我們肯定失敗。戰神就是我的時間和耐心。」庫圖佐夫想道。他知道，蘋果青的時候別去摘。成熟了的時候，它自己會落下來。假如在青的時候就摘下來，只能浪費果樹和蘋果，自己也會落得口酸舌澀。據派洛里斯東和別爾捷列米講，及按照游擊隊的回饋來看，庫圖佐夫彷彿判定他受的傷是嚴重的。但是還得證明，必須等一下。

「他們想跑過去瞧瞧他們是如何將它打死的。等一等，你們會發覺的，總想打進攻，總想進攻！」他想道，「爲了什麼呢？無非是想展示自己！顯示打仗是多麼有趣的事似的。他們彷彿都是一些不懂事的孩子，都想表現出他們多麼會打仗。如今不是爭強好勝的時候。」

波羅底諾戰役給予敵人的打擊是不是致命的？這個久而未決的問題，庫圖佐夫已經整整思慮一個月了。一方面攻佔了莫斯科的法國人。另一方面庫圖佐夫感受到，他同所有俄國人用盡了所有的力量，不用說應該是致命的。但是，不管如何，需要被證實，他等待證據已有一個月了，等得越長，就越沒有信心。他躺在床上，夜不能寐，還在思考年輕的將軍們思索的那些事。他想像各種也許會發生的小機率事件，其中包括拿破崙已經死去。他也和年輕人一樣想像各種有可能的情況，可是，不一樣的是，他不用這些假設爲背景，想到的也不是兩、三種可能性，而是成千上萬種。他想得越長，設想出的機率就越多。他思量拿破崙軍隊也許的各種動向：用所有或部分兵力進軍聖彼德堡，或包抄他、進攻他。庫圖佐夫甚至想像，拿破崙的部隊也許向後面到梅登和龍赫諾夫去；可是，有一件事他沒有辦法預知，但現實還是發生了，這是拿破崙軍隊在撤離莫斯科的頭十一天內發狂似的走來走去，這種發飆讓庫圖佐夫連作夢也想不到的事成爲了現實：法國人根本崩潰了。

多洛霍夫有關布魯西埃師的情況，游擊隊有關拿破崙的軍隊狀況困難的彙報，預備撤出莫斯科的傳言——這所有都證實了法國軍隊敗績，正預備撤退的假設。年輕人覺得這很必要，但是庫圖佐夫不這麼想，憑他六十年的遭遇，他清楚傳言有很大的威力，清楚一些抱有什麼願望的人，經常能搜集到一些能證明他們願望的消息，而有意忽略那些與此相對的消息。庫圖佐夫越是想那樣，就越不同意自己輕信。他內心僅有的願景就是，只有他一個見到的法國人的失敗。

十月十一日夜裡，他用一隻手抱著頭睡在那裡，思考著這個問題。

隔壁房間有動靜，聽到了丹奧、科諾夫尼岑和博爾霍維季諾夫的走路聲。

「喂，誰在那裡？進來，有什麼新聞？」陸軍首長向他們喊道。在奴僕點蠟燭的時候，丹奧瞭解了新聞的內容。

「誰帶來的？」庫圖佐夫問道，當蠟燭變亮的時候，冷峻的表情掛在他臉上，讓丹奧大吃一驚。

「這是毋庸置疑的，委座。」

「讓他到這邊來。」

庫圖佐夫坐起來，一條腿放到床下，大肚子堆在另一條盤著的腿上。他瞇起那隻可以看清的眼睛，以便更清楚地看清那個信使。

「跟我說一下，朋友，」他對博爾霍維季諾夫說話的時候聲音差不多聽不見，一面把露開的襯衫折起，「過來，走近一點，你給我帶來什麼消息了？啊？拿破崙撤出莫斯科了？這是真的嗎？啊？」

博爾霍維季諾夫開始把他奉命彙報的所有內容詳細講了一遍。

「說吧，快點！別折磨我！」庫圖佐夫插口道。

博爾霍維季諾夫說完了以後，默默無語地等待命令。庫圖佐夫想說什麼，可是他忽然瞇起眼睛，皺起眉頭向丹奧招了招手，轉過身去，面對屋角發黑的擺聖主像的地方。

「主啊，您聽見我們的禱告了吧，我的造物主……」庫圖佐夫雙手合十在一起，用發抖的聲音講道。「俄國得救了。我感謝您，主啊！」他流下眼淚。

十八

從聽到這個消息直到戰爭完結，庫圖佐夫的所有活動就是利用他的權力、施詭計、忠告等各種辦法，來要求他的軍隊不做沒有好處的進攻：打運動戰，或與馬上毀滅的敵人發生戰鬥。多赫圖羅夫到小雅羅斯拉維茨去了。庫圖佐夫處處後退，但是敵人不等他退後，就向後，往相反的方向撤去了。

這些曾經組成一支軍隊的人和自己的頭一起逃跑，逃向哪裡連自己也不知道，他們都擁有一個願望：抓緊時間逃離絕境。這點就算還不清楚，但所有人都察覺到了。

正因爲這樣，在小雅羅斯拉維茨的軍事會議上，將軍們裝作探討問題，發表各種見解，忠厚的穆頓最終發表的見解把大夥的嘴都封住了，每個人的心裡都想著應當盡可能快地逃走。這個大夥都認識到的想法每一個人甚至拿破崙都不可以反對。儘管他們都知道肯定要逃跑，可還是爲他們自己要逃走而感到慚愧，需要有一種外部的推動力來壓住這種羞恥感，這種推動力及時發生了。這便是法國人稱作陛下，烏拉那件事。

在軍事會議後的隔天，拿破崙假裝要檢閱軍隊以及以前的和沒有來的地方，一早就領著他的侍從元帥們和衛隊，騎馬從軍隊中間奔跑過去。一些在旁邊搜尋戰利品的哥薩克正面撞上了拿破崙，差一點沒將他活捉。假如說哥薩克們那時沒有把他生擒，那拯救了他的也就是毀掉法國軍隊的物品：戰利品。在這裡，就好像在塔魯季諾，哥薩克們丟下人不管，撲向戰利品，他們沒有去注意拿破崙，只顧得搶奪戰利品，然後拿破崙逃掉了。

既然頓河的兒女們差不多在拿破崙的軍隊中間把他捉住，那麼事情就很明白了，他除了按熟悉的路線盡快逃走以外，別無他途。拿破崙已年近四十，大腹便便，早就沒有以前的英勇和靈活了，他清楚這些表明了什麼。因爲受到了哥薩克的驚嚇，他很快就贊成了穆頓的想法，往斯摩稜斯克大路撤退的命令就像史學家們所覺得的那樣。

拿破崙採納了穆頓的建議，軍隊後退了，並不表示是他下令這樣做的。可是這表示影響都軍取道莫紮依斯克大路向後撤退的那種動力，同時還對拿破崙產生了影響。

十九

行動的原因是每一個在行動前一定要有的。當人們走上千里之遙的路程時，他肯定想像千里之外有什麼樣的好處在等著他。爲了獲取前進的力量，想像這方樂土就在前頭。

法國人前進時的理想是莫斯科，後退時的理想是他們的祖國。可是祖國離得太遙遠了，一個需行千里路的人，一定會忘掉最終的目的，然後，在這第一天的行程中，那個歇息的地方遮住了他最終的目的，帶著他的全部希望和願望。某一個人的理想，在群體中經常會發展成眾人的理想。

對於沿斯摩稜斯克大道後撤的法國人來說，祖國這個終極理想實在太遙遠了，他們最現實的理想是斯摩稜斯克，它在人群中極大地延展開，成了他們共同的心願。並非人們知道在斯摩稜斯克有許多糧草和生力軍，從來就沒有人對他們這樣講，而是因爲只有這種想法讓他們有前進和忍受眼下的困難的力量。因此，不論那些人清楚還是不清楚，都在自欺欺人，奔向樂土一樣，向斯摩稜斯克奔去。

一走上大道，法國人就以驚人的力量和從未有過的速度，奔向他們設想出的理想。他們每個人只有一個願望——投降做俘虜，擺脫這所有困難和害怕。可是，一方面去斯摩稜斯克這一共同願望把他們引向同一方向，另一方面，一個兵團可不可以朝一個連投降，法國人一定會利用所有方便的機會脫離隊伍，找各種藉口投降，然而能找到的藉口很少。他們的數量本身加上密集的飛快的行動，讓他們不可以這樣做，也讓俄國人很難，而且不可能阻止許多的法國人這不顧所有的後退行動。物體的機械斷裂不可能達到一定的限度加快其分解。

在俄國那些軍事領袖中，除了庫圖佐夫，沒有一個人知道這個道理。當法國軍隊沿著斯摩稜斯克大路逃竄已成為準確無疑的時候，科諾夫尼岑在十月十一日晚上預料到的情況就發生了。所有上層將領都想展示一下，都想去堵截、切斷、俘虜和殲滅法國人，每個人都請求進攻。

只有庫圖佐夫一個人拚盡一切力量反對進攻，可每個總司令的權力是很有限度的。

他不可以向他們講我們眼下所說的話：「怎麼去打仗、封鎖道路、損兵折將、不人道地殺害那些不幸的人呢？那麼從莫斯科到維亞濟馬，他們的軍隊沒打一仗就損失了三分之一，又為何那樣做呢？」他利用他那老年人的知識講授一些他們能瞭解的知識，向他們說網開一面，可他們取笑他，詆毀他，在已被幹掉的野獸面前裝英雄。

在維亞濟馬附近，靠近法國人的耶爾莫洛夫、普拉托夫、米洛拉多維奇和其他人忍不住，想去打垮和割斷兩個法國兵團，他們給庫圖佐夫送去一封信彙報他們的計畫，可是信裡裝的不是彙報，而是一張白紙。

不管庫圖佐夫多麼費力約束部隊，軍隊還是出擊了。聽說，犧牲了幾千人的部分步兵團還奏著樂，敲著鼓去衝鋒也幹掉敵人的幾千人。

可是誰也沒有被他們消滅或切斷，岌岌可危的法國軍隊靠得更緊了，在人數銳減的情況下，法軍向斯摩稜斯克退去，遵循毀滅的路線走著，人數在不斷地減少。

chapter 14 法軍大潰敗

一

最有歷史意義的現象之一，便是當波羅底諾戰役的莫斯科被法國人佔據以後，就不戰而逃了。

據史料記載，一個國王同另一個元首發生了爭論，然後他就組建了一支隊伍，與敵軍廝殺，打死三千、五千或一萬人，打了勝仗，然後他就征服了一個有幾百萬人口的整個民族或國家。這聽起來是如此神奇。讓人不解的是，一個民族會因一個占其百分之一的軍隊的失敗而屈服？但是所有歷史都證明了這樣的事實：一個民族的軍隊和另一個民族的軍隊發生戰爭，軍隊戰果的大小就是那個民族興衰的原因。一支軍隊獲取了勝利，取勝的民族的權利立刻就增加了，而戰敗的民族則受到了傷害。一支軍隊吃了敗仗，然後那個民族立刻按照失敗的程度喪失一些權利，徹底戰敗，那個民族將全部失去自主。

拿破崙的戰爭都可以證明這一法則。按照奧國軍隊失敗的程度，奧國喪失了它的權利，而法國的權利和力量則大增。法國人在奧爾施泰特和耶拿的勝利讓普魯士失去了獨立。

可是，忽然，在一八一二年，法國人在莫斯科城下獲取了勝利，莫斯科被佔領以後，便停止了戰爭，但是毀滅的不是俄國，居然是法國的六十萬大軍，緊隨其後的是拿破崙的法國。

法國人勝了波羅底諾戰役以後，不僅再沒有大會戰，就連一個關鍵的戰役也沒有，但是法國軍隊消失了。這是代表著什麼呢？假如這是中國的一個史例，我們會說，這不是一種歷史現象；假如問題涉及只有少數軍隊加入的短暫的衝突，我們也許把它看作是一種例外；這些事件都發生在我們父輩的面前，對祖國的生死存亡有著密切的關注，這也是有史以來最大的一次……

一八一二年，從波羅底諾戰役一直到法國人真正被趕出俄國的那一時期的戰爭證明，贏了戰爭不但不是征服的原因，也不是屈服的標誌，證明決定民族存亡者不在於征服者，甚至也不在於軍隊和戰鬥，而取決於其他的一些東西。

那場戰役的勝利並沒帶來預期的結果，因爲比如加爾普和弗拉斯一類的眾多的農民，儘管在法國人退出莫斯科之後，趕著大車到城裡來搶劫，就意味著他們沒有表現出什麼英雄氣概，可是他們寧願把乾草燒掉，也不高價賣到莫斯科。讓我們設想：有兩個人完全依照劍術規則進行決鬥，擊劍已經進行了很長時間，忽然一方發現自己受了傷，也清楚這不是鬧著玩的，而是性命攸關的事，然後他忽然間扔下劍，隨便操起大棒掄起來。讓我們再設想：這個爲了達到目的，明智地使用了最直接、最有用工具的人，因爲騎士精神的影響，想要歪曲事實，一定要說他是按擊劍規則，用劍取勝的。能夠想像，這樣來講述決鬥情況該是多麼不可理喻！

法國人是要求按擊劍規則進行決鬥，把劍扔掉掄起大棒的是俄國人，盡所有努力想按擊劍規則來解釋所有的是描述這一事件的史學家們。

從火燒斯摩稜斯克起，開始了一場不符合常規的戰爭。燒毀城市和鄉村，打一仗就撤退。但是，在波羅底諾大敗敵人以後再退，丟下並燒毀莫斯科，搜捕匪兵，截住運輸車打游擊戰——這所有的都不符合規則。

拿破崙覺察到了這一點，他擺出擊劍者正確的姿勢停在莫斯科。從那以後，他就不住地向庫圖佐夫和亞歷山大沙皇抱怨，說戰爭違反了所有規則，殺人也有什麼規則。雖然法國人抱怨違反了規則，雖然某些地位尊貴的俄國人士不知什麼原因，他們期望一切按規則站好第二或第四姿勢，用第一姿勢進行巧妙的出擊等，人民戰爭的棒子還是以它恐怖威嚴的力量舉起來了，無視什麼人的規則和愛好，以其率直粗魯的手段，目的明確，不顧所有地抬起來，掄下去，直到趕走法國人爲止。

以分散之力量，打擊集中之敵，這是最有利和最明顯的違規的打法。這種行動常常在人民戰爭中使用。這種行動在於不是一樣多的人對打，而是分散開，各個出擊，假如遇到強敵就跑掉，有機會再打。西班牙的軍隊、高加索的山民都是這樣做的，一八一二年的俄國人也是這麼做的。

這種戰爭即所謂游擊戰，它的意義自身已經說明了。可是，這種戰爭不但違背什麼規則，並且與眾所周知的、公認的、完全正確的戰術規則全部相悖。這條規則說，優勢兵力，在戰鬥中壓倒敵人。游擊戰爭正好違背這條規則，但是游擊戰一直是勝利的。

軍事科學這樣說，就好比在力學上按照品質來判斷運動量一樣，說運動量是不是相等，決定於它們的品質是不是相等。

品質和速度的相乘得到的是力。

擴展到軍事方面，一支軍隊的力量也是它的品質乘以某種東西，乘以未知數X的乘積。聯想到歷史上有不計其數例子證明，一支軍隊數量的多少與它的力量大小並不是相符，然後軍事科學隱約承認這種未知因數的存在，並盡力在隊形排列、裝備，最常見的是從統帥的才能上去找尋這個因數。可是即使給因數加上全部這些作用，也沒有辦法得到與歷史事實相符合的結果。

本來，只要不再因爲奉承英雄們而極力吹捧最高當局戰時所發虛假指示的虛假給予的吹捧，這個未知數X了。

這個X就是士氣，就是構成這支軍隊的所有成員願意冒危險去打仗的願望的強烈程度，這與指揮他們的人是不是天才，他們怎麼列隊，用什麼樣的武器去打仗，全部無關。鬥志最強的人總是位於優勢。

士氣這個因數與數量的乘積就是力量。科學的課題是解釋和確定士氣這個因數的影響。

進攻時應該集體行動，後退時應該分散行動，這一戰術規則無形中證實了軍隊的強弱來源於士氣這個真理。率領軍隊在槍彈中前進，比擊退進攻需要更嚴格的紀律，這種紀律僅僅在集體行動中才能保持。可是這個規則沒有考慮到士氣，接連不斷的事實將它否認，特別是在人民戰爭中士氣的起伏最鮮明地表明這條規則與事實不相符。

一八一二年法軍的退卻依照戰術，他們本來應分散行動，保護自己，可是他們擠作一團，因爲士氣低落到必須聚成一團才能夠讓這支軍隊維持在一起。相反，依照戰術，俄國人應當集體進攻，可事實上他們是分成小股力量，因爲他們的士氣這樣高漲，一個人，不需要命令，就會去打法國人，不用威脅，就迎難而上。

二

游擊戰本來就是開始於從敵人進入斯摩稜斯克的時候。

游擊戰在還沒有得到政府真正承認時，數不勝數的敵人、籌集糧草的人和落伍的搶劫者等，都被農民們和哥薩克們殺死了，不自覺地把他們弄死。捷尼斯．達維多夫依靠他俄國人的直覺，第一個瞭解到那個可怕的大棒的意義，不管什麼戰爭規則，用它來消滅法國人，他是第一個促進這種戰爭合法化的功臣。

八月二十日，達維多夫產生了第一個游擊隊，接著，另外一些游擊隊成立。隨著戰爭接著發展，這些游擊隊的數量就不斷增多。

游擊隊漸漸地殲滅那支大軍。就在十月，在法國人逃往斯摩稜斯克的時候，就有好幾百個大小不同性質的隊成立了。有一些全都依照軍隊的模型組建，也有炮兵、步兵、參謀部，還帶著日常用品；另有一些無名的小隊；還有一些只有哥薩克騎兵；有的騎馬；有的步行，有地主的和農民的。

十月末是游擊戰開展得最如火如荼的時期。如今戰爭已經有了結局，大家都知道可以向法國人做什麼。這個時候只有那些有參謀部的司令官，依照規則在遠離法國人的地方活動，覺得許多事還不可以做。那些小游擊隊早就開始活動了，在近處觀測法國人，把司令官們不敢想的事看作是可能的。農民們和哥薩克們鑽到法國人內部去活動，認爲現在可以爲所欲爲了。

十月二十二日，游擊隊員傑尼索夫同他的小隊勁頭十足，從一大早開始，他和他那一隊人就開始行動。他成天都在大路邊的森林裡，監視一支龐大的俄國俘虜的隊伍和法國騎兵運輸隊，根據偵察兵和俘虜說，他們離其他部隊很遠，在龐大的護送隊護送下前往斯摩稜斯克。不但是傑尼索夫和在他旁邊活動的托羅克夫，一些有參謀部的大游擊隊的司令官們也清楚這支運輸隊，並且就像傑尼索夫所說，正垂涎呢。有兩個大隊的司令官——一個是德國人，另一個是波蘭人——差不多一齊送信來邀請傑尼索夫加入他們的隊伍，共同襲擊這支運輸隊。然後他給那個德國人回信說，雖然他衷心願意在這樣英勇和著名的將軍麾下效勞，但是他必須丟下這種榮耀，因爲他已經歸屬於波蘭將軍了。他給波蘭將軍的回信也這樣寫，說他已經接受了德國將軍的指揮。回覆他們以後，傑尼索夫預備隱瞞上級，以他們那小隊的力量襲擊和俘獲這支運輸隊。

十月二十二日，運輸隊從米庫林納村往沙姆舍沃村行進。在米庫林納到沙姆舍沃之間路左邊是一大片樹林，有些地方靠右路邊。傑尼索夫和他的小隊成天在樹林裡巡邏，有時深入林中，有時來到樹林邊上，密切注視著行進中的法國人。這天早晨，傑尼索夫小隊的哥薩克們，把在米庫林納附近陷進泥淖裡的兩輛裝有騎兵鞍子的大車俘獲，趕到樹林裡。從那時，直到晚上，一直很安靜，只監視法國人的行動。先不去打草驚蛇，讓他們法國人順利地到達沙姆舍沃村，在那時計畫和托羅克夫會合，天亮時，突然兩面夾攻，一舉擊敗這支運輸隊，抓獲他們。

在他們的後面，在距米庫林納兩俄里、樹林直達大路的地方，留下六個哥薩克放哨，以彙報新到的法軍的情況。

在沙姆舍沃的前面，托羅克夫也一樣派人監視大路，查明其他法國部隊的位置。運輸隊大約有一千五百人。傑尼索夫有二百人，托羅克夫也許有那麼多人。可是敵人人數上的優勢並不能妨礙傑尼索夫實施自己的計畫，他只知道：這是些什麼樣的部隊。為此傑尼索夫需要抓個「舌頭」。早晨襲擊那兩輛大車時，速度太快，跟車的法國人都被打死了，只活捉了一個掉隊的小鼓手，他掉隊了，根本不清楚。

傑尼索夫覺得，又一次襲擊是危險的，為了不驚動整個運輸隊，他派他隊裡的一個農民吉洪·謝爾巴提前到沙姆舍沃村去，假如有機會，哪怕捉一個派出來打前站的法國設營員。

三

那是一個潮濕、溫暖的秋天。有時忽然大雨傾盆，有時細雨連綿。

傑尼索夫穿著氈斗篷，戴著毛皮高筒帽子，雨水沿著帽子往下淌，騎一匹精瘦的純種馬。他和那匹偏過頭、抿起耳朵的馬一樣，皺著眉頭躲開那斜注的大雨，心事重重地看著前方。

傑尼索夫旁邊是個哥薩克大尉，傑尼索夫的夥伴，他一樣穿著氈斗篷，戴著毛皮高筒帽子，跨下一匹健碩的頓河馬。

另一個人是哥薩克大尉洛瓦伊斯基，一樣的穿戴，他身材細高，身體跟板子一樣扁平，白皙的臉上一雙細長亮亮的眼睛，頭髮是淡褐色的，騎馬的姿勢和面部表情都呈現出一種得意、冷靜的神氣。在他們前面不遠處，走著一個農民嚮導，他身穿灰色的長袍，戴著白色帽子，渾身濕淋淋的。

在他們不遠的後方，一位年輕軍官身穿著藍色法國軍大衣，騎在一匹又小又瘦的吉爾吉斯馬上，馬的鬃毛和尾巴很長，嘴唇都磨出了血。同他並排走著一個騎馬的驃騎兵，他身後馬屁股上坐著一個身著破敗的法軍制服、頭戴藍色高筒帽的男孩。男孩用他那凍得紅腫的雙手抓住驃騎兵，赤腳不停地搖晃來取暖，驚奇地抬起雙眼向四處張望。這就是早晨俘獲來的法國鼓手。

在他們後面不遠，驃騎兵們三人或四人一排，在狹窄泥濘的林間小道上走著，再後是哥薩克。有人身穿氈斗篷，有人頭上蒙著馬被，有人穿著法國軍大衣。人們縮著脖子騎在馬上，動也不動，好把滲到身上的水焐暖，也爲了不讓新的冷水流到座位下面、脖子裡和膝蓋下。

在拉長了的哥薩克隊伍裡，有兩輛大車，裝著那些帶著鞋子的哥薩克馬和法國馬，在枯枝敗葉上沿著被雨水灌滿的車轍吱吱呀呀地走著。

傑尼索夫的馬爲了避開路上的水窪朝一旁繞過去，這一下他的膝蓋狠狠撞到了樹上。

「見鬼！」傑尼索夫惡狠狠地破口罵了一聲，齜著牙狠狠抽了馬三鞭子，淤泥四濺。傑尼索夫的情緒不佳：因爲雨下個不停，也因爲餓，更主要的是因爲直到現在還沒有托羅克夫的什麼消息，而派去捉「舌頭」的人也沒回來。

「從今往後再也不會有這樣的機會偷襲運輸隊了。獨自行動的確太冒險了，但是遲一天，就會被那些大游擊隊把戰利品從眼皮底下奪走。」傑尼索夫一邊琢磨著，一邊在焦慮地四處張望，渴望看見托羅克夫派來的信差。

走上林間小路，在那兒，朝右的視野很好，傑尼索夫停了下來。

「有人來了。」他說道。

哥薩克大尉向著傑尼索夫所指的方向望去。

「有兩個人，一個是哥薩克，一個是軍官。不過我並不能確定那軍官是中校。」哥薩克大尉說道。

來人下了山坡，不見了，很快又出現了。走在前面的軍官揮著鞭子鞭策著那匹疲倦的小跑著的馬，他已渾身濕透，衣衫不整了，把褲腿捲到了大腿。他後面，一個哥薩克，在馬鐙上站著，飛奔而來。這個很年輕的小伙子就是軍官，有一雙敏捷的眼睛和一張紅潤的臉，他飛奔到傑尼索夫面前，交給他一個濕透了的信封。

「將軍的信，」那個軍官說，「很抱歉，有點濕……」

傑尼索夫若有所思地皺著眉，接過信封。

「看，他們一直強調危險，」傑尼索夫讀信的時候，哥薩克聽那個軍官向他說。「可是卡馬羅夫和我，」他看那個哥薩克，「預備好了。我們一人有兩支手槍……不過這是誰呀？」他問道，看見了那個法國鼓手。「俘虜？你們已經打過仗了？我能和他聊聊嗎？」

「彼佳！」傑尼索夫看完信中的內容，喊道，「你怎麼不介紹你自己？」傑尼索夫微笑著轉過身來，伸出右手，擺在軍官前。

這個人就是彼佳．羅斯托夫。

彼佳一路上都在計畫著要像一個大人那樣來對待傑尼索夫，不讓別人清楚他們之前認識。可是傑尼索夫向他一笑，他立刻就興奮得臉紅了，不記得了之前所預備好的官腔，開始講述他如何從法國人旁邊若無其事地經過，接到這個任務，他太興奮了，說他已經加入過發生在維亞濟馬附近的戰鬥，有一個驃騎兵在那裡立了功。

「很興奮見到你。」傑尼索夫打斷他說，馬上他臉上又堆滿了焦急。

「米哈伊爾·菲奧克力季奇，」他向哥薩克大尉說，「送來的是那個德國人，他是他的下屬。」

傑尼索夫向哥薩克大尉轉述了剛接到的信的內容，德國將軍又提出與他聯合襲擊法國運輸隊的建議。

「明天我們肯定要拿下他，他就要從我們眼皮子底下把它奪走了。」傑尼索夫最後說。

傑尼索夫和哥薩克大尉說話的時候，彼佳因為傑尼索夫對他的冷淡而羞愧起來，他沉默不語地從大衣底下把褲腳放下，盡可能裝出一副威武的樣子。

「大人，有什麼命令嗎？」他問傑尼索夫，把手舉到帽簷邊上，又開始他準備好的將軍與副官的把戲了，「或許我應該留在大人這裡？」

「命令？」傑尼索夫頓一下，「那你可以留到明天嗎？」

「啊？那太好了……我真的能留在您這裡嗎？」彼佳喊道。

「但是，將軍要求你立即回去嗎？」傑尼索夫問道。

彼佳臉紅了。「他沒說。我想行吧？」他小心地試探說道。

「那好吧。」傑尼索夫說道。

他指示部下，到樹林裡看林人小屋旁邊原定的歇息地去，命令那個騎吉爾吉斯馬的軍官去找托羅克夫，搞明白他的位置以及晚上能否來。傑尼索夫自己與哥薩克大尉及彼佳，去打探他們明天所要進攻的法軍露營地的狀況。

「喂，大鬍子，帶我們去沙姆舍沃吧。」他向那個農民嚮導說道。

彼佳、傑尼索夫和哥薩克大尉，帶領幾個哥薩克和那個帶著俘虜的驃騎兵向左轉，穿過一道山谷，走向森林的邊界。

四

雨停了，可霧還沒散。哥薩克大尉、傑尼索夫和彼佳，默默地跟著那個戴便帽的農民。

農民停在了一道斜坡上，察看了一下周圍，接著走向樹木稀少的地方。來到一棵樹葉稀少的大橡樹旁邊的時候，他停下來，向他們秘密地招手。

彼佳和傑尼索夫走到他跟前。那兒能夠看到法國人。樹林外的斜坡上，有一片春播作物。與右邊那條陡峭的山谷對著的，是一所屋頂坍塌的地主房子和一個小村子。在地主房子裡、村子裡、井邊、花園裡、整個小丘上、池塘邊、飄浮的霧中、橋頭與村子間那四百多米上坡的大路上，能夠看到許多人。能清晰地聽到用不是俄羅斯語吆喝著拉車上坡的馬和人們彼此呼叫的聲音。

「把俘虜帶到這兒來。」傑尼索夫壓低聲音說道，眼睛還直直地盯著那些法國人。

哥薩克下了馬，把那個孩子抱了下來，把他帶到傑尼索夫那裡。傑尼索夫指著那些法國部隊問他，這些是什麼部隊，那孩子把已被凍得發紫的手插進衣兜裡，抬起頭，驚恐地看著傑尼索夫，雖然他願意把自己知道的都說出來，但是答得顛三倒四，傑尼索夫問他什麼，他都點頭稱是。傑尼索夫眉頭緊鎖，轉過身去，向哥薩克大尉說了自己的想法。

彼佳不停地轉動著腦袋，有時看那個鼓手，有時看傑尼索夫，有時看哥薩克大尉，有時看村子裡的一切和大路上的法國人，盡可能不讓自己漏掉一點細節。

「無論托羅克夫是否可以來，我們也要幹，嗯？」傑尼索夫目光閃爍著，愉快地說道。

「這個地點確實很恰當。」哥薩克大尉說。

「我們派步兵穿過窪地到下面，潛入花園，」傑尼索夫接著說，「您帶著哥薩克們從樹林那邊騎馬過去，我帶著驃騎兵從這裡過去。就以槍聲爲信號……」

「不能走窪地——那裡有一個大泥潭，」哥薩克大尉說，「馬會陷進去的。你們一定要從左邊繞過去……」

正當他們小聲聊天的時候，一聲槍響從池塘旁的窪地上傳來，一團白煙升起，接著又是一聲，然後聽見山坡上幾百個法國人在那兒齊聲喊叫，他們似乎很快活。一開始哥薩克大尉和傑尼索夫迴避了一下，還以爲是他們引起的喊聲和槍聲。可是事實上吶喊和放槍都與他們無關。在下面，一個穿黑衣服的人，在窪地裡跑著。明顯，法國人這樣的大動作，目的是他。

「那不是吉洪嗎？」哥薩克大尉說。

「是他！沒錯！」

「那個狡猾的東西！」傑尼索夫說道。

「他能逃掉。」哥薩克大尉認真觀察著眼前的情況，胸有成竹地說。

吉洪飛快地跑到小河邊，一頭栽進水裡，藏了一會兒，接著手腳齊用地爬出來，身上的衣服都被浸透了，變成了黑色，又向前跑去。那些法國人追著追著忽然停下來了。

「真靈活！」哥薩克大尉說。

「真是個狡猾的東西！」傑尼索夫懊喪地說，「他這大半天都在幹什麼呢？」

「他是誰？」彼佳問道。

「他是我們的一個偵察兵，我讓他去抓一個『舌頭』。」

吉洪．謝爾巴提是他們隊裡很能幹的一個。傑尼索夫最開始的行動是來到波克羅夫斯克耶，像平時一樣把村長找來，問他那些法國人的情況，那個村長，爲了自我保護，回答說他們什麼也不清楚；可是傑尼索夫就爲了打法國人，僅僅是問法國人有沒有竄到他們這裡來，傑尼索夫以這樣的方式說的時候，村長才回答說，洋鬼子確實到他們村裡來過，可只有吉洪．謝爾巴提一個人清楚這些事。傑尼索夫叫人找來了吉洪，讚揚了他，當著村長的面，說了幾句激勵的話。

「我們並沒有傷害法國人，」吉洪說道，「我們只不過是跟那些小子玩玩。的確有二十來個洋鬼子被打死了，可是那不算是我們幹的……」

傑尼索夫離開了波克羅夫斯克耶時，完全不記得這個農民了，這時有人彙報說，吉洪跟著他們的隊伍，請求加入。傑尼索夫就下令把他收下了。

吉洪最初只幹些粗活，挑水、生篝火、剝馬皮等，很短的時間就對游擊戰表現出很大的興趣和才能。每次帶回來的法國武器和裝備都是他晚間出去搜尋到的戰利品，有命令時，他也能抓回俘虜。傑尼索夫後來不讓他幹活了，出去偵察時就把他帶上，後來又把他編入哥薩克隊中。

吉洪討厭騎馬，總是徒步行軍，從沒落在騎兵後頭。他的武器就是一支火槍、一把斧子和一支長矛。他帶火槍僅僅是覺得有意思而已，而用斧子和長矛卻得心應手：既能準確地掄起斧子來把木頭一分爲二，也能夠用斧頭雕小木勺或削小橛子。在傑尼索夫的隊裡，吉洪居於一種特別的無法取代的地位。每當遇到很困難或讓人討厭的任務需要做時，大夥都笑著指指吉洪。

「這對他來說小菜一碟，這個小鬼，他強壯得和馬一樣！」人們這樣說他。

有一次，吉洪要活捉一個法國人，那人用手槍衝他開了一槍，正好打中他背後堆積著肌肉的地方。吉洪只用了伏特加酒內服外擦就養好了傷，樂意被人談笑的吉洪便成了全隊的笑料。

「老兄！如何，還幹不幹了？是不是被人打趴下了？」哥薩克們經常和他開玩笑。吉洪有意弓著身子，裝出一副苦相，用最可笑的話罵法國人。這件事對吉洪唯一的影響是，自從受過傷以後，他不常捉俘虜了。

他是隊裡最能幹、敢於衝鋒陷陣的人。抓到的或是打死的法國人數他最多。他成了所有驃騎兵和哥薩克打趣的人物，自然他自己也樂意扮演這個角色。而這次，傑尼索夫派他去沙姆舍沃村抓「舌頭」。可是，不知他是因為覺得只抓一個法國人不過癮呢，還是因為他晚上睡過頭了，他居然大白天爬進了法國人佔領的樹叢中，然後，就有傑尼索夫在山岡上看見的那一幕，吉洪被發現了。

五

哥薩克大尉又和傑尼索夫談了明天襲擊的事，法國人近在咫尺，他決定掉轉馬頭，往回走了。

「喂，老弟，我們這時候去烘烤乾衣服了。」他對彼佳說。

當他們走近守林人小屋的時候，傑尼索夫忽然發現了什麼，停下來，向樹林裡望著。有一個腳蹬樹皮鞋、身穿短上衣、頭戴喀山帽子的人在樹木那兒，兩條長腿邁著大而輕快的步子瀟灑地甩著兩隻長胳膊走過來，他腰帶裡別著一把斧子，肩上挎著一支火槍，一看到傑尼索夫的時候，忙把某些東西扔進樹叢裡，摘下帽簷耷拉著的濕透了的帽子，走到司令官前面，是吉洪。他那張麻臉上佈滿了皺紋和小坑，一雙又小又細的眼睛還閃動著光芒。他高高地仰著頭，傑尼索夫被他很彆扭地望著。

「喂，你到哪裡玩去了？」傑尼索夫問。

「我到哪裡玩去了？我抓法國人去了。」吉洪連忙用沙啞的低音大膽地回答著。

「你怎麼大白天潛到那裡去了？畜生！算了算了，那怎麼沒抓來呢？」

「抓到了。」吉洪說。

「在哪裡？」

「我天亮時捉到一個，」吉洪接著說道，「我把他領到樹林裡，看樣子是個不中用的傢伙，然後我想再去抓一個更好一點的。」

「唉，這個傢伙果然狡猾。」傑尼索夫向哥薩克大尉說，「那麼你怎麼不把那一個帶來？」

「帶他來幹什麼？」吉洪連忙氣憤地打斷他說，「那個傢伙真的很不中用。莫非我不清楚您需要什麼樣的？」

「你這個鬼頭！然後呢？……」

「我就去再找一個，」吉洪接著說道，「我就這樣從樹林裡爬過去，趴在地上。」他猛地俯在地上，表演著那時他是怎麼做的。「有一個過來了，我就這樣抓住了他，」吉洪輕巧地跳了起來，乾淨俐落。「我對他說，『走！去見上校。』他高聲叫了起來，他們一共四個人，這時，都拿著短劍向我撲來。我拿著斧子迎上去，『你們做什麼？』我說，『基督保佑你們吧！』」吉洪就像正在遭遇那一幕，瞪著眼、挺著胸、揮動著斧頭喊道。

「沒錯，我們在山上親眼看到你怎麼從水窪子那裡逃掉的！」哥薩克大尉瞇著他那會放光的眼睛說道。

彼佳很想笑，可是他看見他們都忍住不笑。

「你少耍滑頭！」傑尼索夫生氣地咳嗽了一聲說道，「你怎麼不把第一個傢伙帶來？」

吉洪用一隻手抓了抓背，用另一隻手撓了撓頭，忽然綻開了傻傻的笑容，露出豁牙。傑尼索夫笑了，彼佳也忍俊不禁，吉洪自己也跟著笑了。

「可是他真的一點也沒有用，」吉洪說道，「他身上的衣服都破爛得不能看了！我怎麼能帶他來呢？他還很粗暴，大人！他說：『我好歹也是將軍的兒子，我不去！』」

傑尼索夫說道：「唉，你真笨得像頭豬！我還想要盤問他……」

「沒錯，我盤問過了，」吉洪說，「但是他說，他不太清楚。他說：『我們的人有太多都只是掛個名而已，只要向他們大喊一聲，他們就投降了。』」吉洪最後說，自信快活地看著傑尼索夫的眼睛。

「你再裝瘋賣傻我抽你一百鞭子！」傑尼索夫厲聲說。

「為什麼生氣呀？」吉洪說道，「那些您想要的法國人，我沒見過！等到天黑，想要什麼樣的我都給您抓，哪怕三個也行。」

「算了，我們走吧。」傑尼索夫說道，一直到看林人小屋，他一言不發，怒氣沖沖地緊皺著眉頭。

吉洪的話和微笑引起的那陣笑聲過去後，彼佳馬上意識到了，吉洪殺了一個人，一種很不安的感覺湧上心頭。回頭看一眼那個被俘虜的鼓手，心裡彷彿被什麼東西扎了一下。可是沒過一會兒，這種感覺便不見了。他認為必須打起精神，抬起頭，鄭重其事地向哥薩克大尉詢問明天的活動安排。

在路上，傑尼索夫碰到了那個被派去詢問消息的軍官，帶來了托羅克夫本人立刻就到的消息，他那方面一切順利。

剛才一語不發的傑尼索夫忽然興奮起來：「把彼佳叫過來！」

「行啦，說說你那邊的情況吧。」

六

彼佳在家人離開莫斯科前就離開了他們，加入了哥薩克大尉的團隊，很快就給一個指揮一支大游擊隊的將軍做了傳令官。從升爲軍官時起，彼佳常常處在一種幸福、激動的狀況中，爲自己的成長和成熟感到愉悅。他總是不放過一切能建功立業的機會。他經常覺得他不在的地方正在進行著真正的英雄偉業，所以他總是急不可待地想去他沒有去過的地方。

十月二十一日，他的將軍表示要派一個人去傑尼索夫的游擊隊。彼佳苦苦哀求加入，懇求派他去。可是，在派遣他的時候，將軍又想起在維亞濟馬戰鬥中那瘋了一樣的彼佳，那時，他不沿大路到派遣他去的地方，而是衝動地騎著馬跑到法國人控制下的警備森嚴的散兵線上，還在那裡開了兩槍。因此這次派遣他時，將軍表明不允許他加入傑尼索夫的所有行動。因此，在傑尼索夫問彼佳能不能留下來的時候，他臉紅了，有些不知所措。之前，他們騎馬走出樹林之前，彼佳還覺得，他應當嚴格律己履行自己的義務，馬上返回。但是見到了那些法國人，又看見了吉洪，他馬上改變了主意。

傑尼索夫、彼佳和哥薩克大尉來到看林人小屋時，天已經黑了，在暮色中能夠看到備好鞍子的馬，還有在林間空地上搭棚子的哥薩克士兵和驃騎兵。爲了不讓法國人發現有煙，在林間溝谷裡生起通紅的篝火。在那所小房子的走廊裡，一個哥薩克正捲著袖子切羊肉。屋內有傑尼索夫隊裡的三個軍官，他們用一扇門當桌子。彼佳脫下他的濕衣服，讓人去烤乾，他拚那張桌子也是爲了軍官們。

不到一刻鐘，晚餐預備好了，桌上鋪上了桌布，放著伏特加酒、甜酒、白麵包、煎羊肉和鹽。

彼佳同軍官們一起坐在桌上，用手撕著香噴噴的肥羊肉，油順著手往下流。

「那麼，您是怎麼想的？」他問傑尼索夫，「我可以在您這裡多待一天嗎？」不等傑尼索夫回答，他就自己先回答了：「您清楚，我奉命來瞭解……這不，我正在瞭解……但是您必須讓我加入最重要的……我不要獎賞……我只想要……」彼佳咬起牙關，仰著頭，並揮動一隻手。

「加入最重要的……」傑尼索夫笑著重複他的話。

「只是，請讓我自己指揮一些，完完全全讓我指揮點什麼事……」彼佳往下說道。「這對您算得了什麼呢？」想要切羊肉的那個軍官聽他對自己說的話。

彼佳把自己的折刀遞給他。那個軍官誇讚他的刀子很好。

「給您留下吧。我有好幾把這樣的刀。」彼佳紅著臉說道。

「天哪！我不記得了，」他忽然叫道，「我有一些葡萄乾，是很好的那種，沒有籽的。我們有個隨軍小販，他有許多不錯的東西。我買了十磅。我很喜歡吃甜東西。你們願意吃一點嗎？」不等他們回答，彼佳就跑去找他的哥薩克，拿回一個裝著差不多五磅葡萄乾的口袋。「請吃點吧，先生們。」

「您要不要咖啡壺？」他問哥薩克大尉。「我從那個隨著軍隊行進的小販那裡買了一把，棒極了！他很誠實，這是最主要的。我肯定給您送來一把。或許您的火石快用完了或磨壞了，這是時常發生的事，您清楚。我帶了一些來，就在這裡，」他指著口袋接著說，「一百片火石。我買得很便宜。您需要多少，就拿多少，都拿去也行……」忽然，彼佳停了下來，臉紅了，害怕他是不是說得過了頭。

他盡量回憶著他有沒有做過一些愚蠢的事情。那個法國的鼓手，在他回顧起那天情況的時候記起來了。「我們在這裡還挺舒服的，可是他如何呢？他被他們弄到什麼地方去了呢？給他吃東西了嗎？有沒有欺負他？」他想道。可是，他發現自己剛才在火石問題上說得過頭了，如今不敢再說了。

「問問總是可以的，」他想道，「可是人們會說：『他只是個孩子，這樣可憐那個孩子。』明天我一定讓他們看看我是個怎樣的孩子！我假如問了，是不是很難爲情？」彼佳想道。「管他呢！」他立即紅著臉說道：「我可以把那個被俘的孩子叫進來，給他一些吃的東西嗎？……也許……」

「是啊，那小東西確實怪可憐的。」傑尼索夫說道，他的確看不出這提議有什麼可恥的地方，「去把他叫進來。他叫溫森特．波塞。叫他進來。」

「我去叫吧。」彼佳說。

「去吧，去吧，那可憐的小東西。」傑尼索夫又說一遍。

當傑尼索夫說這話的時候，彼佳正走到門旁。走到傑尼索夫身旁的他忽然從軍官們當中擠了過去說道：「讓我吻您一下吧，親愛的！你是個天使！」他親吻了傑尼索夫後，立即跑到院子裡。

「溫森特．波塞！」彼佳站在門口喊道。

「他在那邊火堆旁烤火呢。哎，韋西涅！韋西涅！」叫聲和笑聲一起從黑暗中傳來。

「這是個聰明的孩子，」一個站在彼佳旁邊的驃騎兵說，「我們剛剛給他送了些吃的。他餓壞了！」

黑暗中傳來光腳踩爛泥的聲音，小鼓手走到了門前。

「啊，是您呀！」彼佳說道。「您要吃東西嗎？不要擔心什麼，我們不會對您怎麼樣的。」

「謝謝您，先生。」小鼓手用顫抖的聲音回答道，他開始在門檻上蹭他腳上的泥。彼佳有許多話想向小鼓手說，可是他不敢。那孩子的手之後在黑暗中被他抓了起來，握住了。

「進來吧，進來吧。」他柔和地對孩子說。

「唉，有什麼我能爲他做的呢？」正在自言自語的彼佳打開了門，讓那個孩子先進去。

當小鼓手進屋之後，彼佳在離他較遠的地方坐下，認爲太過留心他會有損自己的尊嚴。只是口袋裡的錢他一直摸著，這難爲情的事是不是要給小鼓手一些錢。

七

傑尼索夫要求士兵們給小鼓手一些羊肉和伏特加，又給他換上一件俄國長外衣，好把他留在隊裡，不把他和其他的俘虜一起遣送走。

托羅克夫的到來讓彼佳的注意力從小鼓手身上移開了。托羅克夫外表的樸素，讓彼佳吃驚。傑尼索夫穿一件高加索男子上衣，留著鬍子，胸前掛著明晃晃的聖尼古拉神像，言談舉止很得體，無不顯示出他和別人不同的地位。而托羅克夫則剛好相反，他在莫斯科時曾穿過波斯服裝，但是這個時候的他是最標準的近衛軍軍官的裝扮。臉刮得很乾淨，穿一件近衛軍的棉大衣，頭上端端正正地戴著一頂軍便帽。他在屋子的角落摘下濕斗篷，跟誰也不打招呼，直接就走向傑尼索夫，立即談起正事。傑尼索夫向他講述了有關那兩個大游擊隊襲擊運輸隊的計畫，派彼佳來送信，和他自己給那兩個將軍的回答。然後同他講了所有有關法國軍隊的情況。

「情況是這樣。不過肯定要清楚那裡有些什麼部隊，總共有多少人，」托羅克夫說道，「一定要去一趟。不準確地清楚他們有多少人，是不可以貿然行動的。我喜歡精確地去做事。有哪位先生想和我到法國營地去一趟？我這兒有法國軍服。」

「我……我跟您去！」彼佳激動地喊道。

「完全用不著你去，」傑尼索夫向托羅克夫說道，「至於他，我不管怎麼樣都不會放他去的。」

彼佳叫道：「不可以去的怎麼只有我？」

「因爲我覺得完全沒這個必要。」

「不，對不起啦，因爲……我一定要去，就是這樣。您帶我去嗎？」他堅定地問托羅克夫。

「爲什麼不行呢？」托羅克夫心不在焉地回答著，凝視著那個小鼓手的臉。

「這個小東西在你這裡許久了嗎？」他問傑尼索夫。

「不懂事的他是我今天捉到的。我要把他留在我這兒了。」

「別的俘虜你把他們弄到什麼地方去了？」托羅克夫問道。

「我把他們全部送走了，並拿到了收條，」傑尼索夫紅著臉喊叫，「我能勇敢地說，我的良心上沒有一條人命。把三十個或三百個俘虜押解到城裡去，比侮辱一個軍人的名譽容易得多！」

「而我和老兄你，應該是扔掉這些客套話的時候了。」托羅克夫接著說道，似乎他從這個能刺激傑尼索夫的話題上得到樂趣一般。「你爲什麼要把這可憐的孩子留下？」他說著搖搖頭，「因爲你很同情他！但是我們清楚你那些收條。你送走一百個人，而能送到城裡的只有三十個，大多數人不是餓死了，就是被打死了。因此，送和不送有什麼差別嗎？」

「反正沒差別，沒有什麼好說的。我是不會做那些讓良心不安的事。你說他們會死掉。好啦，就算是那樣，但一定不是死在我手上！」

聽到這些托羅克夫笑起來。

沉默了一會兒，托羅克夫說道：「該開始工作了。把我的背包取來，讓我的哥薩克們去。那兒有兩套法國軍裝。」

「如何，你要跟我去嗎？」他向彼佳問道。

「我？那當然，肯定去！」彼佳喊道，他滿臉通紅，眼淚汪汪地看著傑尼索夫。

當傑尼索夫和托羅克夫爭論應該如何對待俘虜的時候，彼佳感到不知所措，他來不及弄清楚他們所說的話。「既然上流社會的人都那麼想，這就是說，應當那樣，這就是說，那樣好，」他想道，「最關鍵的是，不可以讓傑尼索夫以爲我會聽他的，他能夠命令我。我肯定要跟著托羅克夫去法國營盤。他可以辦到的事，我也一樣可以辦到！」

傑尼索夫一直在勸阻彼佳，不讓他去，但彼佳彷彿主意已定，只回答說，精確地做事一向就是他的習慣，而並不是憑僥倖，他從來不擔憂個人的安危。

「因爲您應該贊成，如果我們對他們的人數瞭解不夠精確，就會禍及幾百人的性命，而我們不過是兩個人而已。此外，我很想去，而且肯定要去，請您別攔阻我了，」他說道，「那樣只會更糟……」

八

彼佳和托羅克夫戴著圓筒軍帽，穿著法國軍大衣，騎著馬偵察了法國宿營地的林間小路，他們摸黑走出樹林，進入窪地。托羅克夫命令跟隨他們的哥薩克靜靜地等在那兒，接著飛快地順著大路向橋馳去。彼佳與他並行，緊張得喘不過氣來。

「如果他們抓到了我們，我肯定不會做俘虜，我會用我自己的槍來完結自己的生命表示效忠。」他小聲說。

「不要說俄語。」托羅克夫提醒彼佳，就在這個時候，黑暗中有人喊道：「誰？」扳動槍栓的聲音在寂靜的夜裡越發顯得清楚。

彼佳屏住呼吸，緊緊地握住手槍。

「第六團的槍騎兵。」托羅克夫很自然地答道，馬的步子不急不緩。他們模模糊糊地見到橋上有一個哨兵的黑影子。

「暗語。」

托羅克夫勒住馬，放緩速度。

「請問，熱拉爾上校在這裡嗎？」他問道。

「暗語。」哨兵不回答，攔住路，又問一遍。

「長官巡視前線的時候，哨兵不問暗語！」托羅克夫忽然發起火來，「我問你，上校是不是在這兒？」

哨兵連忙躲開，還沒來得及回答，托羅克夫已經走上斜坡。

他見到一個黑影穿過大路，便攔住他，問軍官和司令們在哪裡。這個肩上扛著一只口袋的士兵，停下來，放下口袋，走到托羅克夫的馬前，輕輕地摸了摸那匹馬，爽朗而友好地說，司令和軍官們在山上的農場院子裡。

他們沿大路向前走去，托羅克夫轉入地主的宅院。進去以後，他下了馬，走到一大堆燒得很旺的篝火前，火旁邊有一群人圍在那兒熱烈地說著什麼，在火邊上的一個鍋裡煮著什麼東西，一個身穿藍大衣、頭戴尖頂帽的士兵跪在旁邊，火光照得他通亮，正在用一根木條攪鍋裡的東西。

聽見彼佳和托羅克夫牽著馬向篝火走來的腳步聲，兩人都停下不說話了，向黑暗中觀看著。

「先生們，你們好！」托羅克夫高聲地、一個字一個字地說。

在黑影中動了一下的軍官，走到托羅克夫跟前。

「怎麼是你啊，克來芒？」他問道，「見鬼，你從哪裡來？……」可是，他發覺認錯了人，然後皺了皺眉頭，他沒有把話說完，同托羅克夫打了招呼，問他能爲他做什麼。

托羅克夫說，他的夥伴和他的團隊走散了，並向全體在場的軍官問道，他們是不是清楚第六團的消息。但回答是不清楚。彼佳感覺那些軍官已經開始懷著猜疑和敵意的心理看著他和托羅克夫。好久，大夥都不說話。

「假如你們想來吃晚飯，那你們可來晚了。」一個在火堆後面忍著笑的人說道。

托羅克夫回答說，他們不餓，一會兒還要趕路。

他把兩匹馬交給攪和鍋子的那個士兵，在火堆邊那個長脖子軍官身邊蹲下來，這個軍官警惕地看著托羅克夫，又問他是哪個團的。托羅克夫似乎沒有回答，並從衣袋裡掏出來一支很短的法國菸斗，點著了，很有禮貌地問那些軍官，前面的路上是不是有哥薩克，是不是有危險。

「這些強盜無處不在。」一個軍官從火堆後面答道。

托羅克夫說，哥薩克對像他們這樣掉隊的人才是恐怖的，他們也許敢襲擊大部隊，他探詢地加一句。然而沒有人回答他的問題。

可是托羅克夫又撿起那個並沒有繼續下去的話題，並且直接問他們營裡的人數、軍營的數量、俘虜的數量等。問到他們隊裡的俄國俘虜時，托羅克夫說：

「帶著這群廢物趕路很慢！最好是讓他們都去見鬼。」他高聲笑起來，笑聲是那麼不同尋常，彼佳覺得法國人馬上就會揭開他們的騙局，不由自主地往後退了一步。

一個他們看不明白模樣的、裹在大衣裡躺著的軍官站起來，他給他的同伴們說了些什麼，托羅克夫站起來，喊那個士兵，叫他牽馬來。

馬牽過來了。

「先生們，認識你們很高興，下次再見。」托羅克夫說道。

彼佳想說「再見」，可是他一個字也說不出來。

軍官們正在一起小聲商量著什麼。托羅克夫好不容易才跨上他那匹不肯站穩的馬，然後緩緩地走出院子。彼佳緊張地在他身邊走著，想回頭看看軍官們有沒有追他們來，可是他不敢。

上了大路以後，托羅克夫沒有沿著田地向回走，而是沿著村子向前走，走到一個地方他停下來，豎起耳朵認真聽著什麼。

「你聽到了嗎？」他說道。

彼佳聽見了俄國人說話的聲音，看到那些在篝火旁邊俄國俘虜的黑影子。托羅克夫和彼佳騎著馬從那個默不作聲、陰沉著臉在橋上巡邏的哨兵身邊經過。

「再見吧。告訴傑尼索夫，天亮第一聲槍響爲號。」托羅克夫說著就要騎馬走開，可是彼佳緊緊抓著他。

「等一會兒！」他喊道，「您真了不起！棒極了！我多麼愛您啊！」

「好啦！好啦！」托羅克夫說道，但是彼佳還是緊緊地抓住他，在黑暗中，彼佳向托羅克夫俯過身來，要吻他。被親了一下的托羅克夫，微笑著，然後撥轉馬頭，消失在黑暗中。

九

彼佳回到看林人的小房，看見傑尼索夫一邊著急地在走廊裡徘徊，一邊在自言自語地說不該讓彼佳去冒險。

「感謝上帝！」他叫道。「真的感謝上帝！」他翻來覆去地說，聽著彼佳那興高采烈的講述。

「你真該見鬼去，爲了你我連覺都沒睡！」傑尼索夫說，「好啦，感謝上帝，現在去睡吧。天亮以前我們還可以打個盹。」

「啊……不，」彼佳說，「我不可以睡。我瞭解自己，如果我睡著了，那什麼事都忘了。而且我習慣在戰鬥前不睡覺。」

彼佳在小屋裡歇息了一會兒，興奮地回憶著此行的點點滴滴，想像著第二天要發生的事。直到傑尼索夫睡著了，他才站起來，走到院子裡去。

彼佳走出過道，在黑暗中觀察了一陣，走近那兩輛大車。有一個人在車底下打呼嚕，車旁邊站著幾匹嚼燕麥的備好鞍子的馬。在黑暗中，彼佳費了好大的勁才找到了自己那匹馬，他管牠叫卡拉巴赫，儘管牠的產地是烏克蘭，他朝馬走去。

「喂，卡拉巴赫，明天輪到我們當英雄了。」他說道，用鼻子聞了聞卡拉巴赫涼涼的鼻孔，親了親牠。

「老爺，還沒睡呀。」一個坐在大車底下的哥薩克問道。

「沒睡，啊……你叫利哈喬夫吧？我們剛從外面回來。我們到法國人那裡去了。」他把出去偵察的情況都詳細地和哥薩克講述了一通。

「您還是去打個盹吧。」哥薩克說。

「不，我習慣戰鬥前不睡覺，」彼佳答道，「我說，你手槍裡的火石還有嗎？我隨身帶了一些。你需要嗎？拿些去吧。」

哥薩克從大車底下探出身子來，又從上往下打量了彼佳一番。

「我一向做事很謹慎，」彼佳說道，「有些人就不這樣，我討厭那種事先不準備、事後後悔的人。」

「一點沒錯。」哥薩克說道。

「對啦，還有一件事！我親愛的朋友，你能幫我磨一下佩刀嗎？我的刀不快……這把佩刀還沒開刃呢。你能幫我磨嗎？」

「當然行，我很樂意幫助你。」

利哈喬夫站了起來，從他的背包裡摸出了磨刀石，很快彼佳就聽見磨刀的聲音。他爬上大車，坐在邊沿上。磨著刀的哥薩克就在大車底下。

「如何！弟兄們都睡了嗎？」彼佳問道。

「有些睡了，有些跟我們一樣。」

「哦，那個孩子還好嗎？」

「韋西涅？在走廊裡睡著了。受驚以後睏了。他可興奮呢。」

「這麼晚了你在磨什麼？」一個走向大車來的人問道。

「幫這位老爺磨佩刀。」

「真勤奮，」那個人說，彼佳根據他的衣著判斷他是個驃騎兵，「你們這裡是不是有茶杯？」

「在那裡，在車輪旁！」

驃騎兵拿起了茶杯。「天快亮了，磨完了睡個覺吧！」他打著呵欠說著就走開了。

彼佳正置身在一個奇妙的王國裡，那裡所有東西都與事實不相符。那個大黑點子或許是看林人的小屋，或許是直通地底的洞穴。一堆火或許就是那個紅點子，也或許是一個巨大怪物的眼睛。他覺得自己坐在一輛大車上，可是很可能不是，而是坐在一座無限高的塔上，從上面摔下去，或許要一整天、一個月、一直往下跌，或許永遠到不了底端。或許那個哥薩克利哈喬夫就坐在下面，但也很可能是那個大家都聞所未聞的世界上最英勇、最仁慈、最美好、最神奇的人。也許真有一個驃騎兵來借過水，接著回到低窪地裡去了，可是也許他就在那一剎那消失不見，一下子全都消失了，化爲烏有了。

彼佳如今看見的，什麼東西都讓他吃驚。他正置身在一個神奇王國裡，什麼事情都有可能發生。

他看看天，天空也彷彿大地一般神奇。天變晴了，樹梢上朵朵白雲飛快飄過，揭開遮有星辰的帷幕。一會兒覺得萬里無雲，只有黑色的一望無際的晴空，一會兒又覺得那些黑點子是烏雲。一會兒覺得天空很高很高地懸在頭上，一會兒又覺得觸手就能摸到。

彼佳身體微微地發抖，他閉上眼睛，努力讓自己回到現實。

水珠在嗒嗒往下淌。人們在偷偷說話。馬在擁擠，嘶鳴。有人在打鼾。

「唰——唰——唰——咈……」佩刀在磨石上霍霍響著。忽然彼佳聽到了一種說不出來名字的甜美、莊嚴、和諧的樂曲聲。娜塔莎和彼佳一樣，比尼古拉更有音樂天賦，儘管他從來沒有學過音樂，也沒思考過是不是應該去學，所以，這意外出現的美妙旋律，讓他感覺很新穎動人。音樂聲越來越動聽。樂器不住變換，曲調不住舒展，正在演奏所謂的賦格曲，有時好像提琴，有時好像號角，可是比號角、提琴更純正，更動聽。每一種樂器演奏屬於自己那一部分，一個旋律在它靠近尾聲時，就與另一種樂器融合在一起，接著和第三種、第四種融會成一個整體；然後再分開，再融合，有時變成肅穆的教堂音樂，有時變成明快、華麗的凱旋曲。

「啊，我在作夢吧！」向前晃動的彼佳喃喃地說，「這是我頭腦中的聲音，又或者這是屬於我自己的音樂。呵，又來了，我的音樂！」他閉上了眼睛，然後從各個方向傳來的音樂聲逐漸合成和聲從遠處飄來，分開，合起，接著又合成那首甜美莊嚴的讚美詩。

「啊，真是美得讓人窒息！我想要什麼就有什麼，想聽多久就聽多久！」彼佳自言自語地說。他嘗試指揮這支龐大的樂隊。

那些聲音聽從他的指揮。「如今音樂聲都起來吧，響一些，愉快一點。再飽滿些，再加強些！來，一塊兒唱吧！」彼佳發出命令。一開始聽見悠揚的女聲，以後是男聲。聲音不住加強，充滿力量、平滑、莊嚴。這雄壯的優美音樂彼佳聽了覺得狂喜。

合唱和莊嚴的凱旋進行曲融合了，那裡有磨刀的霍霍聲、樹上的滴水聲……馬刀的揮舞聲，還有馬的打架聲和嘶鳴聲，大合唱並沒有被破壞，而正因爲這各種各樣的聲音越發顯得奇妙了。

彼佳不清楚這首讚美詩吟唱了多久：他對自己的欣賞感到吃驚，因爲這樣美妙的音樂居然沒人與他共用。

他被利哈喬夫溫和的聲音叫醒了。

「磨好了，大人。把法國人殺得血流成河，您能夠用它完成了！」

彼佳醒了。「天快亮了，真的快亮了！」他喊道。

之前只能模糊看到身影的那些馬匹連尾巴都清晰可見了。彼佳伸了伸懶腰，大吼了一聲，跳了起來，從衣袋裡取出一個盧布硬幣，遞給了利哈喬夫；他揮動了一下腰中的佩刀，試了試刀口是不是鋒利，接著裝進刀鞘裡。正在解開繩索的哥薩克們趕緊收緊了馬肚帶。

「司令官來了。」利哈喬夫說道。

然後傑尼索夫從看林人的小屋裡走出來，叫一聲彼佳，下令立即出發。

十

人們在朦朦朧朧的晨光中飛快地找到自己的馬，成一個小隊整齊排開。傑尼索夫站在看林人的小屋旁，發出最終幾道命令。游擊隊的步兵沿大路向前走去，很快便消失在樹林中。哥薩克大尉向哥薩克發出了什麼命令。彼佳握著馬韁繩，焦慮地等待上馬的命令。他那在冷水裡洗過的臉，通過冷水的刺激，眼睛像火燒似的發熱。寒氣呼呼地刮著，他的身體很快就凍得瑟瑟發抖。

「喂，你們都預備好了嗎？」傑尼索夫問道，「牽馬來。」

傑尼索夫因爲肚帶太鬆而生氣，把哥薩克罵了一通，上了馬。彼佳把腳伸到馬鐙裡，很快地跨上了鞍子，回頭看了看在他後邊黑暗中已出發的驃騎兵，接著朝傑尼索夫走去。

「傑尼索夫，請給我下任務吧！請您……看在上帝的面子上……」他說道。傑尼索夫不記得彼佳的存在了。說完話以後，他才想起來，然後回頭看了看他。

「我只要求你做到一點，」他嚴肅地說道，「沒有我的命令，不許擅自行動。」

一路上傑尼索夫沉默不語地走著，再沒和彼佳說一句話。快走出樹林時，傑尼索夫小聲和哥薩克大尉說了些什麼，然後哥薩克就從彼佳和傑尼索夫身邊繞過去了。他們都過去了之後，傑尼索夫驅趕他的馬，朝山岡下走去。馱著騎馬人下到谷底的馬的後腿向後蹬著打滑。彼佳和傑尼索夫並排走著，他們的身體和馬的身體一起顫抖得越來越厲害。遠方的天越來越亮。下到谷底以後，傑尼索夫回頭看了一眼，朝站在他身邊的那個哥薩克點了點頭。

「開始吧！」他小聲說。

哥薩克舉起手來，放了一槍。很快就聽到了在前面奔馳的馬蹄聲、射擊聲和吶喊聲匯成一首嘈雜的音樂，闖入耳中。

一聽到吶喊聲和馬蹄聲，彼佳就抽一下他的馬，放開韁繩，向前跑去，也不管傑尼索夫的命令了。他向那座橋飛奔。在橋上，他碰見一個落在後面的哥薩克，跑過去了。

在一所小屋旁聚著一些哥薩克，在激烈地討論著什麼。人群中發出撕心裂肺的喊叫聲。彼佳飛跑上去，他首先見到的是一個面如蠟色的法國人，手裡緊緊地抓著刺向他的長矛。

「烏拉！勇士們！我們的……」彼佳喊著，並把他那跑得興高采烈的馬的轡繩放鬆了，沿著村子裡的街道向前飛跑。

前頭能聽到射擊的聲音。驃騎兵們、哥薩克們，還有那些衣衫襤褸的俄國俘虜，從大路的兩邊跑了出來。一個矯健的法國人，沒戴帽子，沉著通紅的臉，用刺刀抵擋著驃騎兵們。當彼佳連忙跑過來的時候，那個法國人早已寡不敵眾倒下去了。「又來遲了！」彼佳頭腦中閃過這個想法，他又向傳來密集槍聲的地方急忙跑去。當彼佳跑近大門的時候，穿過硝煙，看到臉色白裡透青的托羅克夫正在對他的人叫喊著。「快繞過去！等待步兵！」

急忙跑到他跟前的彼佳看到他正在叫喊著。

「等待？烏拉！」彼佳立刻衝向硝煙最濃的地方和有槍聲的地方。哥薩克和托羅克夫也隨著彼佳跑進院子。在滾滾的濃煙中，一些法國人丟下武器，迎著哥薩克從樹叢中跑出來，還有一些向山下池塘跑去。彼佳在地主的院子裡飛跑著，可是他沒辦法用自己的手握住轡繩，但是不同尋常地揮動著兩臂，逐漸從鞍子上向一側滑動。他那匹馬跑到在晨光中還冒著煙的篝火前，站住了，牠彷彿感覺到了主人身上的變化，然後彼佳沉重地跌倒在濕地上。哥薩克們看見他的頭已經不動了，可是腿和胳膊還在飛快地抽動著，一顆子彈打穿了他的腦袋。

一個用刺刀挑著一條白色毛巾的法國高級軍官，從屋後走了出來，宣告無條件投降，托羅克夫與他談判過之後，下了馬，走到伸著雙手滿頭是血地躺在那裡的彼佳身邊。

「完了！」他說著皺起眉頭，朝大門走去迎接向他走來的傑尼索夫。

「打死了？」傑尼索夫叫道，他從遠處就看出彼佳那熟悉的躺著的姿勢。

「完了！」托羅克夫又說了一遍，他快步朝被哥薩克們飛快包圍起來的俘虜們走去。「我們不要收容他們！」他向傑尼索夫高聲喊道。

傑尼索夫沒有回答。他來到彼佳身邊，下了馬，眼中滿是淚水，用顫抖的雙手把他那變白了的、染上血污的臉面向自己。

「我喜歡吃甜東西。上好的葡萄乾，上好的……都拿去吧！」他想起彼佳說過的這些話。傑尼索夫像狼叫一樣地痛哭起來，哥薩克們驚愕地向他張望，傑尼索夫飛快地轉過身去，走到籬笆前，緊緊抓住籬笆。

皮埃爾·別祖霍夫也在傑尼索夫和托羅克夫救出的這些俄國俘虜當中。

十二

自從離開莫斯科，皮埃爾這批俘虜沒有收到法國當局下達的任何命令。到了十月二十日，這支俘虜隊已不再與離開莫斯科時那些部隊和輜重隊分開了。走過幾站以後，他們跟在運麵包大車的後面，有一半被哥薩克們奪去，而另一半接著前行著；走在前面不騎馬的騎兵一個也沒有了，彷彿蒸發得無影無蹤。前幾天走在前面的炮隊，如今已由威斯特法利亞人護送的朱諾元帥龐大的行李車隊代替了。走在俘虜後邊的是騎兵輜重隊。

從維亞濟馬起，最開始成三個縱隊行進的法國軍隊，如今已沒有了一點軍紀，亂作一團。離開莫斯科後頭一次歇息時，皮埃爾看到的那種混亂景象，和現在比起來要整齊得多。

他們走過的大路兩旁經常能夠見到胡亂躺著的死馬，穿著破衣爛衫的各部隊掉隊的人不住地變換位置，有時加入行進中的縱隊，有時又落在它後面。

行軍途中很多次出現混亂的狀況，護送的士兵們舉槍射擊，相互衝撞，拚命奔跑，到後來又聚集在一塊兒。

走在一起的這群人儘管因爲許多原因在急劇減少，可還算得上是個獨立的整體。

騎兵運輸隊本來有一百二十輛大車，在這個時刻只有不到六十輛了，那些車或被擄走，或被拋棄。有一些行李車也被朱諾捨棄或被掠了。還被達烏兵團的散兵搶去了三輛。從德國人的講話中，皮埃爾知道，押送俘虜的人沒有護送行李車的衛隊人數多。他們的一個夥伴，一個德國士兵，因爲偷了元帥的一把銀羹匙而被元帥親自槍斃了。

在這三夥人中，俘虜押送人數減得最快。從莫斯科出發時是三百三十人，到如今剩下的已不足一百人。這讓押送隊認爲，俘虜比朱諾的行李和騎兵的鞍子還要累贅。他們察覺到，朱諾的匙子和鞍子也許還有用處，但是弄不清楚這些士兵爲什麼還要站崗放哨看守這些俄國人，這不僅是不可理喻的，並且也是討厭的。

在多羅戈布日，押送隊的士兵們把俘虜們關在一間馬廄裡，便出去爭奪屬於他們自己的倉庫，這個時候有幾個士兵俘虜趁機挖通牆角逃跑了，可是不幸的是他們又被抓回來並且被法國人槍斃了。

從莫斯科出發時，士兵俘虜和軍官俘虜就被押在一起。全部可以走的人都在一塊兒走，皮埃爾又和普拉東還有那條灰色的小狗一直在一起。

在離開莫斯科後的第三天，普拉東又犯熱病了，變得越來越弱，皮埃爾逐漸與他疏遠了。不知什麼原因，從普拉東身體變差的時候起，皮埃爾就不想走近他。走到他那裡，聽到他低低的呻吟聲，聞到他身上發出的刺鼻味道，皮埃爾就連忙走開。

做爲俘虜被關在棚子裡的時候，皮埃爾知道了人是爲了幸福而活著的，幸福就在他自己，在滿足人類的自然需要中，所有不幸並不是因爲貧乏，而是因爲過剩。在最近三個星期的行程中，他又悟出了一個新的讓人欣慰的真理——世界上並沒有什麼真正讓人害怕的東西。他知道了，難過和自由都有它們的界限，而這個界限是挨著的。他知道了，當他是爲了愛情而和妻子結婚時，也和如今夜間他被鎖在馬廄裡同樣不自由。在所有他自己隨後稱之爲難過的事情中，他那雙赤裸的、被磨破了的雙腳才是最重要的。開始時他僅有的難過的事，就是那雙腳。

皮埃爾在篝火旁看了看腳上的傷口是在昨天的行軍之後，那時，他見到被石子扎得到處都是傷口的腳，感覺這雙腳再也沒有辦法走路了，可是，當大家都走的時候，他也一拐一瘸地走了，儘管晚上那雙腳看起來更可怕了。可是他逼迫自己不去看腳，而去想其他的事。

直到這時皮埃爾才意識到，人所具有的那種頑強和善於轉移注意力以自救的強烈求生力量。他沒見到也沒聽到怎麼槍斃掉隊的俘虜，儘管有一百多人已經這樣死掉了。他不去想那日漸衰弱的普拉東。皮埃爾更少想到他自己，他總是不住回憶從前愉悅的日子。他想能超脫現實處境，一定要有堅定的信心和面對困難處境的勇氣，想一些愉悅的事，想像和記憶。

十二

二十二日中午，皮埃爾沿著剛下過雨泥濘打滑的路上山，專注地盯著崎嶇不平的山路和自己的腳。那條彎腿的青灰色小狗，歡快地沿著路邊跑著，有時牠會莫名其妙地興奮。小狗比在莫斯科時更快樂、毛色更光亮了。處處都是各種動物的腐爛程度不同的肉——從馬肉到人肉；俗話說：山中無老虎，猴子稱霸王。狼被過路的人們嚇得不敢出來，這條狗就能敞開肚皮吃了。

清晨起就稀稀疏疏地下起小雨，浸透了水的路面已到了吸收極限，水沿著車轍像小溪一樣流淌著。

皮埃爾走著，向兩旁張望著，嘴裡數著一、二、三，掰著手指頭計算著。在內心一遍又一遍地對天說：「來吧，下吧！下得更激烈一些吧！」

他感覺自己腦中一片空白，可是，在內心深處，他的靈魂充溢著一種給人慰藉的想法。這是從昨天與普拉東的聊天中得出的最奇妙的精神感受。

昨天夜裡在歇息地，因爲篝火已熄滅，皮埃爾感覺很冷，他站起來，走到旁邊一堆燒得較旺的火堆旁。普拉東坐在那裡，用他那愉快、流暢但是帶著病弱的聲音，向士兵們津津有味地講一個皮埃爾熟悉的故事。到了半夜，普拉東退了燒，來到火邊的皮埃爾聽著普拉東那病得衰弱下來的聲音，見到他那被火光照亮的蒼白的臉，心裡很難受。他害怕對這個人產生同情，想要走開，但是不想忍受寒風的刺骨，然後他坐到火邊，盡量不去看普拉東。

「現在如何，身體有沒有好一些？」他問道。

「身體？誰抱怨病，上帝就不會把死亡賜給誰。」普拉東接著講述已經開頭的故事。

「……就這樣，我親愛的，」他接著說道，那瘦削蒼白的臉上帶著微笑，「就這樣，我的兄弟……」

皮埃爾聽過這個故事許多遍了。可是他如今像是聽一個新故事，普拉東說故事時感受到的那種寧靜的喜悅也影響著皮埃爾。故事講的是一個老商人，他的一家過著虔誠於上帝、循規蹈矩的生活。一次他同一個富商結伴到馬卡里去了。

他們住進一家客店裡，夜裡兩個人都睡得很沉了，早上，發現有人把他的夥伴殺死了，他們的東西也不見了。那個老商人的枕頭下面放著一把帶血的刀。所有人都覺得他是兇手，他挨了鞭打，受到審問，鼻孔被扯破，最終被流放去服苦役。

「就這樣，我的兄弟，十多年過去了。那位老先生依舊過著苦役犯人的生活，規規矩矩，安分守己，不管做什麼事都思前想後，害怕自己又犯了錯誤。他只懇求上帝讓他死。就這樣，一天夜裡，犯人們圍在一起，那個老頭也在其中。他們講起自己因爲什麼事而受苦。一個人說他害死過一個人，另一個人說他害了兩條人命，有的是放過火，還有一個是逃跑的農奴，他爲人忠誠、膽小，什麼壞事也沒做過。大家都過去問那個老頭：『您是因爲什麼受罰呀，老爹？』『我，我的小兄弟們，』他說，『爲自己，也爲別人的罪過受苦。但我沒害過別人，也沒拿過別人的東西。我是個商人，我的小兄弟們，我曾經很有錢。』他就這樣，從頭至尾把事情的過程，講給他們聽。『我並不爲我自己難過，』他說，『這是上帝懲罰我。我只是可憐我的孩子們和我的老伴兒。』老頭兒說著說著就哭起來了。殺死富商的那個人正好就在這一群人裡。『這事發生在哪裡，老爹？』他問，『在幾月，在什麼時候？』他把所有都問清了，心裡很難過。他就走到老頭兒跟前，撲通一聲跪在他的腳下，『老爹，您是在代我受罪，』他說道，『真的，這個人是個好人，他沒有拿過別人的東西，更沒有殺過人！那件事是我做的。原諒我吧，老爹，』他說道，『看在基督的面子上！』」

普拉東默默無語了，他臉上帶著笑容。

「那個老頭說道，『上帝會寬恕你的。我是爲了我自己的罪過在這裡受苦。』他說著痛哭起來。你們想到事情的後果了嗎，小伙子們？」普拉東臉上的神情越來越明亮，煥發著喜悅的神采：「你們想如何，小伙子們？那個殺人犯自首了。『我害了六條人命，』他說，『可是最可憐的是這個老爹。不要讓他再爲我受罪了。』他就這樣自首了。錄下了口供，案卷按規定送走了。那地方太遠了，一道道的公文，一級級地上呈，最終才送到沙皇那兒。過去許久，沙皇的聖諭終於到了：釋放那個商人，發還所有被沒收的財產。公文到了，人們開始尋找那個老頭。那個無辜受罪的老頭到底在什麼地方呢？沙皇的聖諭來了！開始找他，」普拉東的下頷顫抖了，「可是上帝已經饒恕了他——他死了！事情就是這樣，兄弟們。」普拉東講完後沉思了好長時間，微笑著注視前方。

皮埃爾的內心充滿了快樂的感情，這不是因爲那個故事本身，而是它那內在的含義：那種如醉如癡的激情和那種愉快的內在含義，是只有從正在講故事的普拉東的臉上才表現出來的。

十三

在押送人員和俘虜之間發生一陣興高采烈的混亂，大家都等待著一種神聖而愉悅的事情。從各處傳來口令聲，左邊跑來一隊服飾很華麗騎著駿馬的騎兵，他們繞著俘虜過去了。每個人的臉上都現出最高權貴人物到來時那種緊張的神情，俘虜們擠成一團，被推擠到路邊；押送的隊伍排成了一行。

健壯的護衛隊才剛剛走過去，一輛由幾匹灰色馬拉著的馬車就轟轟隆隆地走過來。皮埃爾看見一個面孔長得很俊秀，頭戴三角帽、面容白皙、身材豐滿、神情安詳的人，這就是元帥。負責行李車隊的將軍滿臉通紅，急匆匆地騎著他那匹瘦弱的馬在馬車後面追趕。幾個軍官圍在一塊兒，他們的旁邊也圍滿了士兵，每個人的臉上都露出又激動又緊張的神情。

「他說什麼了？」皮埃爾聽見他們說了些什麼。

俘虜們在元帥經過的時候集合在一起，然後皮埃爾又看到了普拉東。他穿著小外套，靠著一棵樺樹坐著。他臉上除了表現得感動與高采烈之外，還有一種顯出寧靜、莊嚴的表情。

普拉東用他那善良的大眼睛沉默不語地注視皮埃爾，看樣子是想讓他靠近一點，想要與他說些什麼。可是皮埃爾還是沒有克服自己的恐懼。他假裝沒看到他的眼神，連忙走開了。

當俘虜們又往前走的時候，皮埃爾回頭看了看。普拉東坐在路邊樺樹下，兩個法國人俯身跟他說著什麼。皮埃爾再也沒有回頭，他一瘸一拐地往山上走去。

從後面普拉東坐著的地方，傳來一聲槍響。皮埃爾明明白白地聽見了槍聲，但一聽見槍聲，他就清楚普拉東不在了，可是他又不願意面對這個現實，只好逼迫自己想起，他還沒有算出到斯摩稜斯克還有多少站，從那個元帥經過之前他就開始計算路程了，他又接著算。

兩個法國兵從皮埃爾身旁跑過，其中一個手握一支冒著煙的長槍。他們兩個臉色都很壞，當中一個膽小地看了皮埃爾一眼，在他們的臉上都有一種在行刑時他曾看見的那個年輕士兵一樣的表情。皮埃爾看了看這個士兵，想起了兩天前，他的襯衣被他放在火上烤的時候燒壞了，大家嘲笑他的情形。

那條小狗在普拉東坐過的地方哀號。和皮埃爾並排走著的他的士兵夥伴們，也和皮埃爾一樣，那發出狗叫聲和槍聲的地方他們沒有回頭去看；但是莊嚴、沉重的表情顯露在每個人的臉上。

十四

運輸車隊、元帥的行李車隊和俘虜在沙姆舍沃村停住。人們圍著篝火聚在一起。皮埃爾走到火邊，吃了少許烤馬肉，背朝著火躺下來，就睡著了。他又彷彿是在波羅底諾戰役後在莫札伊斯克那樣沉睡著。

「生命是上帝。生命就是所有。萬事萬物都在運動，所有都在變遷，這個運動就是偉大的上帝。產生對神靈有自我感知的愉悅的時候就是有生命的時候。愛生命就是愛上帝。在最幸福時也就是在最艱難的時候，是在無辜受苦和苦難中，愛這個生命。」

忽然，一個曾經在瑞士教過皮埃爾地理的教師出現在皮埃爾面前，但是他早就把他忘了。「等一下。」老頭說道，他想讓皮埃爾看一個地球儀。這是個有生命的地球儀，是個晃晃蕩蕩、沒有體積的球。它的表面是由密密麻麻地擠在一塊兒的點組成的。這些點都在移動變換位置，有時一個分裂成許多個，有時幾個合成一個。

「這就是生命。」那個老教師說道。

「上帝在它中間，每一個點竭盡全力擴張，好使自己在最大的範圍內反映上帝。它融合、生長，沉到深處，從表面上消失，接著又浮現在表面。這就是他，普拉東，他擴展開，又消失了。你知道了嗎，我的孩子？」教師說道。

「你清楚嗎？該死的！」一個人喊道，驚醒了皮埃爾。

他坐起來。見到一個俄國兵被一個法國人推倒了，接著在火旁蹲下烤一塊穿在鐵條上的肉。

「對於他是完全相同的，」他轉身對站在他後面的一個士兵說道，「是個土匪！真的！」

那個士兵轉動著鐵條，陰沉地看了皮埃爾一眼，皮埃爾立即轉身向暗處望去。那個被法國人推開的被俘虜的俄國士兵坐在火旁，用手拍著某個東西。皮埃爾認出那是一條青灰色小狗，牠趴在士兵身旁，搖著尾巴。

「啊，來啦？」皮埃爾說道。忽然間，許多往事在他的幻想中一齊浮現，他想起了普拉東坐在樹下時看他的眼神、那條狗的哀號、從那裡傳來的槍聲、那兩個法國人從他身旁跑過時有著罪犯一樣的表情、用手拿著冒煙的槍，這個歇息的地方沒有了普拉東，他清楚，普拉東被他們打死了。可是，皮埃爾最終也沒能把這一天的回憶聯繫起來，也沒從這些回憶中總結出什麼結論，然後就閉上了眼睛。

在太陽出來之前，他被頻繁的槍聲和喊聲驚醒了。法國人從他身邊跑過。

「哥薩克！」其中一個喊道，過了一分鐘後，一群俄國人圍住了皮埃爾。

到底是發生了什麼事連皮埃爾自己也沒有弄清楚。他聽到夥伴們歡樂與激動的哭號聲。「我的親人，弟兄們！親愛的！」一年老的士兵們擁抱著那些驃騎兵們和哥薩克們興奮地哭喊著。哥薩克們和驃騎兵圍著俘虜們，有人送給他們靴子，有人送給他們衣服，還有人給他們食物。皮埃爾坐在他們中間號啕大哭！他抱住第一個走向他的士兵一邊哭，一邊吻他。

托羅克夫站在一所坍塌的房子的大門前，一幫繳了械的法國人從他身邊經過。法國人因為剛才發生的事情而激動，相互間高聲地議論著，可是當他們從托羅克夫身邊走過時，都不敢說話了，托羅克夫正在用鞭子輕輕地抽打自己的靴子，冷酷的目光注視著他們。在對面，托羅克夫的一個哥薩克正在數俘虜人數，數到一百時，他就用粉筆在門上畫一道。

「多少？」托羅克夫問那個哥薩克。

「二百。」哥薩克回答道。

「快走，快走！」托羅克夫不住地催促著說，這些東西都是從法國人那裡學來的，一旦與俘虜的眼神相觸，就放出一道很殘酷的光芒。

摘下了帽子的傑尼索夫，臉色很陰沉地跟在抬著彼佳．羅斯托夫屍體的哥薩克後面，向花園裡挖好的那個土坑走去。

十五

十月二十六日天氣開始上凍以後，情況更加淒慘的就是逃亡的法軍了，一些人在篝火旁烤死或凍死，而法國君主、公爵們和總督身著輕裘，穩坐在裝滿搶來的財寶的馬車裡接著趕路。

從莫斯科到維亞濟馬，除了禁衛軍外，七十三萬人的法國軍隊，只餘下三萬六千人了。這是第一項級數，有了它用數學方法就能夠準確地推算出別的各項了。

從莫斯科到維亞濟馬，從維亞濟馬到斯摩稜斯克，從斯摩稜斯克到別列津納，從別列津納到維爾納，法國軍隊以一樣的頻率被消滅，這與天氣是否寒冷，後面是不是有追兵，道路是不是暢通，以及其他情況沒有關係。經過維多利亞，法國軍隊沒有再以三個縱隊排列前進，而是混在一起，就這樣一直走到最後。貝蒂埃給皇帝的一個彙報中寫道：

我覺得，我有義務向陛下彙報在最近三天我觀察到的情形。這些兵團差不多都瓦解了。只剩百分之二十五的士兵還跟隨著軍旗，其餘的各奔東西，遍地尋找吃的和逃避軍務。大家都想著斯摩稜斯克，渴望在那裡能夠歇腳。近幾天來，不少士兵丟下了武器和彈藥。不管您下一步將做何預備，為陛下軍事上的利益考慮，軍隊在斯摩稜斯克休整兵團，除了那些沒有馬的騎兵、沒有武器的士兵、用不上的一部分炮兵和輜重外，因為它與眼下的兵力已相差甚遠了。除了糧食還需調整幾天；士兵們疲憊不堪，饑餓難耐，近幾天有許多人在行進中倒下了。這種慘狀一直在持續，讓人很擔憂。如不採取緊急措施，防止情況進一步惡化，一旦戰事發生，我們就沒兵可用了。

十一月九日，在距斯摩稜斯克三十俄里的地方。法國人擁進被當作天堂的斯摩稜斯克之後，爲了搶食物而相互廝殺，爭奪他們自己的倉庫，等到都搶光了以後，又接著奔逃。

他們一直走，自己也不明白要去何處，爲什麼要走。那個天才的拿破崙更是心中沒準，因爲沒人命令他。可是他和他身邊的人仍舊保持著平時的習慣：寫信、寫命令、寫當天的命令、寫彙報；互相稱兄道弟、陛下、那不勒斯王、艾克米爾王等。可是這些都只是空談，沒有一項付諸實施，因爲很難實行，他們都感覺到，他們作惡多端，如今要得到報應了。儘管他們假裝關心軍隊，可是一心想著飛快地逃命，他們的心裡只有自己。

十六

從莫斯科退到涅曼河之役，法、俄兩軍的行動就像玩捉迷藏，其中一個一會兒搖一搖小鈴鐺，暴露自己的位置。可是當他覺得有些不妙時，他就盡可能悄無聲息地走，躲開敵人，可是常常是當他以爲已經逃掉的時候，就直接撞上對方槍口。

最初，在拿破崙的軍隊沿卡魯卡大路行動的時候，他們還讓人清楚他們的行蹤，可是到後來，在他們去往斯摩稜斯克大路時，他們就緊握鈴舌跑，常常是自以爲逃脫了，碰上了俄國人的他們還覺得自己已經逃掉了。因爲俄國人飛快地追趕和法國人的逃跑，所以馬匹總是疲倦，因此靠騎兵偵察以查清敵人的方位這種主要手段已經不適用了。除此之外，因為雙方軍隊改變位置之飛快和頻繁，早已得到的情報因為不能及時送達而變得不允許了。第二天收到敵人第一天在某個地方的消息，到第三天預備採取措施時，又向前行進了兩天的敵軍所在位置已完全不相同了。

雙方軍隊一方逃跑，一方追趕。他們認為敵人不在前面，在後面，法國人把隊伍拉得很長，前後相隔兩天的路程。跑得最快的是皇帝，以後是國王們，最後是公爵們。俄國人猜想到拿破崙會向右橫渡德聶伯河，這是最聰明的想法，然後俄國軍隊右上走向通向克拉斯諾耶的大路。這樣子就好比捉迷藏，法國人碰見了我們的前衛。因為很意外地遇到了敵人，法國人一片混亂，被這出乎意料的情況震驚了。可是，停了一會兒又開始逃跑，把跟在後面的夥伴拋棄不管。在這裡法軍的幾支部隊先是總督的，然後是內伊的，最後是達烏的，在俄國軍隊的佇列中好像每一個地方通過了，一連走了三天，之間誰也不管，拋下所有大炮和輜重，還有一半的人只在晚上行動，從右方繞個半圓，躲開敵人就逃。

走在最後面的內伊，雖然處境險惡，或許正是因為這個，把不妨礙什麼人的斯摩稜斯克城牆炸毀了，就好比一個跌倒的孩子要打碰傷他的地板。這個走在最後面的內伊本來是擁有一萬人的兵團，當他跑到奧爾沙追上拿破崙時，只剩下一千人了，他把所剩的大炮和人都拋棄了，晚上穿過樹林悄悄地渡過了德聶伯河。

從奧爾沙沿著通向維爾納的大路不斷地疾走，又同追趕的軍隊捉迷藏。在橫渡別列津納河時，他們陷入混亂，許多人被淹死了，許多人投降了，那些過了河的人又朝前逃跑。他們的最高長官身著皮襖，乘著雪橇，扔下自己的夥伴，獨自逃走了。死掉或者投降的人都是跑不動的，只要能跑的都已經跑掉了。

十七

法國人在逃跑過程中不斷地摧毀自己。從他們走向卡魯卡大路開始，到軍隊的統帥丟下他們的那一天，他們的所有行動一點用處都沒有了。至於這一階段的戰役，即便這些史學家喜愛把群眾的行動歸咎於個人意志，但是他沒有辦法按照他們的意願來描繪這次退卻了。

事實上不是這樣！首先，史學家們之於這一戰役所寫的書籍早已堆積如山，他們都講述拿破崙的深謀遠慮和部署的到位，指揮軍隊的策略和他的元帥們的天才部署。

從小雅羅斯拉維茨退敗時，與物資富饒的地區的道路一路暢通，還有一條後來庫圖佐夫追他們時走的平行的路，都沒有什麼阻礙，可是拿破崙卻不走，一定要沿著那條最壞的路後退，這被理解為是出於長遠的考慮。他從斯摩稜斯克到奧爾沙的退卻，也自然被看作深謀遠慮的行動。接下來，又講述他在克拉斯諾耶的英雄做法，聽說，他親自指揮那場戰役，他手拿一根白樺樹棍子來回走地說：「我已經當夠了皇帝，做將軍的時候到了。」但是，逃走也是他立刻做的，把他後面那些淩亂的軍隊棄之不顧，任命運擺佈。

其次，史學家們向我們描述了那些元帥特別是內伊靈魂的偉大。其之所以偉大，是因為他在晚上繞道穿越樹林，渡過德聶伯河，拋下大炮、軍旗和絕大多數的人，逃往奧爾沙。

最後，史學家說道，最終那個偉大的皇帝拋開他那英雄的軍隊，是偉大的壯舉。連最終的臨陣脫逃，用一般人的話來說，那是最卑鄙的做法，就連孩子都清楚是可恥的，可是在史學家的語言中卻有了新的說辭。

「太偉大了！」史學家們讚歎著，然後善惡都不再有，只有「偉大」和「不偉大」了。「不偉大」是壞的，「偉大」是好的。在他們眼裡，「偉大」是他們稱之爲「英雄」的一種特別的動物屬性。拿破崙身著輕裘逃回家中，簡單相信那些不僅是他的夥伴，並且也是他帶去的人的毀滅，他仍舊覺得這相當偉大，理所應當。

沒有人想到，承認用是或非不能評定偉大，就是承認自己的無限渺小和不值一提。

對於我們來說，基督賜予了我們善惡的標準，就沒有什麼是不能夠衡量的。沒有偉大也就沒有真實、善良和淳樸。

十八

當一八一二年的戰役最終的描繪被俄國人讀到時，失望和沮喪是每一位俄國人的心情。都這樣質疑：既然我們的三支軍隊以優勢兵力包圍了敵軍，而法軍潰不成軍、饑寒交迫，大批地投降，俄軍的目的又是切斷、攔截、俘虜所有法國人，可是爲何法軍既沒被俄軍俘虜又沒有全都消滅呢？俄國軍隊在數量上處於劣勢時，能打波羅底諾那仗，而在它從三面包圍了法國人的時候，目的又是俘獲他們，但是沒有能如願，這是爲何呢？我們以優勢的兵力包圍了法國人，但是沒能把他們打敗，莫非他們真比我們有許多優越性嗎？這種事怎麼會發生呢？他們不採取那種策略又有什麼原因呢？如果他們犯了過失，因而沒達到理想，爲什麼不處罰和審判他們呢？可是，退一步說，就算俄國失利是因爲齊恰戈夫、庫圖佐夫或其他人，還是很難解釋，俄國在別列津納和在克拉斯諾耶時都具有優勢，爲什麼沒有把法國軍隊連同他的元帥們、皇帝和國王們一起俘虜呢，這才是俄國人的目的啊！

用庫圖佐夫抵禦進攻來解釋這種怪現象是無法行得通的，因爲大家都明白，在塔魯季諾和維亞濟馬他沒能阻礙軍隊進攻。

俄國軍隊既然以很弱小的力量在波羅底諾能戰勝所有敵人，那麼數量多於敵軍時，爲什麼在別列津納和克拉斯諾耶，是被一群潰不成軍的法國人打敗了呢？

俄國人是爲了俘虜和切斷拿破崙同他的元帥們，這個理想不僅沒有實現，並且實現這個目的的企圖都恥辱地幻滅了，那麼，法國人覺得戰役最後一階段獲勝的是他們是很正確的，而俄國史學家們把它當作是俄國人的勝利就是不對的了。

俄國軍事歷史學家們，儘管他們滿腔熱情地稱讚俄軍的忠誠和英勇，可也必須贊同，法國人從莫斯科撤退是拿破崙持續的勝利，是庫圖佐夫的失敗。

但是，假如完全不顧民族自尊心，也會認爲，這個結論自身就是相互矛盾的，因爲法國人一連串的勝利導致他們全都消滅，而俄國人一連串的失敗最後收回了國土並讓他們的敵人有來無回了。沒料到，一八一二年戰爭最終階段的目的，是俘虜和切斷拿破崙和他的元帥們及他的軍隊，這是不成立的，這樣的目的是沒有存在過的。

這個目的沒有存在過，也不可能有，因爲那是徒勞的，也是完全不可能實現的。

這個目的之所以沒有意義，原因如下：

第一，拿破崙那潰亂的軍隊正以最快的速度逃出俄國，換句話說，正在做每一個俄國人所盼望的事。爲什麼要向急於逃跑的法國人發起戰鬥呢？

第二，要抵禦住用力逃跑的人的路，也是沒有什麼作用的。

第三，沒有外來的因素，法國軍隊也在飛快地自我消亡，就算道路沒被封鎖，它也不能在十二月間裡讓更多的軍隊，就算是百分之一的原先軍隊，逃過邊界去。損失自己的軍隊，來消滅這樣的敵軍，是沒有用處的。

第四，想要俘虜皇帝、公爵們和國王，也是沒有用處的，就如那時經驗最豐富的外交家們所言，俘虜這些人帶給俄國很大的困難。想俘虜法國兵團就更不用說了，我們自己的人還得不到充足的糧食，已有的俘虜也快因爲饑餓而死了。

所有有關俘虜拿破崙和切斷法軍退路的高深計畫，就好比一個菜農的計畫一般：一頭牛損壞了他的菜地，他把牠趕出去，還要跑到門外去打那個畜生的頭。能替那個種菜人解釋的僅有理由是那畜生惹怒他了。可是，對於制訂這個計畫的人，什麼都不會說，因爲被毀壞的菜地不是他們自己的。

切斷拿破崙及其軍隊的後路，除了沒有用處外，也是不可以實現的。

第一，根據經驗，在戰場上各縱隊拉開距離，相互間相距五俄里，這完全脫離了計畫理想，庫圖佐夫、齊恰戈夫和維特根施泰因不可能做到及時地在預計地點會師，庫圖佐夫正是這樣覺得的，他剛接到計畫就說，遠距離的牽制行動不會有理想的結果。

第二，要抵擋拿破崙軍隊向回逃跑時所具備的那種慣性的衝力，俄國人一定要擁有比本來有的超出若干倍的軍力。

第三，「切斷」這個軍事名詞是沒有什麼意義的。切斷一支軍隊——切斷它的道路——是無法做到的，因爲附近許多地方，總有地方能夠牽制，並且還有伸手不見五指的黑夜。軍事學家們會從別列津納和克拉斯諾耶的例子中總結出這個結論。僅有被俘的人允許被俘才能俘虜他們。只有像德國人依照戰略戰術規則投降的人，才會變成俘虜。可是覺得這對他們不適合的法國，因爲被俘和逃跑等待他們的命運都只有一個，除了凍死就是餓死。

第四，也是主要的一點，因爲從古至今，就沒有一次戰爭像一八一二年戰爭的條件那樣艱難，在圍追法軍時已心力交瘁的俄國人，再做更大的努力就相當於自我毀滅。

在戰役的這一階段，軍隊沒有皮襖和靴子，沒有糧食，沒有伏特加酒，連續數月都在攝氏零下十五度的野外駐紮；這個時候白天只有七小時左右，其餘的時間都是沒有辦法維持秩序的黑夜。這不像在一場戰鬥中，人們面臨死亡只有幾小時，而是一連數月處於由饑寒交迫引起死亡的威脅鬥爭中。在這一個月軍隊有半數人員死亡；就是在這個時刻，史學家們對我們說，米洛拉多維奇應該向某處繞道避開，托爾馬索夫應該向什麼地方挺進，齊恰戈夫應向某處轉移，以及某人應該如何「切斷」和「打垮」法國人，等等。

俄軍死掉了一半，盡他們所能，達到了問心無愧的目的。他們並不可能像別的俄國人那樣坐在暖和的房間裡，而罪惡地去提議他們去做那些根本做不到的事情。

切斷拿破崙和軍隊退路的那種目的，只是那十來個人的假設，從來不曾存在。因爲它是毫無意義的、無法實現的。

人民只有一個目的：從法國人手中解放他們的國土。這個理想已實現。第一，這個目的是很自然地達到的，因爲法國人逃走了，唯一要做的是不去阻攔這一運動。第二，這個目的是由消滅了法國人的人民戰爭達到的。第三，猶豫強勁的俄國軍隊對法國人圍追堵截，所以才達到目的，不讓他們停止運動。

像趕著牲口的鞭子一樣的俄國軍隊。

有著豐富經驗的車伕清楚，最有用的辦法不是劈頭蓋臉地去打牠們，而是舉起鞭子，威脅奔跑著的牲口。

chapter 15

悲傷的死訊

當人們見到一個瀕臨死亡的動物時，會感到可怕。可是，假如垂死的是人，並且是最愛的人，那麼他感到的不僅僅是向生命的毀滅的害怕，而且還有撕心裂肺的悲痛，心靈遭受重創。這種精神創傷，彷彿是肉體的創傷，有時可以痊癒，而有時卻是致命的，總是在隱隱作痛的，並且害怕外界的觸摸和刺激。

安德烈公爵死後，瑪麗亞公爵小姐和娜塔莎都感受到了。她們緊閉雙眼，心灰意冷，不敢看頭上那可怕的死亡陰雲。她們細心地呵護著那沒痊癒的傷口，不讓它被引起痛楚和讓人感到侮辱的觸摸。所有的一切：開飯的通告、街上匆匆駛過的馬車、侍女有關預備什麼衣服的請示，更糟的是，那些虛情假意的敷衍的話語，都是一種羞辱，深深地刺痛著傷口。僅在她倆獨處的時候，才不會有這種感覺。她們也很少交談，就算交談，也只談一些雞毛蒜皮的小事。兩人都避免談有關明天的事。

承認還會有未來，她們認爲就是對他的懷念的褻瀆。她們更加小心地逃避所有有關死者的話題。她們常常是沉默不語，總是迴避會涉及他的話題，都不越過那條難以企及的界限，她們認爲這樣的話，感受到的東西就變得更加明淨純潔了。

可是完全的純粹的悲哀，就像純粹的完全的愉悅一樣，是沒有的。瑪麗亞公爵小姐做爲自己命運的全權主人和侄兒的監護人及教師，從半個月的她所沉溺的悲傷的世界中甦醒過來。她需要回覆親友的來信；小尼古拉住的房間太潮濕，他開始咳嗽。來到雅羅斯拉夫爾的阿爾派特奇彙報事務，並提議遷回莫斯科的房子去，那座仍完好無損的房子只用略加修繕。生活並沒有完全停滯，還得接著進行。對於瑪麗亞公爵小姐來說，離開那隱居冷眼觀世界的生活將會是多麼傷心，扔下娜塔莎，遺留下她孤單的一個人不管怎麼遺憾，甚至感到慚愧，可是生活瑣事需要她去處理，她必須要遵從這種要求。她同德薩爾商量怎麼教育侄子，同阿爾派特奇檢查帳目，為遷回莫斯科做預備和安排。

就剩下娜塔莎自己了，從瑪麗亞公爵小姐預備出發時開始，她就躲著她。

瑪麗亞公爵小姐請求伯爵夫人讓娜塔莎與她一起去莫斯科，兩父母很興奮地贊成了，因為他們見到女兒的身體漸漸衰弱，覺得環境變一下，讓莫斯科的醫生給她探探病，一定會有好處的。

「我哪裡都不去，」娜塔莎聽到這消息時回答道，「我就想不要被你們管！」她說著朝屋外跑去，克制著氣惱懊喪的眼淚。

娜塔莎自從感到她被瑪麗亞公爵小姐捨棄，需要獨自一個人承受悲痛以後，大多數時間都在自己的臥室裡度過。她蜷起腿，用她那白皙的手指頭在搓弄和撕扯著什麼，一旦目光落到某一件物品上，就目不轉睛地盯著它。這種孤獨狀態損耗著她的精神力量，耗費著她的體力，可她必須這樣。她總是認為，她馬上就會清楚、看清她所關心的，可是那個可怕的問題一直沒有辦法解答。

在十二月末中的一天，娜塔莎穿著灰色毛呢衣裙，隨意打了一個髮結，瘦削，臉色蒼白，蜷起腿坐在沙發一角上，緊張地揉皺再展開衣帶的一角，眼睛盯著門的一端。

她在望著他去的地方——冥冥地府。她從前從沒有想過那個地方，認為它很遙遠，無法想像，但是現在比茫茫人世更親切、更接近、更容易理解。她看著他所在的地方，可是她看見的還是他從前在這裡時的樣子，她想像不出其他的。

她聽到了他的聲音，看到了他的臉龐，複述著他說過的話語和她自己說過的話，有時也爲自己和爲他想出那時可能會說的話。

她看到他身披絲綢睡袍，躺在扶手椅上，用他那蒼白的、瘦削的手支著頭。胸膛可怕地陷下去，雙肩聳起。蒼白的前額上一道模模糊糊的皺紋和緊閉的雙唇，一雙眼睛閃閃發光。正在同恐怖的難過做鬥爭的娜塔莎清楚。「這難過到底怎麼了？他爲何覺得疼呢？他有什麼感覺？他是多麼難過啊！」娜塔莎沉思。

他發覺她正在看他，抬起眼睛，一臉冷漠地開始說話。「有一件很恐怖的事情，」他說道，「那就是把一個受苦的人和自己永遠捆綁在一起。這是永遠的苦刑。」他用徵詢的目光看了她一眼，娜塔莎如今還能見到這目光，她和從前一樣，想都沒想地說道：「不會總是這樣的，肯定不會的。您會好起來。」

她如今又看到了他，又重新體會了她當時的全部感受，知道了這目光中所蘊含的絕望、責難的意義。

「我贊成，」娜塔莎如今對自己說，「他永遠這樣受苦，那會是很可怕的。我那時那樣說，僅僅是爲了表達，那對他是很可怕的，可是他做了不同的理解，覺得對我來說是可怕的。他那時還希望英勇地活下去，害怕死亡。而我那樣沒頭沒腦地對他說了那樣的話！我沒有那樣去想。我想的完全是另一回事。我說出我真正想的，我應該說：哪怕他緩緩地死掉，在我眼前緩緩地死去，我也會感到比如今幸福。如今我……已經一無所有了，什麼也沒有了。他知道這些嗎？不，他不清楚，永遠都不可能清楚。永遠也沒法改變了。」

她完全沉浸在這甜蜜的悲傷中，眼裡滿是淚水，可是她忽然問自己，她這話是跟誰說的？他如今在哪兒呢？他如今是什麼人？她又陷入冷酷無情的疑惑中，緊鎖眉頭朝他所在的那個方向望著。她認爲，自己就要看到那個秘密了……可是，就在她快要揭開那不解之謎時，門被敲響了。她的侍女多涅婭莎忽然表情慌張地疾步走進房裡，並沒注意女主人臉上的神情。

她臉上顯出緊張的樣子說著：「快到父親那兒去，發生了不幸……有關彼佳……」她哽咽著說。

二

娜塔莎在這段時間裡對所有的人感到陌生疏遠，尤其對她家裡的人。

「他會有什麼不幸呢？能有什麼不幸呢？他們那裡什麼東西都是老套的、習慣的、平靜的。」娜塔莎想道。

當她走進大廳的時候，伯爵正急忙地從伯爵夫人的房間裡出來。他一臉淚痕，臉皺成了一團。他跑出房間明顯是爲了讓壓制著的難過充分發洩出來。看見娜塔莎的時候，他絕望地搖了搖兩隻手，然後痙攣地悲傷地哭起來。

「別……彼佳……去吧，去吧，她……她……叫你……」他邁著無力的步伐向一張椅子走去，差點癱倒在椅子上，用雙手捂住臉。

猛然間，一股電流穿過娜塔莎的全身。她感到一陣可怕的難過，斷裂了什麼東西似的，就要死了。一看見他的模樣，聽見門內傳來的那瘋了一樣的叫聲，她立即不記得了自己和自己的悲痛。她跑向父親，可是他無力地向她母親的門口搖了搖手。瑪麗亞公爵小姐面無血色，下頜顫抖著，從那間臥室出來，拉住娜塔莎的手，向她講了些什麼。娜塔莎對她視若無睹，也沒聽到她說什麼。她疾步走近門去，在門口逗留了一下，在跟自己做鬥爭，接著跑向母親。

伯爵夫人睡在扶手椅上，頭往牆上撞著。她的手被索尼婭和侍女們拉著。

「叫娜塔莎！叫娜塔莎！」伯爵夫人喊道。「那是假的……是假的，他在說謊……叫娜塔莎！」她喊著並把她旁邊的人推開，「你們都走開，那是假的！死人了！……哈，哈，哈！那是假的！」

娜塔莎一隻膝蓋跪在扶手椅上，睡在母親身上，抱住她，用意料之外的力量把她緊緊地抱起來，並把她的臉轉向自己。

「親愛的媽媽！我在這兒，親愛的好媽媽。」她一聲不停地向她說著。

媽媽沒有被她放開，拿來熱水和枕頭，把她身上的衣服解開。

「我親愛的朋友，親愛的寶貝……親愛的媽媽，我的心肝寶貝……」她呢喃著，親吻著媽媽的頭、臉和手，同時感覺自己涓涓流下的淚珠完全難以控制，深深地刺痛她的雙頰和鼻子。

閉上眼睛握住了女兒的手的伯爵夫人，暫時安靜了下來。突然間她飛快地坐起來，茫然地向她周圍張望，一見到娜塔莎，就用盡全力抱住她的頭。然後把她那疼得皺緊眉的臉，面向自己，久久地認真端詳著。

「娜塔莎，我清楚你是愛我的，」她輕輕地信任地說著，「娜塔莎，你說的是真的吧？所有真實情況你可以告訴我嗎？」

娜塔莎滿含熱淚的雙眼看著她，她的臉上除了無聲的哀求就是請求原諒。

「親愛的好媽媽！」她一遍遍重複地說，用盡力量來舒緩媽媽的難過，讓自己來承擔她的部分悲哀。

媽媽又在與現實進行無力的抗衡，不想相信她的兒子在風華正茂的時候就被打死了，而她還要活下去，她又離開了現實，陷入瘋了一樣的狀態。

娜塔莎不記得那一天、那一夜和第二夜是如何過的。她沒睡過，也沒有離開過。娜塔莎的耐心、頑強，時時圍繞著伯爵夫人，她既不是安慰也不是勸解，而是向她發出再生的召喚。第三天夜裡，伯爵夫人冷靜了幾分鐘，娜塔莎也用手頂著頭靠在椅子扶手上，眼睛閉上了幾分鐘。床架忽然咯吱響了一聲。娜塔莎睜開了雙眼。伯爵夫人坐在床上並輕聲地說起了話。

「我很高興你回來了。你累了，要喝點茶嗎？」娜塔莎走到她的跟前。

「你全都變了，變得更像個男人了。」伯爵夫人緊緊握著女兒的手說。

「好媽媽！您在說什麼呢？」

抱住女兒又一次痛哭起來的伯爵夫人忽然意識到彼佳已經不在了，從此沒有了。

三

瑪麗亞公爵小姐延遲了行期。伯爵和索尼婭都竭盡全力想替換娜塔莎，可是做不到。他們看出，只有她一人可以讓她的母親不陷入喪失理性的絕望中。娜塔莎寸步不離地守在身邊，躺在她臥室裡的一張睡椅上，餵她飯、茶，不住地和她聊天。

媽媽的心靈傷疤沒有辦法痊癒。彼佳的死讓她失去了一半的生命。彼佳的死訊傳來時，她還是一個神采奕奕、容光煥發的五十歲婦女，可是，一個月後，當她邁出臥室時，早已是一個毫無生氣的、對人生淡然的老太婆了。可是，這個徹底奪去了伯爵夫人半條命的創傷，還是讓娜塔莎復甦了。

因為精神崩潰而造成的心靈傷痕，就像肉體的創傷，無論看起來有多不同尋常，即便再深的傷口也能封口、癒合，要想完全治好這精神的和肉體的創傷就需要一種內在的力量。

娜塔莎的創傷就這樣痊癒了。她以為她的生命已經完結了，可是很突然，向她表達了她對她母親的愛，生命的本質就是愛，愛仍舊活在她心裡。愛甦醒了，生命也甦醒了。

安德烈公爵臨死的那些日子，把娜塔莎和瑪麗亞公爵小姐聯繫在一塊兒了。這一新的不幸讓她們貼得更近了。瑪麗亞公爵小姐把行期推遲了，近三個星期來，像照顧有病的孩子一樣照顧娜塔莎。娜塔莎在臥室中度過的二十多天，耗盡了她的體力。

某天中午，瑪麗亞公爵小姐發現娜塔莎像得了寒熱病在發抖，就把她領進自己的臥室，讓她躺在自己的床上。娜塔莎躺了下去，可是，瑪麗亞公爵小姐剛想要側身離開時，娜塔莎叫她到自己身邊來。

「我還不想睡呢，瑪莎，陪我再坐一會兒吧。」

「你已經很累了，多睡一會兒吧。」

「不，你怎麼把我帶到這兒來？她一定會來找我的。」

「她好多了，今天說話已經正常多了。」瑪麗亞公爵小姐說道。

娜塔莎躺在床上，在臥室昏暗的光線中認真端詳著瑪麗亞公爵小姐的臉。

「她像他嗎？」娜塔莎想道，「像，但是又不像。她是很特別的，陌生、費解而新奇。她愛我。她心裡有什麼呢？有所有善良的東西。但是如何善良呢？她怎麼看待我的呢？沒錯，她是美好的！」

「瑪莎，」她小聲地說道，把瑪麗亞公爵小姐的手拉過來，「瑪莎，你不要覺得我很壞。瑪莎，親愛的，我好愛你呀！讓我們做真正的好朋友吧。」

然後娜塔莎擁抱著她，親吻她的手和臉。這種親情的流露讓有點害羞的瑪麗亞公爵小姐深感不適。從這一天起，在娜塔莎和瑪麗亞公爵小姐之間，建立起一種只有女人之間才有的溫柔而熱烈的友誼。她們不住地親吻，說溫柔的話，許多時候都在一起。假如一個人出去了，另一個就會感到不安。她們覺得，兩個人在一起的時候，比一個人獨處時還要和諧。她們之間擁有了一種比友誼更深沉的感情，一種只有兩人在一起才能生存的那種特殊的感情。

她們仍舊與過去一樣，從來不會提到他，以免用語言損害她們心中的那份高尚感情，可是還因爲沒有提及他，她們慢慢地淡忘了他。

娜塔莎變得很瘦弱，她體力是這樣弱，以至於大家都在談論她的健康，這讓她感到很愉悅。可是，有時她忽然怕生病，也怕死，怕失去美麗，怕衰弱，她有時不自覺細細地看她的胳膊，瘦得讓她驚奇，或者望著鏡子裡那瘦削的讓人覺得可憐的臉。她認爲應當是這樣的，同時又覺得悲哀、可怕。

有一天，她快步上樓，發現自己喘不過氣來。她想個理由又下樓去，再跑上樓，以檢測自己的體力。

又有一次，她叫涅婭莎，聲音有些發抖。她再叫一次，儘管已聽到了涅婭莎走動的聲音，她還是用以前唱歌的聲音來叫她，並聆聽這聲音。

她不相信，也不願相信，封閉著心靈的她認爲嫩弱的小草生長在穿透的黏土下，它們會生根，用它們那生機勃勃的枝葉，把她的悲哀掩蓋起來，它沒有辦法察覺。一月底，瑪麗亞公爵小姐起身去往莫斯科，伯爵執意要娜塔莎一同前去，以便就醫診治。

四

在維亞濟馬，切斷和打垮敵人的軍隊沒有能被托羅夫克管住。打過那場遭遇戰之後，逃跑的法國人和追趕的俄國人直到克拉斯諾耶再也沒有交戰。法國人跑得飛快，俄國軍隊追不上，炮兵和騎兵的馬都沒法再跑了。接二連三地以每晝夜四十俄里的速度前行，讓俄國軍隊人馬勞頓，沒辦法再提速。

俄國人追趕法國人的急行軍對俄軍破壞性的影響，與法國人倉皇逃跑對他們的軍隊的毀滅性影響是一樣的。唯一的差別就是，俄軍是自由的，不像法國人那種被消滅的危機；還在於得病掉隊的法國人都落入敵手，而掉隊的俄國人則是留在自己的國土上。拿破崙軍隊人數銳減的重要原因是它行動太快，俄國軍隊相應的損失，毫無疑問也是出於一樣的原因。

庫圖佐夫爲了不去阻礙法國人這種致命的行動，不惜運用他所有權限並加以促進，放緩自己軍隊的行動。

可是庫圖佐夫想放慢軍隊前進的速度，除了因爲行動過快造成軍隊疲倦和數量銳減外，還有另一個原因就是，他要等候時機。俄國軍隊的目的是追逐法國人，而法國人不瞭解要走的路線，所以俄軍越是緊隨其後，走的路也越多。只有相隔一段距離，才能抄近路避免走法國人所走的彎路。從莫斯科到維爾納所有戰役期間，庫圖佐夫努力實現這個理想，不是暫時的也不是一時的，並且是自始至終的，這理想從沒有動搖。庫圖佐夫不是依靠科學或智慧，而是靠俄國人的本性覺察到每一個俄國士兵所察覺到的東西，那就是，法國人戰敗，敵人正在逃跑，要把他們趕出去。

但在那些將軍眼裡，特別是那些外國將軍在俄國的軍隊裡，他們盼望一炮走紅，出人頭地，爲了達到目的，要俘虜一個公爵或是國王。他們一再提出，依靠那些穿著破爛鞋子、缺衣少糧的士兵，去打什麼迂迴戰的計畫，而軍隊在一個月內還沒打仗就只剩下一半；在最好的條件下，爲把法國人追趕到邊境，軍隊還要走比已走過的路還多的道路。對於那些計畫，庫圖佐夫只是表示沒有辦法。

每次我軍遇上法國人時，這種想大顯身手，打運動戰、打垮、切斷敵人的願望就更強烈了。在克拉斯諾耶就是如此，本預備會遇到一個法國縱隊，可是卻遇上了拿破崙本人和一萬六千人的軍隊。儘管庫圖佐夫傾盡所能來避開這場無好處的遭遇戰，以保護自己的部隊，可是筋疲力盡的俄國軍隊還是持續戰鬥了三天，大肆殺戮早就潰敗的法國人。

丹奧做了戰鬥計畫：要進到某地的第一縱隊等。可是就同往常一樣，計畫都脫離了佈置。葉夫根尼．符騰堡親王從一座小山上朝山下逃跑的成群的法國人射擊，而且要求增援，援軍沒有來。藏在樹林裡的法國人開始分散，晚上繞過俄國人，自找出路，接著逃跑。

米洛拉多維奇說他完全不想清楚他的支隊的供給情況；當需要他的時候，他永遠都不會出現，他自命為無可厚非也無所害怕的騎士，喜歡與法國人談判，他派了信使去要求法國人投降，結果白費力氣，做了非命令讓他做的事。

「兄弟們，我把這個縱隊交給你們了！」在部隊前面騎著馬，指著那些法國人對騎兵說。然後那些騎兵就用佩刀和馬刺驅趕骨瘦如柴、勉強邁步的坐騎，去追趕託付給他們的縱隊。

在克拉斯諾耶，他們抓獲兩萬六千名俘虜，繳獲幾百門大炮，還有一根被叫作「元帥棒」的棍子，爭吵著是誰立的功，對這些很滿意，同時也因為沒捉到拿破崙，或者什麼元帥、英雄而可惜，並為此責備，特別是責備庫圖佐夫。

這些瘋了一樣的人，是最可悲的必然規律的盲從者，他們自認為是英雄，想著他們是在進行崇高偉大的事業。他們責難庫圖佐夫，說他從戰役一開始就阻礙他們打敗拿破崙，說他只希望滿足私心，他不願離開麻布廠，因為他在那裡過得很好；說他在克拉斯諾耶妨礙軍隊的進程，因為一聽說拿破崙在那兒，他就不知該怎麼辦；說他也許和拿破崙暗地勾結，會背叛等。

不僅僅是那些易衝動的同代人這麼說，就連歷史和後世都不否認拿破崙偉大；至於庫圖佐夫，國外有人說他是腐化、奸詐、軟弱的宮廷老朽，俄國人說他左右逢源，是個傀儡，他之所以有意義，只是因為有一個俄國人的名字屬於他……

五

在一八一二年和一八一三年，人們公開了庫圖佐夫犯了錯誤的事實。沙皇不滿意他的行爲。最近奉最高當局的命令所寫的歷史書說道，庫圖佐夫就是個狡猾的宮廷騙子，不願提起拿破崙的名字，因爲他在別列津納和克拉斯諾耶的失誤，讓俄羅斯喪失了徹底戰勝法國人的機會。

這就是不爲俄國學者們所認同的那些不特別的人物的結局，是那些爲數很少，但是總是孤獨的人的命運。

可是，很難想像有這樣的歷史人物，他一直朝著一個理想，很難想出比這更符合全體人民意志、更值得讚頌的理想了。在歷史上很難找出另外的事例，一個像庫圖佐夫這樣在一八一二年給自己提出理想、竭盡全力地去實現它，並完全實現理想的歷史人物。

庫圖佐夫從沒有說過例如「四千年歷史從這些金字塔上面看著你們」這樣的話，不說爲了國家他做出的犧牲，也不說他早就做完或想做的事，總而言之，他關於自己一點兒都沒說，不扮演什麼角色，一直像個最平凡、最淳樸的人，說最普通、最一般的話。他給斯塔爾夫人和女兒們讀小說、寫信，喜愛和美麗的女人來往，和將軍們、軍官們和士兵們隨便開玩笑，從未批評那些企圖向他證實什麼的人。拉斯托普欽伯爵騎著馬跑到亞烏紮橋邊去見庫圖佐夫，把莫斯科的毀滅歸咎於他，責問他：「您不是曾經承諾過不經一戰，不會輕易丟下莫斯科嗎？」而庫圖佐夫回答說：「不經一戰，我不會放棄莫斯科。」儘管那時莫斯科已經被遺棄了。當從沙皇那裡來的阿拉克切耶夫向他建議說，應該任命耶爾莫洛夫當炮兵司令，庫圖佐夫答道：「沒錯，我也這樣思量過。」儘管一分鐘以前他說的話截然不同。這一切有何瓜葛呢？在那群糊塗人中，那時只有他一人瞭解正在發生的事情有多麼舉足輕重，拉斯托普欽把莫斯科的災難推諉給他，還是歸責於自己，這與他有什麼關係呢？至於任命誰當炮兵司令，他就更無所謂了。

這位飽經滄桑的老人不僅在這種情況下說出這些話，並且一些沒有用處的話經常臨時突發奇想並說出來。他的生活經驗讓他堅信，思想和表達思想的語言並不是主導人們行動的動力。

雖然這個人說話太隨心所欲，可是在他的所有活動場合中，從未說過一句他在整個戰爭期間企圖到的唯一的目的不一樣的話。在各種不一樣的場合下，他帶著不會被他人理解的沉痛心情，多次地表達過他的所思所想。從波羅底諾戰役開始他就同旁邊的人們產生分歧，只有他一個人覺得，波羅底諾戰役是一個勝利，就連在臨終之際，他在公文和口頭上、彙報中都不住重申，僅有他堅持己見地覺得，失掉莫斯科，並不代表著失掉俄羅斯。他在回答洛里斯東的和談建議時說：絕不可以講和解，因爲這是人民的意願。僅有他一人在法國人退縮示弱時說，一切我們的運動戰都是沒有用的，所有順其自然會做得比我們期望的還要棒，他說應當放敵人一條生路，他說保存實力才可以順利到達邊境，他說一個俄國人要十個法國人去換純屬沒道理的事情。只有他孤身一人，這個被人渲染成是向阿拉克切耶夫撒謊來討好沙皇的奸佞之臣，僅有他一個人在維爾納說，把戰爭擴大到邊界以外是有百害無一利的，從而讓沙皇心生不快。

隻言片語還不足以證明那時他對事件意義的認識。他的行動一直向著理想前進，這理想包括三方面：一、竭力打擊法國人；二、獲取戰爭的勝利，三、把他們趕出俄國的邊境，盡可能減輕軍隊和人民的苦難。

庫圖佐夫這個以「時間和忍耐」爲座右銘、喜歡採取拖延戰術、反對蠻幹的人，但是以無比認真的態度預備波羅底諾戰役，並打了這一仗。這個庫圖佐夫在奧斯特利茨戰役開始之前就預料到，那一仗會戰敗而歸，而在波羅底諾，就算將軍們覺得戰役失敗了，一支軍隊在全戰獲捷後撤退也是絕無僅有的。我想天下也只有他敢這麼做，一直到死都堅持說波羅底諾戰役是個勝利。只有他一個人在整個退卻過程中，堅信不該打當時已經是沒有用處的戰爭，不該掀起一輪新的戰爭，也不應該越過俄國的邊界。

那個老人怎麼可以與眾不同地獨自一人猜測出這一擁有群眾性事件的意義，而且在他的全部活動中徹底遵守呢？

他對一切發生事件的不同尋常的洞察力，源自他所懷有的聖潔強烈的民族感情。

正是因爲意識到他心中滿是這種感情，人民才能夠以那種異端的方式，對抗沙皇的旨意，把這個失寵的老先生選爲人民戰爭的代表。正是因爲具有這種感情，才讓他達到旁人沒有辦法企及的整個人類的高度，在總司令這個職位上，竭盡全力地去同情人、拯救人，而不是去消滅人、殺害人。

這個擁有謙恭而樸素品質的人是真正偉大的人物，他不可以被劃分爲歷史虛構出來的，相似管理著人民的高高在上的歐洲英雄之列。

對於一個奴僕來說，偉人不會存在，因爲奴僕對於偉人有自己的狹窄標準。

六

十一月五日是預計中克拉斯諾耶戰役的第一天。夜幕來臨，那些走錯了路，犯了許多過錯來到不該來的地方的將軍，派副官們帶著自相矛盾的命令奔赴四方，確信無疑，敵人早已向四面八方逃竄，沒機會也絕不會爆發什麼戰鬥了，離開了克拉斯諾耶的庫圖佐夫，開始向布羅耶村進軍，他的司令部今天已經到達那裡。

庫圖佐夫騎著他那匹健壯的小白馬前往道布羅耶，後頭跟著一大堆對他存有不滿的將軍，他們背著他低聲議論。在離道布羅耶很近的地方有一大群衣衫襤褸，用找到的各種東西把身體隨意包裹的俘虜們，站在路上一長串卸下來的法國大炮旁邊，嘈雜的交談聲連成一片。總司令靠近的時候，交談聲戛然而止，所有目光都聚集在庫圖佐夫身上。一個將軍在向他彙報俘虜和大炮的來歷。

庫圖佐夫陷在深思裡，並未聽見那個將軍的話語。他不滿意地瞇著眼睛，專心致志地盯著那些模樣令人同情的俘虜。大部分法國士兵都被凍壞了雙頰和鼻子，樣子很難看，幾乎所有人的眼睛都紅腫、潰爛。

一群法國人站在路邊，中間有兩個人正在用手扯一塊生肉，他們對騎馬路過的人飛快地一瞥，這眼神中透著一絲恐怖的野性，那個生瘡的士兵狠狠地瞪了庫圖佐夫一眼，轉過身去，接著從事手中的事。

庫圖佐夫對這兩個士兵認真地審視了許久。他皺著眉頭，瞇起眼睛，默默地搖著頭。在另一處，他見到一個俄國兵笑著輕拍一個法國人的肩膀，親切地交談著，庫圖佐夫臉上帶著同樣的表情又搖了搖頭。

「你說什麼？」他問那個將軍，將軍接著彙報，讓總司令密切關注繳獲的放在普列奧布拉仁斯基團隊前面的一堆法國軍旗。

「啊，軍旗！」庫圖佐夫說，明顯他在竭盡全力擺脫佔據他頭腦的思緒。他心不在焉地向四處張望。幾千隻眼睛從各處看著他，等待他講話。

他站立在普列奧布拉任斯基團隊面前，重重地吁了一口氣，閉上眼睛。庫圖佐夫靜默幾分鐘，勉強服從命令他做的事，抬起頭來，開始說話。一群軍官將他保衛起來。他認真地端詳旁邊的軍官們，認出了幾個人。

「謝謝各位！」他挨個向士兵和軍官們說道。在周圍一片寂靜中，他緩慢而清楚地說出每一句話。「謝謝各位不畏艱險的忠誠的服務，我們獲取了真正的勝利，光榮一直屬於你們！俄國會一直記住你們。」

他停頓片刻，向旁邊看了看。

「把旗杆降低一點，再低一點，烏拉，孩子們！」對士兵們說話時他下巴飛快地動著。

「烏拉——拉——拉！」幾千人的聲音一起喊道。

當士兵們歡呼的時候，庫圖佐夫從鞍子上向前俯下身子，低頭俯視，好像是一種嘲諷的光芒從他那微帶溫柔的眼睛中散發出來。「是這樣的，弟兄們。」他在歡呼聲停止以後說道……

突然間他的表情全變了。士兵們和軍官的隊伍都向前動了一下，好把他要說的話聽得更清楚。

「弟兄們，我清楚你們很苦，但是有什麼辦法呢！再堅持一下吧，所有的一切都會過去。讓我們把客人送走，那時我們才能夠歇息。沙皇會記得你們的功勞。雖然你們苦，可是你們畢竟是在自己家裡，可他們，你們看他們淪落到什麼處境，」他指著那些俘虜說道，「比我們最窮的叫化子還可憐。當他們充滿力量的時候，我們沒有自怨自艾，而現在，我們能夠憐惜他們了。他們也是人啊。沒錯吧，孩子們？」

他看了看周圍，從投向他的那些尊敬、執著、不解的目光中，看出了對他的話的贊同。他那讓人動容溫柔的微笑，從眼角向周圍放射的魚尾紋，讓他的面部表情變得越來越明亮，他就此打住，有些困惑地低下了頭。

「可是，話又說回來，誰請他們到這裡來的呢？自討苦吃，這群畜……畜……」他忽然話題一轉，抬起頭來。在馬上揮舞鞭子，這是他在整個戰役期間頭一次策馬奔騰，離開了興奮地哈哈大笑的散開的隊伍。

軍隊官兵們未必可以理解庫圖佐夫的話，沒有人能解釋出陸軍元帥開始時神情莊嚴而結尾樸實無華的老年人的話。可是這番發自內心的肺腑之言不僅被人們理解了，並且這個老人用寬容的咒罵表達出的，對敵人的同情和對自己的剛正不阿的信念，但是這種偉大莊嚴的感情深深地烙在每個士兵的心裡，他們那久久不停的歡呼表達了這種感情。之後，一個將軍問總司令，是不是派人去叫他的馬車，這位心裡很激動的庫圖佐夫在回答時出乎意料地嗚咽起來。

七

十一月八日是克拉斯諾耶戰役的最後一天，部隊到達駐地時，天色已經有些黑了。這天沒有風，有時飄起零落的雪花，但是傍晚天開始放晴了。寒風變得更凜冽了。

一個火槍兵團離開塔魯季諾時有三千人，如今僅剩下九百人。在最先到達預定的宿營地的部隊之一就有這個部隊，停在大路邊上的一個村子裡。迎接團隊的軍需官們宣稱，所有農舍都被患病和死去的騎兵、法國人和參謀人員佔用了，僅有一間房子可供團長用。

團長騎馬朝他的農舍走去。他穿過村子，走到最後面一排農舍前把槍架起來。

部隊開始爲自己預備洞穴和糧食。一部分人冒著沒膝的積雪，到村子右邊的樺樹林裡去了，那裡立即傳出來斧子和砍刀的聲音、樹枝斷裂的聲音，以及歡樂的交談聲。另一部分人在聚在一起的部隊大車和馬匹中間來回忙碌，有的取出麵包乾和大鍋，有的給馬匹上料……

在村邊一些農舍後頭，有十五個人興奮地喊叫著，搖晃一間棚屋高高的籬笆牆，棚屋的頂子早就被拆去了。

「喂，大家一起使勁推啊！」一些人喊道，在伸手不見五指的夜色中，那堵落滿雪的寬大的牆面吱吱呀呀響著來回晃盪。下面的柱子不停地響，最終那堵牆連同推它的那些人一起倒了下來。傳來一陣粗野但愉快的喊叫和哄笑。

「兩個兩個地使勁拉！拿撬棍來！就這樣。你往什麼地方闖呀？」

「來，大家都來！不，稍等一下，夥計們！喊個口號吧！」

大家都沉默不語了，有一個人小聲唱起來，有著像天鵝絨一樣柔和動聽的嗓音。在唱到第三節末尾時，尾音剛一落，二十人的聲音一齊呼道：「烏——烏——烏！來啊！大家一起來呀！小伙子們加油啊！」可是不管他們如何齊心協力，那個籬笆固若金湯。

「哎，六連的！你們這幫鬼東西！過來幫個忙啊……你們也有用著我們的時候。」

「走啊……哎呀，要倒了？幹嘛停下來啦？出什麼事啦？」

他們不停地說一些愉快的、粗野的污言穢語。

「你們在做什麼？」忽然有個人向搬運籬笆牆的人跑來，帶著長官命令的口氣，「長官們在這兒，在屋裡的還有將軍本人，看我怎麼教訓你們這群渾蛋，狗娘養的！」司務長喊著，不問情況握起拳頭朝著距他最近的士兵後背使勁打了一拳。「你們就不能夠小聲一點嗎？」

士兵們都不說話了。挨打的那個撞在籬笆牆上，臉擦出了血，他哼哧哼哧地擦著臉。

「瞧，那個鬼東西打得好狠！滿臉都是血。」在司務長過去以後膽怯的低語響起。

「怎麼，你有想法嗎？」一個人笑著說道，士兵們壓低嗓音接著向前行進。出了村子之後，他們又同剛才一樣大呼小叫，你一言我一語地談起來，夾雜著無趣的罵人話。

在那些士兵把籬笆牆搬到駐地的時候，早已在各個地方燃起篝火來燒飯，木柴劈哩啪啦地響，積雪在逐漸消融，士兵們在他們宿營的那片被踐踏的雪地上來回忙碌奔波。

斧子和砍刀在周圍揮舞起來。一切事不用發號施令自動地做好了。士兵們又找來一些夜裡用的柴火，給軍官們搭起了棚子，在鍋裡煮飯，步槍和裝備也已準備妥當。

八連拖來的籬笆牆，被豎在北面形成一個半圓形，後面用槍架撐住，在它之前生上一堆篝火。點名號吹響，開始清算人數，吃過伙食，在篝火周圍安頓過夜的人們，有人在補鞋，有人抽起菸，也有一些人把衣服脫光了，在火上烤襯衣裡的蝨子。

八

俄國士兵們那時所處的那種艱難的境地：棉靴和皮衣不足，頭上沒有遮風擋雨的屋頂，還要在攝氏零下十八度的冰天雪地中露營，就連充足的糧食都沒有。在這種狀況下，士兵們臉上佈滿悲傷，雙眉緊鎖，部隊裡更是一片沉寂的景象。

可是恰恰相反，不管是什麼時候，就算是有最好的物質條件的時候，軍隊裡也從未有過這樣輕鬆歡愉的景象。這是因為軍隊每一天都在淘汰那些心灰意冷、體力匱乏的人。餘下的不管從身體狀況上看，還是從精神狀況上看，都是部隊的精英。

籬笆後面比其他任何地方聚集的人都多。兩個司務長也同士兵坐在一起，他們的篝火也比其他地方的燒得大得多。他們要求坐在籬笆前面一定要帶柴火。

「喂，你跑什麼地方去了，莫卡伊夫！你這是怎麼了？是被狼吃了怎麼的？快拿點柴火來！」一個士兵眯縫著眼睛叫道，他被煙嗆得眼睛不停地眨，但是說什麼也不肯向後動。「還有你，老烏鴉，去拿柴火來！」他又向另一個士兵說。可是這個人既非軍官，也不是上等兵，他之所以朝那些人指手畫腳是因為他的身體很魁梧。那個被稱作老烏鴉的士兵，瘦得像根木柴，又有個尖尖的鼻子。他聽話地站起來，剛打算去執行任務，就在這時一個身材修長的青年士兵抱著一捆柴火向篝火走過來。

「抱到這兒來，呵，好大一堆啊！」

他們把木頭劈開，放在火上，有的用嘴吹，有的還用大衣下襬來搧，火苗嗞嗞響著，時不時地發出砰砰的爆裂聲。人們再靠近一些，點上菸斗圍成一團。抱柴火來的那個英俊年輕的士兵，兩手叉著腰，在他落腳的地方不斷靈活地跺著他那凍僵的雙腳。

「哎呀，媽媽！露水冰涼刺骨。我當上了火槍兵……」他每唱一個音節，都停一下。

「哎，靴底兒都跑掉了！」紅頭髮看見跳舞的人的靴掌往下耷拉著的時候喊道，「跳得不錯！」跳舞的人停下來，撕掉靴子上脫落的皮子，向篝火扔去。

「真的，兄弟。」他一邊說，一邊坐下，從背包裡拿出一塊法國藍呢子，在腳上包著。「都凍僵了。」他說著，把腳伸向火堆。

「很快就會發新鞋了。據說要想領雙份服裝不得不等我們打敗他們之後！」

「你瞧，彼得羅夫這個狗崽子仍舊掉隊了。」一個司務長說。

「我早就注意到他了。」另一個司務長贊同。

「真是個廢兵……」

「聽說，三連，昨天少了九個人。」

「你想想看，腳凍壞了，他怎麼走？」

「咳？別說廢話！」一個司務長說。

那個一直不說話的小個子士兵，又把話題接了下去。

「到現在已經抓了不少法國人，但沒有一個人腳上穿的是可以稱得上靴子的東西。」一個新話題又被那個士兵提出。

「把屍體搬出去的哥薩克正在給上校搬家。瞧著他們挺可憐的，夥計們，」那個跳舞的人插嘴，「翻動屍體的時候，有一個居然還活著，真無法相信，他還用他們的話嘀咕著什麼呢。」

「他們是一個很乾淨的民族，夥計們。」第一個人說，「長得白皙秀美，就好像白樺樹那樣白，可是他們中也有勇猛如虎、氣度不凡的人。」

「你認爲怎麼著？他們那兒所有人都必須當兵。」

「他們完全聽不懂我們的話，」那個跳舞的人臉上帶著疑問的輕輕淺笑，「我問他，他是哪個人的子民，他說是他自己的。真是個怪人！」

「但是，真不同尋常，弟兄們，」那個對他們白皙皮膚感到吃驚的人接著說道，「按照莫札伊斯克的農民們說，他們開始埋死人的時候，都清楚，那些死人在那裡躺了快一個月了，可是據說，他們躺在那裡只是像紙一樣白，乾乾淨淨的，一點味道也沒有。」

「莫非是天冷的原因嗎？」有一個人說。

「你真聰明！正因爲天冷！但那時天還很熱呢。假如是因爲天冷，我們的人也不會腐爛。但是，聽說，走到我們人那兒，他們卻都腐爛生蛆了。他們說，我們用手巾紮起臉來，別過頭去拖走他們，但還是沒有辦法忍受。但是他們的人呢，他說，跟紙一樣白，一點味道也沒有。」大家都啞然無語了。

「也許是因爲吃的東西不一樣，」司務長說，「他們吃上等人的食品。」

沒有人駁斥他。

「一個莫札伊斯克周邊的農民說，旁邊十個村莊的人一起動手，一連二十天還沒把屍體運完，那些狼，他說……」

「說真的，老爹，前天我們追捕他們，他們不等我們靠近就趕緊丟下長槍，跪地饒命，口中喊『饒命！』這僅僅是一個例子。聽說，普拉托夫兩次抓到拿破崙本人。可是他不清楚咒語。抓住了，但是拿破崙在他手中變成一隻鳥飛走了，無法把他打死。」

「我看你簡直是胡說八道，基謝廖夫。」

「什麼胡扯！千真萬確。」

「假如落在我手裡，我一定把他埋到地裡，再釘上一根楊木樁子。我看他還如何害人！」那個老兵打著呵欠說道，「反正快結束了，他再也要不出什麼花樣。」

談論就此停止，士兵們開始預備就寢。

在以後的靜默中，能聽到那些熟睡的人的鼾聲。別的人則翻轉身體烤火，不時地交談幾句。從百步之外的篝火堆旁傳來一陣愉快的大笑聲。

「聽，五連那邊好熱鬧！」

「那兒人山人海！」一個士兵說道。

一個士兵站起來，高高興興地向五連那邊去了。

「那兒正在找樂子呢，」他回來的時候說道，「兩個法國人停在這裡。一個凍僵了，另一個特別擅長逗樂！他正在表演唱歌……」

「噢？走，看看去……」

又有幾個士兵向五連去了。

九

五連就隱藏在叢林深處。把披著冰雪鎧甲的樹林照得通紅的一大堆篝火在雪地中間熊熊燃燒。午夜時分，五連的士兵聽見樹林裡傳來乾樹枝的劈啪聲和腳踏在雪地上的聲音。

「小伙子們，莫非是一頭熊？」一個士兵說。

大家都抬起頭來側耳靜聽，結果看到的是兩個穿著特別的人影互相攙扶著走出樹林，向篝火走來。這是兩個隱藏在樹林深處的法國人。他們走到火邊，用俄國士兵不懂的語言嘶啞地說著什麼。走到火邊，剛想要坐下，就失足跌倒在地。另一個，是個矮壯的士兵，頭和臉都被圍巾包得嚴嚴實實，他扶起同伴，指著自己的嘴說了些什麼。士兵們很快把兩個法國人圍了起來，爲那個病人鋪了一件溫暖的軍大衣，給他倆拿來一點取暖用的粥和伏特加酒。

那個身體羸弱的法國軍官名叫拉菲爾，那個頭上裹著圍巾的士兵叫梅利奧，是他的勤務兵。梅利奧喝了一些伏特加酒，又喝了一盒粥，反常地興高采烈起來，不停地對那些不懂法語的士兵說著什麼。拉菲爾沒吃飯，用胳膊支著頭，沉默不語地躺在篝火邊，看著那些俄國士兵。他偶然發出一聲長長的呻吟，然後又一聲不吭了。梅利奧指著他的肩頭，努力表示想讓士兵們知道，拉菲爾的身分是個軍官，應當讓他暖和暖和。然後一個來到火旁的軍官，遣人去問上校，可不可以讓一個法國軍官在他屋子裡歇息，上校贊成把法國軍官帶到他那兒去，人們把這好消息告訴了拉菲爾。他慢慢站起來，剛想走，身體一顫，他又要跌倒了。

「怎麼樣，還可以再來嗎？」一個士兵嘲諷地向拉菲爾擠擠眼睛。

「哎，你這個傻瓜！亂說些什麼，真是個土包子！」大家都責怪那個開玩笑的士兵。人們圍起拉菲爾，兩個士兵胳膊交叉著把他抬起，送到上校那裡去。

拉菲爾在士兵們抬他的時候抱住他們的脖子，悲哀地說：「噢，好樣的！噢，我的友好善良的朋友！」他跟個孩子一樣把頭靠在一個士兵的肩頭上。

這個時候梅利奧坐在火旁最好的地方，士兵們把他圍起來。

梅利奧健壯矮小，眼睛因流淚而顯得紅腫，身穿一件女人的皮襖。他喝得酩酊大醉，用一隻胳膊摟著坐在他旁邊的士兵，用嘶啞的喉嚨唱一首法國歌，士兵們瞧著他哈哈大笑。

被梅利奧摟著的那個歌手說道：「來，來，教教我怎麼唱！怎麼唱？我一教就能學會。」

亨利四世萬歲！

英勇的國王萬歲！

梅利奧擠眉弄眼地唱著。

那個魔鬼……

維伏．謝魯瓦魯！維瓦里卡！喜加布利亞卡……那個跟他學唱歌的士兵舞動著一隻手，那個曲調真被他模仿得像模像樣。

「瞧他，真聰明！哈，哈，哈！」周圍發出粗魯但是善意的哈哈大笑聲。梅利奧皺了一下眉頭，也微笑起來。

「來，再唱，再唱一個！」

「酗酒、鬥毆、勾搭女人，他只有這三個本事……」

「聽起來真順耳，來，再來，紮列塔耶夫！」

「克尤……」紮列塔耶夫很費力氣地發出這個音：「克尤——尤——尤，」他拉長嗓音用力嘟著嘴唱道。「列特里波塔拉，德——布——德——巴，捷特拉瓦戛拉。」他接著歌唱。

「哎呀！唱得真好，和那個法國佬很像！哈，哈，哈！怎麼樣，你還想再來點嗎？」

「再給他一些粥，他餓壞了，一下子塡不飽肚子。」

他們又端給他一些粥，然後梅利奧笑著開始吃第三盒粥。年輕的士兵都面帶微笑地注視著他。

「他們也是人哪，」一個人忍不住說道，下意識裏緊了自己的大衣，「苦艾也在自己的根上生長啊。」

「噢！主啊！滿天星斗，數不清楚啊！要來寒流了……」這時所有人都安靜下來。

沒有人在關心它們了，這些星星彷彿已經瞭解。在黑暗的天空裡開始玩耍：閃閃爍爍，忽明忽暗，竊竊私語，彷彿交談些什麼愉悅而又神秘的事。

十

法國軍隊漸漸被消滅；被大肆渲染的橫渡別列津納河戰役，僅僅是它毀滅中的一個過渡階段，並不是戰役中的關鍵所在。有關別列津納河一戰之所以被人們一次又一次描寫，從法國人那邊來說，只不過因爲在別列津納河的斷橋旁，法軍本來日漸深重的災難，在那裡頃刻間都降臨到他們頭上，那種悲慘的情景牢牢地印在人們腦海中了；而從俄國人的角度來看，之所以那麼無休止地議論、描寫別列津納之役，只不過在於，在遠離戰場的聖彼德堡制訂了在別列津納河的戰略陷阱中抓獲拿破崙的計畫。人人都相信所有都是照計畫那樣不出所料地發展，所以堅持說正是橫渡別列津納河一役徹底擊潰了法國軍隊。

橫渡別列津納河之役的特殊在於，它證據確鑿地說明，所有截斷敵人退路的計畫全是荒謬失策的，僅有的正確可行的做法就是庫圖佐夫和整個軍隊所建議的做法，那便是，緊緊跟在後面，窮追不捨。法國人爲了逃命不斷提高速度，差不多竭盡全力。他們彷彿一頭受傷的野獸一般逃跑，攔住它的逃路是不可能的。當橋斷時，那些沒有武器的士兵、從莫斯科逃跑的難民、坐在法國運輸隊車上的女人和孩子，這些人在慣性的影響下，往前奔向小船，跳到結冰的河裡去，而沒有選擇投降。這種義無反顧一直向前的行動是可以理解的。追趕的人和逃跑的人的狀況都是這樣糟糕。假如投降了俄國人，在一樣糟的環境下，在滿足生活需求方面，但是只能低人一等了。法國人不需要精確的情報就知道，一半俘虜因寒冷、饑餓而喪命，雖然俄國人想拯救他們，但是力不從心。那些富於同情心的俄國司令官，那些對法國人懷有好感的善良百姓，甚至俄軍中的法國人對俘虜們也無能爲力。俄國軍隊自己也遭受著讓法國人毀滅的同樣災難。沒辦法奪下饑寒交迫的俄國士兵的衣服和麵包，去送給那些雖然無害，既不可恨，也有些無辜，可是沒用的法國人。

落在後面一定會是死亡，不住向前走也許還有希望。只能破釜沉舟，除了集體逃跑之外，別無他法，然後法國人就竭盡全力地逃亡。

法國人逃得越遠，殘軍的遭遇越可憐，俄國將領們相互指責，尤其是埋怨庫圖佐夫的情緒就愈加強烈，特別是在被聖彼德堡寄予厚望的別列津納戰役以後，他們認爲聖彼德堡制訂的別列津納計畫失敗責任在庫圖佐夫，對他的不滿、輕視和冷嘲熱諷，表現得越來越淋漓盡致。

嘲諷和蔑視自然是以畢恭畢敬的方式表現出的，庫圖佐夫沒有辦法責難他們。他們很不嚴肅地和他交談，在向他彙報或請示的時候，假裝是在完成一種可悲的過程的樣子，在他背後說三道四，處處欺騙他。

因爲所有這些人對於他知之甚少，都覺得和這個老先生沒有什麼好談的，他永遠也不會知道他們那些深謀遠慮的計畫，他一定會用他那網開一面、不可能率領一群窮困潦倒的流浪漢打出國境等那一套說辭來回答。這所有的一切他們都早已厭倦。庫圖佐夫所說的所有，例如需要等候軍糧啦，或是士兵們沒有靴子啦等，都是那麼淺顯無知，可他們所建議的所有內容是那麼深不可測；明顯在他們眼裡，他又老又愚蠢，而他們是手中無權的天才統帥。

在與顯赫的海軍上將，聖彼德堡英雄維特根施泰因的軍隊會合以後，這種情緒日漸高漲，參謀部裡的謠言多得數不勝數。庫圖佐夫覺察到這點，他只不過歎了口氣，無可奈何地聳聳肩。僅有一次，他生了很大的氣，是在別列津納戰役之後，給單獨向沙皇寫彙報的貝尼格森寫了這樣的信：「舊病發作，茲因貴體有恙，請閣下見信後即去卡魯卡，聽候沙皇陛下的任命和差遣。」

貝尼格森被打發走之後，調任來了軍中的康斯坦丁·帕夫洛維奇大公。戰役的開始他就加入過，但是後來被庫圖佐夫調出軍隊去了。在這個時刻來到軍中的大公，通知庫圖佐夫說，沙皇對俄國軍隊的戰績不佳、行動遲緩很有想法，預備御駕親臨。

這個在軍隊事務上和朝廷都有一樣豐富經驗的老人——庫圖佐夫，這個在本年八月違背沙皇的意願被選作總司令，這個把皇太子和大公撤離軍隊，這個違抗沙皇的旨意運用自己的權力，命令丟下莫斯科的庫圖佐夫，這個時候立即醒悟道，他的時代早就過去，他的角色已經完結，那虛僞的權力再也不在他的麾下。他不單單是從朝廷的態度上知道了這一點，一方面覺得他的使命已經完成；另一方面，他也發現到他那衰老的身體已精疲力竭，他需要歇息了。

十一月二十九日，庫圖佐夫進了維爾納——他「美麗的維爾納」，他自己賜予它這樣的美稱。在這座沒受到戰爭破壞的富庶的城市中，他除了享受失去已久的舒適生活之外，還找到了老朋友和對過去的記憶。他忽然拋開關於軍務和政務的掛念，投入他對於從前習慣的平靜生活的懷抱，似乎如今正在發生的和將要發生的歷史事件與他沒有一點關係。

最熱衷於阻斷和擊潰敵人的齊恰戈夫，這個以敢向沙皇直言而著名的齊恰戈夫，就是這個齊恰戈夫第一個在庫圖佐夫要進駐的城堡前爲他接風洗塵。他穿著海軍的文官制服，佩著一把短劍，腋下夾著帽子，向庫圖佐夫恭敬地遞交了佇列彙報和城門鑰匙。齊恰戈夫清楚，庫圖佐夫已備受責難，然後這個年輕人對這個「昏聵的老先生」的輕視之態溢於言表。

在與他的交談中，庫圖佐夫順便提到，在鮑里索夫被搶走的他那幾車餐具毫髮無損，將要歸還於他。庫圖佐夫聳了聳肩，露出他那洞悉所有事情的微妙笑容答覆道：「我只想說我說過的話罷了。」

在維爾納，違抗沙皇的旨意的庫圖佐夫，將軍隊滯留在維爾納。那些他身邊的人說，在維爾納停留期間，精神很萎靡的他，身體顯得很虛弱。他不願處理政務，把所有的事務都推脫給他的將軍們去辦，自己過著悠閒舒適的生活，等候沙皇的到來。

沙皇帶領他的侍從——博爾孔斯基公爵、丹奧斯泰伯爵、阿拉克切耶夫，包括其他人在十二月七日離開聖彼德堡，十二月十一日抵達維爾納，駕著他的旅行雪橇徑直駛往城堡。儘管天氣嚴寒難耐，但是一百來個將軍和參謀人員都身穿檢閱禮服，和西蒙諾夫團的儀仗隊一起，護衛在城堡面前。

一個送信人乘坐一輛由三匹大汗淋漓的馬拉著的雪橇先於沙皇前頭奔向城堡大喊：「來啦！」接著科諾夫尼岑跑進前廳去向在門房裡等待的庫圖佐夫彙報。

一分鐘後，這個身著整套禮服、腰間繫一條武裝帶、胸前掛滿勳章、體態臃腫的老先生，步履緩慢地步入臺階上。他頭戴捲簷帽，一隻手裡拿著手套，側著身子費力地走下臺階，另一隻手拿著爲沙皇預備的彙報。

人們在有秩序地奔波忙碌著，又一輛三套馬雪橇飛奔而來，整場的目光都彙聚於這駛來的雪橇，已經能夠隱約看見博爾孔斯基和沙皇的身影。

五十年來的習慣，在那個老將軍身上發生了影響，讓他略感忐忑不安；他連忙認真地整整帽子，拍了拍衣服，振奮精神，就在沙皇走下雪橇，抬起眼來看他的時候，馬上呈上彙報，開始用他那平穩示好的聲音陳述起來。

沙皇飛快地把庫圖佐夫從頭到腳打量了一番。眉頭緊皺，可是立刻控制住自己，走上前去，伸開雙臂擁抱了老將軍。又是因爲多年的習慣和內心跌宕起伏的思緒，這一擁抱讓庫圖佐夫產生了很大的觸動：他抽泣起來。

沙皇問候了西蒙諾夫團儀仗隊和軍官們，然後又一次緊握住老人的手，同他步入城堡。

當沙皇同陸軍元帥獨自相處的時候，他對於追擊敵人的動作遲緩，就是在克拉斯諾耶和別列津納所犯的過錯表示了不滿的意思，並把自己將要出國遠征的計畫告訴了他。庫圖佐夫既不反駁，也不發表想法。他臉上又顯出了七年前在奧斯特利茨戰場上，聽候沙皇命令時那種全盤服從的木然的態度。

當庫圖佐夫垂頭喪氣地走出書房，邁著蹣跚的腳步走過大廳的時候，表情看起來很沉重，一個聲音把他叫住了：「勳座！」有人喊道。

庫圖佐夫抬起頭來，對著丹奧斯泰伯爵的眼睛凝望很久，後者拿著一個銀盤子托著一件什麼小東西，走到他面前。庫圖佐夫絲毫不清楚要他幹什麼。

忽然間他似乎若有所思：一絲不易察覺到的笑容閃過他那虛胖的臉，他尊敬地向他深深鞠一躬，舉起放在盤子上的那件東西。那勳章是一級聖喬治勳章。

十一

第二天，沙皇御駕親臨了陸軍元帥舉行的宴會和舞會。這無與倫比的榮譽就是沙皇給庫圖佐夫的一級聖喬治勳章，可是人人對於沙皇對陸軍元帥的不滿都知道得清清楚楚。禮節是遵守了，沙皇第一個做出表率，可是所有人都深知，老先生有失誤，已再無用武之地。沙皇進舞廳的時候，庫圖佐夫遵照坎契列娜時代的習慣，要求在沙皇腳下放上繳獲的軍旗，沙皇面色不滿地皺了一下眉，有人隱約聽到「老滑稽演員」幾個字，可不清楚沙皇咕噥些什麼。

在維爾納，沙皇對庫圖佐夫的不滿日漸強烈，特別是因為庫圖佐夫明顯不可以或執拗不肯知道將來戰役的意義。

次日早晨，沙皇向聚集在他旁邊的軍官們說：「你們不僅拯救了一個俄國，更拯救了整個歐洲！」這個時候大家都恍然大悟，戰爭並沒有完結。

只有庫圖佐夫一個人不願意理解這一點，公開發表自己的意見，說什麼新的戰爭都不可能改變俄國的地位，也不可能給俄國增添新的榮譽，它只能損害俄國的地位和降低俄國現在已經擁有的至高榮耀。他努力向沙皇證實，徵募新兵純屬無稽之談，並談到人民的艱苦處境、失敗的可能性，等等。

陸軍元帥帶著這種情緒，注定只可以變為將來戰爭的制動器和絆腳石。

為了避免與老先生之間發生爭執，沙皇採用了釜底抽薪的辦法，就像在奧斯特利茨時那樣、同戰爭開始時對待巴克雷那樣，悄無聲息地把總司令的權力移交到沙皇本人手中。

為了達到這個目的，他動手逐漸改組總參謀部，庫圖佐夫司令部事實上已丟失了全部實權，權力移交到沙皇手中。丹奧、耶爾莫洛夫和科諾夫尼岑被委以新任。身體很虛弱的陸軍元帥是被大家都談論的話題，健康狀況日益下降。

他的健康狀況肯定不佳，才可以便於讓位給別人。他的健康狀況也的確這樣。因當年，庫圖佐夫，簡單自然地一步步地來到聖彼德堡財政部前去招募民兵，接著又返回軍隊裡，因為那時他無可取代。如今他的角色完成了，還是一樣簡單地、漸漸地、自然地被有用之人取而代之。

一八一二年的戰爭，除了對每個俄國人有舉足輕重的民族意義之外，還有另一種意義——對於歐洲的意義。

為了東方民族西征和恢復各國疆界，需要亞歷山大一世，就像是為了拯救俄國，一定要像庫圖佐夫那樣的人才能增加俄國的榮耀。

庫圖佐夫不是很瞭解歐洲、均勢、拿破崙的意義。他沒有辦法理解這些。對於一個俄國人民的代表來說，敵人已被消滅乾淨、俄國已得到解放，並上升到歷史榮耀的最高點。對於一個俄國人，一個真正的俄國人來說，再沒有什麼事可以做了。死去了的庫圖佐夫僅有一死留給人民做為戰爭代表。

十二

在被俘期間遭遇各種劫難的皮埃爾，在緊張艱難的生活完結以後，才體驗到那些日子的沉重，這是經常有的情況。獲得自由之後，他來到奧廖爾，到達後第三天，當他預備去基輔的時候，忽然一病不起。在奧廖爾休養三個月，據醫生診斷，他得了膽熱病。醫生們給他吃藥、放血，用各種方法治療，他終於痊癒了。

這段時間所發生的一切，皮埃爾差不多沒留下什麼印象。他只記得那陰沉灰暗的天空一會兒下雨，一會兒下雪，內心的苦悶，腳和腰部的痛苦；頭腦裡還遺留人們受苦受難的景象；他記得軍官們和將軍們審問他時的好奇心讓他忐忑不安；他還記得如何四處奔波；最重要的是記得他當時喪失了思考能力和感覺。在他得救的那一天，他看見了彼佳・羅斯托夫的屍體。那天，傑尼索夫告知他這個消息時，順道提到了海倫的死，他以為皮埃爾早有耳聞呢。當時，皮埃爾覺得這所有一切都很令人匪夷所思，他不知道這一切意味著什麼。那時他只是急於逃離這個人們相互殘殺的地方，去一個安靜的避風港，在那裡穩定下來，回味思索他聽到的那些新奇事。可是，一來到奧廖爾，他就感染了疾病。

在康復期間，皮埃爾逐漸地脫離了過去幾個月間他已熟悉了的印象，也適應了新的生活：清楚明天不會有人把他們驅趕到不知名的地方去，清楚沒有人會奪去那溫暖的床，清楚他肯定會得到按時的午餐、晚餐和茶點。可是，在相當長的時間內，他在夢中依舊浮現自己當俘虜時的情景。皮埃爾也是一點點地才知道了他獲釋後被告知的那些消息：安德烈公爵的死，妻子的死和法國人的毀滅。

一種讓人身心愉快的自由感在皮埃爾養病期間充盈著他的內心。他獨身一人在一座陌生的城市中，無親無友，沒有人對他命令什麼，或打發他到哪裡去，他想要的一切，從前一直折磨著他的有關他妻子的擔心再也不復出現，因為她早就死了。

「啊，真好啊！真妙啊！」當一張鋪著潔淨的桌布，擺放著誘人香氣的肉湯的桌子靠近他的時候，或者夜裡當他歇息在一張清潔、鬆軟的床上時，或者當他想起已經不在的妻子和法國的時候，他自言自語地說：「啊，真好啊！真妙呵！」

從前困擾著他的，他一直苦苦追求的東西——人生的目的，對於他來說現在已經茫然無存。他尋求的人生目的如今不是突然消失，只是在這個時刻沒有了往日的感覺。正是因為沒有了目的的束縛，才讓他獲得了充足的自由和愉悅，在這個時刻，這就是他的幸福來源。他不再有目的，因為他如今有了信仰——不是信仰某種言論規則或思想，而是信仰一個活生生的、時常可以被感知的上帝。

在當俘虜期間，他體驗到一個極目遠眺時無所收穫，但是在腳下找到了他所苦苦追尋的東西的人的感覺。他一輩子都從旁邊人的頭頂上向前眺望，本來用不著這樣費勁地觀望，只要留心自己身邊就可以了。從前他從什麼地方也看不到那偉大的、無限的、不可測的東西。他僅僅是覺得它肯定存在於某些地方。在近處所有可以理解的東西中，他只看見渺小的、有限的、沒有用處的、平淡無奇的東西。他曾經通過理性的望遠鏡朝遠處眺望，當這些渺小的、平凡的東西隱藏在遠方的迷霧中時，只認為它們是偉大和無限的，這僅僅是它們是瞧不清的罷了。

他覺得歐洲生活、政治、哲學、共濟會、慈善事業也是這樣的。但是，就在那時，當他覺得自己是軟弱的時候，他的理性也已經穿越那個遠方，看見那裡的所有一樣是微小的、沒有含義的、普通的。而在這個時刻，他已經學會在所有東西中看見那偉大的、無窮的、永存的事情了，因而很自然，為了瞧見它，欣賞它，他丟下了那架至今為止他用來從大家頭頂上看東西的望遠鏡，興高采烈地看他周圍那永遠變化著的、深不可測的、永遠偉大的、無窮的人生了。他越是在近處看，他就變得越寧靜幸福。從前那個毀掉了他全部精神支柱的害怕的問題「怎麼」，在這個時刻對於他已經不存在了。如今至於「怎麼回事」這個問題，他內心經常儲備著一個難於容易的回答：

因為有上帝，沒有祂的旨意，人的頭上不會掉下一根頭髮。

十三

皮埃爾的表面好像一切都沒有改變。他和以前從外表看來沒兩樣。他還和以前一樣心不在焉。他如今和從前的不同就在於，從前當他忘記了放在前面的一些事情，或者人們向他講過的話的時候，他就煩躁地皺起眉頭，似乎想要看清楚而又看不清楚遠處的什麼東西。彷彿他仍舊健忘，但是人家對他講過的話，或者看不見他面前的事物，可是他現在帶著一種差不多看不出的、彷彿嘲諷一般的微笑來看他眼前的東西，聽人家說的話，即便他聽見和看見的很明顯百分之百是其他的東西。從前他儘管看起來是個善良的，但是是不幸的人，因此人們不得不疏遠他。如今愉悅的微笑經常掛在他嘴角上，眸子裡閃動著同情他人的光輝。人們常常因爲有他在場而覺得愉悅。

從前他說得很多，一說起來就很激動，不太在意聽別人講話；如今他極少高談闊論，樂於聽別人說話，因此人們希望把他們心靈深處的秘密告訴他。

公爵小姐從沒有喜歡過皮埃爾，老伯爵去世後她認爲自己受過皮埃爾的好處，更加對他產生敵意，她到奧廖爾來是想跟皮埃爾說清，儘管他忘恩負義，但是她把看護他當成是她的義務。通過一個短時間後，讓她又吃驚又懊惱地認識到，她竟喜歡起他來了。之前公爵小姐覺得他看她的目光是冷漠的、嘲笑的，所以她在他面前也和在別人面前一樣緊閉心扉，只不過顯示出她性格中富於戰鬥性的那一面，而這個時候，她認爲他彷彿在努力探索她最隱秘的內心生活；因此她先是疑惑，後來懷著感激的心情，向他表露出隱藏在她性格中的善良的一面。

「沒錯，他沒有受壞人的影響，但是在受我這樣的人的影響之下，他就變成一個很友善的人了。」公爵小姐對自己說。

他的僕人捷連季和瓦西卡也依據自己的理解，瞧出皮埃爾身上發生的變化。他們認爲他變得親近多了。晚上捷連季在幫老爺脫完衣服，對他說過晚安之後，平時手裡拿著老爺的靴子、衣服，不立即走開，看看老爺是不是想和他聊一聊，皮埃爾看出捷連季想聊聊，於是讓他留下。

「喂，和我說說，你們是怎麼找到食物的？」他問道。

所以捷連季就說起莫斯科遭到的毀壞，談老伯爵，拿著衣服站在那兒說相當長一段時間，有時還聽皮埃爾說的故事，而後懷著老爺對他親密、他對老爺友好的愉快心情回到前廳。

給他看病的醫生天天來瞧他，他經常在皮埃爾那兒一坐就是好久，對他講述自己那些得意的往事和他對患者，尤其是對女性心理的洞察。

「跟他那樣的人聊天是快樂的，他和我們外省人不一樣。」他常常說。

在奧廖爾住了幾個法國俘虜軍官，那個醫生帶了其中的一個，一個年輕的義大利人來看皮埃爾。

這個軍官，常來看皮埃爾，公爵小姐常常笑話那個義大利人對皮埃爾的關心。

這個義大利人看起來只有在他來看皮埃爾、和他說話、同他說他的從前、他的家庭生活、他的愛之時，以及朝他發洩的法國人，特別是對拿破崙的憤慨時，才是愉悅的。

皮埃爾之所以贏得那個義大利人的歡心，只不過是因爲皮埃爾甦醒了他心中最美好的那一面。

在皮埃爾居住在奧廖爾最後的一段日子裡，一八〇七年介紹他入共濟會分會的他的老會友威朗歐什吉伯爵來看他了。威朗歐什吉娶了一個在奧廖爾省有幾個大莊園的富裕的俄羅斯女人，他在這座城市找到一個管軍糧的臨時職位。

聽聞別祖霍夫在奧廖爾，儘管他們結交的並不是很深，威朗歐什吉見了他就跟人們在沙漠中相遇一樣對他表示很友好親切。威朗歐什吉在奧廖爾覺得孤單，很興奮碰到一個屬於自己這個圈子、他認爲有相同愛好的人。

但是，令威朗歐什吉吃驚的是，他看到皮埃爾已遠遠地落後於現實生活；而且按照他的判斷，皮埃爾已經進入消極和自私的情況下了。

「您太放任自己了，我的朋友。」他說。就算這樣，但是威朗歐什吉覺得當下與皮埃爾在一塊兒比從前興奮，然後他每天都來看他。但皮埃爾在看著威朗歐什吉和聽他講話時，覺得很短時間之前他自己同他一樣，認爲奇妙和不可思議。

威朗歐什吉同一個有家室的人結婚了，於是，既要料理妻子的田產，還要忙於公務和家庭。他認爲這所有都是生活的困難，是卑鄙的，因爲做這些事的目的是家和他自身的利益。對於行政、軍事、政治、共濟會的一些想法經常吸引他的注意。皮埃爾既不費力去改變他的看法，也不責怪他，只帶著他現在常有的興奮的、平靜的心情，去欣賞那不同尋常的，他這樣熟悉的現象。

皮埃爾在同威朗歐什吉、醫生、公爵小姐、他當下碰見的所有人的交流中，有一個新特點，這個新特點讓他贏得所有人的好感。那就是：他承認誰都能夠按自己的形式來思考、感受、看待事物；承認不可以用語言來取代一個人的信念。

在現實事務上，皮埃爾意外地感受到他有了以前沒有的主見。從前遇到金錢問題，特別是當有人向他索要金錢的時候，他常常不知所措，猶豫不決。現在只要他有錢，誰要他就給誰。從前遇到差不多財產問題，他也是這樣，這個人勸說他這麼辦，可另外一個人又勸他那麼辦，他認爲無處下手。

如今，他驚訝地發現，對於這些問題，他已不再覺得迷惑不解了。如今他心裡有了一個裁判官，他依照一些連他自己也不明白的規則來斷定什麼事該做，什麼事不應該做。

對於金錢他還同從前一樣冷淡；但是現在他毋庸置疑地瞭解該做什麼和不該做什麼。他的總管來到奧廖爾看他，皮埃爾和他一起算了一下他那發生了不正常的收入。按照總管估計，莫斯科的火災讓他損失了兩百萬盧布。

總管爲了安慰皮埃爾，給他算了一筆賬，表示儘管有這些損失，假如他拒絕歸還他沒義務承擔的伯爵夫人欠他的債，也不修補他莫斯科的住所和莫斯科的鄉間別墅，他的收入不但沒有減少，而且還會增加。

「沒錯，這是實話，」皮埃爾興奮地笑著說，「沒錯，我用不到那些東西，因爲受到損失，我變得更富了。」

可是，在一月間，薩韋里奇從莫斯科來了，彙報了又一次建市內房子和鄉間別墅所做的預算，一樣地他也接到瓦西里公爵和其他聖彼德堡老友的來信，信裡提到他妻子的債務問題。皮埃爾認爲，儘管那個讓他很興奮的計畫是不正確的，他應當去聖彼德堡了結他妻子的所有事務和在莫斯科重新修房子。爲何要這麼做，他說不明白，但是他確實清楚要這樣做。這樣一來，他的收入要減少四分之三，但這是必然的，這一點他都察覺到了。

威朗歐什吉要去莫斯科，他們約好一起去。

在奧廖爾休養的所有時間內，皮埃爾體驗到生活的興奮和自由；但在旅行之間，他發覺自己置身於自由的世界裡，看到數以百計的陌生面孔，這感情就更強烈了。在全部旅程中他感覺像假期中的小學生那樣興奮。每一個人——驛站長、車伕、道上的和村裡的農民——所有人對他都有一種新的意義。威朗歐什吉的在場和討論只能更提高皮埃爾的興趣。威朗歐什吉認爲死氣沉沉的地方，皮埃爾從那兒能看出一種驚人的生命力，這力量在那偌大的空間，在一堆堆雪中維持著這個特別的、完整的、統一的民族的生命力。威朗歐什吉並不對他反對，因爲假裝的同意是抓緊時間完結這沒有意義的討論的好方法，皮埃爾聽著他講話，嘴角露出興奮的笑容。

十四

相當難說明，螞蟻怎麼要在被摧毀的蟻穴旁邊忙著：一些拖著蟻卵、糧食粒、屍體離開了，另一些返回洞穴，牠們互相追逐，互相衝撞，打鬥。一樣也很難解釋，爲什麼俄國人在法國人撤離以後聚集在之前叫做莫斯科的城市。但是，當我們觀測被毀壞的蟻穴周圍不計其數的螞蟻鍥而不捨、精力旺盛地工作時，我們就算看到已經毀掉的蟻穴，可還有一種構成蟻穴真正力量的非物質的東西毀不掉。莫斯科也是這樣，儘管十月的莫斯科沒有官府，一樣沒有聖殿、沒有教堂、沒有財富、也沒有房屋，但它依舊是八月裡的那個莫斯科。所有都被毀掉了，僅僅有一種非物質的，那就是充滿力量而不可毀滅的東西依舊存在。

在掃清了敵人以後，從周圍擁入莫斯科的人都抱有自己的目的。一開始大多數是野蠻的、狂野的，只有一個共同的理想，那就是奔向從前叫做莫斯科的地方，開始自己的活動。

過了一周，莫斯科就有了一萬五千居民，半個月後高達二萬五千人，不斷增加的這個數字，到一八一三年秋天，已經過了一八一二年人口的總和了。

第一批進入莫斯科的俄國人，是溫岑格羅德支隊的哥薩克、從周圍村莊來的農民，及從莫斯科逃出去、藏在周圍的居民。進了莫斯科，發覺莫斯科遇到了搶劫，也開始搶劫起來。他們接著做法國人做過的事。農民們駕著車來到莫斯科，把丟在破房屋裡和街上的所有東西搬到村子裡去；哥薩克們把他們拿得動的東西全都拿到他們的營地裡；房主們把從其他人家裡找得到的所有東西，搬到自己家裡，假裝說是他們的財產。

但是繼第一批搶劫者以後，又來了第二批和第三批，因爲人數的增加，打劫變得越來越難了，也有了比較固定的方式。

法國人的搶奪延續得越久，莫斯科的財產和搶劫者的力量被毀壞得就越嚴重。可是回到首都的俄國人的搶奪，持續的時間越長，加入搶劫的人的數量越多，這座城市的財產以及普通生活就恢復得越快。除搶劫者外，來莫斯科的還有各種各樣的人，有的受了好奇心的驅動，有的因爲職務的關係，有的出於個人的想法，教士、房主、商人、各級官吏、農民、手工業者，像血液流向心臟一樣流進了莫斯科。

過了一周，趕著空車來搬東西的農民被當局抵禦，並且逼迫他們把死屍運到城外去。別的一些農民聽說他們的同伴遇到挫折，就帶著糧食、燕麥和乾草來到城裡賣，他們相互壓價，導致價格比從前還低。每天都有希望賺大錢的木匠來到莫斯科，到處都有人在修房子，修復燒壞了的舊房子。商人開始支起棚子做買賣。客棧和飯館在被火燒了的房子裡開了業。教士們在不少沒有燒毀的教堂裡恢復了禮拜。施主們捐贈教堂被奪走的東西。官吏們在一些小房間裡擺上鋪著粗布的桌子和文件櫃。高級官員和警員分別指揮分配法國人搶餘下的財物。家裡面有許多從別人家搬來的財物的主人們，抱怨命令把全部東西都運到多稜宮去是不公平的；別的一些堅持說法國人把各家的東西都集中到某一家，把這些東西都留給存儲它們的房主是不公正的。他們賄賂他們、辱罵警官，對燒掉的東西做了差不多十倍的估量，索要賠償。拉斯托普欽伯爵又開始寫告示。

十五

一月末，皮埃爾來到莫斯科，他居住在一個沒有被火燒了的屋子裡。訪問了拉斯托普欽伯爵和一些回到莫斯科的舊相識，預備兩天後啓程去聖彼德堡。每個人都歡迎皮埃爾，人們都想看他，大家都想聽聽他的見聞。皮埃爾認爲他對於所有遇見的人都很有好感，但是如今他不由自主地對所有人都保有戒心，怕受到什麼牽連。

他聽說羅斯托夫一家在科斯特羅馬，他極少想起娜塔莎。就算想到了，也不過是對遙遠的從前愉快的記憶罷了。他覺得自己不僅解脫了生活環境的束縛，並且也脫離了他認爲是他自作多情的那種感情。

在他到莫斯科後的第三天，他從德魯別茨科伊家的人那兒聽說，瑪麗亞公爵小姐在莫斯科。安德烈公爵的去世，他的苦痛和最後的日子經常佔據皮埃爾的心頭，這個時候又活生生地閃現在他頭腦中。午餐時聽說瑪麗亞公爵小姐居住在沒有被燒毀的伏茲德維仁卡街的住所裡，他當天晚上就坐車去看她了。

在去看瑪麗亞公爵小姐的路上，皮埃爾一直在懷念安德烈公爵，想他們的友情，想他們的歷次會見，尤其是在波羅底諾的最後一次見面。

「難道他真的在當時那種痛苦的心情中去世了？」皮埃爾想。他想起了卡拉塔耶夫和他的去世，不由得對這兩個人進行了比較：他們是那麼相同，同時又是那麼不同，他愛他們兩個，這兩個人都生活過，兩個人又都去世了。

皮埃爾懷著最沉重的心情駛進老公爵的居所。這所房子保留了下來。它傷痕累累，但是面貌依然。迎接皮埃爾的老門房滿臉嚴肅的神情。他對皮埃爾說，公爵小姐回她自己的房中了，她每週日不見客。

「去通告一聲吧，也許她會見我的。」皮埃爾說道。

「是，遵命，」門房說道，「請到肖像室稍等。」

幾分鐘後，門房同德薩爾走進來，德薩爾代表公爵小姐說，她很開心見他，但要請皮埃爾原諒她少禮，請去樓上她的房間。

公爵小姐坐在一間有蠟燭的小房間裡，同她在一塊兒的，還有一個穿黑衣服的人。皮埃爾想起公爵小姐身邊經常有女伴，這肯定是她的一個女伴，他想道，看了一眼那個身穿黑色衣服的女人。

公爵小姐忙站起來接待他，伸出手來。

「是啊，」在他吻過她的手以後，她看著他那改變了的面容說道，「瞧，我們又見面了。他一直到最後時刻也時常說起您。」她說道，帶著令皮埃爾吃驚的羞怯神情，把眼光由皮埃爾身上轉向她的女伴。

「聽說您得救的消息，我很興奮。這是很久以來我們收到的唯一的好消息。」公爵小姐更不安地回頭看了一眼她的女伴，剛想要說些什麼，可是皮埃爾阻斷了她。

「您能夠想到，我一點也不清楚他的消息！我覺得我要死了。我只知道他遇到了羅斯托夫一家，真是命啊！」

皮埃爾急切地說下去。他瞧了一眼那個女伴的臉，瞧她像人們說話經常有的那樣，眼睛專注地、好奇地、親切地注視著他。他不知為何覺得，這個穿黑衣服的朋友不會妨礙他和瑪麗亞公爵小姐推心置腹的講話。

但是，在他後來提到羅斯托夫家之時，瑪麗亞公爵小姐的臉上更顯出不安的表情。她又把目光從皮埃爾的臉上朝向那個穿黑衣的女人的臉上說道：「您真的不認識她嗎？」

皮埃爾又看一眼那個女伴蒼白清秀的臉，那雙黑色的眼眸和特別的嘴。那雙注視著他的眼睛裡有一種親切的、忘記很久的、很惹人喜愛的東西。

「不，這絕不可能！」他想道，「這張嚴肅、瘦弱、顯得老了些的臉。這一定不會是她。這只是我想起她而已。」

可是，這時，瑪麗亞公爵小姐說道：「娜塔莎！」然後那張臉綻開了笑意，從這扇敞開的門裡發出一股皮埃爾早已忘卻的幸福的味道。這種幸福感迎面撲來，包圍了他，把他整個地吞沒了。當她露出微笑的時候，已不再有什麼懷疑了，這是娜塔莎，他愛她。

在開始時，皮埃爾身不由己地對她、對瑪麗亞公爵小姐，特別是對他自己洩露了他自己還不知道的秘密。他興奮而又苦惱地漲紅了臉。很想隱藏他的激動。但是他越想隱藏，就越明顯地，比什麼話語都更明顯地對他本身，她與瑪麗亞公爵小姐說明，他愛她。

「不，這太意外了。」皮埃爾想道。他想和瑪麗亞公爵小姐接著說話，就又看了一眼娜塔莎，然後他的臉漲得更紅了。他說話顛三倒四，說到一半就不說了。

皮埃爾沒發現娜塔莎，因爲他無論如何也沒有想到會在這裡看到她，他沒認出她來，因爲自打上次見到她之後，她身上的變化太多了。她瘦了，面色蒼白，在他進來之時，沒能馬上認出她來，是因爲在那張臉上，在那雙眼眸裡過去常常閃動著隱隱的人生興奮的微笑，而這個時候，在他剛進來看了她一眼的時候，那張臉上一點笑意都沒有，僅有一雙和善的、關切的、充滿疑問和哀愁的眼睛。

皮埃爾的不安並沒有引起娜塔莎困窘的留心，只不過她的臉被一種不易發現的愉快點亮了。

十六

「她到我這兒做客，」瑪麗亞公爵小姐說道，「伯爵夫人和伯爵最近就會來。伯爵夫人的情況很悲慘。可是，娜塔莎自己必須就醫。他們強逼著她和我一起來了。」

「是啊，如今還有不存在傷感的家庭嗎？」皮埃爾對娜塔莎說道，「您清楚嗎？事情就發生在我們獲救的那天。我瞧見了他。一個多好的孩子啊！」

娜塔莎看著他，做為對他的問話的反應，她的眼睛睜得更亮、更大了。

「能說出什麼，想出什麼來當作安慰呢？」皮埃爾問道，「沒什麼！這樣一個惹人喜愛的、生機盎然的孩子，為什麼要讓他死呢？」

「沒錯，在我們這個時代，沒有信仰是很難活下去的……」瑪麗亞公爵小姐說道。

「沒錯，這是實話。」皮埃爾連忙緊嘴說。

「為什麼是實話呢？」娜塔莎專注地看著皮埃爾的眼眸問道。

「什麼為何？」瑪麗亞公爵小姐說道，「只要一想到在這裡等候……」

不等瑪麗亞公爵小姐說完，娜塔莎又疑惑地看著皮埃爾。

「因為，」皮埃爾接著說道，「只有相信有一個主宰著我們的上帝，才能忍受像她的和……您的那樣的損失。」

娜塔莎張開嘴想說些什麼，但是忽然停下了。

皮埃爾連忙轉過臉去，又向瑪麗亞公爵小姐詢問他的老友最後的日子的情況。皮埃爾的不安已經不見了，可是他也感覺出，他之前的自由也消失了。他如今講話的時候要思索他的話對娜塔莎產生什麼印象。找她喜歡聽的話說並不是他有意做的，可是，不管他說什麼，他總是站在她的立場上來評價自己。

瑪麗亞公爵小姐和往常一樣，很不願談她看到安德烈公爵時的樣子。但是，皮埃爾那激動得顫抖的面容，他的問題和他那不安的神情，一點點地驅使她詳盡地講述了她自己也怕回憶的所有。

「沒錯，沒錯，那麼，那麼……」皮埃爾說著，把整個身體傾向瑪麗亞公爵小姐，貪婪地聽著她的講述。

「沒錯，沒錯，他變得平靜了？變和善了？他一貫傾注所有心血去追尋一個目的：成爲完人，所以他不會怕死了。他身上的短處，假如有缺點的話，那也不是他的原因。那麼他變溫和了？」皮埃爾說道。「他又看見了您，這是多麼興奮啊！」他忽然轉向娜塔莎，眼裡滿含淚水盯著她。

娜塔莎的臉抽動了一下。她遲疑了一下，是說話好，還是不說話好。

「沒錯，這是幸福，」她用低沉的聲音說道。「這對我的確是幸福。」她停了停。「他……他……他也說，在我到他那兒去之時，他也希望那樣……」被打斷聲音的娜塔莎。

她臉紅了，把兩隻手按在膝蓋上，明顯用力控制著自己，忽地抬起頭來，連忙說道：

「我們從莫斯科走的時候，什麼都不清楚。我不敢打聽他的情況。突然，索尼婭對我說，他在跟我們一塊兒走。我什麼也沒想，也沒法想出他的情況如何；我只要見到他，同他在一起。」她顫抖著氣喘著說道，描述了她從沒有對什麼人說起的所有，說在旅途中和雅羅斯拉夫爾生活的那三個禮拜中她所承受的所有事情。

皮埃爾張著嘴，用含淚的眸子目不轉睛地盯著她，聽著她講。在聽著她說的時候，他既沒有想到安德烈公爵，沒有想到去世，也沒有想她正在講的話。他聽著她，只不過是可憐她當下說這一切時所承受的悲痛。

瑪麗亞公爵小姐坐在娜塔莎身邊，皺著眉，竭盡全力地忍住流淚，哥哥和娜塔莎最終那些愛情故事是她第一次聽到的。

娜塔莎把最詳細的情節和她靈魂最深處的秘密融合在一起說進去，似乎永遠說不完。有幾次她重複著已經講過的話。

門外傳來德薩爾的聲音，他問是否讓小尼古拉進來說晚安。

「好啦，就這麼多了，都說了。」娜塔莎說道。

小尼古拉進來的時候，她連忙站起來，差不多是奔向門口，頭撞在掛著簾子的門上，不知是因爲疼痛，還是因爲悲痛，她叫了一聲便跑出去了。

皮埃爾看著她跑出去的那扇門，不清楚爲何忽然感覺世界上只有他一個人了。

瑪麗亞公爵小姐讓他留心已經走進屋的侄子，把他從混亂的狀態裡喚醒。

小尼古拉的臉很像他父親，皮埃爾這個時候正處於萬分焦急的狀態中，自然見他更加激動，他吻過小尼古拉，趕忙站起來，掏出手帕，走向窗前。他想向瑪麗亞公爵小姐道別，但是她留住了他。

「不，我和娜塔莎有時候過了兩點還不睡呢；請您待一會兒。我叫人準備晚飯。下樓去吧，我們馬上來。」

皮埃爾離開那間房子之前，瑪麗亞公爵小姐對他說道：「這是她頭一次這樣談起他。」

十七

皮埃爾走進富麗堂皇的飯廳；幾分鐘後，他聽見走路聲，娜塔莎和瑪麗亞公爵小姐走了進來。娜塔莎是平和的，可是，如今又面無笑意，一臉嚴峻的神情。他們沉默不語地走向餐桌。服務員把椅子拉開，又推上去。皮埃爾展開冰涼的紙巾，決定打破沉默，他看了看娜塔莎，又看了看瑪麗亞公爵小姐。她們兩個在這個時刻明顯也想這麼做，兩個人的眼眸裡都露出幸福生活，承認人生除去悲哀還有興奮的表情。

「您喝伏特加酒嗎，伯爵？」瑪麗亞公爵小姐問道，這些話忽然衝散了剛剛的陰影。

「您說說自己的事吧，」她說道，「關於您，人們講了那麼多讓人無法相信的奇事。」

「沒錯，」皮埃爾臉上帶著他如今已經習慣了的嘲諷溫和的微笑回答道，「大家甚至對我講述我作夢都沒見到過的奇聞！我發覺，做爲一個有趣的人是很舒服的，人們請我去，對我說我自己的故事。」

娜塔莎笑了，正要說什麼。

「我們聽說，」瑪麗亞公爵小姐接著說道，「您在莫斯科就丟了二百萬盧布。這是真的嗎？」

「但是我比以前富有了兩倍。」皮埃爾答道。

就算因爲決心償還妻子的債和重建他的住所，家境已經發生了改變，但是，皮埃爾仍說他比從前富有了兩倍。

「我不用問地獲取了好處，」他說道，「我得到的是自由。」

「您要建房子嗎？」

「沒錯，薩韋里奇讓我這麼做！」

「告訴我，您決定待在莫斯科之時，您還不清楚伯爵夫人離世吧？」瑪麗亞公爵小姐問道，立刻臉就紅了。

「不清楚，」皮埃爾答道，顯然並不覺得瑪麗亞公爵小姐對他有關自由的解釋有何難爲情的地方。「我是在奧廖爾聽到的，您想像不出這個消息如何讓我驚奇。我們並不是一對模範夫妻。」他看了娜塔莎一眼，從她臉上看出，她對於他怎麼談論他妻子很好奇。「但是我對她的去世感到很震驚。兩個人爭論之時，總是兩方都有錯，當一方不存在之時，自己對另一方的過錯就忽然變得很沉重了，我很爲她難過。」他說完後，很興奮地看到娜塔莎臉上稱讚的表情。

「是啊，您又是一個單身漢了，又可以娶媳婦了。」瑪麗亞公爵小姐說道。

皮埃爾突然臉漲得通紅，很長時間不敢看娜塔莎。等到他下定決心再瞧她的時候，她的臉是嚴肅的、冰涼的，他甚至認爲是不屑的。

「還有，您真像我們聽說的那樣，見過拿破崙，還和他說過話嗎？」

皮埃爾笑起來。

「一次也沒有，這是完全沒有的事。我是在一些下層人裡面的！」

晚餐結束了。皮埃爾開始時不願意談起他的俘虜生活，而後漸漸被引到這個問題上來了。

「但是您留在莫斯科是要殺拿破崙，這是真的吧？」娜塔莎微笑著問道，「當我們在蘇哈列夫水塔碰到您的時候，我就猜著了，您記得嗎？」

皮埃爾承認那是真的，從此逐漸在瑪麗亞公爵小姐所提的問題，特別是娜塔莎的問題的誘導下，詳盡地講述了他的歷險記。

起初他帶著對別人特別是對自己那種現在已經習慣的溫和的嘲諷態度來說，可是以後，當說到他目睹過的害怕和悲痛的情景時，他越來越激動，乃至不可強制著在記憶跡象劇烈的往事時，產生的那種不鎮靜的心情。

瑪麗亞公爵小姐臉上帶著和善的微笑，在皮埃爾講述的過程中，她只看到他和他的善意。娜塔莎靠著胳膊，面目表情隨著故事的變化而變化，一直盯著皮埃爾，很明顯她也在經受著他所遭遇的所有。不但她的目光，連她的吃驚和她提出的問題都向皮埃爾表明，她很清楚他想要表明的意思。很明顯她不但懂得他所說的，也懂他想說但是不可以用語言來表達的所有。在談到皮埃爾為護著那個孩子和那個女人而被抓起來的情節時，他是這樣說的：「那是一種可怕的景象：孩子們被拋棄了，有幾個在火裡……我看見有一個人被拉了出來……奪走了一些女人的財產，她們的耳環被扯了下來……」

皮埃爾臉紅了，頓了一下。

「之後巡邏隊來了，他們把所有不搶東西的人，把所有男人都抓走了，我也在其中。」

「您肯定沒把所有事都講出來，您肯定做了什麼事……」娜塔莎說著停頓了一下，「一件好事。」

皮埃爾沒有講下去。當說到行刑的時候，他想跳過那些可怕的情節，可是娜塔莎請他不要遺漏什麼東西。

皮埃爾開始談普拉東，但又停住了。

「不，你們無法知道我從這個老實的人——這個沒有文化的人身上清楚了什麼。」

「行，行，說下去吧！」娜塔莎說道，「他如今在哪兒？」

「他們立即就在我眼前把他處決。」然後皮埃爾接著往下談他們退卻的最後一些日子，談普拉東的病，談他的死。他的聲音一直在顫抖著。

皮埃爾對所有人也沒這樣講過他的冒險遭遇，他自己也沒有回憶過。他如今把那所有告訴娜塔莎，他覺得一個男人在女人們聽自己說話時得到的快樂。這裡說的是那些能從男人的做法中，選擇和吸收最好的東西的真正的女人所給予的幸福。娜塔莎自己也沒想到她是那麼集中：不漏掉一個字，不漏過皮埃爾聲音的每一下抖動，他的目光神色，臉上肌肉的跳動，他的姿態。她捕捉著他說出來的話，吸入她那敞開的心扉，猜想著皮埃爾心理活動隱蔽的意義。

瑪麗亞公爵小姐清楚他的故事，向他表示同情，但是她這個時候看出了另一種東西，它吸引了她的所有注意。她看到了娜塔莎和皮埃爾之間存在愉快和愛情的機會，這頭一次產生的想法讓她心中很喜悅。

早已是凌晨三點了。侍者們臉色嚴峻陰沉地進來換蠟燭，可是誰也沒留心他們。

皮埃爾講完了他的故事。娜塔莎接著用明亮的眼睛目不轉睛地盯著他，似乎想要弄清楚他是不是還有略過沒談的事情。皮埃爾陷入害羞和幸福的疑惑之中，他不時地看她一眼，正在搜腸刮肚地想說點什麼來轉移話題。

瑪麗亞公爵小姐一聲不出。他們誰都沒想到已經是凌晨三點了，該歇息了。

「人們都在說不幸、災難，」皮埃爾說道，「但是如果，在這個時刻有人問我『你是想像被俘之前那樣生活呢，還是想把這所有再重新遭遇一遍呢？』看在上帝的面子上，讓我再當一次俘虜和吃馬肉吧！我們總認爲，只要我們被拋出習慣的生活軌跡，就所有都完了，可是新的幸福的生活才剛開始。只要有生活，就有幸福。」他轉向娜塔莎說道。

「沒錯，沒錯，」她答非所問地說道，「我如今什麼也不想，只是想把一些東西再重新過一遍。」

皮埃爾認真地看了她一眼。

「沒錯，再也沒有別的了。」娜塔莎肯定地說。

「這不對，不對，」皮埃爾喊道，「我活著，並且想活下去，這並不是我的錯誤，您也是一樣。」

娜塔莎忽然間低下頭來，用雙手蒙著臉，哭了起來。

「娜塔莎，您怎麼啦？」瑪麗亞公爵小姐問道。

「沒什麼，沒什麼。」她含著淚對皮埃爾微笑一下，「您該睡覺了，再見了。」

皮埃爾起身辭別大家。

瑪麗亞公爵小姐和娜塔莎和往常一樣在臥室裡見面了。她們談著皮埃爾講過的故事。瑪麗亞公爵小姐沒談她對皮埃爾的看法，娜塔莎也沒有談到他。

「好，再見吧，瑪莎！」娜塔莎說道，「你知道嗎，我常害怕，我們不談他，彷彿我們害怕貶低我們的感情，但是，我們會就這樣而淡忘了他。」

瑪麗亞公爵小姐深深地歎了一口氣，用這聲歎息肯定娜塔莎的話是正確的，但是口頭上她不贊成她的話。

「這怎麼能忘記呢？」她說道。

「今天把所有都講出來，我覺得很痛快，又沉重，又難過，」娜塔莎說道。「我相信安德烈真的喜歡他。因此我對他說了……我這樣子做，錯了嗎？」她問道，忽然臉紅了。

「對皮埃爾？噢，自然。他是那麼好的人！」瑪麗亞公爵小姐說道。

「你清楚嗎？瑪莎……」娜塔莎臉上忽然帶著瑪麗亞公爵小姐很長時間沒在她臉上見過的調皮的笑容說道，「他早已變得很光滑、乾淨和新鮮了，彷彿剛從蒸汽浴室裡出來一樣：你知道嗎？是從道德的浴室裡出來的。不是嗎？」

「沒錯，」瑪麗亞公爵小姐說道，「他受益良多。」

「頭髮也剪短了，禮服是短的，彷彿，似乎從浴室裡走出來似的……父親有時……」

「我知道，他如何愛他勝於愛所有人。」瑪麗亞公爵小姐說道。

「沒錯，他與他完全不一樣。聽說，完全不同的男人就能成爲好友。這絕對是真的。真的，他和他完全不同，不是嗎？」

「沒錯，不過他很好。」

「好吧，再見。」娜塔莎說道。那頑皮的笑容彷彿被淡忘了，很長時間留在她的面容上。

十八

皮埃爾那天夜裡許久無法入睡。他在臥室裡來回徘徊，彷彿在思考一個什麼困難的問題，忽然又聳一下肩；有時幸福地微笑。

他在想娜塔莎，想安德烈公爵，想他們的愛情，有時嫉妒她的過往，有時爲這個責怪自己，有時又寬舒自己。早已是早晨六點了，他依然在房裡踱來踱去。

「必須，不管這幸福多麼艱難和多麼不同尋常，必須竭盡全力與她結爲夫婦。」他自言自語地說道。幾天之前，皮埃爾已經決定星期五前往聖彼德堡。一個月後當他醒來時，薩韋里奇來向他請教準備行李的事。

「什麼，去聖彼德堡？去聖彼德堡幹什麼？」他無意識地問。

「啊，沒錯，許久之前，在發生這件事以前，我不知怎麼預備去聖彼德堡，」他漸漸恢復記憶，

「怎麼回事呢？也許我真要去。他是個多麼心地善良的人，多麼細心，什麼事都清楚。」他看著薩韋里奇那蒼老的臉想道。

「怎麼，還不想獲取自由嗎，薩韋里奇？」皮埃爾問道。

「我要自由幹什麼，大人？我們在去世的伯爵手下生活過，希望他進入天堂，如今在您手下也不用受罪。」

「可是你的孩子們呢？」

「孩子們也可以這樣生活，大人。跟著這樣的主人有好日子過。」

「我的繼承人會怎麼辦呢？」皮埃爾說道。「有一天我結婚……這是很有可能的事呀。」他不由得加了一句。

「我大膽彙報，大人，那是好事啊，大人。」

「那麼您有什麼命令？您明天不去嗎？」薩韋里奇問道。

「不去，我要延遲幾天。到那時再告訴你。原諒我吧，讓你白忙了。」皮埃爾說，看著薩韋里奇的微笑他想道：「這麼不同尋常，他不知道，如今我不去聖彼德堡了，第一得解決那件事！」

早飯時，皮埃爾對公爵小姐說，他昨天去過瑪麗亞公爵小姐的家，說：「您猜，在那裡我遇著了誰？娜塔莎！」

公爵小姐的樣子彷彿在說，她看不出這消息比他看見安娜．西蒙諾芙娜，有什麼不一樣的地方。

「您認識她嗎？」皮埃爾問。

「我見過那位公爵小姐，」她答道，「我聽說人家在幫她與尼古拉作媒呢。有關羅斯托夫家這倒是一件不錯的事，據說他們已經破產了。」

「不是，我問您清楚娜塔莎嗎？」

「我那時只是聽說那個事。太可惜了。」

公爵小姐也爲皮埃爾旅行準備了路上吃的食物。

「他們所有人都那麼好心，」皮埃爾想道，「他們如今對於這種事或許不會有什麼興趣，這都是因爲我，真讓人驚奇。」

皮埃爾到瑪麗亞公爵小姐家吃中午飯。

他坐車路過街道、路過被大火燒過的房子時，那些廢墟的美讓他感到吃驚。殘留的房子的煙囪，殘垣斷壁相互掩映，在被大火燒過的街道間蔓延，充滿詩情畫意，讓人回憶起萊茵河和古羅馬大鬥獸場。對面見到的乘客們、車伕們、造新屋子的木匠們、店主們、商人們都興奮地看著皮埃爾。

在進入瑪麗亞公爵小姐住所的時候，皮埃爾心生疑慮，他昨天到底來沒來過這裡，是不是真見過娜塔莎，而且和她談過話。

「也許那是我猜想出來的，也許我走進去，那兒什麼人也沒有。」但是剛一走進那個房子，就覺察出了她的存在，瞬間他就失去了自由。

她穿的仍舊是那件有軟褶的黑衣服，與昨天的髮型一樣，但是她完全變了樣。

她似乎還是孩提時代與後來成爲安德烈公爵未婚妻時，他熟識的那個模樣。她眼中閃動著興奮的光輝，臉上是溫柔的、疑問的、頑皮的模樣。

皮埃爾和她們一起吃了中午飯，原本想在那裡坐上一個晚上，可是瑪麗亞公爵小姐要去做通宵禮拜，他跟她們一起走了。

皮埃爾第二天很早就來了。吃過午飯又坐了一個晚上。雖然瑪麗亞公爵小姐和娜塔莎很歡迎這個客人，雖然皮埃爾當下所有生活愉悅都集中在這個家中，可到了晚上他們已把所有的事都談過了。他坐得太久了，以至瑪麗亞公爵小姐和娜塔莎交換神色，很明顯想清楚他什麼時候離開。他覺得爲難和不安，但他還是坐著不動，因爲他沒有力氣站起來離開。

瑪麗亞公爵小姐看出這樣沒個完，就第一個站起來，用頭痛開始道別。

「那麼明天去聖彼德堡嗎？」她問。

「不，我不去，」皮埃爾連忙用吃驚的、似乎受了委屈似的腔調答道，「不……去聖彼德堡？第二天，但是我卻不道別。我要來看看你們有什麼事要我辦。」他站在瑪麗亞公爵小姐跟前，滿臉通紅，但是還不離開。

娜塔莎向他伸出手來，接著走了過去。瑪麗亞公爵小姐正相反，不但沒走開，反而坐到扶手椅上，嚴肅地看著皮埃爾。她長長地歎了一口氣，彷彿在預備進行一次長談一樣。

娜塔莎一離開房間，皮埃爾的不安和慌亂馬上消失，取而代之的是激動和興高采烈。他連忙把一張扶手椅轉到瑪麗亞公爵小姐身邊。

「沒錯，我正要跟您說，」他說，「公爵小姐，幫幫我吧！我該怎麼做好呢？我有可能嗎？公爵小姐，我的朋友，請聽我說！我很清楚。我知道我配不上她，我清楚現在不能夠談這件事。但是我想當她的哥哥。不，我不想……我做不到……」

他頓了下來，用兩隻手搓了搓面部和眼睛。

他努力控制自己，想把話說得清楚些。「我不清楚我是何時愛上她的，但是我只愛她，一輩子只愛她一個，愛得那麼深，我沒有辦法想像，假使沒有她，我如何活啊。在這個時刻，我還不可以跟她求婚，但是一想到她也許會成爲我的老婆，而我也許錯過了那個機會……請告訴我，我有希望嗎？我怎麼做才好？親愛的公爵小姐！」他說到這兒，停了會兒，又碰了碰她的手，因爲她沒有答覆。

「我正在思考您跟我說的話呢，」瑪麗亞公爵小姐說道，「我跟您說，您說得沒錯，如今對她談愛情……」公爵小姐停了下來。因爲她發覺娜塔莎兩天前突然發生了變化，她看出，假使皮埃爾對她表露自己的愛情，她不但不會見怪，而且這正是她所期盼的呢。

「當下不可以跟她談。」公爵小姐依舊這麼說了。

「可是我應該怎麼做呢？」

「這事交給我辦吧，」瑪麗亞公爵小姐說道，「我知道……」

皮埃爾看著瑪麗亞公爵小姐的眼眸。

「那麼，那麼……」他說。

「我知道她……她也許會愛上您的。」瑪麗亞公爵小姐糾正了自己的話。

她的話還沒有說完，皮埃爾就跳了起來，臉上帶著慌張的神情，抓住瑪麗亞公爵小姐的手。

「您爲什麼這麼想？您認爲我有希望嗎？您這樣想嗎？」

「沒錯，我是這樣想的，」瑪麗亞公爵小姐含笑說道，「您給她的雙親寫封信，這事就交給我辦吧。到恰當的時候，我對她說。我期望這樣，我的心告訴我，這事能成。」

「不，這不可能！我太興奮了！但是這……我多麼興奮！不，這不可能！」皮埃爾一邊不住地說著，一邊親吻瑪麗亞公爵小姐的手。

「您去聖彼德堡吧，這樣會好點兒。我會寫信給您。」她說道。

「去什麼地方？去聖彼德堡？好吧，我去。那我明天還可以來嗎？」

翌日皮埃爾來告別。娜塔莎不如前幾天那樣活潑，但是，這一天，皮埃爾看著她的眼睛，覺得她在消失，他和她都不再存在了，只有一種幸福感。

「莫非是真的嗎？不，這不可能。」當聽到和看到她的每一個眼神、姿勢和話語時，他都在心裡這樣對自己說著。

告別之時，他握著她那纖細瘦弱的手，不自覺地把它久久地握在手中。

「莫非這隻手，這雙眼睛，這張面孔，所有這些對我那麼陌生的充滿女性魅力的寶貝，有一天會永久屬於我，就彷彿我對自己那樣熟悉嗎？……不，這是不會發生的！……」

「再見，伯爵。」她高聲說道。「我肯定等著您。」她小聲補充道。

這句平常的話，她的眼神和面部表情成為皮埃爾以後兩個月中無窮無盡的回憶、揣摩和興奮的幻想的來源。「『我肯定等著您……』沒錯，她怎麼說的？沒錯，『我肯定等著您』。啊，我好興奮！這是怎麼一回事？我好幸福！」皮埃爾自言自語地說。

十九

現在皮埃爾的心境和他向海倫求婚時的心情根本不一樣。他在想像中不增不減地重複著他或娜塔莎說過的每一句話，認真地回憶她的音容笑貌，只想複述她說過的話。對於他所做的這件事是好或者是壞，至今他沒有一點的懷疑。

只有一個可怕的困惑有時掠過他的腦海：「這所有的一切是不是夢？瑪麗亞公爵小姐會不會看錯？我是不是太自負了？我覺得這一切都不真實；但是忽然間，瑪麗亞公爵小姐對她說了，但她微笑著答道：『他絕對是弄錯了。或著他不清楚，他是什麼人，一個平凡的人，可我呢？我是完全不一樣的，我是更高尚的人。』」

只有這一個疑慮經常縈繞在皮埃爾腦中。他如今沒有其他什麼計畫。他覺得即將到來的幸福是那麼難以置信，只要它可以實現，就萬事俱備，只能敬候佳音了。

一種驚奇的興奮情緒支配著他，這從前是不可能的。人有時認爲每個人都同他一樣的興奮，只是極力掩蓋這種幸福，假裝忙於其他事的模樣。他從人們的言行中看出對他的幸福的暗示。看到他的人，常常對他意味深遠的彷彿他們之間有什麼幽默的表情感到驚訝。但是，當他清楚人們或許不清楚他的幸福時，他從心底裡對他們表示同情，無名地產生一種希望，想向他們證明，他們所做的一切都是一些不值得留心的無謂小事。

當有人建議他出來做事的時候，或者當人們談論某些一起關注的戰爭、國家大事，並覺得某一事件的某種結局決定著人們幸福的時候，他臉上帶著溫和的同情微笑聆聽著，發表一些獨特的見解，讓和他交談的人感到吃驚。但是不管那些他覺得懂得人生真諦的人，也就是瞭解他的感情的人，還是那些顯然不瞭解這種感情的不幸的人，所有人，在這期間，在他心目中那燦爛的感情光輝的照射下，不管遇到什麼人，他都能立刻毫不費力地從他身上看出好的，而且值得愛惜的東西。

在處理他亡妻的文件和事情時，他對她沒感到什麼懷念之情，只不過惋惜她不清楚他當下所體會到的快樂。

皮埃爾後來常常回憶這一段愉快的瘋了一樣的時期。這一時期他對環境和人形成的理解，他後來不僅沒有拋棄這些對於事物和人的想法，而且相反，當內心產生疑慮或矛盾的時候，他就求助於在這段瘋了一樣時期產生的看法，且這些看法總是正確的。

「也許我那時顯得不同尋常的可笑，」他想道，「但是我那時並不像人們認爲的那樣瘋了一樣。恰恰相反，我那時比任何時候都更有洞察力，更精明，直到人生中所有富於價值的東西，因爲……我是幸福的。」

二十

皮埃爾離去的第一個晚上，娜塔莎臉上帶著嘲笑興奮的笑容對瑪麗亞公爵小姐說，他的模樣彷彿剛從蒸汽浴室裡出來似的，頭髮也剪短了，穿一件短禮服。從那時起，一種隱秘的連她自己也不明白的、沒有辦法抵禦的東西，在她的內心甦醒了。

娜塔莎的一切——步態、面孔、聲音、目光，都馬上發生變化了。讓她自己都感覺意外的生命力和對於幸福的盼望溢於言表。從那頭一個晚上開始，娜塔莎似乎忘記了她不幸的一切。從那時起她不再抱怨她的處境，也不再怕構想之後的幸福計畫了。她很少談及皮埃爾，但是，在瑪麗亞公爵小姐談到他的時候，一種早已熄滅了的火焰又在她眼中閃光，她的嘴唇呈現出一種奇異的笑容。

娜塔莎的改變一開始讓瑪麗亞公爵小姐驚訝；在她瞭解變化的意思時，變化又讓她難過，該不會她對於哥哥的愛是那麼薄，那麼快就給忘了吧。當她獨自思量這種變化時她這樣想。但是，當她和娜塔莎在一塊兒的時候，她並不生娜塔莎的氣，也不責怪她。那種攫住了娜塔莎的清醒了的生命力，對於她自己也是那麼不可控制，讓瑪麗亞公爵小姐在她面前認爲，她就是在內心也無權利責備她。

娜塔莎身心真誠地沉浸於新的戀情中，她完全沒想隱藏，她現在沒有悲哀，只有愉快和幸福。

皮埃爾同瑪麗亞公爵小姐夜裡說過話後回到自己房間之時，娜塔莎在門口看著她。

「他已經說了，是嗎？他說了沒有？」娜塔莎不斷地問。臉上現出了幸福的，同時也是爲自己的幸福請求原諒的可憐的表情。

「我原本想在門口聽聽，可是我清楚你會跟我講的。」

瑪麗亞公爵小姐無論如何理解娜塔莎，無論如何爲之感動，無論她那激動的心情如何令人同情，但是娜塔莎的話在開始一瞬間還是讓她覺得屈辱難受。瑪麗亞公爵小姐想起了哥哥和她的感情。

她臉上帶著哀愁、神情嚴峻地把皮埃爾的話都告訴了娜塔莎。聽說他要去聖彼德堡，娜塔莎感到不可理解。

「去聖彼德堡？」她彷彿沒弄明白似的又說了一遍。可是一看出瑪麗亞公爵小姐臉上那悲哀的神情，娜塔莎猜出了她悲哀的理由，忽然哭了起來。「瑪莎，」她說道，「請告訴我，我該怎麼是好！我害怕把事情弄錯。你怎麼說，我就怎麼做。告訴我吧……」

「你愛他嗎？」

「沒錯。」娜塔莎小聲地說。

「那你爲什麼哭呢？我爲你感到幸福。」瑪麗亞公爵小姐說道，這一哭，她完全原諒了娜塔莎。

「這不能夠很快，等以後某個時間。想想看，在我成爲他的妻子，你嫁了尼古拉之時，那該多麼幸福！」

「娜塔莎，我曾求過你，別說那件事。讓我們來談你的事吧。」

她們停頓了一段時間。

「可是他怎麼會去聖彼德堡呢？」娜塔莎問著，接著抓緊時間回答了自己的問題，「不，應該是那樣……沒錯，瑪莎。應當是那樣……」

尾聲

chapter 1 老羅斯托夫家最後一件喜事

一

一八一二年以後，又過去了七年。風起雲湧的歐洲歷史的海洋早就在它的海岸安靜了下來。看起來很平靜，但是那些推進人類的秘密力量仍持續有影響。

歷史的波浪不像從前那樣飛快地由此岸沖向彼岸。但它卻在大海的深處沸騰著。歷史人物並不像從前那樣被浪潮沖打著由此岸漂向彼岸；在這個時刻他們在一個地方旋轉。歷史人物從前帶領軍隊，用發動戰爭、下令出征和戰鬥來對抗群眾的運動，在這個時刻是用外交與政治手段、用條約與法律來對抗風起雲湧的群眾運動。

歷史人物的這種做法，史學家們稱爲反動。

史學家們在描繪這些歷史人物的做法時，時常嚴厲地指責他們，在他們眼裡，這些人是他們成爲反動的緣由。所有那時著名的人物，從亞歷山大與拿破崙到福季、斯塔爾夫人、費希特、謝林、夏多勃里昂和別的人，都通過他們的嚴厲審判，按照他們是推進進步，或者促進反動，或者宣判無罪，或者給以譴責。

按照史學家的描述，這一時期俄國也出現了反動，而反動的魁首是亞歷山大一世；或是按照他們的著述，那個亞歷山大一世也是他執政時期自由主義和救治俄國運動的主要宣導者。

在當時的俄國文獻中，沒有一個人不是因爲亞歷山大一世在他統治時期所做得不對的事而對他進行反抗。

他理所當然地這樣行動。有些事情他做得好，但有些事卻做得很差勁。他在統治之初與一八一二年表現得很好，但是他又做了些差勁的事——給波蘭一部憲法，建立神聖同盟，交給阿拉克切耶夫大權，鼓舞格里契與神秘主義，而後又鼓勵希什科夫與福季。

史學家們按照他們關於人類福利的認可，對亞歷山大一世發難，假使一一列舉，要寫十頁紙。

這些責怪是什麼意思呢？

史學家們讚揚亞歷山大的這些做法——他執政當初的自由主義的做法、打擊拿破崙、他一八一二年體現出的堅定信念和一八一三年的遠征，和他們責怪他的那些做法——重建波蘭、組建神聖同盟、二〇年代的反動等，莫非還不全是出自血統、環境、生活、教育等那些形成亞歷山大性格的同一淵源嗎？

這些責難的本質在什麼地方呢？

在於和亞歷山大一世這樣的歷史人物是站在人類所能達到的權勢頂峰，變爲耀眼的歷史光芒的聚焦點；他自然受到隨著權勢而來的欺騙、陰謀、自大、愚蠢等最強烈的影響；他時時刻刻都認爲對於歐洲發生的一切負有責任；他不是被虛構出來的，而是一個同每個人一樣，有自己的情感、習慣，對於真善美的嚮往，有血有肉的人；五十年前並不缺少美德，而是因爲他沒有當代的教授們對於人類福祉具有的那種意識，這些教授從青年時代起就研究學術、讀書和聽講座，並把一切都記在筆記本裡。

但是，即使我們假設，五十年之前亞歷山大一世對人類福祉的看法是不對的，我們也不得不設想，過些時候，不贊成亞歷山大的那個史學家對人類輻射的認識也是不對的。這一假設更加有必要，更自然，因爲在觀察歷史發展之時，我們觀察到，對人類福利的觀念是因時代、作家而異的；因此，好的事物是這個時期，十年以後會被認爲是差勁的，反之也一樣。

像亞歷山大與拿破崙的做法不能說是對，還是錯，因爲我們說不出它對於誰是有害的，對於誰是有益的。不管是一八一二年我父親在莫斯科的住所得以保全，還是俄國軍隊的光榮，或者是聖彼德堡大學和其他的大學的興旺發達，與波蘭獲得自由，或者歐洲的均勢，或俄國的充滿力量，或某些先進的歐洲文明，像這一切，不管我認爲是不是好事，我都要認同，每個歷史人物的做法，但是除這些目的之外，還有其他的屬於同類的，我所不清楚的目的。

但是讓我們假設，被稱爲科學的東西能調和所有摩擦，可以成爲評價歷史人物和歷史事件好與不好的不變的尺度。讓我們假設，亞歷山大的做法都是另外一種樣子；讓我們假設，他可以追尋那些責備他和自稱知道人類運動最終目的的人們的意旨做事，按照現在責難他的人給他提出的自由、民族性、進步和平等的綱領辦事；讓我們假定，這個綱領是行得通的，早已設定出來，亞歷山大也按照綱領行事了；那所有反對當時政府方針政策的那些人的做法，史學家們覺得是好的、有益的活動將被置於什麼地方呢？這種活動就不會有了，也就沒有生活了，什麼都沒了。

假如設定人類生活能夠用理性來支配，那麼人類生活就沒有意義了。

二

假設和史學家們想的一樣，大人物們領導人類到達某一理想——俄國或法國的強盛、歐洲的均勢、普遍的進步、革命思想的流傳，抑或其他別的理想——那麼，不用天才和巧合這兩個概念，就沒辦法闡明歷史現象。

假使本世紀初歐洲戰爭的理想是實現俄國的強盛，那麼，沒有從前的戰爭，沒有侵略，就可以完成這個理想了。

假使目的是實現強盛的法國，那麼，沒有革命，不建立帝國，目的也可以達成。假使目的是傳播思想，那麼，出版書籍會比士兵能更好地達到這一目的。

假如目的是爲了文明的前進，那麼，很明顯，除了用屠殺人類、搶奪財富的方法外，還有其他的、更恰當的傳播文明的方法。

爲什麼事情這樣發生了，但是不是其他的樣子呢？

因爲事情就是這樣發生了！「巧合性造時勢，天才利用了他。」歷史這麼說。

那什麼是巧合性？天才是什麼東西呢？

巧合性與天才這兩個詞不表示什麼現實存在的事物，所以沒辦法下定義。這兩個詞只不過表明對現象的某種程度的理解。我不清楚爲何發生某種現象，我想我沒辦法清楚，所以我也想清楚，然後我就說這是巧合。有一種力量我看到，這種力量產生和普通人類本性不相稱的做法，我清楚，這是怎麼發生的，然後我就說：這叫天才。

只有不去追尋眼前的能夠知道的目的，並且承認我們沒法瞭解終極目的，我們才可以看出歷史人物生活的一貫性與合理性；才能夠發現他們做出和平常人類本性不同的做法的緣由，天才和這兩個名詞我們也就不再需要了。

只要承認，我們不知道歐洲各國動亂的目的，我們只見到這樣一些事實：最開始在法國，接著在非洲、義大利、奧地利、普魯士、俄國與西班牙發生了大屠殺，承認由西向東和由東向西的運動是這些事件的理想和本質，我們不但從拿破崙與亞歷山大的個性中，去尋找獨特的天才和特點，而且也沒辦法把他們看作什麼特殊的人，不需要用巧合性來解釋造成他們的那些微小的事件，就會明白所有那些小事件都是注定的。

只要拋棄追求終極理想，我們就會清晰地見到，某種植物開的花和結的籽是最合適它的，沒有辦法想出另一種更適合它的花和籽；一樣也想辦法想像有其他兩個各自有他們自己遭遇的人，能夠在程度與過程中都相同地完成拿破崙與亞歷山大所完結的使命。

三

本世紀初，歐洲事件與主要事實就是歐洲大眾自西向東，然後自東向西的討伐運動。這一做法是由自西向東的進軍開始的。西方各民族爲了實現他們進軍莫斯科的好戰做法，約定：一、組建一個能和東方的軍力相抗衡的龐大軍事集團；二、丟棄所有已形成的傳統與習慣；三、要有一個能爲自己，也爲征討活動中發生的欺詐、搶劫、屠殺行徑辯護的首領。

一個沒有習慣、沒有信仰、沒有名望、沒有傳統、甚至不是一個法國人的人，似乎因爲最不同尋常的偶然性，從開展著法國的政黨活動中脫穎而出，並且不依附於一個什麼政黨，就能夠出人頭地，躍居顯位。

對於同僚的反對意見、無知派的怯懦和弱小，他自己說謊欺詐的本事，同他的自大、極端自負，讓他一躍而成爲軍隊的首領。義大利軍隊的士兵的優良品質、敵人的缺乏意志、他自身孩子一樣的自信和英勇，讓他獲得軍事上的聲譽。不計其數所謂偶然性到處追隨著他。他失去法國統治者的寵信，但是得到好處。他企圖改變命中注定的道路都沒成功：投奔俄國軍隊，沒被收留，想去土耳其沒有獲得批准。在義大利戰爭期間，他多次面臨崩潰的邊緣，但每次都出乎意料地獲救。俄國軍隊原本可以毀掉他的榮耀，但是出於外交上的某些打算，直到他離開時，才進軍歐洲。

自義大利回來的時候，他發覺巴黎的政府正處在解體狀態中，只要是加入政府的人都沒辦法避免地要被毀滅、清洗。然後他參與沒有原因的、沒有目標的非洲遠征，這就自然讓他脫離了這一危險的情況。他又碰到了所謂偶然性、不可攻陷的馬爾他島，竟然一槍沒放就投降了，他那最魯莽的計畫獲得成功。以後，連一條船都沒放過的敵人艦隊，但是讓他的所有軍隊通過了。在非洲，他向手無寸鐵的居民犯下了不少罪行。這些犯罪的人，特別是他們的首領，都竭盡全力讓他們自己相信，這樣很光榮，很棒，這才像凱撒和馬其頓王亞歷山大，因爲這樣很好。

這一偉大、光榮的理想，就在於不但不認爲自己的什麼做法是卑下的，而且還認爲自己的做法是光榮的，賦予它一種沒辦法理解的超自然的含義，指導這個人和與他有關的人們的夢想，是在非洲那個廣闊地域形成的。他無論做什麼事都能夠成功。瘟疫沒染上他，屠殺俘虜的暴行也不歸罪於他，這一卑劣行徑居然被看作是他的功勞，而敵人的艦隊又兩次讓他的軍隊通過。他徹底爲自己僥倖犯下的罪行所沉迷，預備扮演新的角色。他無目的地來到了巴黎，一年前那個或許能夠毀掉他的共和政府的瓦解已經達到頂峰，做爲一個與政黨無關的新人，他在這個時刻的出現只會抬高他的身價。

他什麼都害怕，也沒什麼計謀，不僅是多黨派要他參加，而且還拉攏他。

只有他這個在義大利與埃及形成了有關光榮與偉大的夢想、瘋了一樣的自我崇拜、敢於犯罪、敢於說謊的人，只有他一個人可以爲所發生的事做出解釋。

他被拉去加入政府會議。他害怕萬分想逃走，覺得自己完了；他假裝暈倒，說了一些沒有目標的本該毀掉他的話。可以前精明高傲的法國統治者們，覺得他們的角色已經完成，這個時候他不知怎麼辦才是，說的不是爲了保留政權和擊倒他應當說的話。

巧合性，千千萬萬個巧合性，給了他權力，所有人，彷彿商量好了似的，推進這一權力的確立。巧合性造就了屈服於他的當下的法國統治者的個性；巧合性造就了保羅一世的個性，他承認了他的統治；巧合性讓抵禦他的陰謀不僅對他無濟於事，反而加強了他的權力。巧合性讓奧傑公爵落在他手裡，又意外地被他殺掉了，從而比什麼其他方法更有力地讓群眾覺得他有這個權力，因爲他充滿力量。巧合性讓他全力以赴預備遠征英國，但是他出乎意外地進攻不戰而降的馬克與奧國人。巧合性和天才讓他獲取了奧斯特利茨的成功；因爲有時，所有人，不但法國人，不但整個歐洲不管他們從前對於他的罪行的害怕和厭惡，現在都承認了他的統治，承認了他給自己的封號，承認他有關光榮與偉大的夢想，都覺得那個理想彷彿是美好的、合理的。

似乎是在檢驗自己的力量，預備正要開始的運動，西方的勢力在一八〇五年、一八〇六年、一八〇七年、一八〇九年這幾年中幾次東進，不住發展和加強勢力。一八一一年，在法國集結爲集團的那些人，和中歐的某些民族組合成一個龐大的集體。隨著這支隊伍的建立，爲這一運動的首領辯解的人也增多了。在那個大運動開始前的十年預備期間，這個人和歐洲所有頭戴王冠的人糾結在一起。聲名掃地的世界統治者們，沒辦法用什麼適合的理想來抗衡拿破崙那沒有用處的光榮與偉大的理想。普魯士國王派他的妻子去向那個大人物示好乞求；奧國皇帝覺得這個人肯把帝王的女兒投入自己的懷抱是一種恩賜；做爲各民族聖物守護者的教皇，利用自己的宗教來爲這個大人物助長聲望。

與其說是拿破崙自己給自己準備著要裝扮的角色，不如說是他周圍所有人替他預備著，讓其對正在發生的和將要發生的事承擔所有責任。他所做的每一件事、每樁罪行、抑或一件小小的欺騙，都立即被他旁邊的那些人描述成偉大的做法。不僅他偉大，而且就連他的兄弟們、他的祖先、他的養子們和他的妹夫們也都偉大。當他預備好了之時，他的武力也預備好了。

向東方的入侵直搗要害，他達成了他的最終理想──莫斯科。俄國首都被佔領了，俄國軍隊遭受的損失，比敵軍從前從奧斯特利茨到瓦格拉木從前的戰爭中的損失都更慘重。但是，一步步把他從獲勝引向勝利一直達到既定理想的巧合性和天才，忽然被千萬對立的巧合性代替了，從在波羅底諾的感冒，到嚴寒，到引起莫斯科大火的火星，接連發生了；天才也被愚蠢的卑下替代了。

侵略者撤退了，往回逃去，一逃再逃，如今所有巧合性都對他很不利，不幫他的忙了。

一場自東向西反向的行動開始了，它與之前的自西向東的運動驚人地相似。在這個自東向西的大運動之前，一八〇五年、一八〇七年、一八〇九年曾有類似的、向西進軍的嘗試，一樣也組建了一個偌大的聯盟，同樣有中歐民族的參與，中途一樣產生過動搖，一樣越接近理想速度就越快。

巴黎──最終的目的地抵達了。拿破崙的軍隊與政府垮臺了。拿破崙本人不再有什麼意義了；但是又出現了一種不知爲何的巧合性。盟國都恨拿破崙，把他看作他們災難的源頭；這個被奪去了權勢和軍隊、其罪孽和詭計被揭穿的拿破崙，本應如十年前和一年以後那樣被看做一個無法無天的強盜。但是，誰也沒看出這一點。他的戲還沒有完結。這個十年之前和一年以後被看做無法無天的強盜的人，被送到離法國有兩天路程之遙的一個島上，這個島成了他的歸屬，給他派遣了衛隊，不清楚何故還給了他數百萬白花花的銀子。

四

各民族運動的狂潮逐漸向自己的岸邊退卻。大規模的運動停止了，寧靜的海面上形成一個又一個圓圓的漩渦，外交家們在漩渦中打轉，他們想著，是他們讓運動靜止下來的。

但是平靜的大海忽然間波浪又起。外交家們認爲，因爲他們想法不統一才導致這新的動盪；他們預計他們的元首之間將發生戰爭。但是他們覺得正要掀起的浪潮，並不是來源於他們所預想的結果。這次波浪依舊來自那個運動起源地——巴黎。發生了最後一次來自西方的運動狂潮：這次回潮應當解決難以克服的外交難題和完結這一時期的軍事行動。

那個讓法國人遭到災難的人，並未施展什麼陰謀詭計，不帶一兵一卒單獨回到了法國。每個人都能夠把他抓起來，但是，因爲一種奇特的巧合性，不僅沒人那樣做，而且所有人都強烈歡迎這個前一天他們還詛咒過，一個月以後他們又要咒罵的人。

依然需要這個人來爲最終一次總體行動說明。

那一幕停止了。最終一個角色演完了。演員被下令解下戲裝，洗掉粉墨：再也不起用他了。

幾年以後，這個人隻身在他的島上向自己表演可憐的可笑戲，在已不需要辯論的時候，他還在要小花樣、說謊話，來爲他的做法辯解，向整個世界表明，當一隻無形的手指導著他行動之時，人們當作力量的到底是什麼東西。

可是，被運動的力量弄得眼花撩亂的人們，相當長時間都不知道這一點。

做爲自東而西反抗運動的領導者的亞歷山大一世，體現出更大的一貫性與必然性。

這個領導自東而西的活動的人，爲了壓倒別人需要擁有什麼條件呢？要有正義感與對於歐洲事務的關切，但是需要高瞻遠矚，不爲小便宜動搖；在精神道德上要高於他的合作夥件——那時的君主們，要有溫和的性格與個人魅力；對拿破崙要有很深的仇恨。這所有條件亞歷山大一世都具備：他所受的教育，他的自由主義成果，他身旁的那些顧問，奧斯特利茨、提爾西特、埃爾富特等做好了準備。

在人民戰爭期間，這個人沒有什麼作爲，因爲不需要他。但是，只要需要進行全歐戰爭，這人就立刻顯示出在他應該出現的地方，他集合歐洲各國，指引他們奔向理想。

目的達到了。

一八一五年最後一場戰爭完結後，亞歷山大立於人類能夠達到的權力頂峰。他是怎麼運用他的權力的呢？

亞歷山大一世這個平息了歐洲的人，在他的祖國實行自由主義的改革，他似乎擁有最大的權力，所以有更大的能力給他的人民造福。當拿破崙在流放地編織兒戲般的策略，聲稱假如他有權力，他要爲人類造福的時候，亞歷山大一世在完成了他的命令以後，感到上帝的手在引導著他，突然看出這種虛僞的權勢的渺小，毅然丟下，將它交給他所輕視的那些人，只說：「不屬於我們，只屬於您的盛名！我是和你們一樣的人，請讓我像一個普通人那般生活，那樣想著我的上帝與靈魂吧。」

一隻落在花朵上的蜜蜂螫了一個孩子。然後那個孩子開始畏懼蜜蜂，並說蜜蜂的理想是爲了螫人。一個詩人欣賞察看爬入花蕊裡吸取汁液的蜜蜂，然後他就說，蜜蜂的理想是爲了採取花香。一個養蜂人見到蜜蜂採集花粉，就把牠送到蜂房裡去，然後他就說，蜜蜂的理想是爲了採蜜。另一個稍微認真地鑽研過蜂群生活的養蜂人說，蜜蜂採花粉是爲了培養幼蜂，供給蜂王，牠的理想是爲了傳宗接代。一個植物學家見到蜜蜂四處飛，把異株的花粉帶到雌蕊上去授粉，然後植物學家就認為這是蜜蜂的目的。另一個植物學家觀察植物的遷徙，看見蜜蜂在促成這種遷移，因此說這就是蜜蜂的理想。可是蜜蜂的最終目的並沒有人類智慧所發現的這第一、第二、第三個理想所窮盡。人類智慧挖掘這些理想的能力提得越高，我們就越沒有辦法理解其終極目的，這一點也是很明確的。

人類所能知道的，僅僅是觀察蜜蜂的生活和其他生活現象對應的聯繫。對於歷史人物同各族人民的目的，亦是這樣。

五

一八一三年，娜塔莎與別祖霍夫結婚了，這是老羅斯托夫家最後一樁喜事。同一年，埃利．羅斯托夫伯爵逝世，他一死，這個舊家庭也就解散了。

過去一年發生的事——莫斯科大火、逃離莫斯科、安德烈公爵之死、娜塔莎的絕望、彼佳的死和伯爵夫人的悲傷，這一切的痛擊都落在老伯爵頭上。他不明白，也覺得自己沒辦法瞭解這些事件的意義，他在精神上把頭低下去服從了，似乎在等待著新的打擊，來了結自己的生命。他有時驚慌失措，但是有時不自然地興高采烈和表現積極。

娜塔莎的婚禮乍看讓他活躍起來，忙碌了一陣。他訂晚宴、午宴，看樣子，裝出興奮的樣子；但是他的興奮不像從前那樣有感染力，相反，卻引起瞭解他、愛他的人的同情。老伯爵帶妻子走後，他變得沉默了，漸漸陷入憂鬱煩悶的狀態之中。幾天後他就病倒了，臥床不起。自生病一開始他就不聽醫生的告誡，清楚他再也起不來了。伯爵夫人衣不解帶地坐在床頭的扶手椅中照料了他兩個星期。每次她給他吃藥時，他就哭著，輕輕地吻她的手。在最後一天，他痛哭失聲，要求伯爵夫人和他不在面前的兒子原諒他，他覺得家境敗落主要責任在他。領過聖餐、行過臨終塗油禮以後，他靜靜地死去。第二天來和死者告別的其他的熟人擠滿了羅斯托夫家租賃的住所。

正好伯爵的家境壞到無以復加，很難想出一年以後會如何，他突然死了。父親的死訊傳到之時，尼古拉正跟著俄國軍隊進駐巴黎。他立刻提出辭職，還沒獲得批准，就請假前往莫斯科。伯爵死後一個月，家庭經濟狀況就很清楚了，誰也沒想到，小額債務這麼多，讓人吃驚，總額超過了財產的一倍。

朋友們與親屬們勸說尼古拉不要接受遺產。但是他認爲不接受遺產是對亡父神聖紀念的褻瀆，因此沒有聽取其他人的建議，把遺產與債務都接受下來了。

伯爵在世時，因爲他很寬厚善良，對債主們有一種說不出的強有力的影響，讓他們長久沉默著，如今突然都來討債了。那些因爲老伯爵原因受了損失，從前可憐老伯爵的人，當下對尼古拉毫不留情，一點不肯容忍，緊逼這個心甘情願擔負起債務，不欠他們什麼東西的年輕繼承人。

尼古拉所想到的周轉辦法都沒有成功，田產按半價變賣了，還有一半債務沒還清。尼古拉接受了他妹夫別祖霍夫借給他的三萬盧布，彌補他認爲是借的現款的真正的債務。爲了不因爲剩下的債務而坐牢，他又重新出去做事。

在軍隊裡他可以率先獲得補團長缺的機會，但他沒辦法去軍隊了，因爲當時他是他母親生命中唯一的依靠了。因此，儘管他不希望留在莫斯科那些他之前熟知的人之中，即便他討厭文官職務，他還是在莫斯科接受了一個文官職位，和索尼婭與母親搬進西夫采夫．弗拉若克區的一所小的住所裡。

皮埃爾與娜塔莎這個時候住在聖彼德堡，對尼古拉的情況不是很清楚。尼古拉向妹夫借了錢以後，盡可能對他欺騙自己的貧困情況。他要靠一千二百盧布的薪俸來餵飽自己、母親與索尼婭，還得不讓他母親發覺他們很窮，因此他的處境很艱難。

索尼婭管理家務，服侍嬸子，讀書給她聽，強忍耐著她的任性和內心隱藏的對她的討厭，幫助尼古拉把他們的艱難處境瞞過老伯爵夫人。尼古拉認爲，報答不盡索尼婭的恩情，也很欣賞她的忠誠和耐心，但是盡量疏遠她。

他似乎因爲她太完美、太無可挑剔而在內心裡責怪她。他認爲，他越尊重她，他就越討厭她。抓住她在信中給他的自由，表明對他們過去的事，早已完全不記得，沒辦法死灰復燃了。

尼古拉的狀況越來越糟。他不只是沒辦法攢錢，而且爲了滿足母親的要求，他甚至還一小筆一小筆地借錢。他看不到什麼脫離艱難境地的方法。親戚們提議他娶一個有錢的女人，這想法讓他不快。另一條出路是他母親死掉，他從沒有產生過這種想法。他什麼都不想，什麼都不指望，他這樣無怨無悔地忍受著自己的艱難處境，在內心深處體會到一種憂鬱嚴肅的滿足。他盡可能避開故人舊友，不接受他們的同情和讓他覺得可恥的援助的表示；他避開所有娛樂和消遣，即便在家裡，也一點事情都不幹，只和他母親玩牌，在屋裡沉默不語地踱步，一袋接一袋地抽菸。他可能保持那種憂鬱的心情，只有在這樣的情況下，他認爲自己可以承受這種環境。

六

初冬，瑪麗亞公爵小姐來到了莫斯科。從謠言中，她清楚了羅斯托夫家的狀況，也知道了，就像人們所說的那樣，「兒子在爲母親犧牲自我」。

「我想到他會這樣做的。」瑪麗亞公爵小姐對自己說，自己的確是愛他的，並爲這感到興奮。回想起她與這個家庭良好的，幾乎是親屬般的關係，她認爲應當去看看他們。但是記起了她與尼古拉在沃羅涅日時的關係，她又恐懼這麼做。在到莫斯科幾周後，她做了很大努力，鼓起勇氣到羅斯托夫家去了。

來接她的第一個人是尼古拉，因爲只有路過他的臥室，才能到伯爵夫人的房裡去。但是尼古拉臉上並沒流露出她所盼望的愉悅表情，而是她以前從沒見過的冷漠、傲氣。他問候過她的健康，把她帶到他母親屋裡，在那兒坐了五、六分鐘就走了。

當公爵小姐從伯爵夫人房間走出來的時候，尼古拉又碰到了她，他這樣莊重冷酷地把她送到前廳。她談及他母親的健康，他一句話也沒說。

「關你什麼事？別來煩我。」他的目光這樣說。

「閒逛什麼？她想要幹什麼？我忍不了這些小姐與這些俗禮！」公爵小姐的馬車剛一走，尼古拉就當著索尼婭的面高聲地懊喪地說。

「哎呀，尼古拉，你怎麼能夠這麼說呢？」索尼婭勉強掩蓋住自己的興奮，「她是如此溫順，媽媽那麼喜歡她！」

尼古拉不想再談公爵小姐，什麼也沒回答。在她訪問以後，老伯爵夫人一天要提到她好多次。她不住地稱讚她，要求兒子去看她並且向她表明常常想見到她，可是每次談起公爵小姐，他總是會變得情緒差勁。

尼古拉在母親說公爵小姐之時，一直保持沉默。

「她是一位令人尊敬、很出類拔萃的姑娘，」她說道，「你應當去看她。我想你總與我們在一塊兒，肯定會感到無聊的。」

「我一點也不想去，媽媽。」

「你從前想去，如今又不想去了。我真的不清楚你是怎麼搞的。」

「但是我沒說過我覺得無聊啊。」

「怎麼，不是你自己說不想見她嗎？她是一個多麼可敬的姑娘，你從前很喜歡她；可是如今忽然間，不知什麼原因。你什麼事都瞞著我。」

「一點都沒，母親。」

「假如我是求你做一件不高興的事，倒還說得過去，不過我只不過是求你去回訪一次。禮尚往來，這是應當的……」

「那好吧，如果您這麼想，我就去。」

尼古拉歎了一口氣，咬著上嘴唇，擺起牌來，想把母親的心思引向別處。

第二天，第三天，第四天都重複著同樣的交談。

在羅斯托夫家拜訪過，受到尼古拉這麼出乎意外的冷遇以後，瑪麗亞公爵小姐在心裡面承認，她不希望先去羅斯托夫家是正確的。

「我就清楚事情會這樣，」她靠激發自尊心來慰藉自己，「我跟他沒什麼關係，我只不過想看看那個老太太，她對我一向很好，我欠她太多了。」

但是這些想法沒能讓她平靜，一想到那次拜訪，就有一種似乎後悔的感情折磨著她。即便她已經下定決心，再也不去看羅斯托夫家的人了，把一切都忘掉，可是她總認爲自己處在一種心神不定的狀態。當她問自己，到底是什麼讓她苦惱之時，她不得不承認，那是尼古拉與她的關係。他那種敬而遠之的態度，不是出自他對她的感情，他這種語氣隱藏著什麼東西，她必須把它搞清楚，要不，她沒辦法安心。

仲冬的一天，她坐在教室裡正在看侄子做功課，有人來彙報尼古拉來了。她把布里安請來，和她一道去客廳，她決心不顯露內心的秘密，不表示出不安。

第一面她就從尼古拉的面容上見到，這不過是禮節性的回訪，因此她也下決心用他的語調來同他談話。

他們談伯爵夫人的健康，聊他們共同的好友，聊最新的戰爭資訊；禮節上需要的早已過去，能起身送別客人，然後尼古拉站起來道別了。

在布里安小姐的幫助下，公爵小姐的交談很合適，但是在最後一分鐘，當他起身之時，她厭煩了說那些與她無關的事，她想到她自己的生活中那麼無聊，一時間，神情迷茫，紋絲不動地坐在那裡，那雙亮亮的眼睛直盯著前方。

尼古拉看了她一眼，爲了假裝沒看見她這種心不在焉的情況，他對布里安小姐說了幾句話，後來又看一眼公爵小姐。她仍舊一動不動地坐在那裡，她那溫柔的臉上表現出難過的表情。他突然對她產生了同情之心，也模糊地想起他或許是她臉上顯露的悲痛的緣由。他想幫助她，對她說一些興奮的事，可是想不出該說什麼。

「再見，公爵小姐！」他說道。

她回過神來，面孔通紅，深深地歎了一口氣。

「啊，對不起，」她說道，「您就要走了嗎，伯爵？那麼，再會！給伯爵夫人送的枕頭呢？」

「請等一下，我去取。」布里安小姐說著，就離開了房間。

他們兩人都沉默著，有時相互看一眼。

「是啊，公爵小姐，」尼古拉最後悲痛地微笑著說道，「從我們頭一次在博古恰羅沃會面，過去不太長，但是人世滄桑！我們大家都遭到了不幸，但是我願付出重大代價，換回那段日子……但是換不回來了。」

在他這麼說的時候，瑪麗亞公爵小姐用她那閃亮的眸子注視著他。她在努力弄清他話裡隱藏著的意思，他對她的感情。

「沒錯，」她說道，「但是您不用為從前的東西可惜，伯爵。按照我對您如今的生活的瞭解，我能時常滿意地來回憶它，因為您表現的自我犧牲精神……」

「我沒辦法接受您的欣賞，」他趕快攔住她說，「正相反，我不斷地責備我自己……這真不是一個有趣的、讓人愉快的話題。」

他的目光裡又現出那種乾巴巴的冷酷表情。

但是公爵小姐已經從他身上看出了她從前認識與愛過的那個人。

「我原本也以為您會贊成我對您說出這個，」她說道，「我已經與您……也與您全家這樣親近，我原先認為您不會覺得我的同情是不當的，但是我錯了。」她的音調忽然間顫抖了。「我不清楚怎麼，」她冷靜了一下，「但是您從前不是這樣的，可……」

「有一千個為什麼的理由。」——他把為什麼三個字說得很重。「謝謝您，公爵小姐，」他輕輕地說，「有時很艱難。」

「竟然就是為了這個，」瑪麗亞公爵小姐心裡的一個聲音說道，「我愛他不但為了那愉快的、和善、坦誠的目光，不，不單是為了他那俊秀的外表。我看透了他那崇高、堅定、富有犧牲精神的靈魂。」她忽然知道了他冷漠的原因。

「怎麼回事啊，伯爵？怎麼回事？」忽然她差不多叫起來，也不由自主地向他靠近。「怎麼回事，請告訴我，您理應告訴我！」

他沉默不言。

「我不知道您怎麼回事，伯爵，」她接著說道，「但是我覺得難受，我……我向您承認這一點。不知怎麼回事，您想讓我們失去以前的情誼。這讓我難過。」她眼中有淚，話裡有哭聲。「我生活中的幸福是那樣少，什麼損失都讓我難過……請原諒我吧，再會！」她忽然哭了起來，奔出屋子。

「公爵小姐，等一下，看在上帝的面子上！」他喊道，盡可能去阻攔她，「公爵小姐！」

她回過頭來。默默地對視了幾秒鐘的他們，原本遙遠的、不可觸摸的東西，突然間變成近在眼前、不可避免了。

七

尼古拉與瑪麗亞公爵小姐在一八一四年秋天結婚了，和妻子、母親和索尼婭移居童山。

在三年內，沒賣掉妻子一點田產，他就還清了餘下的債務，因為一個表姐逝世，他又繼承了一小筆遺產，把皮埃爾的債務也還清了。

又過去了三年，到一八二〇年，他早已把他的財務打理得井井有條，買下了童山周圍的一小片地產，並且正在談判贖回他父親的奧特拉德諾耶田莊，這是他一直希望的。

管理家業一開始是源於需要，但是很快他就著了迷，這僅有的喜好變成了他最心愛的事業。尼古拉是一個平凡的地主，他不喜歡新辦法，尤其是那時流行的英國經營手段。莊園打理主要應付的不是土壤裡的氮氣，也不是空氣裡的氧氣，不是肥料，也不是特殊的耕犁，而是讓氮氣、氧氣、肥料、耕犁起作用的主要工具——農業勞動者。尼古拉起初抓經營管理，深入學習其各方面的狀況時，農民引起了他特殊的注意。他知道農民不只是個工具，也是經營的目的和裁判者，他開始觀察那些農民，竭盡全力搞清楚他們的需求，他們認為什麼是好的，什麼是差勁的，他只不過是裝出指導他們的模樣發號施令，事實上是在和他們學習，學他們的方法、他們的言語，和他們對是與非的決斷。在認為自己和他們親密無間時，他才開始英勇地管理他們，對他們盡他應盡的責任。因此尼古拉的管理獲取了很好的成效。

因為某種天賦的洞察力，他一接手管理莊園，立即準確無誤地把農民自己要選的那些人派為工長與村長，這些領頭人永不變。他首先要做的事就是查清農民們有幾頭牲畜，千方百計地去增加牠的數量。他支持農民大家庭，不贊成分家。

在播種和收割莊稼和乾草時，他對自己的土地同農民的土地一視同仁。其他的地主很少有人像尼古拉那樣種得早，收成又多又好，收入也多。

他討厭管家奴們的事，稱他們為寄生蟲，人人說他漠視不管，把他們寵壞了；當一定要向某個家奴做出決定，尤其是懲罰時，他常常猶豫不定，和家裡每一個人討論；但是在能用一個家奴帶起一個農民去當兵時，他會毫不猶豫地這麼辦。

他從不同意自己隨便處罰人、刁難人，或原諒某人、獎賞某人。他說不出該做什麼，不該做什麼的準繩，但是這個準繩在他心底，是堅定的、不可動搖的。當遇到什麼不順利或挫折的時候，他時常沮喪地說：「拿我們俄國老百姓真沒轍。」似乎他對農民沒有辦法忍受似的。

但是他一心一意地愛「我們俄國的老百姓」與他們的生活習俗，正因爲這個，他才懂得和掌握那僅有的正確的經營管理辦法，並獲取成效。

瑪麗亞伯爵夫人嫉妒丈夫的這種熱情，並因爲她沒辦法與他同享而感到遺憾；她沒辦法知道那個對她來說是另一個陌生的世界給他帶來的煩惱和歡樂。她沒辦法知道，他天一亮就起來，整個早上在田裡或打穀場上忙著。在播種、割草或收穫以後回來和她喝茶之時，他顯得很興奮和興高采烈。她不理解，他爲什麼這麼欣賞富裕農民馬特維·耶爾馬什，挺有興味地議論他的事：整夜運糧食的他與他家裡的人，當其他人的莊稼還沒收割時，他早已堆成了垛的禾捆。她不知道，怎麼當溫暖密集的雨點開始落在乾枯的燕麥幼苗上之時，他興高采烈地從窗口轉到涼臺上，嘴上含笑，興奮地眨著眼睛。也不清楚，在割草和收莊稼時，當風把烏雲吹走時，他那曬得發黑的臉上泛著紅光，滿頭是汗，頭髮裡散發著苦艾的味道，從打穀場回來，那麼興奮地搓著手說道：「好了，再有一天我的農民們的食物就都可以入倉了。」

她竭盡全力地想知道他，有時對他說，他對奴僕做的好事就是他的成績。他一聽就發火了，回答說：「完全不是，我連想都沒有想過爲他們做好事，我不是爲他們做好事才那樣做的！一切那些爲他人做善事的說法都是女人的幻想與美妙的言辭。我所做的所有是爲了讓我們的子孫不去沿街乞討，我要在我活著的時候把我們的家業安頓好，就這麼簡單。因此，需要嚴格的紀律與秩序……就是那麼回事！」他緊握他那充滿力量的拳頭說道。

「當然，還要不偏不倚，」他接著說，「因爲假使農民衣不蔽體，食不果腹，只不過一匹瘦馬，那麼他就既沒辦法給他自己，也沒辦法爲我工作了。」

尼古拉所做的全部都富有效果，也許就因爲行善，爲他人做事，他的財產飛快地增多；周圍的奴僕們來求他把他們買過來；在他死後很長時間，農民們還敬慕地緬懷著他明智的管理才能。

「真是個好老闆……是個把自己的事扔在後面，把農民的事擺在前面。自然他也不姑息縱容，是個好東家。」

八

唯一讓他憂愁的是在管理方面，那就是他的驃騎兵的老習性和急脾氣，動不動就動拳頭。一開始他看不出這有什麼差勁的，但是，在婚後第二年，他對於這種處罰方式的見解忽然改變了。

有一次，在夏天，他派人去博古恰羅沃把德龍殺死後，擔任村長職位的那個人找來，有人控告他做事不公平，營私舞弊。尼古拉走到門口去看他，村長剛開始解釋幾句，拳打聲和叫喊聲從過道裡傳出來了。吃早餐的時候，尼古拉走到低頭繡花的妻子面前，把他這一早晨所做的事告訴她。順帶提到那個博古恰羅沃村長。瑪麗亞伯爵夫人的臉上白一陣紅一陣，雙唇緊閉，依舊低著頭坐在那裡，沒有回答丈夫的話。

「這樣一個可惡的渾蛋！」他說道，一想起這件事就來火了。「他假如對我說他喝多了……喂，你怎麼啦，瑪莎？」他忽然問道。

瑪麗亞伯爵夫人抬起頭來，想說些什麼，但是飛快又低下頭，也抿緊了嘴。

「你怎麼啦？出了什麼事兒，我的朋友？」

不漂亮的瑪麗亞伯爵夫人，在哭時，總會要漂亮些。當她哭的時候，她那雙發亮的眼睛有一種不可抵抗的吸引力。

尼古拉一握起她的手，她就再也控制不了自己，哭了。

「尼古拉，我看出來了……是他不對，可是你怎麼……尼古拉！」她用手把臉遮了起來。

尼古拉滿臉通紅，一聲不吭，離開了她，在屋中走來走去。他知道她為何哭；但是內心沒辦法馬上贊成她，覺得他從小起就習以爲常的事是不正確的。

「這是她心腸太軟呢，還是她對呢？」他自問。在他還沒解決這個問題以前，他又看了看她那滿含苦痛和愛意的面龐，他忽然知道了，她是對的，而他早就錯了。

「瑪莎，」他走到她面前輕輕地說，「這樣的事再也不會有了，我向你發誓。再也不會。」他用顫抖的聲音又重複了一遍。

伯爵夫人眼裡的淚流得更快了。丈夫的手被她握起來，親了一下。

「尼古拉，你什麼時候把頭像弄碎了？」她想轉移話題。

「今天——就是這件事。啊，瑪莎，別讓我再想起這件事了！」他臉又紅了。「我向你發誓，這種事永遠不會再有了。就讓它來時常警告我吧。」他指著那個弄碎的戒指說。

從那之後，在同管事們或村長交談時，當血液向臉上湧，拳頭也攥緊時，尼古拉就扭動他手指頭上的那枚戒指。但是，一年間，他有一、兩次忘卻了自己的保證，然後他就到妻子面前懺悔過，並承諾這是最後一次。

「瑪莎，你真的應該看不起我！」他說道，「我這是自作自受。」

「假如你覺得沒法控制自己，那你就走，趕快走。」她努力安慰她的丈夫。

在那一省的貴族圈子裡，尼古拉不被人喜歡，但大家都很尊敬他。他和貴族們的興趣不一樣。整個夏天，從春種到秋收，他忙於農田裡的事情。秋天，他用同樣嚴肅認真的態度去打獵，帶著他的狩獵隊，一去就是一、兩個月。冬天，他到其他的村莊閒逛或看書。正像他自己所說，他在仔細地收藏書籍，並給自己立下一條規定，要把所買的書都讀一遍。他一本正經地坐在書房裡看書。最初這是他給自己定下的任務，隨後就成了習慣，讀書為他帶來很大的樂趣。在冬天，他很長時間都待在家裡，只不過是出門辦事才外出。他與妻子的關係越來越親密，每天從她身上都能找到新的精神美德。

從尼古拉結婚起，索尼婭就住在他家裡。在結婚以前，尼古拉已經把他同索尼婭之間發生的一切都同他的未婚妻講了，責怪自己，稱讚索尼婭。他曾經請求瑪麗亞公爵小姐善待他的表妹。伯爵夫人清楚丈夫對不起索尼婭，也認為自己愧對她，她想是她的錢影響了尼古拉的抉擇。她想要愛索尼婭，沒有一絲可以責怪她的地方，但是，不但愛不起來，並且經常發現在心裡面對她有一種沒法克服的不快。

有一次她與她的朋友娜塔莎說起索尼婭，也說到自己對她的不公正。

「你清楚嗎，」娜塔莎說道，「《福音書》你讀過幾遍，裡面有一處正好說的是索尼婭。」

「什麼？」瑪麗亞伯爵夫人吃驚地問道。

「『只要有的，還要加給他，沒有的，連他有的也要搶過來。』你記得嗎？她是那個沒有的。她或許太不自私了，可是她的所有都會被搶走，什麼都被奪走了。有時我很可憐她；之前我很希望尼古拉和她結婚，但是我總覺得有一種預感，那不會實現的。有時我同情她，但有時我覺得，她不會有和我們這樣的感覺。」

即使瑪麗亞向娜塔莎解釋說，《福音書》裡那句話有不一樣的理解。可是看了一眼索尼婭，她贊成了娜塔莎的說法。索尼婭真像感覺不到她的地位的不安，完全聽從了那不結果花的命運了。她侍奉老伯爵夫人，撫愛和嬌慣孩子們，隨時預備著為別人做一些她能做的小事，人家將所有都不知不覺地接受下來，並不那麼感謝她……

童山的莊園又重建起來，不過已有太大的不一樣，沒有老公爵在世時氣派。

在艱難的境地中開始建造的房屋都很簡單，在舊石頭房基上建起一座木質的大房子，僅有裡面粉刷過。寬敞明亮的大房子裡地板沒塗油漆，陳設著最簡陋的硬沙發、扶手椅、桌子、椅子，全是木匠用自己家的樺木自己做的。房間很寬敞，有家奴住的房間，也有客房。博爾孔斯基與羅斯托夫家的親戚們全家來童山做客，有時帶著十六匹馬與幾十個僕人住上幾個月。另外，一年有好幾次，在主人們的生日與命名日，有上百的客人來住上一、兩天。在餘下的日子裡，過著井井有條、一成不變的生活，照舊工作，按時喝茶，吃早餐、午餐和晚餐，食物都是自產的。

九

一八二〇年十二月五日，冬季聖尼古拉節的前夕。這一年，從初秋起，娜塔莎就與孩子們和丈夫住在哥哥家。皮埃爾為了辦他自己的事情去了聖彼德堡，他說得去三周，但是他在那裡已經住了近七周了，設想隨時可能回來。

除了別祖霍夫家，十二月五日在羅斯托夫家到訪的還有尼古拉的老朋友——退役將軍瓦西里．費奧多羅維奇．傑尼索夫。

尼古拉的命名日是六日，也許會來許多人，尼古拉瞭解，他得脫下他的短衣，換上長禮服，穿上瘦窄尖頭的鞋，坐車到他新建的教堂去，隨後接待來祝賀的客人們，用茶點款待他們，談論貴族的收成與選舉。午飯前，尼古拉核對了梁贊田莊管家的帳目，寫了兩封事務性的信，巡察了穀倉、馬廄與畜欄。採取了措施防範明天過節酗酒，以後回來吃飯。沒來得及和妻子單獨聊聊，就坐在一張放著二十份餐具的長桌邊上。

全家都聚齊了，坐在桌邊的有他母親、他母親的老女伴別洛娃、他妻子、他們的三個孩子和孩子們的老師、他的老師與他的內侄、索尼婭、傑尼索夫、娜塔莎和她的三個孩子、他們的教師，還有在童山養老的已死老公爵的建築師米哈伊爾・伊萬內奇。

瑪麗亞伯爵夫人在餐桌的另一邊坐著。丈夫剛剛就座，從他拿起紙巾後就匆忙地把擺在他前面的玻璃杯和酒杯推開的姿勢看來，她判定他情緒差勁。瑪麗亞伯爵夫人早料到他這種情緒，當她自己心情好時，就安靜地、等到他喝完了湯，以後開始與他聊天，令他承認不快的理由消失掉。但是今天她絲毫不記得了做這樣的觀察，他沒緣由地向她發怒，讓她傷心。她問他到哪裡去了，他回答了。她又問農場上是否都很正常，聽到她那不自然的聲調，他不高興地皺起眉頭，飛快地做了回答。

瑪麗亞伯爵夫人聽出他對自己不滿意，不想同她講話。她明白她的話聽起來不正常，但她控制不了要多問幾個問題。

餐桌上大家飛快地熱烈交談起來是多虧了傑尼索夫，伯爵夫人也不和丈夫交談了。在他們離開餐桌，按照常例去給老伯爵夫人道謝時，瑪麗亞伯爵夫人向丈夫伸出手，親了丈夫，而且問他為何對她發火。

「你總是有新奇想法，我完全沒生氣。」他答道。

尼古拉與妻子的生活那麼和諧，連心懷嫉妒、願意他們鬧彆扭的索尼婭與老伯爵夫人也找不到他們可以責怪的地方；但是他們也有不和諧的時候。有時，他們幸福地過了一段時間以後，突然產生一種疏遠甚至敵對的情緒，這種感覺常常發生在瑪麗亞伯爵夫人懷孕的時候，如今她正處於這種時期。

「好吧，先生們，女士們，」尼古拉高聲說道，「我從早上六點起就沒閑著。明天我還得遭罪，如今我要去歇一會兒。」

他沒向瑪麗亞伯爵夫人再說什麼，就走進小起居室，躺在沙發上。

「總是這樣，」瑪麗亞伯爵夫人想道，「同別人都有話說，就是不同我說，看得出，看得出他討厭我，尤其是我現在的樣子。」她瞧了一下她那高高隆起的肚子，朝鏡子裡瞧了瞧她那發黃、蒼白、憔悴的臉，這個時候她的眸子比平常什麼時候都大。

然後所有事都令她感到不開心：傑尼索夫的大笑大叫，娜塔莎的交談，尤其是索尼婭投向她的那一眼。

引起瑪麗亞伯爵夫人生氣的頭一個理由總是索尼婭。

陪客人們坐了一會兒，客人們的談話，她什麼也沒聽進去，她沉默不語地走了出去，到育兒室去了。

孩子們正在用椅子當馬車玩「去莫斯科」的遊戲，邀她和他們一塊兒玩。她坐下來，陪他們玩了一小會兒，但是想到丈夫和他那沒緣由的惱怒，她很苦惱。她站起身，踮著腳尖困難地向小起居室走去。

「或許他沒睡著，我要同他說說。」她對自己說。阿塔羅什，她年紀最大的男孩，學著母親的樣子，踮著腳尖跟在她後面。瑪麗亞伯爵夫人沒看見。

「親愛的瑪莎，他睏了，他也許已經睡著了。」索尼婭在大起居室裡見著她說道，「阿塔羅什會吵醒他的。」

她什麼也沒說，但是，爲了不聽索尼婭的話，就向阿塔羅什做出手勢，讓他別出聲，但還是讓他跟著自己，朝房間走去。索尼婭從另一個門出去了。從尼古拉睡覺的房間裡傳出他那平緩的呼吸聲，她熟悉那聲音最細微的音調。她聽著那聲音，看見她面前那光滑的英俊的前額、他的小鬍子，以前在夜深人靜他睡著之時，她經常這樣看著。尼古拉忽然動了一下，咂咂嘴。

就在這個時候，阿塔羅什在門外喊道：「父親！媽媽在這裡呢！」

瑪麗亞伯爵夫人嚇得臉色變白，急忙給兒子做手勢。他不出聲了，沉默了一會兒，瑪麗亞伯爵夫人膽戰心驚。她清楚尼古拉很討厭被人吵醒。

突然聽到門內又有咂嘴聲與尼古拉厭煩的聲音：「沒辦法讓我安靜一會兒。是你嗎，瑪莎？你怎麼把他帶到這兒來了？」

「我只不過是來看一看，我沒看見他……對不起……」

尼古拉咳嗽了一下，不說話了。瑪麗亞伯爵夫人離開門口，把兒子帶回育兒室去。五分鐘後，父親的寵兒，三歲的黑眼睛的小娜塔莎，聽哥哥說父親在小起居室睡覺，趁母親沒注意，就跑去找父親，黑眼睛的小女孩大膽地開了那扇咯吱咯吱作響的門，邁開她那健壯的小腳走近沙發，看了看背朝著她睡著的父親的姿勢以後，踮起腳尖，親親他放在頭下面的那隻手。尼古拉帶著柔和的笑臉轉過身來。

「娜塔莎！」瑪麗亞伯爵夫人驚訝的、低沉的呼喚聲從門外傳來，「父親想要睡覺。」

「不，媽媽，他不願意睡覺，」小娜塔莎很自信地說道，「他在笑呢。」

尼古拉垂下兩條腿，站起來，抱起女兒。「進來吧，瑪莎。」他跟妻子說。

伯爵夫人走進屋來，在丈夫身邊坐下。

「我沒看到阿塔羅什跟著我，」她小心地說，「我只不過是……」

尼古拉用一隻胳膊抱著小女兒，看了一眼妻子，發覺她那慚愧的表情，就用另一隻胳膊摟住她，親了親她的頭髮。

「親親媽媽，好嗎？」他問娜塔莎。

娜塔莎害羞地笑了。

「再親一次！」她做了一個命令式的手勢，指著尼古拉親吻過媽媽的部位說道。

「你怎麼覺得我心情差勁，我一直想不通。」尼古拉說道。

「你這樣對我的時候，你真不清楚我有多麼孤獨，多麼傷心，我總覺得……」

「瑪莎，別胡扯了。你不認爲羞愧嗎？」他快樂地說道。

「我覺得你不愛我，因爲我很醜……總是……而這個時候……又是這個樣子……」

「哎呀，你真逗！人是因爲惹人喜愛而美麗。只有瑪律維納那樣的女人才以姿色被人愛。如果是問我愛我的妻子嗎？我不愛。我不清楚怎麼對你說好。沒有你，又或我們中間發生什麼不高興的事的時候，我就沒了主意，什麼事也做不好。那麼，我喜歡我的手指頭嗎？我討厭它，可是你能把手指頭切掉嗎？」

「不，我不是那樣，我知道。那麼你不生我的氣了？」

「氣死了！」他笑著說，站了起來，開始在房裡走。

「你清楚，瑪莎，我想什麼了？」他開始說道，當他們和好如初以後，他把自己的計畫立即告訴了妻子。也不問她是不是願意聽，聽不聽他都無所謂。他生出了一個想法，他告訴她，他想勸說皮埃爾在他們這裡住到開春。

瑪麗亞伯爵夫人聽他說完後，發表了一些想法，接著也談了自己的想法。她想的都是關於孩子的事。

「如今已經能夠看得出大人樣了，」她指著小娜塔莎用法語講道，「你責備我們女人不符合邏輯。我說：『父親想睡覺！』可是她說：『不，他正在笑呢。』最終她對了。」瑪麗亞伯爵夫人高興地笑著說著。

「沒錯，沒錯。」尼古拉摟住小女兒，把她高高地舉起來，放在他的肩頭上，抓住她的兩條腿，和她一起在屋裡走來走去。父女兩個臉上都有一種輕鬆的幸福神情。

「你清楚嗎？你有些不公平。你太寵愛她了。」妻子用法語低聲說。

「沒錯，可是怎麼辦呢？……我竭力掩飾……」

這個時候，聽到走廊和前廳裡門的滑輪響了，也聽見腳步聲，似乎有什麼人來了。

「有人來了。」

「我去看，我猜肯定是皮埃爾。」瑪麗亞伯爵夫人說著離開房間。

「是他，尼古拉，」幾分鐘後瑪麗亞伯爵夫人又回到房間說著，「現在我們的娜塔莎又甦醒了。你去瞧瞧她那幸福樣兒，他因為在外邊耽擱了，挨了這一頓罵。來吧，快點走吧，你倆該分開了。」她微笑著看著依偎在父親懷裡的小女兒說道。

尼古拉牽著女兒的手離開了。

瑪麗亞伯爵夫人留在起居室中。

「我從來，什麼時候也不覺得我會這樣幸福。」她臉上蕩漾著笑容，同時又歎了一口氣，她那深邃的目光裡露出一抹淡淡的哀愁，彷彿除了她如今體會到的幸福之外，這個時候她不由得想起還有今生沒有辦法實現的另一種幸福。

十

娜塔莎在一八一三年初春結婚，到了一八二〇年已經是三個女兒與一個期盼已久、當下正在親自哺乳的兒子的媽了。她逐漸豐滿了，也長寬了，因此，從這個強健的母親身上已經很難看出從前的那個纖細好動的娜塔莎了。她的臉早就有了固定的輪廓，表情寧靜、柔和、外向。如今經常看得到的是她的體態和臉龐，而心靈完全看不著了。人們看見的不過是一個強壯、美麗、多產的女人而已。舊時的熱情現在已不常在她臉上出現，只不過有時像現在這樣，當丈夫外出歸來的時候，或生病的孩子病好的時候，或者和瑪麗亞伯爵夫人說到安德烈公爵的時候，才有這種情況。在少數情況下，熱情在她那苗條的身體裡再度燃燒起來的時候，她比從前更有魅力。

娜塔莎與丈夫結婚以後在莫斯科、聖彼德堡，在他們莫斯科郊外的田莊住過，也在娘家，就是尼古拉家住過。年輕的別祖霍娃伯爵夫人不時常出入交際場合了，那些看見過她的人對她也沒好感，覺得她既不可親，也不好玩。並不是娜塔莎喜歡獨居，不過因爲連續懷孕、生孩子、餵奶，時時參與丈夫的生活，只有謝絕交際場合才能有充足的時間做這些事。所有在娜塔莎婚前知道她的人，看到她身體發生的變化，都彷彿看到什麼不一樣的事一般，感到吃驚。只有老伯爵夫人知道，娜塔莎的感情衝動都是源於她對丈夫和家庭的需要。母親對別人不知道娜塔莎感到驚奇，她常常說，她總清楚娜塔莎肯定會成爲賢妻良母。

「只不過她對孩子們和丈夫愛得太過火了，」伯爵夫人說道，「這甚至有些笨。」

娜塔莎不墨守聰明人，尤其是法國人鼓吹的金科玉律。他們說，一個女子出嫁以後，應當比結婚之前更留心修飾自己的外表，應當讓丈夫像婚前一樣對自己神魂顛倒，不應當荒疏自己的才華，不應當把自己放鬆。娜塔莎，恰恰相反，馬上丟下了她全部讓人著迷的東西，尤其是她那不一般的歌唱天賦。正因爲唱歌有很大的誘惑力，她才丟下了它。她變得不留心言談舉止，不修邊幅，不去修飾自己，不努力讓丈夫看見自己最美的一面。她的一言一行都與那些規矩相左。她覺得，她和丈夫的關係不僅是靠從前吸引過他的詩意的感情來維繫的，而是靠另一種不清楚的，僅僅是就像她自己的靈魂和肉體的聯繫一樣，被一種堅不可摧的東西把他們聚在一起的。

她覺得，把卷髮弄得蓬蓬鬆鬆的，穿上時髦的新衣服，唱著抒情歌曲來吸引她的丈夫，就彷彿是將自己裝飾起來討自己喜歡一樣不同尋常。修飾自己愉悅別人，可是她完全沒有時間那樣做。她既不唱歌、不梳洗打扮，也不思量言語修辭的主要原因是，她肯定沒有時間這麼做。

佔有娜塔莎全部精力的東西是她的家庭，這便是她的丈夫，她一定要將他完全屬於那個家庭和她，還有孩子，她一定要懷孕、生產、餵養和哺育他們。

她越是不僅用智慧，並且是專心致志地投入她所關心的事情上，那件事在她的關心之下就越發展擴大，她的力量就越顯得單薄，因而她把全部精力都用在這件事上依舊做不完她想做的一切。

關於女權、夫妻關係、夫妻自由和權利的各種議論，即使還不像當時這樣被看成問題，可那時也與現在一樣；娜塔莎對這些話題不但不感興趣，並且也不瞭解。

什麼時候都相同，這些問題僅僅對於那些從婚姻中尋求夫妻雙方滿足的人才存在，就是說，只不過看到婚姻的開頭，但是看不到它的所有意義，它的意義在於家庭。

假使飲食的目的是滋養身體，一個把兩頓飯一次吃完的人也許能獲得更大的滿足，但是達不到目的，因爲胃消化不了兩頓飯。假使婚姻的目的是建立家庭，想多夫多妻的人，也許可以得到不少樂趣，但是絕不會建立家庭。假使飲食的目的是滋養，結婚的理想是家庭，解決問題的唯一途徑便是不吃超過胃的消化能力的食物，不要有超過家庭所需的丈夫或妻子，就是一夫一妻。娜塔莎需要一個丈夫。她有了丈夫，丈夫給了她一個家庭。她不認爲需要另外一個更好的丈夫，因爲她把所有心思都獻給了這個丈夫與家庭，她沒辦法想像，也沒興趣去想另一種情況。

娜塔莎討厭普通的交際，可是她很重視親屬關係，注重和瑪麗亞伯爵夫人、哥哥、母親及索尼婭的交往。她可以蓬頭散髮、穿著睡衣、大步流星地從育兒室裡走出看他們，可以滿臉喜氣地把孩子的尿布給他們看，因爲那上面的屎不是綠色，而是黃色的，和他們說孩子身體好多了的安慰話。

娜塔莎這樣不修邊幅，她的衣著、髮式、不著邊際的話和她的妒忌，成了她旁邊的人經常的笑柄。大家都認爲皮埃爾懼內，也的確這樣。從他們婚後開始幾天起，娜塔莎就提出了自己的要求：他生活的每一秒鐘都要屬於她和這個家庭。皮埃爾對妻子這個新觀點覺得不同尋常。他儘管吃驚妻子的請求，但是也感到滿意，就聽從了。

皮埃爾的馴服表現在：他不但不敢向什麼其他的女人獻殷勤，甚至不敢笑著和她們交談，不敢到俱樂部去娛樂吃飯，不敢隨便亂花錢，除了辦正事，不敢長期在外，妻子把從事科學研究算在正事裡面，對此儘管她一竅不通，可很重視。做爲補償，皮埃爾在自己家裡不但有權隨便安排自己的事，而且能操縱全家。在家中，娜塔莎甘做丈夫的僕人；他做事時，也就是在書房裡讀書或寫東西的時候，全家走路都踮起腳尖。只要皮埃爾表示愛什麼，總會都照他的意思辦好；只要他表示有什麼願望，娜塔莎馬上跑去完成。

全家都按照皮埃爾虛假的命令，也就是按照娜塔莎猜出來他的意願行事。他們的生活方式和居住地點、他們的社會關係與交往、娜塔莎的工作、孩子們的教導，不但要按皮埃爾的意思辦，也要符合娜塔莎從他在交談中表現出的、思想中猜測出的他的願望去辦。她很正確地揣摩出他的希望的本質，只要摸清，她就堅定地去實現。

皮埃爾與娜塔莎永遠不會忘記那個困難時期：娜塔莎的頭一個孩子身體很虛弱，他們一共換了三個奶媽，娜塔莎也犯病了。有一天皮埃爾對她說盧梭的思想，認爲哺乳是違反自然的。到第二個孩子生下來的時候，她不管親人、醫生們和丈夫本人的反對要自己餵養，這在那時是絕對不可以的，並覺得是有害的。但是她堅持，從那時起，自己的孩子都自己餵。在不高興之時丈夫和妻子常常長時間地爭論，可是爭過以後，皮埃爾驚訝地發現，不僅在妻子的言談中，並且在她的行動中，都有她從前反對過的自己的思想，而且剔除了他在爭論的興頭上說的那些廢話。

皮埃爾結婚七年以後開始有了自信，他堅信自己不是差勁的人而興奮。他所以有這個感覺是因為他從妻子身上看到了自己。他認為自己身上好的和不好的都有，交織在一起，此消彼長，可是在妻子身上反映出來的都是好的東西，被除掉了的都是不好的。

十二

兩個月前，當皮埃爾已住在羅斯托夫家時，他接到費奧多爾公爵一封信，希望他去聖彼德堡，商討他們協會成員們正在談論的重要問題，皮埃爾是協會的重要創始人之一。

娜塔莎讀了那封信以後，儘管離開丈夫她感覺難過，但是主動建議他去聖彼德堡。皮埃爾讀信之後，露出怯生生的詢問神情，娜塔莎欣然允許，只是要定一個精確的返回日子。他得的假期是一周。

十五天前皮埃爾的假期就滿了，娜塔莎經常處在害怕、抑鬱、煩躁的情況下。

娜塔莎這段時間裡憂鬱、易發火，尤其是當母親、哥哥或瑪麗亞伯爵夫人，為了安慰她，盡量為皮埃爾辯解，為他的遲到找出一些理由之時。

「全是瞎說，都是亂扯，」娜塔莎說道，「他那些思想不會有什麼結果，那些協會都是蠢貨團體。」娜塔莎對她從前認為有重大意義的那些事斷定地這樣說。

以後就去育兒室給她唯一的男孩彼佳餵奶去。

不管誰說出多麼講道理的話，也比不上這個三個月大的小傢伙的安慰作用大，當這個小傢伙躺在她懷裡的時候，她聽到他的小鼻子的呼哧聲，察覺出他嘴的動作，就安靜下來了。在那惴惴不安的十五天中，娜塔莎經常從這個嬰兒身上找慰藉，經常在他身邊忙碌，以至於餵奶過多，他生病了。孩子的病讓她恐慌，但這也正是她所要的。因爲看著他，就減少了對丈夫的牽掛。

當大門前傳來皮埃爾的雪橇聲時，娜塔莎正在給孩子哺乳。瞭解如何討女主人歡心的老保姆臉上帶著喜色不聲不響地，可是急匆匆地走進房中。

「回來了嗎？」娜塔莎怕驚醒剛睡覺的孩子，她不敢動彈，連忙小聲問道。

「回來了，太太。」保姆輕聲說。

血沖上娜塔莎的面龐，腳不由自主地開始移動，但是她沒辦法跳起來就跑。孩子又睜開眼睛看著她。

「你在這裡嗎？」他又慵懶地咂嘴。

娜塔莎小心地抽出乳頭，搖晃著他，把他遞給了保姆，之後飛快地走向門口。但是她在門前停了下來，回頭看了一眼。保姆正抬起胳膊把嬰兒舉過小床的欄杆。

「快去吧，太太！安心吧！」保姆帶著和女主人之間親切的微笑小聲說道。

娜塔莎邁著輕快的步伐向前跑去。

嘴叼菸斗從書房走向大廳的傑尼索夫，這個時候第一次認出了以前的娜塔莎。她那變了樣的臉上熠熠生輝、神采飛揚。

「他回來了！」她一邊跑著，一邊向傑尼索夫說著，對皮埃爾心無好感的傑尼索夫也感到高興。一跑到前廳，娜塔莎看見一個穿著皮外衣正在解圍巾的高大男人。

「是他！是他！真是他！他回來了！」她跑過去擁抱他，把他的頭放在自己的胸前，接著把他推開，觀察著他那紅潤的、蒙著雪花的幸福的臉。「沒錯，這是他，好高興……」

突然，她想起之前半個月來她所承受的期待之苦，興奮的臉陰沉下來，興奮消失了，一連串抱怨責備的話劈頭蓋臉地向皮埃爾倒下來。

「沒錯，這果然很好了。你想尋開心，你玩夠了……可是我怎麼辦呢？你至少該關心關心孩子們啊。我在餵孩子，我的奶不好……彼佳險些喪命。可是你在尋歡作樂。沒錯，你倒興奮了……」

因爲皮埃爾沒有及早回來，他清楚自己沒有錯；他清楚這場發作是不應當的，一、兩分鐘內就會煙消雲散；他清楚，最重要的是，他自己高興暢快。他想要笑，但是他不敢。他俯下身來裝出一副誠惶誠恐的模樣。「我沒辦法啊，真的。彼佳怎麼啦？」

「這下好了。來吧！你爲什麼不感覺羞？希望你能看到，沒有你我是什麼情況，我多麼生氣！」

「你身體好嗎？」

「走吧，走吧！」她說道，沒放開他的手。他們去自己的房間了。

當尼古拉與妻子來找皮埃爾的時候，他正在育兒室裡逗小兒子。孩子那漂亮的面龐上露出笑容，咧著還沒有長出牙齒的粉嫩嘴巴。娜塔莎臉上浮動著愉悅的神情，嬉笑顏開地看著丈夫與兒子。

「一切都談好了嗎？和費奧多爾公爵。」她問道。

「沒錯，很好。」

「你看，他抬起頭來了。」娜塔莎說著，「但是我可被他嚇壞了！」

「你見了公爵夫人了嗎？是真的嗎，說她愛上了……」

這個時候瑪麗亞伯爵夫人與尼古拉進來了。皮埃爾手托著孩子彎下腰來親他們，回答他們的問題。雖然要談許多很有趣的事情，可那個戴睡帽的孩子顯然吸引了皮埃爾的全部注意力。

「好惹人喜愛！」瑪麗亞伯爵夫人看著、逗著孩子說。「尼古拉，」她轉身對丈夫說，「我不瞭解，你如何看不出這些小東西惹人喜愛的地方。」

「我不清楚，我完全看不出，」尼古拉冷眼看著那個嬰兒說道，「不過是一塊肉。是吧，皮埃爾！」

「他本來是一個很溫柔體貼的父親，」瑪麗亞伯爵夫人為她的丈夫解釋說，「但是要在孩子滿周歲以後……」

「皮埃爾可是很會照顧孩子，」娜塔莎說道，「他說，他的手生來就是給孩子坐的。你們瞧！」

「但是不僅僅是為了給孩子坐……」皮埃爾忽然笑著說道，抱起孩子，交給了保姆。

十二

就像每個真正的家庭，童山莊園裡分為幾個不同的圈子，每個圈子都有著它常有的特點，可謙讓照應，因此形成一個和諧的團體。每一件發生在這個大家庭裡的事，不管是喜是悲，對全部這些圈子都是一樣重要，但是各有各特有的、與眾不同的悲歡理由。就像皮埃爾回來是一個讓人興奮的重要的事情，大家都有同感。

孩子們與家庭女教師們都喜歡皮埃爾回來，因為誰也沒辦法如他那樣把大夥都帶進這一家的共同生活。只有他會在古鋼琴上彈奏蘇格蘭舞曲，他說，在這支曲子的彈奏下能夠跳各式各樣的舞蹈，他也一定會給大家帶來禮物。

小尼古拉在這個時刻已經十五歲了，他有一頭淡褐色的卷髮、一雙美麗的眼眸，是一個聰明纖弱的少年。他也高興，因為皮埃爾叔叔是他熱愛與讚美的人。誰也沒去影響小尼古拉，讓他喜歡皮埃爾，而且他也只是有時見到皮埃爾。小尼古拉也喜歡他的姑丈，但是稍帶一點輕視的味道。但是對皮埃爾他實在是崇拜。他不想如姑丈尼古拉一般得聖喬治十字勳章或做一個驃騎兵；他想像皮埃爾那樣聰明、有學問，並且善良。在皮埃爾面前，他總是神采奕奕的，皮埃爾一同他說話，他就滿臉緋紅，喘不過氣來。

從人們談到娜塔莎和他父親的隻言片語中，從皮埃爾說起他亡父時的激動心情裡，從娜塔莎談到他時表現出的那種小心尊崇的柔情中，這個才剛開始猜測到什麼是愛情的孩子有了一個概念：父親愛過娜塔莎，臨終時把她託付給自己的好友。這個孩子把他已經想不起來的父親神化了，每次想到父親時，他都屏住呼吸，眼中含著又喜又悲的熱淚。因此，皮埃爾回來讓這個孩子很興奮。

只要有皮埃爾在場，大家都覺得氣氛和諧、活躍，所以客人們歡迎皮埃爾。

家裡的成年人，更不用說他妻子了，都喜愛這個朋友，他讓生活輕鬆、寧靜。

老太太們興奮不但因為他給她們帶來禮物，還因為有了他，娜塔莎又興奮起來。

皮埃爾感到這些不一樣的圈子和他的不一樣的想法，就竭盡全力滿足所有人的盼望。

這個最容易忘事、做事心不在焉的皮埃爾，如今按照妻子給他開的單子，把該買的都買齊了。在新婚開始，妻子要求他要記得買所有該買的東西，他還認為可疑，但是頭一次出門，就把什麼都忘記了，妻子很不高興，這讓他感到不同尋常。這件事以後他逐漸適應。他知道娜塔莎自己別無所求，而給別人買東西，只有他自己想做這件事時，才讓他買，如今他從給家裡人買禮品上感到一種意料之外的孩子一樣的樂趣，什麼東西都記得一清二楚。

自從皮埃爾有了一個大家庭，需要更多的開銷之後，他驚訝地發現，花銷居然比從前減少了一半，因為償還前妻的債務陷入艱難境地的家業最近狀況開始好轉。

生活方式改了，用錢就少了。他認為他的生活態度如今已固定，到死也不會變了，他也沒辦法改變這種生活方式，所以錢用得少了。

皮埃爾滿面春風地拿出他買回來的東西。

「如何？」他說道抖開一塊布料。娜塔莎坐在他面前，把大女兒抱在膝蓋上，連忙把她那閃光的眼睛從丈夫身上轉向他給她展示的東西。

「這是給別洛娃的嗎？真好看！」她摸了摸那塊料子的材料。

「這也許要一盧布一尺吧？」

皮埃爾同她講了價錢。

「真貴啊！」娜塔莎說道。「孩子們有多高興，媽媽也會喜歡！但是你不應該給我買這個。」她補充說，欣賞剛開始流行的一把鑲珍珠的金梳子，臉上忍不住綻開笑容。

他們拿著禮物，先去了育兒室，然後去老伯爵夫人那裡。

當娜塔莎與皮埃爾腋下夾著每一個包裹走進客廳的時候，伯爵夫人仍舊和她的陪伴別洛娃在玩紙牌。

伯爵夫人已經六十多歲了，頭髮都白了，戴了一頂有花邊的帽子。她的面容上全是皺紋，上嘴唇癟進去了，老眼昏花。

在丈夫和兒子接連死去之後，她覺得自己是一個有時會被遺忘在這個世間上的人，生活的理想和意義已經失去了。她除了吃飯和睡覺，什麼事情也沒心思做，一點兒都不像在生活。生活已沒辦法給她什麼印象。她對人除了安寧以外，已一無所求了，而在死亡中才能夠得到安逸。可是在死亡到來之前，她還得活下去，這就意味著，還得消耗她的生命力與時間。在很老的老人身上與很小的孩子身上才有的那種特點，在她身上顯得很清楚。她的生活什麼外界的理想也沒有，不得不運用身體各種器官機能的需要。她一定要睡、吃、說話、思想、做事、哭泣、發怒和別的等，只因爲她有頭腦，有胃，有神經，有筋肉，還有肝臟。她不如生命力旺盛的人那樣在外界的影響下做這些事情，在追求一個理想時，就不去關注其他的理想。她說話只不過是因爲生理上的需要，是運動她的肺部與頭部。她哭，就跟一個孩子一樣，因爲她必須擤鼻子，等等。精力旺盛的人們看作理想的東西，對於她明顯只是一種藉口。

一切，在早晨，尤其是如果頭一天吃了油膩的東西，她想生氣，就把別洛娃耳聾做爲最好用的理由。

她對別洛娃從臥室另一端小聲說話。

「今天好像熱一點了，我親愛的。」她說道。

別洛娃答道說：「沒錯，他們已經來了。」

這個時候她就氣哼哼地囉嗦起來：「天哪！她好糊塗，好聾啊！」

另一個口實就是她的鼻煙，她認爲不是太濕，就是太乾，或是磨得太細。在發過火以後，她的臉色就變黃了。她的侍者們按照這一準確的特徵指導，什麼時候別洛娃鼻煙又濕了，耳又聾了，接著伯爵夫人臉又黃了。就好似她需要發洩肝火一樣，她有時也要運用一下她那殘存的思維能力，這個時候的娛樂方法就是玩紙牌。在她需要哭的時候，就哭死去的伯爵。她需要表達緊張的時候，尼古拉和他的健康就成了藉口。她認爲需要說刻薄話的時候，就在瑪麗亞伯爵夫人身上找碴。全家人都清楚老太太的狀況，就算從未有人說到此事，大家都盡可能地滿足她的這些需求。只有皮埃爾、尼古拉、瑪麗亞伯爵夫人和娜塔莎之間有時心照不宣地交換一下悲傷的目光，在微微一笑中表示出對她的情況的瞭解。

家中只有那些不明事理、心地不良的人與小孩子們才不清楚這一點，逃避她。

十三

當皮埃爾與妻子進入客廳的時候，伯爵夫人正處在需要進行智力方面的通常狀態中——玩紙牌，她習慣地說了她兒子或皮埃爾外出歸來時，她經常說的話：「該回來了，我親愛的；大家都等急了。好吧，感謝上帝！」在給她禮物時，她又說另一套習慣性的話：「珍貴的不是禮物，我親愛的，是你還想著我這個老太太……」

皮埃爾在這個時刻來很明顯讓她不開心了，分散了她玩紙牌的精力。去看禮物之前，他早擺好了。禮物是一個做工精美的牌盒，一只淺粉色的塞夫勒蓋杯，上面畫著幾個牧羊女，除此以外還有一個金鼻煙壺，蓋上有伯爵的畫像，這是皮埃爾在聖彼德堡專門製作的，伯爵夫人早就期望這樣一個鼻煙壺了。她在這個時刻不想哭，只是冷淡地看了一眼肖像，就去擺弄牌盒了。

「謝謝你，我的朋友，你讓我開心極了。」她和平常一樣說道，「但是，開心的是你總算回來了，否則成什麼樣子了，你該罵你妻子一頓！這像什麼話？你不在時，她瘋瘋癲癲。什麼都記不得，什麼也看不到。」她重複著習慣的那一套。「看，別洛娃，」她又接著說，「快看，女婿給咱們買的牌盒多好看！」

別洛娃很喜歡給她的衣料，也稱讚那些禮物。

雖說，娜塔莎、皮埃爾、瑪麗亞伯爵夫人、尼古拉和傑尼索夫有許多話要談，但是他們沒辦法當著老伯爵夫人的面談，倒不是有事情瞞著她，而是因爲她在許多事上已經很落後了，假使在她的面前談起什麼來，就得回答不少不必要的問題，重複他們已同她說過多次的話，她還是記不住，他們按照平常的習慣坐在客廳的茶炊邊上喝茶，皮埃爾回答伯爵夫人提出的那些她自己既不關心，別人也不感興趣的問題。比如，瓦西里公爵是不是見老，瑪麗亞·阿列克謝耶芙娜伯爵夫人是不是還牽掛著她，向她問候等。

喝茶之時進行到這一套誰都沒有了興致，可是又必須維持交談。家裡全部大人都圍坐在擺著茶炊的圓桌旁，那裡坐著索尼婭。孩子們與他們的老師們早已喝過茶；從隔壁的起居室裡傳來他們的聲音。喝茶之時大夥都坐在各自熟悉的座位上：尼古拉坐在爐子旁邊的一張小桌旁，小桌上已擺著給他端來的茶，老米爾卡是獵犬米爾卡的女兒，牠滿臉白毛，長著一雙顯得很大的黑眼睛，臥在牠身邊的扶手椅上。傑尼索夫的卷髮與絡腮鬍子都已變白了，他穿一身將軍服敞著懷，在瑪麗亞伯爵夫人身邊坐下。皮埃爾坐在妻子與老伯爵夫人中間，談一些他所清楚的、老太太也許感興趣也能聽得懂的事。他說著外面社會的事情，談她那一代人。那時他們也是生機勃勃、活躍的，現在各奔東西，同她一樣，已是風燭殘年，只能撿拾他們在生活中種下的禾穀殘粒了。

但是，在老伯爵夫人看來，似乎她們那一代人才真正認真嚴肅地生活過。娜塔莎從皮埃爾開心的表情看出，他的旅行一定很有意思，而且有許多話想對他們說，只不過是不敢當著老伯爵夫人的面提起。傑尼索夫不是這一家的人，不知道皮埃爾為什麼這樣審慎。因為不滿現狀，他對聖彼德堡發生的事很感興趣，因此他不斷慫恿皮埃爾談談西蒙諾夫團事件的經過，談聖經會，談阿拉克切耶夫。皮埃爾有時話匣一開，越談越來勁，在這個時刻娜塔莎與尼古拉總把話題轉換回來，談瑪麗亞·安東諾芙娜伯爵夫人與伊萬公爵的健康。

「那麼，塔塔里諾娃與戈斯涅爾，」傑尼索夫又問起來，「那些瘋子幹的事還在接著做嗎？」

「怎麼說接著呢？」皮埃爾大喊起來，「是大幹特幹！聖經會如今就是整個的政府了。」

「那是什麼呢，我親愛的朋友？」伯爵夫人問道，她早已把茶喝完了，看樣子需要找個藉口在飯後發發火，「我不清楚，你是說政府嗎？」

「啊，您清楚嗎，媽媽？」尼古拉插嘴說，他清楚怎麼翻譯成他母親能懂的話，「亞歷山大·尼古拉耶維奇·格里契公爵創建了一個協會，聽說他現在很有勢力。」

「阿拉克切耶夫與格里契，」皮埃爾謹慎地說道，「如今掌控了整個政府！這是個什麼樣的政府啊！他們看見處處是陰謀，草木皆兵。」

「可是，亞歷山大·尼古拉耶維奇公爵有什麼錯？他是一個很受人尊敬的人。我從前常在瑪麗亞·安東諾芙娜家碰見他。」老伯爵夫人不高興地說道，大家都不出聲了，這令她更加惱火了，她往下說道：「如今人們對什麼都評頭論足。聖經會！聖經會有什麼差勁的呢？」她站了起來走回起居室她自己的桌子周圍去。

在一陣讓人不愉快的沉默裡，傳來鄰室孩子們的嬉戲聲。明顯孩子們那裡正在發生一件讓人開心激動的事。

「好了，好了！」小娜塔莎愉悅的聲音喊得最響。皮埃爾、瑪麗亞伯爵夫人和尼古拉對視一下，露出開心的微笑。

「這是最美妙的音樂！」皮埃爾說道。

「噢，我這就去看看。」皮埃爾說著跳起來，「你清楚嗎？」他停在門口接著說道，「這種音樂我怎麼喜歡呢？它總是最先告訴我，一切平安。我今天坐車歸來時，越快到住所，就越心神不寧。我一走進前廳，就聽到阿塔羅什的大笑聲，這就意味著，一切平安……」

「我清楚。我清楚這種感覺，可是我沒辦法去，要知道，那雙襪子是要送給我的意外驚喜啊。」

皮埃爾走到孩子們那兒，笑聲與喊聲更高了。

「喂，安娜．馬卡羅夫娜，」傳來皮埃爾的聲音，「喂，到中間來，聽口令，一、二，在我說到三的時候……你就站在這兒，我把你抱起來。來吧，一、二……」聽見皮埃爾的聲音，以後是一片安靜，「三！」然後滿屋子響起了開心得喘不過氣的孩子們的喊叫聲，「兩隻！兩隻！」他們喊道。

這襪子是兩隻，安娜．馬卡羅夫娜用只有她自己清楚的絕活，只用一副針一齊織出兩隻襪子，織好以後，當著孩子們的面，她常常開心地從一隻襪子裡拿出另一隻來。

十四

不多久，他們進來說晚安。孩子們親吻過每一個人，男女教師們鞠躬行禮，然後就離開了。僅有德薩爾同自己的學生留下來了。德薩爾輕聲叫那個孩子下來。

「不，德薩爾先生，我請我姑媽答應我留下。」小尼古拉小聲地回答。

「請讓我留下吧，姑媽。」小尼古拉說著走近他姑媽。他臉上現出了激動、乞求和著迷的表情。瑪麗亞伯爵夫人在對皮埃爾說話之前瞧了一眼尼古拉：「當你在這兒的時候，他就寸步不離了。」

「我會立即把他送到您那裡去的，晚安！德薩爾先生。」皮埃爾向那個瑞士教師伸出手來說道，然後微笑著轉向小尼古拉。「我們還沒見過面呢……他長得好像啊，瑪莎！」他對瑪麗亞伯爵夫人說。

「像我父親嗎？」孩子臉紅了，明亮的眼睛看著皮埃爾問道。

皮埃爾點了點頭。

瑪麗亞伯爵夫人坐下來用絨線刺繡；娜塔莎目不轉睛地看著丈夫；傑尼索夫與尼古拉站起來，要來菸斗，抽起菸來；索尼婭無精打采地，但是堅強地接著坐在茶炊邊。他們從她那裡拿來一杯茶，開始向皮埃爾發問。那個卷髮的纖弱男孩瞪著一雙熠熠生輝的眸子低調地坐在一個角落裡，他有時顫抖一下，口中嘟囔著什麼，把他那長著卷髮的頭與露在白翻領外面的細脖子轉向皮埃爾，看起來，他體驗到一種新的激烈的感情。

交談圍繞著時下有關最高當權人物的一些傳聞進行，這個時候常是多數人感興趣的內政問題。傑尼索夫不滿意政府，是因爲自己在軍界的失意，據說聖彼德堡出了些事，他很開心，因爲他認爲是醜聞，對皮埃爾講給他們的事做了激烈而一針見血的評論。

「從前人們不得不當德國人，如今得跟著塔塔里諾娃與克留德涅爾夫人跳舞，讀艾加特豪森與那幫傢伙的著作。唉，真該把拿破崙從這個小島放出來，他會把他們這些烏七八糟的愚蠢思想都給敲出來！想想，把西蒙諾夫團的指揮權交給德國大兵施瓦爾茨！實在荒唐！」他大叫說。

尼古拉雖說沒像傑尼索夫那樣把一切都看得毫無希望，也認爲評論政府是一件很嚴肅重要的事，他認爲一定要留意這些事，然後也來問皮埃爾了。這兩個人的提問，沒有超出有關高層政府人士的傳聞這個範圍。

深知丈夫心思的娜塔莎，看出皮埃爾早就想轉移話題，他就是因爲這個才去聖彼德堡的，爲了和他的新朋友費奧多爾公爵探討問題，然後她巧妙地幫了他的忙，問他與費奧多爾公爵的事情進行得怎麼了。

「什麼事？」尼古拉問道。

「還是那些事，」皮埃爾環顧周圍說道，「人人都看得見，情況糟透了，沒辦法再這樣接著惡化下去了，全部正派的人都應爲變革這種局面盡自己的綿薄之力。」

「正派人可以做什麼呢？」尼古拉微微地皺起眉頭問道，「有什麼可以做的呢？」

「啊，是這樣的……」

「到書房去吧。」尼古拉說道。

男人們進了書房，小尼古拉趁他姑丈不留心，也尾隨進去，坐在窗邊一個幽暗角落裡的桌子旁。

「那麼，你想怎麼辦呢？」傑尼索夫問道。

「最好空想。」尼古拉說道。

「是這樣的。」皮埃爾開始說道，他並沒有坐下來，有時在房裡踱來踱去，一會兒停下來，一會兒飛快做著手勢，含糊不清地說著：「陛下什麼都不管。他完全沉湎於神秘主義中了。他只想追求安寧，而僅剩那些泯滅良心、卑鄙之人才能給他安寧，他們亂砍亂殺一通……你會贊成這種說法的，假如你不親自管理你的產業，只希望圖清靜，那麼你的管家越嚴苛，你的目的就越容易達到。」他對尼古拉說道。

「你說這話是什麼意思呢？」尼古拉說。

「啊，什麼都很亂！法庭裡全是盜竊案，軍隊裡只有棍棒、出操和屯墾；人民處在水深火熱中，文化遭破壞。所有新生的、正直的事物都被扼殺了。人們都看得出來，這種狀況沒辦法再維持下去了。弦繃得太緊了，肯定會斷的。」皮埃爾說道，「我在聖彼德堡時，只對他們說了一點。」

「和誰說了？」傑尼索夫問。

「你清楚是誰，」皮埃爾從眉頭下，頗有深意地看了他一眼說道，「費奧多爾公爵與他們所有人。獎勵文化與慈善事業本來都很好。目的是好的，這樣而已，可是眼下的狀況需要另外一種東西。」

這個時候尼古拉發現內侄在場。他臉色沉下來，走近他。

「你在這裡幹什麼？」

「並無大礙，讓他待在這兒吧。」皮埃爾抓住尼古拉的胳膊，接著說道，「這樣還遠遠不夠，我對他們說：如今需要另外一種東西。當人們在等待那沒有辦法避免的變革時，應該讓盡可能少的人盡最大努力緊密地聯起手來，抵抗共同的災難。所有年富力強的都被引誘過去了，腐化蛻變了。像你我這樣獨立自主的人早就沒有了。我說，讓我們增大我們協會的圈子，我們的口號是沒辦法只談善行，還要獨立與行動！」

尼古拉離開他內侄，氣沖沖地拉過一把扶手椅坐下來，聽著皮埃爾的交談，生氣地咳嗽著，越來越緊地皺起眉頭。

「可是這種行動的理想是什麼呢？」他喊道，「你與政府是怎樣的關係呢？」

「是這種關係，協助的關係。它的理想是不讓普加喬夫明天來殺死我與你的孩子，不讓阿拉克切耶夫來把我送到某一屯墾區去。我們只不過是爲了公共的利益與普遍的安全才聯起手來。」

「沒錯，不過是個秘密團體，因而是敵對的、有害的，它只能產生差勁的影響。」尼古拉提高聲音說道。

「怎麼會呢？莫非拯救了歐洲的道德聯盟有什麼不好嗎？道德聯盟是一種美德的聯盟：它是愛和互助，是基督在十字架上宣揚的東西。」

那個從翻領裡伸著纖細脖頸的被人遺忘了的男孩，用更加愉快與讚美的目光看著皮埃爾。皮埃爾的每一句話都印在他心上，他的手指頭神經質地動著，把他手邊碰到的姑丈桌上的鵝毛筆與火漆都折斷了，可他自己並沒發現。

「完全不是你所想像的那樣，這就是德國的道德集團，我所提議的也就是那樣。」

「我說，哥兒們，道德聯盟對於做香腸的人們儘管很好，可是我不熟悉它，我甚至讀不出這個詞。」傑尼索夫高聲堅決地說，「我同意這裡的一切都很腐敗、很糟，但是道德聯盟我不懂。假如我們不滿意，讓我們來造反，就是那樣！那時我就是你們的人了！」

皮埃爾微笑了，娜塔莎大笑起來，但是尼古拉眉頭鎖得更緊了，他最初向皮埃爾證明，沒有發生什麼變革的可能，他所說的危險是他猜測出來的。皮埃爾提出不同想法，因爲他的智力更發達，思想更活躍，尼古拉陷入艱難的境地。這讓他更加惱火，因爲他在內心裡相信自己的想法是對的，不是靠推理、論證，而是靠某種更充滿力量的東西。

「我想要告訴你。」他站起來說道，用神經質的動作想把菸斗插進嘴角裡，但是做不到，他把菸斗扔了，「我沒辦法向你說明，你說，我們這裡都很糟，將要發生變革，我看不出來。但是你也說，宣誓是有條件的，因此，我想告訴你：你清楚，你是我最好的朋友，但是假如你成立一個秘密團體，開始反對政府，如果阿拉克切耶夫要求我率領一個騎兵連討伐你，去砍殺，我會一秒鐘也不耽擱去那樣做的。那時你想怎麼說就怎麼說好了。」

在這幾句話以後是一陣尷尬的沉默。娜塔莎第一個開口爲丈夫辯護，打擊她哥哥。交談又開始了，早已不再是尼古拉最後一句話那樣不快樂的敵對的調子了。

在他們都起身去吃晚飯的時候，小尼古拉走近皮埃爾，他臉色蒼白，兩眼熠熠生輝。

「皮埃爾叔叔，你……不……假如父親活著的話……他會贊成您嗎？」他問道。

皮埃爾忽然知道，在他們交談時，這個孩子內心一定有過一種很特殊的、獨立而複雜的強烈思想與感情活動，他回憶他說過的話，很後悔讓孩子聽見了。但是，一定要給他一個回答。

「我想沒錯。」他勉強地答了一句，就離開書房了。

十五

吃晚飯時不再談論政治與社團的事了，而轉到尼古拉最喜愛的話題上來，有關一八一二年的回憶。傑尼索夫先起的頭，皮埃爾在這事上顯得很惹人喜愛與可笑。一家人分手時很友好、融洽。

晚餐之後，尼古拉在書房裡脫掉衣服，對一直等著他的管家吩咐了幾句，穿著睡衣走到臥室，看到妻子還在桌旁坐著寫什麼。

「你在寫什麼，瑪莎？」尼古拉問道。瑪麗亞伯爵夫人頓時滿臉通紅。她怕丈夫不知道或不同意她寫的東西。

她原來想背著他寫，但是同時又暗自欣喜讓他碰上了，不得不告訴他了。

「這是日記，尼古拉。」她答道，把一本寫滿了她那堅定充滿力量的大字的藍色筆記本送給他。

「日記？」尼古拉帶一點嘲諷的意味重複說，拿過筆記本。

那是用法文寫的。

十二月四日

今天大兒子阿塔羅什醒來時，不想穿衣服，所以路易絲小姐找我來。他在任性、耍脾氣。我嘗試嚇唬他一下，他的脾氣更大了。我就乾脆對他不理不睬，開始與保姆一起給其他的孩子穿衣服，並同他說，我不愛他了。他許久沒吭聲，只穿一件襯衣向我跑來，開始號啕大哭起來，我許久都沒能讓他平靜下來，看起來，最讓他傷心的是他傷了我的心。之後，晚上當我把他的分數單給他時，他親吻著我又傷心地哭起來。對他溫柔慈愛，就什麼都能夠做得到。

「分數單是什麼？」尼古拉問道。

「我已經開始每天晚上對大孩子們一天的做法打分數。」

尼古拉看了一眼她那雙正在看著他的放光的眼眸，接著翻閱日記。日記中記錄著母親認爲有意義的孩子生活中的全部事，反映出孩子們的性格，或對教育方法提出一些建議。

十二月五日寫的是：

米佳在吃飯時不聽話。父親不允許給他點心吃。他沒吃著，但是在別人吃的時候，他可憐巴巴地貪婪地看著他們！我想，用不給孩子甜食吃的辦法去懲罰他，只能激發他們的貪欲。應該告訴尼古拉。

尼古拉放下日記本，看一下妻子。她那雙發亮的眼睛詢問地看著他：他是同意抑或不同意她的日記呢？毋庸置疑，他不僅贊成，並且很欽佩妻子。

尼古拉欣賞妻子爲培養孩子們高尚道德情操所做的孜孜不倦的努力。假使尼古拉可以分析自己的感情，他肯定會發現，他對妻子那種堅定、溫柔、自豪的愛，就是因爲她的真誠、她那崇高的精神世界。

「我很贊成，我的朋友！」他頗有深意地說。

略一停頓以後，他接著說：「我今天的表現很差勁。你那時不在書房裡。我和皮埃爾討論起來，我生氣了。我實在忍不了了，他實在是個孩子！如果娜塔莎不管得他那麼嚴格，不知道他會如何……你想像得出他爲何去聖彼德堡嗎？他們已經成立了……」

「沒錯，我清楚，」瑪麗亞伯爵夫人說道，「娜塔莎跟我說了。」

「這麼說你清楚了，」尼古拉往下說道，「一提起他們的爭論，他就激動起來，「他想要讓我相信，反抗政府是每一個正直人的責任，宣誓效忠與盡職……他們都向我發難，包括傑尼索夫和娜塔莎……娜塔莎很滑稽。她平時管他管得那麼嚴！可是只要一發表議論，她就啞口無言，只會重複他的話……」尼古拉補充說，忍不住要評價他最親近的人。他忘卻了他說娜塔莎的話，能夠一字不差地用在他與妻子的關係上。

「沒錯，我也留心到了。」瑪麗亞伯爵夫人說道。

「當我對他說責任和誓言高於一切的時候，他開始向我發表天明白是什麼歪理。可惜那時不在場，要不你會如何說呢？」

「在我看來，你完全正確，我就這樣告訴過娜塔莎。皮埃爾說，人們都在受苦，受折磨，腐化墮落，我們的責任是幫助他人。自然他也是正確的，」瑪麗亞伯爵夫人說道，「但是他不記得了我們還有上帝指給我們的更直接的責任，我們能夠自己去冒險，可是沒辦法拿我們的孩子們去冒險。」

「對呀，我就是這樣反擊他的，」尼古拉接過去說，他真的覺得他說過這話，「可是他固執己見，說什麼愛基督與他人的精神，而且還當著尼古拉的面，尼古拉不知什麼時候溜進了書屋，還弄壞了什麼東西。」

「啊，你清楚嗎？我經常為尼古拉擔憂。」瑪麗亞伯爵夫人說道，「他是一個很特別的孩子。我害怕我為了自己的孩子忽略了他。我們都有孩子，所有孩子都有父母，而他什麼都沒有。他總是獨自想事情。」

「但是，我認為你不用為他而自責。所有最慈愛的母親能為她兒子所做的事，你都為他做了，如今仍在做，我自然爲這感到開心。他是一個好孩子！今天晚上他聽皮埃爾講話聽得專心致志，你想想看，我們去吃晚餐的時候，我一看，他把我桌上所有東西都摔碎了，他立刻告訴了我！我從來沒有聽見他說過一次謊話。好孩子，真是個好孩子！」尼古拉重複地說，他內心裡不愛尼古拉．博爾孔斯基，但總承認他是一個好孩子。

「我始終不是他的親生母親。」瑪麗亞伯爵夫人說道，「我感覺出了這種不同，這讓我傷心。一個不同尋常的孩子，不過假如他有了朋友，我就不會爲他擔心了。」

「沒什麼，要不了多久。今年夏天我帶他去聖彼德堡。」尼古拉說道，「對啦，皮埃爾一直是個夢想家，並將永遠是個夢想家，」他接著說道，又回到明顯令他緊張的書房裡的話題上，「咳，那裡談的事情，什麼阿拉克切耶夫是不是好啦，一切這些事兒都與我沒關係。我結婚時，我的債多得隨時會去坐牢，我的媽媽看不到也沒辦法理解這一點。後來有了你、事業與孩子們。我從早到晚在事務所裡忙著辦事，莫非是爲了滿足我的愛好嗎？沒錯，但是我知道，我一定要工作來安慰我母親，回報你，讓孩子不要同我以前那樣窮。」

她握起他的手來，親了一下。他把妻子這一姿態當成贊成的表示，當成對他的想法的認同，想了幾分鐘以後，接著自言自語下去。

「你清楚嗎，瑪莎？今天伊利亞．米特羅凡內奇從唐波夫田莊回來了，他對我說，有人出八萬盧布買那片樹林。」尼古拉開心地談到很快就可以買回奧特拉德諾耶莊園，「再過十年，我就可以給孩子們留下萬頃良田。」

瑪麗亞伯爵夫人聽著丈夫說的話，也明白他所說的一切。她知道，他有時會問她他在說什麼，假如他發現她在想其他的事，他會不開心的。可是她勉強自己肯定要很努力地去聽，因爲她對他所講述的所有一點興趣也沒有。她看著他，感覺到的是其他的東西。她對這個人懷著聽話的愛，他永遠也不會知道她所想的所有，正是因爲這樣，她好像更熱烈地愛他，並平添了一種蜜意柔情。這種感情她都全身心地融入，她丈夫計畫的細節讓她沒辦法細細思量。

除此以外，她腦中還掠過與他正在說的話沒有一點關聯的想法。她在想她的侄子。丈夫說到這孩子在聽皮埃爾交談時很激動，這令她大吃一驚。她想到他那柔弱敏感的個性的各種特徵；想到她自己的孩子們與侄子。她並不是拿他們來做比較，只是拿她對他們的感情進行對比，她發覺她對小尼古拉的感情中缺少一些什麼，這讓她心情沉重。

她認爲她對不起他，在內心她向自己許下承諾，要改變這種情況，做不可能做到的事：愛她的孩子們、愛她的丈夫、愛小尼古拉和所有人。瑪麗亞伯爵夫人臉上顯出一種嚴肅的表情。

尼古拉瞧了她一眼。

「如果她死掉了，我們可怎麼辦啊？我的上帝啊！每當她的臉上出現這種神情時，我就會想到她死。」他想著，就到神像前去做祈禱了。

十六

皮埃爾和娜塔莎獨自在一起時，也如平常夫妻般交談，就是說，以直接簡單的方式交流思想，不遵守什麼邏輯規則，沒有判斷、推理與結論，是一種很奇特的方式。娜塔莎習慣於用這種方式與丈夫交談，一旦皮埃爾按照邏輯、推理的方式來與她交談，那就確定無疑地表示他們夫妻不和了，她也按他的樣子來做，她知道他們快要吵架了。

就剩下他們兩人以後，娜塔莎睜大幸福的眼睛朝他走去，沉默不語地忽然一下子摟住他的頭，說道：「這回你整個屬於我了，你逃不掉了！」從那時起，就開始了沒有規則、沒有邏輯的交談，一起談到各種不一樣的題目。他們一起談論許多問題，不但不妨礙彼此溝通，反而表明他們很懂得對方的意思。

娜塔莎向皮埃爾講述她哥哥的生活；說皮埃爾不在時，她不是在生活，而是在受罪；講述她比過去更喜歡瑪莎，說瑪莎在多方面都比她強。在這麼說的時候，娜塔莎真心地承認瑪莎的優越性，同時她也讓皮埃爾喜歡她勝過喜歡瑪莎，也超過喜歡其他的女人，尤其是他在聖彼德堡見過許多女人以後，要求他對她重申這一點。

皮埃爾回答娜塔莎的話時，對她說，實在受不了那些在聖彼德堡的舞會上或宴會上看見的那些小姐、太太。

「我完全忘了該怎麼和太太、小姐們交談了。」他說，「真是枯燥無趣。特別是，我尤其忙。」

娜塔莎認真地看了看他，接著說：「瑪莎太好了。」她說道，「她似乎能夠看穿孩子們的想法，她多麼理解他們啊！就像昨天米佳耍脾氣……」

「唉，他太像他父親了。」皮埃爾插嘴說。

娜塔莎知道他怎麼說米佳像尼古拉，一想起與內兄的爭論就不高興，他想瞭解娜塔莎對這件事的看法。

「尼古拉有個弱點，對於沒有得到大家承認的東西，他絕不會贊成。不過我知道，你尤其重視開闢新天地。」她重複著皮埃爾從前說過的話。

「不，對於尼古拉來講，推理和思考只是開心解悶，似乎是一種消遣。」皮埃爾說道，「如果他在收集藏書，並且定下了一個規定，不讀完已買的書，就不買新書。」他微笑補充說。「你清楚我對他有多……」他想要緩解一下他說過的話；但是娜塔莎打斷了他，表示不用解釋。

「那你說，他覺得思考是解悶開心……」

「沒錯，對於我來講，其他的事都是開心解悶。在聖彼德堡的全部時間裡，我似乎在夢裡一樣見到了每一個人。我假使開始思考，其他的所有只不過是解悶而已。」

「啊，多遺憾，我沒見到你怎麼和孩子們打招呼，誰最開心？只不過是列莎。」

「沒錯。」皮埃爾答道，接著談他心裡想著的事。

皮埃爾說：「我們不應當去想。可是我做不到，在聖彼德堡的時候就更不必說了；我覺得，沒有我，就一切都完了，每個人都各持己見，是我把他們大家結合起來；而且我的思想是那麼明確、簡單。我們只有一面旗幟，那就是積德行善，喜歡善行的人都攜起手來吧。希爾戈公爵是一個好人，也尤其聰明。」

娜塔莎對皮埃爾思想的偉大絲毫沒懷疑，但是有一件事令她不安，這就是，那是她的丈夫。

「難道一個尤其重要，社會上尤其需要的人，可以同時也是我的丈夫嗎？這事是怎麼發生的呢？」她想對他表示這個疑問。他是不是真的比所有的人都聰明，誰可以評定？她問自己，以後在腦子裡把皮埃爾最尊敬的那些人一一地想一遍。絕對是他最尊敬的普拉東，這是根據他說過的話來判斷的。

「你清楚我在想什麼嗎？」她問道，「在想普拉東。他會如何，他如今會贊同你嗎？」

皮埃爾知道了妻子的意思。

「普拉東？」他重複著說，沉默了一會兒，認真地思考普拉東對這個問題的想法。「他也許不知道……不過我想他會贊成的。」

「我愛你！」娜塔莎忽然說道，「很，很愛！」

「不，他不會贊成的，」皮埃爾想了一下說道，「他會贊成我們的家庭生活。他那麼希望所有都順遂、平安與幸福，你談到離別，但是你不會相信，離開，我對你懷有如何的特殊感情……」

「沒錯，還有……」娜塔莎開始說。

「我會一直愛你。愛到沒有辦法自拔，而這是一種不同尋常的東西……是啊，自然……」他沒有說完，因爲他們相遇的眼神表達了他們沒說出的話。

「全是胡扯，」娜塔莎忽然說道，「什麼蜜月啦，最美好的日子是現在。只是你不常出門！你還記得我們怎麼吵嘴嗎？那全是我的錯，都是我不對。我們怎麼吵，我都不記得了！」

「總是因爲同一件事，」皮埃爾臉上帶著笑容說道，「嫉妒……」

「我不想聽，你無須再提！」娜塔莎喊道，她眼睛裡跳動著氣憤的光芒。

「你看到她了嗎？」她稍一停頓後，又問。

「沒有，就算見面了，也不認得了。」

他們沉默了一會兒。

「啊，你在書房裡交談的時候，我一直看著你，你知道嗎？」娜塔莎開始說道，尤其明顯想驅散那對他們襲來的烏雲，「你同他──那個小子，像兩滴水一般相似。哎，該到他那兒去了……該餵奶了……真捨不得離開你。」

他們沉默了幾秒鐘。以後忽然一齊轉過臉來。皮埃爾熱情四射、滿心喜悅，娜塔莎的臉洋溢著幸福的微笑。兩人一起開口，又都停下來，讓對方先說。

「不，你想說什麼？你說吧。」

「不，你說，我是胡亂說。」娜塔莎說道。

皮埃爾仍舊心滿意足地評論他在聖彼德堡的成就。他認爲在這個時刻，他一定要給俄國社會乃至整個世界指出一個新的方向和目的。

「我只能說，能產生重大後果的思想總是簡潔明瞭的。我的所有思想在於，假如差勁的人聯合起來，形成一種勢力，那麼正直的人也得那樣做。就是這樣簡單。」

「沒錯。」

「你有什麼想說的話？」

「我？都是扯淡。」

「不，到底是什麼？」

「不，沒什麼，都是小事。」娜塔莎更嬉笑顏開地說道。「我就是想跟你說兒子的事：今天保姆來想把他從我這裡抱走；他閉上眼睛樂起來，他在我的懷裡，他深信他自己已經藏起來了。尤其惹人喜愛！聽，他在叫呢。好啦，再見吧！」她走出房間。

這個時候，樓下在小尼古拉的臥室裡，依舊點著一盞小燈。剛醒過來的小尼古拉，坐在床上，睜大著眼睛朝前看。他剛作了一個恐怖的夢。夢到他和皮埃爾叔叔，戴著像普魯塔克書裡畫的那種盔甲，走在一支大軍的前頭。皮埃爾與他，輕鬆開心地奔馳著，越來越接近目的地。突然間牽動他們的那些線鬆下來了，糾結在一起，走不動了。這個時候，尼古拉姑父以威嚴的姿勢站在他們面前。

「這是你弄的吧？」他指著一些碎破筆與火漆說道。「我愛過你們，但是我接到阿拉克切耶夫的命令，誰先往前走，我就殺了誰。」尼古拉轉過頭來看皮埃爾，但是皮埃爾已經不在那兒了。皮埃爾成爲他的父親——安德烈公爵，父親無影無形，但是他在那裡，尼古拉一看見他就無比眷戀，但覺得自己渾身發軟，沒有形體。父親珍惜他，撫摸著他。可是尼古拉姑父越來越靠近他們。小尼古拉一害怕就醒了。

「我父親！」他想道，「我父親來過了，也愛撫過我。他同意我，也同意皮埃爾叔叔。不管他說什麼，我都照辦。穆齊・塞服拉燒掉了他的手。怎麼我沒遇到同樣的事呢？我清楚他們要我學習。我肯定要學習。但是有一天我會學完，那時我肯定做了件什麼事。我只請求上帝一件事：讓我遇到像普魯塔克的英雄們所遇到的事，我一定像他們那樣做，並且會做得更好。人人都會愛我，認識我，讚美我。」一瞬間小尼古拉感到鼻子發酸，他哭了出來。

「你不舒服嗎？」他聽到德薩爾的聲音在問。

「沒有。」小尼古拉答道，又躺回枕頭上去。

「我喜歡他，他人和藹可親，還有皮埃爾叔叔！噢，他人太好啦！對了，還有我父親！沒錯，我肯定要做讓他也會覺得開心的事情來……」他這樣想著。

尾聲

chapter 2

歷史的矛盾與曖昧

一

人類與各民族的生活是歷史研究的終點。直接捕捉並以語言講述出一個民族的生活，更不用提全部人類的生活了。

個人怎麼能夠讓整個民族按照他們的意志活動，這些個別人的意志又是受什麼統治的呢？古人對這些問題的回答：對於第一個問題，承認是神的願望，讓各民族服從一個既定的人的意願；對於第二個問題，承認還是那個神支配著那個既定的人的意願，令其達到選定的理想。

對於古人來說，只要相信直接參與人類事情的神，就解決這些困難了。

近代史在理論上否認了這兩個觀點。

近代史既然否認了古人有關人類服從神與神引導各國人民走向一個理想的信念，好像他就該去研究其形成的原因，而不應當去研究權勢的表現。但是近代歷史沒這麼做。它在理論方面否認了古人的觀點，而在實踐中卻亦步亦趨。

近代史贊同的是，具有超人能力的、不同尋常的英雄們，或說由從君主到新聞記者各式各樣的人領導群眾的說法。近代史不承認從前代表上天安排的希臘、猶太、羅馬等民族的理想，取代它的是以自己的理想——德國、法蘭西或英吉利民族的福利，或取代高度抽象的說法：整個人類的文明福祉。

近代史不贊同古人的信仰，但是沒提出替代它的新觀點，邏輯原理逼迫歷史學家表面上不同意帝王的神權與古人的命運論，但是殊途同歸，得出一樣的結論：第一，是承認各個民族是由個別人來領導的；第二，是承認有一個既定的理想，整個人類與各個民族都朝那個目的地運動。

從巴克爾到吉本所有現代歷史學家，雖然表面看起來有一點分歧，觀點新穎，他們的作品都以那兩條古老的、沒有辦法迴避的原則爲基礎。

第一，史學家講述的是個別人的做法，他們覺得這些人領導了整個人類。

一七八九年，在巴黎發生了動亂；它變成一種自西向東的民族運動。這個運動有多次對東發展，同自東而西的反運動發生了爭鬥；在一八一二年，它達到了巔峰，到達莫斯科；隨之以巧妙的對應形式，發生了自東向西的反運動。反運動達到西方運動的起點——巴黎，以後平息下去。

在這二十年當中，很多田地、房屋荒蕪被燒毀，商業改變了發展方向，千百萬人暴富，千百萬人大遷移，千百萬人妻離子散，千百萬宣傳愛他人的基督徒相互殘殺。

這是怎麼回事呢？這是怎麼發生的呢？什麼力量使得這些人殺人、燒房子呢？迫使人們這樣的是什麼力量呢？什麼又是這些事件的由頭呢？當人類遇到那一時期的傳說與遺跡的時候，自然而然地會對自己提出這些最合理、最直接的問題。

爲了回答這些問題，人類理所應當地是有求於歷史學，歷史學就是讓各民族與人類自我瞭解的科學。

但是近代史沒辦法做這樣的回答。科學不支援古人有關神直接加入人類事務的觀點，所以它一定提出其他的答案。

近代史在解決這些問題時說：你想知道這一運動的意義，它怎麼發生，這些時間是由什麼引起的嗎？請聽著：

「路易十四是一個自大、驕傲、狂妄的人；他有這樣那樣的情人，又有各式各樣的大臣，他把法國治理得尤其差。他的繼承人也都軟弱沒有能力，他們也不會領導國家。而且，某些人這個時候寫了書。十八世紀末，在巴黎聚集了二、三十人，討論人人平等、自由。從此，在法國人們中開始相互殘殺。這些人殺害了許多人和國王。

「這個時候法國出現一個天才——拿破崙。他東征西討，戰無不勝，也就是，他殺了許多人，因爲他有不同尋常的天才。因爲某種原因，他又去殺非洲人，他那麼會殺人，又那麼聰明與狡猾，在他回到法國的時候，讓所有人都臣服他，人們都服從了他。做了皇帝以後，他又去殺奧地利人、義大利人與普魯士人。他在那裡又殺了許多人。

「有個亞歷山大俄國沙皇，他和拿破崙打起仗來，是因爲他決定恢復歐洲的秩序。可是在一八〇七年，他忽然和拿破崙握手言合，而一八一一年，他們又吵翻了，他們又殺了許多人。拿破崙帶領六十萬人進入俄國，佔領了莫斯科；隨後他忽然從莫斯科逃跑了，這個時候，亞歷山大沙皇，在施泰因與其他人的規勸下，把歐洲集結起來，反對那個破壞歐洲和平的人。所有依附拿破崙的盟友突然都變成了他的敵人；這支聯合起來的力量，去打拿破崙，聚集起新軍隊。這些盟國打敗了拿破崙，進入巴黎，逼迫拿破崙退位，把他流放到厄爾巴島，不剝奪他的皇帝封號，還對他表示各種敬意，雖說五年之前和一年以後他們都把他看成無法無天的小偷。

「一直被法國人與盟國看作笑料的路易十八又上臺執政了。可是拿破崙揮淚告別老近衛軍，丟下帝位，去過流浪的生活了。以後，老練的外交家與政治家在維也納發表講話，這些話讓有些國家滿意，有的國家不滿意。忽然間，君王們與外交家們幾乎吵翻了，他們已預備命令自己的隊伍相互殘殺了；但是就在這個時刻，拿破崙帶著一營人回到了法國，而仇恨他的法國人立刻對他屈服。但是盟國的君王們對這尤其惱怒，然後又去攻擊法國人。天才的拿破崙又被打敗了，他們忽然又承認他的確是個小偷，就把他送到聖赫勒拿島上去了。在那兒，這個離開親愛的人與心愛的法蘭西的流放者，在孤島的岩石上慢慢死去，把他的偉大事業留給子孫。而在歐洲又發生了叛亂，君王們又開始鎮壓他們的人民了。」

因爲近代史聾子一樣地回答沒有人提的問題，因此這些答案才荒誕可笑。

假如歷史的理想是講述各民族與人類的運動，那麼第一必須回答一個問題，不然其他所有都將沒有辦法理解，這就是：推動各民族的力量是什麼？有關這個問題，近代史煞費苦心地回答說，拿破崙是偉大的天才，就是說，路易十四尤其驕傲，或者說哪位作家寫了哪本書。

人類願意贊成這種說法，所有的都是有可能的，可這並不是提出的問題。如果我們承認神權，祂憑藉自身，而且總是通過路易、拿破崙之流與作家們來指導各民族，那麼，這所有可能是很有意思的；但是我們並不承認這種神權，因此，在談論路易、拿破崙之流與著作家們之前，一定指出這些人與各民族運動之間的聯繫。

假如是一種其他的力量而非神權，就應當說明什麼是這種力量，因爲歷史的全部興趣就在這兒。史學家們自己對這種新力量都說法不一，人所共知又怎麼能夠指望呢？

二

那麼推動各民族的動力是什麼呢？

國別史學家與傳記史學家認爲，這種力量是統治者們與英雄們所本有的一種權力。依據他們的講述，事件的發展、發生全都取決於亞歷山大、拿破崙一類的人，或傳記作家所描繪的那些人的意願。這類史學家干預什麼是推動歷史事件的力量？這個問題所做的回答，當只有一個史學家，描繪一個歷史事件時，還過得去。一旦不同國家、不同觀點的史學家全來描述同一事件，他們的回答便全都失去意義了，因爲他們對這種力量的瞭解程度不但各不相同，並且經常是完全對立的。

研究各國歷史的通史專家們似乎意識到，專門史學家對導致事件發生的力量的看法不正確。他們不覺得統治者們與英雄們所有的權力是那種推動力，而將其看作多種不同力量共同作用的結果。在描繪一場戰爭，或一個民族被征服之時，通史作家不從一個人的權力上尋求事件的由頭，而是從與那個事件有關的不少人的相互影響上，尋找事件的源頭。

按照這種觀點，既然歷史人物的權力被當成許多力量的產物，似乎就沒辦法再把它當成產生事件的力量了。但是，在大多數情況下，通史作家依舊使用權力是產生事件的一種力量這一概念，並把權力當作事件的理由。他們說，歷史人物的權力是各種力量的產物，是那個時代的產物；因此他的權力是產生事件的力量。舉個例子，施爾洛塞、蓋爾溫努斯和別的人，一會兒說拿破崙是革命的產物，是一七八九年思想的產物，一會兒又索性說，一八一二年的遠征與他們所討厭的一些別的事件，事實上不過是拿破崙錯誤意志的產物，因爲拿破崙一意孤行，一七八九年思想的發展受到了阻滯。拿破崙的權力產生於民眾情緒和革命思想。但拿破崙的權力壓制了革命思想與民眾情緒等。

這種奇怪的矛盾並不是偶然的。這種矛盾隨處可見，並且所有通史家的著述從一開始到完結都充滿了這類矛盾。之所以可以有這種矛盾，是因爲一進入分析領域，通史家就停滯不前了。爲了找出相應於合力的幾種分力，一定要讓分力的總和和合力一樣。通史家從來不遵循這個條件，因此，爲了要說明合力，在找不到充足的分力的情況下，他們就必須假設還有一種影響合力的無法解釋的力量了。

專史作家在描述一八一三年遠征與波旁王朝的復興時，乾脆說：「這些事件是依照亞歷山大的意願發生的。」但是通史家蓋爾溫努斯反對專史家這種觀點，竭力證明，一八一三年的遠征和波旁王朝的復辟，除了亞歷山大的意志之外，仍有梅特涅、施泰因、塔列蘭、斯塔爾夫人、夏多勃里昂、費希特以及其他的人的活動的作用。這位史學家明顯把亞歷山大的權力分為下列分力：夏多勃里昂、塔列蘭以及別的人等。這些分力的總和，即塔列蘭、夏多勃里昂、斯塔爾夫人與其他很多人的相互作用，明顯不等於整個合力，即上百萬法國人聽從波旁王朝這種情況。斯塔爾夫人、夏多勃里昂與其他諸人相互之間說了一些什麼話，只能影響他們的相互關係，而沒辦法讓上百萬人屈服。因此，要說明他們的相互關係，如何令上百萬人屈服，就意味著，等於一個A的分力如何能成為等於一千個A的合力，這個史學家又得回到他否定過的力量——權力上來，並把它當成是那些力量的合力，就意味著，他得承認存在一種影響合力的說不出的力量。這就是通史家們所做的事。如此一來，他們不但目的自相矛盾，並和史學家互相矛盾。

第三類史學家——文化史學家，他們順著通史家開闢的道路，有時認為產生事件的力量是作家和女人。這種力量他們全都做了不同的理解。他們認為這種力量寓於精神活動中，寓於所謂文化中。

文化史學家，習慣跟隨他們的前輩——通史家，因為假使能用某些人的互相關係來解釋歷史事件，那麼怎麼沒辦法用某人寫了什麼書來說明這些事件呢？這群史學家從沒有和什麼現象相伴產生的很多特徵中選出智力活動這一特點，而且說，這就是它的原因。儘管他們努力證實事件的原因在於智力活動，可是，就算我們退一萬步說，同意民族運動與智力活動之間有某種共有的東西，但是，不管如何也沒有辦法覺得智力活動指導人們的活動，因為宣傳人人平等的法國革命進行了殘酷的屠殺，在宣傳博愛之時，實施戰爭死刑，這一切都和這種假想背道而馳。

但是，即便是承認充斥於史書中的那些巧妙編排的推論是對的，即便各民族是被一種叫作思想的不明確的力量統治的，歷史的本質問題還是沒得到回答，抑或在之前的帝王權力，和通史學家們提出的顧問們和其他人的影響之外，又加上另一種嶄新的力量——思想，民眾和思想的關係也需要說明。拿破崙有權力，於是事件就發生了，這樣講能夠理解；退一步說，拿破崙加上其他的勢力，成爲事件的緣由也能夠理解；但是一本書——《民約論》，如何會令法國人相互殘殺呢？假使不對這種新力量與事件的關係做出解釋，就沒法理解了。

只有出於下述思量才能讓史學家們得到這樣的結論：一、歷史是學者寫的，因此覺得他們這個階層的人的活動是整個人類運動的基礎，對他們來說是開心的、自然的，就好比農民、商人、士兵也一樣開心這樣想，因此沒有表達出來，僅僅是因爲士兵們與商人不寫歷史而已；二、教育、精神活動、文化、文明、思想，都爲一些不明確、模糊的概念，打著這些概念的旗號，能夠隨心所欲地運用某些意義更不明確，尤其容易冠以什麼理論的詞句。還不說這類歷史的內在價值，文化史越來越與通史接近，它的特點：它仔細認真地分析各個哲學的、宗教的與政治的學說，將其看作事件的起因。每當需要講解現實歷史事件時，比如一八一二年的遠征，就不由自主地把它看成權力的產物來講述，明著說，拿破崙希望的產物是這次遠征。文化史學家這樣說時，不由得陷入自相矛盾的地步，證實他們臆想出來的新力量並不是反映歷史事件，也表明，瞭解歷史的唯一辦法是承認他們似乎否認的那種權力。

正在行駛的一輛機車。有人問：它怎麼會移動？一個農夫說，是魔鬼在推動它。其他人說，因爲它的輪子在轉。還有人說，風把煙吹向後方。

農民是沒有辦法駁倒的。要反駁他，就得對他說清沒有鬼，或是有另一個農民對他解釋，機車行駛的原因是有個德國人在開動它，而不是魔鬼。當出現了爭議時，他們才能夠清楚他們兩個都錯了。

假使是那個說輪子轉是因爲人自己反駁了自己，因爲只要分析起來，越來越深入，他一定要說明輪子爲什麼會轉；在他沒找到鍋爐裡的蒸汽壓力是機車移動的最終原因之前，對原因的探索他沒有權利停止。那個用飄向後方的煙來解釋機車移動的人，看出輪子轉動就可以說明原因時，就抓住他所遇見的第一種現象，把它做爲原因說出來。

一種與能看見的運動相等的力的概念，是僅有的能夠解釋機車運動的概念。

唯一可以解釋各民族運動的概念，是一種與各民族運動相同的力的概念。

但是不一樣的史學家對力的概念，有徹底不一樣的理解，所有理解都與所看到的力的運動相差甚遠。一些人把它當成是英雄們固有的、直接有的力量，就彷彿農民覺得機車裡有魔鬼似的；另一些人把它當成由幾種其他的力量派生的力量，比如車輪的運動；還有一些人把它當成治理的影響，就像被吹走的煙。

權力的概念是掌握現有歷史材料僅有的方法，這個方法被誰否定了，像巴克萊那樣，而又沒找到運用歷史材料的別的方法，他就讓自己失去了這僅有的研究歷史素材的手段。用權力的概念來解釋歷史現象是無法避免的。文化史與通史學家們在這點上表現得最明顯，他們虛假地不統一這種觀念，又處處求助它。

歷史科學對於人類問題上，到目前爲止，尤其像流通中的貨幣——硬幣與紙鈔。國別史和傳記就像紙鈔。紙鈔能使用、流通，實現它的職能，不但對所有人無害，甚至有益，只要不去問它憑什麼爲儲備就行。只要不去問英雄們的意志怎麼產生了事件，那麼像梯也爾之流寫的歷史也將是有意義的、有益的，或許還有點詩意呢。但是紙幣易造，鈔票發得太多，人們想用它兌黃金，然後其真實價值就成問題了。歷史也是這樣，寫得太多了這類史書，或者有人天真地提出問題：拿破崙是憑什麼力量達到那一步的？就意味著，要用流通的紙幣換觀念上真正的純金了，然後這類歷史的真正意義就值得懷疑了。

文化史家和通史家像這樣一種人，他們意識到紙幣的缺點，打算用沒有黃金品質的金屬做成響噹噹的硬幣來兌換紙幣。那種硬幣確實叮噹作響，不過它只能發出響聲而已。紙幣還可以欺騙無知的人，但是無價值的叮噹作響的硬幣欺騙不了什麼人。黃金之所以爲黃金，是因爲它不但能夠供交換用，並且還有其他的用途；通史家也是如此，只有他們能夠回答「什麼是權力」這個歷史的本質問題時，他們才是真金。對這個問題的答案，通史家們漏洞百出，而文化史家則乾脆迴避它，回答得答非所問。看起來像黃金的金屬籌碼，只能夠在一群贊成用它替換黃金的人們中間使用，或在不認識黃金的人們中間使用；不回答歷史的本質問題的文史家和通史家也是這樣，人類的根本問題他們不回答，只爲了自己的某種目的，成爲在愛讀「正經書」和大學裡的那些人當中流通的錢幣。

三

古人覺得，一個民族的意志服從於一個被選出來的人，而這個人的意志又服從於神，假使否定了這種觀點，歷史就只能從下列兩條路中選其一：如果不是恢復神直接參與人類事務的舊信念，如果不是明確地解釋那種被叫作權力的產生歷史事件的力量的意義，那它就會漏洞百出，寸步難行。

不可能返回第一條路上去，那種信念早就被破除了，因此一定要解釋權力的意義。

拿破崙一聲令下，團結起軍隊去打仗。我們對這種觀點、這種想法是這樣習以爲常，當作自然，所以怎麼聽了拿破崙說的什麼話六十萬人就去打仗，我們覺得這問題是死也不能解決的。他有權力，因此他的命令就得執行。

這種權力不是一個強者在體力上鎮壓一個弱者的直接的權力，即運用體力或以運用體力相威脅的那種鎮壓，比如赫拉克勒斯的權力；也沒辦法如某些史學家天真地想像的那樣，是建立在精神優勢上，他們說，歷史人物都是英雄，就是具有才智和特殊才能的那種天才。這種權力建立在精神優勢上是無法辦到的，先不說人們對於像拿破崙似的英雄的精神品質的各種看法，歷史對我們說，征服千百萬人的梅特涅或路易十一之流，都沒有具備什麼特殊的精神優勢，同這個相反，他們多數在精神上比他們所領導的千百萬人中的隨便一個都弱。

假使權力的來源，既不在於擁有權力的人的體力方面，也不在於他的精神品質方面，明顯權力的源泉不在其自身，而在於群眾和掌權人的關係中。

法學就是這樣認識權力的，它酷似歷史的兌換銀行，試圖把歷史對權力的理解兌換成真金。群眾的公共意志是權力。群眾或以預設或用贊成的方式，把權力交給他們選出的領導。

在法學領域中，當討論應該怎麼安排權力和國家時，這所有都是很清楚的；但是在運用到歷史上來的時候，這個權力的意義就需要加以解釋了。

法學看待國家的權力，像古代人看待火一般——把它當作一種絕對存在的物體。而對於歷史來說，權力同國家只是一種現象，就好比現代物理學不把火看作一種元素，而是一種現象。

假使權力是轉移給統治者的群眾的集合意志，那麼普加喬夫是不是群眾意志的代表？假使不是，拿破崙一世爲什麼就是呢？爲什麼拿破崙三世在布倫被俘的時候，他是個罪犯，而後逮捕他的人們又成了犯人呢？

宮廷政變有時只要兩、三個人加入，是不是把人民的意志轉交給一個新的國王了？在國際關係中，人民的意志轉交給他們的征服者了嗎？一八〇八年，萊因聯邦的意志轉交給拿破崙了沒有？一八〇九年，當我們的軍隊聚集法國人去攻擊奧地利時，俄國人民的意志轉交給拿破崙了嗎？

對這些問題可以有三個答案。

一、人民的意志一直是無條件地轉交給他們選定的一個或一些統治者，因此，任何一個新政權的出現，任何反對既定權力的鬥爭，都應當被看作對真正權力不適當的做法。

二、群眾的意志有條件地、在特定的人所共知的條件下，轉交給統治者們，因此所有限制、衝擊以至摧毀權力的現象，全是由統治者們不按照授權的條件造成的。

三、承認人民的意志是有條件地轉移給統治者們，但是人們不明確、不清楚那些條件；多種權力的出現，它們之間的鬥爭，以及它們的毀滅，全是由統治者們在不同程度上，履行這些人們不清楚的條件構成的，人民的意志按照這些條件由某一些人轉交給另一些人。

史學家們就是用這些說法來解釋統治者與人民的聯繫的。

一些四肢發達的史學家，就是前面提過的那些專門史家和傳記家不理解權力的含義，認爲群眾意志似乎是無條件地轉交給歷史人物的，因此，在講述某一個政權時，這些史學家認爲它是唯一的絕對真正的權力，任何反對這個權力的力量都不是權力，而只是對權力的侵犯——暴力。

另一種史學家覺得這種歷史觀是錯誤的，他們說，權力建立在有條件地轉移給統治者的群眾意志的基礎之上，歷史人物僅有執行群眾意志默認的政綱的條件下才有權力。可是什麼是這些條件？這些史學家並沒有說明，即使說的話，也是自相矛盾的。

每一個史學家按照各自對民族運動目的的理解，認爲這些條件就是法國或其他的國家公民的富裕、強盛、受教育和自由。且不說史學家們對這些條件是什麼在講法上的矛盾，假定我們承認確實存在著一個這些條件的總綱領，我們發覺，歷史事實好像總是與這種理論相左。假如移交權力的條件是讓人民富強、受教育、自由，那麼爲什麼伊凡四世和路易十四都得了善果，而查理一世與路易十六卻被人民送上了斷頭臺呢？這些史學家給出這個問題的答案是，路易十四違反政綱的做法在路易十六身上得到了報應。但是怎麼報應不落在路易十五與路易十四身上呢？怎麼正好落在路易十六身上呢？這種報應的期限多長？這些問題得不到答案，也不可能有答案。

這種觀點一樣也沒辦法解釋，爲什麼一連幾個世紀，這種集合意志一直握在某些統治者及其繼承人手裡，而後忽然，在五十年內轉交到政府、議會、亞歷山大、拿破崙、路易十八手中，之後，再轉移到拿破崙、路易菲力普、查理十世、共和政府三世手中。在解釋群眾的意志這樣快地由一個人轉移到另一個人手中，尤其是加上國際關係、聯盟與征服等因素，歷史學家們不得不承認，這些現象在一定程度上，已經不是群眾意志的正常轉交，而是與耍手腕、犯錯誤、耍陰謀，或因爲外交家、君主或政黨領導人的軟弱分不開的偶然事件。因此，在這些史學家眼中，這些歷史現象──內戰、革命和征服──結果大多數已不是群眾自由意志轉移的，而是一個或幾個人的意志不對引導的結果，就是說，還是對權力的侵犯。因此，這些史學家也贊成這類歷史事件違背了他們的初衷。

這些史學家尤其像這樣一個植物學家：他看見一些植物都是從雙子葉的種子裡生長出來的，就堅持說，一切植物都要長成兩片葉子。但是當那些長大了的棕櫚、蘑菇和橡樹枝葉繁茂，不再是兩片葉子時，他們就說這是違反了常規的。

第三類史學家總是把群眾的意願有條件地轉移給歷史人物，可是我們不知道這些條件。他們說，那些歷史人物擁有特權，因爲他們實現了轉交給他們的群眾意志。

這些史學家說，歷史人物表達人民的意願：他們的活動同樣也是人民的活動。

但是，這樣一來，就出現了一個問題：是歷史人物的全部活動都反映群眾的意志，還是只有某些方面呢？假使像某些史學家想的那樣，歷史人物的全部活動都是群眾意志的體現，那麼拿破崙之流或葉卡捷琳娜之流，生平那些宮廷醜事就成爲民眾生活的反映，這明顯是胡說八道；但是，假使像另外一些所謂的哲學史學家所想的那樣，只不過有歷史人物活動的某個方面體現人民的生活，那麼爲了證明歷史人物活動的哪一面表現了人民的生活，第一肯定要清楚人民生活包含哪些內容。

遇到這些艱難的境地時，這類史學家就想出一些最難懂、最不好理解、最普通的，適合於最大多數事件的抽象概念，並說這種抽象概念就是人類活動的目的。差不多所有史學家都使用的最平凡的一般概念是自由、平等、教育、進步、文明與文化。史學家們把某一抽象概念當成人類運動的目的，研究那些爲自己著書立傳最多的人——皇帝們、大臣們、統帥們、著作家們、改革家們、教皇們、新聞記者們，以他們的想法研究這些人在多大程度上促進或妨礙某一抽象概念。但是，因爲沒有辦法證明人類的目的爲自由、平等、教育或文明，也因爲人民和統治者與人類啓蒙者的關係建立在胡亂假想之上，人民的意願常常轉移給引起我們關注的人，成千上萬流離失所、燒毀房子、拋棄農業與相互殘殺的人的做法，在那十來個不燒房子、不經營農業、不殺害同類的人的講述中，從來得不到回應。

歷史每一頁都證明：二十世紀末西方人民的騷動和他們的東進，能用路易十四、十五和十六、他們的情婦們與大臣們的行動來說明嗎？能用拿破崙、盧梭、狄德羅、博馬舍和其他人的生活來說明嗎？俄國人民向東挺進到喀山與西伯利亞，能夠用伊凡四世那病態的性格與他同庫爾布斯基的通信來說明嗎？十字軍遠征時代各民族的做法，能夠用研究哥弗雷們與路易們與他們的情婦們的做法來說明嗎？

改革家們與作家們寫的歷史對我們各民族的生活證實得更少。

文化史對我們闡明作家與改革家的動機、生活條件與思想。我們清楚，路德脾氣暴躁，說過這樣那樣的話；我們知道，盧梭多疑，寫過這樣那樣的書；但是我們不清楚，宗教改革以後，人們為什麼互相屠殺，法國革命期間，人們怎麼互相把對方送上斷頭臺。

假使把這兩種歷史結合起來，對現代史學家們一般，我們不是得到各民族生活的歷史，而是會得到作家們與君主們的歷史。

四

幾個人的生活游離於各民族的生活之外，因為沒發現各民族與那幾個人之間的關係。說這種關係建立在民族的集合意志轉移給歷史人物的理論上，是沒有經過歷史假設的檢驗的。

關於群眾的集合意志轉交給歷史人物的理論，在法學的領域或許能夠說明許多東西，對法學的目的也許是必須的，但是用到歷史上，如何發生革命、征服或內戰，就是說，怎麼開始一段歷史，這種理論就不管什麼也沒辦法闡明了。

這種理論似乎是駁不倒的，只不過是因為人民意志的轉移做法是沒辦法檢驗的，因為那是從沒有存在的。無論發生什麼事件，也不管是誰領導這個事件，用理論可以說，某某人領導了該事件，是因為群眾集合意志轉移給他了。

一個人看到一群牛在動，就說那群牛走向某一方向取決於走在最前面的那頭牛往哪兒走，他不留心放牧人的驅使，也不在意不同地方的牧場好壞不同，這種理論對歷史問題的回答也是這樣。

牛群之所以走向那個方向，是因為走在前面的那頭牛牽著牠向那個方向走，所有其他的牛的集合意志轉移給了那領頭的牛。這就是第一類承認無條件轉交權力的史學家們的答案。

「假使走在畜群前面的牛變了，那是因爲，依據那頭牛是不是把牠們引導畜群選擇的方隊，全部牛的集合意志就由一個帶頭牛轉交給另一個帶頭牛。」這個回答就是那些認爲群眾的集合意志，在他們覺得已知的條件下，轉移給統治者們的史學家們的。

「假使前頭的牛不斷地變化，牛群的方向也不斷地改變，這是因爲，爲要走向我們所熟知的那方向，牛群把牠們的意志轉移給引起我們注意的那些牛，爲了探討牛群的做法，就一定要留意走在牛群各方面的一切引人注意的牛。」

認爲從君王到新聞記者的所有歷史人物，都是他們時代的代表的第三類史學家就是這麼說的。什麼是歷史事件的原因呢？權力。什麼是權力？權力是轉交給一個人的群眾的集體意志。在哪些條件下群眾的意願轉移給一個人呢？在那個人可以表示所有人的意願條件下。就是說，權力就是權力。權力是一個我們不清楚它含義的名詞。

即便是人類知識的領域僅限於抽象思維，那麼人類批判了科學對權力所做的解釋之後，就總結出這樣的結論：權力不過是一個名詞，事實上並不存在。但是爲了認識現象，人類除了抽象的推理外，還有他用來檢驗思維結果的實踐這種武器。經驗告訴我們，權力不只是一個名詞，而是一個事實存在的現象。

每當一個事件發生的時候，總會出現一個人，或幾個人，事件彷彿是依照他或他們的意志發生的。拿破崙三世下達一道命令，然後法國人就到墨西哥去了。普魯士國王與俾斯麥一聲令下，然後一支軍隊就開進了波希米亞。拿破崙一世發出一道命令，軍隊就進攻了俄國。亞歷山大一世發出一道口令，法國人就屈服了波旁王朝。經驗對我們說，不論發生哪種事件，那個事件總與下達命令的一個人或幾個人的意志有聯繫。

史學家們按照承認神干預人類事務的老習俗，想要從賦有權力的某人的個人意願的展現上尋找事件的原因，但是這種結論既沒被推理證明，也沒被經驗證明。

一方面，推理證明，個人意志的體現，他的話僅是在一個事件上表現所有的一部分，所以不承認有一種無法理解的超自然的力量──奇蹟──就沒辦法覺得幾句話就能夠成爲上百萬人做法的直接原因；另一方面，就算承認幾句話能夠成爲事件的原因，歷史說明，歷史人物的意願的體現，在許多情況下不產生任何效果，即是說，他們的命令經常不僅沒被執行，還有時竟出現同他們的命令完全不一樣的情形。

我們第一要肯定一個概念，爲了證實這種從屬關係的條件：表達意志的並非是神，而是人。假如像古代史所說的一般，神表達了他的意志，發出了一道命令，這種意志的表達沒有引起的理由，也是超越時間的，因爲事件和神沒關係。假使談到表現人的意志的命令，我們就一定要確定：

一、整個事件發生的條件：事件和下達命令的人的動作在時間上的連續性；二、下達命令的人與執行命令的人之間必要的聯繫條件。

五

僅有超越時間的神的意志體現，才能夠和若干年或若干世紀發生的一系列事件相關，只不過有神只根據他的意願來決定人類做法的對錯沒有什麼原因。而人是在肯定的時間內行動，並且親自加入事件。

肯定第一個被忽視了的條件、時間的限制，我們看到，沒有前一道命令讓後一道口令能夠執行，則不管什麼命令都沒有執行。

從沒有一道命令是任意自發的，也沒有一道命令牽涉一系列事件；可是每一道命令都來自另一道命令，也從來不涉及整個事件，只與一個時期的某件事情有關。

假如說，拿破崙在他在位的整個時期內，發出了許多有關遠征英國的命令，並且在這件事上，花了比所有其他的事情更多的力量和時間，但是，他在位時期甚至一次也沒預備把自己的意圖付諸實踐，但是他遠征了許多次表示堅信宜於結盟的俄國，之所以如此，是因爲他前面的命令同事件的發展不符合，而後面的命令是與它相符合的。

爲了讓一道命令能確定地被執行，就應當發出能夠執行的命令。但是要清楚哪些能執行、什麼沒辦法執行是不可能的，不但在有成百萬人參與的拿破崙遠征俄國時是如此，即使在最簡單的事件中也是不可能的，因爲在這兩種情況下總能遇到各種阻礙。每一個執行了的命令，都是很多沒能執行的命令中的一個。所有沒辦法執行的命令都和事件脫節，不可能執行。一定要有與一系列命令相聯繫，符合一系列事件的命令才可以得到執行。

我們說，拿破崙想攻打俄國，他就那麼做了。

事實上，我們在拿破崙的所有活動中，從沒發覺什麼類似意志的體現，僅發覺各式各樣不確定的形式發出的一系列命令，或者說他的意志的體現。拿破崙下達了不計其數沒被執行的命令，可有關一八一二年遠征的那堆命令被執行了，這並不是因爲那些命令與其他的沒被執行的命令有什麼不同，而是因爲它們與導致法蘭西軍隊開進俄國的事件相一致；就像在鏤花範本上繪上各種各樣的圖形，並不是針對圖案的不同面塗各種不一樣的色彩，而是在刻板上的各個面都添上了顏色。

因此，當我們研究命令與事件在時間上的關係時，我們發覺，兩者之間存有肯定的依託關係，可是在所有情況下，命令也不會成爲事件的緣故。爲了弄清楚這種依託關係，一定要瞭解另一個被省略了的命令的條件：這命令不是來自上天，而是來自人，而且發出命令的本人也參與該事件。

承受命令者和發出命令者之間的關係就稱作權力。這種關係包括下列內容：爲了舉行一樣的活動，人們常常結成特定的團體，在這些團體中，雖然共同行動的目的不相同，參與者之間的關係可是一致的。

結成這些團體的人們，互相間總保持這樣一種細節，大多數的人最直接地參與他們的共同行動，很少量的人，稀少加入直接行動。在人們爲了進行集體行動而結成的團隊中，例子最清楚、最明白的是軍隊。

每支軍隊都擁有低級軍事人員——士兵，他們占總的比例很大；較高級的軍事人員——軍士和班長，他們比士兵少；更高級的軍官，數目稀少；依此類推，直到最高軍事當局，權力聚集在一個人手裡。

如果軍事組織精確地比喻成一個圓錐體，直徑最大的底層，由兵士組成，較高、較小的那塊，由較高級的軍事人員組成，在頂端上的人就是全軍的統帥了。

人數最多的士兵形成圓錐體的底部，它是一切的基礎。士兵自己直接進行搶掠燒殺，一樣從他的上級那裡接受做這些事的命令；他們自己從未發一道命令。士兵們比軍士們多些，但是他們就能發號施令了，也進行那些活動。軍官更少直接參與行動，更多地發號施令。將軍給軍隊點出理想，下令他們出動，彷彿從來不用軍火。統帥僅對群眾運動做總體安排，從來不參與直接的行動。在人們爲舉行共同活動而結成的每一團體中——商業、農業和每一行政部門中，都能看見相同的、人與人之間的關係。

因此，不必有意拆解圓錐體的連接部分，即一支軍隊的銜級高低，一個公共事業單位亦機關由最低級到最高級的官階，就能看出一條規律，它表明，人們在舉辦集體行動中常常結成這樣一種關係：越是參與直接行動的人，就越沒辦法發號施令，他們的人數相對多；越是較少直接參與行動的人，就越多地下達命令，他們的人數相對少；這樣自最底層到最高層，最後僅剩一個人，他最少參與直接事件，他的行動最多地用在發號施令上。

承受命令者和下達命令者之間的這種關係，就是所說權力這個定義的本質。

六

當一件事情發生的時候，人們宣稱自己對那個事件的希望和建議，因爲事件是由不少人集體行動產生的，這些表現出來的渴望或建議中，肯定有一個能實現，至少是接近於實現。當一個想法實現的時候，這個想法被當作在這之前下達的命令與那個事件聯繫起來。

人們拉著一根木頭。每個人都說了應該怎麼拉和往哪裡拉的想法。他們把木頭拉走了，而這是依照其中某一個人說的方法幹的。是他發的命令。這就是最初狀態的權力和命令。

那個用手幹活最多的人，也許很少打算他正在做的事，一樣不會思量他們下達命令和一樣活動的結局；而那個發號施令的人，因爲他用嘴多，顯然就少動手了。一個龐大的群體爲了一個相同理想進行活動的時候，就更鮮明地區分出一種人，他們越是相對多地下達命令，也就越少參與集體的舉動。

一個人獨自活動的時候，他常常以他過去的行動，爲他如今的行動和他將來行動做遵循。一群人在一起也是如此，讓那些不直接參與行動的人，去對他們的集體行動進行思考、解釋和做出判斷。

因爲我們不清楚或不明瞭的原因，法國人開始互相殘殺。與此事件相對應提出了爲其辯解的說法，把它稱爲群眾意願的表達，說這是爲了法蘭西的利益、公平、自由，這是必須的。人們停止了相互殘殺，立即就有了另一種解釋：說這是爲了抗拒歐洲、國家統一，等等。可是這些解釋在當時存在它的關鍵性。

這些解釋是爲了給那些創造事件的人推脫思想上的責任。這些臨時想出的目的，就好比裝在火車前面清掃軌道的掃帚，清除人們的思想責任。如果沒有那一類的解釋，就沒法研究每一個歷史事件都會碰到的最簡單的問題：爲什麼千百萬人集體過失——殺人、打仗，等等。

一艘船不管它往哪個方向行駛，總能在前面看到船頭劃破水流的浪濤。對於船上的人來說，這股受到衝擊的水流是僅有的、能夠看到的活動。

有時時刻刻在近處觀察水流的運動，並把船的運動和水流的運動進行對比，我們才能夠看出水流的每一運動都是由船的運動影響的，一樣才清楚，因爲我們自己不知不覺地也在活動，所以我們才發生錯誤的判斷。如果我們時時刻刻留意尋找歷史人物的運動，不忽略歷史人物和群眾的必要關係，我們會看到一樣的狀況。

當船向一個方向移動的時候，它前面經常有一股一樣的波浪；當它不斷改變方向的時候，它前面的波浪也常常隨著變化。可是無論它向哪個方向轉，在它運動的前方總有一股浪濤。

不管發生了什麼事，人們總覺得是按命令做的，那是意料到的。不管船向何方行駛，水流既不引導，也不增強它的運動，常是在它前面翻滾，從遠處看，我們覺得水流不光自身在自由湧動，而且也引導著船的運動。

史學家們是觀察那些做爲命令與事件相聯繫的歷史人物的意願表現，覺得事件取決於命令。但是只要考察事件本身和群眾與歷史人物的關係，我們就不難找出，歷史人物同他們的命令決定於事件。這一結論是正確的，其證據是，不管下達了多少命令，假使沒其他的原因，事件不會發生；但是，只要一個事件發生了，在不同的人不斷表達的意願中，總可以找到一些在時間和意義上與事件有關的命令——意願的表示。

得出這個結論，那兩個本質性的歷史問題，我們就能夠直接清楚地回答了。一、什麼是權力？二、造成各民族運動的原因是什麼？

第一，權力是某一個人和其他人的關係。在這種關係中，這個人對進行中的集體行動越多地宣佈想法、進行解釋和推理，他就越少加入那一行動。

第二，導致各民族運動發生的不是智力運動，不是權力，甚至也更像史學家們所覺察的那樣，是由這兩者的結合引發的，是由加入那些事情所有人的行動觸發的；那些人總是這樣相互結合的：直接參與事件相對少的人，所承擔的責任相對多，而直接參與事件相對多的人，所承擔的責任相對就少。在內心方面，事件發生的緣故是權力；在物質方面，服從權力的人是事件發生的理由。可是，精神活動離不開物質活動，所以事件的緣由既不是前者，也不是後者，而在於兩者的結合上。

活著，換句話說，對於我們所研討的對象，理由這個定義不準確。

最後，我們的解釋將進入無限循環，人類的聰慧假如不是玩弄其所探究的問題，會在所有思維領域中達到頂峰。電熱相比，原子相拒，原子相吸。

說到電和熱和原子的相互影響，我們說不出爲何這樣。我們說，它所以這樣，因爲它不會是別樣的，因爲它理應這樣，這是一種法則。歷史現象也是一樣。爲什麼會發生革命和戰爭？我們不清楚，我們只知道，爲了實現這種和那種行動，人們結合成特定的團體，都參與了那個團體；我們說，它之所以如此，是因爲沒法設想是其他的樣子，這是法則。

七

假如歷史是研究外部表象的，那麼找出這一明瞭通俗的法則，就足夠解釋了，我們就可以終結我們的討論了。但是人與歷史法則有關。一粒物質沒辦法對我們說，它絲毫體會不到需要相拒或相吸的法則，然後那法則是不對的，但是做爲歷史研究對象的人，卻坦白地說：我是自由的，因此不聽從於那個法則。

歷史每邁進一點，都認爲是因爲人的自由意願問題的存在。

假使每個人的意志都是自由的，這就是說，每個人都能按自己的意願做事，那麼全部歷史就會成爲一連串互不相連的巧合事件了。

假使，在一百萬人中，在一千年間，哪怕只有一個人能隨意行動，就是說，可以隨心所欲地活動，那麼明顯地，這個人哪怕只有一半違反法則自由行動，整個人類的所有法則的存在就成爲否定了。

僅有一個支配人類行動的規律，自由意願就沒有了，因爲人的意志必須聽從這個法則。

古往今來，人們就提出這個重大意義的問題，從古至今，優秀的人們就思量著有關自由意願問題的矛盾。

問題在於，如果把人看作察看對象，無論從什麼角度看——歷史的、神學的、哲學的、倫理的——我們都能找到人和世上所有事物共同必須服從必然性的普遍法則。假如我們從自己出發來看人，就像我們所察覺到的那樣，認爲自己是自由的。

這種意識是全部單獨的，是不依存於理性的。人們觀察自己是透過理性，但是僅有透過意識才能夠瞭解自我。

想要觀察、理解和推斷，人，第一一定要認識到他是活著的。因爲只有當一個人有意願，意識到他有意志時，才可能清楚自己是活著的。當人發覺到做爲他生命性質的意志時，只能覺得它是自由的。

假如，人們對自己進行觀察，他會發覺，他的意志往往是受同樣法則的控制，他一定要把他的思想總是依照一個永恆的方向活動，看成是對意志的約束。沒有自由，也就無所謂控制。假如一個人認爲他的思想受到限制，那麼正是因爲他意識到他的意志是自由的。

假如自由意識並非獨立的、不從屬於理性的、自我認識的源頭，那麼它就是能夠被證明和論證的。可是事實上這種情形並沒有，並且也是無法想像的。

許多一系列的論證和實驗告訴我們所有人，身爲觀察對象，他聽從某些規則，當他瞭解了不滲透性的法則或萬有引力，那麼他就聽從這些法則，永遠都不可能抗拒那些法則。但是同樣一系列的論證和實驗對他表明，他認爲的那種完全的、無拘無束是不允許的，他的每一動作全都依附於他的機體、他的性格，以及作用著他的動機；但是人類一直不依照這些推理與實驗的結論。

按照推理和經驗，人們知道一塊石頭往下掉，他完全不懷疑地相信這一點，在全部情況下他都期望他知道的那個法則能夠實現。

但是他同樣準確無疑地知道，他的意志一定要服從於若干法則，他沒有辦法相信。

不管推理還是經驗都許多次地提示人們，在同樣的條件下，擁有同樣性格的人，會與從前做一樣的事，但是，當他在同樣環境下，擁有同樣性格，第一千次地完成那一定得到同一種結果的行動的時候，他能夠隨著自己的原意行動，他絲毫不懷疑地深信，每一個人，無論是野蠻人，還是思想家，雖然經驗與推理無法雄辯地對他揭示，在同樣的條件下，有兩種不一樣的行動，是沒有辦法設想的，他還是覺得，沒有這種無理性的想法，他就沒法想像生活。他覺得，雖然這是辦不到的，可就是這樣；因爲沒有自由這個觀念，他不僅沒法理解生活，並且連一秒也活不下去。

他之所以活不下去，是因爲所有人的一切努力、一切求生的欲望，都僅僅是追求擴大的自由罷了。貧窮與富足、默默無聞與榮耀、服從與權力、軟弱與充滿力量、疾病與健康、愚蠢與文明、閒暇與勞動、饑餓與溫飽、罪惡與美德，都僅僅是程度大小不同的自由罷了。

失去了生命的人，只能被看成一個沒有一點自由的人。

人是無所不能、至善、萬能的上帝的傑作。罪惡是什麼呢？對於罪惡的觀念是來自人的自由觀念嗎？這是神學上的範圍。

人類的行動僅限於用統計學表示的普遍的不會改變的規律。什麼是人類對社會的責任呢？這一觀念是源於意識嗎？這是法學上的概念。

人類的行動影響他的動機和他的先天性格。良心是什麼？做法的惡與善的觀念，是因爲自由意識嗎？這應當是倫理學的問題。

從人類的所有生活關係來看，人聽從於規定這種生活的規律。可是，單個地看，這個人大概是自由的。人類和各民族以前的歷史該怎麼看待呢？是當成人的自由活動，還是非自由活動的產物呢？這是史學的問題。

僅僅在我們這個自信心強、普及知識的年代，依靠那強勁的愚蠢工具——書籍的發展，意志自由概念才被提到如此一個水準，使問題自身已經不存在了。在我們這個時候，許多所謂優秀人物，就意味著，那群不學無術的人做起自然科學來，只考慮問題的一個方面，就想處理全部問題。

自由和靈魂是沒有的，肌肉的運動取決於神經活動，而人類生活是由肌肉運動體現出來的；自由和靈魂意志是沒有的，因爲在某一不清楚的時期我們是由猴子進化的。他們就這樣印刷、寫、說成書，完全不用懷疑，他們眼下那麼賣力地，用對比動物學和生物學來說明的那條必然性的規則，在幾千年之前不僅已爲所有宗教和所有思想家所認可，也從沒有被否定過。他們看不明白，在這個問題上，自然科學只能說明問題的其中一個部分。因爲觀察證明，意志和理性僅僅是腦子的分泌物罷了，按照平時的規律，人也許是在某一沒有清楚的時期，從低級動物進化起來的，這事實只不過是從一個新的角度，證明幾千年前一切哲學和宗教理論都認同了的真理；從理性的觀點來說，人服從一定社會性的法則；可是這一點也沒有能推動問題的解決，這個問題還相對立地建立在自由意識上的另一方面。

自認爲能解釋這個問題的自然科學家與他們的信徒，就好像這樣一些泥瓦匠：他們本來該粉刷教堂的一面牆壁，但是他們興致一來，趁總監工不在的時候，把神像、窗子、木器，還有還沒有建完的牆壁都粉刷了，並且尤其愉快，因爲把一切都刷得光滑勻稱是他們泥瓦匠的認識。

八

在處理必然和自由性的命題上，歷史比其他的知識門類有尤其大的優越性，因爲就歷史來講，這個問題與人的意識的本來面目無關，只聯繫到它在過去和特定條件下的表現罷了。

在處理這個問題時，歷史同別的科學的聯繫就彷彿實驗科學與抽象科學的關係一樣。

歷史研究的目的並非人的意志本身，而是我們有關它的概念。

因此，對於歷史來說，不是哲學、倫理學和神學，不存在必然性和自由性兩個矛盾方面相融合的不可解決的秘密。歷史研究的人有關生活的概念，這兩方面矛盾的處理已經在人對生活的觀念中實現了。

在現實生活中，每一個歷史事件，人的每一次行動，都知道得很清楚、很明確，察覺不到一點矛盾，儘管每一歷史事件的一部分是一定會發生的，一部分是偶然的。

歷史哲學爲了解釋必然性和自由性怎麼結合的問題，以及這兩個概念的本質，應能夠而且也該走一條與別的科學不一樣的道路。歷史不應該先給偶然和必然這兩個概念本身下定義，然後把生活現象納入這些定義中；歷史應當從大量的總是、必然性、偶然性相一致的現象中，總結出一定會性和自由這兩個概念自身的概念。

無論研究許多個體或是一個人的活動表面，我們一直是把它理解成一部分是人的自由，而另一個部分是一定會性法則的產物。

我們對於自由多少的觀念，常常由我們觀察事物的觀點不同而定；但是有一點總是一樣的：我們認爲人的每一作爲，都是必然性和自由的肯定結合。在我們所研究的每一行動中，我們發覺肯定程度的自由與肯定程度的一定會性。而且總是這樣：我們發覺在所有行動中必然性越多，自由就越少；反之自由越多，一定會性就越少。

必然性與自由的比例因探究做法的觀點不一樣而不一樣，但是二者之間的關係往往是成反比的。一個溺水的人，拉住另一個人，把那個人搞死了；或者一個因給嬰兒餵奶特別累、饑餓的媽媽偷了一些食品；或一個遵守紀律的人，在服兵役時，依據要求殺掉一個赤手空拳的人。在清楚那些人所在的環境的人看來，彷彿他們的罪過特別小，因爲他們的自由比較少，服從於一定會性的規律相對較多；而對於一個不清楚那個人就要淹死、那個母親正在挨餓、那個士兵在服役等諸多情況的人看起來，他們的自由總是相對較多。一樣地，一個人在二十年以前殺過人，從那之後天天就老老實實無害地生活在世界上，在二十年以後來觀看他的做法的人看來，他的罪過相對不大，他的做法彷彿更多地聽從於必然性法則；而在犯罪第二天來觀察他的做法的人眼中，他的做法自由則相對較多。一樣，一個喝酒的人與一個瘋子，或是活著尤其興高采烈的人的每一種做法，在知道他們的精神情況的人眼中，他們似乎自由比較少，而必然性比較多，但在不知道的人眼中，就似乎自由比較多，而必然性比較少了。

人類理性、宗教、歷史或法學自身，一樣清楚自由與必然性當中的這種關係。我們對於一定會性和自由的觀念二者哪個多、哪個少，毫無例外地取決於下面三個因素：

一、完成做法的人與外界的關係；

二、他和時間的關係；

三、他和引起做法的因素的聯繫。

第一個原因：我們多多少少地看到了，人同外界的聯繫，我們多多少少地知道了，人在與他一塊兒存在的事物的聯繫中所占的地方。這條根據就是，一個要溺死的人總比一個站在乾地上的人更加不自由，更多地聽從於必然性，也會知道，一個住在人口稠密的地區同其他人密切相關的人的行動，抑或一個受公職、家庭或事務束縛的人的做法，比一個離群索居的人的做法更不自由，不用問，更多地聽從於必然性。

第二個原因：人們或多或少知道的，人與外界在時間上的關係；多多少少地知道那個人的行動在時間上所占的地位。從這一依據中能夠知道，引起人類產生的人類始祖的墮落，明顯比今天一個人的結婚更不自由。因此可見，生活在幾個世紀前的、在時間上和我有關係的人們的活動和生活，並不如現代人的生活那麼自由。

我們對於自由與必然性的大小的認識是逐漸完善的，它取決於做法中產生的我們對它的判斷中間時間距離的長與短。

假如我觀察我在一分鐘之前與我如今所處的基本相同的條件下完成的做法，我覺得我的做法毋庸置疑是自由的。可是，如果我判斷我在三十天以前完成的做法，那麼，因爲所處條件變化了，我不得不承認，假如那一做法沒有發生，那麼由此出現的許多愉悅的、有益的、甚至是有用的結果也就不會有了。如果我回憶更久遠的，十年或更長時間之前發生的做法，那麼我會認爲我的做法的後果更鮮明；我很難想出來，假如沒有那一做法，也許會發生什麼事。我向前追溯得越遠，抑或一樣追憶得越遠，我就越懷疑我做法的自由性。在過去，有關自由意識在人類公共事業中的意義，我們覺得相同的信念的級數。我們認爲現代什麼事情不用問時肯定意義上的整體加入者的做法，可是對於一個相對較遠的時間，我們早已見到它那天超越的結果，除此以外，我們無法想像別的後果。我們發覺那些時間不自由，那是因爲思考事件時我們追溯得太遠了。我們覺得奧普戰爭不用說是俾斯麥的詭詐做法的結果以及其他。

第三個原因：我們對理性所要求的那永無止境的因果聯繫理解的深度，在這種聯繫中，我們所瞭解的每一事物，也就是人的每一動作，都是以前出現的現象的結果和以後發生的現象的原因，都應當有它準確的位置。

通過觀測，一方面我們對於影響人的心理學的、生理學的、歷史的法則認識得越明白，我們對於行動的心理學的、生理學的、歷史的原因清楚得就越準確；另一方面，我們所見到的做法越簡單，我們觀測其行動的那個人的頭腦與性格越簡單，我們和別人的行動看起來就更自由，越少聽從必然性。

當我們全都不知道一種做法的原因時，不管它是善行還是惡行，或者是不惡不善，我們就認同這種做法中有最大的自由。假如那是罪行，我們就積極要求而且懲罰它；如果那是善意的做法，我們就予以高度評價；假如那是一種不惡不善的做法，我們能夠從中看出自由性和獨創性等一些更多的個性。

所有法典中有關無責任能力和減罪的規定都建立在這三個基礎上。責任的多少，要按照完成做法及審查該做法相差時間的長短，要看所觀看的那個人對所在的環境懂得的多少，也要看一下對引起做法的原因知道多少。

九

就這樣，我們對於必然與自由的觀念，根據人與外界聯繫的多少、時間距離的長短、以及對原因的依附性大小，而逐漸增加抑或減少。

因此，我們是這麼觀測一個人的情況的，他和外部世界的聯繫我們知道得最清楚，他做完做法和判斷其做法之間相隔的時間最長，做法的理由是最能夠懂得的，我們就得出最小的自由與最大的必然性的概念。假如我們觀察一個極少依附於外部環境的人，以及他的做法發生在最近一段時間內，他完成做法的原因我們並很不瞭解，然後我們就會得出最大的自由的觀念和最小的必然性。

而在這兩種情形下，無論我們如何改變看法，我們不管弄清人和外部世界的聯繫，或者說無論我們認爲那種關係如何沒有辦法瞭解，不管如何延長或縮短時間距離，無論我們覺得原因可知或不可知，我們永遠也沒有辦法想像全部的必然性或徹底的自由。

一、無論我們怎麼想像一個人徹底不受外界的影響，我們永遠沒辦法理解在空間上自由的理念。人的任何做法都不可避免地要受他身邊的事物與他自己身體的限制。我抬起手，接著又放下來。我認爲我的行動是自由的；但是我自問：我是否對各個方向舉起我的手，那麼就看出，我是對著行動最不受旁邊的事物與我自己的身體構造不利的方向舉起的。如果我從所有可能的方向裡選擇一個來，是因爲這個方向障礙最小。要讓我的行動自由，必須沒辦法碰上障礙。要把自己想像成一個自由的人，我們就只可以想像他在空間以外，這顯然是不可能的。

二、無論我們讓判斷的時間如何接近做法發生的時間，我們所有時間都得不到時間上的自由的概念，因爲假如我考察一秒鐘以前進行的一種做法，我依舊必須得承認動作的不自由，這是因爲動作與發生動作的那一時刻連在一起了。我能夠舉起我的手嗎？我自己舉起來了，但是問問自己：我能夠在已經過去的那一時刻裡不舉起我的手嗎？我在下一個時刻不舉起手來是爲了想讓自己知道這一點。但是我這個時候已不在我提出問題的頭一次那一瞬間不舉手，時間已經緩緩流過，我沒辦法留住它，我那個時候舉起的手，業已不是我這個時候舉不起來的那隻手了，我舉起手時的空氣也早就不是這個時候圍繞著我的氣氛了。我那時只可以做一個動作，那只可能是一個動作，在我完成第一個活動的那一時刻我已經無法挽回來，而在下一分鐘我沒有抬手，並不說明我那時沒辦法舉起它。因爲我在那時只能在進行一種動作，它早已不可能又是其他的動作。

要想像一下行動是自由的，就一定要想像現在的行動、過去的和將來中間的動作，就意味著，打破時間界限的動作，這是沒辦法的。

三、不管清楚原因如何艱難，我們永遠不可能假設一種徹底的自由，這就是說，沒有原因。不管我們多麼難以知道我們自己的或別人的什麼動作中的意志的表現的原因，尋找一個原因或者假設一個原因，這是理性的第一個要求。因爲沒有原因，全部現象都是無法想像的。我舉起手完成一個動作，與什麼原因無關，但是我想做一個沒有原因的動作，這就是我的動作的理由。

可是即便想像有一個徹底不接受其他影響的人，只思量他在這個時刻的、不是因爲其他引起的動作，覺得必然性的因素差不多等於零，我們也不可以得出人有徹底自由的概念，所以不受外界的影響、超越時間，也不取決於原因的就不再是一個單一的了。

一樣，我們也絕對不可能想像一個人的動作全部服從，完全沒有自由的規則。

一、不管我們對於人所處的空間條件清楚得多麼多，我們永遠也不會徹底知道那些條件，所以它的數量是無窮的，就像空間是無限的一樣。所以，既然沒辦法確定所有對人發生影響的條件，絕對的可能性也就不會有，也就有一定程度的自由。

二、不管我們怎麼增加我們考察的現象與判斷那現象中間的時間，這個時間是有限制的，而時間是無窮的，所以在這一方面也永遠不會有完整的必然性。

三、不管某一行動的原因這一鏈條怎麼容易知道，我們永遠都不會知道所有鏈條，僅僅因爲它是無止境的，所以我們又永遠得不出完整的必然。

所以，要幻想一個人的動作完全服從必然性的規則，不存在自由意識，我們就得假設清楚無限數量的空間條件、無限長的時間與無限多的理由。

要假設一個人完全自由，不聽從必然性的規則，我們就必須假設他是一個超越時間、超越空間，和一切原因沒有關係的人。

在第一種情況下，假如沒有自由的必然性是有可能的，我們就從必然性得出必然性規律的定義，也就是說，得出一種不存在內容的單傳的形式。

在第二種情況下，假如沒有必然性的自由是可能的，我們就到達一種超越時間、超越空間、無條件、沒原因的自由，這種自由既然是無限制的、沒條件的，那麼就一點也沒有了，抑或說沒有外在形式的簡單內容。

總而言之，我們頭腦中形成人類所有宇宙觀的兩個基礎——不可知道的生命本質與解釋這種本質的規律。

理性說：

一、空間和讓它變成可視的各種形式——物質——是無窮的，沒有這個就沒有辦法想像；

二、時間是永恆的無限的運動，除此以外，也是沒有辦法想像的；

三、因果關係沒有開頭，也就不會沒有結尾。

意識說：

一、僅有我一個，一切存在的東西都是我，以及所有包含我的空間；

二、我以在這個時刻靜止的一剎那來衡量流逝的時間，僅僅在這一瞬間之內自己是活著的，我知道了，因此，我超越了時間；

三、我是超越理由的，這是因爲我認爲我是我生活中的每一現象的理由。

意識解釋自由的本質，理性解釋一定會的法則。

不接受任何限制的自由，是人類意識中生活的本質。沒有內容的必然性，是人的理性與它的三種形式。

必然性是觀察的主要部分。自由只是被觀察的對象。

必然性是其形式。自由是內容。

只有把形式和內容這兩個相互有關的認識的來源區分開，才能夠獲得相互獨立的、互斥的、沒法知道的必然與自由的概念。

對人類生活做出一個精準的概念，就只可以把它們綜合起來。拋開這兩個做爲形式和內容結合在一起相互規範的概念，所有生活都是沒有辦法想像的。

我們所知道的一切，所有自然世界只不過是必然性與自然力的一種關係，或理性法則與生活本質的關係。自然的生命力存在於我們之外，不為我們所知道：我們將這些力稱作引力、電力、惰性、獸力等，我們把所瞭解的人的生命力叫作自己。

可是，就彷彿每個人察覺到而其自身沒辦法理解的引力，我們對它服從必然性的規律清楚多少，我們對它就知道多少；一樣，每個人都瞭解到，而其自身但是沒有辦法知道的自由意識，我們對它所以必然性的規律清楚多少，我們就對它清楚多少。

人的自由意識和其他一切力量不同的地方在於人類可以認識它；但是在理性看來，它和什麼其他的力並沒有什麼不同。電力、引力，或化學親和力，互相之間的差別僅在於理性給它們定下了不同的定義。一樣地，人類自由意志力和其他的自然力的不同之處，相對於理性來說，也只在於理性給它們所下的定義。自由脫離必然性，脫離給它下定義的理性法則，就和熱力，或引力，或讓植物成長的力並沒有什麼不同，在理性眼中，自由僅僅是瞬間的、不精確的生命體驗。

在實驗科學中，我們把已知的事物叫做必然性的規律；把我們的事物叫做生命力。生命力只是我們對所瞭解的生命本質以外沒有知道的部分的一種說法。

在歷史中也是如此，我們把已知的東西叫做必然性的規則；把不瞭解的東西叫做自由。相對於歷史來說，自由僅僅是我們所瞭解的人的生活法則餘下的、沒有人知道的部分的另一種叫法。

十

在歷史和外部世界關係上、因果聯繫上和時間上，探究人的自由意志的展現，用理性的規律來說明這種自由，因此，歷史只有被用在這些規律說明自由意志時才是一門科學。

對於歷史來說，承認人的自由意志是一種能夠改變歷史事件的能量，也就是一種不屈服法則的東西，就像在天文學中覺得有推動天體的自由力一樣。

否定了法則存在的可能性就認同了這一點，即是不是肯定了任何知識存在的可能性。假如存在就算一個自由運行的天體，那麼牛頓與開普勒的定律就沒辦法存在了，所有天體運行的概念都不再有了。假如有一點人的自由動作，那就不會存在有什麼歷史事件的概念，也不會有什麼歷史法則。

對於歷史來說，有一些人的意志的運行路線，其一端隱蔽在未知世界裡，而在於另一端，一種現在人的自由意識存在的時間、空間和因果關係中存在著。

歷史學從它眼下對它所探究的對象的論點出發，並順著它現在所走的路徑，從人的自由意志上找尋現象的原因，它是沒辦法證實這門科學的規律的，因爲不管我們怎麼約束人的自由意志，規則的存在假如沒辦法了，只要我們把它當成不守法則影響的動力就行了。

僅僅把這種自由意志減縮到無窮小，我們才可以確定，原因是根本無法知道的，那麼歷史不去查尋原因，從而把發覺規則當作自己的責任。

早已進行對這些法則的探求了，歷史應該採取不同的思維方式，在知道這種新方法的同時，讓那種不住分析原因和現象的舊歷史學自生自滅。

別的科學雖然採用的形式不一樣，但是也沿著同樣的思路前進。當牛頓發覺萬有引力定律時，他並沒宣告地球或太陽有一種互相吸引的性質；他說，所有物體，從最大到最小的都具有相互吸引的性質，就意味著，他捨棄物體運動的原因命題，來說明從無限大到無限小的所有物體的相同特點。各種自然科學也一樣是如此：去尋找法則，也就是捨棄原因問題。歷史也前進在同一條路上。歷史的探究對象是各個人類和民族的發展，而不是說人們的生活片段，它也應當捨棄原因的定義，來探尋規律，那些與無限小的自由因素無法分割地聯繫在一起的同樣的共同規律。

十一

從哥白尼體系發覺和被證明的時候起，僅僅是承認運轉的不是太陽而是地球這一個問題，就能夠打破古人的全部宇宙觀。推翻這個觀點，就能夠維持天體運行的舊法則，但是假如不推翻它，似乎就沒辦法接著研究托勒密的天動說了。可是，在哥白尼體系發現以後，托勒密的天動說還被接著研究了很長時間。

自從有人說出而且證明了，犯罪率或出生率服從數學定律，相應的地理的與政治經濟的條件，決定這樣或那樣的管理方式，土地與人口的特定關係導致民族遷移，從那個時期開始，歷史所依靠的基礎本質上就被打破了。

推翻這些新觀念，就能夠維持舊的歷史觀；可是，假如沒辦法摧毀它，似乎就沒辦法接著把歷史事件做爲人的自由意志的產物來研究了。建立某種管理形式或引發民族遷徙的那些人的自由意志就不會被當成原因了。因爲假如某種管理形式的建立，抑或某些民族的遷移，是因爲如此，這樣的人爲的、地理的、或經濟的條件造成的。

新、舊觀點在自然哲學中進行了長期的、頑強的鬥爭。神學保護舊觀點，責備新觀點破壞神的啓示。但是當真理獲得勝利的時候，神學就在新的基礎上同樣牢固地建立起來。

現在，新、舊歷史觀點同樣進行著長久的、頑強的鬥爭，神學同樣維護舊觀點，責備新觀點破壞神的啓示。

在抵制新興的物理哲學真理的人們眼中，假如承認這一真理，就要打破他們對創造世界萬物、對上帝、對約書亞的神通的信任。在保護牛頓和哥白尼的法則的人們中，比如伏爾泰看來，似乎天文學的法則打擊了宗教，他利用引力的規律當作反對宗教的手段。

似乎如今是這樣：只要承認必然性的法則，彷彿就要破壞有關靈魂、善惡的觀念，和建立在這概念上的所有教會以及國家的機構。就像當年的伏爾泰一樣，不速之客的一定會法則的保衛者們，如今也用這一法則做為反對宗教的手段，可是，正如哥白尼體系在天文學方面，以歷史的必然性法則，不但沒有摧毀教會與政府所依據的基礎，並且還增強了那個基礎。

現在的歷史學問題正如當年天文學問題一樣，各種觀點上的不同，就在於承不承認一種絕對的單位做爲看得見的現象尺度。在天文學上是地球的不動性；在歷史學上是個人的獨立性——自由意志。

在天文學上，承認地球運行的問題在於，一定要推翻地球不動、行星運動的直觀感覺；在歷史上，承認人服從於空間、因果關係與時間的法則的困難，在於它否認了個人獨立性的直接感覺。但是，在天文學方面，新觀點說：「就算我們感覺不出地球在運行，不過，承認它不動，我們就會得出荒唐的結論；承認我們察覺不到的運動，我們就找到了法則。」

在歷史方面，新觀點說：「儘管我們感受不到我們的依賴性，但是，認同我們的自由意志，我們就能夠得出荒唐的結論，要想讓我們找到方法，就承認我們對於時間、外界、原因的依賴性。」

在之前那種情形下，要否定在空間上不真實的、靜止的意識，認同我們察覺不到的運動；在如今的情況下，也要否定意識上的自由，並且承認察覺不到的依靠性。

經典新版世界名著：5

戰爭與和平(下)【全新譯校】

作者：L・托爾斯泰
譯者：蕭亮
發行人：陳曉林
出版所：風雲時代出版股份有限公司
地址：10576台北市民生東路五段178號7樓之3
電話：(02) 2756-0949
傳真：(02) 2765-3799
執行主編：劉宇青
美術設計：吳宗潔
行銷企劃：林安莉
業務總監：張瑋鳳

初版日期：2019年4月
ISBN：978-986-352-688-9

風雲書網：http://www.eastbooks.com.tw
官方部落格：http://eastbooks.pixnet.net/blog
Facebook：http://www.facebook.com/h7560949
E-mail：h7560949@ms15.hinet.net
劃撥帳號：12043291
戶名：風雲時代出版股份有限公司

風雲發行所：33373桃園市龜山區公西村2鄰復興街304巷96號
電話：(03) 318-1378
傳真：(03) 318-1378
法律顧問：永然法律事務所 李永然律師
北辰著作權事務所 蕭雄淋律師

行政院新聞局局版台業字第3595號 營利事業統一編號22759935

定價：490元

國家圖書館出版品預行編目資料

戰爭與和平 / L・托爾斯泰著；蕭亮譯 -- 臺北市：風雲時代, 2019.03 冊； 公分

ISBN 978-986-352-688-9 (下冊：平裝)

880.57 108000249